天外
BEYOND THE SKY

〔荷兰〕林湄 著

新世界出版社
NEW WORLD PRESS

图书在版编目（CIP）数据

天外／林湄著．—北京：新世界出版社，2014.10
ISBN 978－7－5104－5187－4

Ⅰ．①天… Ⅱ．①林… Ⅲ．①长篇小说—中国—当代
Ⅳ．①I247.5

中国版本图书馆 CIP 数据核字（2014）第 236838 号

天外

作　　　者：	林　湄
责任编辑：	张　奇
责任印制：	李一鸣　黄厚清
出版发行：	新世界出版社有限责任公司
社　　　址：	北京西城区百万庄大街 24 号（100037）
发　行　部：	（010）6899 5968 （010）6899 8733（传真）
总　编　室：	（010）6899 5424 （010）6832 6679（传真）

http：//www.nwp.cn
http：//www.newworld-press.com

版　权　部：	+8610 6899 6306
版权部电子信箱：	frank@nwp.com.cn
印　　　刷：	三河市骏杰印刷有限公司
经　　　销：	新华书店
开　　　本：	700mm×1000mm 1/16
字　　　数：	600 千字
印　　　张：	36
版　　　次：	2014 年 11 月第 1 版　2014 年 11 月第 1 次印刷
书　　　号：	ISBN 978－7－5104－5187－4
定　　　价：	50.00 元

版权所有，侵权必究

凡购本社图书，如有缺页、倒页、脱页等印装错误，可随时退换。
客服电话：（010）6899 8638

那坐在天上的必发笑

《圣经·诗篇》第二篇第四节

目 录
CONTENTS

/ 天 / 外 /

自序 —— 001

第一篇
欲——生命的本质、存活的动力　001

一　希望是生命的花朵 —— 002
二　家是真性情的舞台 —— 09
三　处处有机缘 —— 019
四　虽有温馨却提不起激情 —— 030
五　"无常"也是一种际遇 —— 040
六　"神游"比"身游"精彩 —— 047
七　最易生存源于世俗 —— 056
八　不慌不忙的老人 —— 064
九　当心思沉重时 —— 074
十　原我、旧我和今我 —— 084
十一　荒凉中的惊喜 —— 91
十二　最初的叛逆 —— 100

第二篇

缘——宇宙的秘密命运的注脚　109

十三　水骨头碰触泥骨头 —— 110

十四　我到哪儿去了 —— 118

十五　怎么办 —— 128

十六　女人是个谜 —— 137

十七　处世本无方 —— 149

十八　情爱面面观 —— 157

十九　奇异的母女情 —— 167

二十　生命本质源于"性" —— 176

二十一　灵魂里有多条影子 —— 187

二十二　人生就是经历和记忆 —— 196

二十三　旧事未消新事又至 —— 205

二十四　走出生活的累圈 —— 215

第三篇

执——虽辛苦但有人神往　227

二十五　她有许多苦衷但不邪恶 —— 228

二十六　活的真谛就是劳苦愁烦 —— 239

二十七　屋虽大却留藏着许多"曾经" —— 251

二十八　生活在继续 —— 262

二十九　变化中的"人"与"事" —— 272

三十　跨越纯粹迈向新生活 —— 282

三十一　人人都是一本"书" —— 292

三十二　在经历里延续经历 —— 304

三十三　原来经商是这么回事 —— 313

三十四　为何心思总晃荡 —— 321

三十五　认识你真幸运 —— 330

三十六　奇世奇闻与奇事 —— 342

三十七　内心沉重但有坚持 —— 352

第四篇
怨——无奈也是哲学，懂不懂都得接受　　363

三十八　新问题新办法 —— 364

三十九　一切都会过去 —— 376

四十　人在"孤寂"时 —— 383

四十一　"死""活"都有话题 —— 392

四十二　辩论的情趣 —— 402

四十三　女人的纠结 —— 412

四十四　"画梦"的女孩 —— 422

四十五　"谢谢有人想到我" —— 431

四十六　每人头上均有一片天 —— 442

四十七　艺术的伤逝 —— 451

四十八　"家"就是家人家务和家事 —— 462

四十九　婚姻是一道菜 —— 474

五十　"我要的是爱情，但是却没有" —— 485

五十一　"爱似乎就是这样，可后来不知错在哪里" —— 497

五十二　"女人的地狱是晚年吗" —— 509

第五篇
幻——人生的最大难题与学识　521

五十三　爱情算不算是一项事业 —— 522

五十四　他总是孤独，孤独的 —— 533

五十五　天可怜见 —— 545

后记——556

人是宇宙最奇特奥妙的杰作

/ 天 / 外 /

常常想,"天外"是什么,大气、云朵、星球?还是浩淼神秘无限的虚空?然"虚"有多深、"空"有多广,没有人知道。于是,人类才会对天寄托无穷的幻想、梦想和理想,将希望寄托在遥不可及的空虚里。渐渐地,天外被赋予了这样的含义:科学家视其为无数星球运转的空间,还有我们肉眼看不到的其他;宗教信仰者视其为最高审判者的殿堂,是"天道"的"脸孔"、"天理"的"眼睛";普通人视其为梦的彼岸,幻想的对象;文人则擅长以有限的思维或想象或猜测,将其书写成优美隽永的诗文。

我活在被悬于空虚里无数星球中的一个地球上,除了对虚空的神秘感到好奇费解外,因天性对生命、精神、物象喜寻思爱叩问,自然对这宇宙奇特奥秘的杰作——"人",深感兴趣与探究。

据《创世记·拉巴》篇14章说:"人跟动物一样,要吃、喝、生育,直至死亡。他们也和天使相似,能直立行走,会说话、思考、理解和见识。""上帝依照他的形象和特点创造人类,从形体上看人类与天使没有什么区别,又与动物一样能吃喝和生育。"先不讨论此说法是否确切,实际上,人确实除有动物生命需求的食物、安全和生理满足外,还有智性、情感、信仰和自我实现的属性。或许就是这些属性，"人"比动物更为奇特奥妙和错综复杂。生，不知何时何地、何名何姓外，还有贫贱富贵的差异；死，未知何日何处以及怎么个死法。

具有"生命"与"精神"需求的人虽能创造文字制造武器，却不像动物那样拥有大自由大自在和大快乐。人无论活在战争时期或和平年代，还是处于怎样的社会制度中，虽然各人感知的程度大小、深浅、远近、宽窄有别，生存内容和形式也不一样，但有一点是相同的，就是不管人在社会上扮演怎样的角色，高贵或卑微，男女老少均离不开烦恼和困扰。

这是人间永恒的一个难题。难怪以色列先知摩西说："我们一生所矜夸的不过是劳苦愁烦、转眼成空如飞而去。"20世纪初的英国作家劳伦斯认为人无需悲痛欲绝，因为"我们本来就处于一个悲剧时代"。中国老子更是看穿人存活的艰难才宣扬顺应天道的"无为"和"蒙昧主义"处世哲学。普通老百姓则一言以蔽之，"人生不如意十之八九。"

有人将"劳苦愁烦""悲剧""蒙昧"和"不如意"怪责于世上的无"道"和无"理"。可"道"与"理"也是人为的，人为的既然靠不住，就得寄望天助了，如俗语"人在做，天在看"。其实，芸芸众生就像《红楼梦》贾雨村对冷子兴说的，"天地生人，除大仁大恶，余者皆无大异。"可见，烦恼和困扰是出于人性中的贪、嗔、执，即一切宗教竭力摒弃心外的障碍。

因为贪便有了欲望，过多欲望就容易被诱惑，被诱惑的就失去了自我，失去自我的就没有主心力，没有主心力的人就没有快乐，谈不上快乐的人就容易生气，爱生气的人就会引发鸡犬不宁，日无安宁者就将一切不顺心的事归于求不得，因求不得就更加执着，过于执着便陷入迷失。

问题在于，若个人迷失还有望于整体精神环保的医治，最遗憾的是集体的迷失。当迷失成为这个时代的一种病态时，就出现有人麻木，有人随俗，有人感到失望和不安。不安容易引发失心症，人一旦失了心，心理病、精神病随之而至。

可见，处于社会转型的这个时代，科技和财富只是提供人类活动和私欲的方便，无法真正带给人类内心的平安和快乐，更谈不上生命的素质。

感谢生活，让我在生存时空里不仅经历了传统生活中耳闻目睹许多意想不到的人与事，还有机会体验因信息时代到来和移民潮的涌动而引发的前所未有的世界大循环、大交流和大碰撞景象，从中感受整体中有局部、局部中有整体的生存际遇，并在两者接触碰撞中看到欲望和现实、强与弱、梦与幻的纠缠，以及对命运、文化、物质文明的质疑与无奈。于是，在关注自身生存处境的变化时，同时思考发生在身旁的许多人和事。

它们是物质的，也是精神的。"物质"和"精神"虽能相互渗透和影响，但更多还是彼此的冲突和藐视。众多的无奈、复杂和多姿多彩的镜像让我感到以往的地域性传统书写已不再成为挖掘人性的唯一标准，也无法满足具前瞻性读者的猎奇。

也就是说，我笔下主人公的生活经历和心路历程既不同于传统观念的东方式，也不同于西方作家笔下的情感和生存方式，然而，他们却是人的"共性"和"个性"的彰显者。在理性与感性、存在与虚无、完整和欠缺的跨时空实践中，除了离不开人类悠久的、切身的爱情婚姻家庭生活，还受到时代发展和变化中的各式各样思潮影响，呈现出丰富多彩的生活方式。尤其男女姻缘，虽说像一道菜，自我采购、烹调、加料，最终品尝起来是什么滋味只有自己知道。可以说，传统的具稳定性、富责任感的婚姻爱情已日渐减少，接受对方长处和不足的大学问已不再被崇尚，至于彼此心灵的契合作为婚姻的初衷，渐渐因名利权势等欲望的冲击而变异。即使看似情感稳定无大碍的婚姻家庭，拥有真正的幸福感也越来越少了。实际反映出来的情爱往往如一项功利的事业：男人想在女人身上获得快乐，女人想在男人那里得到安全感。

尽管如此，男女关系还是难分难解。阿里斯托芬在《吕西斯忒拉忒》中说："我们无法与女人一起生活，但没有她们也无法生活。"中国全真教弟子邱处机的阴阳论更是明确指出，"夫男阳也，属火；女阴也，属水。唯阴能消阳，水能克火。"

男女既是阴阳结合的具象,自然也存在"共性""个性"问题。"个性"又与社会文化、自我阅历和知性相关,所以,古今中外千百年来,男女两性故事一直是文学艺术取之不尽、用之不竭的题材。其间除了有赞有叹、有乐有悲的不同故事外,还有摇摆于它们中间的理性和感性——在欢乐中制造悲伤,在可悲里寻找欢乐。或因善中有恶,恶中有善的性情引发错综复杂的景象……

最能呈现这种真实情感的地方,是在家里。

感谢命运,让我在漂泊、浮沉、命运多舛、坎坷的生涯里,不但没有消沉、随俗,反而因我在而能我思,并在领会我笔下主人翁的命运时,体悟家是男女生理心理机制于实际生活中的需求,也是人"理性""感性"最集中形象展露的场所。

此外,家是大世界里的小世界,是建构社会的基地,虽空间有限,却是存活必备的窝。一般说来,家是一对男女主人的归宿;再说,任何人的成功和财富并非意味着拥有幸福与快乐,只有家能给人希望、力量和安慰。没有家的概念,居屋也失去了意义,何况人最直接感受到的快乐、温暖和满足,很大程度上取决于爱情、婚姻、家庭是否和谐美满。

家还是人与物、与他人、与自己内心共处中遇到的相同、差异及对抗的三维之洞。在此空间里,不仅能看出各人在对待事物的本来态度,还因不同道德观念、知识和性别差异,呈现不同的性情和命运。

说到性情,当代禅家南怀瑾认为"性"与"情"是两个大问题,他说:"人活着的思想情绪,究竟是从脑里头还是心里头来?如何去调整这思想情绪?如何配合思想情绪,跟随时代社会的演变?""人性的根本追寻起来是个大问题——中国几千年来一直将性与情当作教育的基础。"

我之所以引用这话是因为我小说里的人物命运也是离不开"性""情"说,即使被读者视为古怪的主角,或他(她)身旁的亲人还是其他人,其思想和情绪均和"性情"里的三大内容相系,就是欲望、性爱和死亡。

这也是作为人存在的奇特与奥秘。

确实，21世纪的欲望、性爱和无常，比起以往任何时代更为复杂和多元化。无论西方人还是东方人，在居家天地里，表面看来，男人的命运是事业，女人的命运是婚姻，实际上，彼此关注的仍是世人普遍孜孜以求的问题。这也不奇怪，名利权位不就是被人视为幸福和享乐的源泉？所以一旦跨出门槛之外，欲望就涌上心头，加上社会各式各样的诱惑，在双重意识的压力下，人一面拼命地工作和忙累，另一面又处在焦虑和渴求中，希望心想事成。遗憾的是，人不是想得到什么就可以获得到什么，否则，庄子怎会写道"巧者劳而智者忧""无能者无所求"。

可见越是巧者活得越苦累，其间最难将就的就是求不得。人一旦处在无法摆脱的内外纠缠又热心于竞争的处境下，便会破坏男女两性原有的和谐与次序，渐渐地，彼此谈不上理解、信任，甚至互为猜疑、误解和对立，自然容易产生有形无形的心理病态。加上人的精神和肉体方面的需求是多层面的，除了欲望中的是非成败、贫富贵贱差异外，还有生理上的欲求。

这也是个老问题，古人告子就为"性"辩护过，将其比喻成"食也"。可见"性爱"与"欲望"一样，只要不过分越界，照规律活动，自有存在的理由。然而，自彼特拉克和薄迦丘对奥古斯丁等人将柏拉图的《情爱论》误为禁欲主义的反叛后，性别意识的强弱虚实差异已随着社会的发展在演变，"性爱"问题也显得越来越游戏化、消遣化与功利化。可以说，男女间的性爱已成为建设美好辉煌或破坏毁灭的关键问题，即它美好起来宛若"天使"，一旦变质就是"魔鬼"。

面对奥秘的心理和奇特的"性爱"，人类往往无奈又无助，难有更好的"栅栏"。此外人在居家门槛内外进进出出活动时，一面感受命运不可知、性爱不可靠的同时，另一方面还要受到隐藏于生命线上"无常"的挑战。

所谓"无常"就是在你毫无思想或心理准备的情况下突然面临的遭遇，这遭遇通常叫人措手不及或惊恐害怕甚至丧失生命，令原先获取的欲望实体、性爱坐标毁于瞬间。有趣的是，无论白天还是夜晚，人为求生的劳作之所或意味存在的栖身处，"无常"无所不在，无时不有。既然人类无法预知未来，"无常"如影随形，为何还有无穷无尽的欲望？难怪法国史学家费尔南·布罗代尔说："人在历史摆布下无能为力，也无法把握自己的走向——人自以为有选择的自由，实际上是逃不过命运的。"①

这个命运之说有意思。从奥林匹斯山众神到东方之神，神与人为了过上快乐幸福的生活，在"金钱"和"性爱"中不惜代价奇谋巧计地寻觅、说谎、争夺和占有，却忘记了"人会死"这三字……也许，当人类一代又一代不亦乐乎地重蹈和神往，忙于迷钱、迷色、迷科技、迷其他的时候，不甘被人忘却的"死亡"为证实所罗门王说的"太阳底下无新鲜事"，便随时出现在世人的视、听、闻的感官里，提醒人不要忘记宇宙也有法规并存在同一的本质问题：存在时空的万事万物是相成相灭的，有福就有祸，有喜就有悲，有上就有下，有来就有去……简单地说，贯穿生命的一切活动既然是相对的，死亡就是对"生"的一种担当。

在短暂有限的生涯里，人虽无法预知未来和避免无常，却有着无穷无尽的梦幻、遐想和欲望，稍不如意又会导致身份改变，失去主心力，每天活在或彷徨或迷失或随从或沦落的景况下，怎不感到烦恼和困惑。

可想而知，我笔下的人物虽有身份的差异和个人的苦衷，然而，他们在理想和现实、偶然和必然、希望和无常、永恒与有限、存在与无助、无奈与躲避的变动时空里，无论经过怎样的策划、动机和努力，还是难以减少情感的沉重，也无法摆脱在体验、玩味和琢磨过程中引发的忧郁、困扰和愁烦。相反，不但心想事不成，还失去了心灵的栖落处，结果悲情多过宁静、失望超于希望，活得越来越可怜。

那么，拿什么来慰藉他们的内心？

---

① 费尔南·布罗代尔（1902~1985），主要著作《15至18世纪的物质文明、经济和资本主义》，一生关注人类命运，最终感到无奈和困惑，死前一个多月发表研讨会上的讲话——《终天之见》，被誉为"天鹅的绝唱"。

烧香、忧愁和焦虑，均无济于事。

在无法参透人的奇特与奥秘时，每当我从飞机上观望地球，想到宇宙的浩淼和人生的渺小，而人类与大自然的关系又是如此的唇齿相关、相依为命，便随着视角转变和思想探索，排除了上机前灵魂夹带着的尘世燥安，内心充满不尽的感恩和知足。于是，当双脚踩踏在地面的时候，为了进一步化解于世的不解和愁烦，重新吟起《诗篇》里的训诲："上帝从天上垂看世人，要看有明白的没有——"接着，运用在天外的视角效应，将人的奇特奥秘和记忆，创作成《天外》这部文学作品。

2014 年 7 月 26 日于欧洲

Chapter 1

第一篇

欲

生命的本质、存活的动力

女娲说,男人是由她引绳于泥举成的,故男人必须受制于女人。
亚当说,女人是他的肋骨变成的,所以男人操外,女人事内。

一
希望是生命的花朵

　　生命是一道河,数不清流不尽;人生是一场戏,真是假,假是真;爱情是一朵花,甜如蜜,苦似药;婚姻是一座房屋,建筑难,拆之易。

　　家是婚姻的具象,人是具象的形影。时光在流逝,形体在传承,存活的方式方法千差万别、丰富多彩。只是,本书内的华人居住于异国他乡。大自然的山水花鸟、时序冷暖和故国家园大同小异,生命同样在日出日落里一面消融一面再现,唯其希望、迷茫、成功、失败、执着、无奈,无论形式和内容,均有别样的风情。

　　郝忻每天早出晚归,像旋转的车轮般千篇一律地工作,好在社会稳定,假期多,福利好,与同事相处和睦,加之夫妻恩爱,又能在业余时间从事自己的爱好,夫复何求。

　　妻吴一念能干、顾家,里里外外一把手,妇唱夫随敬畏有加。可旁人却不这么想,觉得怕老婆的男人没出息,同类人则说:"怕是爱,爱才会听话,听话是维持稳定的最好办法,也是高素质男人的体现……"

第一篇
欲
生命的本质、存活的动力

只有熟人，偶尔当着郝忻面开开玩笑，"脚板平的男人，怕痒！"①

或云："能干的女人旺夫，有福气！"

郝忻听了笑而不答，心想世上没有绝对的标准，每个人的生存社会、历史、文化不同，自有不同的活法。他经历过社会动荡、逃离、漂泊、异乡拼搏的日子，此去只望不穷也不富，平安、宁静、自由自在地过日子就心满意足了。若遇上"吹鼓手赶集"——没话找话说，便点点头，默然离去，心底里还为妻辩护呢，觉得别人不了解她——为了这个家，妻活得又忙又累，还常常刻薄自己，何况自己是镂刻着历史"印章"出生的，因而，旁人的调侃不但起不了作用，反而容易激发他的记忆，于往事的回忆感受冷冷的痛、淡淡的酸，以及承受岁月流洒后留下的沉重。

这或许叫命运——

母亲说她结婚后的第三天，时任国民党陆军营长的父亲接到上级通知：立即归队。

临别前，父亲对女人说："此去生死未卜，希望有个孩子陪伴你。"

从此，杳无音信。

1948年一个严冬的风雨夜，母亲因胎位不正难产，幸亏接生婆经验丰富，几经推转，我才带着委屈的"烙印"来到这个世界上。我的降生给母亲带来希望，却留给自己挥不尽的霉气和艰难。因出身不好，自幼年起看到的眼神、听到的啐语、觉察到的奇异表情均与周围的孩子不同，我不知道是什么原因，以为自己是不受欢迎的人，向母亲求解，她就默默地将我抱在怀里，抚摸我的头，说："妈在这，别怕！别怕！"待我上学后，又觉得自己害怕人多声闹，更怕雷电，好像是冲着我发怒似的……母亲说或许与她怀孕时期听到太多的炮响和轰炸声有关……那时啊，每声枪响、每阵轰鸣均让她想起丈夫，"也许完了，也许会回来……"多少思念多少牵挂，在肚里在肠里，无人知晓和过问。

有了记忆后，我如同生活在栏栅外的小羊，受人欺负鄙视，诚惶诚恐过日子……

---

① 民间传说腋窝和脚底怕人抓的男性怕老婆。

岁月留给我最佳的生存方法不是离群就是沉默，在离群中自乐，在沉默里咀草，在成长路途中不知所措……好在叔叔是抗美援朝的英雄，教诲我"划清界限""重在表现"才是唯一的出路，并于复员后将我带到城里上学。

16岁，中学没毕业与同学一起参加"大串联"，数月后回城不久，"烙印"就被亮出来，随之没完没了地"谈思想"，终究因对父亲问题一问三不知遭打挨骂，当轰轰烈烈的上山下乡运动开展时，为表"红心"主动报名回老家务农。经叔叔指点资助，一面务农一面自学。两年后，一念也随队下乡了，她与其他四人分配到我的家乡。我因台属关系受人歧视摆布，没有人愿意接近我，一念比我小几岁，常常私下向我问长问短，我不是躲避就是低着头东张西望不敢多说。渐渐地，我开始暗中帮她修整农具，为表谢意，她经常将家里寄来的食品或文具分送我，久而久之，就对我流露想家和没有未来的苦恼，没有旁人的时候我就用叔叔劝导我的话安慰她，只在私底下发几句牢骚。

一念渴望能继续上学。无奈希望如泡影，娇滴滴的脸，变成汗淋淋的农家姑娘。

数年后，一念获得乡村幼儿园教工职位，同年秋季我被调到镇图书馆，我爱书如命自然推荐给她看。当我们已习惯无奈、谈不上理想梦想的时候，听到了"恢复高考"的消息，那一刻不知该笑还是哭，只有木然和沉思。

次年，我和一念分别考入大学中文系。从抱冰握火的贫困乡村到城里求学，无论谈情说爱或毕业后成家立业，心越贴越近，思想田园越开垦越宽阔。不久，竟然发觉知识越丰富越对现实不满足，终于，趁新鲜而无处不钻营的"西风"渐渐东来时，借一念侨眷关系我们先后到达了香港。

没想到十里洋场的香港并非想象中那么简单，物质生活和自由度宽松了，梦想和纯情却随之消逝，代之而起的是求生的艰难和激烈的竞争。尽管夫妻相濡以沫、互相鼓励，学习品尝芦苇的品性、蜜蜂的勤奋和山溪的勇气，但命运依然多舛。

幸好世界在变化，80年代末，随着香港的移民潮我俩移居到欧陆。不料世上根本没有理想的栖身地，新环境新语言开创了新烦恼新茫然，经"想象"和"现实"的碰撞后，"前者"终于让位了"后者"。为了生存，不得不到糖果厂工作。

第一篇
欲
生命的本质、存活的动力

无奈的决定竟然像旱地逢上春雨，滴滴入土。

糖果厂收入稳定、工作顺心外，尚有几位贴心的同事，他们均为学历非浅的移民，有毕业于东南亚神学院的师母，有来自世界各地专制国度或战乱国的各式各样难民：工程师、记者、医生……

移民心里清楚，若想在异国他乡继续原有的职务就得学习该国语言并继续深造，糖果厂不过是过渡时期的"跳板"。郝忻则不同，过去的日子让他觉得身不累，心累！身处言论自由、无人监管、秉法行事、全民福利的国土，夫复何求？偶尔一念看到待遇更好的工作招聘往往来不及思考就被同事打住了，"广告信不得，除非遇到你的专业。"师母更是劝导："不要这山望着那山高，凡事虚空，虚空的虚空。"一念想站稳脚再说，只能边听边罢了。

夫妇上班下班，生活无忧日子平静安稳，不觉数年过去了。

每念于此，郝忻对妻除了感激尚存敬意。没有她的谋略和决意，何有今日？更遑论业余时间的书趣与独趣。唯年来情况有所不同，妻一旦谈论工作或家庭大事时有所唠叨了……

"唠叨"是女人的难免，关键是郝忻去年秋天无意间经过唐人街看到华人海鲜店门旁摆着来自中国的大闸蟹时，竟然触景生情想起杨老师，并发生一系列的心理变化。

杨敬书是他高二时期的语文老师，出身书香门第，学识渊博，教学认真，讲究生存素质、情趣和嗜好。每年秋风乍起，逢周末杨老师就去菜市场买几只大闸蟹，约三两好友上座，以酒、醋、蒜泥为作料，经剔、挑、吸将蟹肉吃得一丝不留且能保持蟹骼的原状。杨老师自封是吃蟹专家。文友起兴便即时作诗或酬答对联。印象最深的是有天晚上，杨老师夜归时在家附近垃圾筒旁看到一纸盒内有几只即将断气的大闸蟹，取回家美美一食，然而下肚不久就呼吸困难、脸色发紫，经送医院抢救捡回一命。事后，杨老师对郝忻笑道："这就是明知故犯的后果。"

论学识，杨老师对《浮士德》《堂吉诃德》和《红楼梦》《鲁迅小说集》尤为痴迷并有所研究，业余时间竟然对爱好文学的学生说："浮士德和堂吉诃德名垂千古的最大原因是因为这两人均具有共同的'纯性'和'傻性',但,'纯性'不是'无性','傻性'也不等于'无知',浮士德和堂吉诃德集'糊涂''智慧'于一身,成功时认同有限,荒唐里流溢无畏,失败中隐藏着斗志……可笑又可爱,但,贾宝玉想'纯'不能纯,想'傻'却不傻,装不像、也学不了,至于鲁迅笔下的阿Q和孔乙己,是地道的低能和愚昧还是傻纯的另类?有意思有意思,得好好思考思考,比较比较。"

郝忻是杨老师的得意门生,老师还时常推荐他看中外名著。然而,面对杨老师的论述,只能洗耳恭听没有异议。移居欧洲后看法有所不同,就浮士德和堂吉诃德而言,郝忻更崇拜浮士德,因他虽荒唐却博学,糊涂时能克制,享乐中有追求。杨老师曾说:"《浮士德》和《红楼梦》里的主角均由原型塑造而成。《堂吉诃德》《阿Q正传》和《孔乙己》则代表着一个民族的灵魂。"

由大闸蟹想起杨老师,由杨老师想起生存与命运,因生存与命运又想起了为何中西方艺术家的视角、发觉、构思、书写如此的不一样,差异在哪里?……就这样,郝忻由"思"生"念",由"念"生"定",因"定"引发出新志向,加之异乡生活清静无喧,人际关系单纯少虑,何不利用业余时间继续探究杨老师遗留下的"问题":浮士德既是民间传说中的人物,那么,真的原型如何?个体的"傻性""纯性"与"民族性"有什么不同,距离在哪里,为什么呢?

有了这个新意向,郝忻渐渐淡忘了"爱妻、尊妻、顺妻"的自训,此后,一有时间就往图书馆找资料、做笔记,还抽空到浮士德原居地参观、走访和拍照片。假日和几位同事游览德国时,趁最后一下午,自行独往参观魏玛区的浮士德生前居所和他平日喜欢去的咖啡馆和酒窖等地……

面对酒馆内墙上的浮士德浮雕,郝忻自言自语道:"你精通哲学、法学和医学,怎么相信起魔鬼的妖言还被其引诱?最终……要不是天使相救……你的结局,堪何设想……"如此呆立一会儿,又想起了杨老师:他真不幸啊,"文革"时期,杨老师的"比较论"被同事上了大字报,造反派说他崇洋媚外,是彻头彻尾的卖国思想和行为,其后又在他名字上大做文章,将"敬书"与"看不起工农兵"的"读书论"相提并

第一篇
欲
生命的本质、存活的动力

论,受批判外自然少不了斗、批、挨打和受罚。杨老师不堪红卫兵折磨,"文革"早期就服毒自杀了。家人一听是"畏罪自杀",便草草火化,连骨灰都不敢要。想到此,离开浮士德浮雕后,郝忻边走边喃喃自语:"杨老师啊,要是你还健在多好!愿和你一起研究,完成《傻性和奴性》的巨作。"

"我正想咨询呢,你呀,出国后,怎变得无所事事?哎呀,'只患立志不坚,只会听人言语'……"郝忻似乎听到了杨老师的埋怨声。①

他怔了一会儿,自觉自己窝囊、没出息。"这么多年过去了,在安逸舒适中度日,没有过去也没有未来。正如刘过诗云:'男儿无英标,焉用读书博。'"②

从魏玛区回来,郝忻决意钻研比较浮士德和阿Q精神,视《傻性和奴性》为回馈社会、报答杨老师在天之灵的礼品。因而一有时间就到各地旧书店采购有关浮士德的生平传记,周六特地到跳蚤市场寻找旧物上的浮士德塑像,拍摄浮士德穿戴的服装、领带等式样,并关注其"长大胡子,颈围绉领,穿戴大和线帽……"的音容笑貌与走路行态等。

郝忻终于找到了自己在异乡的心灵落脚点,有盼望有方向并于自我天地里忘其所有,不亦乐乎。奇怪的是,他越了解浮士德就越喜欢他的傻气、单纯和认真,后悔当初没有将学习笔记收藏好。

久而久之,回到家里不由得暗自模仿起浮士德的言行举止,"坐在桌头,手持镂花酒杯"……若在书堆里琢磨就不敢太声张,怕被妻取笑。平日边看外文书边查字典,或将一些费解的词句带到工厂向当地人请教,逢上兴来,稍稍在卧室里学步,将挂在墙上的非洲木刻头像假设为梅菲斯特,学着浮士德的口吻对他说:"我不知道怎么适应这个世界。在人面前,我觉得自己十分渺小,我总是非常尴尬。"

---

① "只患立志不坚,只听人言语",出于宋·朱熹《性理精义》卷七。句意:只怕志向不坚定,只听别人的讲论。

② 宋·刘过《怀古四首》诗之三,意为男子汉如果没有远大的志向,那还用得着读许许多多的书吗?

有一天，郝忻在小报上看到一则消息后便背着妻儿跟随两个洋人学者再次前往考察"传说中的浮士德博士陵园"。

那是隐于一片四季常青针叶林内的几处废墓，在一潮润阴湿的残缺偏斜的长形墓碑上，隐约可见经风雨浸湿后的一些模糊拉丁字母，读起来好像是"浮"什么"德"博士，洋人细细观察着死者的名字和家族姓氏，触摸了半晌，才半信半疑道"有待探究"。只有郝忻在心里打鼓，"可能是假的吧？"

离开墓园后，郝忻的灵魂有所"升华"了，对于西方优雅丰富的物质生活、安于清静自在闲暇的活法渐渐不感兴趣了，开始追求心灵的富有和满足。于是，原先进入眼帘飞驰的列车、高居海面的河水、浮动的房舍、游走的风力发电站等新鲜图景，视同故国家园中不曾见过的无数名胜古迹和现代化景点，觉得有志者应该在这些表象里挖掘出真正的具象和真相，即中西文化、民俗习惯有哪些方面堪称不朽？对社会和民心是否有影响？

一念看出他的变化，深感惊奇和困惑却不知所措，只好一面耐心咨询男人变化的原因，一面用女人的温柔关爱感化之。可惜郝忻不但没有听入耳，反而更加痴迷浮士德，坦言准备继续穷究杨老师的未竟之业：研究傻性和奴性的实相与原因。不料这份乐趣很快遭到妻的嘲弄："两边不到岸的边缘文化人，谈得上这么复杂又不容易的研究吗？谁将你放在眼里？"见他不理不睬的样子，妻的话越说越多，进而批评责怪他衣食无忧才会想入非非，准是得了哪一类的幻觉症。

此后数月，郝忻越来越发觉妻的唠叨一点不逊人，偶尔反驳她一句，就像海潮似的汹涌而至——"麻袋里的钉子还个个想出头……大丈夫本该有志！我高兴都来不及！可你不切实际，说重些，不是时候……"

妻说多了，郝忻最好的办法就是悄悄走开，到图书馆去。在那里待上几小时，除看书、找资料、租借世界著名影片外，还可以就地看电视或到咖啡厅消遣消遣……

事后妻知道了更加生气，觉得他成心和自己过不去，自此，凡是见他想溜的样子，女人的神经即像旋转中的轴上弦，越转弦越绷得紧……但最终，他还是走了。

几次下来,女人见他回家就心火飞扬,一面唠叨一面不由得神经质似的挥动起手指,有时冲进书房,站在书架前看到什么抓什么,丢呀摔呀扔呀挥呀……发泄一番情绪再"叭"地往客厅椅上一坐,泪水潺潺而下,心火随着流畅的泪水慢慢降温后才暗问自己:"怎么会这样呢?能解决问题吗?我真是个没有教养的啰唆婆?"自我反省一会儿,这才回到书房将散落在地上的书捡拾起来,看看摸摸,见到封面破损或纸页开裂处又心痛起来,连忙找胶纸修补,抹尘擦桌,将歪歪斜斜的书籍摆正。

一天傍晚,郝忻背着装满图书馆租借的书籍回家时,妻全然地明白了,不但没发火,反而心静而无言。

就这样,她在埋怨和无奈中沉静了数天,不说、不理、不按时回家,只给他封了个外号——"文呆呆",并调侃自己道:"唠叨婆"遇上个"文呆呆",没人关注,没有评委,没了胜负。何况儿子像一根绳子拴住两只蚂蚱,谁也跑不了。夫妻只能在不同的观念里发怨、憋气,自起、自落。

幸好妻压根儿没有轻视他,不是有人说找书呆子的老公可靠吗?于是,"文呆呆"叫多了,倒成了丈夫的爱称,可惜,一旦遇到具体家事,彼此想法看法不同时,"文呆呆"就成了她口中的贬义词,因为它总与责怪和怨气联系在一起。尽管如此,白天黑夜,春夏秋冬,月月年年,夫妇间不同意见也好,牵强附会也罢,但,饭照吃,日子照过,转眼,数年过去了。

二 家是真性情的舞台

春潮乍起的时候,时势变化和躁动随着大自然的苏醒跃然于世界舞台上。"美国对南欧开战啦……"电视报道、报刊文章、耳闻目睹等消息,像数条红娃鱼游入一念的心湖，新鲜活泼，欢跃欲飞。

红娃鱼的特点是朝风浪的方向游去。

此时洋人关注的是南欧战争，外侨则顾虑局势是否波及切身的生存问题，自然而然将目光朝向东方，哗，风水轮流转，那里正瞬息万变、经济腾飞！处于千载难逢的好形势。一念不由得将目光望向丈夫，暗中关注他的言行举止，看看有什么变化没有，可他依然故我，找不出什么异样，工作，读书，学外文、查资料、做笔记，宁静安详。然而，阵阵东风徐徐西进，吹得一念闷闷不乐，深感若有所失又说不出所以然来，只好苦思默想，自我探究，最终发觉"家"竟然是没有逻辑的符号，不过是"肉身"的蜗居所。

身处"物"与"情"的时空，一念觉得自己不过是个园丁，常年辛勤耕耘、灌溉守护，得到的却是花不艳、果不实。为了获得种子、蔬果和花朵，她决定来个改变！对于丈夫的生存态度和言行举止越看越不顺眼，越想越不开心，觉得他没有责任心。可难就难在："左看右看"不顺心，又没有什么理由责怪他，"不管怎么说，他还有份工作"。

正不知所措时，女友舒棋的来电触动着她心湖的红娃鱼，"听说当年上我家求助的那个难民乡亲，获得居住权两年后就开了个杂货店，今天开张呢。还有原先被上海人看不起的那位'小瘪三'也置业买房了。同样出国，人家风风火火过日子，我们是教条加油条……难怪同人不同命……"舒棋神情激动又羡慕，但，话还没说完，一念就听得不耐烦插道："有啥可比？不想听！"借口有事想中断电话，不料舒棋好心多问了句："你妹妹一靳有主了吗？有人要我介绍华人女子呢……"

"你就别管这事了。她知道后会不高兴的。谢谢，再见！"一念关上手机后闷闷不乐，一方面觉得舒棋能交到什么像样的朋友，另一方面舒棋的余音像一团乱丝在脑海中织起一张新网，原想扼杀的"小虫子"重新在网上爬来爬去，加之隐藏心底那些不时地飞跃躁动的红娃鱼的冲刺，让她烦躁不安、百感交集，不由自问："我们俩，怎么像是两股道上跑的车，总走不到一起？"耐不住情绪的压抑，老脾气又来了，对丈夫埋

第一篇
欲
生命的本质、存活的动力

怨道:"房子太挤,儿子的开销越来越大,每次购物均得精打细算……"自觉言之有理,便趁傍晚餐后突然扬起眉毛,侧过身子好声好气问男人:"家庭重要还是爱好重要?"

男人说:"都重要。"

女人掠了他一眼,见他眉头紧皱、左右为难的样子,竭力克制自己情绪:"谁不想无忧无虑?只是,潇洒也得有时有候……"过一会儿,突然压低声调翕动着嘴唇道,"又不是老到不能溜湫了,中年正是办大事的时候。眼下日子不就像当年牛车盘里的路线,走来走去,还是老样子。"一面目光在他脸上扫视,一面等待他的回话。哪知郝忻早在中国就磨炼出一副好脾气,同事形容他像铁路上的枕木,经得住压力,亲人视其如一块海石,风吹浪打不反抗也没有表情。

她急了,"哼"一声气呼呼转头离去,刚走几步又回过身,"老公,别太过分了……我没吃白饭,身兼两职啊。"男人没将她话听入耳,起身往客厅近窗处的台桌前一坐,慢慢地挪动着电脑,按上开关。她嘘了口气道"凡事得有轻重缓急",说完搬过一张椅子,坐在他身边,柔和问道:"你不想有间属于自己的书房吗?你不想培养儿子成才吗?这些要求,不过分吧?所以——还得加油,奋斗!努力奋斗!……"

她说啊说,有逗号,有句号,更有破折号,又劝导,又埋怨,中间还掺加些可以接受的揶揄。郝忻依然不顶、不说、不气、不闹,处处随和,事事顺从。女人终于火了!脱口而出一串长长的铮铮铿铿的"文呆呆!文呆呆!傻呆呆!笨呆呆……"

如火如荼的声调撩过男人的心坎,又热又火,触动了他的神经,突然转过头,弯着腰,不痛不痒道:"老婆,够了,别再唠叨了!"

老婆倏地站起来,围绕这句听惯了的词语气急败坏,"什么?唠叨?啰唆?我可不怕这绰号!完全是男人贬低女人的俗语!冤枉啊!我是被'逼'啰唆的……为了家庭,多年来,我一直承受着委屈和冤枉!你说说,眼下现状,你真的满足了?"

男人没作声。看样子心神惶惑、不知所措,坐在靠椅上,两手交叉腿间,像静坐听审的犯人。妻又说了几句,无奈地走开。

经这次交谈后，女人的性情也有所变化，有时用严峻的口吻劝他别陷入书呆行列，免得成了个今世的郎玉柱。①

有时双手抚着心口对着男人苦笑道："老公，算了，我认命了！随你的便罢！"

从此老公在她心目中是个无可救药的"文呆呆"。

奇怪的是女人话一少男人反而显得更加拘谨。是啊，看尽了她的表情，吃惯了她烧的菜，听熟了她的声音，闻遍了她的体香……那么，将"文呆呆"视为爱称吧。久而久之，还能从其声调的柔硬、轻重里识别其情绪的温度，以便选择应对的方法：女人面色温顺时，郝忻便放下书走到正在炒菜的女人身旁道："老婆，对不起，别生气。"主动承认自己个性呆板、主观、自私、执着……妻含笑侧过头，瞥了他一眼道："慢慢改吧。"郝忻听了连忙伸出右手，拍拍她肩膀，不再作声，然后像孩子般摆动着双臂，姗姗离开。偶尔，听到女人声调又高又尖又硬的时候，就出门上图书馆，或任其开始与结束。

但此时，他很麻木。

彼此均觉得有点累，也许，安静是消除疲劳的最佳选择。

日子一天天过去，同一屋檐下的夫妇，哪怕"吃饭啰"一句话，就够达意了。

时间尽管无声，物象则随形变化，影响着人的表情和状态。加之世纪末的脚步声一天天接近，日趋成熟的一念也日益现实，认为大人物操纵着社会的政治和经济，小市民是说不上话的，何况物价、医保和司法新策的变动，已让人招架不住。但，牢骚归牢骚，依旧照睡、照吃、照工作。只有"家"，不因岁月的流逝和权位职别的高低改变。对爱情婚姻的感觉和渴求，它是大人物与小市民同样的归属。

想通了，夫妻间即使有一大堆不同意见和看法，各人照样上班下班，默默地分工合作，偶尔口角，有像狂风骤雨的，也有如小虾过溪、水花波荡一会儿，悠然依在。若说与洋人夫妻的口角有什么不同，那就是华人多了一项对中西社会、文化、经济、

---

① 蒲松龄《聊斋志异》中的书痴。

第一篇
欲
生命的本质、存活的动力

政治的比较或议论，以及结合自身社会文化的探索，如近年来故国在崛起，在腾飞，全世界的人均在关注和观望，华人尤为重视。

当新鲜多彩充满活力的云朵越来越多吹往西方天空的时候，一念看啊想啊，虽不知与她有什么关系，却离不开稀奇和希望、矛盾和牵挂，常常蠢蠢欲动，悲喜交集……偶尔问男人："文呆呆，你真的无动于衷？"郝忻说："崛起是好事啊！"女人说："我不是这个意思！"文呆呆皱着眉头问："那是什么意思？"妻转身用手指点着他的肩膀道："你真是个文呆呆——呆！呆！呆！"说完，拂袖而去。

郝忻回头瞥了她一眼，为耳朵一连蹿入几个"呆"声而生惊，多时"自得其乐"的心境终被扰乱了，预感山雨欲来风满楼，连忙往客厅书桌椅上一坐，双脚相叠，右小腿不停地摇动。直到女人忙别的去了，男人才起身进卧室。

客厅清寂宁静，直到儿子放学回来才听到碰碰磕磕的声音，接着厨房内响起了瓷碟和刀具的碰撞声。儿子整天吃不饱似的，妻怕他营养不够，取出贮存食品忙于备料、烹调，直到儿子肚子饱了才收拾碗筷。

当夜幕来临躺在床上，女人才乘机对着枕头旁的男人说："瞧你儿子，胃口比你还大！唉，打工不是出国的目的。"男人虽有所附议，但已习惯朝九晚五的糖果厂工作，不想改变现状和生活习惯，只好哭丧着脸再次真诚地表白自己不想辜负杨敬书老师的意愿，想利用自由宽松的业余时间，继续探究浮士德、堂吉诃德与贾宝玉、孔乙己和阿Q精神的异同，书写一部传世之作——《傻性和奴性》。

妻看不到他的表情，只能叹气。

郝忻难得解释道："老婆，别误会，傻性和奴性也包含着民族性、社会性和文化性，多有意思啊！"一念扑哧笑了声，"你当我是没文化品位的厨房婆？谁不愿有个能写传世著作的丈夫？别忘了初到欧陆，只能先站稳脚跟，但不是长久之计。眼下的住所又旧又小，再说识时务者为俊杰，安身立命后，才谈得上志趣……"

郝忻不耐烦道："这不挺好的？社会稳定，福利有保障，自由自在、无忧无虑，酬薪虽有限却足温饱！"妻立即深深地呼出一口气，驳道："传世之作？有什么把握？忘了你是谁？一个不沾政治又没有任何背景的边缘人……"这句话真有效，男人立即从烦躁的口吻转为幽默："你啊，能干、聪明，可惜就是没有个人的兴趣，殊不知，心之神往，便是乐事！跟边缘不边缘有没有背景没关系！"说完咧开嘴笑笑。

听到笑声一念心火更加旺盛，扫兴地"哦"了声，觉得自己像爬铁桅的耗子似的，得不到抓拿，反而日渐地往下滑！于是越想越不甘、不愿，不由暗道："为了家庭和孩子，必须不屈不挠！"

新思路新性情开拓了她的新思想，决意改变交谈方式，尝试新方法。

翌日，傍晚，即为丈夫烧了几道他喜欢的农家菜，餐后儿子进房做功课的时候，妻以温柔商讨的口吻接近男人道："老公啊，当下可是千载难逢的机会，不如趁休假时间回国看看，一不影响工作，二若无收获照旧打工，毫无损失，我也从此听你顺你，不再有怨言。"话音刚落又补充道，"还愿从旁协助，帮你实现理想。"

一串又清又柔又甜的话语，终于出现了滴水穿石的效应，果然，郝忻转过头，搔脑袋道："其实，年前我无意想到老外对中国太不了解，若能开设一所'翰林院'多好！于己于社会均有益，但需要一笔开张费。"

妻如喝了一杯清凉茶，吃惊地呆望他一会儿，待回过神来才意识到原来男人也有自己的想法，立即撩起眉毛道："这就好，这就好办了，离开工厂再说，骑驴找马，总比现状好。"随之坐往他身旁亲昵地补充，"这就对啦，也算是个志向，但需要钱呀。你，终于明白钱的重要性……这样吧，赚到钱就开办'翰林院'，如何？"说完伸出右尾指，"来！"

"关键是怎么个赚法？不那么简单啊！"郝忻不由得伸出右尾指，与其钩之。妻安慰之，"当然比写传世之作简单容易啊，试试便知。"

"那就试一试吧，输了别怪我。以后少点唠叨，赚到钱，归你，业余时间我自己做主。"主要原因是他没有忘记那属于命运的爱好：书法和拉弹。那是小时候外公手把手教他的，道理很简单："有技旁身，说不定哪天用得上。"只是出国至今没有心情也没有时间顾及之，也许，有了"翰林院"才谈得上爱好。

第一篇
欲
生命的本质、存活的动力

"想通了就好，一言为定！"一念将男人的尾指抠得紧紧的。

这是出国以来最亮丽最成功最舒心的一次交谈，悬挂心中多年的一块闪闪发亮的宝石，终于有了位置。新的希望、新的生活、新的征程、新的起点，让一念激动了好几天，平日每晚看电视不忘关注的天气预报，此后更为重视，生怕忽略了他的"误区"。（郝忻自小怕雷电，需用耳塞备身。）

此后一念更加关注故国传媒的报道，逢有关信息看了又看，一面左思右想，一面写信给亲朋故友，咨询、折腾、再咨询，如是滚滚热血、眷眷心意终有收获，得知大学同班同学陈立励现任 B 市省立医院领导后，立即主动联系之，暗示当下国门虽然开放，但也不可盲撞乱蹿，只有可靠的老友才谈得上互信、互助和互利。

陈立励大学毕业后学非所用，当了几年的基层干部，幸逢走访基层的省政府同乡领导的青睐才一步步往上调动，虽很快品尝到"权位"的实惠，然良知尚存，处事小心谨慎。然而毕竟穷了几十年，诱惑难挡，何况对方是老同学，相知、相信，加上一时上下皆知的口诀——"有权不用，过期作废"。

一念再三表明自己的忠、信、义，可靠而不害人。陈立励一时心旗飘忽、神思不定，思之再三，直到周日在家饮了几杯红酒后，这才像醪糟似的被烧热后发了气，决定将院里计划进口的全套新设备想方设法让一念订购进口。

"权"是万物的轴心，一切附件均随之忙碌运转和运作。陈领导略对具体操办的员工暗示几句，便心想事成了。

苍天不负苦心人，一念时来运转，像踢球上天似的没有困难和阻挡，即时用郝忻名义注册一家贸易公司，在很短时间内就向 B 市医院进口两批最新式的手术医疗设备和医疗用品，事后一念将一半的盈利转入陈领导的国外银行账户，另一半真的为郝忻开办了一所"翰林院"。

意外的收获令夫妇感到无法形容的快乐和感激，真是：笑在眉上，喜在心里。

大地正在解冻，积雪日渐融化沿着屋檐滴滴答答地流，草地上的薄霜终于无法遮盖得住绿意，沼泽上的薄冰不时地发出噼啪破裂声，树皮因吸足了水分，变得滋润而饱满。明媚艳丽的春景使人精神为之一振,种子陆续在春光春雨中复活。一念见之,无意间举起手向萌发的春花飞吻,心想人间事,有时千辛万苦、白费心机,有时易如反掌、心想事成。

告别工厂的凤愿如愿以偿后,一念才告诉老祖祖和妹妹一靳。一靳听了,嘴里说庆贺,心里则觉得改个行有什么大惊小怪的。

开幕那天,一念兴奋得热泪盈眶,郝忻也觉得"气管炎"(妻管严)不是毫无益处的,过往的执着也许是"极左思想"在作怪。

幸好在投资"翰林院"的事上,夫妇志同道合,进展顺利。妻觉得"杂货店""中餐馆"等均是没文化的华人生意。"翰林院"物以稀为贵,郝忻以自己的专长赚钱,高雅有识,光明磊落,充满前途和希望,说不定哪一天就名利双收了。

真是今非昔比,无论经济效益还是个人的自由尺度,糖果厂和"翰林院"不可同日共语。

难得郝忻在这一连串的变化中依然不忘思想和追求,认为"翰林院"是"物"、嗜好是"趣","物""趣"互动,其乐融融。初次心服口服地承认妻比自己灵活聪明,即生存无忧了才谈得上"情以物迁"的志趣。

开课前,夫妇俩商议招生的章程、措施以及安排好分工合作。郝忻还暗中自责早不听话,否则可少走些弯路,早点享受嗜好。但,世上没有后悔药,生活在继续,有弥补的机会好过永远的缺失。

一念一有空就到"翰林院"帮丈夫打理杂务或清洁卫生。学生的笑语带给郝忻快乐和梦想,久而未闻的琴声重新在心里缭绕。儿子向正的同学约翰喜欢中文和拉拉弹弹的中国乐器,还占到时间灵活、学费打折的便利。其他同学对二胡的功用十分惊奇也很感兴趣,向正解释不了就说:"那当然!"说得多了,"那当然"竟然成了他的口语。

一家三口的生活水平随着"翰林院"的收入提高了,逛商店或到外就餐不再视为奢侈。这天午后,一念独自往 HM 商场购买"翰林院"需用的日用品时,没想到走到

第一篇
欲
生命的本质、存活的动力

商店大门就遇到舒棋。舒棋见之欢喜非常，说近日忙于小屋换大屋，特来购买新式窗帘，"呀，窗帘可是新屋的第一必需品。"

一念也告诉她郝忻自从有了"翰林院"，脑子比前灵活得多了，凡事不再那么死心眼。

站在舒棋身后有位中年女性笑了笑。

舒棋见一念好奇地转动着眼睛，转身将身后女友拉前几步，介绍道："她姓梅，叫与雪。才女，诗人。第六感特灵。"

"第六感？具备预言的能力？"一念立即客气地和她握手，"很高兴认识才女，日后有望请教。"舒棋随之豪爽道："她送我的诗集笨人看不懂，糟蹋了，还是转送你，才算门当户对。"一念向来对才女敬佩有加，立即瞥了舒棋一眼，"巴不得呢！"心里则为梅诗人惋惜，怎将诗集送给不识货的人。

舒棋并不在意，一笑了之，那无所谓的转送赠品的神态深深地烙在梅诗人的脑际里，以至神情尴尬、表情沉默。舒棋觉察到她的敏感，解释道："不是我不想读，是诗句太深奥，看不懂。你又将远行，问都没地方问，改日我请教她较容易，更有收获呢！"

一念笑道："那得有回报，遇经典句得背诵出来。"舒棋说没问题，"只怕今儿记住了，明儿又想不起来呀。"

梅诗人低声补充说："不会中年就犯痴呆症吧，要不就是脑袋儿全被男友占满了？"

舒棋立即伸出大拇指夸赞："不愧是预言家！是啊，我笨，才离不开男人。"梅诗人心想："难怪男人加女人，天圆地方。"

一念含着笑对梅诗人点点头，表示喜欢她的直率和坦诚。梅诗人难得逢到喜欢诗的读者，顺手从手袋里取出一本新诗集《歌与泣》送她，一念高兴地谢了谢。

舒棋突然侧身对梅诗人说："我是黄铜，你是金子，成日藏在暗处，要不是今天巧遇，别说不知又有新诗出版，恐怕见面也难了。听说你将移居？"

一念转身望了望梅诗人，等着她回话。

舒棋替梅诗人回答:"她不喜欢热闹的地方。"

梅诗人笑而不答,脸上流露一种单纯的宁静与安详。她不想告诉任何人她的去向,只留下她挚友的电话号码,"有要事让她转告就是。"

此时身旁顾客来往不绝,一念对梅诗人说"幸会",希望改日再见。梅诗人默默地点头,将目光投向舒棋,意为"以后找她就行了"。说完握手话别,各自进场购物。

一念边购物边咀嚼着舒棋的新话题——小屋换大屋。心想她有什么本事?竟然步步高升,日子过得滋润又得意……"哎,别羡慕了,自己也不错,'翰林院'不比你家小,尚有'名'有'利',夫妇分工合作,按开业前商定,我除了一周四日的商行秘书工作外,尚负责'翰林院'的招生和收费等杂事,郝忻掌管教学和零售文具,日子安详平静。大屋又如何,没档次!"想到此,心里宽松了许多。

往停车场的路上,就将舒棋的话消化了。

进入车位后,好奇地取出梅诗人的诗集,这才关注起《歌与泣》的书面上隐约可见有位女人是由变形的点线组成的,稍不注意,像韩国文字似的。

顺手翻了翻,一眼就被《失眠的星星》所吸引:

太阳看见了星星
是因为星星昨夜失眠
瞧那倦意闪烁的眼睛
映着月亮纯美的身影

星星昼夜依守天庭
痴痴拥抱苦涩的思情
假如爱的名字是希望
清纯就是希望的阶梯

云朵飘啊飞呀地召唤

真诚地邀请出月亮

太阳老人调皮笑看

将彩霞披在月亮身上

星星捧着沾满朝露的鲜花

在银河畔低声轻唱

"感谢太阳公公的热心,

让爱的梦幻天长地宽"

这时,车旁有部红车开进,一念连忙合起书,为梅诗人叫绝。心想难怪舒棋看不懂她的诗。自己呢,相逢恨晚。

三
处处有机缘

"翰林院"开办三年来,郝忻一家人的日子像鸭子吃小鱼似的眼睛直朝上,先后实现买车、贷款供楼等愿望,代之'唠叨婆'和'文呆呆'的称呼是亲昵的"老婆"和"老公"。可惜生活刚有情意、诗意和些许的阔意,世情又有了变化,因留学生逐年增多,不缺能写会唱的华人。秋季报名名额明显减少让一念有点失落,老公却毫不在意地说:"没什么,暂时现象。"入秋后,忧愁再次伴随着女人,晚上不易入眠,白天到"翰林院"更加百感交集,一向自强自信的一念,此时却没有了主意。

心情低落时自然而然想到舒棋的"小屋换大屋",虽然当天就将这话"消化"了,但"消化不良"引起了不舒服:"一位什么都不是,仅靠姿色的女人竟然在短短时间内步步高升,世道就是不公平!"

没处泄,照惯例,往商场购物消气去。

郝忻照样若无其事的样子,假日东跑西去,不是参观博物馆就是坐拥书堆。此时正想外出午餐电话响了,妻说在附近购物后想到"翰林院"歇歇脚。

不一会儿,妻又来电话,"携物麻烦,不来了。"

郝忻急忙到唐人街买了饭盒,回程时走着,想着,偶尔边走边看边想,三三两两、前前后后的游客从身边经过,不由得欣赏起在此生活了十多年的异国小城:

Q城古老多彩,人口近四十万,东南部流淌着多瑙河、莱茵河的支流,宁静幽婉,少有时尚的壮观和华丽,宛若一位中世纪的贵妇,典雅文静却不飞扬,游客在此虽看不到震撼人心的景象,却被古老的富有民族色彩的建筑物、铺满卵石的狭窄街道以及城郊青草坡旁的别致农舍、条格外墙和宁静环境所吸引。各人可凭借自己的文化背景去感受和想象那曾经的辉煌和典雅———一如法国人漫步期间,将竭力体会莫奈画里的光与色、想象达利的奇异幻觉;荷兰人面对重彩浓色的景致,容易联想到凡·高的命运;德国人看到屋顶上各式各样的风信物,会骄傲地说欧洲人传承了人类优越的艺术基因……所以游客看到文物总是流连忘返,像观赏罗丹的意象雕塑和倾听贝多芬名曲那样集中精力、视力和听力;只有较为年长的英国人,喜欢观看古老的教堂,回味或沉浸在圣徒享受圣灵的颂赞和祝福里。

离广场西北部不远的长桥外是新开发区,那里有许多与时俱进的具象。数十年来,中东、非裔、苏联、东欧和亚裔等移民陆续移居西欧,多式多样的人种、风俗、商店,不同的生存方式给小城增添了一道亮丽的景象,令单调幽静的Q城呈现生机鲜活、磅礴多彩。

在本地人和外来人构筑的生存空间里少不了华裔的身影。他们早已在老区街巷开起中餐馆、中国杂货店、理发店、武术馆、针灸按摩院等,横竖不一的各式中文广告牌成了召集华人的物象,也是华人谈生意、买中国货或各种联谊活动的聚集处。

第一篇
欲
生命的本质、存活的动力

"翰林院"是该区的一个亮点,大门右玻璃窗内摆列着中国制文房四宝,左边是款式新、品类多样的紫砂壶或各式手制小工艺品,屋内还有代售的报纸、电话卡、搪瓷花瓶、日常小用品等。郝忻除教汉语外,还教授中国书法与二胡。学生肤色有别、年龄参差不齐。只是近来学生有所减少加上零售生意欠佳,郝忻趁此空闲看书或做笔记,不知是用脑过度,还是入春以来气候反复无常,雨季刚过气温持续上升,随后一连下了几天大雨,难得今日转晴,午餐后竟然觉得头重脚轻、昏沉欲眠,正想躺在沙发上小歇,却因幻觉妻可能到来而无法平心静气,起身在小厅堂里来回踱步。无意间,看到墙角外那具久而不用的老二胡,突然心血来潮走过去拂起遮布、吹走灰尘,触摸一会儿又转身而去,继续踱步。

步幅虽小,却很稳重。

往日逢年过节和三两好友相聚一起合奏,抒发身在异乡的怀旧、犹豫、清寂等复杂的情感……此时不知是气候影响情绪还是学生不多的缘故,竟然想起了阿炳,阿炳真不简单……"我还算幸运,工作、婚姻、家庭……还有自己的嗜好,初办时期的'翰林院'如阳光大道,光明灿烂,不料数年后却有些举步维艰。近来,更是不简单。生活能将不同路向的人纠合在一起,为何不让各自的希望充实到底呢?"

周遭宁静。郝忻突然回过身重提那具老琴,坐在褐色木椅上叠着大腿对着窗外的大云朵拉起《二泉映月》[①]……拉呀拉,乐声长短有序……他时而摇头晃脑,时而多情委婉,如歌如泣,或陶醉沉迷,或百感交集,将心思情绪融进那飘扬如飞的乐声里……

突然,电话铃响。他怔了怔,原来是华商会名誉会长老王打来的,说大陆来了位著名的手指画画家,因其远道而来老王想帮画家增加些收入,建议择日在"翰林院"即画即卖。

---

① 华彦钧(1893~1950年),无锡东亭人,小名阿炳,二胡曲《二泉映月》和琵琶曲《大浪淘沙》等名曲的作者。

事出突然，郝忻双手抚摸着颈部，心想："这里有几个华人懂得画艺？何况指画？前几年黄大师到此现场即画的牛图，几百马克都没人要。"老王听不到回声补充道，"华商会从旁协助，华人重人情，收入方面画家和你六四开。"

郝忻犹豫一会儿，说现在正忙，明日回话。老王听他文里文气的话语已猜到几成意思，不再多叙，等他回话就是。

刚放下电话，妻推门而进，"老公，午后特热，没小憩啊？"男人苦笑一下即向她汇报老王来电的消息。一念听后松了口气，坐往木椅道："老公啊，此事坐享其成，利人利己，何乐而不为？"话刚出口又自言自语，"且慢……"

近年华人出国日益增多，耳闻目睹华人骗华人的几桩事后，一念不由得敏感起来，怀着戒心道："老王是好人，就是爱出风头，尤其传媒界记者在场的时候……"说到此，顿了下脚板继续道，"不过，他确实喜欢帮助人。"随之趋前身子叮嘱男人，"小心驶得万年船，待我了解实情后再说。"

这趟没白走，老公秉实相告，暂且驱除她想对老公发泄的心事，转题笑道："今儿买的全是你们父子俩喜爱的食物。"

老公点点头，老婆照常清理完小卧室及办公室的拉杂后，一起回到家。

第二天中午，一念向老王咨询情况时，老王诚恳道："人家原本是来参加一个……一个什么国画的国际联展，不料人家拿到签证时画展已结束了。人家大老远的偏僻地方，难得有机会出国，人家当然不想签了证又不动用……想来想去，人家最终凭着过去到访者的介绍信才敢出境的……放心，人家不是坏人，想看看世界、赚点钱而已……人家自己没出声，是我觉得应该帮帮忙呀……"老王祖籍广东东南部，平日一紧张说话就不太流畅，近年中欧华人互往频繁，时常代表社团领导在欢迎会上发言，次数多了，表达语言能力有所进步，发音造句少了些差错。

一念虽不耐烦地听他的"人家"长"人家"短，但口头还是赞扬他助人为乐的精神，"很难得！"

老王听了咧开嘴嘿嘿笑。他年过花甲，童年因父亲出海当船工而缀学帮母亲放牛。

第一篇
欲
生命的本质、存活的动力

17岁那年从香港到英国帮父亲经营刚刚接手不久的小食店。老王年轻时健康英俊，加上人缘好，成家后人财两旺，可惜逃脱不了华人从事中餐业后的嗜好——工作之余无处消遣，喜欢到赌场"娱乐"，碰碰运气，好在有位贤惠勤劳的芳嫂坐镇餐馆，无论外面风大雨大，日子依然过得有声有色，还将小食店扩大成小餐馆，再发展为大饭店。

子女成年后，夫妇将饭店出售，转而移居西欧。没有人知道他的过去，只知他热衷公益事务，经常出现在欢迎到访的官员场所。这次却不同，他有点借光亮相的兴奋，"人家是高级知识分子，艺术家！人家宣扬中华文化艺术，人家值得帮忙！"此时听到一念的赞赏后，笑了几声后立即虚心道："我幼年父亲远出，阿妈生下弟弟后日益贫病交加，我和阿妈眼睁睁地看着弟弟活活饿死……现在环境好了，可惜我只读了三年书，看到人家有学识，好羡慕……哦，人家是老胡托我关照的，他近日较忙找上我，出门靠朋友……人家那么远来到，我们不过举手之劳而已。"

他灵活激动敢想敢为以及充满沧桑声调依然有力的话语，使得一念十分感佩并立即领会他热忱友善、兜兜转转地请求自己支持的意愿，当即表态"没问题"，立即随着老王的笑声附声道："郝忻性格内向，你人脉多，还望日后多提携！"老王联想到秋后华人社团联谊会准备商讨华人参政竞选的事，立即告诉她："好事多着呢，画展过后我们再约见如何？对了，郝忻笔杆硬词汇多，你让他帮我写份欢迎会上的发言稿，稿费照付。"一念听了笑起来，"这点事我来吧，他得专心帮你筹办画展呀！"

没想到这下可是老王赞扬起她来，"都说他气管炎（妻管严），值得，值得！"

一念笑道："你若听芳嫂的话，早就千万富翁了。"老王再次嘿嘿笑几声后，于电话中重提商议筹办画展的事，间中还插些笑话，如同水上的油花，偶尔相碰下，又各自漂去。

女人放下电话立即电告男人画展可办，但别忘了做广告，"海报应贴在华人超级市场、中餐馆和中华针灸所等一切华人商店的门口。"

郝忻"是，是"地应承着，突然问道："鬼佬呢？"

"希望洋人光临，就得在洋人报上做广告。我想想。"说完轻声补充，"老公啊，是不是处处有机会？就看你动不动脑筋……如广告费问题，你知道啦……"

不知是郝忻不够用心听还是不懂做广告的秘诀，加上爱面子，自尊心强，翌日老王上门商谈一面画展一面现画现卖的准备工作时，表明他会尽力邀请各界亲朋故友外，还乐意关照画家的食住问题，谈及广告事项和场内的服务工作时，郝忻竟然将昨晚妻嘱咐的广告附加条件给忘了。

幸好老王说到做到，几天后，凡有华人到达的地方均可看到"翰林院"的海报，内容包括顾客自己出题要求画作的题材和内容，卖价照宣纸尺寸大小计算，最小尺寸分别为 50~80 美元，现画现卖。至于洋人方面，因广告费太贵，只好将快讯贴在公共场所或路标圆柱上。一念路经时亲眼看到，心里美滋滋的。

不了解指画艺术的人看到广告便打电话到"翰林院"问这问那，郝忻尽情解说，倍感难堪。

从事饮食业者多在周一到唐人街采购食品或杂物。雨过天晴，阳光明媚，棉絮般的云朵时而缭绕时而飘游，街道比平日热闹，一群灰鸽绕着运河旁的二战纪念碑盘旋、有的在米黄色地砖上聚集，或彼此叽喳，或各自觅食……几个孩童在鸽群里不亦乐乎地追逐着，又笑又喊……就近的"翰林院"门前别具一格，几位学生正帮老师接待参观者，端茶送水。一念也请了私假到此帮忙。

老王不愧是生意人，将芝麻说成绿豆大，不但得到华商会成员的支持，且效果斐然，到场买画者比想象中多得多。

午后一点整，老王开始对观众和华商会成员发表欢迎词，听众笑意连连，掌声四起，华报记者忙着拍照……第二发言者是郝忻，他只说了一句话："这是难得的机会，错过可惜啊！"接着亓姓画家仰头走向主席台，他身穿黑色溜光的标准中山装，头发因上了油左右服帖，感言里重点讲解指画的历史以及在中国画坛的地位……当他说到新石器时代仰韶文化的彩陶纹饰，以及东汉科学家张衡也是指画能手时，突然觉得脚趾被人踢了下，立即长话短说，草草结语。

踢亓画家脚趾的杨女士事后暗示道："对不起，他们听不懂，我不想你多费口水啊。"亓画家则流露出费解的神色,杨女士没有多说,转身帮忙郑秘书解开卷纸绳,备好压尺、磨墨、色料等。这时,热爱中国书法的食品厂林老板拉了拉老王的衣角,靠往边处问:"你今天的欢迎词讲得非常精彩,有学识有水平,是谁帮你写的发言稿?"

老王向四周瞭了一眼,微笑说:"到图书馆找的资料呀。"

林老板早想将食品打进欧洲市场,必要时还得出场宣传中华饮食业的保健功效,正想找人代写发言稿,经他一说,失望道:"我以为……不瞒你说,我也想认识一些高人,以备需用……尤其鬼佬在场时……"这时,见一念送茶水前来,老王连忙对着其他熟人"哈喽"一声,趁时而去。

华商会胡先生和学生在两张合并的长桌上忙碌地铺纸、备料,画家配备好材料后耸耸双肩、打开八字脚,左右手一按、一伸,随之右手指、手掌代笔在宣纸上纵横涂抹,或蘸色或按捺,笔墨精练、简放,渐渐地,宣纸上出现山前树下一对山鸡觅食的田园画……

观者"啧啧",赞声四起,生意正式开始。

老王负责将画好的画集放在另一台面上,这时,围观的人越来越多,在其指、掌的交替翻动中,端详那浓淡干涩、不成具象的墨色为何物时,说时迟,那时快,只见他指尖稍加点划或勾勒,物象即呼之欲出,形神具足,或高山峻岭,或小桥流水,或树木岩石,或花草鸟禽……

观众开始嘀咕,南方人要鱼或要青竹①,北方人崇尚高松峻岭或虎豹雄狮,闽浙一带人喜欢荷花啦一帆风顺啦,等等……画家根据购买者意愿,有求必应,直抒胸臆。几个在场的洋人面对绘画工具和材料,生疏又惊奇,看着画家的手指目瞪口呆,连声赞叹。

胡先生在旁宣传,"好艺术好意头,价廉物美,难得的机会!"

一时间供不应求,皆大欢喜。

---

① 取"年年有余"和"节节高升"之意。

第三天，亓画家休息间喝咖啡时，郝忻提出要一幅《高岭独立图》的临摹画，亓画家连忙放下杯子，好奇地望了他一眼，点点头，口里吟诵后人对高其佩的画评："拟挽顽儒情，非充耳目玩……"郝忻立即接着道："破履踏来山缩脑，空天惊见一人长。"①

亓画家从郝忻所好已知对方的品位和学识，敬佩外一面着手挥指点画和书诗，一面私下道："此画为赠品。"郝忻不好意思地谢了谢。

买卖持续了四天，可谓心想事成，亓画家除了获得预想不到的经济效益外，画展后老王还特地带他游览附近的著名景点，真是：盲目出国，满载而归。

亓画家临别前对老王称兄道弟，希望后会有期。

老王做善事不求回报。办完了事就像翻过一张黄历，早已不再挂怀，然亓画家回国没几天，某日下午，胡先生夫人不顾丈夫反对给老王打了电话，对亓画家不告而别、过桥抽板甚有意见，说那天清早风雨交加，夫妇在睡梦中接到电话，亓画家自报家门后才解释道："有一重要信件需要面交，说在机场等候胡先生。"胡先生从事中欧生意多年，以为中方突然有什么急事，立即起床赶到机场，打开信一看，才知道原来是上回招待过一位中国著名画家的来信，希望胡先生帮忙关照亓画家。胡先生见同胞三分亲，当下带他回家包吃包住，只是手头有些要事待办，才找老王相助。

胡先生是老华侨中公认的有求必应的老好人，外号"面糊"，数十年来做尽好事却也遭到一些人的嘀咕，说他傻蒙，被偷渡者利用都不知，最终触犯法律惹上麻烦，常常被老婆骂得半句话都不敢顶。奇怪的是，这次夫人却责怪起丈夫的好友老王了，说老王自轻自贱、爱拍学人和艺术家们的马屁，她就看不起读书人，觉得读书人擅长以学识掩盖丑陋，比下里巴人更狡猾、功利，还直接问老公："你和老王吃那么多亏还不清醒……就图个回国公款招待？我们都是血汗钱，没有公款花……"

老王只听不说，偶尔笑道："积德积福吧。"好不容易摆脱了胡夫人的责怪，第二

---

① 高其佩（1660~1734年），清代著名手指画家，《高岭独立图》是他的代表作。

第一篇
欲
生命的本质、存活的动力

天,一念又怪老王不公平,说:"所得的盈利六四开,但招待费(茶水点心)、学生小费不该包括在四成的收入内。"老王说:"这事没有影响'翰林院'的工作,又有额外收入,算啦!就当做一件善事吧。"

一念认为话不能这么说。老王解释说当初郝忻也没讲清楚,现在人都走了,"莫非追讨之?我也没经验,下不为例啊。"弄得一念左右尴尬,放下电话,不得不算啦。

这天傍晚,儿子说放学后和同学一起上街买文具,可能迟会儿回家,正好提供了一念发怨言的机会,怪文呆呆没有基本的经济概念,"老王是老移民,钱赚够了,现在想出名,你怎么和人家比?"说完坐在椅上嘀咕自己如何为提供广告资料、材料、招待等琐事费神费钱又费时,最终竟然自己报销。

郝忻为难道:"你没提醒我,我以为你和他说清楚了。"

"向来都是我抬杆你上桥,你风光我辛劳,谁知你……"她知道说得再多也无济于事,到头来说不定又抛下个"唠叨"字眼,何苦呢?再说自己也不想得罪老王,只好将老王"下不为例"的话记在心里,暗忖:来日方长,赊了把米,也许获得个肥鸡呢。

这预感同时给了她灵感和启迪。

果然不出所料,画展不久,随着中国热烈快速的改革开放,中外华人眼睛均往东方看,将"形势"填在肚里,为前景出谋划策,渐渐地,各人心思意念滚滚而至。

老王经卖画买画一事对郝忻印象深刻,觉得他是个人才堪可重用,建议他夫妇俩参与秋季的华人竞选筹备工作。一念正为"翰林院"出路愁烦,表面同意老王"开拓华人新局面"的构想,心里则想竞选啥?政治?没兴趣!只是,有一点好处,扩大接触面!如是私忖一阵又多了桩心事,即,怕男人不肯合作。因而,晚餐后,女人洗好碗,背向电视坐到男人身旁,拿出去年秋天收到的"翰林院"学费单据往他面前一放,"你瞧瞧!"不一会儿,微笑道:"老公啊,世界在变,形势在发展,不进则退,留学生越来越多,能写会道的人,正对着你争饭碗……我们已中年了,贷款仍像流水簿做的衣裳,浑身都是账……"

外表像个勇士的郝忻不知妻又有什么新花样，立即将手头的报纸往小桌一放，皱着眉头道："又来了！又来了！"

妻连忙补充说："不是狼来了，是老天给的机会，到来了！"她将"机会"两字说得又响又重，随之解释中国形势的变化、分析"特色"与"机会"的异同与关系，证实许多熟人一夜发财的事实，最后才转向本地华人准备参政的意旨，"你也知道了吧？"

郝忻边听边睁大眼睛像看演员似的望着她，虽不算美人儿，但体态轻盈，充满自信，平时神情随和，待人接物合情合理，无可挑剔，只是，一旦说起正经事便神态认真肃穆，像发表论文似的，论点论据俱全，有声有色阐述实现愿望的把握和理由外，还能提出可行的计划、方案和作为，仿佛没有失败的可能。

可惜她的心志和愿望只让他觉得烦，还嫌她啰唆。

平日郝忻就如此，对妻的主见貌似洗耳恭听的样子，内心则三心二意，因喜欢平淡自如的生活，能听进一半话就不错了。此时则不同，胸中像长满了秋草，"怎么办呢？"滔滔文理增添他内心的荒凉和恐慌，不由得喃喃重复着她的话："中国变了，开放了，机会到了……"

一念看他态度认真，还有所反应，证实他听见了。

心里的亮光有了回照，女人立即模仿起大款的傲慢神情，继续肃穆耐心地列举古今中外成功人士的例子，自然没忘记补述舒棋告诉她不久就将小屋换大屋啦。"我们哪点不如她？何况她靠色，我们靠的是人缘、机会和本事！"

为了增强丈夫的信心，再次强调眼下的机会在东方，"你智商高，情商也不错，就缺少些经验，可以边实践边摸索啊。"

郝忻一向佩服妻头脑灵活、处事能力强、说话有技巧、具有对抗逆境和征服困难的勇气和胆量，可是，此时……他不由得起身坐在窗前的台桌旁靠椅上。

这是习惯，每逢她口无遮拦的时候他就心乱如麻，不知所措时就会做出这种无所事事的反应……奇怪的是，过了一会儿，好像短短的瞬间，灵感来了，竟然萌生感恩

第一篇
欲
生命的本质、存活的动力

的念头,当年若不是听她的话,怎有"翰林院"?怎有书房?更谈不上供楼和买车?这一想,渐渐从心烦意乱中冷静了下来,还有点自责和内疚感。

妻以为他不想听了,正想"唠叨",突然,听到他低声地叹了口气、流露惋惜的口吻说:"还没有来得及邀请陈立励到欧洲参观游览,他就死了,竟然死在医治别人的自家医院里。听说是会议结束后、路经医院大厅时,突然心肌梗塞猝死……准是忙死的。"

"要是还活着,我们早就发达了,还要你找人脉、寻机会?"一念立即显得怅然若失的样子。

郝忏沉默地拉长着脸,他不喜欢应酬、搞关系,更不愿看人脸色求存活,当年就是怕人情关系网而出国的,想不到,出了那道门,又将进入另一道口。

一念见他沮丧无神的表情,终于提高嗓子不耐烦道:"黄泉路上无老少,死了陈领导还有张领导……不是机会找你,是你得去找机会。"一句话,说得丈夫哑口无言。不一会儿,见男人脸色有所回暖才重新提起神,慢慢道来:"老胡主张华人应走出餐馆业,不但在居住国要积极参政,商人也该进入中西贸易行列竞争,说得对呀!"

郝忏突然转过头,烦躁道:"我们不是活得好好的吗?"

"我不认同。"妻反驳道,随之胸部起伏,须臾,以恳求的口吻说,"老公啊,你确实没经验,不如这样吧,参政参选的场所,均是有身份的人,人情即资本,先活络活络、了解了解情况再说,算是尽人事、听天命,好吗?"

男人手扶椅把,双眼微闭,满怀心事的样子。一念强调人若尽了心,就是失败也心甘情愿。交谈中,妻还将邓小平的"实践论"发挥得淋漓尽致,更强调实践可检验真理外,还可检验智商,因她不相信"我们笨"。说完眼睛盯住他,等他回话后再决定是否喷出压抑心口许久的弹心字——"文呆呆,你,真是……"

郝忏已被"啰唆"辐射得魂飞魄散,只能怠倦地、神不附体地咧着嘴微笑,双眼望着才抹过树油不久的地板,不由得沉吟道:"老婆,别说了,别说了!听你的!"

她定了定神,呆了几秒,突然绽开笑容说:"老公啊,我也是为了这个家,为了孩子!"一念庆幸自己刚才那么冲动幸好没有喷出"真是"后面的三个字:"没出息",是啊,这话不能随便爆出!若脱口,就糟了。

对于这次谈话,事后想来,一念觉得与其说是坚持的结果,不如说是"信念"的胜利。从此确认——人生的愿望和理想,哪怕一丝一点,均需耐心的工作和等候。

郝忻虽"呆",却也明白夫妻如同拴在一条绳上的蚂蚱。为了顾全大局,或少听些"啰唆",就得顺从,甚至屈服。"谁叫自己是丈夫呢?"

"同甘共苦,和气商议"的优良文化传统,使得郝忻夫妇平静愉快地度过了两个季度。

四
家虽温馨却提不起激情

暑假时,郝忻一家三口在邻国租了套民房,白天不是到附近参观景点,就是爬山野餐,晚间游泳或参加集体活动,轻轻松松地度过十来天。刚回来几天,一念就收到华人参选筹委会的邀请信。

一念兴奋地对男人道:"老王言而有信,好人!"郝忻陪她笑了笑,这趟外出纯为了妻儿,不反对也不着心,唯痛惜时间的流失,所以一到家又钻进书房里。书籍令他身心踏实、神情专致,读到会心处乐不可支时,竟然喃喃自语或伸手拍拍头。

一念因"邀请信"欢喜了两天,竟然将"参会"与"际遇"相系,视其为人生的另一起点和机会,于是一面做家务一面关注窗外的风景,看到旭日东升、洒在窗帘上的朝霞像明艳多彩的星火在晨风里飘动,好像自己也坐上了时间的彩车,在昼夜交替、五彩缤纷的时空里奔跑,不怕艰辛从东往西,跨越崎岖道路,战胜无数的寒风暴雨,忍受多少的屈辱,没想到,刚刚品尝到自我空间的滋味,彩车又将转头往东方去,啊,

第一篇
欲
生命的本质、存活的动力

东方,多远的路啊,客旅累了,不想跑了,但彩车说此去最好的方向是东方,往前看,往前滚,那里就是腾飞发达的美地……"挽回忧伤的命运吧。"

女人以这火热热的心肠、眼睁睁的期盼,在此有色无声的光泽里,突然转身站在书房门口,提醒丈夫,"老王真的看中你啦!"说完将邀请信递给他,他"哦哦"两声,目光离开了书页,将信往书桌上一放,并没有立即观看,心里多么希望永远停留在自我里,待回过神来,才意会到"夏季将过,真快啊"。

快到午餐的时候,门铃响了,向正跟约翰一家人参观儿童油画展后回到家就嚷着肚子饿,一念立即中断谈话为他温了杯牛奶,切了个苹果,这才想起忘了购买面包和果酱,匆匆离家往附近超市去。

郝忻听到关门声便从书房里走出来。

儿子满面红光,将披在左肩上的外套一抽,往沙发扔去,郝忻立即闻到一股飘逸身旁的油香似体味。看到儿子充满活力、身体健康,越发感到光阴如梭、人生匆匆,并从心里承认母亲对孩子的孕育和培育的功劳多过父亲,自己只是兴致到来才和儿子交谈几句。

"阿正,中文学得怎样?以后在家就讲中文吧。"父亲突然有了话题。

"讲外文有什么不好,你们可向我学呀!"向正想到上午参观儿童画展的新鲜感,立即表态,"中文可以了,现在想学油画啦!"郝忻问:"妈妈知道吗?"儿子说不知道。父亲说:"妈若同意,我没意见。"向正表示:"中文方面尤其喜欢成语,言短意深,每句均有故事,十分神奇!"父亲问他学了多少句,儿子说:"那当然,起码有二十多句吧。"父亲"哇"了声,叫他说说看。儿子顺口溜出"指鹿为马""虚与委蛇"……且一字一板地陈述着它们的典故。不料郝忻听后拉长了脸,神色凝重,儿子立即反问:"难道你不熟悉中国的特产?"父亲破笑一下,"你的中文老师叫什么名字?"

"怎么啦?"儿子坐在电脑桌前等候登录网络时补充说,"当然不是中文学校啰,是妈妈课外时间教我的,她说中国成语又多又妙,不但要学,还得'有的放矢''学以致用'。"说完转头瞥了父亲一眼,"怎么啦?"父亲的惊奇让他觉得奇怪,但网络通了,他已没有了穷究父亲好奇的兴趣。

父亲生性简单纯朴,远离名利权,喜欢自由自在过日子,没想到自己不喜欢的成语,儿子却视为中华"特产"。为了这,他急切地等待老婆回家。

妻到家后见男人有点不高兴,以为是"邀请信"问题,正想开口,男人说孩子还小,学习中文可不是去学什么"虚与委蛇"的心计,"我们之所以离开祖国就是不喜欢那些吹风拍马、媚上欺下的风气和不易改正的封建习俗"。

"我当是什么大事呢?儿子是黄皮白心的'香蕉',不从小灌输些处世之道,长大后还不像白人一样简单纯静,若有机会到东方发展,如何应付得了那里复杂诡谲的世俗?"郝忻说儿子生于此、长于此,自然得入乡随俗。妻一面摆放食物一面驳道:"总之,有益无害,我不希望他将来像你一样只有一根脑筋。"这时,儿子站在她身旁表示对中文越来越没兴趣了,想和约翰一起学油画,一念利索地说道:"在家说中文,业余时间学油画。"

儿子立即进房电告约翰说母亲同意他学油画。郝忻随之表示愿意提供画具,还想介绍一位出版画册的商人给他认识,因他也有一位喜欢画画的女儿,向正犹豫了一会儿才接受。

在父亲的心目中,向正有时老成持重能说出与他十岁年龄不太相称的话语,有时便全然的天真和可爱,如此时问道:"我没事做,现在干什么?"父亲让他看书,儿子不到十五分钟就老看钟点,若在玩电脑的时候父母亲和他讲话,就得扣回规定时间还回他。

转眼,儿子身高快到自己的肩头了,郝忻归功于他的好胃口,幸亏,吃的花样也不少。向正喜欢的牛奶、奶油、糖果等平凡常见的食物在郝忻的记忆里尽是精华食品。饥饿和贫穷对于差不多等同岁数的父亲时代,只有习惯没有问号,在忍耐中挖野菜、麻木里煮稻草,除此之外还得承受"身份"烙印带来的苦难,即使安分守己不惹是生非,时有麻烦找上门来……难怪接生婆说自己过了预产期还不愿意出生,直到母亲面如土色时才姗姗露出头顶，接生婆拉出来一看像只小兔崽，营养不足浑身皱纹，经倒提双脚拍屁股才'哈'的一声张开口，发出响亮的'哼哼'声，如同舞台上又细又柔的怨语……此后婴儿成长过程中出现的任何超常现象，母亲均会联想到出生时的不寻常现象——这时，厨房传来母子的谈话声。儿子吃饱后转头问父亲饿不饿，郝忻看看表，迟疑会儿，转身到厨房一看，只见向正在桌旁一面吃紫菜薯片一面翻动着桌旁的诗集，边看边笑，嘴里唏嘘道"我，知道，你爱我……"：

无题

我知道你爱我

虽然你始终不肯说

不然为何怜悯我的孤寂

送我到那偏远的路径

你是南方的雄鹰

却飘飞在洁白的雪景

可知雪原上的脚印

是我灵魂的诗品

我从不后悔

曾经奉献的痴情

明知委屈而不被理解

爱是没有缘由的情缘

假如哪天你全然忘记

我就将思念画在梦里

再告诉那雪地上的孤星

情爱到底是什么东西

向正将诗集"拍"一声合上,明知是一首爱情诗,却无法理解诗的真谛,不由皱起眉头问正在清理食品的母亲:"明明写什么爱啊情啊,为什么又叫'无题'呢?我不明白,爱就是爱,爱没了,拉倒,有什么孤寂?更不需要解释。有机会将我的意见转告写它的人。"

"什么'写它的'?应称'作者'或'诗人'。"母亲趁机教导。儿子努起嘴唇说:"'它'就是诗,写它的人,就是诗人,一样呀!"

"儿子啊,你怎么这么爱驳嘴?"

"民主发言呀,这叫多义词,外文也如此。"向正不服气地走出厨房。一念无奈地摇摇头,心里还惦记着老王的邀请信,担心老公会临时变卦,恰巧郝忻这时站在厨房门旁。"老婆,今晚吃啥啊?"

"你喜欢的,你说我做,怎样?"她一面收拾杂物一面说。

"别太麻烦了。"男人转身而去。

"没问题。难得今天有点空。"老婆嘴里这么说,心里却深感委屈和辛劳,不是所有男人如是,老公例外,喜欢依赖,拿他没办法。有文化没文化的均知道什么叫男子汉,应该自觉自己是一家之主,找工作、赚钱,有了钱,再谈上进心……连鲁迅都写道,捡煤渣的孩子是不会想买兰花的,巴尔扎克说得更透彻,"法律把金钱定为衡量一切的尺度,把它作为政治能力的基础……"[①] 生存第一呀,何况这里是异国他乡,即使在故国驾驭仕途自如的人,到此也会有为难、低下、受辱的时候,遑论我们是老百姓,为了孩子,找份理想的工作,谈何容易?

见男人进来倒水时,一念立即问他看清楚了邀请信吗?没想到郝忻利索道:"不就是到时去那里了解了解情况吗?"女人打开冰箱取出食料,一面拉出砧板洗切,一面拐弯抹角道:"就是呀,又没让你交什么费用……"心里却很纳闷:"好不容易,刚踏上

---

① 巴尔扎克原话是"从前有人觉得金钱并不包括一切,还有高于金钱的贵族、才华和贡献国家的业绩。今天法律把金钱定为衡量一切的尺度,把它作为政治能力的基础……"

第一篇
欲
生命的本质、存活的动力

中产阶级的第一台阶，你就满脑的自由自在，什么学术比较、研究和探索？爱好可当饭吃吗？每天茶余饭后，不是看书找资料，就是担心地球逐年升温引发的后果，我说你杞人忧天，你说女人眼光短浅，如是一句来一句去地不对劲，欠理了，就说我唠叨。乖乖，现在不谈计划打算，等老了再说？"想到此，自然又回到老王的邀请信，或许是个机会，错过了说不定会后悔，这才劝告自己"别惹他了"。将一切牢骚、烦恼抛到脑后，提起精神，面对新局面。

半小时工夫，饭菜上桌了。除了隔夜的红烧肉外，一道蒜头腐卤炒通心菜和另一碟郝忻喜爱的咸菜炒毛豆。

难得吃到农家菜甚为开胃，许是过饱了，餐后郝忻虽在看电视，却心头慵懒，倦意随之爬上眉间，向正见父亲闲着没事干，立即过来要求和他玩牌，郝忻望着他恳切的神情，勉强答应了。

女人收拾好餐具后，又忙着开洗衣机，还有一堆待烫的衣物。

父子俩对坐在茶几桌旁的矮凳上，双方聚精会神地摸擦着手指捏住的牌张，约半小时后，一念将熨斗往右空位一放，悄悄走出小房间，身子靠在门框上，左手下垂，上举的右手斜斜地搭着另一门沿，眼睛敏感地望着丈夫。男人看出她的意思，有意转头道："每次都是我输。"

"那当然！你不懂得怎么垫牌。"儿子抢着说。

"爸爸懂得教琴就好了。"一念替丈夫回答后，转身进入卧室收拾。

"上局红桃太多，这回缺方块。"郝忻话中有话，儿子听不懂，忙着洗牌。一念在房内听到，连忙出来对儿子说："他不承认技巧差，总怪运气不好。"女人一面搓着手掌，一面望着丈夫，"别人云亦云，糊弄孩子，什么智慧、情爱、财富……一派胡言……"

郝忻不想抵抗，只好抿笑不语。数年前，他在报上看到一份关于纸牌的信息，随即转告了女人，没想到今儿用上了。事实上，自己确实与"方块"无缘啊，但他不想辩解，又玩了个把小时，不知是有意败输还是几晚看书迟睡引起精神欠佳，抬起头看看向正,流露着倦态道:"儿子啊,玩也累啊,今晚到此为止吧。"①

向正失望地瞥了父亲一眼,继续自娱自乐,双手的手指间各自夹着一沓纸牌,按在桌上一左一右地叭啦啦叭啦啦相击相插,不一会儿,右手抓起清理后的纸牌,往桌上一放,转头劝父亲:"别介意!那当然!扑克牌确实也有家史,我不懂母亲的话意,但约翰父亲曾说过扑克牌是古代欧洲人关于天文和数学的杰作:黑桃、红心、梅花、方块代表春、夏、秋、冬四季。红色代表白天,黑色代表夜晚。两张大小 Jocker 分别是日月,其余 52 张是全年的 52 个星期……还有其他方面的……我想不起来了,忘了……"

女人突然从卧室走出来,补充道:"贪玩的,就是没记性,我还记得呢,每季 13 张,表示一季 13 个星期。每种图案 13 张之点(1~13)加起来是 91,而每季也是 91 天。四季相加,加小 Jocker 是 365 天,是一年正常天数,若再加大 Jocker 是 366,表示闰年。"

向正睁大眼喊道:"那当然!"接着说,"妈妈,你真聪明,连你不喜欢的玩意,都记得这么清楚。"

郝忻听得张口结舌,和女人无意间交换了一下目光,终于口服心服,"女人记性比男人强,我越来越输呀。"

此时,向正用齿若编贝的上牙咬了咬下唇,一面继续自己玩牌,一面对父亲说:"爸,别误会,妈是在说我,中国人就是看不起小孩,舒棋阿姨也是如此,我一提雪莉,她就不耐烦……"

"好了,收牌吧。"一念望了望丈夫,他正在连声打哈欠。

---

① 扑克牌内黑桃、方块、梅花和红桃四种花色源于欧洲古代占卜所用器物的图样,黑桃代表橄榄叶,象征和平;梅花为三叶草,意味着幸运;方块呈钻石形状,象征财富;而红桃为红心形,象征智慧和爱情。后人则根据自己的国情注解:法国人将其四花色解释为矛、方形、丁香叶和红心;德国人却意为树叶、铃铛、橡树果和红心;意大利人说它们是宝剑、硬币、拐杖和酒杯;瑞士人称为橡树果、铃铛、花朵和盾牌;英国人则理解为铲子、钻石、三叶草和红心。

第一篇
欲
生命的本质、存活的动力

儿子受父亲影响，也打起了哈欠，突然，对母亲说："差点忘记了，舒棋阿姨好像来过电话找你。"

"什么时候？"

"好像，哦，昨天吧。她说没什么急事。"儿子在清理纸牌。

"几点了？"郝忻突然点了下头，紧张地问儿子。

向正没有作声，也没表情，心思还在牌上，右手指不停地在牌角上摩挲，抬头看看客厅墙上的挂钟，故意道："自己不会看呀？8点零7分呀。"

"啊呀，"郝忻转头对走往厨房的女人说，"老婆，我也忘了，快点，先回个电话，关于租约的事！"

"回个电话？"一念想起来了，数月前郝忻收到"翰林院"房主的继租契约信，看都没看就交给她。原因是数年前初次寻找租房时，郝忻匆忙中独自交了一笔定金，后来看上更好的地段就收不回那笔定金，挨女人一顿责怪后，从此遇这事就推诿。眼下租约快到期，是继续租用还是另找地方呢，新增的租金到底有多少？

一念原想过了年再说，没想到房东成心打电话到"翰林院"找他，或许觉得郝忻好说话？

向正收拾好纸牌，对爸妈道声"晚安"后，径直进入自己的卧室。

"这么重要的事情竟然给忘了？洋人不喜欢失约者。"一念站在男人身旁，再次轻轻地说，"哈喽？"

郝忻觉得处理外事比处理家事还麻烦，只好内疚道说："别难为我，你知道……我……口才差……"

"这么多年了搞来搞去，还是离不开我，"女人开始负气道，"一切像电脑自动转账一样，理所当然由我承担？"郝忻半眯着眼，改作恳求的口气，"是啊，我们还在分期付款供居屋。'翰林院'收入虽不理想，好过没有。"男人两手按着脑门，想让拒绝成为合理化，"我累，不想去，你去吧，看看要加多少租？"

一念叹了口气，想到结婚以来里里外外大大小小的事情均是自己参与和操办。"当年,要不是我分析故国正在巨变,结合你的特长,想尽办法赚到第一桶金,眼疾手快租下'翰林院',至今可能还在糖果厂工作哩。我辛苦倒罢,老夫老妻无须说什么漂亮话,可我身体欠佳、头晕脑涨躺在床上的时候,你也不懂得说句疼惜话,反而叹气说'怎么搞的?人家都没事'。唉,这也叫作'丈夫'吗?"

"老婆,你知道我笨,能者多劳嘛,不早了,快,快!"男人主动地接近她,近乎哀求道,"好吧,我陪你一起去,可以了吧?"

电话响了,夫妇均以为是业主打来的。

一念暗示老公别接听,待电话停响后才说:"没人接听,意味我们已出门了。走,坐电车!你准时参加老王的邀请就是了!"女人在走廊镜子前将头发匆匆打理番,心想:"能不去吗?否则,老王的邀请信怎么办?"

八九点时的明亮光度已日渐黯然,晚风迎面吹拂,带着凉意和清新。日复日,月复月,太阳底下无新鲜事——这条电车路,熟悉而落寞,忙碌又空荡,如同个人心里的无奈,不想行,也得行。一念想法就不同,觉得它是带你到期望的地方去,得感谢创造者。

此时,两人突然安静下来无话可说。郝忻的脑海早被初秋的情意所触动,车窗外是月光下清明的城郊,宁静中凝注着泥土的沧桑和树木的哀乐,悠悠光阴蕴藏着苍凉的往事,肃穆的树林在风中吟唱,这里,曾遭受炮弹的轰炸而成为一片废墟;这里,经大雨掩埋过劫后重生;这里,更是黑死病魔横行霸道的场所……想到此,郝忻禁不住暗忖:"路漫漫,情分兮,意眷眷,诉不清生存命运的奥妙,说不尽飘零途上的幻念和梦境……"

电车徐徐前行,一念在空畅的车位上自我回忆、思索和筑梦,脑海呈现的两道风景时而重叠在一起,时而远远相距:一幅是乡间农田、茅屋、小河流水的景象,炎热树荫下坐着一群倦意的农夫,贫穷令他们失去作为一个人具有的激情和志趣;另一幅是咖啡馆前太阳伞下、闲聊者桌前摆放着的啤酒和甜品,畅谈拥有洋房、汽车、情侣后的其他欲望……

"同人不同命?"她眨眨眼想找答案,东方西方?上层下层?还是什么政治因素?

第一篇
欲
生命的本质、存活的动力

那么,是谁铸造的?明明都是两脚动物,同样拥有聪明的大脑,竟然有两道截然不同的风景和异样的艺术意识……还没想清楚,目的站快到了,不由转过头对老公说:"今夜真奇怪,时空、风景、景象以及'社会雕塑品'等字眼不停地在脑子里轮转,或飞逸,或驻足或慢慢地隐退……"

郝忻笑答他的脑际此时突有另番风景:"数年前,也是夏末秋起的傍晚,晚餐后我们带着向正到这附近玩球,孩子不小心将球踢往沼泽地旁,又朝着滚球追跑时差点陷入沼泽地,急得我三步并作两步,抢前抱住他,之后你看到我们父子上衣和裤子,均是污渍还沾贴着肌肤,倍感无奈,直嚷道:'难得一起散步,竟不欢而回,真是魔障!'我只好解释说'贾宝玉说情缘才是魔障'。"①

一念想起来了,"对,那时,我对曹雪芹将'情缘'和'魔障'等同起来有看法,但没有和你继续辩论下去。"

往事没有如烟,郝忻竟然对这四个字颇感兴趣,不由得重新思考,慢慢地品味细细地咀嚼,还将存活于同一世纪的浮士德和贾宝玉,一东一西,一老一少,视"情"如命的异同,思量一番:也许,宝玉风流殆尽,才说出这番风凉话……"不过,说'情'是'魔'不是没有道理的,它看不见,摸不清,猜不准,变幻莫测……拥有时,喜悦多、忙累也多;没有时,亦轻松、亦无聊……而浮士德呢,也不例外,不然怎么会听信梅菲斯特的话'先去访问小世界,大世界随后再说'呢……可见,人若无情缘,活着多没趣。所以,总是一面跌倒和失败、一面渴望和寻求。②

但他还没有开口表达时,电车到站了。

"小心!站过来些。"刚离开车门,一念就机智地将靠近电车门旁的丈夫往自己身边一拉,郝忻顿如心湖被一块石子击中,瞬间幻象四碎,额头潮湿,好在心里清楚,妻还是深爱着自己的。

---

① 《红楼梦》八十七回,贾宝玉道"世上的情缘,都是魔障"。
② 歌德《浮士德》书斋(二),"小世界"意为人类欲望的个人经验,"大世界"意指人的智力可以代替感情。

五
"无常"也是一种际遇

一个月后,"华裔参政商议会"于周五晚举办。

是日清早,夫妻各自忙着准备上班。郝忻照老婆意思穿上一套浅灰色的西服,配条暗红玫瑰色领带。女人即将离家时,他正在走廊墙镜前查看是否结好的领带,并告诉她若晚间遇到大卫可能稍迟回家。(原名大卫·得·格艾略克(DE KLERCK))一念说"没问题"。妻将跨门而出的时候突然转过身,提醒男人天气预报说今晚有暴雨别忘带雨伞。男人"嗯"了声,顺手往墙镜右下方的伞桶内取出一把折伞放在镜台旁。刚侧过身,只见妻将身子斜靠在灰白的门框,右手按在半掩的门边,左手指捏着放入手提包内露出的伞柄,在朝阳辉映的门槛内对男人补充道:"大丈夫小事可糊涂,大事不能误。际遇不会送上门,人脉决定机会,机会离不开人脉,祝好运……"

男人听惯了教导,习惯性地一面点头一面"是是是"。双手拉了拉领带的下摆、直至听到"咔嚓"关门声,这才走往书房取了"邀请信",接着穿鞋、洗手并接听一个打错的电话后才开门而去。

路上,郝忻满脑子的"翰林院"杂事。近来学生确实减少了,多出的空余时间正好供自己做"研究"。何况间中还有插班生,如不久前来了一位想学二胡的三十出头的华裔女子苎苎,因无意看到中国电视春晚表演,对二胡的弓、弦、拉、指的手艺和轻柔、悦耳、沁心的乐声着迷,决定学些手艺在熟人面前神气神气。

苎苎外貌娟秀、说话如银铃般清晰,令"翰林院"顿添生机。

学二胡的学生虽不多,郝忻照样认真负起教师职责,一点不怠慢,可惜几个月来看她学无所成,尚未掌握和运用连弓、顿弓、连顿弓、颤弓和甩弓的技巧,老师着急又无奈,觉得仅仅喜欢二胡的抒情乐声,谈不上爱好仍然难造就。幸好这些杂事杂念在他出现在"翰林院"的门口时,就截住了。

这天下午,郝忻再次向苇苇示范拨弦或弹弦的动作,教她用左手指练习颤音、滑音、泛音和垫音的区别动作,竟然发觉她心不在焉另有所思,不由得想起老婆的话,"喜欢不等于爱好,爱好也不等于成功。有些人是花钱买花戴"。

急得没有点子的时候郝忻就让她自我温习,暗处观察她是不是学二胡的料,经常一对一地教学,偶然也会活在里鲍的现象里①,脑际仿佛有个角落不时地受到双重意识的碰撞和干扰,常常无意间呈现对方的脸孔和语言,有笑有愁眉苦脸,也有惊奇或不知所措,逢心神浑浊不清时,郝忻也喜欢看挂钟、对着她傻笑一下,转身而去。

此时,两个十一二岁的洋学生进门来,替母亲购买毛笔和纸砚等。

孩童买好就离开。不久又来了几个学中文的学生,挨到下班的时候却发现晴朗的天空突然出现几片灰云,不一会儿,天色渐渐转阴,这才意识到又是"马大哈",忘了带雨伞,也罢。他看看天色,希望这次又是不准确的气象预报。

华人参政的商议"会所"离"翰林院"不远,那是建于17世纪末一条平行道旁的楼房,尖屋顶下的外墙不是绘有宗教图案就是点缀着各式艺术品,即使嵌在大门上的铁条也富有艺术感,刻有花草或飞禽等图案,低层的厅堂不是买卖钢琴就是古玩店,只有一处是租借给社团组织做聚会的场所。

他低着头,走往老城区。

据说政府近期又要修改移民条例。郝忻平时除了光顾自己的嗜好也很关心时事评论,夫妇俩有时还一起分析局势,猜测政府有什么新意向。由此想到此次参会虽属妻情难却,或许也能听到一些意外的消息。烦的是平日不修边幅、外出时妻非要他修整修整形象,好在那副酷似名牌的无框玻璃眼镜和宽敞的额头、黑短的头发十分相称,确实,略微注重一下衣着,十足像个高级知识分子的样子。

---

① 里鲍(1839~1916),法国著名心理学家。

到达会所门前时,郝忻伸手整了整领带,轻轻地推开门,嘴角挂着微微的笑意,沿着门廊走进会堂。贴满告示的角落摆有几张四方桌,桌面摆着盛有果仁、薯片和点心的小圆玻璃花盆。会堂中心的中外文化交流学会安博主席正和华裔青年会长阿山交谈。近花园的玻璃窗前长椅上,熊俊博士和工程师小强在谈论如何才算公平选出有能力、智商、德行的竞争者,大卫站在他们的旁边正与妇女联谊会裴主席交谈。大卫身材偏瘦,嗓音锵锵,健康而富有活力,略卷的淡褐色头发覆盖着一半额头,当他见到郝忻前来点头示意时,裴女士会意地转身而去,继续对到场的熟人打招呼。郝忻即时趋前站在大卫身旁,笑说有机会想继续听他讲解上次没听懂的一句话,"最佳生存,源于世俗"。

大卫点头笑笑,正想细叙,与会者陆续到来,华人参政顾问弗马克和夫人叶西卡尤为显眼。

弗马克皮肤白洁,头发灰白,脸孔泛红,眼球澄蓝,蓄着卷曲的胡须,身材魁梧、肩宽腿长,夫人头上绾着贵妇式的高松发型、肩披意大利红花宽长巾,举止从容,雍容华贵,夫妇俩一面和大家打招呼,一面走到安博面前取份资料,大卫对弗马克夫妇举手示意后继续站在郝忻身旁,他们已经很久没见面,不知从何说起,只能有题议而没有段落地交谈。

留学生箐儿手捧放有各样饮料的圆木盘前来,当她听到熊俊和小强正在谈论她感兴趣的"外遇"话题时,竟然忘了"服务",默默地站在他们的身旁。

熊俊身高体胖,脸圆眼大,头发短眉毛粗,见大卫、郝忻走过来即将眼光转向大卫问道:"有外遇的人是否无权参政参选?"中等身材的小强立即插道:"此事见仁见智,没被人发现的不等于没有,关键是如何鉴别真假?"熊俊说:"隐藏功夫好的人,算他好运!有本事!但一旦败露,自然不能参选,理由很简单,一个对'自家'不负责任的人,何能对'大家'负责任?"

小强立即皱起眉头,滑动着眼球反驳道,"外遇"与"责任"是两回事,造成外遇的原因很复杂,难以定论。但承认这是棘手的问题。大卫立即表态外遇属个人隐私,和政见、工作能力无关，郝忻却认为外遇是衡量人的品德问题。大卫坚持己见，列举古今中外官场的一些要员虽生活不检点，却业绩累累，对社会贡献巨大……这时，郝忻突然叹道："我最看不起知行不一的人。"

"老卫士！"① 大卫比他小几岁，自觉思想比他前卫数十年，所以话一出口便长长地嘘了口气，随之取杯饮料，喝了几口，松了松肩膀对郝忻说："不过，你的精神——可佳！难得难得！"

郝忻不以为然，伸手从箐儿那里要了半杯红酒，举杯啜了几口，随之一饮而尽。大卫见其神情有点拘谨，凭着对他的了解决定直抒己见，便正了正脚板、清清喉咙，叙述前几天刚看到一则新闻，关于令人敬重、唯一连任美国四届总统的富兰克林·罗斯福的三次婚外情史。生前无人披露，近期才被传媒界公布，其中一女子是他的侄女埃莉诺。②

当大卫简述罗斯福三次婚外情的实况后，郝忻失望地说曾看过他的传记，感动又佩服，没想到原来是个"一面鼓舞人心，一面可悲可叹的伪君子"。大卫反驳道："中外历史圣人、贤士、英雄，几乎均有婚外情，何须大惊小怪？"郝忻接着理直气壮地说"我就没有"，还补充说罗斯福和侄女的结合是乱伦的行为。

大卫立即开玩笑道："你有问题吧？"但他没有想到，这句玩笑深深地烙在郝忻的脑际里。不知是自尊心受到伤害还是事出突然，他一下子变得什么都不想说了。

"有点——遗憾！"大卫瞥了他一眼，补充说。

郝忻脸色肃穆。婚外情一向是他讨厌、鄙视的字眼，正色对大卫说："这玩笑开不得！"心想，自己一向尊重的好好先生，原来也俗不可耐。

---

① 英国谚语。原意效忠，后指保守派。典故来自滑铁卢战役，拿破仑说："老卫士都死了，没一个投降。"

② 美国《拉斯韦加太阳报》在总统富兰克林·罗斯福死后数十年公开了他的三段隐秘恋情，即1905年和侄女埃莉诺结婚，1913年埃莉诺因怀孕（第六个子女）身体欠佳时聘请露茜·米瑟做自己的秘书后发现罗斯福与其系暧昧而辞之。罗斯福不久又追求他的女秘书玛格丽特·莱汉德（米西），这段地下情持续了二十年之久。第三位情人是1941年10月到美国躲避战乱的挪威玛塔公主。

大卫侧过身子，神态悠然地进一步解释说，能得到后人谅解的事，就不算恶劣，也谈不上卑鄙。

郝忻却根据大卫的叙说认为在政治和爱情权衡中，罗斯福最终还是舍弃了露茜，说明他玩弄感情，没有责任感。大卫随之纠正，"罗斯福事后仍对露茜念念不忘，暗中常有书信往来。"此时，他的目光无意识地向窗口扫视几下，外面正下着雨……迟疑一会儿，补充说："我认为是正常现象。说明他很成熟，聪明！"

郝忻开始觉得纳闷烦躁，三妻四妾是旧社会的现象，偷鸡摸狗似的婚外情属人品问题，然而大卫是中英混血儿，种族不同观念自然有别，以"不谈已逝者"为由，言归正传，但大卫却说上兴来："他若不是1921年下肢瘫痪，何止只有三段婚外情？我觉得不足为奇呀！哪有女人不喜欢总统男人？能令美人主动献殷勤的对象，也不容易找到啊！"

郝忻两手交叉胸前问他是不是很羡慕？大卫坚定地说："是！"须臾，郝忻双眼望着墙上的布告说，大卫喜欢想象……想象永远是想象……美丽、生动……着心……

大卫继续说："二战时期挪威公主玛塔到美国避乱时迷恋罗斯福，不久成了他的第三位情人。"郝忻听后内心觉得稀奇，表情却有点木然，脚底不时地在地板上磨搓。大卫依旧侃侃而谈，他不仅同情罗斯福，还列举了民国时期孙中山鲜为人知的多次婚情。郝忻"哦"了一声，初次觉察到大卫情感世界的另一面，不由得惊叹起来，"难怪你是独身主义者。"

大卫说科技在发展，社会在变化，难道情感世界就一成不变？当代女人不也和男人一样，同时拥有几个男人哩。

郝忻脸涨得红红的，心想要不是参加这场筹备会，就听不到这些荒唐话，也没有这样的争论……转念又觉得，"我没错，你没错，难道是科技和社会错了？科技和社会不也是人造的？"记得出国前有位女同事因偷情被人发现后，校园立即"沸腾"起来，流言喧喧，纷纷扬扬……出身农民家庭的丈夫沉默寡言，继续教学，考虑已有两个孩子，没有提出离婚，遭人背地讥笑嘲弄。老婆从此抬不起头见人，不是遭人打小报告

第一篇
欲
生命的本质、存活的动力

就是被人指指点点说"破鞋"。想到此，郝忻觉得"以前……有点……过分……现在……矫枉何必……过正？难怪有人喜欢同居，不想结婚……"但，此时，他竭力按捺自己的情绪，不想多说。

这时，坐在大卫身旁的安博终于起身发言："欧洲不行，参选人得干干净净，隐瞒者若有人揭发，得自辞。"

熊俊和小强在年长者面前没有多言。很快地，聚会时间到了，大家围坐一起谈论正题，阿山陈述参政的意义和目的，安博和弗马克先后表示愿意提供以往的参选活动经验，积极支持华人参政。接着自由发言，各抒己见。八点半后，开始商议参选工作中有关基金会、推荐人选、联络传媒界、宣传活动等具体的事项和分工合作问题，当阿山公布各部门的负责人名单并分别介绍其学历和简历时，窗外传来一阵阵呼啸声，箐儿往窗外一看，哗，四周黯然，树枝拍打着窗口，裴女士趋前道："刚才怎么没有注意到？"突然，一声轻雷倏地掠过，紧接着，豆大般雨珠扑窗而来……

不过两三分钟时间，雨柱越来越大，眼看一场暴雨即将来临，箐儿立即转身走进会场，对身旁的安博说忘了带雨伞。

安博答应送她回家，话音刚落就听到外面"哐啦啦——哐啦啦"声响，叶西卡对安博说是路旁的大树被掀起了根，紧接着传来如撕如裂的断枝声……郝忻想起离家时妻说今晚雨量大，没想到风力也如此强劲，最担心的是雷电的出现，立即建议停止会议改天再叙，安博和阿山表示赞同，大家随之陆续离去。

只有大卫，平日很少接触这么多人，又说了些敏感而没有结论的话题，不由微笑地瞥了郝忻一眼说："想不想继谈一会儿刚才的话题？"

"以后吧。"这个人人知晓的老问题，郝忻兴趣不大。

"事实不像你想象的那么糟。"大卫想凭据引证时，一片片雨水从屋檐上哗然而倾，突然，会堂天花板上的吊灯忽明忽暗地闪烁起来，他移步近窗一看，风雨交加，路灯下的草坪已被水淹浸了，只好心不在焉地说："老天爷发脾气啦，走吧，不是谈论婚外情的时候。"心想，华人观念特殊，对于婚外情又喜欢又害怕，不是暗自沾沾自喜，就是歪曲、传播，或卑俗无聊地谈论……

郝忻静静地坐在桌旁，两手插在裤袋内，内心紧张害怕，埋怨自己怎么一紧张就忘三丢四，妻离家前特意提醒带耳塞，竟然忘记了。"她也是，直接放在我西装口袋，不就更保险？"见大卫准备起身才抬头问他能否小留一会儿。

耳塞是郝忻肉体"禁区"的"卫士"，说来还有一段故事——断奶后母亲发现他怕雷鸣，遇雷电母亲就紧紧将他抱在怀里，上学后情况有所变化，逢雷响郝忻就双手抱头叫疼，老师不知所措时只好通知母亲到校接回家。母亲让他躺床休息，儿子竟然睡了一天一夜，醒后说做了许多奇怪的梦。事后母亲私自走访乡间土医，照偏方为他特制一副棉花加中药的耳塞，逢雷声就塞，过后取下。此后数十年，随身附带耳塞成了郝忻生命中不可缺少的习俗。

婚后，每晚听天气预报是夫妻的习惯。一次赶开会学习忘了随身携带耳塞，吓得差点尿湿，幸亏那天半晴半雨，直到夜里才转阴。

平日提醒他随身带耳塞自然而然成了妻的一项专利。前几天，妻看到最后那对耳塞太旧了，下班后特意到中药店按照婆婆的配方做了几副，只因近日过于关注老王邀请参会的事，虽然告诉老公别忘了带，却没有告知耳塞改放在卧室衣柜旁的那个专用小柜内。

然而"无常"说到就到……说时迟，那时快，窗外发出阵阵巨大的闪电声，紧接着"嚓啦啦嚓啦啦"的雷声像重磅炸弹掉下似的。只见郝忻双手抱头、双眼紧闭、身体摇晃，喃喃"我……大卫……别走……"，说完神不附体，头重脚轻，随之眼前一黑，身体"啪"地倒地……

大卫见之十分吃惊，低头一看，只见他脸部肌肉微微地搐动，神态却像熟睡的样子。

事情来得太突然了，大卫一时不知所措，赶忙近窗一看，被有生以来没有见过的景象怔住了：天空一片粉红，中间地带如圆匾形的白蒙蒙的洞窟，洞窟四周是粉红色、从深到浅向边缘散开，突然，一阵巨兽般的"轰轰隆隆"巨响在空间震荡，随之天空出现了无数条银白色树杈般的电柱，闪闪烁烁，从粉红色的天顶击冲而下、在地面"哐嘟嘟哐嘟嘟"延展，不一会儿，雨水从天而倾，大卫急忙拉上窗帘，暗想道："老天爷也不寻常了？"

当他回身走到郝忻身边时，紧张地俯身叫着他的名字。郝忻模糊中听到大卫的声音，竭力想张口说话，但表达语言的器官功能迟钝了，无法做出反应。

大卫担心这场暴风雨可能会引发水灾，眼前的郝忻更让他紧张、担忧和害怕。"事关人命啊！"他定了定神，立即电召救护车，将他送往医院。

吊灯的座底和天花板间已出现了距离，灯光开始忽明忽暗。

窗外，风继续号、雨照样倾，借着闪电的光，可见水已淹浸到路面的台阶上，须臾，救护车已绕过商场，发出刺耳的鸣笛声……

大卫沮丧地坐在郝忻的身旁，时而静静地看着救护人员忙这忙那，时而暗叹人生的"无常"，不一会儿，救护人员对大卫咨询前因后果，对方问一句大卫答一句。

待神情略为安定后，大卫自觉问心无愧，这才摇摇头，暗暗地深深地叹了一口气。

郝忻则不同，虽已被抬上救护车，脸孔却交错着复杂的表情，时而眉头紧锁、一脸苦相，时而嘴角微翘、忽张忽缩地交替。当救护车开启时，他已安静地没有表情了。

六
"神游"比"身游"精彩

郝忻被送往医院后，持续昏迷不醒，医生进行各项体检和化验仍查不出病因，只好留院观察。郝忻微胖的躯体像尸体般不时被搬动或转移，只有生命的迹象依然存在：泛白的脸孔如同在闭目养神，安详、自在，额头嘴角偶尔会呈现各式各样的纹皱和表情，像在嘲笑现代医学科技对他病情处理的方式和方法，什么量血压啊、听心跳啊、翻眼帘啊、打针啊、抽血啊、验查啊，等等。

医生当然不知道此时郝忻肉身的"禁区"被暴风雨夜的雷电"触及"后，原本壁垒严密的灵肉城墙随之倒塌，使得个体的阴阳世界没有了阻隔和边境，在懵懵然不知其所以然中，于雷电声灌耳后的短暂时间内，郝忻的灵魂已处在一个特殊的位置，并取得了一张灵界的"通行证"，轻轻松松地走访了另一个世界。

真是一次意外的际遇和意识——那是没有喧闹、功利、欲望和符号的世界，言论自由，没有警察和监狱，只有教育与律法。

身处诡谲奇异的境地，不论你衣着多光鲜、社会地位如何显赫、拥有金山银山，也不会受人关注，灵界的主子只看重你意识中的善与恶、真与假、美与丑。到此者，各人心思意念经灵光一照，全然写在灵册旁的挂板上，历历在目，毫无掩饰。凡是没有骗、欺、贪、谋、淫念的意识均属另类，置于宫廷内至高无上的台柱上。

花园深处有座大宫殿，分四层，第一层是偷、抢、说谎、骗人的轻犯，第二层是杀人或战争犯的审判院，第三层是政界官员与商人商讨政治经济的论坛，第四层供宗教神学家、哲学家、学者、艺术家、法官、医生、律师等开展学术辩论的场所，第五层是慈善家主办的供六岁以下儿童娱乐的游乐场。法规写明，无论拜访哪一层的人只能以"灵"会"灵"，郝忻灵魂出窍时正赶上灵界边境的开放，连忙申请走访第四层，根据此地看官检测，郝忻肉身尚存，属阴阳人，因看官偏爱知识分子，希望他返回阳界时多加宣传此地的见闻，故特让其走了"后门"。

郝忻走啊看啊，真是一处别开生面的崭新世界——

这里，没有时空、没有天地，也没有动植物，既不同于《创世记》描绘的"空虚混沌"和"黑暗"，也不像老子《道德经》笔下的"寂兮寥兮"……在一处没有形体物像的存在中，以色列先知说它是"悬"，中国老子说它是"大"……

这里，没有饥饿、冷热、高低、轻重等量以及质感的区别，也无须流汗劳作或穷思竭虑，万象均像缕缕青丝可漂泊可飞翔、或分离或留守于那无拘无束的某处……如

第一篇
欲
生命的本质、存活的动力

此奇特、宁静、空旷的景象，不是肉身存在的器官可以触摸或模仿得到的，即使科学家运用的太空仪器在此也不过如一根毛那样的轻盈飘荡，真是神奇、神奇啊！郝忻希望在地上无法理解或不可知的诸多神秘问题在此破译，找到答案，便一面千思万想，一面小心紧张地东张西望，顾虑重重。

看官突然走过来示意，尚存有肉身者必须先到走廊旁的"会亲厅"叩拜已经离世的父母亲。

他高兴极了，正想寻找去向的时候，突然，侧面走廊的"会亲厅"发出"喂，喂"的呼唤声，郝忻应声一望，只见一位老年男子从众人群中挤身而出，倏地站在他面前，奇异的目光上下打量他一阵，随之盯住他的眼睛问："你是……江浙人吧？"郝忻看看对方容貌，端详了半晌，呀，似曾相识？然而，由于过度紧张，竟然答不出话来，只好以点头微笑代言。

"家住宁静县安泰镇清凉村？"老年人进而问之。

郝忻立即吃惊道："对，对！你是谁？"

"我是你爸！"老人笑了起来。

"啊？父亲！你？……哦，怎么……"郝忻突然呆立不动。竭力在难忘的记忆中盘旋：那年获得赴香港的签证，几经奔波联络，终于获得父亲的消息，并于是年4月某日的隔洋电话初次叫声"爸爸"，当即热泪滚滚、泣不能言。

不久父子在香港会见，遗憾的是当那激动人心的紧紧拥抱、积压数十年的泪库崩堤似的畅流，以及眼望欲穿的倾诉相续过去后，代之而起的竟然是"相见不如相思"。父亲要他在"香港大陆同胞救济会"申请表格，做"反共义士"，郝忻听了心里咯咯打抖。"台湾"——这个地域名称在他意识里比地狱还可怕的字眼，数十年来，多少"台属"承受着难以言语的痛苦和煎熬，自己幸亏有叔叔的荣光照耀，然从求学入校的那天到毕业后的工作、恋爱、分房……多少个白天夜晚，在怨恨中批判自己，在批判里隐藏费解和埋怨……而且，不能说，也不准有表情，只能将"爱""恨""怨""辱"吞入肚，融进血液里，再随粪尿排汇出去。

那时，面对父亲的要求，只能"哦哦"两声，自此，再不敢和父亲联系。父子的关系再次不了了之，彼此不闻不问……

"阿忻，父亲对不起你。"父亲见儿子木然沉思的样子，伸开双手，向前抱住他，潸然泪下将他按坐在自己身旁，陈述自己后来饶恕了儿子还自我忏悔一番，觉得不该在香港见面后就与其断绝往来，求儿谅解，"爸爸无奈，以为你是共匪特派的情报人员，自然多疑多虑多心……哦，为什么我们自相残害，连父子都互不信任？"郝忻开始情绪激动、泪水涟涟，虽张口却无言。父亲连忙改口道："万事东逝水，好，不说伤心事，后来，听说你们出国了，到那儿习惯吗？生活工作可好？"

"爸爸！"郝忻握着父亲的手，原以为那第一次也是最后一次的会见，随着分手从此各自分飞、生死不相关，没想到，父亲至今尚记挂着自己的异乡生活和工作，不由感动得全身酥动，"扑通"一声跪在父亲面前，"儿子不孝！"父亲连忙扶儿起身，牵着他的手进屋。郝忻惊奇地看到亲生母亲坐在那儿微微发笑却没有出声，郝忻再次跪在母亲面前，"妈，你在这里？"

"这里，只允许糟糠之妻同住……所以……"父亲替母亲解释了。

郝忻坐在父母亲身旁，看到母亲满脸纹皱、脚疾严重，喉头哽塞一会儿，才慢慢地从头细说：

"出国后不久，我俩在糖果厂工作。一念干了一年多便想转行，我倒觉得不错呢，与其拼搏，不如稳扎稳打，业余时间可继续我的激情我的迷恋，弥补我年轻时的遗憾。她则说人生如下棋，不赢则输，未亲自上场拼搏，何以自认失败！还说出国的目的就是不愿让生命的剩余价值被浪费被剥夺，谈什么'我的生命我的智慧我的时间，不能再受压、受控、受挤'。我说'山外有山楼外有楼，没有永远的'赢''输'，如今像鲤鱼入大海，天宽地阔，自由自在、活出自我就好了。一个人幸福感指数如何，比金钱还重要，不要再自寻烦恼啦'。

"她得不到我的支持，性情开始有所变化，嘴上像多了个功能似的不停地做我的思想工作，整天唠叨啊唠叨，我应对的办法是'不声不响'或'能溜就溜'……不过，偶尔也觉得她蛮可怜的，从小怀有大大小小的愿望，不是全然落空，就是算盘如意却仅出负数……可是，我，心有余力不足，不愿意和人多打交道，更不懂赚钱啊。

"她分析形势啊、解释啊、劝导啊、哀求啊……我呀，像在听一支扑朔迷离的乐曲，但也无法安下心来做自己喜欢的事，能赖就赖，能躲就躲，有时，为免其唠叨，不得不应付应付道'有机会再说'。"

父亲听到这里立即板起脸孔说："没想到，你比明太祖朱元璋还怕老婆！"①

"不能这么说。刚进糖果厂工作没几天她就说'风物长宜放眼量''这不是铁饭碗，随时可能被解雇。既然逃离到此，非得学本地话不可，否则，难以生存，只是人到中年凡事不像想象中那么容易。'

"现实归现实，数年后，欧洲各国诸多大厂纷纷迁往亚洲发展。她看到这新闻我就得洗耳恭听，接受其教导。幸好，那时还没有什么新主意，直到有天低头丧气时，突然闪烁着眼睛直起脖子说：'没什么了不起，大不了改行！'

"地球在转生活在变化，工厂的命运也随着人气在起伏，不到两年时间，大概是初夏的一个傍晚，她在报上看到"世界饮食会"专家证实糖分是人体癌细胞的最佳饲料文章后，立即走到我面前以狐疑的眼神挑剔的口吻说：'你瞧瞧，要么等公司亏损、停业后再说，要么未雨绸缪。'就这样，我的'安然'终于像一缕老朽的棉线被横扫的狂风吹断了，而她的预感竟然兑现了——欧洲人在安乐、不愁暖饱的现实下，日益关注人体营养学，重新探究各类日常食品的实际价值后，市场经济也随之开始变化了。

"不久糖果厂的命运终于被勾勒出来，董事会负责人宣布产品成本在增加，销售量则逐年减少，决定将工厂迁到东南亚发展，年底停业。话音刚落，在场员工个个张口结舌，你望望我，我望望你，啼笑皆非，以至在下班的路上见面时，彼此嘴里互相安慰，心里则像初二初三的月亮，不明不白。"

郝忻说到这里清了清喉咙，继续对父母亲说："假若有机会见到媳妇，替我说几句

---

① 据史载，明太祖朱元璋怕老婆，村姑大足马氏女为后。洪武每杀人，遇马皇后辄一语可解。

好话吧，她确实比我有远见，'下岗'不再是中国人的专用词了，我俩就是异国他乡的'下岗'工人。全靠她！通过国内的关系赚到第一桶金，于工厂停业迁移之前，我们开了间不错的"翰林院"。"

"'翰林院'"？"父亲松了一口气，问道，"看来她确实比你聪明能干，不知何时能见面，可惜，我只是个可怜的老兵……无能为力……没遗产……父亲对不起你……地上的时间，实在太短了……愿你比父亲幸运，过上好日子。"

郝忻看到父亲皱起眉头，露出不好意思的样子，连忙解释道："别误会，我只是陈述实情，别无他意。父亲若不是活在那年代，一定也是个佼佼者。"正想转个话题时，突然，看到父亲身旁站着一位自报是梅菲斯特的洋人，郝忻立即惊奇呐道："你！……怎么？在这里？"①

梅菲斯特听了，哈哈笑起来，"我没有护照，却无处不在。"

郝忻立即对父亲说：'别信他胡说八道，天主和浮士德均是上了他的当。'父亲却惊奇地问梅菲斯特："你也是知识分子？学者？"

梅菲斯特自诩智商不比上帝低，自天地存在，他就无处不在，无时不有，敢与上帝争夺天下人间的圣士，还在乎凡尘的什么学位吗？

郝忻虽说没有信仰，却很快地引用了《浮士德》的话——"不想寻地上最高的乐趣"，"也不信善人即使在他黑暗的冲动中，也会觉悟到正确的道路"，便真诚表态"半生坎坷只求安稳宁静，请你别'刺激我，影响我'"。

父亲看他脸孔突然皱得像一把饭米糍，知道梅菲斯特最怕火光，迅速从裤袋里取出打火机往台上的蜡烛走去，梅菲斯特看到他的动作，立即溜走。

父亲挪了挪身子补充说："别怕！他是溜进来的，这里没有他逞能的机会。儿啊，世事如烟，不必太留恋，我年轻时自作聪明，将世俗人的价值标准当作圣旨，终身劳苦愁烦，没有喜乐没有自己，实在愚蠢。如今卸下了血肉之躯的赘物，才能轻松愉快、

---

① 歌德著作《浮士德》里的梅菲斯特，他是引诱浮士德博士的魔鬼。

自由自在，要不是在断气前几天听了传教士的话，取得这张灵界的通行证，恐怕也逃脱不了梅菲斯特的捕捉。他的工作就是死气白赖地跟踪活人，千方百计地诱惑，叫人活得不得安宁、互相攻打、充满仇恨、嫉妒、猜疑、欲望和贪婪……今日我们能见面，不是因为我的义，而是我主人的怜悯，因为我担心以后没有机会告诉你，什么叫恩典什么叫愚昧、什么是神秘什么是无知……"

走廊突然传来了脚步声，梅菲斯特又出现了，他总是无孔不入、无机不趁，尤其喜欢诱惑意志薄弱或家庭和睦的人们。父亲想多听几句儿子的话，又担心梅菲斯特的恶行，连忙道："时间不多了，快说吧，'翰林院'近况如何？前景怎样？"

郝忻预感别离在即，匆匆告诉父母亲"翰林院"开办以来，只有头几年生意兴旺，随着移民人数越来越多便日渐下滑，幸好近日遇上老王，经他提议加上一念的鼓励，也许，嗯，希望获得转运的机会……

父亲"哦哦"两声，点了点头，此时，看官已站在门口说："时间到了。"

老父立即拉起母亲的手，与儿子珍重道别，刚走两步又侧过头嘱咐儿子："别顾虑太多，一天的重担一天挑！"郝忻临近别离开始紧张起来，又不知所措，伸手想拉父亲的衣襟却被什么木栏挡住似的，尤其母亲，她一直默默地坐在那里，来不及交谈就得分手离开……

很快地，父母的身影消失了，郝忻恳求看官允许他多待一会儿，机会难得啊，他还准备顺访师友等，如杨敬书老师、歌德、鲁迅等人都是好人、贤人或专家。但被看官拒绝了，郝忻以为对方要"红包"，正想从口袋抽出钱包，却被看官轻轻地推了下，"庸人之见，你当这里是凡尘？"说完"咔嚓"一声，将门关上。

郝忻意识到自己已被看官赶出了殿门，只好晃动着身子竭力挣扎，想另找熟人帮忙，不料险些倒地，幸好被人按了按，这才失望地对着父母亲消失的方向愧疚道："恕儿不孝，没有给你俩送终。"

……

慢慢地，郝忻的困惑和迷茫在轻晃中得以缓解，许久，铁青的脸才泛起神色，冰凉的手脚也渐渐地温热起来,正当他如一只翱翔累了的小鸟想寻枝停息的时候,突然听到耳边出现瓶罐的轻轻碰击声,随之而来的是一阵阵低沉的耳语。不由得皱起眉头,轻轻地滑动下眼球,不一会儿,走廊里传来一位男孩的哭闹声,好像想吃巧克力糖被大人拒绝了……

郝忻脸部的蓄动随着男孩的哭闹声在扩大在加剧,右眼突然眯开了,怔了怔,呀,朦胧中觉得自己被人推送到什么地方似的,渐渐地,"四"和"梯层"的符号再次出现在眼前,周遭充满奇异的色彩,泛白、澄黄、红殷殷的光晕互为流连交错……东方?西方?白天?夜晚?没有版图没有国界,但一切又是那么熟悉,咦,他在惊讶好奇中萌生穷究的念头,决意睁大眼睛看个明白,无奈觉得眼皮是那么的沉重,老是提不到位置,就下垂了。

坐在他身旁的一念立即伸手抚摸他的额部,将头靠近他的耳边,低声道:"老公,听见吗?都是我不好,忘了告诉你……耳塞……放在……"亲昵柔和的声音像电波似的冲击他的耳膜,男人头部立即哆嗦下,沉闭的眼睛随之徐徐翕动,像海蚌似的渐渐打开了,妻高兴得几乎掉出泪,连忙贴着他的面说:"老天爷,谢谢你了!"

男人像平日早晨睡醒一样想起身,却被手腕上插着的针头和床前的吊瓶等器材牵拉住,他吃惊地、一言不发地看着妻,一念说:"你已睡了两天两夜了……"

他含笑地环顾四周一会儿,这才确信自己原来是躺在医院的病床上,立即好奇道:"两天两夜?看官只许我10分钟的会见时间?我在做梦?"

怎么会这样呢?男人一向身体健康,从不生病吃药……唉!一念神色忧郁,双手握着他左掌,解释说:"梦中几分钟,世上已千年……醒来就好,准是长期熬夜所致,不听话的后果啊……"她慢慢地细声说完这些话,才按铃通知护士。

郝忻觉得……噢?……梦虽荒唐,人与事,均熠熠如生……有声有色、清晰有序,便在费解中陷入沉思:"怎么头一晕就没有了感觉?好在醒了,只是……连累你了。"言语不多,脑际依然迷茫疲乏、身子沉重。父亲音容笑貌犹在,他不是逝世了吗?有生以来,过了而立之年才初次在香港会见……自己身世特殊、路途坎坷,看到青天白

第一篇
欲
生命的本质、存活的动力

日旗就害怕,那时父亲不但不能理解,反而因此气愤地宣布断绝父子关系……可是,梦中的父亲怎么那么亲密无阻?仿佛一切不曾发生。

医生进屋查房时,高兴地握住他的手表示庆贺,说他入院时手脚冰凉、面色如土、心跳微弱……郝忻关切地问:"高血压?脑梗塞?心肌梗塞?或什么糖尿病?"医生摇摇头说:"经专家查检、会诊,均无法查出病因,属疑难杂症,暂且给它一个新名词,'间歇性昏晕症',我个人猜测嗯……嗯……也许……与气候变化有关吧,据说那晚的雷雨,百年初遇啊。"

郝忻惊奇地望着妻忧郁道:"有不幸者吗?"她坐在病床旁,须臾,正色道:"有位老人遛狗时遭电击身亡,不少房屋被连根拔起的树干压毁,嗨,别说了,都过去了。幸亏大卫在场。出院后,别忘买礼物上门致谢。"

郝忻点点头,不再追究病因,安慰她几句,一心想出院。

医生对郝忻再次做了体检,允许他明日回家。

第二天离开医院大门时,郝忻对妻说:"这不是好好的?"

一念转头看看他,心想:"你怎能理解我这几天的心境啊。"但很快驱逐掉那些担心害怕的记忆,微笑道:"怪病!这年头怪事怪病,越来越多!"

郝忻回家数日后便前往"翰林院",这才知道因一念贴了张"家有急事"的布告,学生自然不知详情,只对一念咨询补课的时间罢了。

他在屋内这看看那摸摸,竟然发现自己比任何时候都爱这间属于自己、简约朴实的小院了,尤其意外见到父亲并有机会与其"交谈",为准备书写的传世之作提供了间接的题材,对"傻性"与"奴性"也有所体验和感悟。如是胡想一阵后,周末去跳蚤市场转了转,买了些旧书旧图片,为报答妻的照应,还特意开车到妻单位接她回家。

往日时常接妻下班的事早已令亲友同事邻舍看在眼里、想在心里,觉得郝忻真是"老婆第一"的好男人。久而久之,郝忻怕老婆的趣闻越传越实、越描越生动,一念听了苦笑道:"这可是婚后的第一大冤情!何处可申诉?"但转念一想,只要丈夫能与时俱进,为家庭尽职责,自己就算蒙受些冤情也心甘情愿呀,殊不知,面对日常生活中的各种各样的付款单，女人的感受要比男人深刻而难忘。

听多了熟人对丈夫赞不绝口的好评，一念不是点头置之一笑，便是"多谢夸赞"。心想，别人说丈夫善良厚道并不等于自己就不善良不厚道。男人和女人，这道"="似的数学符号为什么在世人的眼里总是成了"〉"或"〈"的符号呢？难道男人永远是头是主子是权威是道路是真理?! 时代在发展，情况在变化，女人日益翻身解放，可在现实生活中，绝大部分的女性依然甘于将一切荣耀归让给丈夫，也许，没有几个女人喜欢寻找能力、智力、财力、地位不如自己的丈夫。"既然如此，我在男人从事大事的时候，稍以关注或提醒，有什么不好？算什么越权？或怕、怕、怕？"

想到此，加上丈夫出院不久，一念上车后便客气地表态："老公，谢谢了，身体要紧。从今天开始，你不要再来接我了，地铁很方便，还不堵车。"老公听了露出会意的微笑。

七
最佳生存源于世俗

郝忻离开医院后自觉感觉良好，身体没什么大变化，可没几天就觉得浑身没劲，缺乏热情和动力。

下午，小憩后神志清晰些，男人对妻沮丧地表态年轻时辛苦，中年劳碌，转眼已近知命之年，虽然两鬓飞白，但半生不求医，自以为活上七八十岁没问题，不料阎王喜怒无常，可随时叫人去报到……那天，若没醒来，不就完了？没感觉、没希望，永远的消失，永远的遗憾……还好，半生不做亏心事，老天赐福，一息尚存……可是，大难不死后竟然预感纷纷……老觉得死之将至……想到死，什么棺材呀，坟墓呀，肉蛆呀，骨灰呀……一连串可怕的字眼接踵而至，令人魂不附体，全身的神经好像都在

第一篇
欲
生命的本质、存活的动力

跳动……

妻听了驳道:"大卫患高血压十几年,不是好好的?现代医学发达,体检没问题,这才是关键,别胡思乱想。"

郝忻随之插科打诨道:"老婆啊,万幸!还好我没死,不然,你就是个众人调戏的寡妇啰……"

女人当他是溜边的黄花鱼,笑而不答,边听边洗菜。直到晚餐后夫妇看了会儿电视新闻,就寝前才在枕头边认真说此去应活学活用保健知识,酸碱食品必须搭配均匀,多运动多微笑,少生气少顾虑,保持内心平静……最后,还加重语气道"仁者寿"!

为了让丈夫尽早恢复健康,女人尽量克制自己,注意讲话分寸和敏感话题,常常将要脱口而出的"文呆呆"吞回去。虽说"忍耐"如同烫芋灸口般的难受,但总比"家无主,扫帚颠倒竖"的情形好。

"老公啊,别忘记谢谢大卫呀。"妻再次提醒他。

大卫曾是郝忻的邻居,脸孔像没充满空气的皮球总有些陷处,双腮微塌,最引人注目的是那双闪烁光亮的黑眼球时时流露出一种睿智的神情,偶尔也很谦虚谨慎、朴实善良,也就是说,他难以给人留下一个固定的印象。在郝忻心目中,大卫是个有趣的极端自由主义者,那天参加华裔参政商议全是出于好奇,还因为好友弗马克先生的邀请而盛情难却。实际上他只喜欢思想和文化艺术,尤其看重有才气的人,主张政商与文化艺术互不干预和掺和,倡导公平公正的竞争意识。

有一次,大卫参与有关"现代文明和文化艺术"的研讨会,在听到"现代机械文明与垃圾文化产品"的一场大辩论后,竟然眉飞目转,认为自边沁出版《政府概论》后人类越来越功利,抨击现代人将文化和政治经济挂钩,一味追求名利,亵渎了欧洲历史引以为傲的古典艺术主义精神。[1]

---

[1] 杰雷米·边沁,出生于英国伦敦,12岁进入牛津大学,1776年出版《政府概论》,是西方功利主义的创始人。

难怪他取得哲学硕士学位后，为抗拒"后现代现象"，竟然选择了画册出版的工作，然而，虽获多数下属和同僚的尊重，却得不到老板的青睐，在冷暖自知中，认为西方人的"民族优越感"一时难以清除，故颇关注少数民族的出书命运，觉得商人唯利是图，只对有利用价值的东西感兴趣。为了这，他苦恼、着急，但无济于事。

郝忻"翰林院"开业时，大卫第一句贺词就是："祝你发财，有钱时我就来讨赞助！"说得郝忻连声鼓掌。郝忻理解他的意思，同意他批判金钱至上的俗气，觉得自己缺乏他的魄力和主见。开办"翰林院"，不过为糊口而已。

自大卫搬家后，两人联系日渐减少，因志趣相投，在重要的文化活动场所尚能见面，只是，那晚在"华人参选商议会"上彼此对于对方的出席均很惊奇，除了双方均对政治不太热衷外，郝忻的服饰讲究让大卫感到新奇。大卫上身短下身长不易买到服装，平日看重饮食和营养，衣着较随便，只是略卷的淡褐色头发和那对黑黝黝的眼球，一看就知是混血儿。他性格开朗，言行雅致，面孔稍瘦却沉静果决，谦逊的神情让人觉得总在沉思什么难事似的，初识者难免费解。其实，大卫见到熟人总是流露幸福的微笑，遇上工作不如意的时候也会保持不慌忙、不休息、不陈述的态度，加上从不炫耀学识，这些均是郝忻所欣赏的。唯一不能接受的就是他的独身主义思想。

确实，大卫自离婚后坚持独身主义，虽时有女子钟情均被其拒绝。这方面郝忻颇为了解。还知道他喜欢独身又渴望当父亲的角色，为了实现愿望，大卫捐留了精子还做了广告，寻找愿意收费和接受人工的受孕者，结果很快如愿以偿，尽管女儿苏西出生后大部分时间都在幼儿园度过，但他享受到当父亲的乐趣。苏西4岁后，大卫将她白天托给华姨看顾下班后领回，目的让她品尝母爱的滋味，并于女儿7岁时送往郝忻的"翰林院"学古筝。

大卫的活法令郝忻费解，郝忻一面当他是好朋友，另一面又觉得他活得不正常，好几次想直言咨询，均被大卫笑而不答的神态所抵挡，只好欲说还休。据说大卫父亲是位虔诚的基督徒，生前无法接受儿子"爱情""婚姻"的取向，曾虎着脸对他说："你应改名，不配叫大卫……"大卫不在乎父亲的感觉和劝导，不但没改名，还坚持我行我素。亲友初时和父亲一起鼎力反对，眼看没效果彼此间的距离却越来越远，只好放弃己见，任之随之，见面时也不再谈论私事，图彼此开心罢了。

大卫知道郝忻传统思想浓重，但比父亲开明通达，治学中某些观念尤与自己接近，尤其是那次参政筹备会上的偶遇，郝忻觉得大卫不仅对哲学艺术独有见地，对朋友也很真诚，要不是得到他的帮助，及时抢救，后果不堪设想，自然加速他前往拜访的意愿。

在他拜访前，一念已替他预约了会见时间，还为自己不能陪男人前来而歉意，答应"有空一起到中餐馆吃饭"。

周日当郝忻带上妻子买好的礼品和鲜花到达大卫居所时，大卫拍拍他的右肩道："没事吧？正想抽空看望你。"

"幸亏你在场，不然我可能见阎王了！"郝忻谢了谢，坐稳位置后接着说那场雷雨真可怕，要不是入住医院，即使回家也少不了妻唠叨，什么不尊重她、将她的话视为耳边风啦……

"没那么严重吧，一秒的忽视而已。"大卫带着幽默的口吻说，郝忻突然学着浮士德助手瓦格纳的音调叹道："天啦，艺术悠久，而人生短促！"

大卫咯咯笑起来，转身入厨房泡咖啡，端出时边走边说意识是意识的东西，肉身如机器用久了难免有些差错，修理修理还可用，不到腐朽的地步啊。郝忻说自己平日身体健康很少吃药，但这次感觉特殊，虽然医生查不出病因，却经历了死里复活的体会，加上有段奇特丰富的神游，实在难忘。

大卫表示理解，安慰他一切都会好起来。

郝忻不以为事，喝完咖啡即打开话匣，滔滔不绝地倾诉这次突如其来的遭遇带给他的新感触、新思想——

"虽然苏醒了，但让我触醒了'死'的意识。平日耳闻目睹天灾人祸，有些人突然倒地、一命呜呼，瞬间消失，自己却从来没有'死'的概念，每天忙忙碌碌、计划多多，哪有时间精力想到'死'……现在呀，对'无常'两字尤其敏感着心。

"这就是偶然！倘若哪天倒地不起，这辈子……不就完啦！人除了吃、拉、睡、工作、结婚、生子外，还有什么呢？人生就这么回事吗？劳苦愁烦，想混得一口饭吃和一张床位都不容易啊，何况，处处有危险……随时可能成为一钵尘土……然后，消失得无影无踪！啊，年轻时，崇尚毛泽东思想'为人民服务''一不怕苦，二不怕死'……现在越想越疑惑……人岂是不怕苦、不怕死？"

"谁说人不怕死？"大卫突然提高了嗓子。

郝忻怔了怔道："当然有！否则，历史上怎能出现那么多英雄和烈士？"话刚出口，就觉得自己嘴快了，因他了解大卫一向不喜欢听"英雄""烈士"的名词，连忙低下头，又要了杯咖啡，心想平日看大卫诚实厚道，年前才得知他的一桩小秘密，听说他当年不愿当兵才自己挫断右食指。那时郝忻从心里瞧不起他，"人人都像你，不就家破国亡？"大卫听了不但没生气，还铮铮地说原始人无家无国，活得多快乐……世间的一切麻烦和争吵，全是"欲"字作怪，有"欲"就有"争"，战争是"争"的一种形式和办法。自己不争也不为"争"做事，觉得"争来争去，均是利益问题"。

郝忻坦言未出国时虽然时有牢骚，但国难当头或关键时刻依然信誓旦旦，将私心杂念置之度外，以国家民族利益为重……经这场病愈后，对生命、存活、时空的看法有所改变，觉得原有的铮铮硬骨变得柔弱了，趋向灵活深沉的思考。

说多了，郝忻显得有点疲乏，满脸愁烦又无奈，一如刚从战场归回的伤员。相反，此时大卫起身摆动着双臂，踱着步子谈论着死亡的议题。他不否认战争有正义非正义之分，只是，自从小一起长大的好友西蒙在黎巴嫩内战时中弹身亡后，他就开始厌恶战争，觉得壮志未酬就被埋入一平方米的墓石下，什么时间呀，历史呀，活着的人呀，还有谁想到他？想到又怎样，人都没了，"名字""英雄""烈士"不过是装饰品或代号。①

西蒙去世后，他再也没有交到如此情深意笃的朋友。

---

① 1975～1989年，联合国帮助黎巴嫩稳定局势而派兵参战。

第一篇
欲
生命的本质、存活的动力

大卫从西蒙谈到父亲，突然情绪激昂、提高声调说："打来打去，积聚仇恨，结果呢？看看历史，当年彼此为敌的国家，如今不是携手为友吗？"说到此，他似笑非笑，继续摆动双手或摇晃着头，须臾，转身取出几样饮料放在桌上。

郝忻一方面思索彼此讨论的问题，另一方面想清楚地表达自己病愈后的困惑苦恼，坦言自己近来从"悟死"到"怕死"到精神不济的事实。无奈大卫答不对题，再次论及战争与死亡，死亡与家变的关系：父亲祖籍中国广东沿海乡村，年轻时因贫困从东萍州偷渡香港后经乡亲介绍到英国蓝色货轮公司做厨工，1941年，货船从香港开往英国，接近英伦海港时爆发二战，船只被鱼雷炸毁，父亲幸存，当他看到受伤的英国员工在救生艇上漂浮时，不顾自身安危，跳海救援……

父亲于战乱时回不了香港，只好留住英国，战后与英国女子结婚。1946年父亲因舍身救人事迹，获英国女王颁发的"英雄"勋章。至今大卫仍记得小时候父亲常常引以为豪的话语：无法想象呀，一片血海，救生艇周围全是漂浮的尸体……别看我身材瘦小，救了七条人命哪……

"问题很简单，人人都会死，你在质疑'重于泰山'和'轻于鸿毛'的区别，我是在哲学范畴内思考死亡的意识。两者不能混淆。"大卫补充道。

郝忻听其喜欢强调战争之死现象有点失望。何况涉及的均是别人之"相"、之"死"、之"完"，属研究真理和战争意识范畴，自己想谈的是切身体验和感触。

大卫默默地喝着咖啡。随之双方又辩论一番，最后找到一个共识，即"死亡"与"必然"和"命运"的关系。

枯燥抽象的交谈，很快感到烦闷和无奈，郝忻开始流露出神情不定的样子。

大卫理解他大难不死后的复杂心境，明白"他人之死"与"我之将死"的感觉是截然不同的，突然开悟道："谈你的事吧，我听着。"

这话让郝忻重新抖擞起精神，直言自己经历了"死"的感触后思想开始变得复杂麻烦，出院后，内心烦躁不安、情绪低落，好像有个阴影老是缠着自己，脑海不断涌现许多问号，是过去不曾有过的现象。（或过去被自己忽略了？）整天想到"死"，觉得自己现在像一只"狗熊"或"鸟雄"似的。言毕深深地吸了一口气,再次强调病后令他变得紧张、过敏,又不知所措。

他说着说着,额上的皱纹慢慢地舒开了,不一会儿又激动地陈述起来——突然想起近年来几个熟悉的华人接二连三地逝世,除那个43岁的朋友车祸外,其余三人分别是7岁、38岁和74岁,他们平日身体健康,没有病兆,却死于各种不幸。告别遗体的追悼会上,我特别留意死者的遗容,眼见那熟悉的富有表情的脸孔,一下子像冰柜里取出的冻鸡似的,冰冷、生硬,弥漫着一股令人毛骨悚然的寒气……什么"鼓盆而歌"的豁达?!人是有情有思想有记忆的,庄子是因为上了坏女人的当,才变得对异性如此的冷酷和无情。

郝忻发泄一番近来的心思后才言归正传,"真要死,也没办法,但我还有重要的事情没完成呢……"大卫没有问他还有什么重要的事,却承认"战死"和"病死"是不同的概念,但他不想多说了,伸手拿起小桌上含有硬果的一块巧克力,往嘴里送。

郝忻不知道大卫心里怎么想,看他默然不动的样子以为对方不爱听他的消极话,便转了话题,叙述病后的另一方面体会是幸亏有位贤惠的妻子关照和体谅,"不知怎的,我出院后时常无端端生气不说话或乱放东西,妻总是体贴有加,一面安慰一面鼓励或说些笑话,逗我开心,为了减少我的顾虑,表示是祸是福都不会离开我,愿和我同甘共苦、白头到老。在她的影响下,儿子驳嘴少了,声调也比过去低了些,真是患难见真情"。说完建议大卫别再独身了,还是成家好。

"听了你对妻的溢美之词,又羡慕又怀疑又不想知道。"大卫幽默地对他做了个鬼脸,"不是每个男人均有这样的福气呀。"

郝忻不太了解大卫的"女人观",想继续劝说时,大卫又插了嘴:"别提这些了,女人只爱自己生的肉。"他用"肉"取代"孩子"的说法引起郝忻的惊奇,大卫立即转题道:"没有女人喜欢我呀,怎么成家呢。你还是好好调养身体吧,做你喜欢的事,吃你平日嫌贵的东西……"他清了清喉咙,又问郝忻要不要继续讨论那晚没谈完的话题。这时门铃响了,他看看表,确定是钟点女佣的到来这才表明:"另约时间吧,我要到医院看望朋友，他刚动完一个大手术。"

郝忻不好意思道："何不早说？我们一块去。"

大卫拒绝了他的请求，认为他目前不适于探访病人。郝忻没有强求，不一会儿，与大卫一起离开家门后便与其分手。

路上，郝忻突然想起在大卫家无意看到的"小秘密"：因上厕所时开错了门步入一间小睡房，嚯，室内摆放着几十个胖瘦不一、高矮不等像真人似的塑料人，退出门后问大卫怎么回事，他说是朋友经商的货品，喜欢收藏罢了。"收藏？全是女性！"郝忻费解中联想到大卫平时喜欢说的一句话——"意识这东西不可靠"。心想，"意识就是思想，自个的思想自个的意识，还有自个的灵魂，有喜欢塑料人的意识才会收藏，怎说不可靠呢？"越嚼咀大卫的话，郝忻越感到糊涂，因而一路上时而自我琢磨、自我肯定，时而又自我怀疑、自我否定。

到家后竟然将这新发现一五一十地告诉妻，老婆瞥了他一眼说有什么大惊小怪，突然，女人亲昵地叫了声"文呆呆……那可是日本制的充气娃娃吧？"郝忻说不是一般商店橱窗前的塑料人，她们具有真人般的体态和器官，他偷偷一触，啊呀，像活人的肉质，又柔又滑……

妻说他多管闲事，"怪不得送个礼，去了大半天。"

郝忻说这次交谈内容丰富，话题涉及大卫家史，还谈论战争、"灵魂"与"肉体"等问题。一念没兴趣听这些，郝忻只好转了话题重述自己病后的心境，总觉得浑身不舒服，心里像被什么牵动着。

女人说他少病多怪、顾虑越多压力越大，建议找心理医生。

郝忻听到"心理"两字越发紧张，连忙解释道："什么心理医生？你当我心理有问题？我，不过体质衰弱、经不起超凡的雷雨风暴罢了。"

妻说："住院、体验、治疗和休息都经历了，脸色也日渐起润，能吃能动能睡，真病可不是这样啊？多心多疑，就是神经过敏，属心理疾病范畴。"

"好了好了，你什么都懂。"郝忻不再多说，悻悻走进书房。

八
不慌不忙的老人

"哎呀,今晚美国自然电视台将播出有关灵魂的科研节目。"郝忻晚餐后坐在沙发上兴奋地招呼着正在厨房洗濯的妻,"来来来,难得信息,过来看看。"想到自己计划书写的"传世之作"也会涉及"灵魂"与"肉身"的问题,决定边看边做笔记。

他左手捏着笔记本,右手持着原子笔,比任何时候都专注。电视广告后,见一念过来连忙挪了挪位置,让她坐在身旁。

荧幕上先后有几位妇人有声有色地描述和幽灵打交道的经过,陈述多次协助警察破案的事实——起初,警察总是取笑并拒绝她们的善意。可不久又连续遇到几宗难以侦破的案件后,才参考了妇人的预感。没想到依照她们意向果然找到尸体并破案。

电视主持人只说事实、没有下任何结论,但夫妇俩却因此争论不休,一念想不到文明先进的美国竟然向世人公开播映如此荒唐的迷信节目,声称自己是无神论者才不轻信。郝忻受"浮士德"影响,相信宇宙有鬼神之说,坚持"看不到和不知道的东西,不等于没有"。

突然,一念从丈夫身旁倏地站起,坐到近饭桌的靠椅上,面对面地从辩论、争论到越说越远,内容涉及天文、地理、哲学、历史、玄学和宗教等话题。结果谁也不服谁,最终妻生气道"蛊惑",起身离之。

原本是夫妇俩饭后的一项消遣活动,没想到看完此节目竟然不欢而散。

郝忻难得不服输,面红耳赤劝之:"不懂不要乱说!"直到走进卧室上了床,俩人还不约而同地背对背……一念因男人为此事如此认真执着、据理凭说的劲头和神情感到惊讶,迟迟难以入眠。

第一篇
欲
生命的本质、存活的动力

幸好，生活在继续。

翌日，妻比平日早起，昨晚的争论已被她视为夫妻生活中不可避免的异见和无奈。郝忻则因此对"灵""体"问题越发感兴趣，时时想之，念之，思之。

妻对郝忻出院后的言行举止，十分困扰和费解，令她原本善于烦愁的心境更加不得安宁，决定抽空找奶奶去。

老祖祖见她进门立即喜上眉头，伸手将台上的早点推到她面前，不料孙女神情肃穆，奶奶脸上笑意随之消失，默然一会儿，转身问道："什么事啊，这么不开心？"

往常一念见到奶奶不是嘘寒问暖，就是"老祖祖胃口好吗？想吃些什么"，从不说让老人操心的事，所以惊奇自己今儿"怎么会这样呢？在老祖祖面前，像小孩似的别扭"。

老祖祖白发苍苍，思路却依然清晰敏感，只好默默无声地、目不转睛地望着她。

"郝忻出院后变得怪怪的，整天提到'死'！无所适从。"一念终于按捺不住内心的激动，脱口而出。不一会儿，声调像一串刚出泥的莲藕滴滴答答向奶奶叙述丈夫是个不尽职、不领情、任她说破嘴也改变不了的"文呆呆"。

老祖祖侧过身子，慢慢挪开台上的茶杯，右手不由自主地在台上来回摩挲，须臾，瞟了她一眼，漫不经心道："你妹夫今日到东南亚出差，一靳早已出门送机，坐下，慢慢谈。"

一念瞥了她一眼，虽然也想知道妹妹的近况，但奶奶"答非所问"让她感到惊奇而失望。

奶奶取回茶杯，啜了一口，拿起纸巾抹抹嘴角，言归正传道："那你，想怎么样呢？"这类话题，老祖祖确实不知所措。一念表情呆滞，不知如何回答。奶奶松了口气，进而问之："你知道自己到底要些什么吗？"

"明明他有问题，还这样问我，那可不是小毛病，即使我有缺点也不是他古怪的理由。"话是这么说，心里依然忐忑不安，不由得烦躁起来，脸涨得红红的。

奶奶原名林育思，年过九旬，稀疏的白发平整地贴在头上，身材瘦小得弱不禁风的样子，但神情清晰、很少生病，清癯的脸孔布满深浅不一的皱纹，或长或短似乎隐藏着各式各样的故事和秘密。此时，沉默中突然和蔼道："你还没有回答我。"老祖祖用右手摸了摸放在桌旁的一本中文版《圣经》。

一念竭力控制自己的激动，改为温顺平和的声调说："你希望我像你一样……终生对男人容忍、奉献、劳作和牺牲，我做不到。"

奶奶淡淡地微笑，须臾收起笑容说："你想听到什么？要我说些什么？你知道我年轻时就不懂言辞，不善劝导……现在老了……更糟糕。"

"别说了……我好烦啊！"

"什么叫不烦？"奶奶低声问。一念委屈地说："我不是你，只有顺从屈服……没有自己、没有痛苦和欢乐。我要求不高，夫妇同心同意，就够了。"此时，奶奶露出整齐洁白的假牙说："十个指头，有长短。"

一念觉得奶奶偏袒祖郝忻，不由得叹了一口气。

"奶奶笨啊！"老祖祖想起所罗门的话，喃喃自语道，"太阳底下无新鲜事。"

一念得不到安慰，又说不上埋怨，内心愈加困惑，不禁流露出红润的眼色："亏他是个历经千辛万苦的知识分子，谁无小恙？又不是什么大病，就这么心不在焉，惶惶不可终日的样子，以往不屈不挠的精神，到哪儿去了？"

老祖祖慢慢地站起来，走到柜前取出另一个茶杯轻声道："再泡杯绿茶，绿茶清心下火……"一念连忙起身接过台上的茶壶到厨房添加滚水，刚回到老人身旁，只见奶奶从右边的长桌面取出一封信递给她。

一念看到信封的印戳便知是政府部门关于申请老人院的事。

"你妹妹虽有孝心……但我想了想，还是进老人院吧。"老祖祖担心忘了正事，说得很认真，只是言语低沉、神情无奈而尴尬。

老祖祖一生喜欢自立不想麻烦人，然而，现在确确实实老了，身不由己。

咳，想到男女老少各有烦恼，一念心里顿时充满恻隐，将信重新看了遍说："急不了，先登记，后排队，孤弱病残者优先。老祖祖，你还健康得很呢。"这时，老人眼角

第一篇
欲
生命的本质、存活的动力

鱼尾似的深纹微微地跳动,深凹的眼睛虽充满期待的神情,但命运已使她无论面对什么样的处境仍能泰然自若,所以依旧脸挂笑容、平和地轻声说:"此事拜托你啦。"

一念点点头叫她放心,心里却在琢磨:"拜托我?才半年时间,怎么突然想搬家?莫非?一定有问题!"她将折好的信纸塞进信封后,坦诚道:"你不说我也知道,洋妹夫心直口快,遇事易冲动,不管你在场不在场。"

"他是好人,别怪他。"老人语调柔和,神情安详。

一念嘘了口气,走向窗前,阳光爬到窗棂,透过玻璃窗落在米黄色的木板上,微风吹拂着道旁的梧桐树,几片欲去还留的褐色叶子孤零零地随风轻飘,树底下如同铺着黄、褐、红、墨交色的叶毯,满眼秋情秋意,好看是好看,却容易使人怅然与遐想……记得祖母入住此处时,那时窗外树叶青翠柔嫩、绿意盈目,自己也是站在这个位置上,没想到,哦,她心里开始叨念着:"搬家,又要搬家了……唉!早知如此,何必退回老人屋?"

门口突然响起锁声,一念转身一看,原来是妹妹。

一靳看到走廊有双女人鞋,人未进声先到:"谁来啦?"说完站在门槛内换拖鞋。

"我呀!"一念绕过奶奶坐位往沙发一坐,右腿搭在左腿上,双手重叠在腹部,见一靳笑眯眯飘逸而进,不由道:"看你笑不拢嘴的,人逢喜事精神爽,说来听听。"

妹妹身穿黑底碎红花细绒毛衫,腰身下的羊皮短裙内露出一双令人注目的匀称嫩滑的小腿,优美的三围显眼而诱惑,只是一头金发让人看了便知不是原色。当她听到姐姐的咨询立即"咯咯"笑起来,随之快步转入浴室洗手,不一会儿,踱着慢步走出来站在姐姐面前,轻轻地扭动着腰,不卑不亢道:"你近况如何,生意不错吧?不少白人喜欢观赏中国古乐器演奏啊……文化节那天,姐夫与学生在都伦剧院的演出十分成功,我在本地报上看到好评啦。"说罢摆动起双臂、娇声娇气,"我呢……也不错,凯西这次出差回来将升职啦,可能调往欧盟共同体的外务处,不容易啊,好几人垂涎这位置。他说越来越不喜欢居住在市区,喧闹又复杂,想迁居郊外,选择花园、阳台大些的住所。"

见姐姐含笑不言，一靳漫不经心地补充道："西欧各国大城市已成了移民区，怪不得东方游客说眼见不如耳闻。确实，大城市脏乱拥挤、人种多又杂、少不了扒手……"

"你不也是移民吗？"一念惊奇道。

"我也这么想，凯西却说我特别，特殊！"一靳生于"文革"前半年，比姐姐小14岁，乳名甜甜，虽已过花样年华，依然魅力十足、精力旺盛，思路开阔，一双睿智的凤眼热情而明智，清秀的脸孔流溢着爱情甜蜜的笑意。

"怪不得奶奶想搬家。"一念明知奶奶想申请入住老人院与凯西的升职与否毫无关系，却故意这么说。

妹妹立即收起笑容，望着姐姐问："我不懂你的意思……"

一念笑她多心："搬家就是搬家，有什么意思？"一靳走到老祖祖身后，两手按在老人肩上道："老祖祖，老人院比家还好呢，设备、医生、护士，样样全！"说完俩姐妹目光相触下，很快又分开了。

老祖祖抿着嘴，眼望桌上的茶壶，两手拨弄着养生球，若有所思的样子，一念见之忍不住说："一靳，我说了，你别不高兴，凯西对你脾气如何，无人干预。可是，他不能对奶奶如此，中国人的传统是——百善孝为先。"一靳立即仰起下巴插道："你知道吗？我和凯西每次都是为这些事吵架。别忘了，洋人喜欢过两人世界的生活，他已经不错了。"

"你得影响影响他！"姐姐觉得在老祖祖面前说这些话有点不当。不料妹妹已眯起那双炯炯发亮的凤眼道："不如住你那儿吧。"说完等着姐姐的回话。

一念侧过头，两人的视线又相遇了，她本就不赞同奶奶和他们住在一起，可自己的丈夫暂且还无法独挑家庭重担，只好真诚表态："郝忻没你男人本事，我还得上班，奶奶一人在家我不放心。"一靳嘴快，接着问姐姐："难道你喜欢我们离婚吗？"姐姐连忙摇头否认，差点想发誓。

两人你一句我一句，像筷子穿针，相互过不去。

老祖祖说谁都没有错。一念觉得纠缠这事会没完没了，说了等于没说，还是为奶

第一篇
欲
生命的本质、存活的动力

奶找老人院来得实惠，便将话题转到儿子向正身上，说他胃口越来越大，爱吃牛肉，但全身发育最快的却是脚板，得穿40码的鞋了。

一靳不爱听这些，觉得老祖祖已将政府部门的来信交给姐姐后，心里十分不高兴，觉得奶奶不信任她。

老祖祖有所发觉，主动解释道："你活动多又常外出，她离我近，有事方便些。"然而，一靳仍不释怀，心想"为了你，我们夫妻吵了好几次"。但她没有说出来，因她的嘴里还留着凯西甜密热吻的滋味。今早凯西进入登机室前，当着许多游客的面前拥抱她，还热烈地接吻，并不时附在她的耳旁说："宝贝，宝贝，我爱你！我很快就回来，到时你就别上班了，在家生孩子吧……"

想到凯西灰黑润泽的颊髭，以及说这话的时候脸上泛着光滑潮红的神色时，一靳心里充满了无限的温暖和阳光，尤其是生孩子的事，多好啊，女人只为她喜欢的男人生孩子。为了爱情，丈夫出国后她就辞工了，在家创建另一行业——"彩虹婚姻社"，目前已有数十名会员，每天听听电话、给来函者回信，或协助他们解决异族婚姻的一些难题，必要时也可面谈。"现在姐姐愿意帮老祖祖的事，何乐而不为？"不由得走到奶奶面前补充道，"你知道鬼佬的脾气像小孩说变就变，千万别介意啊，谁认真谁傻……你的气还没有消哩，他就老祖祖长、老祖祖短地喊……老人院里朋友多，有说有笑，免得在此受气。老祖祖，你说是吗？"

奶奶放下手里的养生球，不时地点头。甜甜说得对，凯西有话直说、有感直抒，哪怕工作上遇到不顺心的事也是说了再想，想了就说，即使有气也不含怒到日落。

老祖祖将头一侧，望着一靳露出慈祥的微笑，"我不在意，不会生气。"话是这么说，老人还是记得有天不小心将他年轻时受奖的足球纪念杯打破时，凯西看到立即大声地嚷："为什么不小心点？哎呀呀，赔我！赔我呀！"吓得老人不知所措，直冒虚汗……幸好一靳在厨房听到立即走往客厅，指责他"不许对我奶奶无礼！她不是故意的"。另一次老人忘了吃药，凯西知道后开玩笑地劝奶奶多玩些益智游戏，"千万别得个老年痴呆症"。正是这句笑话，让老人动了心，决定搬到老人院去。

一靳见老人沉默不语，压低嗓子劝说："千万别在乎、别误会，凯西父母也说住老人院好过自家呢。"

老祖祖终于绽出苦涩的笑容，"傻孩子，别多想。我没事，你们都是好心好意。"一直坐在沙发旁的姐姐忍不住刚想开口，电话响了，一靳接听电话后，转身告诉老人："圆桂找我有事，很快回来。"

屋内突然安静下来。

一念听不到老祖祖对郝忻问题的看法或安慰，反而看到一靳春风得意的神情，心里如五味陈杂不知什么味道，又呆坐了一会儿，这才想起该到超级市场买些食物，随之起身告辞了。

一念离开后，奶奶独自静坐着，没有表情也没有声响。

经岁月风霜的镂刻，肉质与形象已渐渐"异化"成另一种模样了。然而，凭其脸孔的神采和端庄的五官，可以想象她年轻时的娟美和活力。奇怪的是血气内的灵性，倒是随着岁月的递增越发健壮和自在，那长长短短纵横交错的脸部皱纹、白发下宽阔的额头以及深陷的双眼流露出的苍凉庄严、贤惠慈悲和宁静安详的神情，宛若一尊落妆后的贵人雕塑，隐藏着诸多的秘密和智慧。

此时，窗外传来一阵狗吠声，她站了起来，慢慢步入寝室。

睡房约 15 平方米，素朴中尤显独特多彩，除靠墙衣柜和一张书桌以及床头小柜上年轻时拍的一张黑白全家福照片外，其他地方均摆放着老人的嗜好——房内凡可置放的地方均摆满了各式各样的童娃娃，面孔由布质、塑料、泥质、陶质或金属等原料制作而成，衣料各具特色。他们是奶奶往日在跳蚤市场买回的二手货或丢弃物，经清洗整修后穿上新衣服再摆在不同位置上：有的排排坐在专柜里，有的站在墙上安装的木条上，其他或坐在娃娃椅上，或躺在婴儿床内，或站在墙角里……最高的两尺多，最小的只有手指头长，每个娃娃均有名字。

老祖祖一有时间就用碎布料给它们做衣服，或用人造细毛线为他们编织各种各样的服饰。

第一篇
欲
生命的本质、存活的动力

无奈老了！虽然耳明目清且能自理，仍有抗拒艰难、顺服现实的能力，却没有人知道她一生都没有向命运抗争过，在殷大无比的男权世界里只会忍耐和温顺，直到晚年进入童话世界的生活里，才有真性情、真快乐。难怪她越来越关注屋内的这群娃娃，它们是那么纯洁实在，不说谎、不出卖、不嫉妒、不传言或多心计，与其相处安然宁静，单纯快乐……甚至还可以和他们说说话。

这或许与自小喜欢听神话故事有关，领会到人性因真假、善恶、美丑的不同从而将遭受各式各样的报应和结果，使她终生心存谨慎不做亏心事，深感人类数千年来所以能跨越无数的劫难和困苦，皆因有神话的警喻和指引。中年后还觉得现实世界不比神话逊色，无论形式和内容均更为广宽和复杂，所以常常在"精彩"中叹息，在无奈里蓄锐，并于离不开的纠缠与诱惑的凡尘里磨炼意志和性情。

想过清心寡欲的日子，只得将神话的迷信意识转换为艺术的童话，没有世故，没有权位和名利，就没有敌人。

近来老祖祖听说郝忻也开始关注"灵""体"问题，曾笑眯眯地对他说："我也喜欢思想灵、体问题，但与你的灵体说不同，你像法医和学者，我是幼童班的老师，喜欢讲快乐的故事。"

老祖祖出生于世纪初的书香门第，大家闺秀，传奇人生如小说、如戏剧、如滚滚东逝的长江水，郝忻岂敢在她面前信口雌黄，然而，眼见暮年的奶奶越发可爱纯情，偶尔谦逊道："有事求教老祖祖呢。"奶奶听了抿着嘴微笑，须臾，慢声道："一般老妇少有罗曼蒂克的情怀，你才觉得我不像世俗的老人是吗？奶奶其实什么都不是，不过以'简单'对付'复杂'而已……瞧，娃娃们永远长不大，不懂喜新厌旧，也不会恋旧厌新，天天笑容可掬，彼此和睦相处，给人美感、诗意和快乐。"

郝忻原想和老人谈论些事，但最终还是没开口。

奶奶见郝忻欲说还休，便补充道："娘生的'体'均带着'血''气'，我这'体'无血又无气，永远处于孩儿阶段，不经世俗的污染，只有单纯、天真、无邪、可爱。"

"老祖祖,我很想听听你的家史和经历,说不定有天为你写本传记呢。"郝忻说得很诚恳,老人却笑道:"你想得太简单了,谁有兴趣看普通女人的故事,尽管镂刻着世纪的足印……"

想到此,老人突然对着坐椅上的布娃娃叫了声:"凌芬荑……都是我不好,让你从简单步入复杂的大千世界了。"

凌芬荑微微地发笑,没有怨言,重新沉浸在那个雾气朦胧的午后——

我原是跳蚤市场里被人遗弃的一尊泥头布娃娃,常常被主人在摊位和纸箱中搬来搬去,没想到那个冬季转运了,我被林育思老人看上,说我美丽可爱,当即买下,回到家里正想将我放在书桌旁,发现我上衣少了两个纽扣,趁午后空闲时为我钉补扣子,她边穿针线边想自己坎坷一生到头来没想到"落叶"异乡,不由心潮起伏双眼潮润,谁知两滴泪珠儿不偏不歪地滴入了我的眼眶,这时,老人因视线模糊、攒纽扣的针头不小心地扎到手指,一滴鲜血随之掉到我的嘴里……她急忙举起我看了看,没发现什么血迹和异样才叹了口气。

渐渐地,我觉得有股温热之气慢慢朝我身上传来,不一会儿,我竟然如梦初醒来到一个崭新奇异的世界里,转动着大眼睛对着老人说:"老奶奶,你一向乐观,何以现在如此伤心?"老人听了,吓了一跳,齿唇不停地抖颤,差点滑了手,连忙将我放回桌面上,这时,我挺了挺腰,笑着说,"从今天开始,你就叫我凌芬荑好了。"

"你?凌……芬……荑?"

"哦,谢谢你给了我新生命,从此刻开始,我灵(凌)里有情,魂(芬)里有色,体(荑)里有欲了!"

"你会说话?"老人将身子往后退了退,差点晕过去,过了一会儿睁大眼睛,转过身,望着窗外,一个人也没有,冬意萧萧,雨丝潺潺,路旁新安装的现代停车表收费器,像卫士般屹立在那里。

她慢慢地松了松气,重新将我从头到尾认认真真地看了一遍。

第一篇
欲
生命的本质、存活的动力

　　为了不让老人过于惊奇，我不再作声了。

　　许久，我才张开小嘴巴向她呢喃道来，我的主人原是一个被成年人拐骗强奸的女孩，8岁遭人杀害后至今还无法破案。主人深爱我，我们曾经朝夕相处，其乐融融，自她消失后，我也成了废物，主人妈妈不想触景生情就将我遗弃，我无亲无故，缺乏为主人报仇的能力，只好四处漂泊、寻找新主人，多年来，流浪啊流浪，在摊位上孤独地乞怜，终于被目善脸慈、酷似自己前世祖母的老人收容了⋯⋯

　　老人双手再次轻轻地抚摸着形体动人、貌美肤润的凌芬荑，她娇柔地滑动着眼睛，流露出看不厌的笑容和神情，老人突然说道："凌芬荑，你今天怎么不说话了？我有事和你商量呢。"

　　宁静与空寂包围了她，连忙转头四处看望，一个人影也没有。

　　她一直以为有人在家。

　　怎么回事？莫非是幻觉、眼花，还是错觉？之前也有类似这样的经历，曾告诉过一靳，一靳说她老了，或是看了什么电视剧引发的幻觉和幻声？

　　奶奶心想自己虽老了，但没有患上痴呆症啊！"年轻人啊，别太自信只顾你的感觉和视角？那，还有什么'神秘''奥妙''特殊'的名词呢？泥娃娃明明会说话，不然，我怎么知道她叫凌芬荑，而不是叫张小妹或陈某某呢⋯⋯"

　　和泥娃娃的那段机缘和特殊经历，影响了老祖祖日后的思维和生活，令奶奶以后无论活在现实或童话的世界里，总是一面生存一面在已经走过的路上游览，用那特有的眼光、视角、意识，及心灵感悟看待一切俗事和生命。凯西知道后曾当面对她说可能患上白日做梦的现代病，但她依然我行我素，不但自得其乐还愈加善待凌芬荑，将她从桌面上移置到众多娃娃的中间位置，并封她为娃王。

　　此时此境，小小的卧室，热闹的群体，不逊色于真人的凌芬荑一如既往地坐在娃王的位置上，她高高在上，骄傲的神情、高贵的姿态、纯洁的微笑，让老人也跟随着笑起来。

然而，快到傍晚的时候，她又想到了孙女，一靳说出去一会儿怎么还没有回来？一念更让她费解，"那么好的优秀男人，到哪里去找啊。有病医了就好，有什么大惊小怪的？我不是不表态而是难表态，难表态不等于心里没牵挂，束手无策啊！"

老人将外套往单人床一丢，走出小房间拿起客厅小桌上的电话簿打电话，向正说妈妈还没有回来，她扫兴地坐在靠椅上，两手握着椅子的手背，静静地坐着，眼睁睁望着窗外，希望一靳快点回来。不一会儿，喃喃自语："是啊，都是人，怎么差别这么大……世界变了，环境换了，世事人情也在变。哦，不是的！人性没有变呀。"

九
当心思沉重时

一念拜访老祖祖毫无收获，带着沮丧的心情走往商场为向正准备生日礼物。原计划这天一家三口到海边饭馆晚餐，儿子没兴趣，他说已安排好了自己的节目，带同学回家玩一会儿傍晚学画去，母亲遵从了他的意愿，只购买些食品和小点心。

翌日下午，苏西第一个到访，向正习以为常、不以为意。

苏西比向正大一岁，从小玩在一起。八岁那年，两人趁大人不在，进书房玩耍时，苏西突然躲到郝忻的长方形桌罩下，向正转身看到罩布在闪动也一起钻入桌底，苏西吓了一跳，不久，两人就在那里搔痒痒，颈脖啦，腋窝啦，脚底啦，苏西受不了向正骚扰，想爬出去，向正连忙说："不抓了，不抓了！我们就躺在这里让妈妈等会儿找我们。"

向正往她身旁一躺，苏西焦急地推着他说："你妈妈看到了，以为我们结婚呢。"向正连忙两手伸得直直道："好啊，结婚就结婚。"直到她动手碰他说："到花园捉迷藏如何？"向正才从桌底爬出来。

第一篇
欲
生命的本质、存活的动力

　　他们在花园玩得正火热时,蓝天上出现几片乌云,不一会儿下起了小雨,两人赶紧躲在篱笆旁杜鹃树下,刚安静几分钟,彼此就用肩膀或臀部互相碰撞,向正用力过度,苏西被身后的荆棘划伤了手背,向正立即回屋取碘酒给她涂伤,她说痛,他轻轻地抚摸着她的手……不一会儿,学着电视里的男人上前拥抱安慰之:"一会儿就不痛了。"苏西推了他一下,用力扒开他的手:"你敢?"他越加使劲地搂住她,在她脸颊上飞吻下。

　　向正事后就将童真趣事忘记了,苏西不,随着年龄的成长越发清晰难忘且感觉良好,直到进入初中一年级后听了几次生物课,彼此见面才不敢乱说乱动。苏西说他变乖了,可她哪里知道,他的注意力和爱好已转移到游戏机那里了。

　　……

　　"妈妈回来了!"向正听到开门声对身旁正在相互推荐电脑游戏节目的同学说。

　　苏西、约翰和约朗知道一念回来,连忙走到门廊打招呼,向正继续与黑人柏斯、麦隆沉迷在游戏机的打斗里,一念走到儿子身边探望下,儿子侧头对她"哈喽"。不一会儿,苏西见一念在收拾桌面的杂物,主动帮忙,将同学散放的小礼物集中摆放在桌子中间,约翰、约朗只看不动,建议中间位摆蛋糕,礼物放在蛋糕旁边。一念看不到蛋糕即问向正"爸爸呢",他说不知道。她有点焦急但没有作声,心想,前几天叮嘱他订购蛋糕时,他说"琴行附近新开的那家糕饼店,质量不错。"她赞成:"试试看。"

　　"希望没忘记。"她让儿子打电话给父亲,却没人接听。

　　一念不想扫孩子们的兴连忙赶到附近超市,可惜新鲜蛋糕已售完,只好买条冷冻的。回程路上十分不悦,担忧孩子们不高兴,自己也觉得很委屈,不由想起"翰林院"——收入有限谈不上发展,男人却日益"惰性",越来越自由散漫。尤其那场怪病痊愈后,经常夜归,说是练气功,一念让他示范看看,这才像破了皮的饺子,露了馅。

　　"哪方着了魔?"一念虽费解但到家就消逝了。丈夫已回家,看到孩子们围着新鲜的生日蛋糕眉开眼笑,男人还忙着往桌上摆放各种饮料,一念只好无奈地皱起眉头,摇摇头问老公:"怎么？这？……"

"又怎么了？不挺好的?"郝忻低着头笑笑，还告诉她一靳刚来过，放下礼物就走了，说有急事改日约见。

女人朝礼品处看看，似乎并不太在意，便将冷冻蛋糕藏入冰柜底层，重新整理起什物，招呼孩子们到客厅来，约翰点蜡烛，约朗摆椅子，苏西倒饮料，柏斯、麦隆分派刀叉和餐巾，郝忻准备相机，向正在门廊墙镜前梳理头发，一念安排各人位置后发表贺词，表示生日不单是吃喝玩乐，重要的意义是随着年长也得增加知识，好好学习、努力向上……说罢突然弯下身子从桌罩下的椅上取出一本包装精致的书交到儿子手里，"儿子啊，今天你就11岁了，步入青少年阶段啦，妈不再送你玩具了，这是中华传统文化为人处世和励志的精选本。希望你理解妈妈的关爱和祝福!"

向正努起嘴当面撕开包装纸，将书本翻来翻去地看了看，说了声:"谢谢！"便将书摆在一靳礼物盒的下面。苏西领先一面鼓掌一面唱生日歌，随之合影，拍摄向正单人照，接着吃蛋糕及其他零食，忙了个把小时后，向正再次带他们入卧室，说他近日发现了一项游戏的新规则。

这时苏西看出一念不太高兴的样子，没有随同学入室，主动帮忙收拾桌上的空瓶或废纸，独自看了会儿电视才建议向正一起到附近公园玩，向正欣然答应。

那里原是一片草地，春天是绿油油的青草和点缀其间的黄白小花，见之神情奕奕、心花怒放；夏季躺卧在青草地上，在日光浴中领受阳光的温柔和魅力；冬季雪景肃杀，流露安详宁静耐心等候的品性；时下是秋季，叶落花枯、鸟禽南移，一阵秋风增一份凉意，风景如画，文人望之多会驻足慷慨唏嘘。向正和同学却在找枯枝往天空抛去，或在不死草的草坪上散发面包屑，逗鸽子、追赶乌鸦……

周遭飘荡着阵阵的嬉闹或串串银铃般笑声，时而也像那带有乐器的风筝，有声有色地在时空飘飞，留下梦幻的记忆。

室内则不同，孩子们拥出后客厅一下子肃静了。不到一袋烟工夫，一念便将注意力集中在丈夫身上，她知道男人病愈后哪方面谈得来、哪些话题越来越有分歧，为避

第一篇
欲
生命的本质、存活的动力

免麻烦只好避重就轻，让对方抓不到"啰唆"把柄。这也是她初次懂得考虑谈话的方式、方法和态度，可惜，话一出口又走了样："学生减少了，你倒显得比过去还忙哩……让我刚才紧张又心急！"

她惊奇自己怎么又不由自主了？望望他，丈夫竟然悠然自得、毫不在乎地问道："又怎么了，你说呀！"

"蛋糕，这么一点小事，我那天怎么说的？"一念竭力让语气温和些。

"不就迟……迟……些些……回来？"郝忻将"些些"两字说得像琴弦发出的音调，轻缓而柔美，令她不得不打开天窗说亮话，"你买的蛋糕是最后一天的期限货，不新鲜！"男人听了没反应，半晌，往沙发走去，边走边说："所以七折呀。"

往日遇到这情况，郝忻不是沉默就是让女人自说自休，或在她发子弹似的"啰唆"之后，溜之大吉……但"今天是儿子的生日，不可以，照样！"因而见妻随之跟进，转身央求道："请原谅，我有点不舒服！"这或许是他预防妻"唠叨"的新办法。一念只好叹口气，掩门而出，扫兴地走进厨房……

半小时后向正独自回家说："他们回去了。我学画去。"

一念见儿子满头大汗，建议先洗个澡，向正努努嘴，低下头，双手拉起衣襟往额头边抹汗边说："回来再说！"随之沉浸在刚才玩耍时的快乐气氛里，兴奋地告诉母亲今天有个大发现：原来女孩子并不反对被人拍肩膀，或拉她的手……母亲听了怔了怔，立即教导他男女授受不亲，尤其肢体不要随便接触……

儿子抬起头，"那当然！"一面收拾画具一面觉得母亲像个老古董。准备出门的时候，向正突然朝向母亲，手指对着坐在沙发上的父亲说："听到没有？坐着都会睡。鼓乐声？虎睡声？"说完做了个怪相开门而去。

向正离家不久舒棋带着女儿雪莉和小礼物到访，一念甚奇，"不是告诉你了嘛，孩子大了，不要我安排生日会了。"

舒棋望着女儿道："小正多乖啊，我让雪莉多接触正规的孩子们。"雪莉紫红的濡润的嘴唇上，挂着淡淡的笑意。

"已结束了,小正学画去了。不要紧,坐会儿吧。"一念遗憾道。见雪莉怯怯地站在母亲身边,立即引她母女进屋去。

舒棋是一念初到欧陆学习西语时的同班学友。一念对舒棋的了解其实很有限,彼此往来从不涉及政见与学识方面,只欣赏她为人热情、坦率大方的个性,也喜欢向她学做些甜糕点。舒棋则为交到知识女性为荣,对于自己的身世喜欢有一截没一截地半明半隐,幸亏一念从不多问。若将零散的只言片语写成小传,大体如下:出生于东南亚华裔家庭,父亲早逝,留下六个子女靠母亲一人供养,老四舒棋勉强上完小学就辍学在家做杂务,受母亲影响能说汉语,但不会书写,发音也不太准。18岁照母亲意愿和邻村青年定亲,不料结婚前夜未婚夫于夜归途中遭人误打致死。事后舒棋被人冠上"克夫"命,为避流言蜚语,第二年舒棋擅自跟随远乡一丧妻的中年汉过日子。有了雪莉后,男人为增加收入专挑重活做,回家以酒消劳,酗酒成性后爱拳打脚踢,酒醒就对妻赔礼道歉,坦言体力不足无法承担繁重劳动,不如在家看顾孩子,希望舒棋到外工作。原本一肚牢骚的舒棋已听同龄女友说想赚钱进城去,这下老公先开口,正好借口到外打工去。

经人介绍,舒棋来到南海湾的旅游度假胜地。此处以气候好、娇女多和廉价生活费闻名遐迩,早已招引了无数欧美男士,游人到此一面度假一面享受"性"乐,不少王老五还在此地寻找到另一半。

与其他初到此地的女性一样,舒棋一面在酒吧当应侍,一面学习英语。新景致、新关系、新乡土风情提供了她崭新开阔的视野,赚钱比乡下轻松容易,时间久了,山不转水转!眼见许多出身贫困的女子远嫁欧洲后过着"舒适"的生活,终于动了心离开原有的男人,加上年轻、身材窈窕、面貌姣好,很快地,在度假区内认识了她生命中的第三个男人丹尼。

一念认识她后偶尔知道些她的旧事,为了测验她诚实与否,有次转了个弯客气地问她:"之前干哪一行的?"舒棋说:"已将过去认为的大事缩为小事或没事,为了不影响眼下的快乐,不想提及。"一念忍不住道:"我有位朋友的太太是你的乡亲,她说

第一篇
欲
生命的本质、存活的动力

你的丈夫叫丹尼，怎么回事啊？你曾说过在度假区内认识洋人丹尼后才一步步改变命运，怎么现在的丈夫又叫贝德力克？男人也爱改名？"舒棋听了哈哈笑起来，接着正色道："我以为什么大事呢，很简单，我们认识不久，他就因病死了。"一念虽有疑惑却不再多问，老祖祖说过"朋友交谈最好不要触及对方的私事和痛处"。

她曾将以上想法告诉过郝忻，男人却不感兴趣，觉得无须对老婆的女友进行考察和了解，只有看到舒棋贴身衣、包腿裤的时髦穿着才吓了一跳，顺便问一念她是干什么的，怎么那么阔。一念激昂道："穿着时髦就阔吗？你以为是什么名牌？冒牌货呀，我可从不揭穿她，让她高兴高兴，有啥不好？"郝忻会意地点点头走开，从此，一见到舒棋，就尽量躲开。

此时看到舒棋母女，为礼貌起见，向她们打了个招呼，温和地笑了笑，起身往卧室走去。

舒棋母女喝了果汁，吃了生日蛋糕，她看到雪莉开始坐立不定，便起身告辞，"瞧她那个样儿，下次我自个儿来。"一念因心思重重没有多留她们，只说将转告向正以后有什么好活动通知雪莉。

舒棋母女离开后，一念却难忘雪莉的音容笑貌——毫无血色、娇嫩的神态和表情一如受了惊吓的小猫。"怎么会这样？我还希望有个闺女呢。"想到此，越发对舒棋不了解，更新奇的是郝忻刚躲开她们不久，卧室就传出他的打鼾声。

呼噜声打断了她的思路，怔了怔，自问："这么早就睡觉？又病了？"犹豫会儿，走进卧室用中指弯关节"咚咚"敲着床头板，"现在睡觉，夜里像猫寻鼠似的打扰人。"

男人吓了一跳，倏地起身，呆呆地坐在床沿上，眼皮半闭，脸孔红润，女人不知所措地看着他。

他无奈地抓了抓头发。

不过打了个瞌睡，却像夜间睡眠般漫长，好在敲击声中断了这场惊险、触心又奇特的怪梦——

隔着大洋的新愁旧恨早已与己无关。这里是太平盛世。第二次世界大战没有让欧陆沉沦，冷战时期的冲突已有所缓解，城里到处是高楼大厦、商场酒店、花花绿绿，还有色香、食香、花香、油香和泥香，郊外或乡间有别致的房舍、馨香的花朵、鲜嫩的树叶和田野上一垄垄青绿的蔬果，在微风的吹拂下，摇摇曳曳，神态奕奕。

只是没有人影，过于寂寞。

我身处在一片朦胧幽暗的空间，身体横卧在一棵树的枝干上，冥冥中听到树枝上有只小鸟一会儿歌唱，一会儿对着同伴叽喳地叫着，我刚想对它们吹起口哨，突然觉得树枝有点晃动，往下一看，原来地面站着一个人脸猪身的怪物，面同黛黑，正抱着树干往上爬。因树干粗壮，"黛黑"虽千辛万苦还是爬不上去，最终坐在树根上对着我说："郝忻啊郝忻，好不容易我们终于见面了。"

"你说什么？"我大吃一惊。

"黛黑"嘿嘿笑道："我为你感到不值啊，天天和书打交道，迷之爱之，却不知'乐之'的真谛，难怪被老婆称为'文呆呆'，世间除了知识学问还有'享乐'呀，知识虽能娱神润心，提供灵魂享受，但肉身也需要享乐呀……"

"你是谁？"我突然叫了起来。

"你忘了？我叫黑猪！"

"想不起来。"

"哎呀，文呆呆！你不信我也罢，总得相信科学吧，全球已有12个国家、43个现代科学家组织，在研究超自然电子异象。"[①]

"邪说，谬论！"我开始发火了。

"好吧，如果你哪天需要我，再招呼我，到时我想邀请一些你知道的名人到场，一

[①] 超自然电子异象（Electronic Voice Phenomenon，简称EVP），透过现代电子设备的杂讯和静电干扰，偷窃信息，尤其美国研究灵界现象的组织人员，不但教人分析EVP技术，还发表了真实的录音记录。

起各抒己见。"

"我不会上当!"

"你的好友大卫正在看海伦·瓦姆巴克博士的《濒死经验》报告哩。"①

"报告什么?"

"关于灵魂。"

"多余!谁不知道人有心思意念,你犯了糊涂病,将思想说成什么奥秘的灵魂。"

"人类知识有限,却很狂妄!"

"别烦我,我想听小鸟的歌声。"

"你现在生活安定,无忧无虑,但亏待了肉身,它们想造反了,我好心好意为你着想。"

"为我着想?你这骗子!"

"自从洪水毁灭诺亚方舟后,上帝十分后悔,决定以彩虹为证不再毁灭人类,但又看不惯人类的所作所为,所以将地球出租给我。谁知这人啊人,太难管理呀,曾三妹(曾三妹即真善美的谐音)整天唉叹求生艰难,处境困苦呢!嘿嘿,还是所罗门有悟性,他说:'日光之下,快跑的未必能赢,力战的未必得胜,智慧的未必得粮食,明哲的未必得财,灵巧的未必得喜悦,所领到众人的,是在乎当时的机会。'(《圣经》"传道书"9 章 11 节)

"荒唐!"我又冒火了,脸涨得通红。

"世上荒唐的事多着呢,只怕你没有时间和精力钻研,就说我俩吧,能见面,得感谢'机会'。你看我多奇妙,外形像黑猪却无形无体,可我有名有姓,叫郑酬愕(郑酬愕即假丑恶的谐音),我的死对头就是曾三妹,无论白天黑夜还是一年四季,彼此无处不在或时隐时现但总是针锋相对。曾三妹斯文雅典,不爱出风头,却老爱监督我……哈哈!我生来性格外向,害怕孤独,喜欢热闹,加上爱想象,欲望多,只好依

---

① 海伦·瓦姆巴克博士是世界著名精神学家,他的《濒死经验》报告发表于医学杂志《复苏》。

附人类尽情享受，只是，找主子得有秘诀啊，因为处处有教师家长的保护，还有警察的巡逻或法官的监视。"

"哈哈哈！死后名不如生前一杯酒，及时行乐啰，今儿你免疫力下降，我们才能在此幸会，这是你我的福气呀……"

我听了差点晕过去，连忙大声喊道："滚开，滚开！……"直到头昏脑涨……

"嗯？有什么奇怪？你上次见到梅菲斯特时，他就说人类越发展越离谱。至于什么叫'谱'？我也不知道。不过，科技改变了世界，地球变成了魔球，地上几乎成了石屎林，烟气冲天，污水连连，卫星、火箭、导弹等时常入侵天界，令西方的耶稣和东方的仙女愤然抗议，誓言要报复。还有，地下的隧道、油井、沼气管、煤矿、金矿、铁矿、铜矿、银矿、铅矿、锡矿，等等，骚扰了阴魂，阴人责怪阳府的人贪得无厌，霸占抢夺地面，将他们赶到地狱还不满足，尚要日夜骚扰他们，令其不得安宁。所以，他们决意学习阳府人，将东方的精怪和西方的撒旦联合组织起来，成立"阴府世界联盟会"，西方的盟主叫梅菲斯特，东方盟主叫黑猪，准备联手对抗阳人。"

"什么梦呀？"郝忻伸手摸摸额头，湿润润的。突然仰起头，挺起胸膛，将以上的记忆如实告诉站在他面前的女人。

"身体虚弱，自然多梦，别往邪里想。"一念口头这么说心里同样觉得茫茫然不知所以然，像木头般站在那里，见丈夫神志不定、提心吊胆的样子才劝之："约医生看看吧！"说完转身而去。

老婆不像平日车轱辘话反使他心里不安。联想那次雨夜的经历依然心神不定、沮丧万分，灵魂像被牵挂在"生死"线上晃荡，神经也走了样，加之经历、妻劝告或偶然际遇带来的神秘丰富多彩的定律、规律和超律异象，加添他的烦恼、惊奇、无助和担忧。

他将头往床头一靠，无意间看到近床墙的木条上坐着一位铜质的老人，连忙侧过身，伸手取下洋公公，这时洋老汉咧着嘴，发出微微可辨的声音："亲爱的文呆呆，

第一篇
欲
生命的本质、存活的动力

你又怎么啦？"郝忻立即眨了眨眼，吃惊地直了直腰，将洋公公拿到眼前端详，左看右看，上下打量，哦，洋公公外形潇洒，皱纹不多，脸部光滑，下巴几乎全被胡须遮住，全身精华均于头部：金黄的卷发流溢着艺术感，神情逍遥超脱，尤其那双眼，郝忻有点不敢正视，怕他看穿自己的心思意念。洋老人是他40岁时老祖祖送的生日礼物，她说"喜欢读书的人一定知道他、喜欢他、了解他，当然也熟悉他的著作，他是哲人，我忘了名字，他好像说过：'脑袋里看似只存细胞和水分，关键是思想。可惜大多数人只有小聪明，连良知和正气都谈不上……'"

他突然笑了起来，觉得眼前的音容笑貌有点像古希腊的哲人苏格拉底？柏拉图？亚里士多德？"哎，哲人的相貌在他看来均差不多的样子，不是大胡须就是卷头发……也许是歌德呢，他说'恶是人的原质和本性'不就与哲人的话意相似……"郝忻立即起了敬意，擦掉老人头上的灰尘将其放回原位。对了，那一年自己过生日，妻还抄写一句名言送他——好像夹在那本笔记本里。他立即找出笔记本，取出如书签似的纸片，上写：

"爱就是意识到我和别人的统一。"

原话出于黑格尔。郝忻平日和妻交谈时提及的，妻当然领会他的意思，却在他40岁生日时回赠之。

他皱皱眉头放下纸片，突然苦笑起来。"什么爱呀别人呀统一呀，什么哲人啊想啊写啊，人家当你无病呻吟。"过一会儿，转身拿起洋哲人，转来转去，看看、摸摸，除了铜人还是铜人，没有什么变化，这才重新放回原处。可刚才明明听到他在说话。对，洋人旁边是向正小时候玩的小熊、小狗和小猫，它们依旧乖乖地蹲在那里，只有老祖祖送洋哲人时说的话让他原本忐忑不安的心情更加郁闷愁烦，灵魂被什么撕裂般地痛楚难忍……怎么办呢？一事无成，自觉是高等动物，有思想、有追求、有是非意识的人！其实什么都不是！如是越追究越烦恼，不由喃喃自语："难怪大卫说现代人的不幸，是过多承受'变化'的刺激……"想到此深感大卫健康或智商均比自己强，"难怪他活得潇洒自在"。

十
原我、旧我和今我

  一念下班购物回到家天色已暗,不一会儿子踢完球呼哧呼哧回来,膝盖裤脚尽是乌黑的泥巴,母亲闻到儿子满身汗酸味立即挥挥手,叫他洗澡去,自己转身到厨房备餐。

  晚餐后儿子进屋做功课,郝忻在客厅看电视,妻想往他身旁坐,郝忻害怕她"唠叨",连忙拿起电视遥控器起身坐到单人沙发上。这动作让女人十分敏感,只好站在那儿呆呆地望着他,好像要他解释些什么,男人立即侧过头说:"别误会,今晚有特别新闻,是关于……安装什么就可以收录到东方的电视台节目……你不是很关注中国的动向吗?"说完右手指不停地按着遥控器选台,因无法找到心仪的节目只好扫兴地将遥控器让给女人,起身往书房去。为了不让自己胡思乱想,他一会儿听听音乐一会儿拿起书阅读,但怎么也无法集中精神,只好找找资料或翻翻平日记录的笔记本,不料无意看到一张夹纸上的诗,那是情绪低落时看梅诗人诗集时抄下的"无奈",顺手取出重吟:

  往昔尽情将时间消费
  如今觉得日子在飞
  你说这是神明的提醒
  希望我别再随便浪费

  有一精灵却乘此光临
  让我惶惶难以平静

第一篇
欲
生命的本质、存活的动力

这里刚洗好饭碗
那儿又收到新的账单

命运在责备中彷徨
我只好内疚地张望
这无奈的路径啊
何处才能安然歇放

四周宁静，电视机发出微小的声音，倒是书房内郝忻的吟诗声引起一念好奇，她稍稍站在房门口，见丈夫摆头摇手的样子不由起了隐恻心，"学问没得说，可在现实世界里好像少了根神经，年轻时没发现啊……唉，半辈子过去了，既然改变不了他，只好学着过日子……"她暗叹了口气轻步走到他跟前，温和道："文呆呆别想太多呀，万一'翰林院'维持不下去，大不了另谋高就呗，眼下把身体调理好再说，要相信科学，我已帮你找个好医生……"郝忻倏地转身道："又来了。"随即走出书房。妻觉得有点不对劲，喃喃自语："没错，是心理问题，绝对！"

"老公啊，"一念随步跟上补充道，"有什么不满就说出来吧……"郝忻突然聚精会神用"呀！""哦！"答之。一念欲说还休深感委屈无奈，竭力捺下心中的火气。

"呀！"男人忽然痛苦地抱着头，眼睛凝望着地板，"我自己也不知道为何会这样，整天患得患失。我还能令她幸福吗？还能对儿子讲一个克服困难的故事吗？"一念俯身摸摸他的手没发觉什么异样，心想那阵雷雨果真有如此的威力，将一位战胜无数困难、生命力顽强的男士轻而易举地改变？玄啊！得找心理医生。

经咨询，一念找到了时下著名的科学心理学医生。[1]

---

[1] 科学心理学（scientific psychology）是1879年诞生于德国的，以可量化的实验来研究心理学。社会最需求的专业之一，美国每年授予博士学位人数最多的学科即心理学。

彼得年过五十，皮肤洁白，一双蔚蓝的大眼，鼻质浑厚如鹰嘴，为人热情、神态随和、声音轻盈，衣着讲究看上去价格不菲。郝忻像遇到救星似的，座位未暖便真诚诉说自己那天忽视身体"误区"引发的麻烦，事后仿佛成了另一类人，心情、感觉、思想全然不同了。

彼得咨询了患者的家族病史以及目前家庭和婚姻状况。

郝忻一一作答并主动陈述自己的身世、经历、夙愿和近期的烦恼，当然不忘紧扣心灵的关键话题：若上次突然逝世，太遗憾了！"这辈子还没有享过福呢，你知道——我过去，受了很多苦……"

叙述、倾诉、发怨言，郝忻初次尝到发泄的痛快及舒坦……

医生洗耳恭听、一声不响，直到郝忻不再说话时，才赞扬他聪明有悟性，还问他有没有什么信仰。郝忻立即板起脸孔正色道："信仰？中国人读了几十年的'本本'，到西方才得以解脱，我不想进入另一'本本'中，不想！"

彼得看出他不耐烦地摇头，立即改变话题说二议院正在辩论欧共体将影响富国的国民福利……从保健谈到养老金。郝忻说中国公务员工作受欢迎就是福利好又有"外快"和养老金。彼得顺藤摸瓜表示对中国知识分子的命运不了解，问他有什么政见和看法。郝忻不想谈这些，一不知眼前的洋人是"左"还是"右"，二不愿"家丑外扬"，所以幽默地翻了翻眼球说眼下家庭幸福，事业蒸蒸日上，只是病后老想到死，"死虽无法避免，但我未到知命之年，早了些吧……人啊，平日忙这忙那，没有时间想这些，真的接近死亡的时候就不同啦，害怕恐惧、十分沮丧……"

正襟危坐的彼得表面是在专心听病人倾诉，实际上心里有所困解与疑惑，平日常见的患者多喜欢和人比较而不乐，多有竞争过程的烦恼或为生存求发展带来的压力，也有人过于好强达不到目的引发的沮丧、怨语和牢骚……需要引导、抒情、宽慰，平衡心智和情感，否则情绪隐郁久了容易出现自抛自弃或自杀现象。眼前的他不同，聪明、性格独特，受过高等教育……"是啊，格拉齐尼、斯宾诺莎及歌德均认为恐惧和

第一篇
欲
生命的本质、存活的动力

希望是人类的两大敌人①……但各人的感受多少、深浅不一样,交流的方式方法、谈话内容、时间长短也因人而异,至于移民,情况更为复杂。"在没有想好确定的对策时,彼得不愿轻易论证。

医生发觉对方在等待自己的回答,突然急中生智说:"人可以掌握科技、控制世事,却无法主宰生死,从降生的那一时刻起,宽敞的路旁就已并列着一条死亡的轨道,只是人们不愿正视而已。你的恐惧感属于意识形态范畴的一种误解,以为死亡只属于老年人。"

郝忻心想简直是废话!大道理谁不懂?"料你也品尝过求生的艰难,当你为生存奋斗努力忙碌、不亦乐乎的时候,哪有精力和时间想到'死'?一个每天想到死的人怎能用功学习、奋上进心?"不由接着道:"我劳苦愁烦数十年,生活刚有好转……准备做自己喜欢的事,待夙愿完成后再好好享受生活,旅游啊、买些过去舍不得花钱的东西呀,没想到阎王说到就到,虎视眈眈,随时在召唤……你想想,只那么一瞬间,双脚在阴阳界晃动,推也好、拉也好,不害怕才假啊!"

彼得赞赏他的真诚,却不多言。

此时,郝忻联想起多年前看过日本导演黑泽明的影片《红胡子》,突然重复着红胡子的话:"临终的一刻最庄严。"②

彼得阅历丰富、医术高明,没想到今日有点束手无策。郝忻以为他等着自己开口,继续东一句西一句地想到哪说到哪,当彼得听到他说这辈子只有工作没有享受时颇觉蹊跷,竟然有了灵感,微微皱起眉头,流露出好奇的神色问道:"你所谓的享受是指哪方面?财富、名誉、权力,还是其他?"

郝忻立即兴奋地说以前不同意有人将吃喝玩乐视为至高的享受,至于财权,名位

---

① 格拉齐尼,意大利作家。斯宾若莎为荷兰哲学家。
② 黑泽明(1910~1998),日本著名导演,《红胡子》影片里的老医生叫保本,他守候在即将死亡的六祖身边说的一句话。

觉得命中注定求不得，胡思乱想没用，他理解的享受就是像孔夫子学生曾皙那样的生活。① 过一会儿补充说："病后不同了，变得不满足不正常，将过去的'否定'视为'肯定'。"

彼得听过孔子的名字，至于曾皙喜欢哪一种生活方式却一无所知，凭猜测曾皙既然是孔子的学生，政治上必定胸怀大志，生活可能又累又苦，立即联想到弗洛伊德，连忙收起笑容沉思道："移居欧洲后，哪些观念对你影响最大？是否看过弗洛伊德著作？"②

郝忻说听说过但没有加以研究："当代欧洲电视上的色情荧幕足够解构弗洛伊德理论和遐想。"

彼得惊奇他的独见，点头同意其观点。郝忻补充说西格蒙德·弗洛伊德的"性"学只能使人类的情感呈现四分五裂的现象。因担心被误会坦诚表明自己是传统的中国人，看多了色情片，反感外也容易产生不人道现象。

医生问他怎么个传统观念？郝忻觉得这可是个大问题，非三言两语说得清楚，自己经历虽荒唐却普遍，无论初恋、结婚还是婚后，简直是"纯情"加"不知情"，视"性"事为肮脏低级趣味的事情，结婚只是传宗接代……不由解释道："老子虽说'食色，性也'，孔子却将《溱洧》贬为淫诗，弄得百姓不知所措。③ 我也不例外，几十年来，履行'性'事如公事。男人是鹰，高高在上，掌有主动权话语权，夫人像柔弱的兔子，不敢主动，怕男人说她淫荡……在情权的专制下，女人无法表露真性情，也不知道男人有时也会像小猫一样喜欢被人抚摸、娇宠和赞扬……夫妻间从不透露实情，也没有要求对方改变什么或应当如何如何……"

---

① 出于《论语·先进》。一天，孔子的弟子子路、曾皙、冉有、公西华侍坐于老师身旁。孔子一番"毋吾以也"地谦虚后，就动员弟子们谈谈各自的志向。子路、冉有、公西华三人均有远大的治国抱负，唯曾皙答道："暮春者，春服既成，冠者五六人，童子六七人，浴乎沂，风乎舞雩，咏而归。"

② 西格蒙德·弗洛伊德（1856~1939），奥地利著名心理学家，"精神分析学"创始人。

③ 《溱洧》是《诗经》中的爱情诗。

第一篇
欲
生命的本质、存活的动力

说到此,郝忻正了正身子,用"皮里阳秋……暗中摸索"总结对传统观念的看法,但他没有说出来,转口道:"现代人变了,变得庸俗、低下、龌龊,没有了是非观念……"他越说越觉得满脑稀奇,只是英语水平有限难以达意,不想多说下去。因不愿放弃对此问题的表态,又断断续续说了些,偶尔在语法或单词上有错处,幸好彼得明白,还愉快专注地随声附和。

此时,彼得起身泡了两杯哥伦比亚咖啡,刚放在台上即认真道:"欧洲的中世纪更可怕,'性'即罪,奥利金为了禁欲,阉割了自己的性器官。"言毕,举起咖啡杯往嘴边靠近。①

……

个把小时过去后,一妇人敲门而进,四十出头,栗色的卷发像顶松耸的圆帽,与脸廓十分对称,颈上、耳朵、手腕挂着重重叠叠的首饰。她身材肥胖,褐色的下裙只到膝盖上,说话声音沉重拖拉,彼得对郝忻说是他的老顾客,妇人见亚洲籍患者在场,不好意思多说,简单地告诉医生"下周末度假去,想改变预约时间,秘书电话响个不停,索性进来打个招呼。"彼得说预约病人多没办法,希望她在外面等一会。她"OK"一声含笑离之。

老顾客一打扰,郝忻即没兴趣"性"话题了,心想"生死""沮丧"和"性"有什么关系?相反,与"死"相关的"生命""现实""未来""短暂"等意识医生却不触及,对就诊效果打了个问号,"心理医生?除了对话、交谈,什么也没有"。在这费解的微妙的感觉里又开始不安和焦虑起来。

彼得看出他的不耐烦,觉得解除"恐惧""害怕"岂能靠一次交谈解决问题呢,便转换话题问其除了烦恼难道没有什么正面的舒心事?这时年轻貌美、身材迷人的女秘书敲门进来,当她站在彼得身后的柜前寻找资料时,郝忻竟然被她的细腰、长腿以及丰满结实的臀部迷住了,精神为之一振。

---

① 奥利金,中世纪的神学家,极端禁欲主义者,主张根绝性欲。

秘书离开后郝忻眼珠儿一转，诚恳低声道："有些话，不好意思说，说了……怕有麻烦……"

"我会遵守职业道德。"彼得看到他的表情慢慢地舒张开来，流露出孩童般的纯真微笑，正想进一步了解情况时，郝忻津津有味道："病愈后重返工作岗位时，顿然感到视角、触角、听觉今非昔比，变得好奇、喜欢想象，不像过去那么安分守己。新来的一位学生，年龄虽不算大但已为人妇，一天，她要求改上四点半的课，我答应了，但她下课后常常流连忘返，主动帮我烧水泡茶，打扫卫生……

"因职业关系，我多年身旁女性没少过，但从没有非分之想，我已有位聪明能干的太太。病后则不同，觉得女人、女生均有难以抵挡的魅力。我一面劝告自己小心谨慎，另一面又想接近她们，有时竟然忍不住地拍拍她们的肩膀，没想到，她没反抗，视我为老师吧，幸好，每当我浮想联翩的时候，'紧张''害怕'接踵而至，随之，最好的办法就是离开或假装正经……"郝忻说到此，心里有点乱，不由得举起右手摸了摸后脑勺，不再作声。发亮的眼睛闪烁着奇异的光彩，彼得想象他还没有说完话，默默地点着头，果然，郝忻仰起头继续道："这可是我婚后初次对女性的异感啊，有快乐有担忧。时过境迁后，良知感到不安，觉得对不起夫人，暗想下不为例……谁知，事情并非那么简单，异性、女色渐渐侵入我的灵魂，还好留了个分寸。为防患于未然，我决心悔改……竭力目不触及……"

彼得边听边想一生只对一个女人忠心的男人，简直不可思议，脑际随之呈现一幅景象：一只井底之蛙突然跳到井面一看，啊，多彩的色泽，异样的香味，新鲜、迷魂、娱心……须臾，又将它想象成一位饥饿者，站在一桌诱人的菜肴旁，见之流口水却不敢触动。

郝忻见其沉默有点心慌，连忙解释道："别误会，我只是握久了她的手，那一刻，感到现实比想象复杂，除了温热软绵绵的体触感，心湖随之变了样，微波荡漾美滋滋的，忘了烦恼，忘记一切，想入非非，哦，别误会，真的没越轨。"

当彼得视线触到那双凝视自己、等待回话的目光时，意识到自己说话内容的重要性，不由得侧着身子，思之再三，突然右手掌拍了一下自己的右腿，翘起下巴悠悠然道："'性爱'可消除心理障碍和隐患，也是激化生命活力、满足精神的最佳活动。尽管世上存有'贬''褒'词义，却说不清它们的标准。连爱德华都说'标准是随着历史时代变化而变化的'。"①

郝忻听了深深松口气，彼得将"性"和身体健康连在一起。自己在西方生活了十几年，依然是那么的传统、呆板和纯气，看不惯新鲜事物，听不进私心话，总觉得自己观念高贵伟大又高尚，多少年来，看到电视荧光幕上的性知识、性活动，或20多岁的男人已和数十位异性有过性关系的消息时，便指着电视机骂他们下流！龌龊！浑蛋！

难怪那次梦见黑猪的时候，黑猪不时地在耳边饶舌：学术能'乐心'却不能'乐身'。确实，'乐心'和'乐身'不同，然转念一想，前事可鉴，后事却会招来麻烦和烦恼，甚至后患无穷。"不，什么医生啊，不但没帮助我、引导我，反而告诉我爱德华·傅克斯的观点，什么意思呀？"郝忻越想越不信任彼得，内心重返烦躁不安，看看表，两个多小时了，妻说心理医生是按时计费的，且不包括在医保范围内，立即关起话匣。也巧，新患者到来了，彼得没有挽留他，说了几句励志的话，最关键的还是"欢迎随时约见"。

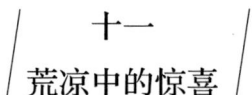

十一
荒凉中的惊喜

从彼得诊所回来后，郝忻觉得心情有所宽松，寝食也有所好转。妻看到丈夫接触彼得后确实增添了活力和笑容，对学生和儿子讲话的态度也一改过去肃穆无奈的神情，

---

① 爱德华·傅克斯，德国著名文化史学者，著三卷本《欧洲风化史》。

遇到老婆惯有的、效益不大的怨语，也少用了"啰唆"。便将丈夫的变化归功于现代医学效应和彼得的医术。

但很快又觉得看错了眼，既然肉体日益康健，工作怎么越来越散漫，又时常夜归，便坦然问道："健康好转了，工作怎么越来越没劲？我看呀人过于悠闲舒适，反而容易患上空虚无聊症。"妻好像为他"上课"了，一面提倡"先做人后做事"，另一面更加关注男人的言行举止，生怕又有什么新病兆，担心那句包含传统、历史和文化的"文呆呆"从外表形象进入"心呆"状态。

新顾虑成了一念意外的一种新挑战。为了备战，她再次陷入苦思默想里。

男人听在耳里，想在心里。自从芾芾那里获得与其说是突然的手感，不如说是一种"体悟"，加上彼得的"性意识"使他怀疑又难忘，更意想不到的是离开彼得后觉得自己的意识慢慢分了叉，从"生死论"产生的疑惑到如今多了份"享乐"的私心。也就是说除了妻心目中陈旧的"呆"气外，自觉增加了彷徨和不安，时常感到内疚和害怕。

幸好"分叉"归"分叉"，现实归现实，照样上班下班，依然回家吃饭睡觉。

这天午后，芾芾说这期华人小报上有篇关于"翰林院"的报道，"赞扬你为宣传中中文化做出的贡献"。郝忻心不在焉道："华人社团组织办的报纸，有啥值得大惊小怪。"芾芾驳道："当然了不起啦，又不写别人？"芾芾还转告其他学生希望抽个时间为老师庆贺。郝忻觉得没必要，竭力反对。芾芾笑道："你就坐享其成吧。"

芾芾学琴与众不同，先是对二胡有兴趣，不久就被老师吸引了，觉得他老实厚道、和蔼良善，集长辈、良师和好人于一身。这下又见华报赞赏，更令她尊敬爱慕，因而在周三午后的简易庆贺会后，芾芾借收拾杂物流露对他的敬仰，声称一日不到"翰林院"如隔三秋，随之走到他面前低声道："以后需要我做什么尽可告知，能帮你的忙，很高兴。"郝忻先是一惊，接着竟然身不由己地再次抓住她的手。

婚后以来还没遇到如此好看异性，除了感谢不知所措，还有点羞涩，尽管彼得的观念有点动摇了，他情感世界的"栏栅"但还没有倒塌呢……因而此时此景明知她漂亮、温柔,又喜欢自己,还是保持一定的距离。自然木木地放开手,说了句:"谢谢!"脸上露出为难的表情,决心下不为例。

实际上他的内心并没有真正平静下来。苈苈离开"翰林院"后心旗竟然摇摆飘动起来,觉得她的善意和热情是那么的简单和潇洒,一份小报的报道足以引起她的重视和庆贺,"让我享受到从没有过的支持和赞赏"。而老婆总是以教师和管家的面貌出现,无止息地教导和要求,虽也有美丽辉煌的一面,却总让他感到压抑和心累。

这种新发觉让他在此后的数星期内,常常无意被苈苈吸引似的,老是暗暗注意她,即使她无心学琴也不加以责备,反而真的让她帮忙打字、整理书卡和资料等。

苈苈不仅乐意帮忙,且有求必应。

命运常在人毫无准备没有计划的情况下赋予人意想不到的意外——那是蒙蒙细雨的午后,郝忻在沙发小憩不到半小时接到妻的来电:"学生越来越少,分期付款的单据没少过,怎么办……"郝忻无精打采道:"知道了,在想办法啊。"就在这个时候,苈苈走过来问他为何不到小房间休息,沙发到底不如床铺舒适,郝忻说一会儿有新生到,话刚出口电话又响了,那个准备到来的新生说:"对不起,临时家里有事不来了,以后再约。"郝忻蓦地像泄了气的皮球,放下电话呆坐那里,不说不动也没有表情,一任心烦和意乱。

苈苈一时不知所措,咨询、安慰,主动烧水送茶,还讲些笑话逗他开心,最后坐在他对面闲谈起假期到意大利度假的收获,罗马斗兽场的残酷、夕阳中隔海远望维苏威火山口的烟雾等,说到庞贝的废墟更是有声有色:"妓院原址的残垣断壁和贵族宫殿里的地面,至今仍存留着瓷质的花纹,博物馆内也存放着当时逃离不及被熔岩烧得像雕塑品的人体,有人正坐在瓷厕上,有的夫妇正在床上拥抱……"当苈苈还想"有的……有的……"时,郝忻不知是心烦还是不想听尸体的"造型",突然一把将她拉过来,"别说了……"

苈苈惊奇地坐在他身旁,久未触及男人,突然被他身上的一股皂香所袭击,不由得伸出左手自然而然地揽住他的腰,继续安慰开导:"心情低落时最好喝喝樱桃酒刨冰。"转而说她的一位女友健康活泼，上月中竟然在睡眠中去世，"人生无常，得日日快乐啊"。说完下排牙齿咬着上嘴唇，眼睛半开半眯地凝视着墙脚。

正是这句无关痛痒的话、深深地触动着郝忻的心灵，近期的抑郁、沉闷、无助好像被捅了似的出了道，连忙抓起沙发垫往地上一抛，没有表态也没有说话。她捡了起来，坐在他身边，须臾，郝忻伸出左手放在她的大腿上，她觉得有点奇怪却没有作声……自丈夫不忠后虽有报复意识，但也仅仅是意淫，从不胡来是因为还没有看得上的，眼前的他，人品学艺均好，虽有点呆板怕事却不太好色，既然有好感也不过是拍拍大腿、摸摸手，不猥琐也不懂得诱惑……此时，男性手掌的温热慢慢散开了，热流从腿上弥散到腹部再慢慢地扩散开来，加上对方的"正经"反让苇苇毅然逃脱了意淫进入忘我的意识中……终于，她像孩子般一头栽倒到他腹前，两手紧紧地搂住他的腰，感谓道："你是不是身体不舒服？"

他说没有，却情不自禁地抚摸着她的头发，感受她腹部的温热和蠕动。

苇苇突然抬起头，只见他满脸通红、毫无表情。

她没有作声，想起身帮他泡杯茶，却被他一把按下，低声道："是的。但不容易医治。"说完脑际立即被日常读书笔记本上的感言所占据，"浮士德劝我到世间闯荡，不就和南宋王阳明'知行合一'的思想同出一辙吗？既然如此，何不体验一下弗洛伊德学说，看看对于黄种人行得通吗？"

接着补充说："心事就是自然，没有理由，没有目的，更没有言语。"

就这样，一种前所未有的触觉和体感进入了他的中年生活——简单、迅速、果断和痛快！

时过境迁后，苇苇虽然无所要求，若无其事，继续一面学琴一面当义工，但郝忻每每与之接近时比看到老婆还害怕，虽然不出声色，心里多么希望她辞学、别学什么二胡了。然而，情感毕竟不像买件物品那么简单，留下的感觉和异相，成了无法消失的记忆。

有了新奇又独特的记忆，赋予他此后周而复始的一种规律：获得——遗

第一篇
欲
生命的本质、存活的动力

忘——重寻……

每当"乐"字闯入脑海便如一位美女不时地在眼前翩翩飞舞，让他时而快乐时而浑浑噩噩，在寻寻觅觅和现实人世中浮浮沉沉，或比较，或叩问，或犹豫，或不知所措，或哪里刺激就往哪里想，偶尔也会疑惑是否灵魂被黑猪领错了路，想遗忘，丢弃……但，竟然心想事不成，常常无端端地、不由自主地心烦意乱，或举起扫把对着后院的荆棘撩拨几下，或躺到床上睡个天昏地暗，起身后又神经兮兮地心不在焉，总觉得缺了点什么。

然奇妙的是此后的肉体有着前所未有的敏感和惊奇，注意力总是跑到那一条根上似的，究其所以，他不懂，又往彼得诊所去。在那里口无遮拦地畅所欲言，提问题要答案，进而博学广闻、扩大眼界了解新事物，回来后，心情多少有所宽松和舒畅。

其间还真实地向彼得汇报了实践弗洛伊德学说的体会，"一件前所没有的、勾心销魂的大事，一桩永远的秘密"。陈述时脸孔还涨得红润红润的。不料彼得听了无动于衷，只说对他恢复健康充满了信心。

另一方面，"享乐"战胜"有限"带来的阴影没多久就淡然了，相反，好奇、新鲜感以及附带的乐趣很快成了郝忻新的思想负担，内心愈加没有平安，身体依然感到不舒服。何况现实还是现实，妻关注的问题也是自己的问题，不知何去何从，至于自己的志趣，更不用提了。

近日妻好几次有意识与丈夫一起散步，他只能一面忧虑，一面顺从。

"不如适应时代的发展，改变下环境。"妻积极寻找出路，终于在周日傍晚散步时建议他转换生活环境，投入新世纪、新潮流和新的时代激流中，"我们有福呀，千年一载的跨世纪禧年，不是每个人都能遇到的"。

"又是一个新惊奇！"男人立即从敏感、惑解到担忧，"要不是经历生死关及心理医生的提醒，还不是蒙忡忡生、蒙惚惚死……幸亏近来……像兴奋剂进入躯体才有点劲……"想到此，郝忻边走边握紧拳头举起左臂，右手捏着左膀隆起的肌健，暗忖："瞧，还可以！父亲年轻得子，我壮年时期才知何为乐何为生命的本意……而你，怎么搞得？在我看到'生命''意义''短暂'的真谛后，刚学会善待自己、体验活着的本相，你又来了，又来了……"但他没有说出来，闷闷不乐。

女人继续善意地提议和建议，男人照旧只听不说，心想"散步也有目的呀"。

回家后妻终于按捺不住，将近日看报的心得和盘托出，"世道变了，国际形势风云变幻莫测，中国改革开放多年，业绩累累，大丈夫相时而动……眼下'翰林院'像洞里的虫不知长短，不妨到外面世界看看。瞧，我在《东西晚报》上看到 A&X 集团公司对外发展部招聘欧亚贸易往来的使臣……喂，坐过来些嘛……"

郝忻眼望窗外，依然不动。

妻急了，拿出报纸放在他面前，用指头半笑半嗔地捅了捅他的臂膀，男人当她又要"唠叨"了，无奈地收起报纸想看电视，妻也不赖，见他没反应转身到厨房洗刷去，免得他说自己没教养、打扰他听新闻。

这样各自忙碌一阵，直到向正进入卧室后，一念才想起往日看奶奶将长衫子改夹袄的取长补短的办法，连哄带笑说："又不是泗水关的刘备，何必哑坐？"

没想到这句话让他有了反应，立即瞥她一眼，脱口道："老婆，我外语不太好！"随之拿起电视遥控器，大拇指在按键上来回摩挲。

妻回瞥他一眼，"学呗！不就那几十个专有名词？舒棋都在学外语呢。"接着斯斯文文地解释，"地球越变越小，竞争越来越大，生存难，求荣更难，但，人脉就是资本。男人嘛，应到社会活络活络。绽出个头算好运气；失败了认输。'翰林院'已经过时了，老在那里闷郁，对身体也不好……"

郝忻越听越烦，心想"哪有那么简单的事情"。但他害怕唠叨，只好像泥水匠整耗子——敷衍了事，一面点头，一面装着打哈哈想睡觉。偶尔瞄她一眼，怕躲得过初一躲不了十五。

不料这次不同，妻没唠叨也不多说，让他进屋休息了。之后一连几天也不再讲转行的事，郝忻也稍稍地将那份报纸塞进了垃圾筒并暗道："我外文本来就不过硬，何况商界的英文词汇特难记。"

第一篇
欲
生命的本质、存活的动力

　　一念不忘饭得一口一口吃,路得一步一步走。转行是件大事,急于求成可能弄巧成拙,不如待时期成熟再说。然而两个星期后,郝忻常有晚归现象,不是说有课就说是休息过头了。"哪有那么多的课?"妻有所怀疑却没开口,还有重要的事与他商量。

　　周日晚,一念兴致勃勃地说今天又看到一份中文报纸的广告,内容与上次差不多,是 A&X 集团公司旗下的中国发展部,没要求懂外文,说完从手提袋里取出剪下的广告递之,他看了看将它当作重要文件,塞进裤袋内。

　　郝忻因夜归心虚,不敢多说还连声道谢。过会儿突然觉得心火一冲,耳目被热流滚过似的又烫又痒,不由道:"刚安静一段时间,又来了!"随后露出不耐烦的神色补充说,"好吧,出外工作也好,免得你……整天……啰唆……唆唆!"

　　一念先是一怔,很快反驳他言过其实,"整天?啰唆?太过分了……我是那种女人吗?还不是因为你?因为这个家!肯啰唆是你的福气!你若像……那些男人一样,我也……无须这样……"还好,那句"你若像那些有本事的男人一样"的话被修改了……心想毕竟他有所动摇了,何况说也啰唆不说也啰唆、干脆就啰唆个痛快,"风水轮流转,中国经济势头愈来愈好,中欧贸易前景辉煌,识时务者为俊杰,人生难得几回搏,谁都知道这是千载难逢的好机会,错过机会弥补都没用……"

　　妻将"机会"两字说得活灵活现。郝忻越听越紧张,一面后悔刚才的承诺,一面灰不溜秋道:"不要幻想翩翩,这里——可是异国他乡!"

　　女人怕他临时变卦不由得蓄动起双额,声调变硬了,"大丈夫一言为定,有事好商量。"想到多少白天夜晚身处大海似的漂浮,没有着落也没有方向只有忧愁和沮丧。现在丈夫愿意"外出工作",无论是一时冲动还是气话,均让她看到了漂浮途中的坐标!老天爷啊,多年的无奈终于有了希望,不能再丢失,应紧抓不放啊。

　　郝忻"嗯嗯"两声,低着头走进书房,这才感到妻的话已从"啰唆"变成一堆堆沉重的石子铺在他面前,使他透不过气来又不知所措,便将桌面上打开的书一合,默默地坐在那儿,怪自己一辈子学不了抗议与反叛,明明不愿像过去那样生活,享受点简单和轻松,实践一下愿望……没想到,讲出来的话却和心里想的不一样。

"可是，她也有道理啊。"男人慢慢从怪自己到恨起自己来。

"休息吧，明天再说。"一念面对书房，长长地叹了一口气。

他起身往卧室去，却怎么也无法入眠。

夜里卯时，郝忻在梦中突然大笑起来，妻推醒了他，男人翻了翻身亲昵地对她说："贵人相助！好梦！好梦！你说的——不，所有的话，都是为了家人！对！全对！绝对的对！"

妻以为他在说梦话，直到男人起身开了小桌灯，再次表述后她才拍拍他肩膀，高兴道："一言为定。"随之将头依在他臂膀上再慢慢地倾倒下去。夫妻间很久没有这样的亲昵举止，让郝忻觉得有点不自然，何况内心依然被梦纠缠着：

他再次瞒着妻，走访魏玛，多稀奇啊，当他站在浮士德雕像前，浮士德满脸笑容、翕动着嘴对他说："我说自己蠢货是因为我尽管是位满腹经纶的博士，但一牵着学生的鼻子四处驰骋时，就什么也不懂……所以，应当到俗世闯一闯，承担和体验人间的祸福，或与暴风雨奋战一番……"①

郝忻心想自己不过一介平民，能获其指点多么幸运，"许是已知我一肚牢骚，特来安慰？"连忙直起身子，拉正衣襟，半睁着眼睛驳道："我虽不是什么硕士博士，却是特殊时代、特殊时期、特殊社会里的大学生，不仅学习和继承了你们西方人丢弃的马克思、恩格思思想理论和意识，还融会贯通我先人的文化传统。我也不是什么名人，不入流派和党派，但心有余趣想比较比较东西方人的傻气、阔气、呆气、志气和大气有什么不同，想写部经典之作。若能长寿，还想抽选中国文史政艺代表著作"五部"②的基本观念在此实践实践，看看行得通吗……"

浮士德马上好奇地问道："我是在自己的国土上逃闯，又有瓦格纳当助手，而你，竟敢大胆出国？"

---

① 引自歌德的《浮士德》。
② 《蒙部》《经部》《史部》《子部》《集部》。

第一篇
欲
生命的本质、存活的动力

"我有了解真相的冲动……因好奇而为之。当然,我不知出国是福是祸,但至少可以弥补过去学不到的学识,还有我的老师,不,我也一样,渴慕像你一样,满腹经纶,却不拒绝现世的安乐……"

郝忻还没说完就被浮士德打断了,"那你得像我一样,到世俗闯一闯,看看居住在地球上的人们,在体验政治、知识、爱情、事业和美丑等方面,是否人心俱同,和我一样?"

郝忻哭丧着脸说:"当我有心体验不同的生存滋味时却几乎……嗯……差点一命呜呼呢!接着,精神也慢慢地离开身体出笼了……"

"精彩,比我的人生经历还丰富!既然'肉体的翅膀不容易同精神的翅膀结伴而飞',那就各自飞翔吧,'像在我的胸中,住着两个灵魂……'"浮士德娓娓道来。①

"两个灵魂?"郝忻"哦哦"数声笑了起来,在笑声中觉得有人触动着他的肩膀。

他没有对妻陈述梦中的经历,潜意识里觉得浮士德在帮妻说话,不然,"为何教我到俗世闯一闯,那么多人,那么多麻烦事如何适从和承担责任?何况我在异国他乡住久了变得越来越傻!越直!越纯!"浮士德听了笑道:"你和我一样,接近了精灵后,'枯燥无味的小爬虫一定会扰乱丰满的幻境'。"②

浮士德这句话令郝忻十分震撼,所以若干天后拿着妻的剪报去招聘新的工作时,一路上心里像装着鸟儿似的扑棱,一会儿担心万一落选回家又得受"唠叨"的折磨,一会儿猜想浮士德的'小爬虫'与亚洲的'小爬虫'有什么不同呢,是否想在新时代新人群中耍些新花样?但很快截住想象,觉得浮士德支持的事,不实践实践未免有点可惜了。

为了鉴定那些话是梦中呓语还是真的出自浮士德之口,第二天上午,郝忻在歌德

---

① "肉体的翅膀不容易同精神的翅膀结伴而飞""在我的胸中,住着两个灵魂"这两句话出于歌德的《浮士德》悲剧第一部,浮士德在"城门口"对助手瓦格纳的讲话。
② "枯燥无味的小爬虫一定会扰乱丰满的幻境"出自歌德笔下浮士德于"夜"里和精灵的对话。

的《浮士德》悲剧里，足足查找了几小时，直到确认无误，这才吻了吻浮士德的纸相，满意地合上了书。

十二
最初的叛逆

一念边打扫卫生边问男人儿子怎么还没回来，郝忻正在查看"中外历史年表"，心不在焉道："快了！"

数日前，一念无意间听大卫说曾在电影院里看到苏西和向正，这可是条大新闻，女人随之追问丈夫怎么回事，郝忻正痴迷于读书考证做笔记，不在意地应付说："没见到。"这下女人有点火，立即放下活走到他面前驳说："男孩比女孩叛逆性强，需要父亲配合管教。"郝忻却答非所问："儿子聪明，人缘好，别多心。"妻说："儿子看人办菜饭，对你能避就避，对我可是个顶嘴冠军。"

说时迟，那时快，门外传来了脚步声。

夫妇同时听到门锁的声音。

儿子和苏西进门了，一念即刻不作声，进厨房准备晚餐。这些日，一家三口还没有好好吃上一顿好餐呢。

向正见客厅干净明亮，安静无喧，轻轻走往父亲身旁打了个招呼，便向卧室去。一念问苏西几句家常话，苏西有问有答，并说一会儿要跟向正去油画老师家，见一念没有表态便独自往客厅沙发旁翻了翻一本儿童读物，正感没兴头，忽然听到向正房间传来电脑游戏的音乐声，连忙走过去轻轻推了门，只见向正靠椅背着门，已沉迷电脑游戏里的打打杀杀……苏西没有作声稍稍地站在他身后，直到向正射死了那头怪兽、兴奋地举起双手挥动时才听得"哎哟"一声，猛回头，发现手指碰到了苏西的眼睛，见她急速地用手背揉擦眼部才不好意思道："对不起，怎么不出声呀？"

苏西侧过身子说："你忘了？上回你玩得正兴，我一开口你就不高兴地嚷'别吵'，我不作声是怕乱了你的战术。"

"那当然！上回我有气，因为我把游戏密码告诉你了，你却不愿意说出你的游戏密码。"向正说完伸手在桌旁取出一张纸巾，往她手心一塞，"喏，给你。"

"胡说，这是你玩电脑之后的事，对不上号。"苏西负气地将纸巾往桌上一丢。

"是吗？那当然，Sorry，Sorry！还要怎样？"向正打死了怪兽兴意未消，重新取出一张纸巾，离开位置走到她面前扒开她的手说："手脏，不可以！"

"不要，不要！"苏西退了两步，右眼仍觉得痒痒的。

"我看看！"向正近前一步右手搭在她的肩膀上，将她身子往自己方向挪了挪，只见她皮肤白皙细嫩光滑如膜，红润的眼睛嵌有剔透水晶般的眼球，像挂在圣诞树上的清晰、圆润、折射蓝光的亮珠。

初次发现人体的美与善、静与动之间的神奇与奥妙，使得向正忘了想用纸巾帮她吸泪的动机，本能地站在她面前盯住她的眼睛说："我看看，没事，没事！"见苏西翘着小嘴巴没表态，才不好意思地垂下头，拉起她的手，对着电脑问道："有新节目，玩不玩？"

她低着头，摇摇手，蹑手蹑脚地走出去。

一念从贮藏室内取出一箱食物进厨房，刚洗好手，脱去外套，经过客厅，想入卧室换件便装，只见儿子手里握着一画卷，匆匆从走廊旁左屋出来，见母亲连声道："好耶，有好消息！"

"什么事这么高兴？"

"那当然！老师喜欢我的画，可能被选上，参展！"

"那张恐怖画？"

"老师说，贝利的画才叫恐怖，张张均是鲜血淋淋……你看，我还为它配了一首诗。"说完将一张白纸放在桌旁，转身进睡房取出挂包，对着母亲的背影说："我刚才吃过面包，你们先吃吧！"向正边说边拉着苏西开门而去，正想关上大门时突然对母亲说，"有首诗，压在饼干盒下。"

一念边埋怨儿子"又乱吃了些什么"，边从墙角小桌上的饼干盒底下取出那张白纸，原来纸上有首外文诗，她顺着条行阅读并将其译成汉诗：

别太急性整日爱叮咛
你的传统是绊脚泥
早已被我抛弃

我是鸟不是一张靠椅
请不要对我弹击
不然我就展翅飞远

什么事情你都不满意
那就欣赏我的画艺
或许能发现些稀奇

诗由铅笔写成，从凌乱的涂改和不同的笔迹看，这首诗是经人修改过的。最后一句旁边括弧内还多了句"别让我孤独地哭泣"，显然，是作者还没选择好留下的。

"小小年龄，什么绊脚泥，鸟啊，孤独啊，谁写的？谁帮着修改的？"一念对自己说。不一会儿又发现下面同样有首内容相似、语句略为不同的诗作，只是笔迹生硬而潦草零乱，一念思之再三，翻译如下：

何必惊奇，别太在意
我不是一块好的石器

第一篇
欲
生命的本质、存活的动力

别将我雕塑成艺术品

我是小鱼，只活水里
跳啊游啊是我的禀性
你看了自然不会高兴

你像个网，喜欢捉拿
可惜我已在大海游荡
将你技能留给博物馆

一念将白纸小心地折叠好，拿过去给老公欣赏欣赏，"你儿子叫我阅读的，我将它翻译成中文，你看看准不？"

"什么东西啊？"郝忻懒懒地问道。

她站在男人身旁道："没有作者的名字。上首有点像向正的字迹，果真是他写的就喜忧参半喽。"

"为什么？写得不错啊！"老公脸上刚露出天真的笑容，妻接着说："全是你的DNA，悲哀呀！现今谋生不易，文科更艰难，想以文谋生的就得随俗和功利，看看现当代有几个能超越史上的大师？乐的是儿子有才，可惜……时下……钱……就是一切！"她将最后一句说得一顿一顿的。

郝忻没有作声，突然皱起眉头将诗还给妻，起身在客厅来回踱了几步即走进儿子卧室，无意间在书台上看到一幅令人不舒服的油墨画——脸部痛苦的表情掺和着一堆解体的肢体，四肢残缺，内脏变形……郝忻忍不住自言自语："叛逆之作？魔幻艺术？天人合一？"原本希望儿子在西洋画里学些古典主义的务实、执着、唯美、远离功利浮华的精华，没想到，学来学去，学到这些？"

"这些？"郝忻低声重复着，没有答案，也不想有答案，生怕自己接受不了。女人很快跟随进来，站在他身后，"儿子有志趣是好事，但，这算艺术吗？还是我不懂？好像发泄什么。"

"就算另有意思，我也没办法！"老公释然道。

"难得我们有共同的语言和观点。"一念随手拿起另一张油墨画，满纸如云雾，从中间位置看好像是群迷失的羔羊，左边看像具尸体，右边看过去像是一张痴情的脸孔……老婆突然用手指着画问郝忻此作是先锋派、后现代派、颓丧派、幽默派、末日派？颠覆派，或什么象征主义？讽刺精神还是吊诡论？

"别派！派！派！"郝忻开始畏葸起来，妻说自己是个顽痴的文呆呆，哈哈哈，现在又担忧儿子是什么派了。"求知"总比求"乖"好啊，可惜儿子鸿蒙未开就被"怪谲"俘虏了，不由叹道："看来以后比我还麻烦。"

"真没意思，我画得都比他强，老公啊，你别再执着了。"

"你说怎么样才算是艺术？"郝忻突然转身问老婆。

"人人都易上手的，有啥稀奇？真艺术就是一般人不容易达到的难度、高度、宽度和深度！"一念说完离开，心想艺术和思想比吃饭和睡觉的变化还快呢。

她在沙发上闷坐，想到当家做主的艰辛、栽培子女的责任、没完没了的愁烦，不由暗忖："婚姻是个笼子啊！没有笼子就没有家。一如没有孩子想要孩子，有了孩子盼星星盼月亮希望他愉快成长，谁料麻烦事没完没了……唉！进不进笼子均麻烦，做人就是这样呀。"

在思潮一波一浪的翻滚下，"做人就是这样"竟是她最终的答案。于是婚前的幻想和期望如同崩塌的大厦在脑际里稀里哗啦地散落……身子像处于西班牙斗牛场内，状况紧张又奇特——"你不闯它闯，往哪里去——"当她意识到个体与现实的微妙、无情和费解时更加不好受，深感老公才是她生存的最终依靠，劝己珍惜免得将来无助，便清了清脑子再次走到丈夫身边道："老公啊，算啦！不管怎么说儿子有这份冲劲，好过没有，你说呢？"

男人正在看资料，低声道："对呀，他的智商比我高。"

第一篇
欲
生命的本质、存活的动力

"现实不是玩笑。"她对自己说,心里完全平静下来了,转身走到刚才从贮藏室内取出的那箱食物旁,将食物各就各位后取了美国产的粟米罐头到厨房去。这时,向正回来了,匆匆进厨房对母亲"嘿"了声,说苏西在别人面前表示不喜欢他的画作,"我批评她没教养!"母亲转身惊奇道:"你这么快反驳才是缺少教养呢!"儿子生气道:"那当然!难道要等明天再说吗?"说完低声补充道:"明明我没错,你还帮她说话,我永远是错。以后有事不告诉你!"

向正不高兴地打开冰柜,取出鲜奶转开瓶口就往嘴里倒,咕噜咕噜地喝了半桶才走往客厅,仰起头,右手捏着下巴对父亲说需要剃须刀和头发油。

父亲正在看电视,周末节目丰富,考古专辑结束后就是自行车越野赛。他被那法国郊外的美丽景致迷住了,心不在焉地答道:"早了些吧?你多大了?"

"同学8岁就长胡须,我已11岁了。可能他比我爱吃奶酪和乳制品。"儿子说得很认真。

"告诉你妈吧。"郝忻继续关注国际自行车赛,根本不在乎儿子的话。

向正立即对父亲表示不满,鼓起双腮到厨房找东西吃,母亲说:"别吃零食呀,饭菜快上桌了。"儿子趁母亲忙于炒菜,背着她双手接了些水龙头里的水往头发上抹了抹,随之左手指在下巴摸了摸,右手取出厨房用的小剪刀,对着左手捏着的硬短毛剪了剪。

一念没有发现儿子的举动,边炒菜边问儿子近来学业如何。

儿子说:"那当然,不错啊!"

"这就好。记得妈妈对你说过的少年'记事'吗?"一念为锅里的红烧鱼,撒上粟米调生粉。

"那当然!"儿子声调响亮,利索而有力,然而,当一念让他重复"记事"的具体内容时,他却忘了一半。母亲惊奇道:"我说了多少遍了?"

没有回音。

母亲转身一看儿子已坐在客厅餐椅上等候晚餐。此时男人仍迷于电视里优美清晰的乡村风光，点缀于山丘的各式各样的别致居屋，站立路旁观赏车赛的观众有的人鼓掌有的供水，车队如水上漂流物般流逝，或前或后在没有规定的条线内竞争，突然有一人不小心撞车倒地，临近的车手防不胜防，车轮随之东歪西倒，呈现一连串滑稽相……

　　向正耐不住等待母亲上菜的寂寞，偷偷地吃完一包薯片后去往卧室玩游戏，直到母亲饭菜上桌叫他出来时才无奈地离开电脑，独坐在饭桌前，母亲随后站在他身旁埋怨：" 怎么不招呼下爸爸？"

　　向正将空碟往前一推，赌气说：" 不说就难过！" 随之起身离开，觉得自己怎么做均有的说。这下惹得了母亲生气，" 难道是我的错？老公，你说说！" 她成心等着男人回话，不料郝忻望着儿子的卧室说：" 让他去吧。"

　　儿子生气地坐在床沿闷闷不乐，心想父亲近期越来越少在家吃晚餐，自己已经习惯了。约翰才幸运，说他每天最开心的事就是一家人围着桌子吃晚餐，餐后父子还可交流白天的见闻和感受，如昨天黄昏和约翰在运动场上看到满天红殷，像一片血海的奇异夕阳时，约翰说近年自然怪相多，可能是星球慢慢地不按轨道运行了。向正不信其言，自觉从小就很关注夕阳的奇特和色彩，记得有个仲夏的傍晚霞光普照，凉风拂面，母子走在校园外那条熟悉的以小圆石铺成的路面时，天边突然出现一块块像可拧出颜色的橙红橙红的火烧云，立即好奇地问：" 为什么白天没有这种颜色？是不是老天爷现在很高兴？生气时就乌云满天，雷声滚滚？" 妈妈说：" 夕阳与光学相关，等你长大后就明白了。" 此后向正对一切不明白的事均寄望于 " 长大后就明白了 "。今晚难得父亲在家，原想请教父亲星球会不会出轨的问题，见父亲迷电视不敢打扰，却遭到母亲的责怪。

　　" 太烦人了，难怪父亲说她啰唆！" 向正越想越不高兴，从小到大只知道 " 听话 " 和 " 读书 "，5 岁的时候，妈妈让他学钢琴、中文和游泳，逢学校联欢庆典时还得上台表演，得不到奖状或礼物母亲就不高兴。约翰说华人父母喜欢虐待孩子。向正传告白人的看法时，母亲利索答道：" 培养素质，一切均为你好！"

第一篇
欲
生命的本质、存活的动力

"为我好？六年来，诗书琴画外又加太极和乒乓球，可惜，没一样喜欢，学油画仅仅是为了苏西的邀请。近来又渐渐对游戏机着迷了，为了获得一部属于自己的电脑还得和母亲签约，每天玩游戏不得超过一个半小时，即使玩到刺激或关键时刻哀求'延迟一会儿吧'，母亲应答中是'不行就是不行，家有家规'。"想到此，向正感到自己好像那秋夜的风筝，总有一条离不开的线在牵引，无法海阔天空地飞翔。

这时，脸上的青春痘又滋滋发痒了，他突然走到墙镜前，揣摩布满红润脸上尤其鼻头两则和额头上大大小小的暗疮，更加寂寞烦恼。

曾看过西医，医生没给药方，只用蘸有酒精的棉花球在脸上来回用力地擦搓，痛得一个晚上没睡好，将医生骂了一顿。事后母亲到中药店配了几服中药，虽没有完全消失，但痘痘有所减少了。

"我已经长大了，不想被人约束。"他对自己说。此时除了电脑游戏外多么希望苏西在身旁。虽然苏西今天说话难听，但下午的那种感觉依然扣人心弦，难以忘却的灵秀眼睛和鹅绒般温柔的手。原来"心思"就是这么一回事——又缠心、又留恋、又烦恼，又解决不了任何问题！

门口传来了脚步声，向正突然从镜前走往电脑前的靠椅上。

"做功课？"母亲进了屋。

"那当然！"儿子清了清喉咙。母亲将一碟饭菜放在他桌旁。

母亲离去后他狼吞虎咽吃光饭菜，不到一小时工夫，他就开始打瞌睡了。

第二天上午的生物课老师放映了人体结构的解说图片，即"性教育"及预防艾滋病的宣传片。课后全班男生在走廊里私下互问："你有女朋友吗？"最终结论十二个男生中有一半人承认"有呀"。向正听了甚奇，转身问同桌的伯特里克："真的?"

"争取呀，何不炫耀下？"伯特里克对着向正的耳根低声说。

"你敢接吻？"向正惊奇道。

"敢！你呢？"伯特里克觉得若有机会为什么不敢。

"嗯，敢！敢！"向正握着右拳向空中挥了下，不一会儿张开嘴笑了笑。站在旁边的苏西,虽无意听到却装着没听到的样子走开了。

和伯特里克交谈后,不料"争取""炫耀""接吻"等字眼在脑海时时呈现并于幻想和想象里辗转不停,慢慢地,向正的心也随着这最新消息起了微妙的变化,那胡髭内初次萌生的躁动仿佛是在增添营养素,令感觉和现实合而为一,在新的意识天地里感受觉醒,重构存活的景象。

苏西则不同,在校文静在家听话。年前夏日,月经初临时全身感到很不舒适,此后在接近男生时便有了羞涩感,懂得女孩子身上有些部位是神秘重要不能随便暴露的,然而,当向正睁着一双大眼让她看看自己脸上的暗疮令他多么苦恼的时候,她则暗暗地崇拜男孩的粗犷和有力,无论跑步或较量手力,自己总是失败的。幸好生物课上的"性辅导"让她平静地处理了性别差异带来的烦恼。唯那天向正拉了她的手,开玩笑似的将手臂搭在她的肩膀,之后很长的一段时间内,依然感到被触动过的臂膀像擦过防晒油似的舒服。

新的内容和感触开启了苏西纯真无邪的心智,回家后很快在日记里写道:真没想到,我没有什么特别的地方,他为什么对我这么好,关注我的一切,连我用手擦擦眼睛都要问,不知道以后会怎样。

感觉不同了,原本宁静单纯的意识就这样慢慢地被欣喜、费解和迷恋所代替,并在幻想中渴望重视和温情。

Chapter 2

第二篇

缘·

宇宙的秘密命运的注脚

中华《礼记·昏义》记载：天子理阳道，后治阴德；天子听外治，后听内职。
古希腊三大悲剧作家之一欧里庇得斯说："爱情是万物的唯一统领。"

十三
水骨头碰触泥骨头

一念口头称郝忻是"文呆呆",心里却当他是丈夫,虽有诸多的不满,依然希望他具有长江的浩荡和黄河般的阳刚。

郝忻则不同,在苤苤面前自觉是一座山,在清澈小溪流水的触动下互视、互听、互闻,使自己时而如云飘逸,时而忘世、忘己和忘死!当然,更难忘苤苤觉察他力不从心流露尴尬神情时,竟然含笑发出"你真棒,真棒"的赞声,感动之外添加了自信,以至事后凡见到年轻貌美的女子均产生意淫现象,甚至在睡眠中发出阵阵的愉悦声,一如脱了身的蝉翼在风里飘摇。

幸好妻没发现自己的变化,以为是健康问题,劝说略加休息便没事。不料数月后郝忻又有了新心事,竟然十分在乎时间的流逝和消失,觉得光阴没让他抓住或留下什么,有即是无……躯体如蝉翼,一旦飞到云层或天外后,鸟瞰地球时发觉原来看到的是一窝蚂蚁,蝉翼便顿然消融于大气中。

这话听来有点禅,也是他"死而复生"遇到黑猪后的启迪。因而当兴奋消退或时过境迁时又会想起他的凤愿。"但……有什么办法呢?"很快地,他将意识比喻为人体的代谢细胞,一面是死亡和消失,另一面是新生细胞的成长与运行……可惜这意识只在季节交替变化时产生，尤其近日，飒飒秋风吹落路旁梧桐树的最后几片黄叶后，接着是场潇潇洒洒的秋雨，随之黄叶在雨水中漂移、失落和破碎，他的心也随着这场风雨提早进入了冬季，一切是那么的萧瑟肃穆、清冷孤寂，再次涌起对时辰的敏感和唏嘘，不同往常的是那份不被人重视的夙愿在流逝的时空里，竟然越来越强烈了。

但，谁在意他的思绪呢？冬天即将来临，向正仍沉迷在电脑游戏里，甚至以电脑做作业替代手的绘制，使得父母十分恼火，一念多次想断其念，废除电脑。郝忻觉得学业成绩尚好，功课少空余时间多，不玩电脑干什么呢？

事后女人想想也是，独生子女让其到外面游荡岂不更危险，不如将就！不料这个问题刚放下，那个问题又来了，事缘"翰林院"生意不景气，郝忻近日反而时常晚归。这天母子晚餐后闲聊时，向正告诉妈那天爸爸根本没有去应聘什么A&X集团公司的工作，而是与约翰父亲一起到德法边境参观什么新发现的古迹。

为避免在孩子面前流露激愤，母亲"哦"了声，勉强谈论着天气，说今年冬季可能不会下雪。聪明的儿子显然感到不自在，弯下两嘴角笑了笑，转而对母亲提及与约翰的不同夕阳观，叙述约翰夏季全家到挪威北端度假拍摄北极光照片时，突然提高声调，"哇！原来还有碧绿、天蓝、深黄等颜色的夕阳。"

儿子话题暂且融化了母亲心头的冰冷，答应儿子一旦手头宽松一家三口将到北回归线附近游玩，"到时就不止参观挪威的北部，连芬兰、瑞典、俄国的北端也一起走遍。"儿子兴奋道："那当然！我期待！"

不知不觉夜幕笼罩了大地，母子也由轻松愉快的交谈进入管教中，先是儿子玩完电脑游戏后做功课的行为引起母亲的不满，但因注意力集中在等待丈夫的归来，竭力控制自己的情绪。

为了打发时间，她不停地做家务，将不在计划内做的事——如拖地板换床单等工作一并完成，直到挂钟指针指向午夜，才抹着额头的汗水坐在沙发上。不到几分钟，男人回来了。

男人见她未睡，心里七上八下的，没想到妻坐在原位上温和道："什么课啊？真难为你了，要不要夜宵？"男人"不，不"两声往卧室去。女人随之站起来跟在他身后，"你不觉得我等你回来是有原因的吗？"一句话，将男人的心提到了嗓子眼，立即住步转身道："又怎么了？""哦，我一直在等待招聘的消息，原来你根本没有去！"

郝忻立即松口气，如实道："还以为什么大事？我是准备去的，但临走前，找不到你给我的那张剪报呀。""那天明明看到你塞进口袋。""谁叫你剪下来？那么小的纸张，何易保存？"郝忻吊在喉头的心终于慢慢地回到原来的位置。

一念连忙到衣柜找出他的衣裤，查了几个口袋终于在一条旧裤子的口袋里看到那张粉粹不堪的广告，不由责怪起自己"给他制造理由的机会"。于是整晚的闷气、不乐和埋怨，加上夜里一场噩梦，惊恐惶惑得不知所措，醒来感到空空然的难受。第二天早上，郝忻答道："以后有机会再说。"

几天后一切恢复正常。儿子开始准备期末考试，女人依然劳碌不停，除了正常上班，督促儿子学业，争取明年春天选读重点中学外，继续关注欧亚政经发展的趋向，替郝忻寻找新机会，定时探访老祖祖，安排奶奶搬迁前的许多琐事。正当三人各忙各的事情时，这天傍晚，一念下班不久接到一位女性匿名的电话，"你男人外面有女人啦！"她怔了怔，还没回过神来对方已挂线。

这陌生、惊奇、非人能接受的消息，差点令她晕倒在地。但她竭力控制住自己，尽量往好处想，猜是不怀好意的人挑拨离间。啊，这小舌头，别轻看，为存活吃东西，吞下去是自己的，但，表达意识的语言虽没有重量与形态却影响巨大，若以声调、音响而论，足足可撩乱人心，令人神态、心态和姿态即起变化，或呆若木鸡、沮丧绝望，或气急心跳、歇斯底里……

夫妇平日与人为善，何以无中生有，转念又想"无风不起浪"，于是，适才电话里的那段音波，瞬间如地震中的海水，汹涌澎湃，在眼前奔腾、咆哮，很快地，原有柔和友善的眼睛随之变了样，无情、无神，时而腾空、时而垂落……渐渐地，分明身处坚固无风的房屋，则像立足于地震中裂墙旁的房角，感受天摇地晃、尘石飞扬，眼冒金星而束手无策……

第二篇
缘
宇宙的秘密命运的注脚

"'你男人——外面有女人……'她是谁？为什么告诉我？"

没有人回答她。

显然这句清脆响亮的话声，落到不同的房舍内，自有不同的反响和景象：

脆弱的女人也许一阵惊奇后，沉默一会儿，接着浑身发抖痉挛……等到慢慢冷静下来时就装作没听见。宁愿"打掉门牙咽肚里"，含苦在心也不想让人讥笑，在忍受忍耐中自我安慰，"命也时也，有什么办法呢？"

女强人听了，抿嘴一笑，再叽呱几句，然后双手叉在腰间，对着长身镜吹吹气，不一会儿，镜内的身影随之慢慢地鼓胀，接着，家具跟着震荡摇摆，连那尚留人肉香味的大红床也在叫喊，或裂，或倒塌……于是，突然取出锁在柜内的银行存款单和保险箱钥匙，狠狠地盯它一眼，再往手提袋一塞，开门而去。

正与家人围桌吃饭的普通女子，听到这消息，以为在做梦哩，也许会怔怔地望着丈夫，或自问"发生了什么事""不会吧，听错了""准是嫉妒者的花招"。

若在厨房里正为丈夫做菜饭的妻子听到了，或许立即停止烹调，转身坐在客厅沙发上，想想……哦？真的吗？幻觉吧？哦？等等，然后，起身进厨房，将砧板一推，抓起预备好的配料和作料，通通倒往垃圾桶……

但刚才那句话，是一念听到的。她如此在乎、敏感，是因为这种现象比比皆是，是当下夫妇生存道上的亮点与常态，唯独没想到自己也在所难免。希望"那是年轻人或别人的事，与己无关，听错了？不是郝忻吧？不，对方声音清晰……哼，怕我听不见，还重复了一遍！"惊奇紧张让她神经如绷紧的弦，全身感到前所未有的炙热、不安，加上束手无策、难以表达，"弦"继续紧绷着，神志开始有所浑浊，心想："'情'到底是什么东西？像化学元素？一旦加入其他物质就变色、变质又变样。我想不通，看不清，越想越走样。情无影无踪，不易设防和抵挡，却能让人受伤、晕厥或神经质地变态……"确实，她曾怜悯同情过许多婚姻触礁的女人，想不到，自己也步其后尘，身陷其中。

她转头一看，立在柜顶上的奶奶送给她的那位清朝皇室乐队的陶瓷队长，竟然像女人似的为其感叹唏嘘:你面貌娟秀,五官端正,身材颀长性感,说话得体,善解人意,热爱传统文化和家庭,虽人到中年仍对生活充满激情和希望,没想到,也这样!

一念突然一脚踩在凳上,将"队长"的身子一转,面壁去!

要是年轻些,她可能伏案痛哭,或一个人在家里摔东西,或跑到娘家向父母投诉,或等丈夫回家责问……或独自到高级商场购买平时想买又舍不得付款的东西……然而,此时,她强忍、压抑、疑惑、愤慨和沉默!

难道修炼到家了?大度大量?还是观念不同了?或自己心虚,也有亏心事?

难道耳闻目睹多了?见怪不怪?还是对"情不情"有了新认识新看法?

都不是!

靠边站的陶瓷队长见她如此伤心继续旁观道——两人是红旗下成长的一代,受传统文化熏陶,经历大时代诸多艰难,是大龄的大学毕业生,男人被分配到S城当中学语文老师,一念是B城企业单位的经贸员,婚后生活幸福,彼此工作努力、相敬如宾。丈夫中年后虽身材发胖,然谈吐高雅、神情不俗,加上办事认真负责、性情温和、人缘好、不轻易激动或发脾气,朋友公认他是个大好人。移居欧洲后,虽然生活照样坎坷,却能"水乘鱼,鱼乘水"地相濡以沫,即使碰到什么困难,巧媳妇均能开出一条新路子,怎么可能来个"窝心痛",稻草人听了也会暴筒啊。"难道也算是无常?"还是"天尊地卑,乾坤定矣"本是人类史上的定律,无法抗拒?①

一念竭力控制情绪,但表面神情淡然,内心则惴惴不安……她瞟了"队长"一眼,暗道:"但愿是谣言,否则,怎么办?爱情一旦结束,家庭婚姻还有什么意思?"无奈中,只好重新回到那条传统的坚固的、系着纯洁、名誉和责任的"红线"旁。然而,怎么用心也找不到自己的位置。"它不见了,消失了,没了,过时了!"此时此景,心里只有一大堆堵塞的"杂物",越触越硬,像被石头塞住。

---

① 《易经》记载:"乾,天也,故称乎父,坤,地也,故称乎母。"

第二篇
缘
宇宙的秘密命运的注脚

　　她举起双手搓着胸，悻悻地步入厨房，电话响了，猛地睁开眼，定了定神，走出厨房，拿起电话，哦，男人的声音，声调诚恳低沉，说今晚有应酬不必等他晚餐，女人"嗯"了声立即放下电话，往沙发一坐，忽然觉得轻松许多，每天的晚餐近乎为他俩而做，现在不必做饭啦！让儿子叫外卖去！

　　一念双掌相扣重新坐在沙发上，咀嚼着丈夫的"应酬"。不一会儿，心神不定地翻动起身边的小报，无意看到一篇短文，题为"屠格涅夫的婚姻观"，立即好奇地拿起来匆匆阅之，再将报纸狠狠地往地上一丢，哼，她一向尊敬的屠格涅夫也是如此的俗不可耐——"情愿抛弃一切才学功名，只盼有位不干涉他每晚回家太晚的妻子，便心满意足了。"

　　"天下男人一个样！"她不停地思索着屠格涅夫的"不干涉"三个字，"你想得美！准是想干见不得人的事！为什么不能干涉？若女人经常夜归，你也不干涉吗？这可不是什么玩笑啊，曹雪芹说女人是水做的，男人是泥做的。那么，现在，我要用我的水骨头去碰触你的泥骨头哩！"顿时，她感到有股心血往脑上冲，忽地，心焚如火，将地上的报纸捡起来，揉成一团，丢往垃圾筒，往"翰林院"走去……

　　啊呀，且慢！急不得，还得乘地铁后，再走一段路哩！

　　清风拂面而过，月亮在云层里忽隐忽现，朦胧的月光下，东区教堂的尖塔、路旁的梧桐树以及现代城市摩登雕塑的影子在城河里晃荡，时聚时散，一切，不外是历史和现实、时间和过程交融后的产物。但此时她无心顾及，倒是觉得时间啊有时千年如乍过的昨日，有时则度时如年。

　　转身进入地铁站，很快又出来了。

　　白天路旁的青绿是因为有不死草的挺立，然而一到夜晚，这座闻名遐迩的小城便如深秋山野里的一座古刹，显露更多的是历史的苍凉和不愿随波逐流者的冷艳姿态。

　　周遭清凉肃穆，人影寥落。路灯下，偶尔闯出几只丧家猫，她不由皱着疑惑的眼神暗忖："同是猫，为何同类不同命？"

　　没有答案！也无人解释。

她继续往前走,朦朦月色下的异乡秋夜,脚步是如此的沉重,心境是这样的孤寂,还是第一次。

过了桥就是市区了。街道行人稀少,霓红灯零星四散,各类商店已于下午五点半关门。前面路口右边的唐人街不像纽约或伦敦唐人街那么名副其实,"翰林院"位于旧市区内的建筑群中,门楣挂有中文招牌。

离《翰林院》不远了。平日她当步行为一项健身运动,现在觉得又累又苦,耳内不时缭绕着匿名人的声音,脑子却在"问号"和"疑惑"中打转,幻想科学家要能制造出准确测验人心思想内容的仪器该多好啊。

丈夫分明恢复健康后脾气日益温顺和善,儿子顶嘴时,也不像过去一样虎色虎语地教训一顿,耐烦得多了,怎么一下子又滑边?

"提防上当!"一念多么希望是谣言啊!

"怎么办?继续前行吗?千万别冤枉他!"她再次提醒自己。

不一会儿,她又坚定地自我回答:"无风不起浪。"

到了,到了!近唐人街的十字路口,竖立的"翰林院"招牌似乎在向她召唤。这个夫妇一起用"意志"和"希望"筑构起来的院址,此时竟然像幅海市蜃楼,怎么看都有距离,以至到了大门口时突然站立不动,抬头看清竖立门楣上新上漆的红色魏体——"翰林院",这才想起自己虽拥有校址内的所有钥匙,平日则很少到来,何况是黑幕降落的夜晚?

如是踌躇一会儿、思虑一番,终于取出锁匙悄悄地打开大门。幸好,眼前无灯无人也无声,只有郝忻休息室的窗帘内,泛着微弱的光晕,便蹑手蹑脚地走到那里,呀,房门反锁,她本能地举起拳头敲之。

男人被突如其来的急促敲门声吓了一跳,从来没有人在这个时辰到来:"莫非是打劫?"

说时迟,那时快,门被"砰"的一声踢开了。

刹那间,一念目呆心惊,直直地站在房门口,这间供他午间休息、摆满许多杂物的小房,竟然是他的作乐之窝——一位比自己年轻、漂亮,看上去也很聪明的女子豁地从床上坐起,低着头紧张地怯怯地披起外套,当一念前去几步面对坐在床沿的男人时,郝忻立即侧身起立,那女子趁机绕过郝忻身后夺门而出……一念顿时心火冒烟直冲喉咙,转身站在男人面前,脸对脸问:"你说……你说……你说说!……今晚有应酬?多漂亮的应酬!你是你吗……"

男人退了两步,右手紧拉衣角,慢吞吞往椅上一坐,低着头说英文:"sorry, sorry!"神态诚恳沮丧。

一念顿了顿脚,学着王熙凤对付贾瑞的姿态和口语,连声骂道:"禽兽!畜牲!"

男人没有作声,由她骂去。

"没想到王熙凤的丑话,今儿派上用场。"一念从气愤到难过到哀伤到叹息!她咬着牙,屏着气,平日温和安详的眼神此时显得炯炯发亮并死死地盯着他!慢慢地,慢慢地……这张熟悉的、时时冒着热气的面孔,突然在她眼前变了形,不再是一张人脸,而是哈哈镜里的臭虫,面目可憎,令人恶心!

男人坐在椅上,像等待受罚的学生,低着头不说话。

她实在受不了,蹬蹬脚,气喘吁吁,转身离之,泪水滚滚而出。

以往见到别人的丈夫有外遇时,好像看到演员卸了妆的脸:呀,暴露了真面目——原来如此!得了类风湿病似的,畸形又难看……

但,那是以往,从前!过去!而且——发生在别人的身上!现在——针插到自己的身上了!完了,变了,一条充满荆棘和乱石的路,终于摆在自己的面前……原先门前屋后月光下的一片青草地,此时显得如此荒凉、苍白又凌乱,使她感到毛骨悚然……

此时此地,丈夫病后的感谢话,竟然变成路上的小石子,不时地向她丢来,"一念,患难见真情""女人最难得的品质,是善良"……

哦,她一时无从招架:

痛心的不是对"爱"的嫉妒,而是对人信任的破灭;

难过的不是现在，而是心心相印的往事；

原来，爱情如一局戏，可喜可悲也可疑！

"这是真的吗？"她不停地喃喃自语。

婚姻如树如叶如果实，可种植可盼望，只是难得永远青绿！

"但，谢天谢地，总算清楚了！这比蒙在鼓里，一辈子不知道男人曾经背叛过自己的女人要幸运得多！"想到此，她一向不知疲倦的身体，突然感到疲惫不堪，像吃了催眠药似的，眼前的一切，均在晃动和跳跃……

这条往日熟悉平坦的街道，竟然像一条长而巨大的蟒蛇将她捆绑住了，几经奋战和挣扎，才带着灵魂的伤痛与血迹，在这异乡宁静的夜晚，孤独寂寞地行走。

十四
我到哪儿去了

郝忻出事那晚在"翰林院"过夜。

事发突然，一念无法接受甚感委屈和沮丧，不断念叨"没想到，万万没想到"……一气之下，回家匆匆收拾些细软，睡上两三小时，翌日留张纸条给儿子，上写"临时出差，有事找爸"。再给意大利那不勒斯的好友歌希斐打电话，告知下午到她那里。歌希斐是膝下尤虚的寡妇，听了她的倾诉后即邀她同往葡萄牙散心。一念没有心思游玩，歌希斐除了劝导"宽容""原谅"外，还连串道出寡妇的寂寞和孤独，言下之意只要不离婚就好。听了这个新话题，一念愈加不知所措，更加心慌意乱，答非所问。歌希斐只能陪她参观庞贝古迹。玩了一整天，充塞脑际的即是舒棋上回谈及外出度假的废墟与残景——被火山熔岩塑成的皇宫遗址、妓院残墙以及正在坐厕的真实人泥融合体，等等。

第二篇
缘
宇宙的秘密命运的注脚

"死亡""虚无"意识削减了她的火气和怨恨，以至第二天在回程的飞机上，睡了一觉。

到家还来不及收拾细件，向正就回来了，进门看到母亲立即撒娇连喊数声"妈妈"，随之责怪她不告而别，令他吃了三天的快餐。见到儿子，一念终于控制不住情绪，平静地告诉他父亲的近况，没想到刚开口："你父亲在外……"就被儿子打断话："知道了！"她疑惑地呆呆地盯住儿子的眼睛，重复他的话："知道了？知道了……"

向正立即补充说："那——当然！我问妈妈到哪里去了？他就坦白告诉了我真相。"他将"那当然"三字说得又响又亮，还用卷舌发音在"然"字的后面拖上一阵厚重的旋转的声调，然后走到母亲面前，露出潇洒的神情安慰道："别太在乎！为这一点小事就……就这样！"

"别太在乎？一点小事？"一念吃了一惊。

"是不是"翰林院"的女生多，吃醋啦？"儿子正色问母亲。

"想不到，想不到！"她连连摇头，"儿子也这么说？"

"那当然！有什么奇怪，现在又不是古代。"向正说。

母亲立即"哦呀"声，理解儿子心目中的"古代"意识即华人的传统观念，如同自己外婆对孙女的教导："女孩坐像钟，站像松，不能和异性嘻嘻哈哈，免遭人说闲话""多言取厌，虚言取薄，轻言取辱"等。一旦面对沉默寡言、性格内向的孙子，外婆则教导他们要多参加社交活动为未来铺路，千万别出现"妻管严"现象。想到此，一念反问儿子："你知道古代男女的交往方式和规矩吗？"

向正没兴趣谈论这，见母亲不时地摇头，才转题说："我们班男生个个都有女朋友，没有的均被人嘲笑。"须臾又补充道，"别误会，交女朋友与结婚不一样。"

"老师说些什么吗？"

"没什么！性教育而已。"

"学生的任务是学习，分散精力会影响学业。"

"谁说的？有伴读的男生，成绩更优异。"

一念不再作声，思忖该怎么回答好。向正以为母亲无话可说、立即回到原来的话题："各干各的嘛。"母亲苦笑下，暗自叹口气，适才儿子叙述同学的近况时本想说那是个别现象，不是所有学生如是，但，眼看健康英俊的儿子目光炯炯、神态自信以及声调锵锵，不由感到平日关注儿子的德行、品行问题不过像驾于房屋上空的一道彩虹，虽美丽却虚幻而不可及。

她瞥了儿子一眼，想趁此机会教导他"你心中的古代，并非全无是处"，然而此时此刻什么也不想讲，"儿子毕竟还小啊"。

儿子开始在储物柜、厨房之间来来去去找食物，不一会儿，独坐饭台前，右手握着小刀挑着黄奶油往饼干上一抹，再涂上一些鱼浆，吃得有滋有味。

母亲觉得儿子的汉语越来越熟练，又惊又喜，"儿子啊，近日学到的成语，怎么样？"

"那当然！不错！"向正说这话的时候，神色得意。

儿子填饱了肚子又来话了，"听约翰父亲说，现在的牛呀马呀羊呀鸡呀鸭呀鱼呀猫呀狗呀，全吃人造食品，为了让它们快速长大，厂主在饲料里增加人造荷尔蒙，人类就这样宰啊吃啊乐啊活啊成长啊，瞧瞧我，原来嫩滑的双腮已长出小胡子……"说完翘起下巴让母亲观察。母亲好奇地趋前一看，果然，下巴已出现一小片密密麻麻的即将萌发的小黑毛，不由感到本来就有涨潮感的心湖瞬间涌起起伏不停的波涛。平日总将向正看作小孩，希望他听话，可眼前的他喉结已渐渐隆起，声音日趋沙哑、浑重，完全与时俱进了，只是自己粗心大意不太介意而已……

母亲退后两步，望着儿子，一面堪堪自慰，一面道："儿子啊，你长大了！"

儿子顺口道出"那当然"，随之表态："这几天，我也很憎恶父亲，太不像话！我还将这事告诉约翰，约翰父亲后来知道了就对约翰说这不是什么新鲜事，也是永远难以解决的问题……"儿子的大道理还没完，"可是，你呀，外表沉静开朗，不吵不闹……心里却过不去，所以不想回家……算了吧，爸爸不是不爱你……你也爱爸爸，算啦！"向正说到此眼睛一亮，无奈地做了个怪相。

第二篇
缘
宇宙的秘密命运的注脚

"小精灵!"一念心湖的汹涌似乎找到了出口,哗啦啦地流着。

儿子不由然地逗起母亲,"那当然!你不是教导我做人要有肚量,还要有气量?"

她轻轻地呼出口气,跟着儿子苦笑一下,觉得自己真是"自以为是"。平日只知居高临下地管教,很少关注他的感受和想法,母子极少像朋友般平等地交谈,今儿被儿子的话"将"住了,自是惊奇又自责:"也许,人哪,关键时刻才能了解到对方的真智商和真秉性。要不,就是我不合时宜了?"

向正见母亲沉默不语,刚想说"想开点啦",便听到开门声,随之传来一阵皮鞋落地的声响,一念知道男人回来了,脸色霎时变样,转身走进厨房,向正一时不知所措,连忙朝走廊一看,只见父亲边脱外套,边问母亲回来否。

儿子照旧"那当然"。没多说,则要求与之玩牌,郝忻知道妻回来了,松了口气,只好借牌消闷。

女人迈进厨房便愣住了,呀,那天准备晚餐的那块牛肉还摆在桌上,一只红飞蝇在鲜肉保鲜纸上盘旋呢,她立即从柜子旁拿起苍蝇拍,挥舞着、追逐着,红飞蝇停在天花板的角落里,似乎睁着眼睛张着嘴巴,对着她。那肉块准是被蝇虫叮了,变质了,臭了,不能吃了,一念吸了吸鼻子,仿佛嗅到厨房里的一股怪味,五味陈杂,令人难受,对着红飞蝇喝道:"都是你,打死你不可!"一面取出小梯椅,站上去,拍上去,打过去!

红飞蝇倏地一飞不见了,须臾机灵地在她身旁转了几圈,再停到玻璃窗上,她连忙从小梯椅上下来,冲过去"叭"一声,拿起拍子一看,原来是只红甲虫。她"啊"了声,失望地将拍子放在桌上,往靠椅一坐,自言自语:可怜虫,你怎么不是圆腰圆腿,也没有金衣裳?难道你的祖宗生来就是半圆形体?与人类一样被宙斯切开了?宙斯对阿里斯多芬的人还算公平,一分为二,有男有女……你呀,为什么不去找另一半?在这里乱动乱沾?①

---

① 阿里斯多芬,古希腊大喜剧家,谈到爱情时说从前的人原有四只手、四只脚、圆头圆腰圆背,因精力旺盛遭众神嫉妒,被宙斯切成两半。

"大小姐啊，我没有人类那么幸运，我们的家园都被人类毁灭了，无水无树也无食，死的死，跑的跑，另一半到哪里去找啊，所以，我才飞到这里来……"

"我们不同类也不同种，你为何在鲜肉上游荡，否则不至挨打，我还会送你回归自然。"

"可是，那块又鲜又滑又嫩又香的肉，令我口馋啊。"

"口馋？挨打，活该！"

"我们虽不同类，却有一样共同的嗜好，那就是喜欢肉香呀，那块肉味虽不合我胃口，却很诱惑……我……只是，触触而已……而你，你这华人比白人残忍，见到昆虫，不是捕啊灭啊，就是烤啊吃啊……我的房东可爱护昆虫哩……哪怕是苍蝇，也不追杀……顶多将它们赶出去。"红甲虫虽然浑身是伤，声音弱小，仍然勉强说完以上的话。此时一念看到它手脚微微颤抖，慢慢地发硬，惋惜道："唉，出师未捷身先死！对不起，我打错了，因为我很痛苦，真的！……你能帮助我吗？叫你的伙伴飞到那里去了解了解真相，看看对方是不是比我聪明、漂亮、能干？还是比我有钱？比我年轻？……难道是仅仅比我风骚、做作？"

"世界……已……进入混交时代了，你还……这么认真？大小姐想……开些……与时……共进呀……"红甲虫说完就断气了。

一念看它不再动弹，将它抖落到垃圾桶里，将苍蝇拍往柜旁一塞，这才扫兴地往靠椅上一坐，身子像泄了气的皮球耷拉下来，只觉得神情惶惑，心旗摇曳，过一会儿半闭着眼睛，叹息道："我怎么啦！我到哪里去了？"

"收牌吧。"客厅传来郝忻的声音，他神情迟钝、若有所思，根本没心思玩牌。向正见他坐在饭台旁不知所措，想起约翰逢人尴尬时常常"剥掉舌头上的一层薄皮"，①

---

① 德国谚语：意为帮助他人排除障碍。德国古人为使新生儿早些开口说话，一般于婴儿出生后即剥掉舌头上一层薄皮，此风俗到20世纪还相当流行。

第二篇
缘
宇宙的秘密命运的注脚

立即两手拍拍腹部，故意提高嗓门问："肚子抗议了，晚餐吃什么呀？"

没有人回答他。

一念在厨房没事找事清理起冰柜，将柜内过期食品往垃圾桶扔，听到儿子在叫饿，连忙转身到木橱内取出中餐馆菜单，让儿子叫餐去。向正见父亲头靠椅背上，眼望天花板一筹莫展，立即走到他面前问想吃什么，父亲瞟了他一眼，没有出声，儿子自作聪明，点头道："来套'花好月圆'吧。"说完对父亲做了个怪相后再给餐馆打电话，还主动摆好备用的餐具。母亲见他难得如此明理懂事，心想："小精灵真的长大了。"可惜，套餐一到，向正匆匆吃罢，便说和约翰有约开门而去。

儿子离家后，一念立即显得不安而拘谨，觉得没胃口，但竭力稳住情绪。郝忻若无其事地不时给她夹菜。她提起筷子，拨动了一下眼前的两粒鹌鹑蛋，突然二话没说站起来，往客厅窗口走去，"哗啦啦"拉开窗帘。

窗外暮色蒙蒙，远处居民窗内的灯火淡然无耀，初冬傍晚的特有清静加剧她的失落和彷徨，她眨了眨眼，重新拉上窗帘，走向卧室，连日失眠和情感的折腾令她脸色苍白、神经颤抖，最糟的是常年不犯的偏头性神经痛此时又隐隐发作。她往床沿一坐，闭上眼睛，两中指按在太阳穴上使劲地揉转着，须臾，睁开眼，看到墙上挂着的那张结婚照，立即起身坐在靠椅上，对着照片出神，"怪不得半年来，常劝我做人想开点，不要那么节省，该打扮就打扮，别太亏了自己。而今，我到哪里去了？不知他骗我多久了？我不像舒棋，我不仅是女人、夫人，还是母亲，也像半日的女佣……"

好端端的自己，经此一击即心力交瘁，人是多么的脆弱。客厅传来电视里的嬉闹声，疲乏的脑际听到此声尤感厌烦与不安，顿觉眼睛火热、耳朵发聩、嘴巴干涩，思绪起伏，神志也慢慢地迟钝起来……眼前的图景时隐时现，时而听到乡亲叽叽咕咕的议论声，时而觉得满目星火，团团地闪烁啊、旋转啊，将墙上照片里的人全倒置了，或离或合，或撕裂或粉碎……

不一会儿，照片上的人物全不见了，留下一片空白。

她觉得头痛，从日前的隐痛到阵痛，此时是跳痛，只好离开靠椅和衣躺在床上，接着轻唤起老祖祖，要求让她见见父母亲，她说很久很久没有见到父母亲，他们曾答应一念因公出差，很快就回来，"怎么一去就不复返呢?"

她正捧起床边桌上的另一相框，框内镶有郝忻父母亲晚年的一张合影，合影不久，公公就去逝了。突然，郝忻敲门而进，看到她眉头紧皱、神色惶惑，母亲的话随之在耳旁盘旋，立即心波难平，不由坐在她身旁，见她闭眼不动，以为在打盹，只好低声道："这张相片很难得。看到它就想起母亲对你的称赞，还有她临走前，我不在她身边全靠你悉心地照顾……"

一念以为耳朵错觉，倏地睁开眼，眨了眨眼，看到男人坐在身旁，吓了一跳，连忙侧过身子背着他，面朝旮旯，很想问他"记得当年艰难时期的狼狈相吗"，却没有开口，看到墙上和桌旁相框内的照片，如身处雪原只感到冷，脑际也因为害怕再次觳觫……

岂止只是留影的照片，简直是一段纪录片，想起来，酸酸的。

那里，有她的故乡——生命的诞生地，拥有并留下她蹦蹦跳跳不知愁的童年脚印。

那天，结婚不用婚纱、不摆喜酒，更谈不上度蜜月，只有单纯的承诺、信念以及简单的农家菜。

那晚人生难忘的关键的洞房花烛夜，充满光彩、绚丽和快乐，却同样意味着一场赌注。翌日，婆婆悄悄嘱咐她每天都要留意天气预报，关注有否有雷电信息，因儿子听到雷声就头疼，若同时看到闪电更麻烦，会头晕什么的……但不必太忧虑，随身带耳塞就是。一念听后十分惊奇，呆了会儿忧郁道："为何现在才说呢?"婆婆看出她的为难，替儿子解释道："他怕失去你，才不敢说……"一念进而问之："还有没有其他问题?"婆婆坚定地摇摇头："没有。从来不生病。"

事后一念对男人说："保密了这么多年，不知该怪你隐瞒真相呢，还是因你的真爱而释怀?"郝忻傻乎乎地望着她问："你说呢?"

她什么也没有说。不了了之……

今天看来，相片中的男女发型和衣着均土里土气的样子，唯有眼神纯洁澄明，充满喜悦和希望，这或许就是相片的价值。

第二篇
缘
宇宙的秘密命运的注脚

她瞥了它一下,"结婚,人生能有几次呢?"所以,无论命运如何漂泊折腾均携带之,且每到一地总将它挂在重要的位置上,为的是留住那纯洁、那笑意、那欢乐,并在人生道路上不论遇到绿灯还是红灯,皆能携手同行。

但此时,无话可说!

他理解夫人的心境,只有伤透心的女人,才不愿说话。便鼓励自己"大丈夫敢做敢当,不能无动于衷啊"。然而,妻的神态让他在自责的同时倍觉羞愧,顿时失去语言表达能力,只能木木地望着她。

一念双手交叉胸前,脸无表情,眼力也不集中,时而望这儿、时而望那儿,似乎在等待他说话,或幻想丈夫跪在她面前表态,痛改前非,保证下不为例,那么,虽有伤口,忍一忍,随着时间或许会慢慢消失。可是,她等呀等,男人始终没开口,依然静静地坐在那里,像一只呆鸡。她越想越不对劲,不一会儿,天花板上的吊灯似乎在晃动、跳跃,甚至到处飞扬,光线进入生活的各个层面、角落……无论富人穷人或男女老少,身处其境均会感到不舒服,尚有不祥的预感,真是的,当厌恶塞满心头的时候,男人低头的沉默愈发增添她的"疯狂",顿时,她想大声地喊啊、骂啊、叫啊,或对邻居述说啊发泄啊……以解心头之怨之恨之痛……

终于,女人忍不住从床沿站起来,将面孔冲到他面前,两手一摊,"走开,走开!我不想看到你!"

平日厚道温顺的丈夫此时像法庭里待审的囚犯,显得无神、麻木,可怜兮兮。她不想再说下去了。

两人正尴尬时,郝忻突然侧过脸,正视她。

一念见他回了神,同时觉得有个女人(集女性、母性和妻子三重身份)站在她灵魂里,劝她"别太冲动",她才压了压火。须臾,一念竟苦笑道:"难怪啊,近期你常迟归,问及工作情况时总流露不耐烦的样子,我以为是工作压力大,更加体贴你,为你进补加营养,完全没有想到——哼!原来——外面有女人!"说完心里像被小虫啃食似的又痛又难过,连忙伸手按按胸,接着将多日积压心头的怨恨如水而喷:"令我惊奇的是，年轻时你能自律，那时身强力壮……现在，一把岁数了，倒想风流？为什么呀？是我小气，还是你有问题？喜新厌旧？……我承认，自己并非完美无缺，难道你就十全十美？谁都喜欢新鲜感，女人也会幻想和神往，但她们看重婚姻家庭，怕因小失大……多数人愿意受'律'约束，而男人……更接近兽性……"她讲得又快又急，突然停下来，喘了一口气，仰起头，将话题一转，"好吧，废话少说，如果你不再爱我，明说吧，我决不乞求，无须怜悯和同情。"

往常一念最害怕生活里遇到什么地震、车祸等灾难，现在觉得婚姻爱情一旦翻起脸孔比它们更可怕……前事让人倒霉但没有恨，还会将"失"化作悠悠的思念，婚变则令人感到羞辱、彷徨、失落和绝望……为此她还想继续说下去，索性唠叨个痛快！不料男人呈现快要睡着的样子。

郝忻确实已不知道她在说什么了，像平日似的，一旦遇上她的长篇大论，就将全部话语锁在"唠叨"箱内，当作没听见，此时也不例外，突然低着头起身，离开卧室，进入书房……

男人的举止让她吃惊，心越加扑通扑通地跳，然后——慢慢地沉下去，沉到无处可悬的时候，好像耳边有人提醒，"万一……万一郝忻挥一挥手，一走了之，你将怎么办？有思想准备吗？"虽说婚姻爱情的幸福指数全是个体的心灵感受，熟人则喜欢站在远远的地方看呀，想呀，猜呀，笑啊，幸灾乐祸啊……即使遇到好心人，知情后能解决问题吗？也许，招来更多的麻烦和想法，或嘴里安慰你几句，心里根本不在乎，你再多说几句，人家还嫌你烦！

她定了定神，心依旧在悬空里猛烈地晃动着，是啊，世间常有许多意想不到的悲剧出现，但多与己无关，现在身临其境，却不知所措，随着男人的离之，一念的心结也慢慢地松懈了下来，"谁人没有私事？还是放在心里好。除了离婚还有没有别的办法？或不了了之？"记得《安娜·卡列琳娜》里的情节：安娜投到弗龙斯基怀抱后，他的丈夫阿列克谢·亚历山德罗维奇细想了一遍决斗、离婚、分居的办法后，最终选择了"维持现状"，他想依照宗教行事给予安娜悔悟的机会，但心里清楚这是虚伪的借口。其实"维持现状"即是"惩罚"的一种办法，因为他觉得"我不应当不幸，她和他也不应当是幸福的。"

她使劲拧着自己的手，"安娜是为真情而背叛，郝忻是为了什么呢，难道是'性'问题？我没有嫌弃他已万幸。我能像达里娅·亚历山德罗夫娜一样维持现状吗？是否如同阿列克谢·亚历山德罗维奇的想法——"不想分开，但和妻子的关系不能像以前一样了"。她突然瞥了"队长"一眼，却不知受罚的"队长"虽面壁却依然在那里发笑，"女人不开心，儿子不忍心，丈夫尽量回避，哦，男人≠女人，我能力有限，解决不了这世界性的大问题。"

她一夜难眠，晨曦爬到窗户时觉得心神倦怠，唯耳朵还很敏感：听到儿子上厕的脚步声，过一会儿好像在搜索什么东西，也许找不到才叫醒了睡在客厅沙发上的父亲，他只"嗯嗯"两声没帮上什么忙，却让她想起有次和老祖祖谈起男人外遇时，奶奶两手抱着茶壶道："哪有不吃鱼的猫？除非他悔改……就算啦！"

"除非他悔改？可能吗？"一念躺在床上暗忖，"连太监都离不开意淫，何况常人？"这或许就是最新的认识，以至联想到那晚自己竟然持着那份世俗的勇气独闯'翰林院'，是出于爱情呢，还是我的人生路上需要一个完全属于自己的异性？"她继续关注着客厅的动静，"你既然爱我就得像我一样的专一，就是别人滚，你也不应该滚，滚是不对的。克劳狄二世禁止年轻男子结婚是为了他们能成为优秀的士兵，何况婚外情？"①

凭着中年人的阅历，新体验使她感到更加茫然，一方面，家是大世界里的小世界，没有了家，房屋也失去了意义，想保住意义就得付出代价，这是辩证法。另一方面，代价的注脚就是屈从、顺服、吃亏、忍气吞声……"我做得到吗？"

"做不到，好端端的家就得遭到击搏和粉粹，那么，我将到哪里去呢……"想到此，她起床了。这时，儿子已上学去，男人继续在说着梦话。

---

① 公元 200 年期间，罗马皇帝克劳狄二世为使年轻人成为优秀士兵而禁止他们结婚。

十五
怎么办？

一念再次向公司请了病假，又不想在家待着。

逃避只能暂且舒缓情绪却不是办法。但，怎么办呢？到哪里去呢？无处可走的时候卡西诺是最好的落脚点，平日省吃俭用，这下输上千把欧元则没有感觉。凌晨3时回家时，儿子正在说梦话，声音又响又杂又乱，一如打翻的垃圾筒向她扑通通而至，使得原本浪花般的心湖更加汹涌，灵魂像遇到锯子似的难受，为了不影响儿子的心情和学业，竭力保持自己平静的外表……但毕竟不是一件小事，谁都难以不了了之，所以当脑际处于一片空白时，就在客厅和厨房间进进出出，若压抑不住心湖浪涛时，就拿起电话想对舒棋说，可是刚按上两个电话号码，手指便在空中不停地画着圈圈——"这是凌晨啊"，一面放回电话，一面自我控制，谁知越压抑越是心花逐浪高，心说对舒棋倾诉有什么用呢？虽然交情不错，但舒棋眼下如水上葫芦两边摆，正在移情别恋哩。一个对爱情抱玩世不恭态度的女人，还有什么能力去理解被人伤害、婚姻面临瓦解的人的苦情？

罢，罢！

尤其独自在家。坐不是站不是，不舒服，转身走入卧室，坐在床边发呆……

痛苦再次涌上她的心头——数十年来视你为生命的唯一，一切辛劳均是为了这个家……无论你境遇坎坷还是健康欠佳的时候，从没二心！而你，却在侮辱我、羞辱我！无情无义！没良心！没良心！怎么办？一刀两断？还是吵闹一番？或视其态度再做决定？

她微微弯着腰，两手压在床沿上，突然，眯起疲乏的眼睛，时而四处扫视，时而凝视着视角内的一切物体,真倒霉,霉透了,偏头痛又发作了,目光也模糊了,那圆形矮凳、吊灯、挂钟、日用品……均对着她发笑,或轻盈地摇晃、摇摆……顿然,觉得脑袋又沉又涨,不由眼泪夺眶而出。连忙双手捂住脸,像一个受委屈的孩子,啜泣不已,泪水如雨……直到心里的怨气、怒气、霉气稍稍下降,才慢慢地抬起头,痛心地喃喃自语:"何苦自贱自伤、低声下气?我问心无愧!是你欠我!不知丑、不自重、不自量,若日后身体再有三长两短,谁来关照?她能像我这样真心真意服侍你?"想到此,她定了定神,眼睛转向侧面衣橱上的长方形镜面,这才看到自己头发松乱、眼神冷漠、双眉紧锁、腰背微弯的形态……哦?"斯捷潘·阿尔卡季奇喜新厌旧,才和家庭女教师有染!而你,死里逃生的人,还幻想像年轻人一样不知疲惫、风流偶傥?难道我也像达里娅一样,是个'疲惫的、渐渐衰老的,不再年轻,也不再美丽,毫不惹人注目的女人'?"[①]

她猛地仰起头,双手交叉在胸前,走出卧室,"丈夫和孩子原是我的宗教",可此时,除了沮丧就是绝望。

一切都很清楚——爱情面临挑战,夫妻行将分手,婚姻即将完结……梅诗人曾写"人的爱靠不住"。真的吗?得靠动物吗?恐惧渐渐地侵入她的心灵,不由自主地走出去,在客厅踱着步,须臾,走向书架,拿起不久前从书店买回的梅诗人《哈哈》诗集,一翻,看到《承诺》,顺题阅之:

性情敞开了

愁烦立即进来

温馨的回忆留在门外

心里有只扑飞的小鸟

---

① 斯捷潘·阿尔卡季奇和达里娅,是俄国作家列夫·托尔斯泰《安娜·卡列尼娜》小说里的男女主角。

随着风的路向
披上雨的衣衫
寻找月光下的双影
守望树梢上的旧巢

翅膀在挣扎中受伤
意念被忧伤纠缠
连那路边的荒草
也露出惬意的微笑
流云里的亮光
不再色彩缤纷
哦，所有苦痛和折磨
均是难忘他慎重的承诺

"梅诗人好像为我而写的。但，我老公当年何止是承诺？是发誓啊！"一念自言自语。

梅诗人的字句像粒粒石子，击打着她的心头，顿感心力交瘁……数十年啦，以往也曾感到疲倦，但不像现在这样乏力、无助，甚至觉得是在做梦，一切，没有荒唐没有虚幻，实实在在啊，女人比男人可怜啊！什么女神女皇，那是人间舞台的装饰品，只有女性，才是女人的本原，她像一朵花，灿烂时摆在花瓶上供人观赏、玩弄，一旦凋谢就被丢弃。而男人，总是一棵树，永远常青有力……即使树老叶黄，鸟儿依然可栖、可筑窝、可歌唱……

"承诺"既已被破坏，从现在开始该为自己着想了："怎么办？我真傻，从来没有为自己着想过……"然而，一下子想到自己的人却不知道如何地为自己着想，几天来，除了晚归，睡不好，就是慌乱，现在还加点紧张以及感到前所未有的累。渐渐地，她

第二篇
缘
宇宙的秘密命运的注脚

的身子不知不觉地倒了下去。

醒来的时候,发现自己睡在沙发上。

台灯蒙蒙亮,转过身,看到男人坐在她身旁,吃了一惊,连忙坐起来,只见他沉默地低着头。她看看墙上的挂钟,男人告诉她:"你已睡了十几个小时了。"

他坐在这里已近一个多小时。自从私情败露后,郝忻的心灵受到很大的震撼,理智也有所迷蒙,外表若无其事,内心对婚姻家庭是否发生急变或转折,甚感焦虑。

"妻是个好女人。"凭这点,心里越发沉重。平日各自忙碌,少有时间坐下来闲聊,现在,心盖被揭开了,不得不面对现实,很想坦诚表示歉意,可是,种种新意识怪思想又不停地在脑际打转,如一团乱麻,不好意思端出来,怕她批评、责骂、鄙视,甚至成为啰唆的把柄……"确实,自己真的变了呀,过往自得其乐还挺喜欢妻的爱称'文呆呆'……自那次无病晕倒加之耳闻目睹,让我感到突然又震惊……活了大半辈子,还不曾想到,人生是什么,什么是人生,更不知道'性'与'权位名利'一样,是人的本质欲求、生命的安魂曲,给人非凡的感受和快乐,不仅刻骨铭心,尚能如神仙飞空腾云……亲身的体会啊,想断难断、欲弃欲求,只是,我当其为不影响大局的娱乐而已,何况我没用什么手段和美语诱惑或欺骗之,两厢情愿呀……"想到此,郝忻不由得挪了挪身子,双手交叉在腹部上,见女人低头不说话,这才习惯性地眼珠儿一转,扬起眉毛,侧过身子,悻悻的脸孔流露出不好意思的样子,"你也太认真了,我们不是好好的?我和她,不过……不,我是你口袋里的仓鼠,跑不了,也不想跑……"

女人听了猛地转过身,因动作快速感到头晕脑涨、眼冒金星、胸口随之急促地跳动……只好闭上眼,过了一会儿睁开眼,气喘吁吁地慢吞吞道:"哼!你是人吗?知'羞耻'二字吗?……我不是三岁的孩子!……小狗尚知报恩,知道谁对它好……你……没良心!还不如禽兽。"

"老婆……别冲动!"郝忻话刚出口,女人立即反唇相讥:"我真没水平,几十年了,还看不出你的真面目!"说完喉咙像被什么堵住似的,心头一酸,泪水汩汩而下……想到万里遥遥移居欧洲,夫妻同甘共苦、渡过多少难关,好不容易有了安身立命之所，熟人们均羡慕自己的幸福婚姻家庭，没想到，来个金刚钻儿包饺子——钻心地痛。

男人从来没有看到她如此伤心悲痛的样子，立即心软下来，又不知如何是好，心想："让她发泄发泄吧。"几秒后，不由伸手轻拍她肩膀，见她不理睬，只好起身往窗口走去，窗外，月色朦胧，月牙儿在浮云里穿梭，几枝小树干在窗前微微摇晃。倚窗而站，思绪翩翩——初到欧陆困难重重，多少次突来风雨的傍晚，站在窗前等候妻子回家的身影；多少个落叶纷飞秋意阑珊的夜晚，对着窗外的星空、边弹吉他边低吟，现在，却如此地说不清、理还乱。

"下一步该怎么办？"郝忻不由得责怪自己，"都是我不好，是我不好。愿她能宽宏大量……唉，不容易啊！那该……如何是好？我对她还是有感情的，她是贤内助，又是我事业的得力助手，我爱这个家，我不想离婚……"想到此，突然转过身再次坐到女人身旁，想试探试探妻的想法，只要有济于事，愿意赔礼道歉或发毒誓。可惜，妻见男人重新回到她身旁，故意背着他，连臀部都不愿接近，男人自觉没趣，羞于开口，起身走进书房，在不大的空间内来回不停地踱步，当他侧面无意看到书架上的《"性"与"性"》时，竟然提起精神，转而替自己辩护起来："怪我保密不好，别人混了那么多女人，都没人知道！自己刚想'乐一乐'就碰得焦头烂额，如同龙归浅水——哈蟆笑。再说，即使她原谅我，还会像过去一样对待我吗？我能做到下不为例吗？那可是'海洛因'啊，一旦沾上，不容易戒呀……"

如是一面自责、彷徨、忧郁、不知所措，一面为自己辩护、说理或找借口，在双重困扰中又突然萌生解决问题的办法：不如下跪，请求原谅，表示真诚悔改！不料此时耳边突然出现"黑猪"的声音："没出息！婆婆妈妈的不像男子汉，大丈夫敢做敢当！"

"黑猪"的出现竟然让他觉得有后台了，即刻感到心身轻松，于是继续在书架前走来走去，还自我安慰道："又不是什么新鲜事，古今中外如是。"

一念见男人若无其事，并不理会自己，心里越发冰冷，禁不住再次低声哭泣，只是听到郝忻前来的脚步声后,立即擦干泪水,起身走往窗门,撩开窗帘一看,天快亮了,远处传来隐隐约约的电车声,新的一天即将开始,但她感到头重脚轻,重新回到沙发上,正想躺下,听见儿子如厕的声音,轻声问道:"儿子啊,起床啦?"

"你还没睡啊?"儿子睡眼惺忪。

"我不舒服。"一念要求儿子近前来,向正拖着脚步走到母亲面前说:"看医生吧。"

眼见儿子从红润润的婴儿到咿呀学语,进而扶着椅子学走路,转眼已是喉音浑重的少年,身段比自己还高呢,有了慰藉,心情也随之宽松些,对着儿子苦笑道:"真快呀,像大人了,有没有女生喜欢你?"

"你真病啦,一大早说这话?"儿子两手下垂,站在母亲面前,脸上露出傻笑的样子。

一念根本没有时间概念,继续问:"有没有你喜欢的女生?"见儿子沉默不语,进而言之,"你知道怎样追求女生吗?"

"那当然!"儿子最爱说这话。

母亲要求说说看。

"不就那三个字。"向正微微含笑。

"我——爱——你!"母亲替儿子说了。儿子笑了笑,还帮她纠正了意思:"喜欢,就够了。"一念听到儿子用"喜欢"取代"爱情"两字时,十分震惊,久久地望着他的脸孔,只见他神情开朗,毫不介意,也没有什么羞涩感,便告诉他不能随便对女生说"我爱你",因为"爱"承受着责任和负担,但转念一想,儿子懂得将"爱情"改为"喜欢",必有自己的主见和缘由,"可是,什么意思呢?"

儿子不停地点头,心里想着其他的事。

"以后,你碰到喜欢的女生就告诉妈妈,我替你保密,帮你相人,选择最佳……如何?"她继续嚼咀和思考儿子刚说过的话。

"那当然!"向正有点不耐烦了。

"相人需要经验,妈可通过她的音容笑貌、眼神、言行举止,打扮……"

向正转身看看墙上的挂钟,打断她的话,"你当是选美……妈,你头发很乱,看看镜子呀,我该准备上学了。"

"去吧。"一念十分扫兴,连忙举起双手将头发从头顶到两耳旁捋着,随之往洗手间壁镜一看,吓了一跳,几天不打理就这个样!女人的发型确实重要,旁人往往从其发型和状态猜测她的身份和种种,此时,看看自己,与疯女差不多了。

儿子上学后,夫妇各自休息了一会儿。

可惜,彼此都没有睡好。但,生活在继续。

经即近即离的接触、断续而没有效果的几次交谈后,夫妇各自安静了下来,以沉默代替一切。

几天后,妻照常上班下班,只是不再做晚饭,每晚十一时才到家,二话不说就准备就寝。以前她上床后总聊些白天遇到的人与事,若没新事就谈论些当天的新闻报道或自己的感想,要不就谈及儿子的前程或夫妇退休后的计划,只有生闷气的时候才不说话。现在呢,彼此背对背弓着身子睡,无声又无息。男人意识到妻的心已向他关闭起来了,此时此刻他宁愿挨骂或听她啰唆,也比肃静如沙漠的境况好受。

睡不着,就起床。但今晚有点凉,窗外风声呼啸,偶然传来几声野猫的嘶嚎声。男人起身披着睡袍到客厅,独自来回踱步,喉内不时地发出只有自己听得到的"唉唉"声。这样悻悻了一会儿,又忍不住回到卧室,坐在她身边低头说:"你不要把我理想化,我不是圣人,也无心伤害你,我确实是'文呆呆'呀!呆人做呆事,很正常啊,都是……嗯,奇怪……自那场病后,觉得一切都不同了,变得敏感多思,看到异性就杂念频生:幻想、欲望、享乐、死亡……什么念头都有,将平时藐视的、看低的言行,视为正常现象……"

一念突然觉得那女人有点面熟,好像在哪里见过面,立即声调激动带着鄙视的口吻道:"好男人不沾下贱的淫荡货!"

"我不在乎她什么学历学识、名誉和品行,彼此谈不上希望和未来,更无须什么情

第二篇
缘
宇宙的秘密命运的注脚

义和责任,纯粹是生理娱乐,你看不起的女人也许对男人更具魅力。真的,大难不死令我改变——觉得这一生除了劳碌、辛苦和奉献外,没有享受到男人的真正渴望和享受……你可以说我神经、下流、污浊……我却觉得……嗯……别忘了,大多数人是两面派,一面庄严一面荒诞地活在世上,对社会对下属流露憎恨藐视的事情却在骨子里极其地向往和追求,何况感官之乐是灵魂无法给予的美妙和满足,再诚实厚道的人,也难以抵挡诱惑……"说到此,郝忻突然想起华人参政筹备会上大卫提及的婚外情,不由继续道:"即使是上流人,还不是一面在台上提倡廉洁和良知,另一面则鬼鬼祟祟地为肉体服务享受刺激和快乐……确实呀,'污浊'和'良善'有时彼此吵闹不停,相互攻击诽谤,有时则相处得很好,融洽无隙……我说的都是真话,原谅我这么庸俗、下流,甚至可耻……"

一念边听边惊骇地望着那双熟悉的友善的眼神,觉得今夜怎么变得这样的诡谲莫测,好像面对的是另一个陌生人——"怎么过去都没发觉?原来如此善谈,还有点人性的哲思。"蓦地起身,打断他的话,"为了瞬间的快乐,你可以不顾一切!"说完起身下床,双脚有力地踩踏地板,沿着走廊向厨房走去,刚想喝杯水,听到后院风声呼啸、树枝沙沙作响,不一会儿,雨点敲打着房顶,汩汩水柱顺着橱窗玻璃流淌,突然想起今晚有暴雨,连忙进屋,递给他两个新耳塞。

郝忻连声道谢,大约十几分钟后,一道闪光在黑空中飞刷而过,接着一阵雷鸣从大地滚过……郝忻将身子贴在卧室的沙发背上一动都不动,除了耳塞,还拉起薄毛毯将耳朵紧紧地捂着,只用眼睛解读妻的语言和动作。自从经历那场不带耳塞的雨夜后,逢雷鸣如见鬼般害怕。好在,此时在家里。

一念不由得晃了晃身子,心像被什么东西揪住似的,连忙走到窗前,将百叶窗、布帘拉得紧紧的,这样呆站了一阵,才进厨房喝了杯温水,这才慢慢地回了神。

约莫半小时,一切归于平静。郝忻卸下毛毯后才发觉女人已坐在他的身旁,茶几上还放着一杯热白水和半杯咖啡,觉得老婆真的伤心透了——因为她从来不喝咖啡的。

男人瞟了她一眼,不再出声,后悔刚才说得太多。重新思忖她说的"瞬间快乐"。

确实，这"瞬间快乐"具有震撼人心的威力，像劲风似的能将数十年如此不宜扎根的大树连根掀起！"这，绝不是我个人的创意啊！"

他慢慢地抬起头，用咨询般的语气低声道："你说得对，仅仅是瞬间的快乐。可是，为什么千百年来，人心好之喜之，甚至敢冒杀头的危险？"

"不知道！"

"这是气话。"

"我想知道你真正的想法。"

"这还用说？你恩重如山……"

一念立即插道："要不然，你早就离开我，是不是？"

郝忻苦笑了一下，"男人的成就与家庭息息相关，男人比女人更看重家庭。"须臾低头补充道，"还有那个梅菲斯特趁我意志薄弱时，好心建议我说实现理想的最佳办法，不如先实践一下浮士德的路径，再去创作真正的'传世之作'。至于那黑猪更庸俗，只知感官之乐，到处诱惑人……哎呀呀，我不多说了，只求你可以打鸡但不要砸窝，我愿意接受你的一切惩罚。"

"你是真傻还是装傻？好了，今晚不谈这些！感情这东西不可勉强，我不会死缠烂打。直说吧，爱腻了？"

"我说不出那三个字（我爱你），但你可以领会我的情感。"

"'彼此需要'不等于'彼此满意'，人生不是所有的遗憾都可能弥补。谁不喜欢新鲜有趣？更多的人只能一辈子幻想和想象。当然有人以伦理、道德、意志自我克制，也有人主动寻找弥补的方式和方案……"

"怎么说呢……"

"你心知肚明。"

"真理虽好，事实又是另一回事。"

一念突然提高声调喝道："即使有许多家庭出现这样那样的婚姻爱情问题，都不曾想到我也会有这一天……你令我绝望！走开，走开呀！继续找你的瞬间快乐吧！"

虽然她是带着怒气走出卧室的，奇怪的是这段暂短的交谈让她想起了父亲、丈夫和儿子。他们都是男人，都是女人生命里不可分割、至关重要的亲情，与他们的关系又是如此奇妙、难取难舍、错综复杂——没有父亲就没有自己，没有自己就没有儿子，而且，每个人随着不同的成长阶段扮演着不同的角色。身份不一样对待对方的要求也不同，如母亲怕儿子吃亏叫儿子要控制女人，儿子有婚外情可以宽恕之，面对女儿则教她要掌握男人的经济权，以防万一……只是儿女可以教诲，现在面对的是自己的挑选、自己的丈夫，为什么在诸多的异性里，偏偏是他而不是别人……

她在这没有答案的意识里转来转去，虽无收获但暂且忘记了适才的烦恼和不安。

十六
女人是个谜

妻几天没回家，"去哪里了呢？"郝忻料想不会到亲友家暂住，只能在猜测、设想和分析里打转，可惜没结果反弄得心理紧张、寝食不安。

正当被忧愁死死围绕着……突然门锁响了，见到儿子郝忻连忙趋前问之："你妈妈呢？"

"这么紧张干吗？"向正放下书包，吃惊地望着父亲，"妈近日较忙，好像有什么要事，加班啦，找人啦……爸，算你幸运！"

"为什么？"父亲同样惊奇，心不在焉地看着透过玻璃窗懒洋洋洒落在地板上的阳光。

"那当然！其他女人肯定闹个天翻地覆，非离婚不可。"儿子对离婚问题并不感到陌生。

"爸爸自那次晕倒入院后，不知怎的，老是觉得心里有个缺口，加上魔鬼和天使总在缺口旁溜来溜去……"原来想说"做人真没意思",话到嘴边又收住,怕这话对孩子容易引起负面影响,立即改口道:"难道是'阴府世界联盟会'向我推荐魔怪黑猪的缘故?用甜美的意象逗弄我,将我引入错觉的海洋,只知短暂和享乐……呀……也许……等你长大了就明白……明白爸的苦衷才不至大惊小怪……寻欢作乐也是一种痛苦的玩赏,是对'厌烦'和'恐惧'的回报……劝劝妈妈吧,她是好女人,我不会抛弃她,离婚对你影响也不好。"

向正半懂半不懂地答道:"我班上一半同学的父母都离婚了。"郝忻连忙跟随儿子身后问:"真的?"

"那当然!离婚是两个人的事呀,不是你说了算。"儿子嘴里嚼着口香糖,语音颤颤地波动。父亲顿觉无话可说,悻悻地回到自己的卧室。

他独坐在妻曾经坐过的床沿位置上,没有目的地东张西望,看到床头枕头下露出一本折页的书,顺手拿起来看看,哦,又是梅诗人的《我歌我泣》,随意打开那张翻折的页纸,即见《怨妇》:

性情的风雨闯入了房屋
窗前的花朵千穿百洞
纯洁与香蜜消融
泪水在空间飞动

耳旁被月下的誓言缭绕
花前饰品闪烁依旧
难道这就是人间戏剧
金箔的里面藏着渺茫

我伸出发抖的双手

第二篇
缘
宇宙的秘密命运的注脚

为公义求助上苍
墙裂了西风在荡闯
何处是我躲藏的地方

莫非这是宇宙的法章
女人永是海上的小帆
倘若没有大船的牵引
飘荡吧别想能靠岸

诗页的右下方，有妻的笔迹："宵寤梦之芒芒。"①

郝忻读后立即抚书自语："我以为经世面的人会豁达些，不料你如此认真执着，我还是爱你呀！你真的爱我，就让我自由点吧……要是哪天死了，还不知道世上有那么多趣事……"慢慢地，在原先的牵挂不安意识里又掺和了难受和担忧。如是沉默一会儿，突然将诗集往床上一扔，继续喃喃自语："这种事，古今中外没有断绝过……过去是没有机会也没想到'浮生若梦，为欢几何'的意识，所以……"

他为自己找到许多理由，却依然摆脱不了一会儿牵肠挂肚、胡思乱想，一会儿心神不定、烦躁不安。使得一向充满温馨的卧室，变得如此清冷严酷，仿佛被什么幽灵占据了。

"有什么吃的？"向正突然前来，拍拍肚子问，转身到厨房打开冰柜，取出一瓶果汁咕咚咕咚地喝起来，父亲无奈地走到近厨房的客厅靠椅坐下，不知为儿子纳闷呢，还是一时找不到什么更好的话题，觉得胸部胀胀地难受，"吸"与"呼"均比往常短促和气急。

"我想煎荷包蛋，你要吗？"半掩的厨房门内，突然传出儿子的声音。

---

① 出自《汉书·孝武李夫人传》。

"快到晚餐时间了。"苦恼像冷风一样,令父亲晕头转向。

儿子眼睛盯着锅里跳动的蛋白,不在意道:"想妈啦?那当然!OK!结婚离婚是你们的事,我管不了。"向正一面拿起小木铲将蛋黄蛋白搅在一起,一面流露出自卑的神情,说他的同学十二岁已有女朋友了。

父亲问老师知道不。

儿子说:"这事没人管,听同学说那个北非的阿海十岁就开始玩。"

父亲问:"你的意思呢?"

儿子潇洒地说道:"我曾向阿海求证,阿海笑我没长大,说他九岁看见漂亮的女孩就会冲动和兴奋,阿海已换了三个女朋友了,他母亲知道后不但没有责怪,反而送给他避孕套。"

郝忻简直不敢相信自己的耳朵,呆呆地坐在原位,偶尔点点头"啊啊"几声,心想,孩子啊你还小,一切刚刚开始……应在德、智、体方面发展,学坏了,就完啦……啊啊,老祖祖说'人就是这样喽……'不!我们还保留着自己的传统文化,比如家教等,小孩就是要听话,别惹是生非,遇不开心的事也得压抑、克制,学会驯服,哪怕贫困,也得学过圣洁高尚无瑕的日子……于是突然提高声调道:"儿子啊,千万别学阿海……别学坏,男儿志在四方……"

"这跟坏有什么关系?算啦!我们谈不来。"儿子左手往碟内的炒蛋上撒些黑胡椒粉,右手叉起鸡蛋,吹吹气,往嘴里一送,边吃边走往客厅大台前。填饱了肚子,准备继续做功课,当他将书本、功课摊在桌上的时候,想起父亲的话脑海立即重现几片飘动的风筝,他想拉住它们,风筝却越飘越远,"奇怪,为什么对那些话那么敏感,难以忘怀?"便将作业本一推,给自己一些自由时间吧,起身往卧室去,往电脑前一坐,风筝、父母、阿海等杂念全然消失了,剩下的全是电脑屏幕上充满散聚无定的色彩和好奇刺激的画面。

"儿子啊,妈妈回来了。"门外传来父亲的喜悦声,向正没有回音。父亲对着他的房门说了三遍,他才勉强起身,正想转身到外,妈妈进来了,递给他一条热喷喷的香肠汉堡，儿子谢了谢，说肚子饿得快穿洞了，母亲歉意道："怎么不叫外卖？"儿子无奈道："总以为你很快回来呀，谁知……"

"好，好！很快就吃晚餐了。"一念转身将手提包挂在走廊旁衣架上。

家——这人生的避风港是她唯一可以自由自主之处，也是她外出几天后的最大感触。这时，儿子已坐在饭桌旁边喝牛奶边吃薯片，眼睛在看电视……当电视屏幕出现秋季划船用具的广告时，儿子侧过头指着荧光幕上的广告说："妈妈，我也需要这种牌子的衣服和鞋子。"妈妈还没看清楚是哪种品牌，儿子即答："一会儿写给你。妈，今晚我想吃饭，很久没有吃到你炒的菜了。"

母亲拍拍儿子的肩膀，"很久？才几天罢了。"儿子转身对母亲微笑下，继续吃零食。一念准备做晚餐不想多说，自开设"翰林院"后，儿子吃零食已成习惯了，想到此，又想对丈夫发怨言或牢骚，幸好没开口。

这晚，一家三口总算吃了顿像样的饭菜。

翌日是公假，儿子有约外出，一念在家但不接电话。来电的正是一靳，甚觉蹊跷。前几天她从向正那里得知姐夫的艳事后连"啊"几声，吃惊地往沙发上猛地一坐，半天说不上话。此后就找不到姐姐了，偶尔接听了手机也是心不在焉，匆匆收线。

为老祖祖搬迁的事，今天特地驾车到访，没想到姐在家呢，见面就怪她为何不接电话。一念微笑道："有病，对不起！"

"为什么不告诉我？我是你妹妹！"一靳开门见山道。一念惊奇地问："原来你已知道了，准是向正多话。"姐姐收起了笑容。

"想开点。"一靳只能这么说。心里则明若灯火，从小到大，姐姐好学上进、个性敏感、独立性强、重视婚姻家庭生活，自己相反"才不愿做女强人呢，有本事的男人不稀罕女人的才干，更看重女性的温柔、体贴和驯服。那些富有才气又聪明能干的女人就幸福吗？奋斗呀努力呀，与男人争高低呀，结果呢？不是活得又忙又累就是找不到心上人，只好白天优雅风光，夜晚孤独难熬或暗自叹息……连普通住家女人的幸福都谈不上……"虽然姐还不算她心目中的真正女强人，但一靳却感到他们本可安安乐乐过日子，但姐姐太主观、认真，什么事都要管。"管得姐夫烦了吧？这下子，自以为是的结果……现在，嗯，我说话，得小心点。"

"老祖祖搬迁那天，我同事愿意上门帮忙。"一念猜想妹妹想说的话，岔开了话题。

"那就好！没事了，我今有约，改天再来。"一靳很快离去，姐姐没有留她反而觉得好受些。一靳则对姐姐遇到如此重大事情流露出的从容和淡定神态又惊奇又费解，然而，想到姐妹自小就有不同的个性也就释怀了。

何况同人不同命外，同胞也有区别和差异。

一靳大学毕业后虽找到一份不错的工作，却觉得不是女人终极的目的，认为女人幸福与否取决于是否找到如意郎君，丈夫光彩，夫人自然风光，还能悠然自在过日子。鉴于此"福气论"，她在寻找对象上花费的时间和精力远远超过在工作上的付出，幸好老天作美，让她在"愿望"和"尝试"中"如愿以偿"，并在姐姐面前坦诚表达自己的观点："我没有你的睿智和能力，也不想像你活得那么紧张，永远睡不够的样子……我喜欢轻松自在、无忧无虑的生活。过去被人同情或另眼看待就是因为没有找到真爱，是凯西结束了我荒凉失落的日子，现在有了他，够了……世上没有一件事比爱情更重要，只要拥有真挚美满的爱情，活着，就像鲜花那样精彩和美丽……"她说这话的时候，脸上流露满足得意、自豪灿烂的笑容。

那时一念十分留意她的表情，心想妹妹好不容易才有今天稳定满意的生活，为不扫其兴，表面赞她"这是你的福气，不是每个人都能心想事成的"。心里则有所顾虑，"甜甜啊，你将爱情超然物外了……要是……万一……唉，我想多了……也许，你还年轻，需要理想和幻想。"但她没有说出来，在妹妹春风得意、重获如意爱情的时候提及这些话，容易被误会。

有一次，一靳无意发现姐姐那双手背不像过去白嫩纤细，便知道她为家庭、生存付出了多大的代价，所以暗自为自己的选择感到庆幸。然而偶尔想到姐姐勤奋能干、工作出色，又是丈夫得力助手的时候，也会钦佩姐姐的毅力和勇气，觉得自己软弱怕苦，不像她那么自信和倔强，要是自己找个能力不及自己的丈夫，就麻烦了，"但愿苦

第二篇
缘
宇宙的秘密命运的注脚

尽甘来,不会有问题"。

现在遇到姐夫感情"出轨"的事,一靳比姐还紧张、在乎!费解的是,姐夫是公认的老好人,"怎会这样呢?莫非姐姐太过分了……但,管得严有什么不好?姐一切为了家人的幸福,毫无私利……"这次到访留下的另一印象是姐姐可能伤心到无话可说、不知所措了。一靳越想越为姐姐打抱不平,怎么办,说些无用的安慰话倒不如以实际行动帮助她。

想好了,回家不久便找圆桂和阿红陈述姐姐的遭遇并说出自己的想法,当下得到圆桂、阿红的同意,经策划、准备,选定好时间一起到"翰林院"探究。择机报复和"教训"。

没几天,圆桂从妇女会那里问到了那女人的真名,一靳听了激动地说:"原来是她,画家在'翰林院'卖画时,她来过,还买了几张画。"随之右手摸摸脸颊继续道:"嗯,我有印象是因为当时有人想找她,长得不错,打扮得很出众。"

"可惜自事发后,她便中断学琴了。"圆桂补充说。

圆桂曾往"翰林院"打电话,也得不到任何确切的消息,忐忑不安几天后,只好不了了之。只知她真名叫陈秀玲,在一家名牌公司当售货员,自从离婚后性情大变,除不违法犯规外,只要快乐,开心事想做就去做。唯这次有点意外,私事被公开化后,便隐居了。

周五,黄昏,一靳、圆桂和阿红相约往唐人街广东饭店饮茶,不料经过华人超市大门时,一靳突然见到芾芾随着顾客出门,立即跟随之,在"翰林院"门侧的一条小巷口,一靳、阿红突然踊前夹捉,圆桂立即前去连打她六个耳光。事后,一靳连声道:"痛快!痛快!"须臾,电告向正:"阿姨有要紧事找你妈妈。"向正说妈妈出去了,一靳告诉他"若妈给你电话,转告周日晚在家等我。"

翌日,一念听到门铃声连忙从厨房出来,门刚开半扇就被妹妹推开了,一靳进门又蹦又跳,突然转过身向前一步,双手握着姐的手向上一举,高声道:"姐,我为你报仇啦!"一念看到妹妹身后跟随两位女友,正想和她们打招呼,一靳已拉着她们的手跨门而进。

姐姐被一靳的话怔住了，呆呆地站在那里，盯住她的眼睛，慢吞吞问："报谁的仇呀？"

"还有谁？哦，别紧张，不是姐夫！"

"谁让你这样？难道是向正？"一念随口而出，重复道，"报谁的仇？"心里着急立即拉着一靳的手，到卧室问清楚。

妹妹甩开她的手道："没什么秘密，得谢谢她俩。"说完将目光投向仍站在走廊的好友。这时，阿红咧着嘴自个儿走往沙发一坐，笑道："不怪郝忻叔，全是那女人坏，要不是她引诱，郝忻叔——绝——不会上当的……"阿红特地将"绝"字说得又清楚又长又重。圆桂随之坐在阿红的身边接着说："前天午后，不，近五点的时候，我们仨在唐人街遇见她，她不认识我俩，我们跟随到"翰林院"侧边的小巷内，一靳和阿红突然拉着她左右胳膊，我迎面而至，挥起右手，边扇边说她为何不去申请妓女牌照而破坏别人的家庭幸福……"

阿红插嘴补充道："完全没有想到啊，那婊子不哭不喊，也没有反抗……有几位学生先后从我们身旁经过，没人过问，只有那位清洁女工听到嘈杂声后走过来探究，一靳说明前因后果后，清洁女工才连声叹息，转身喃喃自语'活该！谁叫她贱'……不一会儿转回身走到一靳身边悄悄道：'我更倒霉呢，男人被妖精抢去啦……'"

"啊呀，你们惹祸了。"一念打断阿红的话，霍地坐在近沙发的坐椅上，心乱如麻，又责怪又担心，生怕出事。

圆桂脸上露出得意的微笑，"要不是旁边有人，一靳还想戏弄她一顿。"

"她报警了吗？"一念焦急地问。

"手被我拉住，无法打电话，一位旁观的洋妇替她报了警，不久，警察来了，让我们去警署报到，哈，白费劲！没用！我说她偷了我的东西，想询问之，她先动手，我只好自卫反击。"一靳说罢扬扬得意地摆动着脑袋，往洗手间走去。

圆桂随之叙述那天在警署的情景。办事警察三十出头，因缺乏证据加上一靳年轻漂亮，能说会道，警察只好说"一对一，没办法"。当场就结了案。"一靳行啊，如藤随树上攀，连忙从手袋中取出一张凯西的名片道'我是他夫人'。警察看了看名片'哦'了一声，表情温和，声调友善。"

阿红兴奋道："'名''位'和美貌，古今中外，均很管用！"

一念长长地嘘了口气，为妹妹的鲁莽捏把汗，充满怨气的眼神同时也不离开阿红和圆桂的脸孔，似乎责怪她们为何不加以劝阻，反而同心同力地合作。一靳猜到姐姐的意思，立即走到她面前，"姐！全是我出谋划策的，与她俩无关。"

阿红、圆桂不约而同地互望了一下，露出单纯会意的神情。

"好好好，免了酬劳，应该喝杯茶吧？"一靳将两位好友拉到沙发茶几前坐下。不一会儿，阿红向一念表示自己比一靳小几岁，因经历了一段伤心的往事，所以对男女感情事，尤为敏感——

"我原有一位英俊、开朗、善解人意和收入不错的男朋友，彼此相爱，家人也喜欢他，没想到年前被我的女朋友'抢'去了，我知道后悲恸欲绝、痛不欲生。

"事因我女朋友秦芹芹失恋后每天哭泣且有寻短念头，念与她多年交情特地约我男友陈国军一起前往安慰，我劝她'世上男人多得是，我们会帮你留意，说不定找个更好的'。经我俩好言相劝，芹芹才慢慢地恢复平静。不料天意难测，三人见面后，也许国军对瘦小不高、脸廓清秀、声调柔美的秦芹芹印象不错，由同情产生爱惜进而想与之保持联系。事后我才知道，原来他趁我进洗手间的时候，主动和她交换电话号码。你看，男人多滑头？

"事后，芹芹为了答谢我俩，说待心情好转些，约我们到唐人街吃晚餐。

"不久，芹芹因电脑操作上遇到一些问题向国军求助，国军一向助人为乐，当下表示'没问题'。不久，芹芹买了条名牌皮带送给国军，以示谢意。

"我平日逢餐馆繁忙时间得帮父母跑堂，周末或假日无法和国军在一起，国军便背着我约芹芹一起看电影，她竟然接受了邀请，如是一来二往国军渐渐变了，萌生新意，说和芹芹更相配。我因生计问题没有时间陪他，芹芹正孤独得不耐烦，一方不停邀请另一方又不拒绝，两个月后，芹芹对国军说不能这样下去了，要求国军在她与我之间明确表态。这下国军如'山腰里遇雨，上下为难'，考虑后竟然对我说'还是面对现实吧'。我听了如遭雷轰，当下往他脸上吐一口水，扬长而去。

"回家后我关门避客哭了几天，时值度假季节，母亲为缓和我的哀伤，陪我到英国游玩十来天，左劝右说，'这种男人不值得你爱，早点离开是福！'又说什么'早就听说他是个好色鬼，还有偷窃的记录，是你自己蒙在鼓里'。我只好幸灾乐祸道：'果真如此，芹芹也不会有好下场。'待我情绪稳定后母亲又再三强调她只是道听途说而已，'知道就好，别张扬出去'。我当然猜出母亲用心良苦，好在已对国军慢慢地死了心。"

阿红说到这里吞了吞口水，突然不再多言，脸色从微笑转而露出不乐的样子，显然，她早已忘了母亲的叮嘱，"忘记他，别再提起！"此后每次听到第三者破坏别人的男女关系时，阿红就很冲动，对"夺人所爱"的芹芹重生怨气和憎恨。

圆桂见阿红起身往洗手间走去，接着自报家门，陈述自己仗义帮亲的事因："我和阿红同住一条街内，中学毕业后无心升学，在父母开的中餐馆帮忙，数年来相安无事，然而，数年前，我发现父母亲不像过去那么密切亲近，时有口角甚至常常在背地里吵吵闹闹，后来从姨妈那里才知道真相……原来那年母亲因同情心收留一位大陆偷渡到此的年轻女子在餐馆内做'黑工'，谁知好心没有好报，父亲和她日久生情（男好色，女要居留权），竟然想抛弃母亲另筑新巢。那时母亲整日以泪洗面，我哥哥劝父亲：'玩玩算了，何必当真？你大她三十多岁，她图你什么，还不是为了居留权？'没想到，父亲说不是玩弄，而是爱上她了。

"我知道真相后又气又怨又恨，跑到父亲面前宣告：'你若抛弃母亲和她结婚，我就自杀！'我又哭又闹非取胜不可，若女儿的话不如妖女几声娇言，我活着有啥意思？

"我有两个哥哥，父亲了解我急性又爱面子、敢说敢为，或许真怕我做出傻事，当下对我脸带笑容低声道：'好大的赌注，爸怕你了！'父亲无可奈何地像'九月的茭白——灰了心'。虽然事后继续和那女人鬼混，却不再提离婚的事了。我将自己的'胜利法'告诉阿红：这世道，该'硬'得'硬'，要不，人家当你是猪，宰了吃！"

第二篇
缘
宇宙的秘密命运的注脚

这时，阿红忍不住插嘴说："自从听了'马善好骑，人善好欺"的道理后，也想'你不仁，我不义。准备花钱报复国军，无奈母亲是个佛教徒，相信善恶终有所报，再三劝说'缘尽就了，了了就不要勉强'。"

圆桂说阿红是个口硬心善的人，近来听说芹芹怀孕了，决意彻底忘记他们，重新生活。

两人无意提及各自旧事，一念听了心里五味陈杂，此时，阿红突然反问圆桂："我不太相信，你父亲真的怕你？果真是，怎么越来越不像话了……"

一靳知道圆桂妈近来的处境，听多了心里更加郁闷，便不让阿红问下去，转头对姐姐说："想来她不敢再到'翰林院'了。"

"千万别插手，更不该麻烦朋友。"一念忧郁道。

"找她算账，是要粉粹郝忻的美梦，让他知道吴家女子不是好欺负的！"一靳说完刚想问俩好友想喝些什么，突然，门锁响了，大门一开，只见郝忻低着头、虎着脸进来，见到一靳吃惊又害怕，最终还是鼓起勇气，可惜因心虚紧张，只能对着她结结巴巴说："你……凭什么打她……打人是……不对的……我为此事……负责，你，凭什么打人？凭什么？"

一靳立即挖苦道："怎么？心疼啦？不计算你，算你运气好！我为姐姐出气，怎样？"

阿红、圆桂连忙一起起身走过去，阿红瞟了郝忻一眼，心想，不觉害臊，还敢为她说话？

郝忻见一靳理直气壮的样子，双颊立即起了红，为了压抑内心的冲动，竭力压低声音道："这是触及法律的事。"

圆桂转身驳道："没证据！"

"现在街道和工作单位的外墙均设有录像设备。"郝忻直视圆桂的脸，猜出眼前的两位定是同谋者。

一靳立即"哼"一声，接着道："不怕！"心想，这种惩罚，到哪里去说都会得到人们的同情和理解,何况凯西有名有位,"我才不怕呢!"倒是一念听了这话十分紧张,连忙推着郝忻的背脊进卧室,随手轻轻关上门,垂着头,低声问:"真有录像带?"

"在办公室里。"

"你想怎样?"

"交给警署。"

"你伤害了我,还不够,还想毁了她……她还年轻,即使是小案情,也不是件好事……何况,事由你起……"一念身体开始微微地颤动。郝忻伸手按着她的肩膀说:"我是吓唬吓唬她们的,怎么会这样呢?你想发泄就打我好了,轮不到她们动手……你平日不是说干这事的男人像畜牲……既是畜牲,挨挨打,应该的……"

一念了解他的话意,有心戏谑似的答道:"这句话,你倒记住了,还印象深刻哩!"内心则随之渐渐地恢复平静,转身开门而去,和妹妹仁一起到附近的西餐馆去。

一靳刚才在郝忻面前逞强,出了门,表情就不同了,她若有所思地走到阿红和圆桂面前,紧张地问:"若有录像我们可得未雨绸缪、同心对付啊。"阿红瞥了她一眼,转头对圆桂说:"商店为了防盗才安装录像机,校门外街道何必如此?"嘴这么说,心里还是有点紧张。

圆桂听了有点疑惑,"吓唬我们吧?"心想,时间可以疗伤,记忆难以消失,自从父母感情变色后,对于第三者无论实情如何,总是充满憎恨和鄙视,所以听了一靳说起姐姐的事,愿意插刀相助。

"对,准是胡说八道!"一靳突然眨了眨眼,右手五指不停地敲打着脑门。在她心目中,姐姐里外操劳忙碌,无可非议,姐夫虽为人随和、做事谨慎,但性格软弱、缺少魄力,姐姐却从不嫌弃他,反而在人前赞赏他脾气好,没想到,如此好男人也过不了女人关!

一念不时地摇着头,低声对一靳说:"以后,凡事三思而行,免得白布染上颜色……难洗。"

一靳立即翘起下巴回望她一眼,斩钉截铁地道:"我为啥?还不是包公断案,认理不认人!"

　　阿红和圆桂相继在一念面前为一靳辩护,说她是非分明,重情重义,是巾帼英雄。一念不再作声,慢慢地倒吸一口长气,心想:"哦,我多傻啊,刚才竟然信了他的话。"

十七
处世本无方

　　凯西正想给一靳打电话,她就进门了,见凯西手里还握着手机,一靳笑道:"塞车,迟到了几分钟!"他收起电话说"没关系"。接着问今晚吃什么,一靳说早预备好了。

　　一靳换好鞋洗了手,不到十分钟菜饭全上桌。面对喜欢的菜式,凯西饭后竟然谈论起白天和同事茶余饭后的政论,陈述苏联和华沙条约的消失使得北约失去存在的意义,欧美关系的疏远将在中东找到共同点。中东问题一旦有所缓解,政治家们将会忙于消减失业、共同发展欧盟各国的经济,争取政经一致愿望的兑现。但,福利好的富国公民并不看好这些,觉得那些较穷的国家有什么理由让别国承担责任及分担债务……

　　一靳初次听到这么多政治术语,不耐烦道:"你怎么突然对政治感兴趣了?"凯西解释说:"政府各部门缩减开支将引发工潮,上司要我起草一份报告,认为政治假如难以联盟,经济联盟只能是暂时的,不易实现大同理想。为了这份报告一连几天得晚归,怕你误会和耐不住寂寞。"

　　"我也少不了事,下午见到圆桂约我星期三到访。"一靳没有提及为姐姐"报仇"的事。凯西曾见过圆桂,没有多问就回到自己的话题,说一时晚归不要紧,就是担忧政经局势是否会影响自己的工作。一靳道:"这我就帮不了你的忙了。"凯西说:"你只要管好家就行了。"

一靳记住这句话,周三出门前又将该做的家务预先备好或处理好。

圆桂平日虽忙,但和一靳还是时有往来,常有说不完的悄悄话。这次较为特殊,因圆桂邀请一靳帮她劝导母亲和父亲离婚的事。一靳虽对其父母亲的情况有所了解,但还是觉得不便开口,不料圆桂说这次若再不上门相助,友情就到此为止。一靳心想她帮姐出了一口气,岂能不回报,当即答应。圆桂高兴道:"到时我来接你,先在车上聊聊。"

圆桂准时到达,离开车位走到一靳住家门口等候,一靳见之二话没说就伸出右手挽着她手腕,往车子方向走去。

一靳也想了解下圆桂父母亲的最新情况才谈得上帮忙,所以一路上洗耳恭听较少插嘴。圆桂说:"两位哥哥成家立业后只管自己的家事,我后悔没继续读书而帮了这个不值得帮忙的父亲,母亲听了就劝我趁早结婚,说什么再不听她的话,就没人帮我了,到时可别'救火没水,干着急'。"

"为这事,上星期,我和妈又吵嘴了,还将平时各持己见的'积压'通通倒出来——

"那是母亲四十七岁生日的第二天,妈突然觉得自己老了,数次对我说:'与其和你爸不停地争争吵吵,不如睁只眼闭只眼算了,一来自己无法改变他,未必赢;二来自我安慰呗,丈夫除了好色,也有勤劳、节俭、顾家的长处;妈数十年在餐馆楼上楼下、里里外外得个'做'字,钱来钱往分文不沾,但有吃有住,分手后的生活可能还没这么好过呀。'

"近年父亲想改行,常借口外出找门路谈生意,母亲生怕有天父亲单独申请离婚或独自搬出去,离婚的女人访亲走友均没面子,所以除了姑且外一点办法也没有,还说什么?由他去吧!找生意好过到卡西诺赌钱。陈太老公也很花心呀,人家就比我妈精明,不信情只信钱,平日趁机能捞就捞,暗自存之,说哪天被男人甩了有钱好过没钱。我妈就会一面自我宽慰,一面暗自埋怨和感伤。

第二篇
缘
宇宙的秘密命运的注脚

"偶尔想通了父亲的问题，又为我的事烦恼，催我早点成家啦。我一听这话就很不耐烦地说：'我的事，不要你操心！管好你自己吧！'她竟然叹道：'阿桂，妈老了，争不过他，只好算啦！……自我开导呀，不通也得通，除了忍，还有什么办法？再说，何止是我如此，家家都有一本难念的经……别人只是不说罢了……'

"我立即插道：'洋人70岁都不叫老，你开口闭口整天说老。天天在餐馆打转，忙来忙去，又不会穿着打扮，毫无生活情趣，教你又不听，人家陈太与你同龄同工种，看起来比你年轻十八岁……妈呀，到欧洲这么久了，还这么老土？父亲喜新厌旧，嫌你老，还出口伤人，你受得了，我受不了！'

"没想到，她听了还不生气呢。

"我对母亲爱怨交织，虽没体验过她的经历也不想理解，但心里积压多了难免膨胀，实在看不惯母亲的生存方式：这么多年了，孩子均已成年，还没醒悟过来，一味委曲求全，纠缠久了，我就想替她爆发，然稍有此意，她就流着泪好言劝之，每次都不了了之。

"前天午餐时，母亲无意间又提起父亲的新事，我终于忍无可忍，责怪母亲活得没自尊、没尊严，自轻、自贱、自伤……充塞我内心的多年怨气和不满终于溢了出来，决意干预她、保护她、敲醒她，劝她别再依赖男人了。

"没想到这天母亲也很反常，提起嗓子激动道：'你爸靠不住，够我伤心了，女儿也如此，我活着还有什么意思！'说完冲入卧室将身子甩往床上，头伏枕头失声痛哭……那声调，那音量，忽长忽短、或急或缓、或粗或细，一如荒野上孤独的母牛委屈凄凉的呼叫，沙哑沉重！高昂愤慨！我有生以来初次遇到她如此痛心痛肺的哭泣和哀伤，一时不知所措，在她床旁站了一会儿，才想起了你。"

"母女没有隔夜仇，她也是为你好。"坐在圆桂驾驶位旁的一靳安慰道。

圆桂叹道："还没说完哩，关键的事，到家再说。别人家事我不管，但他俩是我父母。父亲越来越不像话，母亲数十年含辛茹苦地扶助父亲发展事业，为了这个家，她献出了青春和精力，谈不上休息、享乐和一切……家庭和睦、子女成器就是她最大的欣慰，没想到，父亲饱暖思淫欲，而母亲，软弱无能到令我不可思议。为促使母亲清醒，我才说了些揶揄或责备的话语，不料母亲的反应，一次一个样，有时抿嘴笑笑不当一回事，有时骂我不孝……"

"母亲奈何不了父亲就将精力集中在我身上，整天愁我嫁不出，说自己三十岁前就有几个孩子了。我想不通就驳嘴：'孩子，孩子！孩子又怎样？两位哥哥都自顾不暇啊。我就是结婚了，也不想生孩子。'"

这时，车子已停在十字路口的大道旁停车位上，车后是一排夏季盈绿冬季萧疏的花墟，如今只有落了大半叶子的枝条在微风里摇曳。

一靳开门下车后，立即摇摆着腰部，富有弹性的胶鞋在地上蹍了蹍，圆桂随之下车，不一会儿，转弯处便看到"中华大饭店"门楣，两人刚近大门口，圆桂立即"嘘"了口气，径直往里去，正在酒柜前清理杂物的母亲看到女儿身后的一靳，连忙撩起布巾擦了擦双手，低着头，笑容满脸道："好久不见啊！"

一靳说："这不来了嘛！"她知道，蔺嫂视她如自家人。

圆桂妈不懂什么皮肤保养和美容化妆等，虽头发稀疏但脸上却很光润，没有明显的纹皱，说是上一辈的遗传，生来皮肤细滑丰泽又容易起红，如同现在，见到一靳，心里一热，双颊立即起了红晕。

蔺嫂紧紧握着一靳的手，看了看她的头发，十分羡慕，不由哎哟一声："你的头发真好，又多又亮，色度长短都很配衬。我从来不上发廊，掉得差不多了，自剪自修还不过瘾呢。"一靳"哦"了声，甚为惊奇，圆桂妈解释道："整天在厨房工作，没必要。"站在身边的圆桂一面拉着一靳的衣角一面对母亲说："就会借口。是你自己不在乎。女人的头发与脸孔一样重要，头发不像样，皮肤再好也没用。"

蔺嫂苦笑一下，转身进柜台后倒水泡茶、找点心、上水果，圆桂、一靳坐在铺着雪白桌布的餐台旁，不等座位上暖，圆桂就口无遮拦地对一靳说："要不是欺人过甚，我也不想麻烦你，今儿找你，就是想坐下来听听你的高见，你比我有能力有见识，也许能起作用。你知道女人的秉性啦，我妈怕被爸遗弃，为了保住身份忍声吞气数十年，

第二篇
缘
宇宙的秘密命运的注脚

近年来越来越不像样。以前,妈准许父亲在外嫖玩,但不能带回家,可父亲贪得无厌,嫖多了觉得没意思,近期在乡亲里找了个21岁的女子,这小姐不简单,见餐馆气派非凡,公然提出要么名正言顺结婚,不然就照合约交易,'你要色,我要钱'。父亲见她年轻有姿色,迷昏了心又奈何不了我的'干预',只好和她定了三年合约,那女子立即答应。转眼三年过去,父亲却因日久生情舍不得她离去,说要帮她弄到居留权,这正是女方的期望。"

"尽管如此,毕竟他们在外居住,母亲眼不见为净,父亲常外出,杂务越来越多,但,人善好欺呗,近来父亲荒唐到出了格,上星期竟然敢开口说……说你万万想不到的事情,猜猜看,他怎么个荒唐无耻?……哎呀呀,说出来,你听了,别晕倒!"

一靳摇摇头,神色漠然,聚精会神地听着。

圆桂见她不作声,倏地站了起来,转身看看,午市后没顾客,立即冲动道:"带那婊子回家睡觉不说,还得三人同床,要我母亲看他们做爱!"

"啊!真的?真的?"一靳叫了起来。

"还有假?问问她!"圆桂使了个眼色,只见母亲低着头,坐在酒柜前硬凳上,两手相握放在双腿上。女儿这一说,叫她又难堪又羞臊,许久才慢慢抬起头,目光在浅黄色的墙纸上扫视一会儿,再侧过脸,朝向墙角,终究没有开口。

"你怎么不反抗?不走开?"一靳挪动着坐位,坐到她身旁,右拳顶着下巴,目光炯炯望着她说:"大不了离婚!"

"他会打我……"

"他凭什么这样对你?报警呀!"一靳几乎控制不了情感,差点想骂人。

"凭什么这样对我?"蔺嫂重复着她的话,却不知如何开口,自新婚那晚不见"红"的缘故,丈夫就在暗中没有停止过对她的鄙视、辱骂和侮辱,有一次实在受不了才在他面前下跪,说是小时候不懂事被邻居熟人骗了,丈夫不但不信还一脚推她倒地,大骂"贱骨头",她只能流泪喊冤啊冤啊……现在,能说什么呢,哦,她突然恢复了记忆,记得年前无端端感到身体不舒服,夜出虚汗,白天耳鸣,怀疑丈夫想害死她,圆桂陪她到家庭医生诊所去，医生诊断是停经前的征兆，那阵子，自己是何等的紧张害怕啊，连续数天，魂不附体，一会儿站在阳台上，用恐怖的眼光看着那朵曾经吸引过许多蜂蝶到来的花朵，眼下是如此的颓丧和败落，一会儿加班加点地工作，当丈夫见她身材日益肥壮、精力反而大不如从前时，无奈问之"医生怎么说的"，她照实回答了。

丈夫听了，竟然直爽地告诉她："女人！就是这样喽！"

"女人真的就是这样吗？"随着时间的流逝，引发的生理变化现象令蔺嫂十分敏感，甚至觉得这一切就是男人变坏的缘由，想到此，低声对一靳说："我已经停经了……"

"你说说，她是不是自己败坏自己？停经又如何？"圆桂流露不满而愤慨的表情，反问一靳："男人就没有更年期吗？他就不老吗？"

一靳说"男人的更年期不像女人那么明显"。须臾，仰起头拨了一下左耳旁刚染不久的一绺金黄的头发，语气温和地问蔺嫂："你想离婚吗？"

蔺嫂微微一笑，没有作声。

一靳敏感的眼光望着蔺嫂那略微粗胖的身材、素朴的衣饰以及那双布满皱纹的手背……心想，这一切，均是只有奉献没有回报的凭证，也是女人永远无法抹去的历史。

当她的目光转移到蔺嫂的脸孔时，很快地，从那轮廓里看到了另一个隐退到时间隧道里的蔺姑娘，不由浮想联翩，那是一位天真纯洁、黛眉、红唇、肤色白润、含情脉脉、体态纤纤、人见人爱的少女。而眼前的蔺嫂，哭丧似的脸上流露着无奈的神情，让一靳左右不是、难以启口……心想："男性何以没有生理变化的忧患？而女性对于岁月流失中伴随而来的生理变化，却是如此的敏感、紧张和惧怕？"

一靳由此想到男女婚后两为一体后的成果——孩子。越发觉得不公平，男人身强力壮只奉献那么一条虫就可称为父，女人则要不停地奉献和给予，妊娠时的副作用、生育的疼痛、哺乳期的代价以及对孩儿寸步不离的关照，生命中最好的时间、精力和体力都为家庭、后代消费和消耗掉，等到他们可以展翅飞翔的时候，男人说："你老了,靠边站吧。"母亲转身想对孩子诉诉苦,孩子说:"对不起,我整天为生存忙碌奔波,你吃饱饭没事干喜欢胡思乱想。"

"这就是男女之别",一靳自我结论。顿然,心里有种说不出的烦愁和慷慨,所以不想再说什么消极话,生怕任何声音都可能将蔺嫂击倒似的,便站了起来,将圆桂拉到走廊边低声道:"她深爱你父亲,必有自己的想法,再观察一些时候吧。"

"也许吧。"圆桂补充说她早就觉察到妈妈很孤独,但她总是在辩解:"有什么办法呢?事业家庭难相顾。"此时,圆桂感到一种深深的失责和无奈,拉长着脸补充道:"母亲说看到不少男人玩够了,最终还是回到发妻身旁,白头偕老……又说什么'想通了,不在乎了……'"

"别老刺激她,忍耐、容忍是中华女性的优良传统。我的老祖祖也不例外,处世本无方,不要用我们的想法影响她,感情这码事,很微妙,别人不易解决呀。"一靳自觉这会儿的嘴怎么变得圆圆滑滑的,什么"优良传统"全是欺女文化,但能说什么呢?她看看表,"老祖祖还有要事,我改日再来好吗?"

圆桂有点扫兴的样子:"我可是头一回请人帮忙的,没想到,白费工夫呢。"一靳拍拍她的肩膀,歉意道:"能帮的,一定帮!何况这事急不得!"又安慰蔺嫂几句,转身对圆桂说"彩虹婚姻社"人脉旺,问她有没有兴趣加入。圆桂对一靳使了个眼色,转身对妈说要送她回家了。

路上,圆桂告诉她"我妈不喜欢洋女婿",一靳"呀"了声,摇摇头笑起来。圆桂心想:"我也不喜欢鬼佬啊。"但没有说出来,当车子转了个大弯时,她依然看到"中华大饭店"的门槛旁,站立着一位淳朴的女人,虽身材粗壮,却一副手无缚鸡之力的样子,软绵绵的像一团棉花。

蔺嫂看不到车子才转身进门,屋内肃然无声,她张开巴掌摸摸自己发热的脸,看见桌上的茶点原封不动地摆在那里,边收拾边觉得刚才招呼不周,又担心圆桂话太多,将来必招损,心里感到沉甸甸的不舒服,独自在酒柜前洗洗涮涮……这样忙了个把小时,刚想上楼,圆桂回来了,她瞥了母亲一眼,长长睫毛下的那对慧眼不时地闪烁着,不一会儿，低着声调对母亲说："我也想通了，既然你没有痛苦和感觉，我又何必自找烦恼呢？以后——不管你了！"说完噔噔上楼，内心落寞难耐，却无可奈何。

母亲用温柔的惊奇的眼光回望她，勉强装装样、笑了笑，觉得女儿怎么一下子变得没有脾气了？不由得叹了口气，想想自己年轻时，不也像女儿这样正直、执着和要强吗？它们都到哪儿去了？"是被经历吞噬了，还是累了、不想说了。"这时，长时间站立的双脚开始神经质地颤抖起来，她确实感到累了，连忙伸手拉一把椅子，坐在阳台的近花园矮墙旁，默默无闻地时而望望墙外往来的路人，时而浏览着花园内稀疏而凋零的景象。

园内两旁摆放着整齐的各式各样的花盆或竹架，左边有大红花、玫瑰、勿忘我、剑兰、绣球、秋菊、茶花等，四季轮流开放，右边种植珍珠番茄、小辣椒、蓝梅、扁豆等小蔬果……当茶花和光秃的玉兰枝上孕育着亭亭玉立的花蕾时，看到那知更鸟跳到窗棂上东张西望地寻食，心头就荡泛着知足的滋味。最热闹的景象是夏季，蜜蜂在身旁嗡嗡作响，蝴蝶在眼前飞来飞去，看到小蔬果一天天成熟，常常高兴地对女儿说："这是土生土长的，没有用过农药。"圆桂听了立即驳道："这可是人造土呀。"说得她呆呆地抓起一把土，用手指拨来拨去，硬说是真土。

平日不开心的时候，蔺嫂就到花园看看它们，或给室内的盆栽浇浇水松松土，见窗内君子兰的中柱一夜间长高了许多，根底下又吐露出青嫩的芽，以及那绿得冒油的落地生、肢体下冒出觅觅求生的须根时，心里便泛起一阵淳朴的简约的欢愉。但此时，曾经引起蔺嫂最早关注的围蕨下的迎春花，以及秋风中摇摇曳曳的累累果实，均已消失，留下的均是些枯枝残叶。

都说人靠不住，草木有情、云彩有义，其实不然啊，花朵和蔬果，不也像青春一样，瞬间散失？每年欣欣向荣春暖花开的艳丽，不也生怕蜜蜂会不会没有记忆。人则不同，青春逝去了，却获得了难忘的记忆——背井离乡艰难求生、夫妇相依为命的温馨感，尤其是女人，大肚子的时候，平日不善言谈的男人突然变得呵护有加，一句'我来，休息去吧'，便令女人心暖意荡，自觉身为女人的价值和意义。

然而，午后一靳的到来虽然高兴，蔺嫂却依然不知所措，难以启口：

"婚后的日子，其实也不错，四年生了两男一女，乐得丈夫合不拢嘴，做两份工都不觉得累。转眼孩子成人了，丈夫从替人打工到开卖薯条店再转为小饭馆到如今风风光光的"中华大饭店"，可谓人财两旺，五十不到就升为祖辈了。

"女儿心直口快时有过失，意愿却是好的，可惜解决不了问题，还是陈太精明，不管男人和孩子是否靠得住，抓住钱再说，她觉得掌管钱就是掌管了命运。但圆桂爸不让女人理财，说需要什么花费向他要就是了，这么多年了，我只为餐馆添置必用品时才开口，难得和陈太上街逛逛服装店，也是在打折的货里挑来拣去。

"夫妇从未在钱财上有口角，偶尔想买几件漂亮的衣饰，男人也不会反对。对于那些正为安身立命，艰难闯荡的女辈来说，还幸福得很呢。"

"当然，手头松动些交友也方便……"蔺嫂想来想去觉得还是陈太精明，"预防万一啊。"

"在哪里呀？"后门传来男人的呼叫声。餐期时间快到了，蔺嫂突然站了起来，对自己说："我真笨，笨！得向陈太学习。"这或许就是她今天最大的收获。

十八
情爱面面观

一靳为了安慰姐姐将蔺嫂的际遇转告之，意思是："她才叫倒霉，你就饶了姐夫吧。"不料姐姐说："世上有些事无人管得了，也无法管，还是多关注你的'彩虹社'吧。"气得一靳放下电话对凯西说："好心没好报。"姐知妹妹生气了立即再打电话去，一靳不接也不让凯西接，更没告诉凯西是怎么回事，只道是"生姐的气"罢了。凯西笑了笑并不多问，因为这不算是新鲜的事了。

一念确实也没有因为妹妹的"报复"减少内心的煎熬，为不想让圈内人知道，只好自我消化自我平息。然今日却临时心血来潮想拜访舒棋，了解一下她将搬迁的大房子到底是怎么回事。

恰巧舒棋在家里整理衣柜，将不想穿的冬季衣服扔的扔或送往政府旧衣收集柜，当她正想把几套名牌新衣服挂在衣柜上时，门铃响了，一看是一念，怪她为何不事前打个招呼，声明自己常常外出不在家，可能扑个空。

"路经顺访。"一念心里十分不自在，脸上却露出笑容。

舒棋为了摆脱过去的"影子"迈向新生活，主动接近中国来的新移民并与之往来，初时一念只向她请教烹调或做点心的技巧，后因她性格率直、助人为乐而保持联系。后来发现她老在自己面前妄自菲薄，说出来的话没几句是真的，也当她爱"吹牛""摆款"不太往心里去，偶尔带着笑容揶揄她"你的话得减价再打八折呀"。舒棋听了笑笑，并不太在意。但搬迁入大屋可不好乱吹耶，一念想知道她到底脸皮有多厚，还是同人不同命。

郝忻出事那天心里多难受啊，心慌胸闷，欲哭无泪，很想打电话对她发泄下，最终还是没拨完电话号码就放弃了。为什么现在又不约而来呢？商量对策？忍无可忍？找不到适合的倾诉对象？一念自己也说不清楚，或许人在烦恼不安时，常常会做出一些连自己也无法理解的行为。

"坐，坐，坐！"舒棋热情地拉过椅子，自己则站在她面前，双掌于胸前不停地互搓着。

一念坐稳位置即向四周扫视下，轻声问道："何时搬大屋啊？"内心竭力排除自己的多心和猜疑。

"快了，只待对方腾房搬走。"舒棋与人交谈只喜欢说自己的好事，从不在意别人的感受。一念本想问"是买的还是租的？"话到喉头又吞了下去，觉得不该这么俗。

"贝德力克看上那个区，说周围环境好，外侨少，我猜他是故意的，想中断我在这

第二篇
缘
宇宙的秘密命运的注脚

儿的关系。"舒棋没有详述到底在此处有什么不好,但一念早知道贝德力克不喜欢舒棋的那几个牌友。这时舒棋已巧妙地将话题转到"婚姻""爱情"上,说自己嫁给洋人后改变了许多观念,对爱情、婚姻、家庭有了新理解新看法,为人处事也较过去潇洒豁达。一念说人的情感内容与形式千百年来大同小异,爱情永远具有排外性,与社会的发展和进步无关,舒棋则强调现代爱情的功利性超过了情感问题。一念认为那只是少数人的观念。

舒棋反驳道:"我不认为功利的爱情观不好。"一念补充道:"学好三年,学坏三天。"

两人越说越谈不拢,像隔代似的没有共同语言,舒棋见一念神色有点倦怠的样子,不由得滑动起抒情般的眼神,右手拨弄着腮旁的一束黑发道:"瞧我晒黑了吧,初到欧陆时,见洋人那么喜欢日光浴,觉得又惊奇又好笑,现在啊,我也不喜欢白皙的皮肤了。"说完卷起衣袖,露出晒过的皮肤给一念看,须臾,补充说:"今夏我俩到海边度假,瞧,皮肤晒成浅褐色了,意味健康!我说欧洲懒人多呀,男女老少皆是。我时常在海滩旁偷偷地拍了许多懒人照,他们在击石高浪附近,整天裸体躺在沙滩上晒太阳,说是人生的享受,开心、快乐又美好……"舒棋说到这里,瞥了她一眼。

一念抿着嘴微笑,心想她到国外只知关注男人、懒人,却不懂欣赏风景,就说海滩吧,有人说海滩的景象差不多,无非是海沙、各式各样的船、岸旁别墅、商店,等等,可每一处的海景海水均给人不同的感觉,沙有粗细柔硬和多少,水有清浊深浅宽窄之分,水波就更有趣了——有的不停地跳跃追逐奔波,有的明亮如镜,还有柔软斯文的一如美人的胸堂……那激昂高亢的波涛则像男人的容貌……

"可惜!"一念暗忖,"她不懂得欣赏!"

倒是舒棋知趣,见对方只笑不语连忙低声说自己读书不多,没有那么多思想,也不懂表达幸福感,就知道人逢喜事时就觉得日子过得真快呀……突然,她将话题一转,"你呢,今夏到哪儿度假?郝忻越来越出名了,有人看到《中文小报》报道说洋学生也能上台表演拉二胡或书写中国书法呢。"

"我哪有你得意？世情变幻莫测，学生越来越少。"一念嘴上这么说，心里则在点算对方在短短华语对话中的错音呢，将"日光浴"说成"日光照"、"白皙"读为"白遮"、"裸体"说成"课题"、"大同小异"读成"大同小姨"、"浅褐"读了"浅搁"、"击石高浪"念作"气死高干"……但因心情欠佳，不想像往日一样帮她纠正，反正听得懂。

舒棋看看钟，准备预备午餐，解开面包袋子，取奶酪，热香肠，一会儿揭开鱼子酱，拔掉法国红酒瓶塞、倒入高脚杯，两人面对小饭桌坐下，舒棋边吃边说："你俩都是知识分子，在此教字画、卖小品，不如回祖国发展。中国变化大，论享受，今儿欧美都比不上……"说完问她自己见识如何，一念还是微微发笑，没有作声。舒棋心想自己是华裔却不知中国是个怎么样，希望有机会与他们一起到中国看看，听说中国性开放比欧洲有过之而无不及，连壮阳中药也比'伟哥'经济实惠……不由得瞟了她一眼，但见一念表情不太正常，突然举起右手做了个指挥乐队的姿态，不一会儿，翘起薄薄的嘴唇，提高声调，故意逗她："小心呀，当老师不简单，盯紧些，不要相信他的承诺，现代女人比男人主动，骚货面前，没有不丢魂的男人！"

一念从来没有像现在一样在她面前感到如此的拘谨和难熬。幸好，内心虽憋得难受，却能守着圆圆画圈圈，不提自己的事。此时经她这么说，反而赞扬她："你还真不错，挺爱国和关心时事。现代许多人对时事新闻不感兴趣啊。"

舒棋连忙接着道："我不爱思考，但喜欢多看多听多说呀！"只见一念睁着眼睛惊奇地看着自己，这才坦诚说："受了贝德力克的影响，他的脑袋没有一样重要的事情，无忧无虑，每天在沙发上看电视，好天就出去钓鱼，自己虽然不爱看书读报，却懂得生活……过去真傻！碰到不如意不开心的时候就和自己过不去，差点没了命，其实，做人啊，别太认真才能天天快乐。"

一念听了心里怦然跳动，双颊渐渐发热，"难道她已知道了……"只好无奈地坐在那里，微微抬起头察言观色，注视对方的言行举止。不料舒棋对中国的"性开放"

第二篇
缘
宇宙的秘密命运的注脚

仍兴犹未尽,趁此机会评论道:"一念啊,有些中国官员到此访问,交流学习是假,游玩观光是真,为了回去好交代,邀请华人社团召开什么座谈会呀交流会啊,你就索性讲真话,建议他们的新政策应与时俱进。"

"哎哟哟,士别三日,当刮目相看!"理论上,一念认同舒棋的建议,认为洋人处理这方面问题比东方人理性客观,可眼下自顾不暇,没有心情谈这些,不由得起身走到窗前,将右手肘搭在窗台上,转身对她说:"那是天边的事,管不着!"

此时的舒棋在一念心目中是何等的幸运,与之相识至今,只知她心想事成,少有不顺心的事。年轻、美貌、丈夫、人缘等均让人羡慕。舒棋觉察出一念心不在焉的样子,婉言道:"你说得对,天边的事,关我们啥事?多想想自己,只有自己最可靠……我的见识确实有所进步,吃住无忧又没事干,天天看电视,多少学到点东西,所以才对什么情呀、爱呀、性呀以及政治新闻等问题有了些认识……女人呀,嫁个好老公比什么都重要,你也该知足了,郝忻虽老实但仪容俊秀,对你毕恭毕敬,又没二心,也无绯闻……"舒棋一向总将一念口中的"书呆气"说成是"老实人"。

一念原想到此舒舒心,不料听得多烦也多,顿感心烦意乱,觉得在此如烂筐子上拴了条丝穗子似的不相称,只因进门不久不好意思即离,只好听其说去,偶尔"哪里哪里"表示下谦卑。舒棋见其寡言,转口兴意快然道:"我这个贝德力克啊,以前我还看不起他,到了欧洲才知道,不错呀,有一技之长,家电、水龙头、喉管维修工也是专业人才呀,不像……雪莉的父亲……"舒棋讲到此,突然不说了。自踏上欧陆那一刻起,就想与过去告别,不再提及那些陈杂伤心的往事,可惜,常常稍不注意就情不自禁地诉说起来,事后还得解释不是为了得到对方的同情,而是有太多的问号。一念一时难解其意,只好顺着话意道:"别提过去的事了,贝德力克很好啊,诚实厚道,对你不薄,这可不是外来媳妇均有的福分,当珍惜呀。"说完心里愈加烦躁,觉得自己是近视眼捉蚂蚱——瞎扑。不由得看看钟,心想,再待十分钟吧。

舒棋从她话中知道她并不知晓贝德力克早已不工作了,眼下是靠福利金生活的,立即松了口气,将话说得更贴金些,"我过去倒霉透顶,因行善积德,得菩萨保佑……

是呀,家里没个男人处处不方便,保险丝断了,水龙头堵塞,男人可以轻易处理,女人管不来,还有啊,想移动一下笨重家具,挪下都不行,不够力气呀……"

一念听后抿嘴一笑,"原来你看重男人的这些?"舒棋反驳道:"你当然不同,我是吃过苦头,深有体会。其实呀,女人的力气全因生孩子漏光了。"说完咯咯大笑,不一会儿,便将近日的艳遇和盘托出,"哎呀,白人就是白人,不亲身经历没人相信呢,说给你听吧,贝德力克的亲弟弟斯蒂芬真有意思,和我们去了一趟西班牙,回来后就像吃了豹子胆,每次到访,哥哥一不在场时,就对我做出飞吻的手势,前天,竟然悄悄对我说,想和我做爱。"

一念惊奇道:"是不是他以为你是个随随便便的女人?"

"不管怎么说,我是他嫂嫂呀。难道我逢上桃花运?说出来你还不信呢,贝德力克还有个单身老朋友叫汉斯,年逾七十,身体尚好,经济条件也不错,喜欢吃喝玩乐,那天,得知贝德力克和朋友出外钓鱼时,竟然买了一束红玫瑰前来敲门,你猜我怎么办?"

"你想怎么办?"

"别老想到歪事,我当然大大方方让他进门喽……不瞒你说,是呀,他热情坦率,有型有款,根本没有老人的形态,甜言蜜语,捧得你美滋滋的……老实说,不是所有男人都能令你浮想联翩的……"说罢将餐具往水槽一放,让一念坐往客体沙发,自己坐在沙发旁那张铺有软垫的椅子上。

"贝德力克知道吗?"一念仍然好奇。

"当然不晓得,不过,别误会,我没有和汉斯做那事,现在有贝德力克不可以这样啊。汉斯高大、英俊、健康,我只是想象而已。你若见到他,也会想入非非的……"舒棋兴奋中流露遗憾的神情,不久又坦言说:"幸福的含义包括精神和肉体的双重享受,谁不想两全其美,谁愿意舍此取彼呢?"

"你了解贝德力克有多少?"一念十分费解。

舒棋再次咯咯地笑起来,"他可大方了,当我告诉他汉斯的胡思乱想时,他竟然说

第二篇
缘
宇宙的秘密命运的注脚

和汉斯有二十多年的交情，没问题。"说到此，舒棋索性张大嘴巴哈哈哈地大笑起来！

一念总算明白了，"难怪你现在说到前夫时，不像过去那么咬牙切齿似的，真是塞翁失马，焉知非福。"

舒棋起身泡了壶白茶，回位后立即改口说些时髦话："你知道啦，时移世变……"刚开口，门口传来"嘭嘭嘭"的捶门声，急步前去，开门一看，女儿雪莉半闭着眼睛，低着头，头发松散，双脚有气没力、趔趔趄趄地跨门而进，差点扑到舒棋的身上，舒棋退了两步，很快闻到她身上发出阵阵的、如同香水掺和炒板栗的烟气味，心火冒升，原先春风得意的笑容瞬间变成马脸似的，伸手抓住雪莉的衣胸使劲地摇晃，"死女！回来干吗？要死就死在外面！你做人不要脸，我可要脸！"

雪莉没有作声，摇摇晃晃进入睡房，一头栽倒在床上。

这一切，一念全看在眼里。适才"幽默"而"独有"的意境，很快被眼前的景象，粉碎得一干二净。

一念早听说雪莉调皮不听话，常常逃学和一帮问题少年鬼混，今天亲眼看到，心里沉重，一时不知说什么好，只好一面喝茶，一面伸手取个杏仁饼，看看舒棋是怎么教训女儿的。这时，舒棋已站在客厅橱前，一改几分钟前的优雅神情，眼望对面的白墙，右手叉在腰间，胸部起伏不停，不再作声。一念想了想，清清喉咙，"不能全怪雪莉，你想想啊，她出生不久你就将她托给远亲照管，你白天外出，晚上也很少带她回家……出国后，为了做点小生意，整天东跑西去……记得那天，对了，天气特热，或许，你遇到不开心的事，回家后，雪莉吵着要吃雪糕，你便拿她出气，又骂又打，吓得她脸色发青，呆呆躲在墙角，哭都不敢出声……"

舒棋立即转身驳道："这是她逃学的理由吗？她有吃有住，我的童年不知比她惨多少倍，不满九岁就有四个弟妹，常常背着小弟出外捡破烂，小学毕业后想继续读书，没有条件呀，为了糊口从小得帮母亲做事……她不同……这么好的环境，还要怎样？"

"我们童年虽然艰辛，但有个完整的家……雪莉成长在单亲家庭，又没有安全感……城市环境不同于农村，欲望多，诱惑大……"一念终于心平静气了。

"有什么办法?这不是我的错!谁不想有个幸福的家庭?"舒棋睁大了眼睛,惊奇地看着她,半晌才慢吞吞地起身,走进厨房,重烧一壶水,取出一盒从意大利带回的薄饼,轻轻地扯开饼盒面上的塑料纸,取出几片放入小圆碟递给她,再为自己取一份,坐在她对面。

一念将小圆碟放在沙发旁的小桌上,说舒棋没有理由怪前夫:"他本来就是那个样,天生体质差,以为喝酒可消除疲劳,世上总有一些这种人存在,不可能人人健康英俊……即使他们不甘落后和平凡,也得自惦一下是否具备竞争的能力。没人逼你,自己看上的,好坏没得怨。"她不知道是在安慰她,还是在劝说自己。

"男女的区别只是肉身方面,欲望和感觉还是一样的,痛是痛,乐是乐,苦是苦,甜是甜……既然如此,男人可做的,女人也可行。"舒棋说这话时,火气已逐渐地退下了,语气也变得温和些,此时,她慢着步子走向镶在墙上的壁镜,看看自己的脸孔,确实,遇到贝德力克后心情才真正地好转起来,生存勇气提高了,脸孔也渐渐变得滋润,愈加相信伴侣和子女在人生天平上是难以平衡的,因为想通了,才将雪莉从心室里扫向社会,让其自生自灭。

一念并不同意她的性别观,然转念一想,不同的经历决定不同的心境与观念。当沟通发生阻碍时,沉默就是最好的现状。她再次看看表,日已则昃,无心继谈准备起身离开,舒棋挽留她共进晚餐,她坚持改天再说,舒棋执意笑道:"何必呢?既然来了,我正有话无处说呢。"但她去意已定。

舒棋觉得既然是路经顺访,料定没有什么急事,上下打量她一下,突然拍拍其手臂说:"等一下!"转身进屋取出一张白纸,说上次抄了梅诗人的一首诗,很喜欢,却不懂得其情其意其思想,让一念略作解释。说完拿起纸张读起诗句:

有一首诗

写给雨看

当花朵在春天绽放的时候

第二篇
缘
宇宙的秘密命运的注脚

它在花蕊里东张西望
雨珠啊
你还没有为花瓣落妆
粉蝶已在四处飞翔
争着编织各自的梦想

有一首歌
唱给风听
当雌鸟在巢里低泣的时候
它却在树头殷勤地呼唤
风儿啊
你看重辛酸让旧巢依然
为了忘却曾经的忧伤
希望你再充当一次红娘

　　舒棋刚读完,一念又指出她的错音。不一会儿,舒棋指着白纸上的黑字说:"瞧,是不是胡言乱语,雨会看诗吗?雨丝能编成梦吗?梦会飞舞吗?看来也是个女书呆,是呀,人心酸的时候可能会对天吟唱些什么,但什么希望飞翔、充当红娘,就有点言过其实了……"

　　一念侧过脸,对她笑了笑,不知如何说好,只能叹道:"你不知道啊,无病呻吟即是诗!"舒棋坚持说梅女士智商高,写这些必有用意,绝不是无病呻吟。一念应付说:"既是高情商的流露,我这笨人也难理解啊,感情这码事,不是痴呆、愚笨,就是过分的想象或幻想。诗就这点好,你怎么看怎么想,皆行,无人干预。"说完内心又开始烦躁起来了,原想到此聊聊话、散散心,不料所见所闻均加添了她的不安和顾虑。

　　舒棋的情绪完全恢复平静了,听了一念的"诗论"又开始潇洒和超脱起来,说自己所以比男人更看重爱情婚姻是因为男人五十岁可以找个年轻貌美的女子,女人不到四十岁就"完了",自己已三十几了,"不得不紧张"。

这话让一念的心像被人揪了下,越想越不是味儿,自己婚后全心全意照顾这个家,一心赚钱想提高生活水平,而丈夫仅仅患一次小病就垂头丧气像丢了魂似的,还越来越不像话竟然敢做出可恶的事,是物种本身在践踏婚姻爱情呢,还是观念?"我也笨,当时怎么不抓住那女人的长发问之、奚落之,然后再慢慢地羞辱一番?不过,果真如此,就开心吗?自己算赢了吗?这种事,能像球赛场上的裁判员那么容易处理吗?"她从呆坐中回过神来,瞥了一下钟,已超过原定到访时间的个把钟头了,"哦,我真得走了,再见!"

"真的不在此吃晚餐?"舒棋突然觉得自己话多,影响招待,再三表示歉意。一念淡淡笑答:"老与少,等着我回去呢。"说罢真的起身告别了。

夕阳已透过窗帘的间隙,无力地洒在棕色的旧木板地上。

眼见一念远去的背影,舒棋才想起她从来不会无事上门的,"莫非郝忻出了名上了报,顺路到此报喜?但我刚才提说这事的时候,她根本没有什么反应,那又为什么呢?真的是顺路进访吗?哎,都怪我讲话太多,没有她静心陈述的机会……"她有点后悔,但人已经走了,只能自我安慰,"人家有文化!不像我"。

一念却觉得没白来,对舒棋进一步地了解和认识后,除了惊奇她丰富古怪的情感生活外,还觉得她所以对眼下的生活颇为满意是因为找到了弥补欠缺的东西,尽管"这东西是具有标准、尺度和界线的,但在她心目中,天高任鸟飞,海阔凭鱼跃,不触法就好。传统和文明非得传承吗?一切情啊意识啊子女啊也是文化呀,可惜这些对她都不是很重要。难怪她多次提及"世事多变,何必非要黑白分明、一清二楚。不犯法,就行了"。然转念一想:"别看她没文化,想的做的比有文化的人还大胆前沿呢。尤其谈到家里若没有男人的苦衷时,比谁都实在。"这么想想,刚才虽没有机会发泄压抑内心的情绪,但也不是毫无收获,这就是——不能和郝忻离婚!"分了手怎么样?到时苦的还是你,不是他。他照样有女人要,你就没有本钱了,朋友怎能像丈夫般只要我有所求，他便想方设法帮忙，甚至随叫随到……何况人到中年……现实点，把事不当事吧。婚姻与爱情，有时，是摆在那里，撑撑面。"

摆平了自己的情绪，一念觉得下车后脚步也变得轻松些。联想贝德力克时值中年、无须上班又可过悠然自得的生活，还让舒棋母女入校学习语言，逢假期带她俩出外游玩。而自己整天苦思冥想，还是上班下班，又累又紧张。难怪舒棋在家摆了个小菩萨，定时烧香祭品，不忘感恩。"可是，舒棋不应该谈到汉斯的时候，眼眸神驰，难道她的情爱观如同灶上的抹布，处处想揩油？"

更想不通的是，这样的女人，竟然也有男人喜欢？果真是破锅自有破盖罩？

十九
奇异的母女情

夜幕渐渐垂临，一念离开后舒棋立即进入雪莉卧室，见她蜷缩如一条死虫状态，顿然萌生怜爱之情，"不管怎么说从我肚子出来，是我骨肉和血液养育成的……奇怪啊——那么轻易简单的事就制造出一条活生生的生命，且离开母体就成为另一异己……难忘那刻骨铭心的痛楚和挣扎，还有日长夜久面对婴儿的希望和期待，好不容易啊小肉团成人了，接着会说会动然后慢慢给你麻烦，和你做对，还向你挑战和斗争……"

每当女儿不听话，舒棋就会想起女儿成长过程中不知是乐是哀的感受，高兴时翩翩起舞，生气就恼恨交加。一念曾责怪她既然结婚不久就发现对方有问题，为何不避孕？舒棋即时驳道："我承认当年简单幼稚不懂避孕，但，怪我吗？我是女人……女人不尝试一下怀孕的滋味，算女人吗？"说完取出梅诗人诗集，翻了翻。

"《大地集》？梅诗人送你这么多集子？"那天，一念看到柜上的这本诗集，竟然笑梅诗人将梳子送给了和尚。舒棋立即不高兴道:"怎样?觉得我不配?我是不配,但喜欢,尤其是才女,令我敬仰、尊重和迷恋。她曾是我的邻居,只送我一本而已,这本是买的。凡是她写的,我都买,然后让她签名。"一念没话说了,不好意思地点点头。舒棋当即翻到那首她喜欢的《孕妇》诗,津津读道:

你说那是生命的精华
我看是一滩臭鸡蛋
为了破译黑洞的密码
奋力游走四处试探

那是世上最美的水塘
供给春鸟和鱼虾戏玩
只有快乐没有麻烦
还能带给人间温暖

你将耳朵贴在我肚上
倾听奇妙神秘的呼唤
自言肩膀从此有重担
一面调侃一面叫心肝

此去你忙于编织梦网
我艰辛孕育也不平凡
那天听到生命的哭喊
你低头吻我额头冷汗

> 我回报你苦湿的笑靥
>
> 愿你别忘了这个短暂
>
> 希望将来孩儿不在身旁
>
> 你还能与我共享晚餐

舒棋放下诗集立即征求一念意见,"怎样?"

一念琢磨会儿,待舒棋不再作声的时候,才接过诗集,沉默一会儿,为其纠正了几字错音——"孕妇"不是"云妇","塘"不是"蛋","哀"不是"爱","菌"不是"暗","晚餐"不是"晚上"。

舒棋不以为意,说自己国语比广东人好得多,他们的华语才怪怪的。一念抿嘴笑笑,突然举起诗集道:"制造生命,还意味着责任。"

"我没尽责吗?"舒棋瞥了她一眼,闷闷不乐,觉得自己走到今天这地步已相当的了不起,女儿的现状,应推诿她本人不争气,加之"笨,愚蠢!"

女儿幼小时舒棋对她充满幻想和美梦,雪莉近年的变化让她烦恼又头痛,曾求教过一念和学校的老师,按照他们的方式方法教导或强行约制,可惜没什么效果。一念表示"难怪啊,空气里充满无形巨大的磁场,吸呀吸,吸到街道内新式多样的电器商店、网吧以及家里的电脑旁,只要你挣开眼或向它一瞥,就会被那光、色彩、动作、氛围所诱惑!何况那声音那调调,溜进耳朵会使得肉体酥软得直不起,灵魂也被堵塞得没有了自己的渠道。"听了这些话,舒棋不得不认输,已好几次她将雪莉从附近商店里拉回家,但一不看紧,又被吸了去,随后,慢慢地听之任之,一旦火气上来便将她拉回来打一顿。

这样一拉一吸,不到几个月,母女的"心"均拉碎了,舒棋的话她不听,打多了犯法,没办法,当母亲的心境到了四分五裂时,只好"留给政府收拾去"或云"要死就去死,落个轻松"。

只有心情平静时才会想起女儿小时候多么可爱。七岁前,像个小天使,放个屁都香,十一岁来月经后开始不听话,又爱漂亮,喜欢打扮和外出,不久跟十二三岁的同学学抽烟,说谎话,偷母亲的钱还死不承认。舒棋一气之下举起塑料拖鞋当巴掌捆,不料熟人替女儿报了警,舒棋被警员带走后,领教一番还罚了款。

这下雪莉胆大了,十二岁开始旷课甚至不回家,整天在外游荡,舒棋找不到只能胡思乱想,"被哪位色鬼包吃包睡了?"有时女儿突然回来,呀!全身发出一股令人难受的气味。问她哪里去了,她说在同学家里过夜,再问"同学叫什么名字?哪个学校的?"雪莉死活不说。第二天清早,女儿偷了母亲的耳环,再次离家出走。

有趟一去好几天,生死不明、毫无音信……舒棋心灰意冷,在她偶然回家的那天,报了警……心想让她进入儿童教养院也好过下落不明。但教养院也解决不了问题,一出院,又恢复老样子。

想到此,舒棋无心做晚餐,像看尸体似的站在女儿床旁,心里烦躁不安,脸孔忽晴忽阴,突然对自己嘀咕起来:"真不该和她父亲争夺抚养权,雪莉要是跟他在一起,或许会好些。自甘沉沦,我有什么办法?我受够了,气死也没用。"

"算我前世作孽,报应啦!还好,我还没老,也不靠她养老,否则,苦啦!幸好想通了,儿女靠不住,寻找自己的幸福吧。"

她若有所思地掩上门,离开女儿卧室后在客厅来回走几趟,再往沙发去。

"昨天和一念的对话与场景,想来心里还有点不舒服——一念说'养不教,父之过'。我扬起眉毛反驳道:'对啦,父之过!她父亲为她做了些什么?我不错呀!抚养她长大。'

"少说斗气话,伤情又伤身。"

"夫妇间哪有什么世界大战,均是琐事烂嘴引起的,我不服气呀,我不但看管雪莉还照顾他前妻留下的五岁男孩,他一到家就喝酒看电视,孩子一靠近他就推之,说累……弄得大叫小哭,我说管家婆不但累,还烦、杂、愁!他亏理就说我坏,说雪莉长大后像我就完了。像我又怎样,不偷不抢不害人不犯法……

"他说不过我,就举起手想打人,我才不怕呢,他不敢下手就找小孩出气,哎呀

呀，那么点儿工资就这样，若是高薪，说不定怎么威风了？'

"不知一念怎么想，听完竟然沉默良久，可能觉得我也有道理，过会儿才轻声说：'生儿子为社会，生女儿为自己，女儿和父母较贴心，也较易管教，不像男孩那么调皮……再耐心点吧……'我说不见得，生儿育女就像赌博一样。谁能预测未来？同样九月怀胎，有人生出个将来当总统的料，有人却产下个不肖子……孩子与性别没关系。雪梨不但不贴心，反令我丢脸，没了自尊！"

突然，舒棋从沙发跃起，自信地告诫自己不要再想了，尤其后来遇到丹尼，"一念想知道我偏偏不让她知情，说了有啥好处？万一有天和贝德力克也闹翻脸不成了她的笑柄？"

想起那些事舒棋就纳闷，丹尼年过四十妻子突然病逝，半年后到南海湾旅游，邂逅舒棋后并没谈婚论嫁的打算，此后被舒棋的按摩、服侍以及无微不至的照顾所感动才渐渐坠入爱河，可一旦谈起嫁娶问题便表示先同居数年再说，其间愿意每月汇给她一百八十欧元的生活费，条件是舒琪必须辞职也不能再和别的男人有关系，专心等候他每年到此的三个月度假期。第一年，舒棋颇感幸运满足。男人说若她经得起考验，将来一定带她到欧洲定居，舒棋信以为真，盼啊等啊，安分守己在家照顾女儿。一晃三年过去，第四个年头舒棋提出要到欧洲游玩却遭到丹尼婉言拒绝，说什么欧洲物价贵生活指数高，待供完房子的贷款再接她母女前往。

舒棋不再作声也无法多说，照样和他度过了第五个愉快的假期。这回男人前脚返欧，她后脚就"活动"了，只是不再到酒吧工作，怕有人告知丹尼。独自成心出入于欧洲人聚居的海边临时度假镇，或到海滩日光浴或在树荫下散步，不料几个月过去仍无收获，为了达到"非去欧陆不可"的目的，那天傍晚，灵机一动，在一位独自散步的洋人身后"哎呦呦"数声，假装跌倒，在她前面不远的一位散步者立即回过头，见一女子摔倒在地立即转身相助，舒棋表示左脚受伤但无须上医院，因医疗费昂贵，家里已有草药，望他送回家就是。

这一送真的多出一条新路子，经简短的交谈了解，这位名叫贝德力克的欧洲人，见其年轻、略有姿色，又是单身母亲，即如获"礼物"似的感到高兴——他刚办完离婚手续，初次到东南亚旅行，想借此散散心，不料这么快就有艳遇，当下表态愿意和她交往。

舒棋如快刀切萝卜似的干脆，对贝德力克陈述了自己的实情和苦衷。贝德力克外表冷静而斯文，心里却像揣铃铛——想（响）得美，即时用胜券在握的口吻将丹尼说成是骗子，表明自己的真诚，"可以在此同居数月，双方觉得没问题即可结婚，带你母女到西欧。"

听风就是雨——时来运转呀！

舒棋如鱼得水，烧香又拜佛，很快听从贝德力克的建议，先向丹尼索取了一笔经费，说母亲病重，准备回乡探望，接着搬家改变住址，再然后，与丹尼断绝往来。

贝德力克说到做到，舒棋母女到欧洲后即送她母女入校学语言，一念是舒棋异国他乡的第一位女友，因双方背景不同，谈不上志同道合，鉴于异乡亲友少，遇事才想到对方。

"朋友算什么，交不了就断交！家人却不同，想断都难呀。"舒棋突然快步走往窗前，窗外弥散着雾般的夜气，清冷的晚风一阵一阵，时而从窗隙缝闯进，颈部觉得丝丝的冷，时而在窗外路旁蹿荡，光溜溜的小树枝无序地摇曳、盲目地跳跃。也许，期待和盼望，就是生存的麻药。麻药有轻重，神志和心情自然随之变化和浮沉……

到了西欧，眉头还没有扬起，雪莉就开始麻烦了。"天下父母亲均会上当呀，因为他们小时候实在太可爱了，父母亲甘愿吃苦耐劳、忍辱负重甚至奉献牺牲……"

不知是感怀身世还是她无论发生什么事，均喜欢将"枪口"对着别人，责怪对方的不是，所以想到任何往事只有沮丧和埋怨，甚至心头悸动、充满怨恨和牢骚。

偶尔脑海也会呈现女儿六七个月的模样：皮肤白嫩、长相可爱，放在硬板床上不是甜甜地睡，就是咿咿呀呀地舞动着小粉拳，整天笑眯眯的，人见人爱，那时，盼啊望啊快点长大呀……没想到，还未成年，记忆中的那张圆圆的可爱的小脸，竟然变成如此顽劣可憎的形象……

"命就是命，想不通也没用。当她死了，不存在！"她刚伸出右手一挥，只见贝德力克进门来了。

丈夫不算英俊，也没有高学历，但安分守己，没有野心。舒棋认识他之前，贝德力克因工伤脊骨动了手术，之后工作和健康均不理想，爱发脾气，发妻受不了，离婚！

舒棋到达欧洲后才知道贝德力克已失业半年了，靠社会失业金生活。慢慢地，她才得知不少亚洲年轻女子嫁到欧洲发觉丈夫的真正身份后大多移情别恋，寻找条件更好的男人。起初舒棋也有此意，但见丈夫视雪莉如己出，开车接送她上学、学游泳等，连一念都说："哪里去找这么好的洋人啊？"

为增加些收入，舒棋在家做些家乡糕点卖给杂货店，赚些黑钱零用。（若上报收税，将减少福利金的补助，因而这些没有报税的收入，统称为"黑钱"。）

久而久之，舒棋对卖糕点赚钱的苦差没有了兴趣，倒是朋友的新点子引起她的关注，即在客厅放两张麻将台，周末和星期三租给华人娱乐，她按时收佣金外还可在供茶点上赚点钱。遇上三缺一时自己才替补。可惜贝德力克不喜欢麻将声，心想，赌来赌去也多不了几个钱，又担心影响雪莉的学业，顾虑重重，建议罢手。不料舒棋却上了瘾，几天不见麻友或搓搓牌，心里就七上八下、不得安宁，贝德力克一面无奈地加强室内的隔音设备，另一面，每当她们搓牌的时候，自己不是到酒吧消磨时间，就是找旧同事喝啤酒。

这天恰是星期三，贝德力克从酒吧回家后觉得有点累，请求舒棋今晚别开局了。舒棋不耐烦道："那也得提早通知她们。"

舒棋瞥了他一眼补充说："太迟了！"随之取出冰箱里的熟食面盒，温了温，再煮一道配好料的快速汤。两人匆匆餐后，贝德力克再次外出，舒棋看看表，搓麻将的顾客快到了，连忙收拾起细件，摆好台椅，再到厨房准备茶水和点心。这时雪莉突然从卧室闯了出来找吃的，打开冰箱一看，雪柜被食物充满，几乎没有什么空间，一股浑浊的味儿扑面而至，雪梨不耐烦地将打包的、盒装的、新买的、隔日的、硬的、软的、素的、荤的……——放在厨房桌面上,当她伸手取出柜内一个纸盒,打开保鲜纸一看,发现食物已变色并发出异味,愤然地将纸盒丢进垃圾袋,不停地嘀咕:"这是什么家啊……嘴巴说赚钱不容易……为什么不吃完再买?臭、臭、臭!"

舒棋突然从她身后挺出,雪莉吓得躲闪开,舒棋伸手将冰箱门一关,激动地说:"别乱动,微波炉内有披萨。"

"我不吃披萨!"雪莉气呼呼回到卧室。

"不吃拉倒!自己做去。"舒棋对着女儿的背影,气得脸色发白、眼睛嘴巴均走了样。

十来分钟后,麻友陆续到来,多为退休者轮流参玩,或边小吃边聊天。

很快,房子像是空的,手与嘴才是主角,其他器官都不重要了,在这静肃的夜晚麻将的起落或碰撞声尤显得意,就这样,一轮又一轮,零时的时候,四位麻友中的楠嫂腹部突感不舒服而离去,舒棋当即补缺。同台有两位妇女祖籍天津,舒棋坐在另一位广东籍陈太的对面,松了一口气,事缘上回和她对坐时,连赢数局,今儿希望下半夜能赢回上周输去的数字。

舒棋预感灵验,一上台就连获好牌,刚玩半小时多便赢了两局,正兴致当头,雪莉从卧室出来再次到厨房乒乒乓乓地找食物,嘴里不停地嘟嘟囔囔,最后打开微波炉,狼吞虎咽地将意大利披萨吃个精光,又从冰箱取出汽水,开起瓶盖就往嘴里倒,刚吞两口又猛地拉开冻柜,很快地,柜内的冻虾、冻豆、冻饺、冻熟面冒出的白汽四面扩散。天津籍曾老太后背顿感一股凉气袭来,眼皮不抬地说:"难怪倒血霉,要吃个个儿买去,别罗连人。"(天津方言,"倒血霉"即遭遇不顺利;"个个儿"意为自己;"罗连"意为给人添麻烦。)

外号深玫瑰的天津丁婶立即附和道:"真绕麻儿。"(天津方言,特别,与众不同)。

舒棋正集中精神想换牌,根本听不到她们的声音,当曾老太说:"别废话,赶快点码子!"(天津方言,给钱的意思。)随之将横立的牌子往前一推,舒棋这才气呼呼走

第二篇
缘
宇宙的秘密命运的注脚

进厨房对着女儿说出仅有的几句粤语:"你里个睡崽,都唔被面厄?"(广东话,指雪莉不给母亲面子)雪莉大声应道:"吃东西不行吗?"

舒琪被火上浇油,"敢驳嘴!"(广东话,顶撞的意思。)侧身一个巴掌过去,雪莉一把抓住她的胸襟往下拉,只见纽扣"嗒啦啦"飞奔。这下不得了,舒棋声粗气急地从厨房抽屉里拿起擀面棍就往雪莉腿上抢,雪莉连哭带叫跑进卧室,"嘭"地关上门。好在有那三位夫人,同时起身劝架:

"小孩嘛,何必这么较劲?"丁太说。

"算了吧,现在孩子不同了!"陈太已回到麻将位上,将钱推到曾老太面前,重新搓起了麻将。

曾老太犹豫不定,看了丁太一眼,问道:"继续呢,还是怎样?"

"继续!今晚不该亏!"陈太将舒棋叫了过去。

舒棋将厨房桌上的食品放回冰箱后舒了舒口气,当她离开厨房经过女儿睡房的时候,隐隐约约听到女儿一面哭泣一面在骂人。可眼下没有一件事比麻将更令她心迷而神往,它们的形态、声音、图案和魅力已紧紧地捆绑了她的身心,何况还想赢几局呢,很快地,她就听不到雪莉在卧室发出的恸哭和愤慨的声音。

雪莉也不示弱,继续对着门的方向小声地哭闹,"没有得到我的允许,为什么生我?生我干什么?我根本不喜欢这个世界!你讨厌我,我更恨你!不愿意看到你!我真倒霉啊,别人生来就是王子公主,我这算什么家?还不如死了算,到时你我……都没事了……"说着说着,累了,又没人理睬,声音越来越小,最后竟然坐在地上,自言自语地陈述:"以前我问你我从哪儿来,你就用谎言骗我,有时说我从垃圾堆里捡来的,有时又说从屁股生出来的,直到我上初中后才真相大白,老师给我们看男女身体的构造图片,才知道什么激素、性器官、爱情和性交、责任和滥交等名词……

你和爸爸准是滥交,不然,怎么没有结婚就生孩子,我还不认得他,你们就分手了。你说,你说说看!整天说我这不是那不是,为什么不批评自己责怪自己?就因为你们是大人,比我有力比我有钱!大欺小,有什么了不起?等着瞧,等我长大了,我就离开——你！宰——了你！"

　　雪莉终于发泄出沉积内心长久而强烈的意识，因怕被母亲听到，所以尽量咬着牙、慢慢地吐出口，只有自己听得到这又恨又重的声音。但，此时，最令雪莉烦恼的还是觉得时间过得太慢了，一天，一月，一年，真是天长地久，"什么时候，自己才能长高有力啊！"

　　往日为了快快成长，雪莉竭力胀大胃口，尽量多吃多睡，可是，不知怎的，近月来，有人说她胖，她就开始挑选食品，慢慢地胃口开始不正常，时好时坏，"刚才很想在冰箱里找到什么好吃的，没想到……反而闻到臭……真倒霉……"

　　她就在倒霉的气氛中躺了下来，睡着了，眉宇间流露一种稚雅的浅淡的纹皱，虽细滑纯清但充满着她不该有的沉重、杂乱和恐慌。

　　凌晨三点多的时候，陈太对舒琪说不玩了，要吃的，"新鲜点！"

　　舒棋取出点心后，又回身泡了一壶茶，这才悠悠然坐回麻将台前。四个人彼此又吃又聊了会儿，这才陆续散去。

　　要不是三位夫人在场，舒棋对雪梨绝不会就此罢休的。

二十
生命本质源于"性"

　　一念原想请几天病假，在家休息调整好心情，没想到拜访舒棋后心情更加沉重复杂，从舒棋近来的艳遇和音容笑貌中越发感到自己的清纯与高贵，只是一旦独处又离不开烦恼，思想难以集中，对周遭更加敏感，总觉得被人讥笑，无奈这事没有人帮得了，只能靠自己站起来继续前进。

　　想是这么想却不容易做到。正一筹莫展，传媒界再次沸沸扬扬报道本国失业人数

第二篇
缘
宇宙的秘密命运的注脚

日益增加,工作难找赚钱越来越不容易。不由想到:"难道不该出国?"

离国前舅公说"别人的葡萄总比自家葡萄甜"。站在舅公身旁的舅母则笑道:"听说那里社会风气败坏,丹麦、德国、荷兰、比利时等什么性自由、性开放,男不男,女不女,乱七八糟的,女人当妓女也没有羞耻感,城里还有什么性博物馆、性用具商店、性表演……要我说几句临别前的话,那就是别忘了我们是华人,华人有华人的文化传统……"那时,一念半眯着眼睛答道:"就担心这?听说的不一定可靠,我想亲眼看看。"郝忻觉得老人难免主观,便心静气和道:"嘿,别操心,一句话,我们不是为了那些而出国的。"

事后郝忻还补充说存活都不容易还谈得上什么男女情。一念立即反问自己:"事实又如何?若被舅母知道,他们会怎么想?"看来眼下最大的绊脚石是向正,想到此,就想到外散散心或逛逛店,无奈儿子一有空就来电话,加上这段日子心力交瘁,困极了,常常是带着梦出走,叹着气回家。

到家一看,还好,老公还没回来,儿子在卧室做功课。

她已头昏脑涨,困得睁不开眼了,和着衣服往沙发上一躺。先是迷迷糊糊的感觉,不一会儿就进入另一新天地了——自己原本也很喜欢童话故事,只因"时也、人也、地也"限制了发展,否则绝不比梅诗人逊色,不信,写一段给梅诗人看看:

到处是水、是泥,没有房子,没有树木,只有许多奇特的鸟类,鸟王说所有的鸟活到半岁后便会慢慢地变异,将鸡、鱼、鹰、龙的繁殖法和天使合一归于一种物性的专利,诞下现代人种,人类依其"种"呈现生命意象,再经做爱延续"种"的存在……此后,它们除了吃饭就只知道做爱,逢婚配年龄一天不做爱就会死,遗憾的是若每天超过六次做爱也会死。

有个男人啊,那天第七次做爱后就僵了,死前毫无悔意,说活着就是为了"欲"和"性"……怕死的人们从此不敢滥交,提倡慢慢来……有一天,诗人看到有位妇人神情忧郁而疑惑,特地走过去对她说:"妇人啊,爱和死,是一切生命本质的迹象,与物种没有关系啊，何必疑惑犹豫呢……"妇人听了收拾起哀伤，慢慢恢复自我幻想和想象，偶尔也想尝试尝试本性喜欢的事项……

就在一念忙于"抒情"之时，有只猴脸似的动物出现在她面前，自夸是人类的祖先，不然彼此的五官手脚动作怎么那么相似呢？那猴有话对她说，便越来越靠近她，渐渐地，一股潮润的热气在她脸孔的周围弥漫，就在这瞬间她半睁着眼，眨了眨，哦，眼花？幻觉？还是魔幻？定定神，看清楚，呀，窗外是一幅会动的画，有凹凸的山林、肥沃的土地、清溪和水池，无论线条、色彩、表情，应有尽有，它们会扮演、飘荡、舞蹈……是猴子吗？不！是人，而且，是男人，她用力地将之一推，对方'哎哟'一声，再定定神，仔细地看啊看，哎呀呀，是他呀，数十年来陪伴自己相依为命的敦厚、内向、良善的丈夫！

原来男人提早回来了，坐在她侧面的小凳上，垂下的眼皮不停地眨巴，一副窘态，右拇指不时地揉着左手背上的"合谷"（中医穴位），见妻醒了，低声道："你真累了，睡得很熟。"

一念倏地起身，匆匆走进卧室拿了衣服，随之洗澡、梳头，再往被窝去。

自老公出事后一念经常外出，即使回家也是独自睡在客房沙发上。但此时却改变了主意，心想自个家多好！自由、自在、宽松、自然！拿他的错误惩罚自己，真傻！

郝忻随之起身，悻悻地换了个位置坐往靠椅上，因对婚姻家庭的去向没有把握，不知所措，懊恼非常，表面平静坦然，内心却很担忧。曾两次主动想和她交谈时，均被她拒绝，"有什么好谈的?"他心里明白，除了认错实在也没有什么好说的，只是觉得这个"错"还真有点冤，"我不是成心故意伤害你，是黑猪趁我满目眩惑时鼓动我尽情享受……"为这事，他悄悄往彼得诊所去，没想到彼得听而不说，虽表示同情和理解，却说不上解决问题的办法。

"妻视我病后变态了，我变态了吗？"郝忻自言自语，"彼得明明说'突变意识流露的形态是多种多样的'。说我依然热爱家庭，喜欢妻儿，不算变态，建议我以实际行

第二篇
缘
宇宙的秘密命运的注脚

动弥补过错,尤其要做到一下班,就回家。"

前天郝忻还低着头哭丧着脸对彼得说已几天不见妻的身影了。但还是牢牢记住他的话,"一下班,就回家。"

彼得劝他坚持到底。

今儿下班回家见到妻了很高兴,为表诚意,不像往常一回家就坐在那张新款的褐色硬皮沙发上看电视、听新闻,而是坐在她身旁等候表白的机会,不料她醒了又再睡。

见她睡得熟,不忍吵醒她,起身到客厅坐在饭桌旁顺手翻阅近日积压的一堆华语小报,看看有什么特别新闻,哦,情况有点变化,不是报道中国的贫富不均,就是揭发以权谋私贪污腐败的消息,不由将报纸一合,推往桌角,暗忖"这里、那里,国事天下事,与己何关?难怪妻说'你是边缘人!知道和不知道,没什么两样'。"只好转身进书房看看平日收集或书写的资料,可惜,依然无法集中精神,只有纳闷和不安,又担心妻若突然醒了会不会闯进来继续数落,只好不时地起身出去看看。这样彷徨了一阵,最终还是重返卧室,坐在那张靠椅上,希望她醒后宽容点,不要像上次一样骂他是畜牲。

"我怎么是畜牲呢?明明是好人,好丈夫,好父亲。"突然,他有点像祥林嫂似的不停地喃喃嚅嚅,"我不过上了黑猪的当,受骗了……受骗了,受骗了自然会上当……你不该在沙发上睡醒时看到我就立即走开。逃避?憎恨?还是等着瞧?"

想到"畜牲"两字,郝忻不由得走到饭桌旁重新打开报纸,翻了翻,啊,发现还有比政治更重要的生命问题呢,"家禽飞禽也不寻常了,什么鸡瘟和禽流感病毒……畜牲间相传相害外,还影响到人类的存亡,莫非想让人类受感染后也变成畜牲?"他越想越离题,再次将报纸往桌边一推,坐往摇椅上摆动起来,很快地,妻那晚响当当责骂的"畜牲"再次像铁锤般敲打着他的脑袋,令他烦躁不已,"上天赐动物点缀世界,让人生活得更美好有趣,人类却恩将仇报,不断射杀……对畜牲残忍手段有加无减,剥其皮、吃其肉、砸其骨,还要鄙视它们……但,妻说的'畜牲'是在贬低我,我是'畜牲'吗?不,但,也许……"不由得请教起浮士德,"你是厌弃了学问,不喜欢枯燥无味的书斋生活才到世间闯荡；我是经历了太多才怕热闹的人群，因与世隔绝被黑猪引入畜牲圈。此外，你喜欢希腊悲剧，我更爱中国的儒释道。其实你比我更'呆呆'，既然没能力绞死梅菲斯特，何不乞求天主帮忙，阻止他在世间的胡为？梅菲斯特的孪生兄弟黑猪比他还大胆，竟然从东方寻索到西方……连我这个无权无势漂泊异乡的普通公民都不放过，将我本来压抑的另一灵魂不知不觉地复活了，它已蠢蠢欲动还乱加指挥，使我在色彩和形体前神魂颠倒，将生活、婚姻家庭弄得一塌糊涂……"

浮士德立即附在他耳旁道："你忘了梅菲斯特说的'人一旦受到谎精鼓舞……用不着签约就落入他的手掌……'① 目的是想'吞食'一切可以吞食的人们……你虽比我晚出生两百多年，但别忘了我们是住在同一个地球上，一样的世界、一样的人类，一样地需要空气、阳光和粮食，还同样地需要教育、文化、爱情、婚姻、家庭和子女……"

郝忻听到梅菲斯特的名字竟然像浮士德在"高拱顶的、狭窄的书房"感觉一样，浑身神经和脉络被炽热流过似的激荡，立即坦言回答："我可没有和黑猪签过约，也不想一辈子背负'文呆呆'之名，为了让妻儿生活得好一点才甘于牺牲自己的时间，可黑猪像贼一样趁虚而入……我爱家庭，爱他们母子，甚至想联合老婆和黑猪决战！"

浮士德突然呵呵地笑了，须臾，以同情的口吻提醒道："千万别像我轻信了梅菲斯特的话，从'小我'成为'大我'，最终这个'大我'，一样一败涂地。"②

郝忻兴味盎然地咀嚼着浮士德这几句话，直到嘴巴渴了才起身进厨房倒水。这时，儿子房间内传来阵阵笑声，郝忻好奇地往里探看，原来儿子正在看电视播放的节目，两位胖得像日本相扑似的姐妹不顾一切地相互厮打，姐姐怪妹妹为什么和她丈夫做爱，妹妹说姐夫爱她呀，姐姐骂她不要脸，妹妹骂姐姐不知趣……两人一面动嘴一面争拉对方的头发、衣服，虽有保安男士在场劝阻，双方仍厮打得衣破发散、狼狈不堪。那

---

① 出自歌德《浮士德》〈书斋二〉梅菲斯特对学生说的话。
② 出自歌德《浮士德》〈书斋二〉。

位"丈夫"目无表情,坐山观虎斗,不一会儿,姐姐气喘吁吁地坐回位置,妹妹连忙坐到姐夫身旁,又拥抱又接吻……姐姐见之火上加油,立即起身,举起拳头扑去。

保安员连忙向前阻挡……台下观众有的喝彩,有的举拳喊叫,有的鼓掌,有的指指点点地说话……

向正见父亲进来,兴奋道:"你看,你看!女人就是这个样子!"

父亲说:"也有好女人!"建议他不要看这个节目。

"你看那些观众,哪个是中老年人?"儿子不服气地驳道。

"你还小,学业要紧。"

儿子眼睛盯着电视机回答:"那当然!"

父亲转口说:"你妈在休息。"

儿子回过头,不耐烦地说:"那当然,要么不回家要么夜归,不累才怪。"

"不能这么说,要懂得疼妈妈才对。"父亲流露不悦的神情。

电视再次传出激烈的吵闹声,父亲看看挂钟,无奈地顺手拉上门,重返客厅沙发上,自言自语:"还没醒啊?"沉默一会儿,再次打开电视,哦,引人注目的头条新闻——欧洲L国一著名神父早期娈童丑事被揭晓了。平时听到这些丑闻,郝忻如听到政府高官贪污受贿的新闻一样,憎恶又愤怒,现在则怜悯起神父来,"肯定一时糊涂——不想为而为之"。还趁机安慰自己,"'圣人'尚如此,何况我是平民百姓?再说她们比我还主动呢……又不是强奸,彼此愿意嘛……老婆啊,我所以'偷偷……'就是不想伤害你呀……可你,直闯私房令我狼狈不堪……看在我日益老弱、时日不多的分儿上,原谅宽恕我吧,说实话她怎能和你比?我们是在纯洁无邪的年华里认识的,你家有外汇,你时常瞒着父母送食物或日用品接济我,这一切……我怎能忘记……"他就这样胡思乱想消磨了个把小时,突然,儿子走到他面前问晚餐是否让中餐馆送饭,郝忻右手一挥,"去吧!"

大约七点半钟了,郝忻还不敢惊动女人,给她留了饭菜,自己和儿子边吃边谈。"她没说近日到哪儿去?"见儿子嘴巴挂着炒面,摇摇头补充道,"也没打电话给你?"

儿子吞下面条才点点头说:"有,每次口气均相同,不是有事就是让我叫外卖去。"向正已习惯母亲不在身旁的生活,这时,餐碟空了,他瞥了父亲一眼,起身将餐具往水槽一放,"我还有许多功课呢!"说完转身进入自己的房间。

郝忻餐后坐在客厅的沙发上,时而不停地选择电视台,时而留意妻醒否。突然,他想到大卫那里去。

大卫至今不知道他新近发生的事,但之前已听说苏西得了个古琴表演奖,此时接到郝忻电话,以为想和他商谈苏西日后课程的时间安排问题,便推说此事不急,改日再谈,目前忙于总结和筹划公司的业务报告。

郝忻放下电话后,到书柜前来回地踱着步。

柜内架上不是《浮士德》《红楼梦》《鲁迅全集》的研究专著就是《四书五经》、书法临摹等,近几年还增加些健康保健及部分关于《人性》《社会论》等哲思书籍。此时当他目光触到书架上的《生死论》时,再次同情起自己而喃喃自辩:"平日我关心时事,富有上进心,有专业知识,对你们也不错,为了成全你的愿望走出小家庭,参加参选等活动是为了找人脉,搞关系,不料那阵无常带来这么多麻烦,之后偶然的那个,你就骂我是畜牲?

"畜牲是这样子的吗?狮子占领山头后就和其他情敌'决斗',直到独占山头,视山内所有母狮为己物才停止斗杀……我可没这样啊……

"虽然人和动物一样头脑里有脑浆、血管、水分和神经等物质,但人的脑袋就是奇特奥秘,不但比畜牲聪明、狡黠,还有思想、感受和判断是非的功能,为什么会这样呢?奇怪,神秘!……至于灵魂,是什么东西呢?看不见,触摸不到,却有感有知,影响着言行,还会指使人体器官寻找好味,懂得好色、好懒……一旦看到水蜜桃似的脸孔便神驰魂飞、心弦颤动、胡思乱想……身不由己……

"可惜,这纯洁无染、充满灵性、活力和精力之乐之享受,也不过是生命的青春时期才拥有的啊!老生不能还老返童,只能羡慕、向往!

"为什么有新陈代谢呢,它是怎么一回事?我文呆呆总是不服大道理,喜欢探究研究,正如人性中的真善美和假丑恶一样,为什么人人喜欢真善美却难以做到知行的统一?也许,即使从事假丑恶的人,也会喜欢和尊重真善美,要不,我怎么会这样忐忑不安呢?

"只能怪自己呀,明明知道世上没有不透风的墙,万一被发现却心存侥幸不加防备。唉,事到如今,何必做得这么绝。现在怎么办呢?虽没听到妻说要离婚,可是,她变了,真的变了……我也变得越来越爱胡思乱想了……"

墙上的挂钟,无视他的情绪和心境,一次又一次该响的时候就响,他侧头一看,连这声音也让他神经兮兮、患得患失,但,依然不见妻出来,只好睁着蒙眬的眼睛走到儿子睡房,看他睡着了,又退回客厅去。家就这么大,这下坐在座灯旁的单人沙发上,不一会儿,迷迷糊糊地打起盹来。

挂钟敲过十一下后,妻出来了。男人敏感地睁开眼睛,立即起身扭大灯光,走过去拉着她的手说:"醒啦?我急呀!"

"我以为你巴不得我早死呢!"妻声调冷若冰霜,以脸色和表情表达她的失望和愤慨,男人将她从头到脚地打量番,看到她憔悴的神情立即心软,连忙将她按到沙发上说:"我热杯牛奶给你喝,晚餐也留着。"可惜当他从厨房出来的时候,妻已进入洗手间。他将热奶杯放在桌上,见她出来了再次牵着她的手,要求和她谈话。

她轻轻地抖落他的手。因憋得难受,不想再进睡房了,往靠椅一坐,望着他颓丧略带固执的表情说:"我一生都在追求完整的感情,正像我给你完整的一切一样。"

"难道数十年来的生活,抵消不了我一时的错误……"

"没有一件错误比这事更令人难堪、愤慨和痛苦!"

"标准会改变,这是 21 世纪,在欧洲……"

"照你说,全欧洲没有一个人是圣洁的?"

"没有!全世界都没有!什么叫圣洁?你看到的相亲相爱的男女,多是保密有方,或对方装作不知道而已。一生只和一个女人做爱,将成为现代男人取笑的话柄。"郝忻惊奇自己不但记住彼得和大卫的见解,还像鹦鹉学着他们的口气,有板有眼,并继续神气补充说,"仔细看看周围人的爱情、婚姻、家庭生活,真正幸福的有几对,人看到的都是装饰品,像女人化妆的脸孔是给别人看的,为的是听到赞赏、美言,让人去嫉妒、羡慕……"

一念听后大吃一惊,"这是郝忻吗?他什么时候变得这样子?我全然不知晓。"不由双眉紧皱,两颊随之微微痉挛,"这是你吗?谁教你说的?请看清楚,我就是圣洁的,除你之外,没有和别的男人亲近。"

郝忻立即善良地带着畏怯的声调继续说:"因为这,所以,我深爱你……其实,像你所说,瞬间快乐而已。想开点,就没事了。"这时,他觉得自己像浮士德在莱比锡奥尔巴赫地下酒店骑着酒桶飞出大门一样,不但能说会道,还觉得连说谎的本领也比以前大大地进步了。

当好奇心以及与"原我"鏖战还没有输赢结果的时候,他不想离弃妻子。虽还没将"感情"这码事琢磨或研究清楚,却已意识到它比起初的恋爱、爱情更实际、可信和着心,如同眼下看到她如此沮丧哀伤,内心怜爱又难受,还责怪自己"虽道貌岸然,却不懂'将女人弄得团团转'"。①

"让我想开点……"一念扬起眉毛重复着他的话,随后愤愤道,"现在我看到你,就恶心!"

"真要分手?不愿再和我一起?"郝忻有点紧张,倏地站了起来,走前几步,看了看她的眼神,那对乌黑明亮的眼珠尽管有点逊色,却依然坚毅有力,心想:"她真的绝望了!"不好意思再靠近她了,只好回坐到沙发上,心里像热锅炒豆一样,熟一面、生一面,蹦蹦跳跳的,很难受。

一念将头一抬正色道:"好吧,我不离婚!搭伴过日子。"她惊奇自己说出这句话。原先紧张害怕的心境,突然像热喷喷的蒸笼,开了盖,气就慢慢消了。她清楚——不想离婚这句话,不是一时的冲动话,而是近日深思熟虑的结果。

---

① 此话出自《浮士德》中梅菲斯特在"书斋"时对学生的旁白。

"搭伴过日子？无性夫妻生活，这，这，算什么？"男人迟疑而困惑。

"就是朋友关系呀。"一念完全心平气和了。

"真的不能原谅我？……难道朋友关系的生活能减少你的痛苦？或具备什么新意义？"他不知道是自悔，还是对这种关系毫无心理准备，一时说不上话来。女人瞥了他一眼，怅然道："朋友关系不是很好吗？若说'算了吧，没问题'可能吗？即使你改邪归正，也不可能像过去一样，镜破了，镶好还有裂痕呢……"

"我是对不起你，我当时没想那么多……"男人怅然若失，谈吐越来越笨，全然不像刚才有浮士德做后台似的，气昂昂如讲演似的。

"从前，你和任何异性往来我都没有疑意，我真的相信你，心想即使有女人的诱惑，你也会像柳下惠一样，坐怀不乱……哎呀，我真的不想说怎么又说了，你知道吗？当我看到你的真面目那一刻，真想一头撞到墙上，我们平时那么看不起自杀的人，说他们软弱无能，懦夫，就那一瞬间，我深切体会到人为什么会自杀……很简单，为了解脱，解脱那心灵无法承受的害怕和痛苦，其实'痛苦'两字还无法形容心伤的感觉，那是一种毁灭！对世界的绝望！比灾难更沉重！

"我没有死，是因为老祖祖的关系，当我伤心欲绝去看访她的时候，她竟然无动于衷，也许在她看来没什么，她一生遭受的苦难、刺激和失败，远胜这一切，因而我觉得很痛苦的事她则认为微不足道，她说我若为此而死，没有人同情外，得到的名声将比你更糟糕……"

"感谢你奶奶，否则，我将活得不安宁……我一向佩服你，尊敬你，你处事能力、语言表达都胜过我、美过我……你还是个完美主义者，什么都要做得最好，可是，这个世界没有完美的事情，我知道，你不可能像从前一样爱我了，想到这儿，我也很痛苦……"郝忻说到此，脸露悲伤的神色，把头低下来，做出可怜巴巴的样子，然后用畏怯的、听不到的声调对自己说："怪谁呢，咎由自取……你没有提出离婚，算幸运了。"

"我之所以保持这种生存方式，是因为还看到'性'以外的东西，比如我们性格相差不太明显,婚后很少发生冲突。"一念明明心里充塞着厌恶,却说出言不由己的话来。

"谢谢你。我真的由不得己,"男人开始慢慢冷静下来,"自病愈后才真正体会到人是不易满足的,我也不例外,有点麻烦。"

一念听了大吃一惊,又怕他真的离弃他们母子而去,只好压抑情绪委婉说道:"我有自知之明,不像她们娇音嫩语、美丽动人!好了,以后尽量不让你感到讨厌,妨碍你的感觉……"

"你稍加修饰仍具魅力,我的同事常在我面前夸赞你。"郝忻话音刚落,一念立即驳道:"修饰?什么意思?我现在就这么难看吗?""不,不是那个意思。我也看不惯那些眼绿嘴红、妖里妖气的打扮……但也不主张婚后穿着随便,不爱梳理……你又要驳嘴了……慢点,我知道,大多数女人婚后精打细算,想自己的少,想丈夫孩子的多……可是,她们忽略了丈夫永远喜欢'精神'和'妩媚'的合二为一。"

"这就是拈花惹草的理由?谢谢你提醒我,让我提醒那些只知傻傻牺牲自己、不知男人心思的母亲。"

"男人的弱点啊!"郝忻想用谦卑的话语说服妻子,但她盯住他的眼睛,负气道:"被宽容的人是幸福的,宽容别人谈其容易,你说说,谁应该幸福,谁必须忍耐?男人是不怕失败的,他们永远找得到女人,不幸的总是女性。"

"结婚容易,是否幸福是另一回事。你以为有妻子、儿女、家庭的人都很幸福吗?错了,聪明漂亮的女人不可靠……但谁又愿意娶丑女呢?虽说嫫母、无盐女、孟光和阮女德美才佳(嫫母、无盐女、孟光和阮女被誉为中国历史上的四大丑女),也不见得个个男人都能接受。欣赏是一回事,天天睡在一起又是另一回事。"他突然眼神飘逸,流露一种隐藏的秘密的笑意,一念见之,除了觉得丈夫的口齿比过去伶俐外,好像又捕捉到了之前没有意识到男人身上的一种饥饿的幽灵。只是"这幽灵是怎么回事呢,从何而来?"这问题,从此一直困绕着她的心灵,以至影响着她的余生。

二十一
灵魂里有多条影子

知道妻的取向后,郝忻心里踏实了,"保住家,一切均好办"。为减少麻烦,他多数时间待在"翰林院"。唯入秋后"翰林院"的学生确实日益减少,幸好销售中国小工艺品和报纸杂物的盈利勉强可维持生计。加上"翰林院"具"桃花源"意味,做不做事均能心平气和,空余时间尚可找找资料做做笔记。自苏西月前在市政府剧场"欧盟民族文化艺术节"表演中得奖后,师生的名字均在各报纸新闻里出现,"翰林院"的知名度随之提高了。

但近期一念发现有些学生到此不像是学艺的,而是将"翰林院"当作交际场所,在此认识新朋友。她对此现状睁只眼闭只眼装糊涂,一方面琢磨对策,一方面面对定期收到各类月供付款单的现实。脑子一转,将月供开销单集中一起,再到"翰林院"往他手里一塞,"文呆呆,抱歉了。"即刻转身离开。

郝忻看了看交费单,拉长着脸,顺手放进办公桌抽屉里,没想到,事后就忘了。

这天一念收到因过期未交费寄来的罚款单,气得噔噔噔来到他面前,"早料到了,果然如此……文呆呆……"哦,"文呆呆"的爱称已过时,立即改口喊起:"老郝,这个家,你有没有份?"

郝忻毕恭毕敬,刚想说"老婆啊",突然想到现在是朋友关系了,立即低下头,不好意思解释道:"我不是成心如此,面对深秋,那秋景、秋意、秋韵、秋情,特别容易引发灵感,自然想起那部未完成的'传世之作'……这些年……被许多杂事打乱了……谈不上灵感……心也乱,整天想七想八,只有和大自然打成一片才……才……"

一念听后直摇头,无法想象今后的处境,什么也没说,转身而去。

过了斑马线,进入唐人街的行人道,心头迷茫的她随着加快的脚步越发浓郁沉重——这就是和自己共患难、一起生活数十年的男人吗?这就是爱情婚姻吗?我当时怎么那么傻?傻到没有感觉和问号……难怪病愈后事事顺着我,非常听话,星期天还和我一起上街呢……

"记得那个温柔的夜晚,当我在床上谈论银幕上矢志不渝的爱情故事后将手放在你心胸时,你流露出疲惫困倦的样子,我只好告诫自己应该体谅丈夫珍惜你的健康,做个贤德的女人,将激情和热望一阵一阵地压抑下去,直到肉身进入冷静无欲状态。

"实际上我又能将他怎样呢?那天即使我有情绪,他也不会在乎,并很快忘记。这就是女性的悲哀,即使她想……也得看看丈夫的脸色。而今,一切都结束了……"

"真不公平!"她边走边想,"男人一面孝顺母亲一面视女人为玩偶。女人会老?丑了?新欢替旧爱如翻过一张日历,千古如是……男人就不老不丑吗?别忘了我如花似玉的年代,是为你和你的家人牺牲的……"

"想不通又如何,你还得活在这传统、世俗的社会里!何况现在是朋友关系了。"她心说,"毕竟还在同一屋檐下,饭照吃,柴米油盐照买,马上又得到商店买些厨房用品和食品呢。"

一念购完食品后觉得货物太重,便拎到"翰林院"告诉男人自己还想逛鞋店,"你带回家吧"。说完卸下大小塑料袋就往回走。刚走几步又回过头补充道:"瞧你腰围越来越大,老坐着,不生病才怪!"

郝忻觉察到自妻宣布"朋友关系"后"唠叨"已日益减少,像今日罚款单的事,要是过去,自己非得像老鼠掉到油缸里,脱身不得。想到此,郝忻微笑地拍拍腹部:"老婆大人,哦,改称呼真不容易。"随后幽默道:"这是招财肚,快发福了。"

女人"哧"了一声,这下真的离开了。

一念刚走不远,苏西就进门。郝忻感到有点突然,苏西说想学中国水墨字。

不知怎的,郝忻每次见到她均觉得她在变,变得懂事变得漂亮变得可爱,尤其发现原先如板的胸部竟然垒起了两座"小土丘",才意识到她是女生呀。加上苏西获奖

第二篇
缘
宇宙的秘密命运的注脚

后，郝忻见之，一面流露为人师表的神情，一面感到心虚，"她知道不知道得奖后面的故事啊？"他本人却为此深感不安和胆怯：为了扩大"翰林院"的影响和增加学生数量，他暗地里做了手脚，即给三位华人评奖人塞了红包，说是鼓励新人。

苏西没有想到会得奖，事后对郝忻说那天大卫回来像位胜利的英雄，满脸生辉，跨进门便将报纸摆在饭桌上准备给华姨看，希望她不要再看不起或轻视中国传统乐曲。郝忻听了笑不拢嘴，心里仍像老牛拉破车似的一摇三摆。一辈子没干过这种事，虽然无人知晓，但提到奖心里就像有桶水在晃荡。

苏西仍站在那里等候消息，她皮肤细嫩，白里透红，亭亭玉立，平日斯文少语，说话的时候右手总是搓着垂发，此时只是一味地微笑。郝忻让她坐到椅上等一会儿。

练习房内的几位学生有的在临摹字帖，有的在下棋，郝忻叫苏西进来看看想学哪种字形，苏西说不懂，只知道有一种用墨比较多和粗的字，像图画似的。

郝忻想了想说："无论新魏还是隶书，都要先学基本功。"说完让她进入另一画室，自己先在大桌的宣纸上示范，可惜苏西对竖、横、点、撇、捺不感兴趣，急着要写字，郝忻有理说不清，只好手把手地竖、撇、捺，为了增进她的兴趣，还来个横三点、聚三点、开三点、水旁点，以及竖挑、横竖弯、横斜钩等，没想到，手里的那个小粉拳一面依照自己的意愿在活动，一面泄露出一种他从没感受到的温热、温润和温柔，思想立即不集中了，时而幻想联翩，时而魂不附体，终于，突然放了手，坐在她身边，用亲切的好奇的神情望着她，令苏西一时不知所措，以为他嫌自己笨不愿意教她，便板起脸孔，借事离去。

郝忻难堪一会儿才自我镇静下来，"反正，对方抓不到什么把柄。"可事后却为这件事忧郁了好几天，冷静地严肃地对自己说："怎么搞得？病愈后对异性特别敏感，郝忻，慎重点，不要太过分！否则……否则……"可是，就在他严谨告诫自己的时候，心跳越发加快，一张张青春的熟悉的面孔、一段段优美诱人的体态，以及那短暂的令人消魂的体验顿如小甲虫，爬上心头……痒痒的……痴痴的……情不自禁的……

一种难以抑制的冲动不时地冲击他的脑海，无以对言，只好对浮士德说："我真是苦啊，一个灵魂多次批评我，另一个灵魂却不听话……这类事，明知彼此均在卖弄风情，无须谈什么爱呀情呀责任呀，却老是抵挡不了黑猪的诱惑……"

这回浮士德谦虚道："问问别人吧，我也不是好东西，否则怎会被梅菲斯特骗到社交场所寻欢作乐呢？……"

郝忻觉得浮士德还不太了解自己，继续道："我在中国工作时身强力壮，每逢肉体和灵魂冲突时，就用'政治'来恐吓自己达到逃避真我的目的，出国后，也碰到过肉体对意识的挑战，却被固有的观念死死地束缚或卡住，常用'败坏''缺德'字眼鞭挞自己，达到清心寡欲的状态……病愈后才意识到我的灵魂原来已留下许多影子……如'生存'、'欲望'、'青春''美貌'、'时间''享乐'等，有时它们会一起联合起来拉着我，让我陷在死亡的边缘……所以，我一面渴望一面害怕……于是，越陷越深……"

"那就得照我朋友明智的话去做，'囚住恐惧和希望，不让她们向社会靠近……'"①浮士德终于说话了，话刚落地心里立即沉重起来，觉得"恐惧"和"希望"，原来是人类共同的敌人。

"我怎么不可能在其选一呢？"郝忻表示渴望离开"恐惧"接近"希望"，因为只有"希望"才谈得上完成"传世之作"。然而，眼见浮士德即将离去连忙招呼，"等等，"他想将平日读书的一段笔记作为对浮博士的回应，"以后，若有人像你我一样能凭意志进入超感官世界的时候，我会留意和关注他们，也许，差别在于，我虽从美的理想中走出来追求真，但'真'更令我凌乱不堪，而更多的人，总是处在迷惑里，没有感觉和意识。"浮士德听了，真诚道："我为能交到你这位东方的知己而高兴，希望保持联系。"

此时，独坐画室桌旁的郝忻和由各处投射过来的影子均被沮丧和孤独所包围，晃

---

① 出自歌德《浮士德》悲剧第二部《皇帝的行宫》内明智的话语。歌德受斯宾诺莎和意大利作家格拉齐尼影响，认同恐惧和希望是人生的两大敌人。

第二篇
缘
宇宙的秘密命运的注脚

动在他脑海里的依然是浮士德的只言片语,他再也没有心思工作了,只好对其他几位学生说:"身体欠适,提早下课。"

可是,不顺心的事总有伴,踏进家门不久,新的烦恼接踵而至。

原来妻儿不在家。幸好看到桌上留有"晚归"的字条。

习惯家庭生活的男人最怕孤独,现在则毫无办法。

他将妻托他带回的大小购物袋往厨房桌一放。不见妻儿,看电视思想也不集中,只能继续等待,不一会儿,走进卧室,坐在妻那天坐过的床沿位置上……无意看到梳妆台上多了一支画眉笔和口红,不由得顾虑重重,胡思乱想,甚至失神地认为"哦,女人!当善良、温柔、勤快及一切借以自豪的品性,因某种恨变化起来,恐怕就与畜牲没有什么分别啊"。他突然将头一抬,暗道:"所有的人只会说别人。其实她自己也不是永远一成不变的生物。"他感到有点饿了,走出卧室,在客厅沙发上小坐会儿便回厨房冲泡碗快速面,刚吃两提面条就发现厨房小桌旁多了一本梅诗人的新著,心想"不知又有何招"。伸手取之,精神为之一振,很快被梅诗人《普世意识论》内的"性与人性"章节所吸引:

"人性"和"性爱"如同树干和树叶相依存。"人性"失去"性"乏味无趣,"性爱"失去"人性"得不到持久。它们互生互存,相濡以沫,令存活丰富多彩、惟妙惟肖。人类不愿公开流露对其体验的真实感受是因为害怕被人讥笑或视为卑劣之徒。

弗洛伊德之前,有哪位心理医生看病时会意识到有种被隐藏几世纪的"现实"深刻顽固地潜伏在人类的血液里却为人所不知。[①]

华人的愚蠢常常是要么乱用和滥用,要么压抑和贬责,缺乏客观的中间地带。

可见夜晚的感官享乐是对白天辛劳工作的一种补偿,也是上天的恩赐和慰藉。

---

① 弗洛伊德认为人于幼年即有"性"欲。在《集体心理学和自我的分析》中关于"力比多联系"提及"爱的核心是性爱"时,认为"性"本能只有受到抑制和未受到抑制的区别。

郝忻看到此,"噢"了声,像刚刚喝过咖啡般精神焕发,不但内心平静下来,烦躁的心灵也被滋润了,立即思路联翩——"那次彼得咨询我的私生活时,我竟然感到十分新奇和费解,虽然已知道弗洛伊德的大名,但对其理论和观念一知半解,所以离开彼得诊所后即到图书馆借阅其代表作,这才知道'性'愿望中的俄狄普斯和厄勒克特拉情结。① 可我无须像彼得对弗洛伊德的仰首,我的先人早已说过'食色,性也……'只是真实的我……为什么还是觉得不专一是件不光彩的事,嗯,假如毫无禁忌,不就是畜生吗?彼得对我的想法表示惊奇却没有异议。不过,老婆啊,现在看了梅诗人的随笔,深有体会,也许,你会说我断章取义或认识肤浅。我真的有所知,又有所不知啊。我实实在在告诉你,我的确变了!因为再识了死亡才产生了新思想,也算是对彼得医生的咨询和接触弗洛伊德意识的新注解、新思考,即'抗拒死亡的本能就是保存和更新生命,可以说,生的本能就是"性"本能'。

"此外当我读到弗洛伊德写的'一个人处在某个集体中会丧失自己原来的性格和特点'时,竟然深感兴奋、为此感伤,还举起书使劲地敲打着自己的脑袋,'是呀,我就是在集体中生活了几十年的人,难怪没有了性格和特点,不敢拒绝,不善分析真相,只知适应或随从,甘愿被左右、照别人意愿行事,到了快成尘土的时候还不了解自己……'"

他将台桌上泡面条的辣椒酱一推,起身走到窗前,拉开百叶窗,夜幕已降临,突然觉得妻的画眉笔和口红与梅诗人的"性意识"是一脉相通的,因而,有点激动甚至孩提时就具有男人占上风的气概随之涌上心头,"你想怎样?孩子都这么大了!万一!万一你也?不行,不像话!"就在这不能自已的时候,妻那天皱着眉头的话语重现耳边,"无法接受一边做她丈夫,一边和别的女人鬼混的男人……但,为了向正和这个家,以后……我们,只是朋友关系……"

---

① 希腊神话中的俄狄普斯无论怎样回避最终还是逃脱不了恋母弑父的下场,弗洛伊德称此对母亲的依恋为俄狄普斯情结。女孩依恋父亲称为厄勒克特拉情结。

第二篇
缘
宇宙的秘密命运的注脚

新发觉引发他的新感受,又觉得吃多了,很是难受和难过,时而入书房看看,时而在客厅和房内来回地走动,有点累了就坐在书房的靠椅上,闭上眼睛,往天花板方向长长地叹气,大约有半根烟工夫,睁开眼眨了眨,觉得书房内的桌子、椅子、台灯、书籍以及书架均失去了引力,一面对着他哈哈嘲笑,一面想飞出窗外……言下之意,平日对主人的尊重、热爱以及朝夕相处建立起来的情感一下子像夏日的冰雹从头而散,在崩溃、在消失,还振振有词地批评他:"你这男人,太自私自利了!"

"怎么会这样?"他感到有些害怕和恐惧,身子不由得颤动起来,"咳,幻觉,准是幻觉!"他转身走到镜子前摇摇头,脑子慢慢清醒了,"家里没有人,谁在说话呢?唉,准是疑心病,平日从不见妻和异性有往来"。想到自己对不起她的那些日子……顿然有了恻隐心,觉得自己确实自私、无情,受点惩罚也应该,便走到卧室一面在那里走来走去,一面安慰自己道:"不会的,她平日最看不起那些情人角色,说她们庸俗、媚俗和低俗呢。"

"但无论如何,这也是我灵魂里的一条新影子!"就在他想通了问题又发现自己的灵魂增添了一条新的影子时,门口传来了开锁的声音。

郝忻倏地起身出去,见到儿子"嗯"了声道:"去哪里了啊?"他总算控制住自己,继续道:"我担心呀……"

他将适才的所有烦愁靠边站了,向正转头得意地告诉他:"今晚妈妈邀我看电影。她还有点事,迟些回来。"父亲还没来得及问什么片名时,儿子已走进洗手间。

约半小时后妻回来了,进门看到郝忻就边走边说:"你在华人圈子里越来越有名喽!"

"又听到什么了?"男人原先焦急等待的心情立即化成莫名其妙的表情。

"难以称呼吧?很简单,以后叫我名字好了。"显然,女人比他更敏感,往日开口就是老婆两字在先。

郝忻想到"朋友关系"四个字便心慌,觉得女人恨起人来是与男人不一样,难怪吉卜林说:"同一物种中,雌性比雄性毒。"①

　　一念突然转身道:"说你越老越骚,喜欢触及女学生的手臂啦、肩膀啦……"郝忻听了先是一惊,接着压了压气说:"谣言,没有……真的没那回事!典型的华人特性……好管闲事,无事生非,嫉妒诽谤呀。"一念见他紧张得口吃便漫不经心地把头一仰,微笑道:"你猜我怎么说?"

　　"千万别上当!"郝忻沮丧极了。

　　她竟然神情安然地摇摇肩膀道:"我对那好是非者说别小题大做,他可不是那种人!我家没有女儿,先生喜欢女孩无意流露的父爱呀,也难怪……现代女孩太敏感。"经她一说,郝忻大为感动,当面对着她谢了又谢:"你是好女人,世上最好的女人,有你在身旁哪个女人值得我费心?"须臾,补充说:"我知道你不可能像从前一样爱我了。但我是第二个金圣叹,'娶妻如为新人,毫无意味,必旧人,方觉有趣也'。"因心里始终抱着幻想,不由趁此机会再次请求宽容,"孟子云四十不动心,我是近知命之年而动心呀。"②

　　一念低声道:"连典故都用上了。"说完打着哈哈,转身而去。

　　这些日子她的痛苦虽已减少,但对于郝忻任何言语和表达的方式方法也失去了时间和现实的概念,因而有时嘲弄责备,有时则暗中保护,也就是说,她不愿让人看低她,因而即使像五月的石榴越开越红火的流言,在她面前也不过像过时的日历,翻了翻,也找不出什么新花样。

　　郝忻得不到对方的正面答复,以为难以挽回从前的情爱,只好接受这份"报应"了,于是转身往厨房喝了一杯水,不一会儿,像学生解开习题一样悟道:"也好。实践一下纪伯伦的爱情观,婚姻爱情应像屋檐下的两根柱子,保持一定的距离,房屋才不会倒塌。若我们完全分开,将涉及名誉、财产和向正的抚养权等问题,选择'朋友关

---

　　①　出自吉卜林著作《物种的雌性》。
　　②　明末江苏常州人金圣叹放荡不羁,博学多才,年十五以案首入学,翌年即早娶,后因犯禁条而革去秀才,后再入学,仍复娶原妻。

系'或许是眼前最好的生存方式。"

一念惊愕地站在那里没有出声,也没人能理解她此时内心古怪而激越的悸动,心想,事发后自己说的"朋友关系"不过是试探,心里并不喜欢这种貌合神离的虚假生存方式。没想到,一时情感冲动的谈论,竟然也成了他的圣旨。

其实,从出事那天开始,她就在等待对方的表态。即使此时此刻依然渴望他能真诚悔改——不同意或反对她的"朋友关系"论,不料他倒崇尚起什么纪伯伦的爱情观,令她倍增怨气、丧气和愤气,忍不住揶揄道:"你是华人,学得了纪伯伦的爱情观,就学不了英国新教的婚姻观?真是名不虚传的'文呆呆'啊!"

妻这句组合多种情感而发的话语,郝忻一时还没明白过来,只是微微地侧过身子,沉默地用额角的视线看着她,忘却了隐藏在心底深处的那个"同一种希望",不由转身进入厨房。一念随身而进,看到厨桌上让他带回的大小包购物袋,顿时气从中来,"怎么啦?急冻品应放进冰箱啊?"边责怪、边取出食品。

"你又没交代?"郝忻悻悻道。

"这点小事交什么代?不会打开看看?"她有点控制不住,准备喷出的话还包括"又不是小孩,没有女人就活不下去了……"但见男人已遁入书房,心想何必受了热气再受冷气呢,无奈中,只能带着焦急埋怨的情绪自行处理。

"看来真要各就各位了。"女人对自己说。

然而月底结账时,眼见"翰林院"持续入不敷出,令她再度困惑愁烦,说是"朋友关系",毕竟饭菜没分开,利害关系还是一致的,想来想去又出了个新主意,因她已觉察到中西各国交往日增,尤其亚、非、中东等地外侨平日虽省吃俭用,打起电话可不小气哟。经出谋划策取得电信公司属下制造中国电话卡公司的代理权。

事后证实销路好、生意旺,郝忻渐渐站稳脚,心理压力减少了,不得不提醒自己"老婆还是老婆,关键时刻见分晓"。

二十二
人生就是经历和记忆

郝忻"出事"后一靳以关心担心走访姐姐好几次,但每次见到姐姐神情淡定、若无其事不想多说的样子便甚为失望,决意不再过问。

这次到访不同,事缘教育部门收到一封不利姐夫名誉的匿名信后,曾派人到"翰林院"调查,找个别女生交谈,虽拿不到证据,郝忻却为此十分懊恼,无奈中咨询一靳是否听到什么流言蜚语。一靳说"没有",反而怀疑华人作祟道:"同胞又怎样,人家倒霉时他喜欢踩上一脚,成功了总有人妒嫉。"

"这事到此为止,希望别告诉你姐。"郝忻怕麻烦劝道。

一靳口头答应心想与姐姐打吵一家人,担心有姐不知道的事必然吃亏,立即前往,开门见山将姐夫的电话内容如实转告,并叫她保密"千万别说是我告诉你的。"没想到一念听了并不在乎,淡然道:"任何倒霉事均有人会幸灾乐祸的,让他们去吧。"一靳插道:"真有那事就该认真了,不能太委屈自己,趁还不老多为自己想,我站你这边!"这话果然有效,话音刚落地姐姐就微笑说:"没事,放心。"一靳立即表态:"夫妻间,什么都好说,唯有爱情,绝对专利。"

"姐姐心中有数。"一念依然含着笑。

甜甜觉得姐还是把自己当成小孩似的,不服气道:"人本来就是独立的。姐魅力犹存,实在觉得委屈就找白人去。洋人的嫁娶不像华人势利,多与年龄、美丑、贫富相关!他们爱就是爱,不爱就分手,干脆利落,少有明暗各一套、想同时拥有老婆和情人。"

一念点点头,觉得妹妹不像自己想象的那么简单了。几天前妹妹还说凯西婚后仍和婚前的几个熟悉女人有往来，虽找不到话柄心里还是不痛快，没想到现在却赞赏起洋人的婚姻观，不由关心地问她，"都好吧?"

"凯西知道只有我对他死心塌地。何况他受过重伤应懂得珍惜了吧。"一靳看出姐为自己担忧什么，立即将球踢过去似的回到了原话题，"姐夫现在也很神经过敏，喜欢胡思乱想，前天打电话问我你会不会去交男朋友。我说：'你太自私了，她又不是塑料人，是女人，像你一样。你对她好她对你更好，否则，谁能保险自己怎么样?'他立即说：'不，不可能！普通女人有着人类普遍的缺点，你姐不同，她是出类拔萃的好媳妇、好女儿、好妻子、好员工、好母亲！'"

"我才不像他！亏他想得出。"姐觉得莫名其妙。

"他说无意间发觉你卧室梳妆台上添加了许多修整头发、润肤和化妆的用品，疑心你变了……因为你从来对化妆品不感兴趣。"妹妹说到此突然笑起来补充道，"想不到他也会嫉妒呢。"

姐姐问道："又神经了? 你怎么回答他?"

妹妹突然走进姐姐的卧室，往梳妆台拿了一瓶女性名牌润肤液，看了看，随之在手掌里转来转去，突然转头瞥了姐一眼，润肤液差点从手里滑落，她连忙将瓶子放回原处，嚼了嚼牙，低声道："看来他很在乎你，真的饶恕他吗?"

一念正色问道："你不相信……"

妹妹哼哼几声才笑了起来，笑声从喉头奔出，很小很短但很有力度，随之转身走到客厅，往柜台前靠椅一坐，"我可与你不同……爱情不可能永远是海市蜃楼，恋爱是蜜，结婚不过像搬家而已，身体乔迁了，灵魂还与过去一样，真爱绝对自私。"

"也许你选择凯西是对的。"姐姐话中有话，妹妹理解。

结婚前姐姐反对过她的亲事，害怕以后有麻烦比如年龄、经历等问题。那时一靳以为姐姐妒嫉呢。经她一说不但释怀，还觉得姐姐是真心为她好才说出自己的想法，"我也觉得你开始重视美容和服装打扮了。"

"看出来啦?"一念有点吃惊。

一念往日不但不重视装扮，还以内在美为傲。论穿着，衣是衣，裙是裙，裤是裤，至于巴黎连衣裙、环口喇叭裙、打裥裙、斜裙、连裙裤、西服裙等均不感兴趣，甚至对裙边样式、袒露比例、长短、下摆宽窄等名目的新旧款式也从不过问或关注。她还将那些外表漂亮、身材好、穿着时尚的女性视为"次货"或"纯动物生命体系"。

　　"你确实变了。"一靳看到姐姐走廊旁的新款皮鞋了。

　　一念顺着她的视线打量自己的服饰，终于承认说："是啊！名牌呢！"接着解释道，"过去真傻。看来舒棋的话有点道理，鸟以艳丽羽毛为骄傲，夕阳以色彩招眼目，人的服饰能体现品位与魅力。出国后一味忙于工作，没往这方面想。"甜甜说现在还来得及。一念心想，说的是，相形见绌外，关键是郝忻的背叛令她下了狠心，不但买了化妆品和美容品，还注重发型、衣着款式及手提袋色彩和鞋色的搭配等。为了保持好身段，特地托同事回云南时捎带刮油沱茶。近日站在镜前自我品尝，自觉面目焕然一新：高雅美丽、充满活力。

　　难得姐妹俩有如此闲适的交谈，一靳看看表，临别时说："差点忘了，近日女王店大减价，我想问问老祖祖愿不愿意和我一起去。"

　　"我也想去看看，若老祖祖愿意出来，今晚我请客。"

　　"还有两天时间呢，一天比一天折扣多。"

　　"我只有今天有空。"

　　"好吧，等会我给你电话。"妹妹说完随之离去。

　　一靳见到老祖祖后，先是安慰老人："姐姐没事啦！放心！"老人听了伸手揉揉眼睛，不一会儿"哦"了声，须臾答道："这就对了，大事化小，小事化无事。难怪前天见她脸色好转得多。"一靳立即兴奋地告诉老祖祖："她开始化妆了。装饰也是一门学问，穿戴若不合适，越描越妖，画人不成反像鬼。相反，看看年过百岁的宋美玲，人家就不同，多神气！嘿，奶奶，你也化化妆如何，我带你到女王店挑选？"

　　坐在饭台旁的老祖祖又笑又摇头，说更想看午后电视上的保健专辑。

　　甜甜没有勉强，约好一念即离开。

第二篇
缘
宇宙的秘密命运的注脚

姐妹俩逛了两个多小时的店，各挑所需，快到关门的时候，一念问妹妹想不想今晚和她一起参加舒棋在汉斯别墅召开的美容保健讲座。

"谁是汉斯？"一靳惊奇地侧过头。

"舒棋新认识的朋友。"一念说。

一靳立即瞪大眼睛长长地"哼"了声，再提高嗓子道："新的……朋友？哟！生意上的朋友，还是有问题的交往？去，去，去！看看她的新的男朋友！"

"向正今晚想吃炒面。走，跟我回去！"一念开始减少烹调的时间。

"不行！凯西在等我，吃好再来。"说完扬长而去。

个把小时后，一靳一进门就含笑地滑动着眼球上下打量姐姐，觉得她今晚穿的衣服款式新颖、工细、色美，立即"啧啧"两声再压低声调说："美死了，上我的车吧。"

一靳边开车边对姐说舒棋的名声越来越不好，以后还是少与其来往，"认识她的人均说她是坏女人"。一念说："我以前也这么想，现在比较宽容了。"随后对妹妹陈述舒棋的身世和婚史，不料一靳觉得那些均不是堕落的理由，而是一种考验。姐姐继续替舒棋辩护："你比我还理想主义。别忘了，贝德力克没意见。他愿意，和汉斯相处得很好。汉斯虽有钱但孑然一人，不存在什么阴谋诡计，舒棋邂逅贝德力克不久，汉斯不过请他俩夫妇吃饭而已，时间久了三人就像一家人似的。关键是，贝德力克允许汉斯喜欢舒棋……"

"交友不择，与你的身份不符。"一靳露出不悦的神情。

"友爱总比怨恨好。"一念为自己说出这话感到惊奇。

"狗爱情！舒棋是为了汉斯的财产，"一靳胸膛起伏，直言舒棋有心计，不简单，"我看不起这种人！怪不得遭人笃背。"

一念没有作声，先前听到舒棋的新事时，心里也很不舒服，与她接触几次后发现她眼神光芒四射，语调也变得柔和，像沉浸于花蜜里的一只安详的蝴蝶。但此时她没有表露这些感受，觉得自己感同身受，能体会人若受到伤害并跨越创痛后就会对遭遇相同者持宽容态度，一如在夜幕中写生，没必要将对象描绘得太清晰，妹妹不同，自有指责和要求。

风从微开的车窗拂面而过，有点凉。

一念当然意识到自己也变了，变得心平和气、无怨无恨，觉得过去笨，以为家就是生存的目的和归属，婚后继续努力向上，以"家"为重，只知奉献和竭力改善生存条件，没想到，一场"暴雨"将所有希望化作虚空……虽然世上有人兽之别，但人的品行和心情比其他动物更神秘和复杂，自己和丈夫经几次交谈毫无结果，彼此神情自然日渐冷淡，考虑离婚对她是可怕而无益的事，只好选择"保持现状"，因而不再挖苦或为难之，以免像炉里的火，越扇越旺。她还决定此后尽量不听、不看、不想，将"婚后到丈夫出事那天"的过往封锁起来，关进铁箱、埋在地里。让正常生活和工作来弥补修正情感的"缺口"，让旁人继续羡慕自己幸福美满的婚姻生活。假如熟人问起郝忻的健康或工作时，便流露一如既往的满意的笑容。个别知情者说她虚荣、世故，她听到后，耸耸两肩膀，自我安慰道："我现在是为自己而活了。"想到此，便劝一靳冷静点，别像笼里的斑鸠，不知春秋却爱叫嚷。一靳顿然不高兴地"哼"一声，瞥了她一眼，心境立即起了变化，认为自己做人恩怨分明，但不先负人。突然，她带着费解的神情问道："你对舒棋懂得理解宽容，怎么对丈夫就不同呢？姐夫病愈后的心理变化很正常呀，有些人一倒就完了，老祖祖说'经死'的人第一时间多选择审视自己：生前曾经的经历，拥有的、有愧的、遗憾的……"

"谁不会生病？医生都说没问题，凡事得有底线，活着就有责任，我看归根到底是糊涂，不上进！算啦！我醒了、懂了，受伤害不算悲哀，放弃自己才可悲、可怜！"一念说到这，有点激动。

一靳连忙打开音乐盘，低声哼唱"爱我心肝宝贝"。

乐声终止了交谈，妹妹越唱越投入，完全沉浸于爱的温暖里，一念则想到梅诗人《我歌我泣》杂文集的一段话：女人若不能将婚姻当作一种归属，那就将它当作一种物象吧——因为，男人像贝壳，女人如壳内的肉，一开一合即是家，不管壳内的营养

第二篇
缘
宇宙的秘密命运的注脚

是否足够，或是肉质饱满否。壳的色彩，永远具有魅力和诱惑……

天还没完全暗，风嗖嗖往窗里钻，透着深秋的清冷，一念关上了车窗，这时，一靳于转弯处放慢了车速，照姐指示继续沿着右边的河畔道前行，不一会儿，指着右前方那座鲜眼的红墙别墅道："我不进去了，我不想交这样的朋友！若没人送你回家，就给我打电话。Goodbye！"说完在路口旁小空地里停车。

一念惊愕了几秒才悻悻地打开车门，刚下车，一靳立即转了驾驶盘，倏地而去。

姐姐有点失落，但很快抚平了情绪，婚变确实改变了她的审美观和人生方向，决意将数十年装满脑袋的东西撕裂、抖落、丢弃，让"沮丧"和"障碍"在生活中碰撞，看看有什么新花样。

眼前的那座红墙别墅，窗口映现着光影，路灯斑驳地散落在墙前的花墟地，偶尔随着风下的落叶和树影在晃动、离散或飞逸。她按了铃，门开了，舒棋立即转身向到场的熟人介绍一念，众人随之鼓掌欢迎，相互间客气地打招呼，不一会儿，本地美容师艾丽女士开始主持讲座了。

汉斯坐在角落，他年轻时代理过美国康乐人生集团公司在西欧的销售，主要出售天然保健品和洗洁剂等日用品，因口才好、推销有方，多次获得年终最高奖赏。数年后自行开业，业务蒸蒸日上，可惜姻缘欠运气，结婚三次，前两位夫人分别死于心脏病和脑溢血，第三位夫人十个月前逝于交通意外，那之后汉斯就决定停业了。认识舒棋时，汉斯刚过完72岁生日，虽然每天得服好几种西药，但乐观自信，自觉身体健康，毫无老之将至的颓丧感，还时常对人说七十岁才是中年的开始。

刚刚退休时，汉斯很不习惯，多余时间就帮侄女妮特运作化妆品直销，汉斯在好友贝德力克家初次见到舒棋。就对妮特说对舒棋当特价优惠，随后又推荐舒棋服用保健品，并鼓动说："不信？瞧我活到一百岁。"

舒棋对妮特无须成本的生意颇感兴趣，当下人人渴望青春美丽，何况价廉物美，不怕没销路，所以有讲座必到场，还主动想方设法帮其推销。汉斯喜欢中餐但不懂得点菜，时常请舒棋夫妇吃饭，希望舒棋多邀请些华人参加美容讲座，此时看到一念到来，自是高兴。

听众约二十来位，幻灯银幕上图文并茂，艾丽声色俱佳，重点讲解天然化妆品的特点、好处、会员自用品的优惠价以及推销中可获得回扣等。四十分钟后，艾丽开始忙于为到访者示范用量和用法，舒棋特别推荐给一念试用，可惜她向来以自然美为荣，从不在化妆上花费时间和精力。郝忻出事后略为注重下装饰不过是为了自己的感觉，并非成心取悦人。何况化妆后的女人虽给人美感，但落妆后的脸孔自己都不想看。

舒棋再次建议她"试试看"。一念说刚刚试用本国的产品，过一段时间再说，所以只伸出手背试用，接着补充道："我初次来到，先见识见识吧。"心想真不该到此，"道不同，怎为谋？"正想借口离开，忽见坐在汉斯身后的一位男士站了起来，直向她走近。她并不在意，侧身起步时，右手臂被人点了下，转头一看，正是那位迎面而来的男士，只见他笑容满脸问："你……是……吴一念吗？你猜，我是谁？认不认得出来？"

一念摇摇头，没有出声也不正视。心里突然记挂起儿子，觉得竭力逃避和不想回去的家，一旦离远了，依然具有如此强烈的粘连性，简直占据整个心灵和肺腑！

"我是任子乐。"他惊奇、微笑又高兴，仿佛是听这场讲座的最大收获。

"任——子——乐？"一念皱起眉头，眼睛往上翻动下，须臾，惊奇道："福临县高中A班的任子乐？"

子乐立即压低着嗓子道："是啊！我一看到你就琢磨……嘿，很像……不会错……果然是……"

一念不由得上下打量着对方，心想真的是"地球村"了。

"没想到吧？"子乐不由得退到不妨碍旁人讲话的窗前角落旁，一念随之跟上，她实在难以想象，当年身材瘦长得像萝卜干的任子乐，如今竟然一表人才、风度翩翩，使她一时不知说什么好。

子乐"哎哟"一声拍着她肩膀，双眼久久地盯着她的眸子，"真没想到在这里——见到你！"他说一念变化不太大，活力、魅力依在。这时，站在讲座旁的舒棋连

第二篇
缘
宇宙的秘密命运的注脚

忙走过来凑热闹,"原已认识?瞧,一来就有收获。"子乐笑道:"他乡遇故知。"舒棋说人生处处可相逢。一念连忙对舒棋谢了谢:"归功你呀!"舒棋立即侧过脸对子乐努努嘴,暗示他做做一念的思想工作,尽快加入营销行列,子乐低声说:"没问题。"不一会儿,舒棋被其他的客户叫走了。

客厅人声喋喋,汉斯忙于为新客户解说,还给他们分发了试用品。助手亚历山大随之简单地做了业绩报告,陈述不少人在这份业余工作上的收入高过正式工作的薪酬。

讲座即将结束时,一念碍于面子,当场购买早晚用的护面霜。临别时和子乐互留了电话号码,子乐得知她独行,主动提出送她回去。

不到半小时,到达一念住所的后门时,子乐惊奇道:"真没白送,原来我们住在同一区域。"一念"哦"了声,侧过脸看看他,含笑谢了谢。

"再联系!"一念下车后,子乐打开车窗补给她一张名片。

无意见到老同学令她思绪联翩,毕业时分道扬镳前,子乐因家贫如洗,自卑感重,不敢流露自己对她的真情实意,只能"祝你幸福",这下异乡重逢,感慨万千。更想不到的是竟然居住在同一城区内,要不是这个适当的时间、适当的地点、适当的场合,也许永远不会重见⋯⋯不过,"偶遇了,又怎样?二十多年了,谈什么好?别后的经历?感受?处境变化?赏心乐事会越说越有劲,倒霉事呢,最好别提。"所以一到家,就将他抛到脑后去。

儿子在梦呓。

卧室传来男人洗澡的潺潺流水声。

她热了杯豆奶,坐在客厅沙发上,双脚盖上紫红色的绒毯,再往软圆垫一搁,心不在焉地看着电视荧光幕上的新闻,想到自己的遭遇,深感世事瞬息万变由不得准备或预想,不由再次劝导自己,"过好每一天,最实在。"

男人穿着睡衣出来,看到她,松了一口气,本想趋前关心几句,见她正关注着时势新闻,立即踅进书房,心想即使以后如何将功赎罪,原先相依为命的那座坚固的"阴阳桥"也再难以复原了,"家"不过像断桥后的两桥头,虽原状不变,已没有什么作用了，想到这，他有点毛骨悚然。

男人倒背着双手，在书架前踱来踱去，没有了睡意，脚步越踩越重，眼睛望着书架，嗯，嗯！心窝开始有点闷，病愈后无意间将过去爱读的书转放在上层架内，代之而起是彼得医生提议的书目和妻买回的保健书。这些变动，女人感触不深，他则十分敏感，似乎没有了新书，就得吃药了。于是在自我分析自我定义里一方面注解自己的行为，另一方面又将女人分为少、中、老，认为"少为魔，中为鬼，老为怪。'魔'易破，'怪'易驱，唯'鬼'最难挡，必须加以恭维和滋养"。

这些日以来，彼此默默接受新的生存方式，表面夫妻言和意顺，随分从时，实际物是人非，有趣的是两人晚上依然同床，虽同床异梦、彼此也没任何的肢体接触，但谁都不主动提出分床的意向。出乎郝忻意外的是女人"唠叨"减少了，压力随之减少，能在"翰林院"享受温柔舒适、婚姻生活中无法给予满足的世外桃源般的生活，在那里除了工作便可随心所欲，有机会做研究写文章，没有顾虑和压力，在忘乎所有时还能享些秘密的快乐。不知不觉，夜里好梦美梦接踵而至，不是俯腰捡金条就是美女成群，个个赤身裸体躺在身旁，那娇情、美色、柔声缠得他快乐如仙，不知何为天上人间。然而每当飘飘欲飞、神魂颤动，便会在惊喜中醒来，竟然发觉脊背湿汗淋淋、裤底一片湿润……

这一切，一念全然不知，直到前晚夜里，他兀地从梦中坐起惊动她的时候，女人才转过身子问道："怎么了？"郝忻只得一面喘气，一面定定神道："没什么，梦……做梦……"

"准是噩梦吧？"一念已走出伤心羞愧的圈子，生活开始正常化后，便将人生看成万花筒，发觉原来世上的人有各种模式的"活法"，自己是求幸福反破坏情感，爱家庭所以将"婚姻"和"情感"一分为二。因而对于目前的处境已不再惊奇了。只是不像过去那么热心，听到他说是噩梦也不再追问。想到两人的身体依然在同一张绒被里，才低声道："既然西医查不出啥，我看一靳交际通广，托她找个好中医看看。"

一靳将他介绍给阿山，阿山望舌、把脉后，问他是否受过什么惊慌，"中医学说惊则气乱,恐则气下"。郝忻摇头说没有,阿山说是肾虚影响精、气、神,主张服食中药"四神汤"(茨实、伏苓、薏米、莲子),还得坚持每天拉耳朵、按摩气海穴和肾俞穴。郝忻对中医有好感又信任,不但积极喝"四神汤",还一有时间就拉耳、按气海、擦肾俞。

按中医方法调整几天后,郝忻借口多梦易醒,怕影响她睡眠为理由,在书房搭了张单人床。一念听后神情泰然,无声无言也无特殊的表情,在她看来,过了这一难关,没有什么事值得她惊奇与慌张了。

二十三
旧事未消新事又至

天气清冷,办公室内却暖气洋洋,一念刚取下围巾就收到子乐的电话,说相识相逢皆为缘,希望下周末上他那里叙旧。

这是她所预料的,那天虽没有惊鸿一瞥的刻骨铭心,但毕竟是花样年华生存印痕的再现。别后数十年彼此际遇何等不同,值得交流。

一念当下看似平安无事,实则依然心事重重,顾不上题外的事,因不想得罪他只好说:"工作忙,家务多,改日好不好?"

子乐没有勉强。

一念感觉到他的扫兴,连忙补充说下星期三可能在户外工作,若提早下班,将到他办公室小坐会儿。

子乐同意了。他深知,驻外工作的期限即将来到,需要结交些新朋友。好在不遥远,两天后就是星期三,一念如约到达,按门铃,大门很快开了。

子乐办公室位于市大街中心广场旁的一栋商厦内,门楣挂有显眼的中国驻外公司牌照，刻在肉色招牌上的黑色中文字旁附有外文字母。

一念只身一人乘电梯而上，正想对着锃光发亮的梯镜梳理下头发时，电梯门开了，刚踏步而出，仰头看到子乐站在走廊斜对面敞开的木门前等她，立即抿着嘴，微微含笑，像顺风的杨花飘到他面前。

子乐热情大方地将右手一摊，连道："请！请！"自己随身进入，转身拉过办公桌旁的两张靠椅。一念沉着文静轻步走到办公桌前，只见她右手慢慢从小花布袋里取出两盒像杏仁饼似的中国制糕点，放在桌面上。子乐望着小圆饼，"哎哟"声，以赞扬的口吻道："还没有忘记中国的那一套？"一念正想驳之，只见他已打开盒子，取出象棋子大小似的小圆饼看了看，凑近鼻子闻了闻，闪烁着奇异快乐的神色道："连传统食饼都免不了改革开放！色香形均与时俱进！"

"不见笑就好。这里的见面礼跟中国没法比……"一念双手不好意思地捏着小布袋。子乐回答"我知道"，随后表示喜欢这里的习俗，"简单，不要什么见面礼，能过来聊聊就很高兴了"。一念歉意地表示人最难忘的还是传统习惯。

子乐傻笑了会儿。突然发觉对方原封不动地站在那儿好像在观察自己似的，不由得回坐到桌后的摇椅上，脸孔像物质元素在特定条件下发生了变化，散发一种特有的光彩和形态，但，很快平心静气地说："请坐！请坐！"

她往办公桌右边的靠椅坐下，从话意领会他轻松明快的心境，相反，自己心涛虽已平息，然心灵的图景哪怕遇到微小的冲击也会浮沉不定或忽聚忽散，使她十分谨慎，生怕出洋相。她竭力控制自己，希望自己三思而言，不让对方发觉有心思。

他两肘搁在桌上，不一会儿，双手相交问道："都好吧？真没想到，啊呀，一言难尽……"随后将指头扳得咯咯作响。

一念望了他一眼，道："还好，你呢？发福了！从前像个鹤骨鸡肤、爱开玩笑的小家伙，如今是身材魁梧、甚有福相的男子汉。"他慢慢地点着头，答道："还可以。"接着问："想喝点什么？"

"有啥喝啥。"她很少这样回答，双额微微发热到耳根，心想是本相优质还是岁月

第二篇
缘
宇宙的秘密命运的注脚

的沉淀和塑造，或上天在性别年龄里隐藏着的"幽默"，同样十八岁，女生如花似玉、动人可爱，男子则像吊儿郎当的青果；中年后，女性因生儿育女姿色减少，男性则像夏日火热的太阳，充满活力和能力。

子乐将头转向冰柜，想了一会儿说："只有橙汁和比利时啤酒。"

"比利时啤酒吧，我还没尝过。"一念对酒精敏感，偶尔才喝之。他起身取出两瓶啤酒倒入德国泥质、形如竹笋、外嵌彩色人像的啤酒杯，为表诚意，脸露殷勤、两手捧杯献上笑道："当年我们这些捣蛋鬼喜欢在背后将女生一个个评述，哪个像花哪个像竹竿、哪个像啤梨哪个如倒笋……你猜，我评你为什么？猜不到吧，水仙花！男同学问我有胆量追求吗，我呀，一拳挥了过去……"说完举起右手做个当年挥拳的模样……此时，门铃突响，一男同事送来一封信即离开。子乐拆开信封看了看，又是邀请信，会意地点点头。

一念见到邀请信如同找到了话题，笑道："你是……平步青云，名成……利就了。"面对老同学，本有千言万语，此时却张口结舌的，"怎么会这样呢？"自己也觉得奇怪，心湖像遇到劲风般漪涟泛泛，不一会儿还感到神情凌乱、心不在焉，几次想起身离开均被子乐的话打断了，不是"好喝不"就是"瞧你的脸红啦"。

子乐瞥了她一眼，"说来话长，并非像你想象的那样。"他将信放在桌上角的备忘夹后转过头来，只见她两手抱着啤酒杯，只笑不说，正襟危坐，安详高贵，浅红色的薄绒细毛上衣如同紧身服，将上身的曲线全凸现了，齐膝的蓝色裙下脚，散落着溜进窗口的斜阳。侧面望之，宛若一位等待画家描绘的模特儿。但他很快移开视线，发觉她外表稳重，骨子里却像一只寻食归来的倦鸟，一筹莫展地停在深秋的树枝上。

她低下头，将剩下的两口啤酒喝完后，双手靠在护椅上。

当他再次朝她望去的时候，看到那双充满细纹、皮质略硬的手背与她雍容优雅、清逸温和的面容不太相称，便知道她与所有的移民一样，不知隐藏着多少不为人知的艰辛。为避免不必要的尴尬，子乐决定约她一起外出晚餐，这时，电话响了，原来是征求广告的，对方还没说完就被子乐拒绝了。刚放下电话，不一会儿电话又响了，这次是董事长打来的,希望下班后到他那儿,有要事商量。

接连两次电话令她忐忑不安,进门时就看到他桌面两边摆着层层叠叠的文件,心想真不该此时到访,只好挪了挪身子,"你忙吧,我先走,改天再谈。"子乐看看表,扫兴地将两手按在桌沿说:"没关系,快下班了。"接着补充道:"董事长突然有事今晚要见面,不然可以一起吃晚餐。"

她望望他,双手捂着发烧的双额,低头道:"不客气,不客气!"

子乐思忖一会儿,表示改天再约。此时她的脸孔已红得有点不正常了,子乐悄悄望之问道:"不要紧吧?"她摇摇头说一会儿就没事了,但他已隐约感到那柔和的表情里似乎隐藏着一种难以言说的哀愁,莫非手背上的条条纹皱就是人生的段段故事,不由得对"树挪死,人移活"的俗语起了疑惑,暗忖"移居异乡,不容易啊"。

门铃响了,清洁工来到。

一念起身准备告辞的时候,子乐却对清洁工说:"今儿不脏,免了吧。"

"噢?再见!"清洁工走后,一念立即起身,尽管今晚儿子有下棋比赛会晚归。

子乐手机又响了,董事长希望他立即过去,他无奈地对一念说:"对不起!太临时了。"

分手前约她周末中华饭店见,不见不散。她很想拒绝,郝忻的变化使她像吃错食物似的留下后遗症,以至后来对任何食物均具戒意,但很快又犹豫了,孤独生活即将开始,老是闷气呕肺的也不是办法,连忙点点头,挥手而去。

……

两天后,中华饭店客满无虚,插在台桌上的铜制弧形烛台内的红烛火苗,随着人来人往微微颤动。一念和子乐面对面坐,桌中的小花瓶插有一朵殷红的玫瑰花,可惜已疲倦地垂下了头。

它乡遇故知本来就不容易,当年子乐还自作多情过,不说她还不知道。两人目光偶尔交织,更多地还是一触即离,一如海边的两股浪花,偶然碰上了,又分散开,各寻各位……有趣的是,一念发觉他等着自己先开口,连忙合掌祝福他步步高升,他含笑道:"工作相当紧张。暂且没有什么福可庆祝。"此话立即引起一问一答,无论谁提及的话题和内容,双方竟有新鲜感。只是谈到婚姻家庭的时候,一念有所戒意,不是避重就轻就是轻描淡写地应付。子乐直叙自己目前的处境:在回国或不回之间彷徨。

一念觉得自己离国久了,不了解情况,谈不出什么好主意,只好安慰道:"顺其自然吧,没有人知道未来的事。"说完向四周瞟了下,堂内除了导游带进的二十来个中国游客和几位当地华人外,其余均是洋人。

顾客中有的点菜,有的吃饭,菜香中伴着笑语。华人尤为活跃喧闹,四周洋人目光时而眺望、时而露出幽默的带有轻视的微笑,一念按捺不住地仰头朝向谈笑风生、手舞足蹈的游客,多次想起身劝止又克制了,右手不停地转动着左手的戒指,间或侧过脸,睁大眼睛望着子乐。

他领会她目光里的意思,抿嘴一笑,将餐后的甜品轻轻地移到她面前道:"这是华人的特性。"她一声"谢谢"后接着说:"什么特性?民族性还是素质问题?"

子乐微微地摇头,"我们喝汤时发出的呼噜声洋人视为不雅,他们用手指扒蹄膀,吞下肉后还将五手指分别放进嘴里舔啧,这算雅?"没想到这句话引起她一连串的反驳,"华人约会不准时;没有创意,喜欢复制别人产品;缺乏职业道德精神;谈不上自我,不敢爱不敢恨;憎人富贵欺人穷;崇尚名利权势,喜欢热闹和走后门,爱面子虚荣等均比洋人严重……"子乐表面洗耳恭听,心里却很不耐烦,难得见面,与其谈论这些没有结果的话题,不如实话实说。正想开口,门外突然响起一阵喧扰的来势汹汹的脚步声,顾客还来不及发怔,说时迟,那时快,只见几位身材高大,面容肃穆的警员从大门冲进,宣布查户口……

事出突然,在场食客不知所措,敏感者立即起身退避,也有人放下餐具,呆若木鸡。多数人觉得与己无关,观望、看热闹或趁乱速速离去。

最紧张难堪的是赵老板,铁青着脸一面接受警员盘问,一面听到厨房内发出阵阵嘈杂声。当警官进厨房和厨师交谈时,外堂顾客已走得差不多了,几十张桌面杯盘狼藉,只有旅欧华人游客安静地坐在那儿,听导游解释说个别华人饭馆老板为少交税款,聘请了没有居留权的偷渡者，官方才采取突击检查方式。

一念刚在"虚惊"中明白过来，就糊里糊涂地随着子乐离开了。

路上，两人谈论着刚才发生的事，彼此看法却不一样，子乐觉得洋人故意让华人出丑，破坏华人形象，一念认为"入了乡，就该随俗"，坦言餐馆老板重钱财缺乏法律观念。

到了子乐办公室大楼前，一念犹豫是否继续叙旧还是回家，不料子乐已打开铁闸，车子徐徐前行。一念看看表，噢，还早呢，心里虽有点矛盾，但还是与子乐去了他办公室。

当子乐打开办公室大门时，一念本能地感到敏感和犹豫，停站在门口说："不如另约吧！"刚想转身而去，右手被子乐拉了去，"都到门口了。反正是周末，我还有事请教。"子乐说的是真话，他将面对工作变动问题，心里正忐忑，想向眼前的"老移民"了解了解情况。

"好吧。"一念定了定心。当她看到台上有中外大词典和一堆资料时即好奇道："很重要的事吗？"刚坐好位置，子乐已正经八百地坐在那儿。

宁静和沉默令她很不自在，也容易胡思乱想，幸好很快暗中自责："别神经质，疑心病！这里华人不多，老同学，怕什么？人家是堂堂正正的外派干部，副总经理！"于是将头一抬，又是四目相触，一如久别的亲人，流露一种单纯的简约的微笑。

"对不起，刚才手拉得重了些。"子乐想起离开饭店时的紧张气氛，不好意思地说。

一念反而佩服他的细腻情感。

他琢磨了一会儿才坦然道："不瞒你说，那晚董事长临时约见，原来是公司亏损太多，决定转让股权，也许我很快就得回国了。我很矛盾，一时不知所措。"

"哦？"一念甚奇，听了他的心里话愈加自愧多心，连忙问道，"你自己啥打算？"

"还得处理一些收尾事。最早也得明年初夏才好动身。不过，我……想留下来，你觉得如何？"一念吃惊道："你刚才还为华人形象说好话，怎么……一下子？我有点糊涂……"

第二篇
缘
宇宙的秘密 命运的注脚

"那是另一回事。"他回答得很稳重。

她已完全忘记了自己，关注起对方的处境和命运。刚才进门时，怪不得办公桌上摆着好几本学习外语的课本和工具书，"你已掌握第三种语言了吧？"

"是！"子乐回坐到摇椅上，"下星期和本地商人谈判后就得签合同，董事长要我在场，其间还得回国参加一次重要的会议。几天吧，有捎带的事吗？"他直视她的脸，她有点羞怯，他默默地盯着她的眼睛，又不由自主地说了女人爱听的话："成熟女人具有青春女人所没有的韵味。"

"是吗？"她微微地默笑着。子乐猜想她是一家之主，顺势问道："经常回国吗？当今女人出面比男人效果好。"

"许是男人窝囊吧？"一念说完即觉不妥，然转念一想："老同学呀，无须转弯抹角，过于世故不如不见。"

"有意思，有意思。"子乐不知如何回答好。正当交谈气氛渐渐自然可亲的时候，一念突然低下头。丈夫的品性提高了她对异性透视的能力，想到近期的容忍、屈辱和孤寂，顿然心灰意冷，不由慢慢地抬起了头，望着对方热忱的眼神，继续低声道："我……更希望男人出头露面。郝忻是个人才，可惜不懂经营，也不善于交际，我不得不操点心，连教材用品等都得关照。"

"我老婆像你就好了！我到这儿不久，一切刚开始。"子乐眼神清澈，态度良善诚恳，只因突然听到她"哦？"了声，立即不再说下去，转身从容平静地整理起桌面上的散乱纸张。须臾，心不在焉地说："希望总经理从国内回来后，情况有所变化。"

她洗耳恭听，恢复了往日的自在和从容，想了想，淡然道："非留下不可？还是……"

"情况并不像你想象的那么简单。"子乐将桌上的一张纸捏成一团，往垃圾筒一丢，纸团碰到了塑料筒边沿，落到地上，一念瞥了一眼，看出那揉成一团的是中国造的直条信纸，问道："手写的？"随之起身捡起纸团，放入小垃圾筒。

"给老婆回信。"

"她在哪里?"一念问,心想真是的,人的经历因时间、环境、生活和命运不同而千差万别。

"老家。"话毕,子乐突然感到无限的空洞、沉闷和失落,即由适才的热情慢慢降到平淡无奇的状态。

一念仍有心眼,说是老同学,还是少说些题外话,连忙言归正传问他需要自己做些什么,如果要"搭桥铺路",她会尽力而为。

子乐沉思默想会儿,即使多年没往来还是觉得老同学可靠,坦言说出国前和出国后,面临的现实还是一个样,离不开生计,现在就是夹在"生计"的边缘。子乐深感平日听到别人赞赏自己英俊、大方、潇洒、乐观等美言,像春风般拂脸却解决不了实际问题。倒是眼前的感觉有些希望,觉得一念有种不可言说只能意会的特别:能力和办法。而自己,倒像踏入一片小舟似的随浪摇晃,懵懵懂懂不知所措,唯一存留的是渴望——希望看到一座岛屿,可以停靠。

"你出国多年,料有不少关系,若有人聘请工作,别忘了告诉我。"子乐突然有点歉意和木讷。瞬间,孤男寡女进入了拘谨的状态。

"好啊,但不容易。洋人公司不请没居留权的人,更不能靠关系聘请。"一念打破了窘态。

子乐不好意思地笑了笑,不再多问,单身于异乡,外人怎能理解?想到此,不由得看了看她,觉得她像浓雾笼罩下的一朵山花,总是模棱两可的样子,不由睁大着眼睛问:"你好像有点心事?"

"你真聪明!"一念有点目瞪口呆了。

"想开点,做人……就是这样吧……男人女人……各有各的烦恼。"子乐是东北人,很少像此时一样,将话说得结结巴巴的。

一念立即转了个话题,"你喜欢这里?"

"不错!"他笑了笑,觉得自己回答得很窝囊,是啊!原单位的领导一直以为自己是个可信靠的人,却不知他内心的算盘从来没有停止过拨动……总是在"诚信"与

第二篇
缘
宇宙的秘密命运的注脚

"不可靠"、"三思"和"出乎意外"之间徘徊……

她愣了下,"你身为公职……与普通者情况不同。"

他皱了皱眉头,冷冷地说:"为什么那么多人想出国?仅仅是为了欲望……"突然觉得对方的智商足够理解自己的意思而住嘴。

"欲望"两字立即在一念脑海里旋转,只是不作声而已,而是思量这个欲望是物质的还是灵魂的,是原有的还是后来的,是自己的,还是社会的?

子乐以为她在为自己设想会遇到什么难题,立即流露出无所谓的神情说:"没有过不去的坎,兵来将挡,水来土掩……"

"是的,总有办法。"说完一阵沉默。

他问她要不要喝茶,或啤酒或果汁?她明白对方有心留住自己,可是,留下又怎样?不留下又怎样?相知相爱的郝忻都靠不住,还能寄望一个阔别二十多年的老同学?今儿不过……儿子晚归而已,独自一人,多少有点寂寞。老同学沉静和蔼、富有进取心,说明有主见有胆量有追求,意志坚定又能吃苦耐劳,这些抱负和优点均是丈夫身上所欠缺的,也是自己长期劳累辛苦的根本原因。想到此,慢慢地,她恢复了天性的纯真——待人接物,尽量往好的方面想。但……很快地,她又烦躁不安起来,过往不就因为"太相信人,缺乏戒意,吃了不少亏"……刹那间觉得与眼前的这个人相距得那么远,那么不可思议。不同的性别和感受,不同的性格和表情,不同的经历和命运……终于,从容不迫地站了起来,"哦,不早了,我该走了,再说吧。"

子乐被对方的拘谨和唐突行为怔住了,只能坐在原位上微微地傻笑,心想这女人真怪,无端端的,何必呢?我又没有怎样!但见其决意已定,不再挽留,只好脸带笑容,客气地道谢,握手,开门,让她离去,然后转过身,坐回摇椅上,无意识地望了一下褐色的窗帘,再看看四处,一切如故,只是桌上多了一个没有动过的茶杯。便不由得挪了挪身子,神情由轻松转为严肃,"还好没对她多说些什么。"

不一会儿,子乐突然想到吃了三十多年的饭,根据物质不灭定律,入口的饭菜先是营养后是粪便,前段养生后段做植物原料。据说欧洲人的粪便经工厂处理后还可成为纯净之水……可见肉身也是个加工厂，与真工厂不同的是，肉身一面吸取营养一面消耗能量，而工厂即使运作百年也尽是奉献和付出。"可见，生命和物体如何定义？生命不过多了灵魂而已，灵魂依附肉身，还想操纵之，喜欢谈论什么价值与独立思想，就像现在一样，肉身有种新奇的渴望和情绪，思想则不断地叮嘱自己：偌大中国，公派可不是一件容易的事情，太年轻不行，太老不行，太精明不行，太老土也不行，你能被看上，算幸运了。可你，不能没良心……但我，为何不能有选择……

"我该怎么办呢？"子乐起身开了窗，深深地吸了口气，窗外的夜空，但见一群闪烁的星星内突然出现一条银白色划线，"那是一颗流星吧"。听说见到流星意味霉运触头呢，他随之关上窗，不停地看手表。原先多么希望一念能帮他，哪怕有一丝希望或建议也好，但今晚的会面让他感到她并非像自己想象的那样，活得幸福和潇洒，所以不想过多麻烦她，只是告诫自己"稳重些，别忘了小不忍则乱大谋啊"。

也许是对未来无法当机立断的忧郁，也许是没遇到一个可以分担自己困难的人选，此时，子乐不停地在窗口前走来走去，消磨剩下的时间。

一向的自信和目标也在这样的来回踱步中有所动摇，有所瓦解，不再将希望寄托在一个狭隘的天地里。这想法或许就是今晚的收获，于是刚才的失落和彷徨，慢慢地被超越了，内心渐渐恢复平静，困倦很快袭上心头，立即回往住处，在沙发上坐了一会儿，竟然忘却平日睡前该做的事情，缓缓起身，和着衣服半闭着眼睛，走向卧室，一头栽倒到床上，壅塞在脑中的晚餐期间经历和后来的际遇，随着眼睛的合闭而消失。

第二天起床后，刚换好新衣就看到塞进门隙内的当地《人民报》，拿起一看，头条新闻就是报道华人饮食老板雇佣非法劳工的证据，陈述周末警察临时突围几家中国饮食店，捉拿18位非法入境者的经过。饭馆老板只好事后等着被告和罚款通知单。

几天后，《中文小报》也以头版新闻加以报道，唯文章口气大相径庭，多有怨言，责怪政府不该动用警员如临大敌的阵势，更不该在饭店最繁忙的时候搜查。店主希望华人饮食联会和大使馆与当地政府有关部门对话和商议。

他将新闻消息转告一念,一念早已习以为常,笑而不答。没几天,她又从熟人那儿得知一些小道消息:"上有猫策,下有鼠道。那晚被查的另一家饭店内有五位黑工,三位服务员见警察进门,其中两人立即就近坐下,扮为顾客,厨房内一人经暗道溜之,只有两人因动作迟缓被查获。"

再过几天,一切归于平静……谋生的谋生,享乐的享乐,饭店照开,顾客照来。

二十四
走出生活的累圈

一念进入"朋友关系"的"无性"生活后,很快意识到爱情和婚姻原来可以"合而为一",也可以"分而为二"。既然彼此都想跟上时代的"脚步",那就让现代的"明智"和传统的"无奈"结合吧。这种境况也不错,男人心里踏实了不再恐慌,一念为了儿子竭力压抑哀怨的情绪,还力图降低生活的要求。

这一天,办公室下午茶时,有同事过生日请吃蛋糕喝啤酒。大家欢聚一堂谈笑风生,当一念抖落胸前衣服上的一粒糕屑时,才觉得吃了蛋糕已没有晚餐的欲望了。

下班到家后,见父子俩在看野生动物电视片,似乎等着她回来做饭菜。显然,即使自己不想吃也得为他们着想。

不同往日的是,饭菜上桌后,一念表示刚吃了同事的生日蛋糕,"我不饿,你们吃吧。吃好得洗碗,家里没有女佣。"

向正立即转头问:"妈,你跟谁讲话?"母亲没有回答,继续忙她的。坐在他对面的父亲接着说:"当然是对你说的。"随后对儿子翘翘下巴,示意"你就洗了吧"。

"不!今晚电视有学生节目。"儿子对父亲努努嘴示意,"爸,你洗吧。"

儿子餐后就离桌，父亲瞪了他一眼，懒懒地待了会儿，知道女人特为他俩做菜饭，主动将桌上的餐具一件一件地往上叠，当双手捧之往厨房走的时候，突然听到儿子"哎呀！你看看"的洪亮叫声，双手不由一抖，陶瓷碗碟倾倒落地，不锈钢汤匙在地上叮叮当当跳荡一会儿才安静下来……一念闻声赶到，啼笑皆非，愣了愣，说不出话来。男人原封不动地站在那里，双手紧捏着胸前的两层碟沿，等候她的数落，奇怪的是女人转身而去，没有"唠叨"，也不生气。

"笑什么？"母亲冲到儿子面前，他仍对着电视笑，母亲接着说："功课做完了，为什么不帮忙做点家务？有什么值得你这么好笑！"

"你没有叫我洗碗。"向正眼睛仍盯住电视。

"这么小就懂得诡辩。没事做，练琴去。"母亲拿走了遥控器。

"我心中有数。"向正伸手抢过遥控器，正色宣布，"没兴趣，不想学。"开始不再屈服母亲的权威和逼迫。

"只对电脑电视有兴趣？"

"那当然！"儿子依然心不在焉。妈妈拉长脸道："将来你就知道什么是正事什么是无聊，什么叫浪费时间和青春，什么叫文化、教养和素质。"向正正看得兴，不满母亲的"干扰"，提高嗓门驳道："什么什么什么？整天在我耳旁啰里啰唆，嗡嗡翁，你所谓的教养是什么？听话！但老师教我们从小要有创意精神，而你，凡是我喜欢的，你便五个的'不'：不行，不给，不能，不可，不好！真是烦人，你根本不了解我！"

儿子的驳斥令母亲大吃一惊，简直不敢相信自己的耳朵，"这是小正吗？竟然也叫嚷我啰唆？太不像样了！"她气呼呼地说不出话，也不知说什么好，为自己的处境深感委屈，难过埋怨再次涌上心头，将平日自以为的好心好意掂量一遍后自问："我何苦呢？我的用意、本意和好意？冤枉啊！我们小时候多么听话，而他，小道理都不听，还讲什么大道理……怎么回事啊？"

她近于呼喊："为什么？为什么？我所有的辛苦，意义何在？"

没有人回答她。

第二篇
缘
宇宙的秘密命运的注脚

厨房传来郝忻收拾破碎陶瓷的碰撞声。

儿子的态度和话语，让母亲感到彻底的沮丧和失望，尤其气愤心寒的是那句"啰里啰唆"，这对她太敏感太刺激，忍不住伸出食指点着儿子的方向说："你没有资格说我唠叨！好，从今开始，之前我说的全是废话屁话，我给你自由，绝对自由，你喜欢怎样就怎样。"

这句话出口后，她的"爱"与"希望"也随之隐退。

一念独坐一会儿，下意识痛改前非，不再"啰唆"。不一会儿，起身入房，把门闩上，将前半生自以为的价值和意义通通打个折扣。然后坐在化妆台前左思右想：女人花样年华时如鲜花芬香，蜂蝶围来日亲夜绕，一旦香消色退就无蜂无蝶也无虫。大自然如是，女人也如是？为了婚姻家庭，将美貌和青春消逝在工作和家庭里，还得承受男人没有的负担——9月怀胎、分娩时的痛楚和危险、以乳汁抚养婴孩，让世界有男有女、有爱有情。一旦他们成人后，男人永远被崇拜被服侍，更是征服者、统治者的象征，无论年轻力壮还是中年或衰老时期，总是气大权威，永远驾驭女性，永远弃妇如弃衣！

这时，在厨房忙了个把小时的郝忻已回到客厅，看看钟，时候不早了，草草地刷了牙洗了脸，往书房去，自从在书房搭了张单人床，剩余的空间地带不多了。

外面淅淅沥沥地下起雨，一念起身拉开窗帘一看，哦，雨水正沿着玻璃窗滚滚而下。周遭宁静，路灯昏黄，私家车在布满雨丝的空间穿梭，有位路人的雨伞突然被阵风翻欣而起，人随伞紧跑了十来步，差点撞上路旁的树干。她紧张地"嘘"了声，连忙回到床位上，脑际依然在"为什么"里旋转、探究，火热而活跃，时而自我宽慰，"向正未成年不懂事，和他较劲？多余！"时而清晰地感悟，"虽是小孩子，别忘了他是男人，长大后与天下男人的共性无异"。

当雨声越来越小的时候，她蒙眬地打了个瞌睡，一觉醒来，天已蒙蒙亮了。人啊，同样活着，真有累和不累的感觉，既然是无奈，只要是过日子，依然还有做不完的杂务和家务。

"我也不例外。"她赶紧起身,丈夫不忠和儿子的叛逆对她均是致命的要害,"怎么办呢?"哎!房屋内墙即使出现"裂缝",外人还是看不见摸不着的,烦恼依然,日子照过。

新的一天又开始了。不同的是,此去再也找不到生活的依托和意义,如同漂在大海上的一叶孤舟失落而迷茫,期盼岸畔有人向她抛来一条绳索,哪怕拉到荒岛也算有个落脚点……想到此心灵和肉体均感到空前的怠卷,决意"什么都不管了。"

天完全亮了,金色的朝霞透过窗隙泻到地板上,不一会儿,太阳徐徐升起。一家三口照常生活,各忙各的。

向正已忘记昨晚和妈妈的争论,更不晓得妈妈的想法和决意,在他心目中,母亲向来说归说,做归做,永远善良和勤劳,他也照样放学回家就往厨房找吃的,然后不是看电视就是玩电脑。

几天没有听到妈妈的教导,儿子甚为惬意。时间久了就不同,生怕会有什么事发生,放学后自觉做好功课,有事请教父亲,尽量不打扰母亲。

郝忻也有所改变,下班就回家,偶尔问之:"需要我帮些什么吗?"妻正色道:"不必,谢谢!"眼不正视,语调也没有情绪,男人以为妻想通了,"到底厮守了数十年啊。"新感觉使他恢复了正常的食宿习惯,心境也日渐平静。当然没有想到女人真的变起来可不简单呀。

"朋友关系"就是"朋友关系",女人一言既出,驷马难追,想改都难以开口,不开心时只能暗自叹息。一念这样委屈难过容忍了几星期,情绪起伏不定,精神如处崩溃边缘,这天终于亮出决心,打定算盘,来一次彻底的"唠叨",将积压多时人道的、愤慨的、想不通的蓄情通通发出图个痛快!言明"朋友关系"是慢性摧残、自欺欺人,长痛不如短痛,何必死缠白赖?世上有的是寡妇,不都活得好好的。

有了主心骨,就像五更天赶路,越走越明亮。幸好再三告诫自己:"别急,得等儿子不在家时才摊牌。"

就在这奈不住沉默的时刻,接到了子乐的电话,说那天她忘记带回小花布袋,是否帮她送回。一念立即紧张道:"不急,不急!有空我过去拿。"一念话是这么说,心里则有矛盾,"一个小旧布袋,值得吗?"子乐知道她独自在家,半小时后又来电话说明天有事到巴黎,等他回来再说。

子乐的出现转移了她的思路,那些即将爆发的情绪暂且靠边站。有话可倾诉,有事好商量。事实证明自那天和子乐一起吃饭并在他工作室交谈后,情感无意间在自主和不自主的波涛里回旋,脚上也像穿着一双新旧不同的鞋子,虽不雅观,或许被人嘲笑,可是,每当新"印象"和"感觉"跃然心头的时候,旧的疼痛自然从心中抹去,觉得无意识的记忆竟然也可成为疗伤的工具。他,风度翩翩,交谈敏捷,待人处事认真细腻,"短短交流就看出——我有心思……"不知为什么,那阵子所有的忧伤和烦恼竟然莫名其妙地一扫而空,内心随之踏实。可惜,这一切,随着一脚踏入家门槛后,所有感觉便如幻念飞逝,还自我嘲讽道:"别胡思乱想,人家客气呀,自作多情。"一念深感刚才的想法和回忆多余而不切实际,便像电脑清除垃圾文件一样在脑际按下"OK"。

奇妙的是,"垃圾文件"被清除后,一念便惊奇自己怎么会忘记带回小花布袋呢。平日办事有条不紊,更不会丢三落四,准是丈夫出事后,自己满脑围着婚姻家庭转,思想、语言和行为变得糟乱无序,六神无主,自然思想不集中,炒菜时不是忘记放盐就是火候不妥将菜炒黄了,难怪忘了小布袋,"真是的,自己还没发觉忘了带回呢……"这么想想,觉得小布袋是小事,关键是有没有必要再见面。

"现在他有求于我。"她犹豫下,对自己说。

这天下了一场小雨,气温突降,冷冷的风透过刚被雨水洒过的树林,清新而凌厉。屈指一算,子乐已从巴黎回来了。午后四时,一念刚处理完文件就接到子乐的电话,她顿然借口身体不舒服,提早一小时下班,匆匆离去。

路上行人不多,地面湿润,空气清寒,不知怎的,这个新来的电话一面加添她御寒的能力,一方面又令她刚刚平稳几天的心境突然又七上八下的。

往子乐办公室的路上，一念不时地对自己说："当作调整心态的一项活动吧。"

子乐见她到来十分高兴，凝视她一会儿，眼神流露喜悦的色彩，这让她尴尬和不安，连忙有意转换话题道："欧盟领导人正在布鲁塞尔开会，商谈边界防御非法移民的措施。"子乐立即问道："葡萄牙、西班牙、土耳其是否批准加入欧共体？"他认为国家像家庭一样有贫富差别，硬凑一起将来肯定会出问题，接着补充道："奇怪，欧洲人的政治意识接近共产主义社会的平均主义了？"一念驳道："可人家富裕国的公民没意见，愿意呗。"正想进一步阐述东西方民族不同的社会意识时，子乐插道："管不了那么大的事，先管好自己，喝茶不？"她也随之回到原来的话题，"我是来取小花布袋的。"子乐连忙问道："就为了这个？还是怕我不了解时事，和我聊局势？"

一念不好意思地微微一笑，觉得自己有点造作了。

"坐下吧，我又不是老虎，怕我吃了你？"子乐递给她靠椅，自己坐在桌后的摇椅上。

她看出对方已觉察到自己的多疑和多心，不由道："还想叙旧？我对往事已没有兴趣了。"

"说实在，人和环境也得讲缘分呀。"他谈吐自然，右手在扶手杆上来回摩挲着。一念问他："真的喜欢这儿？大陆现在也很好。"

"对呀，'生命的每一刻都囿于某一物质对象'。"子乐突然显得愉快而良善。没想到，这句话引起一念的兴趣，她立即转了转眼球，含笑问："这句话，有意思……谁说的？"

"马塞尔·普鲁斯特。哦，在你面前，我是班门弄斧。"说完哈哈笑起来。①

"中学时你的作文那么棒，没想到选了经济学。"一念开始平静下来。子乐道："亲友说学文科的毕业后，难找工作。"

---

① 马塞尔·普鲁斯特，法国著名作家。此话出于普鲁斯特的《驳圣伯夫》。

第二篇
缘
宇宙的秘密 命运的注脚

她沉默一会儿，突然，像在台上发表演辞似的："不想孤独也不喜欢热闹的人怎么办？外表热闹内在孤独的人如何？内在热闹外表孤独的人如何？没有孤独和热闹意识的人如何？喜欢孤独又怕孤独的人如何？喜欢热闹又没有快乐的人如何……"如是一连串的"如何如何"让子乐吃了一惊，睁大眼睛，沉寂一会儿，想了想，觉得这话有点、有点像林黛玉和贾宝玉谈"弱水三千"的口气，立即从心里告诉自己："哦，原来是个聪慧而不简单的女人！"只能赞道："两字孤独就是一篇文章，士别三日，刮目相看。"

她似乎并不在意，补充说人类比禽兽对于孤独更敏感，"狗和猫，不是独处得挺好的？"子乐立即反驳说那是因为被"阉"了，她说："发情时四处找伴和孤独意识，是两回事。"

子乐轻笑起来，"人类的情感确实比动物复杂，但情感的功用是啥？就是用来和同类沟通、交往、商榷呀。"

她听了立即心墙摇摇欲坠，因敌不过它的摇摆，终于站了起来，走到窗前，无目的地向外望了一会儿，随之转过身，叹了一气，凭着固有的本能，被积压心底的小乱石突然哗啦啦地崩溃了，竟然脱口而出："他有外遇！"随之感到这个不是秘密的"秘密"像一粒破土而出的种子，终于显露了生命的原本相貌，长出了绿晕，并东张西望，还紧张地小心翼翼地等候着新的气象，希望给予它雨露和营养。

这个答案与子乐内心的猜测大同小异。现今的"外遇"已不是什么特殊意外的话题，子乐知道后没有什么意外的表情，但见她低着头不再言语的时候，才语重心长地说："我以为什么大事呢？……难倒你了吗？人生最麻烦和关键的事还是安生立命问题，有了它才谈得上其他，生存没着落的人哪有心情谈情说爱？说明你们混得不错呀。至于婚外情，很糟糕，谁都不愿意碰到这种事，既然发生了，只好面对！不过，你是新女性，怕什么？"

一念立即以责备的口吻反驳道："怎么可以这样说呢？"随后便激动起来，嘴唇微微地颤动，"他经历过一场大难不死才突然变了，变得神经兮兮、爱胡思乱想。"

"哦?"子乐突然抬起头想了想,很快补充道:"我理解,我理解!"

"我也理解!天下发生的事,都有理由!"一念心一沉,想到天下男人一个样。

"别生气,这种事难辩解,与观念角度有关,旁人站在哪一方都可以说些漂亮话。我当然是站在你的立场着想。不过,我一下子很难改变你的沮丧和失望,待你看透了婚姻的真谛后,就会善待自己,获得新生。"

"我是爱他的。"

"爱和人性是两回事。"

"虽不像初恋时期信誓旦旦的爱,但相处久了,彼此了解和需要……没有爱情也有感情。何况他只是'性爱'而不是'情爱'。"一念视他为可信赖的朋友,说出了心里话。

"老天常常是出其不意地让人改变主意……"

一念唐突道:"别乱猜乱说。"

"你这么看坏我,我感到惭愧,该死!"子乐说完起身到厨房泡了一壶茶,放在桌子上又转身回去取出一包开心果,一面倒茶一面温和地补充道:"我没有存心不良。好了,不谈这个问题,做个好女人,希望你以后像从前一样对他好……"

一念苦笑道:"什么意思?像从前一样?对他好?"

"他有苦衷,像我一样的烦恼。"子乐心不在焉地说,心里则琢磨着情感这东西真是宇宙的秘密,永远难以理解、看清和捉摸……在目前的处境下触及"结婚""离婚""婚外情"等字眼,很不妥当。

突然,电话响了。

"出差回来啦?"子乐的女人说是在他哥哥的办公室里打电话的。

"是呀。"

"你爸需要一种进口西药。"妻声音低沉沙哑。

子乐紧张地问:"怎么啦?"妻连忙安慰说"不必紧张,老爸退休后天天关注小报和网络文章,一旦看到或听到贪官腐败的事就生气,说那些人不少是老干部,经得起

第二篇
缘
宇宙的秘密命运的注脚

生死考验却经不起钱财诱惑,老爸纳闷怎么可以这样呢?人民相信他们才给位置……我劝他既然你改变不了就得放下,管好自己就是。他说我缺乏公民意识,你劝劝他吧,医生说他心律不齐与爱生气、郁郁寡欢有关系。"

子乐说:"忧患解决不了问题,最好不听、不看、不问,多想多接触些开心的事,不要跟自己过不去。"

"你就劝劝他吧,不放下又怎样,'痴''执'就是烦恼根,心若清静,万事与他有何妨?"妻信佛,说禅话。

子乐记下了药名,答应买药和寄药。放下电话后叹道:"原来是这样!"扫除了起初的惊奇和担忧。

这时,一念拿起子乐早已放在桌旁的小花布袋。说是她初到欧洲时以两角钱买的零头布亲手缝制的,用了十几年仍爱不释手,子乐表扬她节俭美德外,还加添赞赏她的环保意识。

"对不起,我走了。"她真的向门口走去。

子乐因女人的来电消减了交谈的兴致,犹豫一下,呆立一会儿,一时没了主意,只好送她到门口,直到看不见她的身影,才将门关上。

回家后不久,男人和儿子也相继进门了,一念照常忙于做饭菜,餐后也不叫他们洗碗了。父子俩相互做了个鬼脸,知趣地回到各自己的房间。

一念独自坐在沙发上看电视,觉得思绪比之前理性得多了,几天来盘旋在真实与幻影中的"唠叨"不驱自消,"路在哪里"的思量似乎有了方向,不禁忖道:"你啊,不年轻了,别有样学样,真的单身了,亲朋故友怎么看你,谁不说郝忻是天底下难得的好人!你若不要,人家可抢着要呢!"

她将垫椅上的两脚伸得直直的,重复着以上的意念,突然收缩起双脚,手抱靠垫将头偎在其间,自言自语:"想做的跟真的去实行是两回事啊。何况这是人生大事……不,郝忻没那么坏,是那臭女人不好!向正长大后也会变好的,没有了家,做人还有什么活力呢?"随后又将周围有家和无家的亲朋故友,做了个比较和判断,然后抬起头对自己说:"下班回家能看到他,总比永远看不到好。"

她的心慢慢地落地了,"朋友关系"重新占据心头。"不管怎么说,墙壁、家具、人口、角色均没有改变,各人感受虽有不同或觉得不自然,但,彼此的利害关系还是一致的。"想到此,一念觉得有根柱子帮着她支撑着以婚姻家庭为生命依托的屋梁。"家"既稳住了,房屋也不会倒塌了。

Chapter 3

第三篇

执

虽辛苦但有人神往

宋代理学家周敦颐认为"家人离必起于妇人"。

莎士比亚在《无事生非》里说:"不要叹气,姑娘,不要叹气,男人们都是些骗子。"

二十五
她有许多苦衷但不邪恶

向正周末到同学家去。一念在卧室抽屉里无意又看到近日有人转交给她的一封匿名信：

郝太太：

　　郝先生夸你开明能干顾家，是里里外外一把手的好太太……但你别大意，"翰林院"女生年龄差别大，喜欢他的大小姐不少呢……我因过于信任丈夫吃了苦头，所以提醒你，望见谅。

　　那天看完匿名信后手不停地颤抖，但一念很快扬起双眉对自己说："你是他朋友，管不着啦。何况政府部门查过说没事。"事后一念还是告诉了老祖祖，老人却笑问："你知道人一生下来最重要的事情是什么吗？"
　　"当然是健康和自由。"因自信，一念脸上的烦恼渐消了。老祖祖温和答道："从初生儿到老人，每天都在等待死亡，你说怎么办？来了就来了，去就去了，别执着，过好每一天……"

第三篇
执
—— 虽辛苦但有人神往

一念立即插话道:"大道理都知道,实际是另一回事,照你的话别生育繁衍了……"话是这么说,但此时的"道理"已成了她情感的跷跷板,有大小,有长短,有高低,但,她不想多说了。

老祖祖却意外地兴味盎然道:"若本性即生育何能阻止?我说呀,不要老记住对方的错误,学学怜悯和宽恕,继续给予温情和关爱……"

那时,她望着窗外的天空暗忖:"人不同于动物,人有自尊。窝囊,背叛!还要求我不要这不要那,应该这样那样,我成了圣人了!我的伤痛谁怜悯?有谁理解我的感受?我和你不同,我宁愿承着'坚强'的担子也不想被人怜悯。"

"奶奶,没事了,我先走。"她觉得不该打扰老人而匆匆离去。

……

一念现在重阅此信,又没有了主见。使她坐立不安的关键原因是如同"避风港"的"家"——它,建造起来何其艰难,拆毁却很容易。自己之所以能超越委屈忧郁完全是为孩子和自己未来着想,既然如此还在乎什么匿名信。于是很快将老祖祖的话置于脑后,表情肃穆暗道:"对,我不需要别人的怜悯!"

她双手捧着信,走到客厅坐在近墙角的那张老式的用七彩斑斓绒布制作的大靠椅上,再次专注地读了几遍,倏地起身到卧室将那封被她揉成团的信封重新拉开,将折好的信纸装入信封然后往梳妆台柜一扔,"是呀,关我什么事啊?"但过一会儿又脸孔发热,双腮微微颤动,两边太阳穴扑扑地跳,门牙紧紧地咬着下嘴唇,双脚来回踱步,竭力压抑自己,"也没有办法呀。痛骂一顿?将学生开除?他们多是成年女性、业余爱好者,除非生物科学家能改变人类基因,让男女见到异性没感觉?可自人类出现至今,少有不好色的男人。何况没证据,也许写信人吃醋或妒忌。"

就在一念感到无能为力的时候,突然想起前天还看到报纸刊登市政府某参议员建议应给驻守中东的士兵提供'性'服务的新闻消息,作者认为人道主义适用任何职业、时间和地点,'性'是生命中不可缺少的事,任何人不能剥夺其权利和需要。而这一切,正是自己过去再熟悉不过的批判对象:"腐朽思想""道德败坏"。想到此,她突然喃喃自语:"人生许多选择均取决于自身观念,并非哪一类该死,哪种作风高尚?匿名信也如是,怎么想就怎么样。"这时,她觉得喉咙有点干燥,想到厨房喝杯温水,无意抬头一看,窗外灰蒙蒙,白日渐短,夜渐长了,冬天即将来临,午后四时已无声无光也无人,风在空间飒飒作响,路灯下,一只流浪猫蜷缩在路旁汽车下,她立即浮想联翩,"我有屋有家,也像它一样孤独无助,心烦意乱。"觉得往日对丈夫的信任和婚姻的憧憬竟然如一出谐剧,或像肿瘤外面的一件彩衣……但最终还是回到无奈里:"说好了以后是'朋友关系',为何还这么不快乐、不开心、不平静……武斗吗?女人力气不过四两半,男人一挥拳就让你起不来。虽然阿黛莉娜①不但没有改变丈夫的愿望,还处处谦让,也不减少爱意……我,做不到!我是大学毕业生,具独立生活能力。不像有些悍妇对第三者采用疾恶如仇的手腕,但也不会无动于衷。"折腾和磨炼增添了她的聪慧:"真傻啊!无论是丈夫的错还是女生或告密者多管闲事,我均拿别人的错误来惩罚自己。"

她怔了会儿,觉得自己根本谈不上大度或超越,何不透透气听听音乐,或到海边去,让海涛冲淡怨愤和伤痕,将"忧伤""失败"扔在海底水草里,让鱼儿吞食,直到消失……这时,思维之网也在慢慢地提举着收缩着,为了不让儿子看到这封匿名信,决意取出撕毁,丢弃!

渐渐地,一向活跃而喜欢指点的灵魂也随之平静下来了。

为了让日子在看不出真实的情绪里度过,再往后,她喜欢外出,独自在湖畔静坐或赏景。但有天黄昏,湖畔回来,儿子外出,一个人在客厅想看完巴尔扎克长篇小说《贝姨》的最后几页后还给图书馆,不料心不在焉,看来看去不知里面讲什么,索性将书合起看电视,才十来分钟就感到场面热闹无聊没品位,便侧身往沙发上一躺,闭目养神。然而,过于平静的灵魂也会调皮不听话,趁此支配她做这做那,她立即起身提着购物袋到超级市场去,回家继续收拾、摆放,或开洗衣机、烫衣服、吸尘……一念

---

① 阿黛莉娜,指法国作家巴尔扎克长篇小说《贝姨》里的男主角于洛的夫人。

第三篇
执
—— 虽辛苦但有人神往

以为忙碌可打发时间和减少内心的挣扎与痛楚，然事实并非如此，伴随而至的是冷漠和虚空。更出乎意料的是，偶尔与子乐电话交谈几句竟也无济于事，"怎么会这样呢？数十年前的同学关系，今儿偶遇、见面、叙旧，以后还不是像岭头上的黄瓜鸟——各落各主"。

"也许需要有个倾诉的对象。"她坐在饭台旁边想边吃核桃仁，这时，电话响了，正是子乐，问她何时有空，想咨询些事。一念说下星期颇忙，现在可以。

子乐见她说到就到，深表谢意。一念解释："凑巧儿子有事外出，女人活得比男人累，男人可以自我潇洒撂下子女不管呀。"子乐听出她的话意，连忙转题道："我已应聘几份工作，就是没消息。"一念说欧盟公司不招聘没有居留身份的外国人，见他两手抱着胸低头不语，才抿嘴一笑补充说："欧共体失业率高，除非那份工作找不到人才才会对外招聘。"子乐答句"不奇怪"就不作声了，内心充满矛盾、彷徨、着急，待转过神来才问道："还有没有其他办法？"

一念心里清楚华人比八仙过海还灵通，即使在国外没有窍门也有暗道，移民局曾戳穿过假证明、假护照、假难民、假结婚现象……唯华人"门路"多，有个三十岁出头的男士填报是十七岁的孤儿，因不显老，洋人一点不怀疑。消息传得比风还快，一时间即有上千人相继报名，这才引起司法部关注，经体检验锁骨才发现全是假孤儿。想到此一念脸带苦笑摇着头。

子乐沉默一会儿说他任职的公司经营不当，问题错综复杂，自己理当回国，想留下来必须很快找到工作，但没有居留权就没有工作证何能站得住脚？只好将希望寄托于老同学，很快地，子乐眉毛间竖起两道直纹道："目前居住权未到期，是否可以找工作？"

一念因他的信任犹豫了，事到如今能帮就帮，连忙向他推荐刚听到不久的一种移民法："让可靠的商人帮你交税数年，你可不必上班，但要付这人双倍的税数，听懂没有？"子乐立即双眉一展，"听懂了。可否帮我物色这人？"他将公司近来的财务烦恼及贷款、余账、坏账等问题抛得一干二净，转身走进厨房泡茶，取出一盒客户送的瑞士名牌巧克力，"有办法就有希望，有希望就有新生活！"说完坐在她身旁补充道："忙着说话照顾不周，来，好茶，喝，吃吃——纯——巧克力。"

她惊奇其神情的迅速变化，对"纯"字也颇为敏感，顺手捏起一块巧克力往嘴里送的时候默想：此代价不菲啊，一般人做不到。

子乐诚恳希望她帮忙物色老板。一念表示尽力而为，心想"毕业于国际关系学，长相英俊、身材魁梧、精明里流露稳重、性格富有魄力，和人交往态度和蔼还带点憨厚，多能引起对方的好感，还不容易得人相助吗？"但她没表白，反而交谈起漂泊、移居、中西文化社会比较等话题，突然，子乐挺了挺腰闪烁着眼睛说："好，今晚我将个人档案准备好，明天你下班后过来取，怎样？"一念说要看儿子的时间安排再做决定。子乐表示理解，赞她是位好妈妈，一念笑道："这句马屁话对任何妈妈皆适用，世上虽有坏女人，却少有坏妈妈。"子乐领略她话中有话，又脱口而出："你真聪明。"

"又来了，这下是正宗的马屁。"一念补充道，子乐跟着笑起来，又就"马屁论"发表一番言论，一念问他华人为何比洋人更喜欢"拍人马屁"或"被人拍马屁"。子乐说爱听好话出自人性，好奉承与文化、教养、素质及信仰有关。一念刚刚会意地点点头就接到一靳的电话，说奶奶住所有着落了。刚收起电话儿子又来电，"妈，你在哪里？我的膝盖擦伤了，好痛呀！"

"妈立即回来！"一念脸带苦笑，解释儿子有事，匆匆离去。

三天后，一念外出办事，事毕顺便到子乐办公室取"档案"。

走到门口刚想按铃，门开了，只见子乐右手扶着门框幽默地点点头，像孩童般撒娇道："我听出你的脚步声了。"

"特别吗？"她略感惊奇。子乐将座椅移到她面前说："急促中带有音乐般的旋律。"

"哦？"一念刚坐稳位置，发现对方眼神亲切地盯着自己，两颊顿时泛起了红晕，

第三篇
执
—— 虽辛苦但有人神往

一念很快意识到对方有股按捺已久的激情随时可能突溢，便以世故的眼光回望着他，子乐连忙侧过头，怕心思被看穿，立即从台上拿起一张折纸递给她。

她打开一看，是首诗：

女人的眼神千百样
唯有你最难忘
你像红润的果实
令我怎能不口馋

我将手按在胸口上
告诉心儿别慌张
谁知性情不听话
令我手忙又脚乱
……

"俗不可耐。变相抄袭。"一念对着诗稿说。

"我本来就是俗人，谈不上作诗。那天傍晚你走后，我一时有了灵感，记下的。只给你看又不是拿去发表。"说完瞥了她一眼，取回诗稿，正举手准备撕之，却被她抢了回去，揉成一团，塞进口袋。子乐说不喜欢现代那些阴晦造作的诗句，但有些文人就喜欢"乌龟戴帽子——假充大老官"。说完坐在她对面，将自己的诗又吟了一遍。

她不想让其自鸣得意的诗句温热或沸腾起来，便转移话题道："舒棋近来遇上桃花运，不但小屋换大屋，可能还要开化妆品店，或许她可以帮你出张工作证明供你申请居留用。"

没想到子乐摇着头说："穷木匠开张，只有一锯，对舒棋的生意不感兴趣。"说完顺手关上大门。

"别看扁了,人家有后台,就是这类人容易发迹。"一念接着补充道,"对,你是想做大事的人,我只是帮你获得居留权。"随之问他驻欧公司何时正式撤销。子乐笑了下,指着台上的牛皮纸袋说:"快了。"一念点点头,刚想起身,子乐左手突然按在她的右肩上,双眼痴痴地望着她,显然已沉浸于激动的感觉里——是她,慰藉了自己身居异国他乡的彷徨不安和忧郁,使得心灵有个小小的栖息点,虽然毫无把握也不知能持续多久,却十分自信。于是一面在性情中沉缅,一面在犹豫里迷失,如同荒原上的一匹骏马,虽不受鞭策也不敢自由,只知道被主人管制惯了,哪怕有机会奔跑也不知所措。

眼前的她,像在荒原上遇到的一棵树,虽然绿叶不再青绿葱翠,却是如此独特显眼,充满善意、诗意和诱惑,渐渐地,世界在他眼前隐退并消失。此时此刻,马儿只想将发痒的马背靠近树干,让皮肤贴在树干上摩擦摩擦……

她知道怎么回事了,还来不及深思便起身欲走,子乐又伸出右手拉着她的左手,摩挲几下再拿起她的手按在自己胸口道:"跳得厉害吧?"说完突地张开双手将她抱在怀里,亲昵地吻着她的双颊,再一步步接近她的嘴唇……她突然像被电流触动似的不由得战栗起来,又矛盾又傻呆……子乐看不出她的紧张,将其表情视为女性惯有的羞涩和感伤,这时雄性激素感受到异性的温热后立即乱闯乱跳,很快将杂乱的意识集合成躯体内的一条绳,拢住树干,折其为杆抛往大海,然后,寻找奔流的方向,吹出一道河……

她立即松开手跑到沙发上,满面泛红,"真是的!真是的!别这样!"他跟了上去,手忙脚乱的……转身闩上大门,拉好窗帘,取出冷气被往地上一铺道:"不错吧?"

也许过分紧张,子乐有点失态,竭力地压抑着冲动,告诫自己"别出洋相",一面安慰她别胡思乱想。

电话突然响了。

子乐转动一下眼球,不予理睬,笑道:"没事。"随之用右手指在嘴唇中一竖,

第三篇
执
——虽辛苦但有人神往

"嘘"了声,意为"别说话"。突然侧过身子,嘴唇对着她的耳旁问:"要不要?"

她吃了一惊,"不可以!"猛地推着他的身子,却难以挣脱,抬头一看,他的眼神在她脸上飞掠。突然,在闪烁的微笑之后,子乐再次诚实问道:"我问你,需要不?"……她感到对方隐藏体内多时的火苗已发出熊熊的火焰,温度正往全身弥漫,随时会将她燃烧——"自已,这么多年,这么多年,从来没有看到如此灼热的火焰、热情和神情,也不曾想到这桩事到底有多么的伟大和诱惑,竟使千百年来人类无惧地神往和实践……"

她突然不知所措了!

也许是出于多时的怨气,还是一种潜意识的复仇心态,她,竟然安静了,安静得没有了主意、没有了动作,任之由之……

一种惊异的美妙的感觉将她迷惑了:那是一对没有恶意、没有勉强,只流露温顺、知性、善意的眼神……

终于,她无法控制了,在无喜无悲也无恨的静寂里,让情感在没有思想没有拘束时,于被扬起的水波里荡漾,不再拒绝和反抗,微微含笑、痴痴发怔,任他牵起手,往地上的冷气被走去。

子乐轻轻地拨动着她的头发,深蓝色的翻领内透着一股清纯的淡淡的肉香,白洁光滑的手臂如同露出湖面的滑鱼……突然,他将头埋在她的颈旁,疯狂地吻着,她的身子不由得微微颤动,当他的舌头凑近她的耳根时,她兀地红了脸。一念半就半推没有了自已,一任时间和感觉在她意识里交错和旋转……

万物均已飞逝,世界已不存在了,平日看重的名分、烦恼和忧伤已离开脑海,剩下的就是绝望之后的希望、欲望和慰抚……尤其那绝望,发作起来不可思议,不但征服了平日持守的意识和情感,连一向认同的价值和是非定义也异化了,代之而起的是忘我,忘记一切、驱逐一切障碍和麻烦,奔向潇洒的天地。

刹那间,四周静肃,意愿飞腾,双方的肉体均散发出一种奇特的磁力,将对方吸引住。

......

当黄昏的太阳出现在浅灰色的百叶窗的时候,他们已从极乐的世界里,回到了现实……

她紧紧地握着他的手,一面感受这空前的特别的慰抚和快乐,一面担心彼此一时的冲动将后患无穷,不由得侧过身提醒他:"我——比你大五岁呢!"

子乐摩挲着她的手,笑了笑,"影响什么吗?"

"华人男士很在乎男女年龄的差异。"话刚出口,觉得事到如今谈这些话未免多余,只好涨着红脸,回望他一眼。他在她侧旁,立即伸出胳膊,让她捏捏那隆起的坚硬的肌腱。一念暗忖——这就是活力和自信的象征吗?

"别怕,生活是美好的。"他再次安慰她。

周遭宁静,没有人监视,也没有人干扰。她不知是对他说还是对自己说:"我理解你,因为……"

"你不也一样吗?"子乐打断她的话,声调像法国厨师傅刚刚烘出的黑蘑菇,稀奇又柔和。

她自觉羞涩,说不出话来,苦笑了一会儿,竟然用双手捏起了他的胳臂,用拳头捶击那隆起的坚硬的肌腱。

这短暂,这愉快,这感觉,就这样成为中年后一念生命里突有、自有、最高的、最彻底的愉悦!更是心灵和肉体完美的、无与伦比的和谐与融合。同时使她惊奇的是,自己如花似玉的年华和患难与共的丈夫在洞房花烛夜里,竟然只有淡淡的沉默和好奇……"可是,"她立即反驳自己,"那毕竟是律法内的事,现在,感觉虽然神奇难得,灵魂却担负着沉重的荆棘,何况各有各的处境和难处,谈不上乐观和未来。也许,欢愉过后容易转化成新的惆怅和问题。"想到此,她侧过身看看子乐,刚才,他多像舞台上的出色演员,此时却像落幕后坐在亲人身旁的表演者,嘘着气,抹着胸前的潮润,偶尔转过头看看她……问她:"在想什么?"

她抿着嘴,笑而不答,眼睛望着天花板,平静地躺在那里,满怀心思的样子,不

第三篇
执
—— 虽辛苦但有人神往

一会儿，起身入浴室，梳洗一番出来后才彻底意识到刚才是怎么回事，又为什么会发生这样的事情了。更奇特的是，同一件事，为何与合法的爱恋，感觉截然不同呢？因而，一场欢响后，剩下的只有一连串的问号或自责。

这样沉默一阵后，不知为什么，一念觉得埋藏在心底多时的困惑、失落和哀怨一下子联合起来了，跳啊、闹啊，动荡不安地冲击着她的心口，责备她口是心非、言行不一、虚伪荒谬，令她感到无比的委屈和难过，禁不住热泪盈眶，不好意思地将脸转向墙壁。

"我知道你有许多委屈，我愿成为你信赖的朋友。"子乐说完取出纸巾，伸手为她抹着泪水。她没有拒绝，他再次取出纸巾，轻轻地抹着她的泪水，生怕影响她眼部化的妆。

不知是希望或需要有人的安慰，还是悟到自己所以那么忧郁哀伤，是因为生命的极乐花园已快成残花败叶的景象了。幸好，还有生命之树的迹象，尚有重发绿意的机会，但，更多的荒芜和孤寂将随之来临……"啊，我为什么想得这么多呢。"

她呆呆地站了起来。

他立即从身后搂住她的腰，让她重新坐在靠背软椅上。而她，适才那句"你需要不"再次在耳根旁缠绕，温柔地触动着她的神经，怎么办呢？是否就在这个起点上迈向新生活，打开藩篱让夏天的火热、冬日的阳光融入吧……要么，为了家庭、为了爱、为了孩子，让它永远荒芜和孤寂……就这样，她带着混乱以及自己也很费解的问题走往另一处短沙发上坐下，继续暗忖："这是补偿？报复？还是？……唉！……我呀，我！……哦！男女不同吗？"想到与郝忻相处的漫长日子里，彼此满脑不是政治就是工作，能平安无事过日子已是天大的福气，哪敢多想这些事，即使想，也难以启口，生怕被误为"坏女人"。何况丈夫幼年营养不足，体质外强内虚，即使雌性激素调皮起来也不为所动。自己却像春天丰满的摇曳的花，渴望春风吹拂、蜂蝶来到，然而，每当看到丈夫早出晚归，躺上床几分钟后就发出呼噜噜的鼾声，便告诫自己爱就是体贴和爱护，让他吃好睡好。加之婆婆经常说儿子气色差，似乎暗示她行房多了会影响儿子的身体健康。

担心男人过度疲劳,唯一的办法就是自制和克制,倍感委屈时偶尔也会觉得性别的差异就是不公平,"自己这样的'忍耐'和'宽容',你还欺人呢……可是……世世代代如是,能怎么样呢?"

这时,子乐从浴室姗姗前来,双手按在她的后背肩膀上,雍雍穆穆道:"帮我钉钉纽扣好吗?"她没有答应,也没有反对,转身望了他一会儿,微笑道:"是懒还是真不会?别说钉纽扣,男人总是脱了衣服乱丢乱放,袜子对不上号,床底屉里到处是,你也不例外。"说完自觉奇怪,怎么那天到他家不说、现在才说呢。

子乐听了哈哈笑起来。随之取出衣柜内那套丢了纽扣的蓝色西装道:"找不到相同的扣子呀。"一念边看边说在西装内里下摆处钉有备用的相同扣子。

"哦?我没看到啊……即使找到纽扣想钉,也拿不稳针线,不是滑就是掉,比扛一支枪还困难。"他边翻着衣服边说,还幽默地告诉她有一次试着补钉衬衫上的一粒扣子,费了九牛二虎之力,穿上身后,却遭女同事的笑,说钉歪了。一念抿嘴笑道:"就是呀,男女生来有别,男孩喜欢汽车玩具,女孩喜欢布娃娃。"原想在这个问题上多些探讨,只因天色渐暗,心里记挂着儿子,连忙从子乐手中接过针线包,边钉纽扣边提醒他这儿小偷多,护照、信用卡、驾驶执照以及贵重东西要保管好……

不到三分钟,纽扣就钉好了。这时手机响了,电话里一靳口气急促,语调生硬,"你这么忙吗?说下午来电商谈奶奶搬家的事,忘啦?"一念结结巴巴道:"我在外面,回家再给你电话。"

子乐趋前问她喝不喝杯红酒?她谢了谢,"不,该走了,家里还有事。"

"没关系,下次吧。"眼看她真要走,子乐放下蓝西服,以吻代谢。

二十六
活的真谛就是劳苦愁烦

一念在子乐办公室忘乎所以时,忘了给妹妹打电话商议奶奶迁居的承诺,更出乎意料的是,后来回家也忘了回电话。这下一靳火了,怀疑姐姐孝敬奶奶的诚意外,竟然藏起老人院的来信,不客气地在电话留言里说:"忙你的吧,还早呢,到时再说。"

一念对自己的失信感到内疚,幸亏有句"还早呢",便松了口气。

一切,发生得太突然了,犹如一只生动美丽的粉蝶突然闯入心窗,难以捕捉,虽然飞离了,心里仍留满扑扑飞扬的花粉,看不见却能使心境浪漫迷茫,在不知不觉里产生迷乱。

就在姐姐享受心灵荡波带来的特殊体验和微妙感觉时,妹妹竟然与圆桂、阿红、阿山抽空将老祖祖送往老人院,事后也不接听一念的电话了。

老祖祖入住老人院后,一靳的生活像出了笼的鸟,空间宽敞了,行动也变得自由无拘,遗憾的是轻松的日子刚刚开始,另一种感觉却不招而至。摒除了障碍增添了夫妇的亲密机会,同时也带来了新问题,一如窗棂上平日不见光的尘埃一旦在明媚阳光的照映下,便会显露其存在的现实:时而安然静寂,时而在斑驳的光线中飘逸飞翔。

事因凯西公差回欧后告诉一靳这趟出差收获不少,以至人回欧陆意识还在东方打转不停,难忘而费解。一靳听后蹦蹦跳跳,"请君慢慢道来"。凯西含笑地皱下眉头说:"亚洲市场虽大,投资开发并非容易,处世办事离不开人情关系,凡事均与功利相系,现在我才明白什么叫'红包',虽然场面上没人提及,但人人心知肚明,新名词叫'潜规则'。我们公司当然不吃这一套……可是啊……嘿,别忘了'可是'两字,当他们暗中送我一沓沓钞票的时候,我也好挣扎啊……职业道德呀……我能升职的原因其中包括从不犯规,没想到……一见到捆捆钞票这么容易进入我私人腰包的时候,真是心旗摇曳、难以拒绝!嘿,这是明知故犯啊。可转念一想,数目不太大,就这回,下不为例……"凯西说到这里瞥了她一眼,看看她有什么反应。一靳回望他一下,不经意答道:"你自以为血统比人高贵,灵魂也高人一等?私心杂念是人的共性,你也少不了,不过是此地的法律和监督机构比较完善,让人减少犯错误的机会罢了。"

"有道理。人性差不多。"凯西喝完咖啡,继续浮想联翩道,"亚洲生活指数低,待退休后,拿这里的工资到亚洲生活,一流享受!"

一靳扫了他一眼,心想,抱有这种想法的不只是常年在亚洲工作的西方人,整个欧洲大陆就有不少人,尤其单身汉到那儿玩妓女,回来还扬扬得意说便宜。但她继续迟疑了一会儿,想不到一向自信看重体面名声的丈夫,初次出差便受到影响,不由得叹了口气,"我已习惯这里的生活,不会跟你去。"

"别误会,不过想象罢了。"凯西正想继续述说在亚洲的见闻和感受,电话响了,只好转头对妻说:"哦,有个会,差点忘了。"顺手推开台上的西点,匆匆离开。

一靳仍然坐在饭桌旁,左手用刀叉扎进一块小杏饯,右手托着下巴,眼睛望着已被刀叉割成四分的糕点,心事重重——凯西出差回来的"收获"不仅没让她高兴,反令她反感甚至引起胡思乱想。

自己有过七次谈情说爱,每次均以"虎头蛇尾"告终,正当对爱情婚姻渴望又惧怕的时候认识了凯西。对方的职业、家庭背景和经历给了她希望和憧憬。幸好婚后凯西工作努力,诚实良善,生活稳定假期又多,日子幸福而快乐。饭桌后柜台上的那张放大相片,就是婚后两人在阿尔卑斯山滑雪时的留影,站她身后的凯西两臂交叉地搂抱着她的身子,当朋友按下相机快门后她立即转过头,看到那双凝视自己的碧蓝的诚实的眼睛,她感到那么幸运,连忙将脸贴过去,贴在他腮上,男人习惯性地热吻一会儿,然后双手一放,拉着她的手,继续滑着雪……

凯西结实的臂膀和幽默诚信的品行,让一靳忘却往日恋爱中遇到的许多不开心的人与事,并将其通通推进记忆的仓库,锁之,封之,还充满信心地对自己说:"世上总

第三篇
执
——虽辛苦但有人神往

有好人，总有幸福与快乐。何况我俩是三思而行的，婚礼隆重，彼此还举手发了誓。"

然而一年多来，她渐渐感到心中有两个凯西形象，一个是热情、向上、朝气勃勃、懂得生活、幽默风趣、喜欢传统文化的洋人，另一个则是性急、容易冲动、缺乏耐性、主观固执，善于犯错又善于悔改的异性。两种形象彼此忽隐忽现，最常见的是当她沉浸在一种形象的时候，隐退到心灵深处的另一种形象很快就会出现，使得她每每刚要做出的决意很快被泡影代替。正如这几天，为了凯西的"东方收获"，一靳郁郁寡欢，原想向姐姐求解，没想到姐姐连奶奶的事都不关心，还谈得上关心自己吗，只好自我安慰："又不是急事，改天再说。"

"改天？也许我就不想说了。"一靳突然愤愤地告诫自己。

"凯西今午开会。"想来不会这么快回来，一靳匆匆穿着一番出门逛商场，走了几家，觉得没意思又回家了。

下午五时，凯西回来了，匆匆走进客厅，看到一靳在打电话心里就紧张，他非常不喜欢华人"煲电话粥"的习俗，浪费钱浪费时间外，还担心妻说多了难免泄露秘密。幸好一靳通情达理，见丈夫回来，立即收线，迎门而去，凯西将她搂在怀里，吻了她的嘴唇又吻了她双眼，随后拍拍她背部说："这几个月公事较多，晚餐后还得出去交接些事。"

"我已经三个月，独守家室呀！"

"传媒界预测南欧可能开战，不知工作是否会变动。"

"那是外国，影响我们买屋吗？"

"工作不固定就只能暂时租屋了。"

"奶奶住进老人院，你若常常外出，我？一个人……"她充满抒情和温柔的声调打动了凯西，使他以法国的成语典故幽默道："没钱也就没有瑞士人。"①

---

① 1522年，法国军队中的瑞士雇佣军指挥官粗暴地催军饷说："要么给钱，要么我们不干了。"今喻为：没有钱便一事无成。

他一时不理解妻子的心情,只能补充道:"彩虹婚姻介绍社不是很有意思吗?"见她没有回应才询问起奶奶入住老人院的情况。

"她总是笑容满脸的,没说什么。哎呀,我忘记买你喜欢的那种作料了,再到超市看看。"说完提起购物袋离去。

一靳在路上心里依然忐忑不安,听年长者说:"回家就谈工作的丈夫,要特别留意呀。"但她不往这方面想:"我丈夫不是那种人。"确实,正是凯西奇特的婚史让她深思熟虑后,断然嫁之。

为了回报凯西对她热烈的爱情,一靳中断了原有的许多朋友关系,安心在家做主妇,过亲密无间的两人生活,尤其夜晚,说到兴处,彼此还温馨地商讨"要几个孩子"。一靳坚持要一男一女,男孩丈夫命名,女孩母亲决定。遗憾的是,不知是那"种子"不灵还是肚子不争气,近一年多了,仍无花果。有趣的是双方均说自己没问题,对为人父母充满自信与希望。这令美丽的河床在爱的情思里总是流溢着浪漫多彩的云霞,毫无阴影与麻烦。也就是说,丈夫就是一靳的世界,除了和他外出度假,平日在家于电脑上为"彩虹婚姻介绍"写些邮件,其他时间均在做家务——烧饭、烫衣、洗厕、浇花等。由于洁癖,常常这里抹抹那里扫扫,玻璃、家具、甚至连储藏室均打理得干干净净、整整齐齐。

为了证实自己也是真诚无私的,一靳趁凯西出差时特意参加了短期西餐烹调培训班,学习牛、羊、猪肉烧烤时间的把握、肉质软硬的最佳程度以及作料配搭技巧等。

这趟从超级市场回来后,便在厨房炫耀一下新学的本领。

凯西在客厅看电视新闻,不一会儿,门铃响了,他起身开门,只见两名小学生举起募捐的小箱说是"儿童癌症医院"的义工。

凯西惊奇问道:"儿童患癌?My God!"

"我们不知道。老师教导我们要有爱心。"学生低声道,眼睛望着小铁箱。

"是环保问题吗,还是另有原因?嘿,可怜的孩子们!"凯西面对青少年无法多谈,迅速从钱包取些小钱塞进募捐小箱里。门一关,他就闻到厨房里飘来的奶油香,立即

第三篇
执
——虽辛苦但有人神往

走到妻子面前,鼻翼因用力闻吸而微微翕动,一靳转身叮嘱道:"多少人经手钱币啊,快洗手去!"凯西说"没问题",双脚已往浴室走去。

当他洗完手出来的时候,一靳又不放心道:"这么快,冲冲水怎算洗手?有没有用洗洁剂?"凯西无奈地摇摇头,并不在意,也不听话,坐在客厅沙发上等晚餐。

须臾,厨房传来亲切的呼声:"My dear!吃饭啦!"

"来喽!"凯西乐不合嘴。

晚餐令男人满意有加。得知妻为了自己特意学习西餐烹调更是高兴,还幽默道:"我对你也不错呀,无须你外出工作,应有尽有,哈哈,小心哟,你要是和别人好,就由他供养喽!"

"胡说!"一靳立即流露不悦的神色,用餐刀拨了拨碟内的土豆,再在牛柳的中段来回地切割着。

"家庭里没有龃龉,好比婚礼上没有音乐。"凯西含笑道。(此话为欧洲谚语。)须臾,凯西毫不在乎补充说时代不同了,中西婚姻结合现象日益普遍,他这次出差接触了好几位中国男人,谈及对老婆的见解时观念相似,觉得现在中国女性的'性'开放不比西方逊色。

这下一靳微笑了,将自己的另一半牛柳放在他碟内,"什么不说,就说这?"关于这话题,一靳平日也有所闻,什么中国女性虚荣和功利心比洋女人重,但持家和管家则比洋女人强,所以此时不想多说,只希望丈夫记住她的婚姻观:你待我一寸,我回你一尺。

没想到凯西还没有说完话呢,先是起身去冰箱里取了一罐啤酒,然后边开边说:"当然还有其他方面,比如华人在婚姻问题上比白人势利,看重财富名誉和地位,嘿,你知道的比我多,看看这里的女华人,为了居留权,不论对方什么身份、地位或老少,结婚!取得护照后,离婚!你身旁的华人就不少了。嘿,洋女人就不同,女律师的丈夫可能是个普通的厨师,中国女律师做得到吗?她们宁愿终身不嫁,也不会和厨师结婚。"

一靳心想凯西平日很少关注华人信息，自从自己在他面前陈述一些身边奇奇怪怪的华人轶事后，他才开始对华人评头论足了，尤其这半年来时常成心找华人缺点评述，还觉得"不可理解"。一靳看出他越接近华人世界，心境变得越来越复杂，便暗中自叹："难怪呀，以后有关华人的事，少和他说。"最关键自己也是华人，为了家庭幸福，尽量少谈不利自己的人与事，免得让那摸不透的脾气借题发挥，越描越走样。

当她洗好了餐具正想转题说姐姐近况的时候，电话响了，正说曹操，曹操就到。是一念打来的，除对妹妹再次赔礼道歉外，特意约一靳到安博家探访，因安博夫人阿梦塔服了多子丸，一胎诞下五男四女，个个像猫儿似的竟然全活了下来，创下世纪初纪录。一靳听了"扑哧"一笑，忘了生她的气，"好啊，我问问凯西。"

一靳将无线电话放在身后，走到凯西面前扭了扭身子，娇声娇气道："你不在家时，老同学来电说约几个老友出去喝喝咖啡，叙叙旧，我均拒绝了，想在家等你的电话呀。今晚有点特别，你听听……"说完将话筒递给他。凯西听出一念声音，客气地打了招呼，经她陈述约会的原因后，连声说："OK，没问题。"

"你今晚不也有事吗？"一靳边说边将台罩铺好。

"我很快就回来。"凯西突然惊奇道，"有趣！多子丸？有效？"

"我们要不要试一试？"一靳开玩笑说。

"我可不想冒险，出了低能儿怎么办？"凯西说完进入洗手间，准备外出了。

凯西出门后，一靳因洁癖又收拾了一阵，待换好衣服略微化妆后，到达安博的家已九点一刻了。

到访者全是安博的中国朋友，箐儿皮肤白皙细润，黑溜溜的杏眼蕴藏着自费留学生的无奈和隐忧，她和一靳打了招呼便帮这帮那，一会儿烧水泡茶煮咖啡，一会儿停站在角落里听各人说话。阿山心里不喜欢一靳的迟到，表面却显得毫不在乎的样子，催促她快去婴儿室参观，"我们都欣赏过了"。

"什么参观、欣赏的，用词不当。"一靳瞥了阿山一眼，教他，"应该说先看看可爱的宝宝吧！"说完"呀"一声，"这就去"。

第三篇
执
—— 虽辛苦但有人神往

平日各忙各的，难得相会。一靳生性活泼，能唱会跳，阿山当众公布说迟到者罚唱，箐儿说华人多子多孙象征大福大贵，建议一靳唱《宝贝》，安博连声叫好，心想，近日到访的不是老前辈就是亲戚或同事，今晚全是异族人，场面活泼，富有生气，连忙附和道："尽情欢乐，尽情歌唱……"

桌上摆有芝士、香肠、青瓜、薯片、果仁、巧克力及各种饮料，其他数人有的闲聊，有的在吃小点。只有小强在关注电视里的新闻报道，由于音量小，不影响大家的谈论……裴女士在厨房、客厅、婴儿房间走来走去，忙着招待客人并看望孩子。美籍邻居艾伯特突然说如果一靳肯唱歌，他就弹吉他。一靳望了大家一眼说："先听吉他吧。宝宝太可爱了，我再看一会儿。"艾伯特二话没说同意了，但要求弹前喝半杯红酒，安博立即为他献上红酒再转身入房取吉他。

艾伯特喝完红酒，清了清喉咙，各人立即安静下来，他调了调琴弦，自报弹一首夏威夷的吉他曲《花蝴蝶》，随之在唱弹间飞舞，浑厚的男低音"妹妹你像只花蝴蝶"于顿扬飞逸的琴弦里跳荡……不一会儿，又接着弹起轻盈悠慢的《我的小星星》、自在愉悦的《小蟑螂》以及清纯简朴的《好伙伴》。这时，沉默多时的裴女士竟然情不自禁地主动要求清唱老歌《情深谊长》。

这一唱可不得了，各人伸长脖子不说，阿山更是惊奇得哇哇叫，"原来裴大姐的嗓子不比歌星差，下次华人聚会一定捧场啊。"小强也深觉愧疚，还当人家是没文化的黄脸婆呢，只有熊俊声调粗重道："如今世道，中外社会均是'黄钟毁弃，瓦釜雷鸣'。中国如是，这里的华人也如是。"几句短语，意味深长，艾伯特瞪着眼睛不说话，安博希望熊俊继续说下去。一念心知肚明其话意，看看如今活跃于社会的各类"名士"，都是些什么人？不说文化、素质、琐碎、浪子如何，咳，凭着中华多项"国粹"招牌，赚到钱还不过瘾，竟然在小报广告或名片上，自封博士或教授呢。想到此，一念不由得蹦出句爽话："有眼不识泰山，裴大姐可是当年省歌舞团名牌演员，不过老些呗！"裴大姐立即凑过来说："能老是福，许多人想老都没有机会呢。"阿山连忙"对对对"，表示赞同，说完要求裴女士唱一曲张也的《婚誓》和李谷一的《乡恋》，"让大家见识见识！"

安博、艾伯特爱听中国抒情歌，连声"OK"，裴女士久不开腔，为了助兴，将头一仰，唱起"阿哥阿妹情谊长……"

清晰优雅柔美的抒情歌唱令大家听得如痴如醉、默然无声。只有箐儿，虽也动情，却独自轻步到婴儿室，陪伴一靳观赏婴孩，咿，像茸毛未退的小动物似的，表情和神态均靠眼睛、嘴巴、手脚示意呢，看哪，有的闭着双眼、但见眼皮下的眼球儿在轻轻地滑动，有的半开着眼、褐色的眼珠左右来回转动，或突然张开小眼偷偷地一笑，其他的，或抿嘴微微含笑，或半张着嘴，或嘴唇不停地嚅动，做吮吸着奶头的动作……只有那个脸部稍圆的小宝宝好像在鼓着气，待脸部涨得润红润红的时候，突然张开小嘴儿"哇啦啦"地哭喊起来，声音又大又响。

其他宝宝先是吓了一跳，接着此起彼伏地跟着哭，音调大小强弱不一，如同哭的演奏曲。一瞬间，婴儿室的哭声掩盖了客厅的歌声，坐在安博身后的阿梦塔立即起身伸手向大家示意，表示没问题，继续吧，自己转身进屋，为宝宝换完尿片后，将厨房备好的奶瓶放进各个婴儿嘴里。不一会儿，一切归于平静。箐儿看到奶瓶只是靠在嘴旁的小高垫上，无须人手，十分惊奇。阿梦塔发觉她好奇连忙笑道："习惯缘于环境。"箐儿边看边说："好多工夫呀，几时才能长大啊？"

"你也是这样长大的呀。"阿梦塔接着补充道，"现代母亲已很幸运了，有免费看护帮忙。"站在她身旁的一靳对于她的话毫不在意，却不时地点着头，心里暗暗告诉自己："我只要两个就够了。"

渴望当妈妈，或许是一靳今晚最大的触动，但还来不及联想，就被站在房门的阿山打乱了，他不忘罚唱的事，"轮到你了。"

"让我在专业人士面前出丑？"一靳再三推却。阿山说："没关系，乐呗！"

一靳步出房门，看到各人期盼的眼神，想到刚才初见多胞胎时的激动、欢喜和惊奇，不禁道："唱首世俗的《宝贝》以表祝贺。"

艾伯特听到清柔、甜美有情而美妙舒畅的歌声，立即用粗胖的、长有细白毛的手打着拍子。

没有人知道,这首歌是她的最爱,寄托了她的未来和渴望:

亲爱的宝贝心肝
是永恒爱情的希望
世上有你增灿烂
妈妈有你更漂亮

乌云因你而消散
风儿有你会歌唱
你哦呀哦呀地叽喳
妈妈乐得心花放
你若吐奶和哭闹
她就心慌又意乱
东望西寻找外婆
"妈呀,快快帮个忙"

阿梦塔高兴又激动,领受了她的心意,自觉这首歌词肯定是当过妈妈的女人谱写的。

这时,一直在关注时势新闻的小强走过来凑热闹,虽满脑政事却显得相当平静自在,一面听歌一面吃小点,间或也喝些咖啡。其他人喝果汁或啤酒等,只有一念坐在沙发旁喝白开水,她对妹妹的歌词情有独钟,深知她自从上次流产后越是渴望有孕越是落空,"是啊,没有怀过胎的女人是遗憾。罗素不就写过'女人是通过完成孩子的工作展示对社会的贡献'"。

突然,电话铃响了,安博连忙起身接听,众人眼光均朝他望去。安博眼望一靳示意,她立即停唱过去接听,原来是凯西打来的,要她赶紧回家,声调紧张又急速。一靳先是一惊,以为有什么急事,得知只是希望她早点回家而已,镇了镇心跳,低头看看表,低声道:"很久没有夜出,难得这次……"

"吴一靳?"凯西感觉到到访者可不少,打断了她的话。

"是我呀!"一靳嘴唇对着话筒走开,生怕被人听到。

凯西沉默一会儿,继续召唤"吴一靳",声调比刚才粗大。

"怎么啦?"一靳脸色唰地发白。

凯西想象着场面的热闹和人选,妻可能在征求旁人的意见呢,立即放下电话,一靳听到电话断线的声音,嘘了一口气,走到阿山面前,右手捂着嘴低声告诉他凯西催她回去,阿山说"没事",到时他愿意出面解释,一靳照阿山意思对着大伙儿苦笑一下,重复道:"没事,我把歌唱完吧……"

她自觉第二段的歌词比第一段更精彩,声调也为此轻松而颤动,一如骑在马背上的轻哼,随风飘逸。

人们望着她,轻轻地拍着手,

亲爱的宝贝心肝
你纯洁简单没忧伤
即使钞票在身旁
抓来撕烂当纸玩

假如妈妈在身旁
你将世界全遗忘
哪怕权势和名位
撒把尿屎给他看

第三篇
执
——虽辛苦但有人神往

唯有性情易变换

喜怒哀乐没定向

有朝一日英俊相

妈就可能靠边站

一靳刚唱完，小强突然问道："我有个费解的问题，这些同父同母的婴儿，在同样的环境下抚养成长，却无法预计他们的未来。将来，他们是杀人犯呢，还是国家的栋梁？"

"这就是奥秘，没有答案。"艾伯特笑道，"有了预见就没有希望，希望是生命之舟的灯塔。"

熊俊感到那温柔轻快的声调和歌词隐喻初为人母的苦乐以及歌颂婴儿的纯洁，所以，摆出悠悠然的姿态望着小强道："没听懂她的歌？人生最有意思的就是看着婴儿成长。"

阿梦塔点点头，又热心地问大家想喝什么。艾伯特则走出门外抽烟去。阿山望了望大家，认真表示同意熊俊的想法，说他小时候十分调皮，父亲说长大了准是个流氓，没想到17岁那年，早起后发现内裤有痰状湿物的时候，才渐渐有了是非感，学会安静和听话。

安博立即笑道："17岁才懂得意淫？迟啦！"

阿山点点头说母亲奶水不足，17岁后开始对女性有所注意、在乎并感兴趣。

"'意淫'算不算淫？"阿山补充道，接着说激素的奥秘及性朦胧带给男生的困扰在祖国无人关注。熊俊说他别扯得太远。不一会儿，男女间你一句我一句，不是对答机敏，就是相对无言，中间也掺杂着幽默和玩笑，还有精彩的评论，生动的叙述，直到零时，吃点夜宵，才各自离散而别。

箐儿搭上小强的"顺风车"走了，阿山和一靳住同一区域，主动将一靳送到其居所楼下。

当她准备起身离车的时候，才发现忘了带钥匙，但没有出声，心想，按铃吧。

她独自站在门口，按了数下，没有回音！

无奈用手机打给凯西，仍无音讯，一靳开始紧张并意识到准是刚才没及时回家令他生气了，只好告诫自己再等一会儿吧。

时间一分一秒地过去，接着5分钟10分钟过去了，大约过了半小时，按铃依然无效……此时，夜幕深沉，加上气温突降，冷风飕飕，路灯发出诡谲的亮光，周遭一个人影也没有，寒气袭身，一靳双脚微微地发颤，"怎么办？"只好求助阿山，阿山接到电话，十分生气，连忙给凯西打电话，同样了无音讯，只好怪一靳怎么出门不带钥匙，一面开车返回，再次帮她按铃呼唤，依然没有效果。

路灯下，只见平日活泼乐观的一靳，竟然偷偷地用纸巾按着眼角，阿山叹口气说："我以为中国男人才大男子主义，想不到，鬼佬也如此。"

他看看表，建议到他家过夜，反正自己有老婆，不怕！

一靳上了车，拉长着脸，低声说："这就是男人。"

"个别现象。"

"我觉得是普遍现象。"一靳驳道。

"没事，明天就好。"阿山怜惜的口吻中带着玩笑，"他比你大那么多，缺少安全感，男人啊，爱得越深，越在乎！"

"爱过分就显得可怕，我受不了！"一靳右手按着脑门，又伤心又埋怨。阿山接着道："多数男人不喜欢女人夜出，不过，今晚是特殊情况……你明天真诚表态'下不为例'就好了，记住，要学会哭泣，男人最怕女人流眼泪……"

"别说了！"一靳脸朝车窗外，思想游移不定，时而神飞意转，如被人追逐的一群麻雀，乱飞乱撞，不知所措，时而像那喜欢停留于后花园墙上的知更鸟，站在那里东张西望，跟着蜜蜂兜圈子，然后，对着蜘蛛网上的主子，一啄而去！再然后，联想到自己："我现在是啄它呢，还是被啄的主子？"渐渐地，纷乱的思路慢慢地集中到一句问话：原来，我嫁给这样的人？

郊外万籁俱静，路旁的树木飞速退去，她什么也没看见，一心想着今晚发生的事情，突然，情不自禁道："好恨！好恨啊！"

阿山没有出声。快到家了，当他看到自家窗户的灯光时，心想："她还在等我吧？"

二十七
屋虽大却留藏着许多"曾经"

一靳昨晚的遭遇给阿山留下深刻难忘的印象，他对一靳的了解是凡事执着、单纯倔强，对爱情永不言败，且越挫越勇，不信找不到真爱。阿山觉得与她年纪轻轻出国接受西方教育与社会习性有关。然而当一靳不顾旁人意见选择凯西的时候，阿山就不看好这段婚姻。昨晚好言劝说不过为了降低她的心火，实则已预感到她无法摆脱的离婚命运，今日打电话问她："没事了吧？"一靳道："正想回谢呢。"随之扬眉吐气陈述凯西在老祖祖那里见到她立即下跪求饶，表达自己如何地爱她不能没有她，诉说昨晚彻夜无眠，在担心、痛苦、后悔中煎熬！"他还不知道我到你家过夜，以为我到姐姐那儿去。"

一靳语调轻盈悦耳，流露一切已烟消云散、没什么不开心的了。阿山出乎意料地只好灰溜溜道："我说过，太爱了才这么在乎，何况他岁数不小了。"

一靳因凯西在家不便多说，很快中断电话。凯西听不懂中文，却从妻的表情中猜测平安无事了。

事实上，一靳昨晚一夜没睡好，并非像阿山想象的那样"执着"和"倔强"，只觉得自己没有错干吗要丢脸，今儿凯西的求饶只平息了事态的发展，却抹不去她的委屈和感觉，所以放下电话后，她就很想独自外出但又不知往何处去，奶奶已入住养老院，一念自顾不暇。

此时的凯西不是达令长达令短就是耍幽默,学着中国清代官臣觐见皇上的举止——两手先甩前再拂后,随之扑通一声跪下求饶,不料一靳看都不看一眼,要他坐下来,面对面理论,凯西道:"事情已经过去了,重提也解决不了问题,朝前看。"一靳得不到满意的回答便借口到超市购物,谁知逛了半小时,只买些水果回来。

凯西坐在饭桌旁啃面包喝牛奶,见她进门,正想开口,却听到她不卑不亢道:"下跪忏悔已成你的习惯,不值钱了。"随之以挑战的口吻道:"别以为没有你我就活不下去,追求我的人多着呢!不信,再找一个比你高贵,比你有钱的人,给你看看!"

凯西面无表情,草草吃罢,取了钥匙提起外套,开门而去。

确实,她有不乏被爱的经历,也领略过真假、实虚的性情,然而,一旦述说自己的情史感觉就不同了,虽不像一般人分手便说别人的不是,却也轻描淡写道"和不来",偶尔还振振有词亮出自己的理由和优势,神情沉着安宁,内心踏实。

凯西出生于西欧传统家庭,平日虽爱幽默,遇到正经事却有板有眼,因而一靳刚才说的话他信以为真,所以外出一会儿就回来,还紧张兮兮地再三赔礼道歉,真诚表态:"全是因为爱,爱你呀!"

"我承受不了这种爱。"一靳眼望宽敞却没有几样像样家具的客厅,越想越伤心越觉得委屈,尤其"面子"问题。当年爱情至上漠视财权和地位,觉得财富、名牌、机会、欲望等美事随时可能变异或消失,唯有爱情和艺术永恒不朽,没想到,爱的真谛如此复杂,艺术又那么遥远,高不可及。

"难道你不了解我?理解我?"凯西突然理直气壮道。

"正因为我了解你,才愿意和你签那张一切以你为中心,我没有任何保证的婚约,那时我只想证明世上真有好女人!看来这张婚约也没有带给你安全感,你有病,你有病……"一靳边说边故意收拾细软,凯西见之连忙走到床边,双手抢走她手里的衣服往柜内一扔,转身紧紧将她搂在怀里,"不能离开我,不要离开我,我愿意改写婚姻契约。"

"现在不是婚姻契约的问题。"一靳克制着情绪,轻轻地拨开他的手,坐在床沿上

第三篇
执
——虽辛苦但有人神往

道,"你替我想想。"

"我也不知道。"凯西左右手指紧紧地相扣着,看到妻子准备起身,连忙走过去,站在她面前,忐忑不安地低着头,拉着她的手说不承认自己嫉妒或有大男人主义思想。为表悔意再次真诚道:"下星期约见律师,改写婚姻契约。"他当然不知道一靳根本不在乎什么婚姻契约,她在意的仍是昨晚的事,哪有这样的道理,事后还不让她重提,她就要说:"昨晚是朋友偶聚,又不是什么'公众场合'。"突然抽开他的手,把头一仰,站了起来,耸耸肩膀继续道:"再说类似这情况已不是第一次了,别将你想惩罚的对象用在我身上。请替我想想,众目睽睽下,我的狼狈相!"说完眼眶绯红。

她是不太流眼泪的女人,很快抑制住泪水。

凯西垂下头,喃喃自语那句反复重复的话——"我爱你!"右手不时地揉着左手掌心,"昨晚确认你不回来了,我就混杂着另一念头,心想生物学家不断培植优质良种,为什么人类就不能提倡优质生育?地球陆地就这么点,人口不断膨胀的后果将意味着什么?什么多子丸,多子就值得庆贺吗?不是生小猪崽啊!我担心'未来的一天将比过去的一年还要长。'"

一靳反驳道:"为自己找理由,借口对多子丸发牢骚?你有'生命之源'的思想,要不得!"[①]

凯西不想在"优质生育"和"生命之源"的概念里争辩,转而对她陈述从未开口的"生命权"问题:"我年轻时曾对父母亲说,没有我的同意,为何生我?心里总是充塞许多'生命'的问题,心里总像有棵大树在摇曳,扰乱和阻挡了正常的生活。"

"别无选择的事,有什么好谈?没有一个人能拒绝生与死。"一靳语调生硬,昨晚的遭遇依旧耿耿于怀,觉得这次不说个明白以后仍然会重演。

凯西看出妻根本不在乎他的话,而是不屈不绕地纠缠昨晚的事,又灰心又失望,

---

① "生命之源"是纳粹德国统治时期,希特勒一面进行种族清洗,另一面秘密制造优质生命,即向雅利安妇女提供非婚生婴儿的9座"生命之源"产院。12年间出生一万多名婴儿。战后,"纳粹婴儿"背负沉重的历史包袱且身份成谜,令他们痛苦万分。

觉得自己失败极了，再也不想多说，心头一急，冲进洗澡房，想方设法将烦恼从心灵深处清除出去。

洗完澡，直往卧室去。

岂料身体躺在床上意识却很活跃，眼睛一闭，无形的忧郁不停地在脑中打滚：她说："承受不了，承受不了会怎样？会不会再来个东方的埃丽儿（凯西的前妻）？怎么不理解人在某些情况下做出的事实不等于是事实，我不过语气生硬些，何况探访新生儿又不是什么重要大事，到场表示下心意就够了，你在他们面前拒绝我，我感受如何？我就不丢脸吗？'丈夫'重要还是'他们'重要？让你早回家毫无恶意，事后又做了解释，还为这点小事纠缠不清，真不成熟。"

客厅传来电视动画片里孩童的争吵声……凯西想到甜甜的年轻和"不成熟"，内心不但慢慢地平静下来，还站在一靳的立场原谅她的误会与不满。

确实，她根本不了解这平凡无喧的屋子里隐藏着多少的"曾经"。

这里，有陪同凯西度过日日夜夜的发妻、情人和爱人的足迹；这里，有他生命中难忘的场景和缭绕耳旁的声音……

埃丽儿不但是凯西年轻时的同龄学友，也是他最爱最器重的伴侣。婚后夫妻从来没有口角或流露不满的神情，遇事总有商量和解决的办法，没想到，数年前的那个复活节，一家三口晚餐后，妻的一句话就带给他比死还痛苦的突然。哦，一切虽已时过境迁了，但那场景永远像活在地下的蚯蚓，土壤一旦遭到骚动，蚯蚓就会紧张和恐慌起来。

不知不觉，埃丽儿的脸孔又在他脑海里翩翩出现。

那些完整或零散破碎的记忆竟然不经意地透过灵魂的间隙闯入他的心房。无论音容笑貌还是言行举止，如立体电影的荧光幕，鲜明清晰，刻骨铭心，使其情感时而激越飞扬、心情沉重，时而在桩桩往事、句句言谈中浮沉……

"我是人啊。"凯西刚刚获得的平静又转入惊悸不安了——

第三篇
执
―― 虽辛苦但有人神往

　　傍晚，凯西驾着刚买半年的新车，一家三口前往海畔景区内新开张的雄鹰饭店就餐。

　　眼前是宽敞笔直的现代化道路，因修路临时改变的路向并没有影响他的车速，一切是那么的自然和熟悉，何况复活节是西欧重要的节日之一，人人都有心仪的节目安排。

　　饭店大厅充满节日的气氛，窗前的盆栽上挂着各色各样的复活彩蛋，餐桌上的艺术烛座旁放着一件雏鸡破壳而出的小礼品，顾客满座，门口还有不少候客。埃丽儿早已订了位。她和儿子坐在男人对面。邻座顾客正在觥筹交错，儿子哈里不时要这要那，唯有埃丽儿表情有所奇特，谈吐客气又低调，不仅哈里要啥给啥，还点了平时舍不得消费的套餐与一瓶昂贵的1973年酿制的法国红酒。凯西说开车不好喝酒，不料儿子想尝一小口，乐得凯西抱起亲亲他的小脸道："辣，很辣。"

　　接着，一道菜刚完，服务员即送上新的品类，不知不觉从叫菜、主食到完餐，整个过程不过个把小时。

　　"为何如此匆匆忙忙呢？"凯西问道。埃丽儿解释说看到门外的候客不好意思啊。凯西故作滑稽的脸相，表示理解和支持。只是结账时看到埃丽儿赏给服务员的小费比平日多三倍，他本想询问时，埃丽儿连忙用桌底下的鞋头触触他的脚，示意他别作声，随之带儿子到儿童玩具室游玩，回头约丈夫到玩具室旁的玻璃咖啡屋小坐。

　　埃丽儿要了两份巴西咖啡，夫妇相对而坐，此时，埃丽儿摆了摆桌上的一张白纸巾后，左右两手指不停地卷捏着纸巾的角落，双眼痴痴地望了丈夫一会儿，突然，热情亲昵地叫着他的名字，这才认真地慈悲地坦露一年多隐藏心里欲语还休的秘密："对不起，请你不要惊奇，这是迟早要说的话，希望你谅解——"埃丽儿说到这里，心里有点慌。

　　"他会怎样呢？"她在想象着后果，但不说将有更多的麻烦和不公平，便立即转口道："在这个世界上，我爱上两个男人，一个是你，还有另一人。我已经和你相处二十年了，生了哈里，现在我要和另一人共同生活。对不起，我已整理好细软，今晚开始，我就是他的女人了。"说完将目光转向那跳跃的、蜡烛头上即将熄灭的火苗。

凯西不太相信自己的耳朵，没有说话，眼睛直直地看着她，怀疑自己是听错了还是幻觉，叫她再说一遍，她照实重复了一遍，他才带着恐惧和厌恶的口吻说："原来是最后的晚餐啊？"顿觉自己中了计，不停地用右拳头捶打桌面，竭力想将进入胃里的食物全部吐出来，并以冷峻绝望的眼神死死地盯着她。

眼见丈夫紧张恐慌的神情，埃丽儿一时不知所措，心想："别出事，别出事啊！现在最好的办法就是立即走开。"她正想起身，凯西斥道："把门钥给我！滚开，快点！"

她说已放在家里厨房桌上。凯西回过神，怒道："滚滚滚！比妓女还糟的女人！"生硬的拳击声加上冷漠的口气让邻桌顾客好奇地望着他们，当看到埃丽儿准备提取放在桌椅旁的手袋时，凯西肩头一转，头也不回地冲向儿童游乐室，带着哈里，匆匆离开。

"太突然了，太突然了，我是一只蠢猪！"他不停地自言自语。哈里莫名其妙地问："凯西，你说什么？妈妈呢？你怎么不等等她？"

"别说话，有警察！"他不想听到任何的声音。儿子听到有警察十分害怕，眼睛东张西望，不再出声。

回程的路上，好几次，他想用车子去碰撞那路旁的电柱，希望它倒下、毁灭，然后电火熊熊地燃烧！燃烧！但他身后坐着9岁的儿子，此情此景，任何语言和动作都无法表达他的屈辱、恐怖、羞耻和愤慨，只能深深地真实地体会"万箭穿心"的滋味……

这种感觉，直到开启家门进入客厅，看到储物房柜前地上的两只皮包时，才告诉自己："世上还有这样的女人……哦？是我自己选择的女人！……赶快扔出去，扔出去！一刻也不能停留！"

当他将它们扔到门口的时候，儿子吃惊地问："为什么？凯西，为什么？"

"脏，很脏！"父亲严厉道。

"不！妈妈洗干净后整理的。"哈里打开门，双手拉着皮包带，竭力往门内移动，

第三篇
执
——虽辛苦但有人神往

凯西发现儿子不听话，霍地冲出去两手叉起儿子的双腋，气冲冲回客厅，像扔物件似的将他往沙发--丢，儿子"哇哇"哭起来。

当凯西转身准备关门的时候，看到埃丽儿的计程车到了，她没有进屋也不再说什么，而是静静地像往日全家出外度假时的姿态，让计程车司机帮她将皮包带走，按原指定的路向离去。

二十年的夫妻生活，因着这个晚餐的几句话，结束了，多么简单、轻松和滑稽！

这一晚，是凯西阅历里最重大、最刺激、最难忘的时分，从此，内心没有了平安和欢乐，也没有了忍耐和幻想。在相当长的一段日子里，他不断地叩问自己："是我不好吧？"但"从相遇相识到互恋、直到步入地毯的红端，没有发生过什么大争吵或彼此伤害对方的话语啊，就说性生活吧也配合得不错呀"。

每当百思不得其解的时候，凯西便有点后悔当时态度不够冷静，若先和她一起回家，像求婚时一样地下跪，表示自己对她忠贞不渝的爱情，也许，还有希望！

但，一切，都是马后炮！

凯西很快面对并接受了新生活，只是收到律师寄来的离婚证明时，心情再次慌乱，还夹杂着埋怨、紧张和沮丧。无奈现实毕竟是现实，法律是不讲人情的。不久，法院将儿子判给埃丽儿抚养，凯西同时失去了一半的财产（包括房屋、现金、股票和家具等），为了保住自己的房产权，他将归于埃丽儿的一半房产改为现金，分期交付。

当年纯真无邪的爱情，如今成了一副财经枷锁，牢牢地套在他的脖子上。如果还有想不通的话，那就怪自己不听老人言，因为婚前母亲曾暗示他"预防万一，最好分产结婚，免得以后麻烦"。但，当时，怎么听得进去呢？那时爱情是世上最宝贵、最神圣、最美好、最伟大、最着心、最快乐、最需要的情感……别说是什么物质财富，就是生命，都愿意为之牺牲、为之奉献呀！

现在不同了，悔之已晚。

自那晚开始，凯西在梦里，或新的女人怀抱里，还是在参加亲友的婚礼时，均能自然清晰地想起母亲在世时说的"预防万一"的话语。尽管不算什么经验之谈，但这话包罗万象，真是智慧。

"从此，别太相信人，尤其是女人。"他暗暗地告诫自己。

数年后，凯西还清了埃丽儿的欠款，然而，他的心，也永远地残废了。当然，他自己是不愿意承认的，他说自己是个好公民，尚有一份好工作、好收入，以及健康的身体。事实也如此，上班时依然平易近人，做好分内的工作，只是回到家里，物是人非，心境像漏风的茅房似的凄凉，有时则像前线战败归来的俘虏，喜欢在房角处悄悄地包扎着伤口，直到重新认识和结交几个女朋友后，双眼才渐渐重现亮光，但，贪欢一场后，留驻心灵的依然是那句牢固不灭的句子："过去我太相信人，现在让别人相信我。"

新感悟、新哲思使他一旦遇到谈婚论嫁的时候便没有了结果，原因是婚前的契约太过苛刻：分产结合外，一旦离婚，女方一无所有外还得偿还婚后的生活费，甚至"男方提出分手，女方也一无所有"。没有女人愿意接受这样的婚姻契约，但凯西却竭力表明只要对方能陪他白头到老，到时什么都归她。没有女人喜欢听这话，于是，不断地谈情说爱，女方也不断地离他而去。冷静时，他并不责怪她们，反而责备起自己，然而，只要想起自己曾经遭受到的经历与屈辱，便脸红心硬，重新为自己辩护着。

前些年，有些女子了解到他的身世后，表示愿意以真爱抚平他的伤痕，凯西不但无动于衷，竟然改变初衷，愿意不计前嫌地宽恕埃丽儿，希望她回心转意……就这样，时间在他一面无法平复创伤、一面等待妻子的回归中渐渐流逝。

最令他心痛的还是哈里十分喜欢新的生活环境，因继父比母亲年轻8岁，和哈里爱好融洽，喜欢足球和度假，彼此常常玩得不亦乐乎，凯西知道后深感羞愧外，心里却依然相信血缘关系的魅力，期待儿子长大后情况有所改变。

不料有一天，哈里告诉凯西妈妈又有了新的男朋友时，凯西高兴了一阵，庆幸抢他女人的男人终于遭到了报应，企盼趁此机会招呼埃丽儿"回来吧"。没想到，埃丽儿和新的男朋友同居一年多后，又回到第二任丈夫的身旁，这下，凯西才彻底地绝望了。

亲友们看到凯西可怜兮兮的样子，有人说他是位难得的好男人，也有人看不起他，

第三篇
执
—— 虽辛苦但有人神往

觉得他是窝囊废，或者情商有问题。

凯西承认太相信感情这码事，以致前功尽弃，丧失财富和一切，就在这彷徨、不知所措、无法中断回忆的困恼中，又断断续续经历了数年浮沉不定的情恋后邂逅了一靳。那时，一靳正与她的第七位男友分手不久，两颗万念俱灰的心，竟然同时被对方的遭遇所感动，至此凯西才真正意识到即使心灵如何地破碎最终还是需要婚姻家庭的安抚和弥补，才能获得内心的真宁静真安详，不再动荡或飘零。

一靳则想借此证明自己超俗的婚姻观，根本不把结婚契约放在心里，认为爱不是施舍也不是礼物，"只有心灵视角没有阴影，看重对方的存在比财富和其他更为重要的时候，才能白头到老"。

凯西解释道："只要你存在到那天，就不需要什么结婚契约了。目前你尚年轻，别怪那张契约呀。是有点过分了。原谅我，没办法。"话说到头了，一靳兢兢业业跟之随之，彼此恩爱喜悦，日子娴静幸福，期盼一个新生命的到来。

……

凯西不觉再婚已一年多了，妻的体谅和关爱让他感到她是真心真意想和自己过日子的，原有的多虑和猜疑几近消失，其间认为也许与其文化传统和天性里的纯真有关系，尤其于成长期间离不开老祖祖潜移默化的"教导"。事实确实如此，老祖祖喜欢和她讲真、诚、善、义的道理，一靳却说多次婚恋的失败皆因真爱、信义、诚实和轻信，而这些恰被对方视为过于浪漫、爱钻牛角的不成熟。

在凯西看来，与其说是重构信心的实践，不如说是对东方文化的探索和再认识。因而，不找自来的潜意识变化有时令他如梦如幻，有时又让其欣喜若狂："找到了，找到了，是她！只有她愿意接受我的结婚契约，再也没有第二个女人了。"

为慎重起见，凯西又将这些新意识在脑里停留和翻滚一时，几经思考，才将埃丽儿一点一点地撕裂、丢弃、埋葬或忘却。

至于哈里，需要钱的时候才会找父亲。

儿子稍大后也不再于父亲面前提及母亲的名字。凯西心里，已将埃丽儿与流逝的时间一样，消失就是消失。

当他彻底埋葬悲痛忘却往事的时候，倒是一靳有时会好奇地问："怎么这么久不提埃丽儿了？她一定有特别迷人的地方，不然怎让你如此痴迷？竟然还盼望背叛你的人回来？"

"她谈不上特别，也谈不上不好。'情感'这东西比'爱情'更奇妙，要么让人'傻痴'，要么让人'弃'得没道理。"凯西回答道，仿佛在为自己解答。不一会儿又补充说："经历已令我死去活来，以后，不要再提这些事，好不好？"

他确认自己活在新的希望里了。

"那么，哈里继父魅力何在？令埃丽儿离去又返回？"一靳觉得既然以后不再提及，乘机问个痛快吧。并以东方女性解构男人的心理去分析埃丽儿的丈夫一定比凯西有钱有势或具备其他的特殊魅力。

凯西笑道："哈里继父没有房产，是位普通的发电厂技工。"一靳听了才理解凯西为何从不在她面前说埃丽儿的一句坏话。

只有一件想不通的事，一靳暂且没有表露，这就是——与凯西曾经有过关系的女性因着一靳的到来反与凯西的往来愈加频繁，甚至像一家人似的遇天黑便留宿于此的事实——"该怎么解释呢？"

一靳预料凯西会归于文化背景不同的原因，也深知他说服不了自己，所以百思不解却也不问不说，就当其为奇事和怪事。但，私底下也常为此事而不乐，凯西事后总是说："这可不是一个简单的问题。既然万物都在运动变化，情感这码事，也不例外啊。"也许，凯西经历了被抛弃和求而不得的痛苦后，对情感问题虽有所悟，却依然害怕孤独，喜欢热闹人多的场面。

更重要的是凯西认为自己已正式与一靳举办了婚礼，像埃丽儿一样获得了情感世界的新生命，"那么，为什么不能和她们像朋友一样地往来呢？他们全是为我高兴而来的"。凯西认为一靳就是他此后的一张胜券，使他生命的第三阶段重新燃起热情和爱意，走出离婚时的孤独和绝望，让那段倒霉的情思在世界消失，将有限的时空转换成

第三篇
执
—— 虽辛苦但有人神往

另一道美景。但这一切，一靳还是难以理解和接受。然而，尽管如此，她还是像一只可爱的小猫，一日不见如隔三秋呀。

电话"嘟嘟嘟"地响到自停，坐在客厅的一靳猜想是姐姐打来的，故意不接，回报她上次接到自己电话后的漠然和轻视，继续看她的电视。须臾，见凯西向自己方向走来，连忙拿起电视遥控器，胡乱地按着。凯西看出她不是真的在找节目，而是怒气未消的流露，便有心地坐在她身旁。

她挪了挪身子，顺手拿出身旁的另一块干净毛巾给他，叫他铺在坐位上："忘了换上睡衣后就别往沙发上坐？"凯西尊重她的洁癖立即照办，沉默一会儿，又语重心长道："你知道吗，我是第三次到老祖祖那里才遇到你的。"

一靳听后睁大眼睛，心想："原来如此！"不由道："老祖祖年岁大了，不要动不动干扰老人家。"凯西补充说："第二次就这么想的，所以车开到半途又折了回来。"说完深深地叹了一口气，再次表态："我真的太在乎你才……才失控……以后……"话说到此，觉得此事不该再费口舌了。

"好，信你一次，没有二回啊，什么都好说，别忘了人人都有自尊心！"一靳正视着他的眼睛道，将"自尊心"三字说得又沉又重，随后又咕哝了几句，这才头也不回地走向卧室，取出睡衣，洗澡去。

凯西兴奋地提起遥控器，关上电视后没有忘记"遥控器也很脏"的教导，连忙起身往厨房洗洗手，再回卧室去。

一靳洗完澡出来，只见凯西匆匆从卧室出来，手里拿着一张A4白纸站在她面前说："现在我要向你签约，下不为例。看，我已签了名。"一靳被这突如其来的意外怔住了，接过纸张一看，白纸黑字一清二楚：以后不得在公众场所贬低对方，有气回家发！

她二话没说，立即在契约下签了名，随之望了一下天花板，然后再低头看了他一眼，"好了吗？我可以休息了吧？"凯西不说什么，瞄了她一眼，将纸张折好，牵着她的手进卧室，一靳突然道："拿了笔和纸，洗手！"

凯西放松了手，努了努嘴，再次洗手去。

一场"港湾里"的争斗，终于平息了。

二十八
生活在继续

夜深人静，窗外传来急速的刺耳的救护车声，凯西一时难以入眠，继续为自己的真爱辩护，另一方面又动手动脚地搔她痒，一靳右手按着他的左手悠悠道："男人吃起醋来，比女人表现得直截了当。"凯西右手横搁在她胸前，捏着她不太隆起的乳房，低声道："这趟婚姻再失败就同性恋去。"一靳扑哧一笑，放开他的左手，用手指柔转他的鼻头，脸贴脸道："亏你说得出。"凯西慢道："我确实很神经，你要尽量避免碰触我的痛点。"一靳听出他的话意，安慰道："好了好了，我为你着想，你也要为我着想，这才公平。"

凯西用手指轻揉着她耳朵，像孩子般地诉说："我有高血压，你就迁就点。"心里仍被白日的经历所充塞，若有些空隙也被其他几个女人所占据，自埃丽儿离家出走后，他又先后交过五六位女朋友，每次均在谈婚论嫁时对方不是被他的"婚约"吓跑了就是不告而别，只有一位女友说："这不是挺好的吗？结了婚，就没戏了。"凯西听后怀疑她还有其他的男友，便主动离开她。但他不想多说了，刚刚言归于好，少说不利团结的话，这才折中地说："彼此都没有错，误会，误会！"一靳不服气，本想驳之，然转念想到他总想证明自己没错，也罢，自己也有坎坷的婚史，同病相怜，想白头到老，总得有一方让步。

"你跟我后悔吗？"凯西见其默然，心里更加捉摸不定，"我已年过半百，需要一

第三篇
执
——虽辛苦但有人神往

个稳定可靠的家庭，万一她也离我而去，亲朋故友该如何取笑我？"一靳见他沉默，长叹一声道："你好学、聪明、上进，跟得上信息时代，我们谈得来，你还愿意养我……"还有，自己之所以勇敢地闪电般接受他的求婚，是因为他的经历令她有把握不再被离弃，但这句话只存心里，不轻易说出。

四周肃静，他翻了一个身，伸手扭扭床头灯，让昏黄的光线转为清晰。不一会儿，凯西又叹声道："没有女人的生活，如同没有太阳的日子。"尽管不那么信任女人，却又不能没有身份证似的生存，照他的话说："只有异性的相守，才使生命充满意义并回归平静的日子。"过会儿，一靳被他边说边触摸肤身的举止动了情，突然起身坐在他的腹部上，愁烦随之退隐，渴望和激情重新回到夜晚的位置上，虽说一路沧桑艰辛，幸好"误会"和争吵已随着这短暂的、爱的滋润及无与伦比的感觉和快乐所驱赶。

当情欲如熊熊的火焰慢慢降温的时候，一靳突然问道："找过姐姐吗？"凯西说："没有，你说过我们之间的事谁都不能说。"一靳说："那就好，没有必要。你知道啦，她被姐夫弄得神魂颠倒，连奶奶搬家的事都忘了。"凯西表示理解，还关心问道："找到解决问题的办法吗？"一靳道："彼此都不年轻了，孩子未成年又离不开对方，哎，姐一面痛心一面又感到还不到万不得已的地步。"

"哦？我那晚的行为她真的没批评我？也没对你说什么？"凯西犹豫一会儿补充道，"她比你更了解白人的脾气吧？"一靳故意咳嗽一声接着道："可能自顾不暇吧，说真的：爱是脆弱的，一如美丽的瓷器，一不小心就碎了。"这话引起凯西的注意，劝她多关心姐姐，见其不作声，料定还为姐失言的事生闷气，立即"哈啰"声补充道："再试一次看看，老祖祖生日快到了。"一靳沉思一会儿觉得也是，伸手掀掀绒被说："看来今冬也不需要开暖气了。"随之让凯西先进浴室冲洗下，自己躺在床上继续思量如何关照姐姐的事。记得不久前向正说妈妈近来特忙，作息时间也不太正常。一靳决定做个不速之客。

第二天傍晚，晴空蔚蓝，一靳心情为之一爽，趁圆月高悬时看望姐姐。心想这下准遇上，不料又扑了个空，向正边玩电脑边说："妈妈还没有回来……"

郝忻冷冷地坐在沙发上,过往妻等他回家,现在他在等着妻。

"坐会儿吧,差不多快了,要不要打个电话问问?"郝忻将话筒伸给她,一靳摇摇头表示不需要,只是问道:"没事吧?"郝忻道:"还好!"

银色的月光透过窗帘间隙,孤独地斑驳在地板上,一靳招呼不出向正,也不知该说什么好,坐了一会儿便离开,郝忻送她出门后才无奈地打开电视机,让声音和色彩驱除孤独和思绪。

挂钟敲了十时半,门锁响了,一念回来了,客厅的电视荧光幕上正播放洗发水新产品广告,男人立即起身到洗手间。

自子乐闯入一念的心灵后,她对丈夫突然有了新认识新注脚:"他像安东尼·勃吉斯,我已是 Lynne 了,不再像达里娅·亚历山德罗夫娜了。"偶尔也叩问自己:"是聪明了,还是糊涂了?若对'永恒'或山盟海誓的'承诺'不再信任时,法律又能怎样呢?当'情感'和'性情'不能听从'律法'和'约束'的控制时,一切遗憾与后果又能对谁诉说呢,这个千古难题证明了什么?即便由性别、角色、文化引发的争吵或战争,也是没有结论的,何况自己的体会与这些名词的距离也不遥远。"①

一念因那个黄昏初获精神和肉体的歇斯底里的结合和飞舞后,才意识到两性的神奇与不朽原来可以超越爱情婚姻的范畴。费解的是,这一切,竟然来自偶然的一种异常的心理因素体验,其感受是这样的激越难忘,以致心舟不再漂荡,仿佛有了着陆点。唯一遗憾的是心中同时增添了内疚,原本可以冠冕堂皇地骂丈夫"畜生",现在则时时听到自己的灵魂在讥讽和嘲笑:"你呢?不也是畜生吗?"

一片静寂……

倒是感官在那里调皮地附和道:"我是孔夫子所说的不可教的那类学生呀,瞧,教了数千年,还是——本性难移,死不悔改。"

---

① 安东尼·勃吉斯,英国作家(1917~1993)。与曼彻斯特大学的同学 Lynne 婚后私规双方可另找人寻欢。

第三篇
执
——虽辛苦但有人神往

这时,郝忻从厕所出来了,又忘了朋友关系,半眯着眼睛说:"老婆呀,身体重要,早点休息啊。"

一念"嗯"了声,挂好外套后,走往卧室的道中顺口道:"别忘了关电视机。"男人留意着妻的音容笑貌,觉得她虽然流露出若无其事的表情,但之前的愤怒和冷漠好像减少了,便深深地呼出一口气。

"尽量不要得罪人啊。"女人从卧室出来,道。

"又有匿名信?谁这么恶毒啊,太过分了。一次犯错就永不得翻身。真的没有啊!"郝忻眼光向她扫了下,委屈地说。

"别管他们了。除非'翰林院'停办,否则少不了是非。"妻将一切是非和麻烦归于"翰林院",催他快休息别熬夜。

这句平凡话顿然像一道光透进了忧郁苦闷的心房,让他呆了阵,脸上流露困惑无奈的神色,心里则谢天谢地——妻想通了,没事了!他从心底感激她赞美她——自己犯了大错。若其不是真爱,岂能饶恕?伟大的宽容和迁就令他愈加感到自己该死,巴不得往后千倍万倍报答她。

危险期终于过去了。

郝忻心情开始好转,渐渐回到自己的生活轨道,力争将功赎罪,即从前期的晚归或不归,到天天回家睡觉,期盼能再次听到那句只成回忆的亲昵声——"宝贝,我爱你!"(往日只有在做爱时,郝忻才能听到妻的这句话。)然而,眼下还谈不上这些,妻只是稳定了情绪,没那么啰唆了,谈话内容也有所不同,不再提倡什么"前程"和"大世界里造出个小世界"的理想,只说些日常需要的柴米油盐、水电费的交付日期以及有关儿子的事情。

难得恢复了正常的生活,不料数周后,郝忻又开始不安起来。好几次想主动亲近她,探究"是真原谅,还是怎么回事"。可是,一在她面前勇气胆量如泄气皮球,吱吱讪讪,踢不出去。

更蹊跷的是在他期望有天能将"搭伴过日子"恢复到从前的夫妻关系时,竟然发现妻的沉默里似乎隐藏着一种盈盈的笑意,使他不由得加以关注起来,在惊奇费解中暗自捉摸——那是一种内在的神情,一旦受到外来动静的影响,便会消失。啊,他刚刚被宽容滋润的心灵重新进入彷徨、疑惑和不安,忧郁中不知所措,内疚感再次沉重起来,不断责怪自己"一时痛快误了大事"。

然而,夫复奈何?心痒痒的,手与脚还是各就各位,不敢乱触乱动。

这夜月亮带着蓝的光棱,洁净冷艳,郝忻望月生情文思泉涌,念唐诗宋词,想歌德、鲁迅,回忆当年和妻在皎月下的初恋情景,啊啊,尽管物质条件差,却能在自我的情感世界里呢喃纯洁、快乐幸福!无邪的情诗,像没有污染的婴儿对着一朵初绽的花朵,渴望歌唱和永恒……现在是父亲角色,也懂得著书了,反而感觉是一路的荆棘、满目的星火,"妻啊,此时我多想和你月下排排坐,赏赏异乡的月色,重温呢喃岁月的诗歌——你真的睡了吗?"

他起身沿着迷蒙的走道,蹑手蹑脚地接近只充满他们两人情感的卧室,正想推门而进,突然听到一阵隐约的呻吟声,不觉怔了怔,想探个究竟,悄悄将右耳贴在门缝,很快地,听到一阵阵微弱的颤抖的没有高低规律的声响,一如琴弦发出走调的余音……

在好奇心的驱使下,他轻步地回转到厨房,悄悄提起门扣走到和卧室相邻的窄长阳台上,借着月光,朝窗帘的间隙一看,只见昏黄的光线下,妻在床上不停地摆动着头,嘴里发出无调的声响。随着腹部上薄毯的跳动越发鲜明,"呀,她在做梦,好梦美梦还是噩梦呢?"他好奇地屏着气,看啊看,像看到一位举着小旗的登山运动员,在风的拂动下,脚步从轻快到加速,最终向着顶峰奔跑、呼啸而去……

此情此景,前所未见,郝忻惊异不已!突然,他觉得额头潮润,连忙举起右手往额上一抹,暗道:"哦!我,明白了!"但转念一想,这是单身汉的事!"你是妻,是向正的妈妈,一个能干、贤慧、正正经经的女人……怎么……呀!女人,嗯,也是人……。"

他退了回去,悄悄进入书房。

第三篇
执
——虽辛苦但有人神往

不一会儿，那刻骨铭心的"畜生"立即跃出脑际替他说话："我以为她不是动物是一具物体，原来欲火比我还旺，这么多年了，我怎么一点没察觉出来呢，确实，人比畜生伟大，至少，哦，她比我伟大，懂得克制，愿意牺牲……"

郝忻则带着调侃的语气告诉"畜生"："是我被旧日的框架束缚得傻了呆了……"随之喃喃自语，"让我们都苏醒吧，这短暂的有限，无常的魔鬼，总是怂恿人享受吧快乐吧！但，你为什么不直说呢？假如不好意思开口，可以……可以暗示嘛……"不料"畜生"反驳道："也许她不喜欢主动，也不想勉强你，文呆呆，这才叫真爱，伟大之爱！是你呆笨又自私……"

"畜生"的话令郝忻彻底内疚了，只好承认自己傻笨，"是啊，以前不懂也就算啦，但，自从尝到新甜头竟然对她日渐淡忘，不加理会……我，真是的，有点自私……她也是，从来不吭不响的，我以为清心寡欲呢……是呀……我们半年多都没那回事了……"

"畜生"立即笑他不愧为"文呆呆"，"打从你结婚的那一天开始，你就没有为对方着想过。"郝忻听后越加自责，只好推诿那可不是他一个人的问题："或许是数代人的问题……不过，现在，我们已是无性的夫妻关系了。"

"畜生"无奈地摇摇头道："是啊，全民族的无知无识和无能！性觉悟是欧洲文艺复兴的关键词句……连最保守的德国教授也懂得知'性'乐'性'，甚至有人专门研究'性状态''性心理''性哲学'……哎呀呀，文呆呆！别多舌了，'快到她那里去吧！'"

郝忻苦笑了一下，为了挪开心头的沉重，暗暗给自己壮胆，可是……身不由己！有点虚……只好在卧室门口站了会儿，心想，女人平日喜欢将坏人比作苍蝇或蚊虫，言下之意，畜生要比它们高一等，好吧，现在就让"畜生"和"畜生"娱乐一下吧。"畜生"虽知什么叫"勉强"，却不懂得腼腆，只以音容笑貌或言行举止示意，自己则需要胆量和勇气……于是，他在喉头"嗯哼"一声，推门而进。

"谁？"妻听到声音，立即坐起喝之。

"老婆，是我呀！"郝忻又忘记"朋友关系"了，轻步走到她身边坐了下来，"告诉你一个好消息，苏西获奖后，邀请表演的单位接踵而至……"

"好了，好了！有了名自然有利！"她松了口气，

"确实啊，要不是你，哪有我今天？"郝忻态度和蔼、言语真诚，终于将刚要出口的"老婆"两字改为"确实啊"。想到刚才所见的情景十分内疚，禁不住伸出右手按着她的肩膀，不料妻轻轻地拨开他的手："不是说好了是朋友关系吗？"男人觉得她口气潇洒、神色却很温和，不但没有收回手，反而抚摸起来，数秒钟后，男人突然将头埋在她的胸前，双手不停地在她身上摩挲……

事出突然，女人将他身子轻轻一推，好奇道："今天怎么啦？"顷刻，郝忻像被一盆水泼面而来，全身如泄了气的皮球，疲沓而软弱，连忙缩回手，头也不回地走出卧室。

还记得刚才"畜生"的补充："受高等教育的女性高潮少，低等教育的女性容易有高潮，但前者喜欢和高素质的男人做爱，男人则喜欢和低教育的女性有关系。"郝忻想了想，以为中了"畜生"的计，"她不是也有高潮吗？只是你，乱催促。"

男人第一次遭到妻的拒绝，与其说是没面子，不如说被奚落，心里很不是滋味，只好憋着难受，深感之前白天为生存像一梭小舟任人摆布，夜晚睡觉为了休息，自然不会想到理解对方。

一念觉得自己的拒绝会造成对男人的伤害，连忙起身出去，表示自己并非报复，身体不适而已。郝忻的背脊正凉得难受，冷冷地没有反应。她也奇怪自己怎么变得这样虚伪和虚假：若不认识子乐，真做得这么绝吗？然回到卧室又为自己辩护起来："原有的花瓶破裂了，修补得再好也有痕迹，不看则罢，一看心里就不舒服。但，真的从此不让丈夫扑到自己的胸前，就有好结局吗？"

没有人回答她，夜静得出奇。

男人依旧坐在客厅沙发上，神色呆板，成心让夜包围自己，唯天不作美，朗朗的月光通过窗隙爬了进来，在他手臂上晃动，见妻离开了立即感到全身的不舒服，肉身

第三篇
执
—— 虽辛苦但有人神往

沉重心灵昏庸，念念不忘刚才的遭遇：当紧紧拥抱那熟悉的肉体，忘乎所以，一心想发动体内的"引擎"时，却发现那股冲动仅仅停留在意识里，"引擎"不但没有配合主子的欲求，反而无动于衷地睡着懒觉……

这时，见女人到厨房喝水，男人突然侧过头道："忘了告诉你，傍晚甜甜到访，坐了一会儿就走了。"一念好奇问："有要事吗？""她没说，我也没问。好像没什么。"一念猜测道："可能是奶奶生日的事。"

一念见其不再回话好声道："不早了，快休息去。"转身到卧室。

郝忻初次发现自身"引擎"有问题比遭妻拒绝还沮丧。以往"引擎"也有不听话的时候，但不像这次这么抵赖，"要是妻接受我的要求，不就暴露无遗，更加狼狈不堪，或误会我淫乱过度？"想到此深感彷徨，起身往窗前轻轻撩开窗帘，银盆似的月亮仿佛靠近远处大厦的屋顶，夜空全被灰色掩饰了，他一面希望归于行为仓促或近来读书熬夜引起的现象，一面转身回到沙发旁，举起靠背垫当枕头，疲倦地一头栽下去……

不一会儿，男人已进入一个虚实相间的奥妙世界里，半张的嘴巴接着发出时长时短、或沉或浮的呼噜，连厅堂都夹杂着阵阵的淡淡的腥味……半小时后，向正被尿急醒了，起身往洗手间的时候听到客厅传来毫无伦次的低语声，开灯一看，原来父亲睡在沙发上：身子弯曲，左脚垂落在沙发边沿，脑袋滑到枕头旁，下巴微翘，嘴唇翕动，时儿发出咕咕喃喃的声响，时而鼾声隆隆。

郝忻就在这种睡姿里，自以为坐在"翰林院"的教室台上，和人辩论呢——

一群听众在听我讲解"时间论"，没想到"黑猪"也参与了，还不时对着讲台讪笑或举手打招呼，使我像锅上的豆子无法安宁，刚想离席，又被人拉回来，说爱听我说的……

突然我听到隐隐约约的脚步声，倏地起身，蒙忡忡坐在原处，看看四周依旧又躺了下去，这时耳边响起淅沥的流水声，再次起身正坐，半睁着眼寻找纸巾，刚想躺下，看到浴室门前有个人影，正想开口，向正走过来附身问道："起床啦？"

"哦，是你呀！"我定了定神，额头湿漉漉的。

儿子不想打扰我的睡意，转身离开。

须臾，我的灵魂好像出现了一条"黑道"，幽暗弥漫了我，"黑道"越伸越远，尽头竟然是一片新天地，阳光明媚还有许多陌生人，我小心翼翼地四处张望，觉得有人在暗中讥笑我，也有人竖起大拇指赞赏……再侧面一看，原来"黑猪"就在我身旁。

我责怪："儿子啊，你怎么没关好门让黑猪进来了。"

儿子没有回音。

"久没见面，你好吗？"黑猪关心道。我不高兴地说："黑猪啊，我与你互不相干，无冤无仇，为何老跟着我？"黑猪笑道："我在《阴府世界联盟会》统战部工作，喜欢寻找像你这样的人。""为什么？""因为你的灵魂太脆弱，需要有人相助。"

"可你是梅菲斯特的孪生兄弟呀。求你别打扰我。"

黑猪微笑道："我是为你着想的。"又以怜悯的口吻补充说："你刚才不是在演讲《时间论》吗？我大有体会呀，我生于忧患时期，二十岁死于战场，到了阎王殿才发现人家醉生梦死享受到八九十岁，死而无憾，而我竟然不知何为男子汉？活着的时候从没过上什么良辰美景、赏心乐事的日子，更不知何为娇艳和销魂？所以，当你悟到时间的有限就得尽情享乐，以免将来遗憾。"

"黑猪也有好心肠，"我感动地说，"身不由己啊。"

它立即接着道："这有什么奇怪，科技越发达社会越昌明，患此症者越来越多，幸好有伟大的哥哥相救。"

"伟大的哥哥？"我搔着脑袋问。

它窥视下四周，带着诡谲的笑意说难怪我老婆叫我文呆呆，"你家的报纸杂志上处处均有伟大哥哥的福音广告，你怎么没看到？"我说生存压力大顾不上。黑猪哀怨道："我活着的时候只知打仗、保家卫国，女人持家育子坚守贞操，享乐奢侈只是权贵们的事——到了地府才知道'性'是阳人最高度最纯粹的享乐，也是爱恋具体的具象和精神记忆。"我被它的诚恳态度打动了，想到自己前半生生活坎坷，出国后仍然摆脱不了

第三篇
执
—— 虽辛苦但有人神往

为存活的劳碌及大难不死的沉浮，刚有所"醒悟"即引来一场家变，现在虽说因"朋友关系"有了自由，身体却不争气，只好用时间的价值替代暂且的享乐。

黑猪见我不作声，继续怜悯道："赶快弥补呀，失去享乐意味失去时间。"再次甜言蜜语陈述伟大哥哥的魅力。

我不好意思多说，却想暗地里试一试，不料"黑道"正在退缩，东方欲晓，耳旁出现水龙头潺潺的流水声，连忙眨了眨眼睛，刚想起身，"黑猪"立即走到窗前对着天空道："怎样？我又赢了！阳人啊，你的名字是身不由己。"说完举脚跳出窗外，继续寻找那些可统战的人。

……

儿子在洗漱间出来见到父亲满脸笑容，惊奇道："爸做什么好梦啊？整晚听到你在沙发上不停地说话。"

"是吗，难得睡得这么香沉哩！"郝忻嘴上这么说，心里则琢磨不定，好像昨晚有人到访。不可能吧？他没有多说，经分析与思考，在奄奄一息的灵性角落里否定了自己的猜疑，头脑随之慢慢清醒，起身拉开窗帘，窗外的树枝上，知更鸟披着晨曦的温暖，东张西望地沉醉在觅食里……连忙催促儿子道："快上学去，我也得上班了。"

为了证实意识库里的际遇和感知是真还是假，郝忻离家后决定到药店走一趟，还和药铺老板聊了几句："有没有一种叫'伟大哥哥'的药？"店主笑了笑道："是 VIAGRA 吧？"郝忻说："可能吧，也许听错了。"店主含笑道："早就有得卖了，但要医生开方才能出售。"郝忻哦了声，点点头离开，心想："有药就好，开方也不难。"

几天后，郝忻小心翼翼地将"神药"藏在随身带的工作包内，像往常一样地生活和工作。然而，想到"黑猪"似乎说过此药不仅能使男士获得巅峰状态的快感，还会产生歇斯底里的梦幻，因而顾虑重重，所以一旦出现意淫的现象，不但骨散魂飞，还一会儿受到"畜生"声响的干扰、一会儿看到父亲鄙视的眼神——终于，在一次无法挺住肉体"栋梁"的时候，竟然对"黑猪"发起攻击，"梅菲斯特的孪生兄弟啊，你扮演了几千年的仁慈角色全是为了诱惑，将人的意识缩小到裤裆下的生存空间里，我可不同呀，自从我认识'有限'后，每天都想到自己对杨老师的承诺，但绊脚石可不少啊，你滚吧，你比绊脚石更可怕，常人不容易看穿你，我不同，我是文呆呆，梅菲斯特家族的不会是好人，滚吧，别再干扰我……"

二十九
变化中的"人"与"事"

一靳忍不住对姐姐发闷气，充当起"不速之客"了。

刚进门就提醒姐今年是老祖祖的百岁年，姐说知道了，连带上次忘了奶奶搬家事真诚地向甜甜道歉，甜甜好奇道："真的忙成这个样？他俩呢？"

"出去了，'翰林院'没前景，不容易坚持啊。哦，凯西近况如何？也很忙吧？"

"没事！你知道鬼佬的性格啦！没有华人那么多心计。"甜甜讲这话时心里有点不高兴，举起右手拨开额前的刘海，觉得一念话中有话，根本不是关心自己。

"那就好！"一念松了口气。甜甜总觉得早前姐姐的关心也非真心实意，"我若埋怨凯西几句，她就说：'是不是呀，婚前就劝过你，三思而行。有过那种经历的男人，不好相处……，幸亏自己平日遇到些小吵闹没有告诉她。至于那晚的事既然没引出什么大碍，过去就算了，多提反而不利自己。"此时，见姐姐在等她回话，立即转念问姐姐要买什么礼物送奶奶比较适用，一念姐坐在她对面的沙发上说："老祖祖第一次在养老院过生日，气氛不同，礼品也该有所改变，关键是蛋糕，大一点，得定做，你比我有经验，由你购买，费用平分。"甜甜好奇地上下打量着她——外穿淡黑无领的短羊皮外套，内着淡紫色挺立的高领衬衣，下着一条紧身的黑皮裙，脚蹬一双新款真皮短靴，不禁赞道："姐姐懂得自爱了。就是嘛，稍加打理，不仅高雅，还特有气质。"

"还不是听了你的话？"一念浮起一丝轻快的微笑。

第三篇
执
—— 虽辛苦但有人神往

甜甜手机响了，只好将话题一转，"好吧，我订蛋糕，其他你负责，我还有事。"

"就为这事来？"一念道。

"还不够吗？"甜甜有点着急，"就这些，我走了。"说完摆摆手道别。

一念关上门，仍停留在甜甜对她衣着赞赏的意识里，确实，突如其来的家变不仅引起她对惯有"仁义""忠信"的质疑，也无视"问题""现象"的固有慨念，同时感到衣着是改变生存方式和态度的一部分，还能令人减少自悲、增强自信。妹妹将衣着和"懂得自爱"相提并论恰是高见，过去不太在乎衣饰问题是自信、无意追求外在的形式，认为贵品就是贵品，无须雕琢，结婚不过意味"物有所归"。甜甜说爱美是人之常情，女人需要一生的修饰和装扮。经实践果然天壤之别，何况"色"本身就包含着"形态"和"色彩"诱惑。自近来注重自身的形象后，深感甜甜的话有一定的道理，难怪郝忻嘴巴说不在乎外在形式，遇到美女仍不由自主地多看几眼。

也就是说，丈夫的变迁使她不愿再受难以言说的委屈了。

将原先的长发在脑后绾成松蓬高竖的发髻，灰色的绒质衣领内露出白皙的脖子，下身是带有揉皱的直条黑长裙，双肩披上枣色的宽长巾，双脚蹬着法国产的暗红色半高跟鞋，右膀吊着镶有黄金般大扣的真皮红手袋，色彩配搭优雅，人见人夸，加上聪慧的眼神、玫瑰色的嘴唇和左手腕上缅甸出产的玉镯，熟人见之都投以好奇的目光，富了？变了？升职了？

还好没有人当面问之，她也不作回答。近来还报名参加保健运动，若有人问她，她就落落大方道："孩子大了，打理一下自己，不算过分吧。"中年女性听了不但称赞她会生活，还表示要向她学习。想到此，一念再次自我审视，"今天也不错。'高雅、知性、有气质——'"她突然淡然一笑，妹妹的话像冬天枝上的雨露，让她再现了生命树上的绿叶。

更没想到的是和子乐接触后，不仅爱美欲望日益殷切，即便每天准时回家，心里仍牵挂着他，她曾多次提醒自己"到此为止"，要知道一切如幻如影难以把握，唯一不同的是原先心灵深处的哀怨以及与男权对弈的抗争情绪慢慢地隐退了。这是"质"的变化，虽然忽隐忽现，但对丈夫的态度明显宽容了，不再那么"主观""专制"，动不动就说"畜生"等气话。

"变化"使她心涛平息，声调也日益平和甚至话也少了，晚餐备好后便对父子俩呼道："吃饭喽！"

"真不可思议！"她对自己说，"他乡遇故知，从交谈、叙旧竟然到'出轨'？需要有倾诉的对象？还是不愿那么压抑和难过？可是，又如何呢？还不是各有归主，一旦独处照样感伤，对未来也毫无意义，凭什么老想他？"这样胡思乱想一会儿才想到今天是星期六，连忙看看表，往菜市买些超市买不到的食料，准备包春卷、煲鱼头汤。

回家后换上便装即动手配料与包卷，不知不觉，四点过后，天色加速地暗了，难得如此心甘情愿，为了这一餐，忙了几小时。

正在做功课的儿子闻到香味立即从卧室出来，看到特餐，又惊又喜，"好久没吃到这些，馋死了。"转身进浴室洗了手，快快出来倒好浙江大红醋，边蘸边吃，连吃十条春卷才松口道："晚餐免了，今晚学画后到约翰家。爸说今晚约了大卫会迟点回来，你呢，有什么安排？"

"难得你想到妈，没事，去吧。"想到儿子正处在发育期，每月1日均身贴墙上看看长高了多少，甚感宽慰。唯今儿不同，向正离家后，她打理好厨房杂务，一个人静静地坐在沙发时竟然有了空茫静寂的感觉，不由伸手取出茶桌上免费送来的女性春季时装杂志，翻了翻广告，用笔做了几个记号后，还是身不由己地给子乐打了电话，"向正早想吃春卷，我多做了些，给你带点吧。"

"巴不得呀！"子乐自然高兴，他还在办公室工作呢。

一念将装满春卷的饭盒放进小花布袋，认真地换好衣服才出门。虽说是冬日的黄昏，却一点都不冷，无风也无云，夕阳将西天一大半衬红了。

电车路上，想到自己的变化已引起肉体和灵魂时常的吵架，深感不安。它们时儿彼此分离、隔岸相望；时儿又拥抱在一起、各诉衷情。更多的还是相互瞧不起，灵魂说肉体"贱"，肉体说灵魂装"玄"……如是对抗、矛盾、时聚时散让一念不知所措，

第三篇
执
—— 虽辛苦但有人神往

有时感到羞惭,有时又觉得压抑多年的死灰被点燃后,不仅熊熊烈烈地燃烧起来还有点神不附体的感觉,思维也被一种神经质的瘙痒干扰了,结果呢——在快乐里感到不安,在满足中自责。因无法适从,只好一面忐忑不安一面恍惚兮兮。最难抵挡的是,每当出现心之神往的念头,灵魂就扬起鞭子骂之鞭之:"撕下你的面具吧!什么好女人?坚贞、忠诚?"

肉体听到此声,无论是站立还是坐着或躺卧,像遭人殴打似的感到疼痛并不时地颤抖,或抬起麻木的眼神问:"主子啊,何苦呢?你和你的先祖们教导或打骂了数千年,有什么效果呢?"

灵魂听了哈哈笑道:"是啊,我当你是人,原来你和畜生差不多,只有贪婪和情欲……"

她惊奇它们的争吵怎么会落到自己的身上,"以前它们都是好好的,从来没有吵过架。如今,是我宽恕了他,还是我也同流合污了?"在说不清、理还乱的时候,她告诫自己:"下不为例。"至于答应帮忙的事,只能看机会了,"天下需要帮助的人多的是,顾不了"。

刚刚压抑住"争吵",又被说不清的"性别"意识所缠绕,"是我情感的灼痛引起不由自主的报复心理?还是彼此处境中偶然加必然产生的现象?记得不久前,无意中听舒棋说梅诗人除了写作还对性别问题颇有研究。我也对性别话题感兴趣,当时要求舒棋向梅诗人索取些著作借读,舒棋说梅诗人曾告诉她:'现代人的生存空间将被电子读物所充塞,纸张书本将不再受欢迎,既然现代人无法安心读书便决定断笔不再写作。偶有灵感就写在本子上,自乐自赏。'我当即希望有机会和舒棋一起拜访梅诗人。舒棋说她害怕见到人,离家出走后就过着不听、不看、不说的日子,只想和大自然相处相亲。除非急事,可寄信到她儿子那里代转,但别指望有收获。

一念表示试试如何?进而好奇问,'她怎么对你这么好?'

舒棋说梅诗人曾自杀过,巧被她遇上救了。一念听了越发想接近梅诗人。"

几天前,一念照舒棋给的梅诗人通信地址发出一封求解信,将近来内心的困惑写成自己无法回答学生的问题，没想到梅诗人及时回了一封没有回邮地址的信，信中说她抄录几行平日留在稿纸上的不成文东西，供她参考：

"当个人坚守纯洁仁慈、正直待人而得不到公正回报时，往往会为了一时的发泄做出违背良知的事。""律法之外的性行为虽带给人短暂的满足，但大凡有良知的人们，都逃脱不了美善的跟踪和审视，除非这人良知迷蒙，或没有了感觉……"

"美善？良知？古今中外的圣人、贤人、君子、正人哪个没具备？……然而，他们不照样好色，照样喜新厌旧？人类史上的假丑恶，多为明知故犯。也许从夏娃吃苹果的那一秒起，人类就缺乏自控和自省！对，几乎所有的生存者，均是一面是黄金，另一面却是锈铁的脸孔……"

"我将信折起保存，觉得梅诗人也是思想者。她的许多观念对我有所启迪，也加深理解她的生存选择。可惜今天我又没有了平和，觉得自己陷入了现实的烟幕，不然灵魂和肉体怎么如此无常，平日彼此和睦相处、同甘共苦，一旦独处的时候就不得安宁。"想到此，一念双眼痴痴地望着车窗外，好久没触及专题思考的韵味，与舒棋笑谈风生的对话、仰慕梅诗人的才气、与夫君且行且过的图景以及子乐的闯入……点点滴滴，一下子全都跃然脑际，丰富多彩到有点沉重，尤其子乐的出现使她为难、喜悦又矛盾，只好竭力为自己辩护，还以小说人物的行为作为自己身不由己的理由——"安娜·卡列尼娜在梦里发现丈夫和情人弗龙斯基对她滥施爱抚，均能令她感到无比的快乐和满足。"[1]

"可见，这是一种生命核心的体验，没有缘由的神往！"她对自己说。觉得自己不是梦幻之爱，而是理性的选择，除了感性需求，还从对方的言语态度获得慰藉。

当她沉浸于"性别"情感的思考里为自己申辩时，同时发现自己与郝忻和子乐的对话及关爱实际存在着本质的区别——与丈夫言谈交往甚至争吵是出于本我，自在而自然；对于子乐就不同，客气迁就外，言行举止有所雕琢或做作。于是得出结论——

---

[1] 托尔斯泰长篇小说《安娜·卡列尼娜》里的女主角。

第三篇
执
—— 虽辛苦但有人神往

难怪野性的女人比正经女人更具魅力,因她懂得捕捉男人的心情,千方百计地讨其欢心,哪怕造作或虚假。

一念与子乐的交往,还有一层现实意义,这现实是针对郝忻的。上星期子乐在电话里告诉她这次应聘的公司很棒,就是他们的中国部副经理的姓氏怪怪的,姓什么"卜"的。

"姓'不'?"一念听了甚感惊奇。

"是竖一点。"子乐微笑道。一念则抱着关心的态度问这问那,原来是中欧优科有限公司在招聘欧亚经贸往来联络员,一念得此消息,后来,竟然暗中替郝忻发出一封应聘书。

"这算不算虚伪或不道德的表现?"每想到此,一念就觉得人有时就是这么无奈,扯起眉毛哄眼睛——自己骗自己。

幸好,以上的感受只是一时的,时过境迁就消失了。代之而起的是每天下班的路上继续为自己辩护:"情爱既然不是男人的专利,女人同样可行使。女性体力比不上男人,智商情感和能力一点不比他们差!何况女人的无奈比男人沉重,哪怕心中有了两个男人,谁重谁轻,也是无奈啊。"

……

车里的乘客手不小心撩起她的肩披,她连忙侧过头将披肩拉回。这时手机响了,哦,子乐突然来电说临时有事得出去,"春卷心领了。"还安慰了几句,她表示理解却扫兴地低下头,不再多说,只好停站时下车,再往回走。

男人已回家,正在看新闻报道。一念连忙进厨房取出小布袋内的春卷放在餐桌上,以不轻不重的语调问:"春卷,新鲜的,吃了没有?"

"好啊!"郝忻暗暗高兴,心想女人终于饶恕他了,要不,怎有这种口气和姿态?连忙起身往厨房去,吃了两条春卷才告诉她"翰林院"的生意虽日益萧条,社会影响则无法抹杀,听说今年的女皇文化勋章候选人中,华人有意提名他获选。一念赞他为华人争了光。男人想说:"老婆啊,还不是你的功劳?"这下倒记得是"朋友关系"了,连忙住了口,改说:"谢谢你!"接着往客厅沙发一坐,顺手脱下棉布袜,自从妻不再摧促他即时洗换袜子后,只要郝忻一脱鞋袜,屋里就弥散着一阵酸腐的臭气味。还好这下女人只瞥了他一眼,一声不响地在他面前捡起袜子,往更衣室去。

"哪里买的衣服?好看!"郝忻眼睛顺着她的去向赞道。自那晚妻拒绝他的亲密后,男人便用一种全新的、意外的眼光看待她,觉得她近期的穿戴、打扮不但讲究,还带着潮流的款式,言行举止也多了份以往少有的泰然以及年轻女性所缺少的熟润魅力。她住了脚,只见日光灯下男人微微笑道:"看来过往的一切是我们生存于世的表象,如今才是生命原本的实相。"

她听得很明白,却当作没听见似的继续走去。

郝忻立即将沙发上的书籍往小台前一放,顺手摩挲起粗润的脖子,觉得有幸在两个世纪的不同土地上存活,还未心想事成竟然被一场突如其来的怪病改变了途径,"虽然东西方时空均有生死门槛,但我还不到时候,人啊,不想这样偏偏遇到这样——如刚才对妻服饰的赞赏,分明是对她暗中释放原始性情的做法感到费解,却故意表现得那么潇洒自如,是为了摆脱'唠叨'的困扰,还是自己虚伪?但,提出异议又如何?从此能无忧无虑生活吗?自己有错在先,况且那晚要不是她拒绝——自己可就出洋相了——"他越想越觉得自己两脚已跨踏在"对错"和"新奇"的深渊里而无法自拔,因而,凡是意料之外的灵感,都让他感到自己很可怜,一会儿平静无事计划着明天的事,一会儿懵懂懂地觉得灵魂被人带走,一如走在"原我"和"随从"之间的狭道里,感到原先鄙视的一切虚假和弱能,现在竟然在自己的血液里流动,成了"丑"非"丑","美"非"美"的另类。

她从更衣室出来,在他面前停了会儿,"怎么样,不便宜!心疼不?"郝忻连忙起身,半弯着腰,露出信任而不在意的神色道:"应该,应该!可与格蕾琴媲美!"

"谁是格蕾琴?"女人淡淡问。

"西方古典美人儿。"他故意不说是浮士德的情人,却模仿着浮士德欣赏格蕾琴的

第三篇
执
—— 虽辛苦但有人神往

心境，痴痴地望着她。

她纳闷下，转身离去。

自从重视衣饰以来，一念全然不在乎外人的好奇目光以及偶尔听到些熟人大同小异的猜想，但却很在意丈夫的感觉和反应，看看他有什么议论，不料现实比她想象的简单，数月来，除了听到"应该，应该"，就是今日如同格蕾琴似的古典美。短短几句话，让一念确认以往对他"文呆呆"之称，是实至名归的。

这个肯定之肯定，无形中对她是种更大的茫然和失望，"婚后至今，头次听到丈夫对女人服饰的赞赏，竟然是什么'格蕾琴'的西方古典美人儿？难道是因为'朋友关系'显得客气了？"一念一时啼笑皆非，不由提高声音调侃道："美人儿已卸装，进厨房收拾清理喽！"

郝忻听了更是惊奇，"衣饰改变比从前充满魅力外，讲话也变得轻盈幽默？"这是他万万没有想到的，又不敢多问，只能胡思乱想，隐约中，感到是种无形的报复和挑战正向他袭来，不由重陷困恼不安又不知所措的处境，只好不断地责怪自己："都是我，都是我引起的……"

这天傍晚，难得一家三口同桌晚餐，气氛比先前轻松自然得多了，儿子问起春季的度假计划，母亲反问他有什么新意。向正说想到冰岛去，母亲道："三个人不便宜啊。先到近处看看，远程的，以后再说。"说完转了话题道："妈今日有点累，你洗碗如何？"儿子立即不悦地望着母亲，"都什么时代了，为何不买洗碗机？"母亲温柔地告诉他用洗碗机比手洗还麻烦。没想到，向正滑动着眼球反问，""翰林院"少去了，你却显得又忙又累？为什么？"

母亲霎时站立不动，吃惊地望着儿子。

"那当然！前天你包了春卷却忘了买面包，隔天是星期日，你俩均有事出门，家里没面包，吃手啊？"儿子生气时说话喜欢上下齿唇互相轮咬着。坐在沙发上呆看电视新闻的父亲见一念说不出话来，敏感地警告向正不得无礼，眼睛却盯住电视下框有关新闻预报的字幕。

"那天家里真的没东西吃啊！"儿子站在走廊上对父亲说。

"难道你从来没有忘记什么吗？"一念顿感儿子的态度有点不寻常。

向正不再出声。一念转身入卧室，又气又怨又费解——儿子7岁时餐后主动提出要帮妈妈洗碗，那时母亲喜滋滋地摸摸他的头，一面连声称他"乖孩子"，一面动手洗之擦之放之，心想儿子一旦习惯了做家务，将来不成了老婆奴？事后还将此顾虑转告丈夫，郝忻就事论事为女人做了"眉批"：

希望老公服侍自己，却不喜欢儿子服侍媳妇；

能原谅父亲和儿子的外遇，则不能容忍丈夫的花心。

一念看了笑得咯咯响，不但由衷承认，还说女人的嫉妒、贪婪、虚荣心、喜欢比较等弱性确实比男人强，弄得郝忻无话可说。

现在则越想越逆心，原想待儿子洗好碗后再帮他温习"少年记事"，即幼年时应打好德、智、育基础，将来在社会上才有竞争的能力。同时教导从小要学会处理好三件事：安排好时间，学会处理金钱和情感问题。虽然没有把握儿子能否"消化"，却强调"种下种子，有没有收获，是另一回事"。不料现在儿子反过来责怪母亲。

奇怪的是，这次一念不但没有怪责儿子，反而走出来责怪男人，"都是你，使我忘这忘那的，令儿子不孝……"

声音虽弱小却被儿子听到了，他继续顶撞道："你没有什么不正常，心烦意乱的人，怎有心思化妆打扮？"听得一念发了呆，定了定神，这才恼羞成怒地板起脸，"你没有资格对我说这话……"

"那当然！我说的是事实，以前你从不打扮。"向正仍然站在原处。

"打扮有罪吗？我还没有用你的钱呢！"一念气得眼眶湿润，又怪男人怎么不管呀，疾步奔进卧室，关上房门。

父亲正关注着地域性的新闻报道，勉强起身走到儿子身边，"今晚怎么了？她是你妈呀……快快快，睡觉去！"郝忻根本没听清楚他们在说什么，觉得母子顶嘴家常事，并不在意。

第三篇
执
——虽辛苦但有人神往

  儿子低着脑袋进睡房，郝忻继续观看邻国即将进行的竞选活动。

  一念坐在床沿上咀嚼着儿子的话，虽觉儿子欠礼，但说的确是真话。因触及自己的痛处，不由自我反省："我变了吗？啊，我不是变了，是心寒了……想不到儿子看出了破绽……他长大了，懂事了……是啊，自子乐闯入我的世界，我思绪纷乱、心不在焉……"她边想边盯着对面米黄色的花纹墙纸。

  装修工人在贴墙纸的时候明明将它们间的对称花纹巧妙地连贴在一起，看不出其间的缝隙，然而，此时，她目光内的墙纸之间的花纹全走了样，一高一低的，时而互不理睬，时而相互移动，原先秀丽的花纹变得歪歪斜斜、自成一格外，连房墙也忍不住表态，不想让彩衣似的墙纸粉饰之，竭力推脱它们，声称自己祖祖辈辈不用粉妆，反而活得平安无事、健壮快乐。

  感觉让一念越看越不对劲，难道时间或窗外进入的光线才是主子，在它们的审视下，万事万物聚散离合才是宇宙不断重组建构的缘由。

  渐渐地，她的脑际重现郝忻与子乐的音容笑貌，郝忻像被翻过去了的一张皇历，而子乐则像朝阳里一棵青翠的树，深深地扎在她的心田里，令她感到沉寂多时的生命机体重新被人安装后，不但有了乐声且效果奇妙：没有律法条规与契约的保证，何以如此自信、快乐、定心？一向持守的"传统"价值观念，在现实生活里竟然越来越靠边站。那些被"档案"资料沦为不齿的现象，像数学上的"〉"号，总是大于现实的现象？谁是谁非呢，谁来审判？

  "良知有尺度啊！"传统的墙在敲打着她的内心，而那翘起的墙纸却竭力想离开它随着窗外的轻风飘逸而去。她不舍，紧紧地盯住它们，咦，那视野内米黄色的上等墙纸，不过数年就走了样，连色泽也越看越脏，如同经年日晒下的窗帘，旧了，可弃了，该换了……再华丽的装饰、再精心的经营、再真诚的看护，在时间的长河里，不过如浸过水的纸，多被暂搁或遗弃。

  她有点困，不想再看它们了，起身到客厅，发现吊灯已熄，电视仍开着，郝忻在洗澡，便悄悄地到厨房，看到一堆餐后待洗的碗碟，自言自语道："这才是女人永远无法推辞的事情。"

男人身穿睡袍走进客厅，将电视机调整为无声状态后坐往沙发上，表面看电视，心里则在琢磨今晚的交谈，觉得"她还算善良！不再追问我今晚迟归的事，以前总得如实汇报呢。可是啊，爱就是关心和无微不至，不管你，就是不爱你"。他将睡袍腰带打成蝴蝶结，见女人在厨房洗涤，再次暗自为自己辩护："我真的不是成心与你作对，事出突然，一切是那么自然，那么不可思议，像漂浮在两条山涧上的落叶，于入河的水面上相遇了，之后，很快又分开了……这种交际谈不上什么深刻印象、难以忘怀，你别认真，就没事了……"

一念从厨房出来就准备就寝了，适才的怨气和烦恼已慢慢地消解和融化，也忘记了"性别"的问题，毕竟时代变了，自己比母亲幸运，下一代比自己更自如。"那么，性别符号会随着一代代淡薄呢，还是永远客观地存在？这些，不是我一个人能主宰的现实，所以啊，女人就该煮饭、洗碗和扫地，别太在意呀。"

三十
跨越纯粹迈向新生活

一念"稳"住了家庭又开创了新的生活模式，一面在"丈夫"和"情人"的视角下穿梭，另一方面想方设法赚钱继续努力实现原先的梦想——住大屋买名车提高生活水准。为了这个大方向当然离不开郝忻的合作，倒不是她的情爱不因对方的变化受影响，而是在这个世界上有成千上万的男女过着屈从另一半的难以启齿的"现实就是现实"的日子，也有成千上万的丈夫和妻子过着双重的生活，一面体谅着肉体，一面责怪着自己，甚至对于丈夫出入红灯区嫖妓等风言风语抱着不听、不看、不想、不说、不追查、不承认的态度，只管寻找自己的乐趣和生存方式。就像一念一样，自那天从

第三篇
执
—— 虽辛苦但有人神往

子乐那里取回小布袋后,她的整个心身都在子乐身上了。然而子乐给予她的一切并没有解决家庭的各项分期付款、孩子费用等具体问题,所以和郝忻依然有着最切实的利害关系,于是凡从子乐那里获知欧洲公司和亚洲方面有关的任何信息均认真咨询并记录下来。因为这,子乐一来电话她就十分敏感,生怕被揭穿。正如上星期接到子乐的电话:"卜经理那儿至今没消息,居住权的事只好照你的意思找舒棋商量。"

"卜经理可能不接受没有居留权的人。"一念替他解释了。心想自己与他一样朝发财的方向迈进呀,但她必须倾向于郝忻,"家"才是真正的安身立命之处。子乐不同,他工作努力、有理想有抱负,前途无量。一念与他虽两为一体却不意味性情和现实的融和,因为各有各的血缘关系和瓜葛。

子乐已心知肚明才会婉言告知"只好麻烦舒棋了"。

一念鼓励他别气馁:"近年欧华公司的招聘率越来越多。"

子乐补充道:"前日你想送我春卷的时候,恰巧舒棋电约我喝咖啡。"一念即答:"那当然比吃春卷重要。怎样?有希望吗?"子乐说:"她将尽力而为,愿意帮忙。"一念稳了稳心,笑道:"在你面前,没有栏杆。"事实也是如此,子乐凭魁梧身材和高校文凭足够获异性青睐,舒棋心甘情愿地帮忙……郝忻不同,多年来时有摩擦的原因就是他时而顾家时而忘乎所以,拿他没办法,至于自己的"性失误",要么隐瞒得有技巧,要么一刀两断。因目前处于不知所措的状态,只好学着儿子的口语"那当然!所以活得更累了"!

"我是几经挣扎彷徨和思想,才保住这个家庭。"她对自己说。

更蹊跷的是,一念从子乐那里得知卜经理公司的中国部需要一名助手后,立即暗中替郝忻发出应聘信。

皇天不负有心人,下午,邮递员终于送来了卜经理的约见信,高兴之余,一念竟然叩问自己:"我这样做,对吗?"侧身看看郝忻的神色,将信递到他手里。没想到,这下他又被"朋友"界限所愚弄,先是一声"老婆,"接着站在她身旁无奈道:"你的意思,还是要我改行……"一念悠然答道:"忘记啦?那个周日晚上,你说过:'别唠叨了,翰林院越来越不景气,听你的。'表示有机会愿意转行,还'一言为定'呢。"

郝忻冷静地想了想,不再多言。

他清楚地记得妻多次动员他趁21世纪初到中国闯一闯,随后见报有招聘广告就去信,可惜不是外文不太好而缺席,就是工作经验不足被刷下。后来一念又看到另一家公司招聘中国发展部业务代表的报纸广告,立即剪下递给他希望他自己写应聘书,不料郝忻忙于走访德国收集浮士德资料,根本没当回事,气得女人要跳楼。这回郝忻不知道她偷了子乐的信息才亲力亲为,只能有气无力道:"好了好了,肯定没希望,万一中了,你得像从前一样帮我啊,否则……"

妻说:"还不知道人家是否用你?"

在没有收到卜经理的回信时,女人仍像桌上的一枚铜钱,光亮一面充满希望和幻想,另一面则在阴暗处紧张和唉叹,现在,坐标上的明灯再次出现了,终于可将艰辛、失败和哀伤暂搁一旁,只是看到那种独有的无奈的神情时,内心仍有顾虑,但口头上却安慰道:"应聘时不必紧张,我还有一份工作哩。"

这话确实给了他安慰和鼓励。他谢了谢,默默地走开。

心理负担减轻了,却不意味无忧无虑,最明显的例子就是真正看到卜经理的邀见信件后当晚就不容易入眠了,心想母亲制造他的肉体,粮食给予他力量,上天赐予了岁月,而活着,则是如此的不容易,又累又苦!

在眼睁睁辗转不眠的夜晚,唯一的乐趣就是和浮士德的交谈,"他是应当投靠你还是投靠我"?①

不料浮士德听了哈哈大笑,"我生前曾幻想人类后代的生存、情感和现实,不知会是怎么个样儿。原来如此,凡是地球人均大同小异,难怪樵夫急躁而粗笨地唱道:'怎

---

① 歌德《浮士德》悲剧第二部,御车少年在"四通八达的厅堂"舞会表演,从豪华车辆下来后对普路托斯的发问。普路托斯代表物质财富,御车少年是诗的人格化,象征精神财富。原话意为世人常常犹豫不决,应当委身于物资生活呢,还是高级的精神生活?

样动脑筋,如何能生存?这点记在心,我们要是不流汗,你们冻得直叫唤。'① 亲爱的读者啊,鼓起勇气,跨越纯粹,迈向新生活吧!"

樵夫的话令郝忻身心再次流遍了在中国时期满怀希望的激情——排除万难,去争取胜利!当年浮士德就是"逃到广阔的国土去"才获得那么多丰富多彩的体验,"我有了实践,将来写起'傻性与奴性'会更得心应手?奇妙啊,我的祖国在东方,如今寄居在西方,当年从那儿逃出,现在从这儿溜回?"他越想越无常,越失眠越接近浮士德——最终对着幽暗的窗外叹道:"是否一定要经此'闯荡''折磨''愁烦'才能真正写好内心渴望的、神圣的"传世之作"呢。"

没有人回答他。

夜在他的思索和挣扎中悄悄逝去。

几天后,他就将近来的担忧、害怕收藏在脑后,甚至连大卫、彼得和蒂蒂也被他推到审检的场所,让他们看看自己是现实的星星,还是意识的残渣。

为了对"承诺"负责,郝忻开始装备心灵的战车,无为、多虑的情绪渐渐退隐,代之而起的是儿时的游戏、青春的梦想以及初婚时期的甜美——世界在他面前重新显得明净、温柔和雄伟。因而在走往招聘工作的路上还重复着浮士德出走城门时对瓦格纳说的话:"有希望摆脱迷津的人,真是幸运!"

郝忻决心以浮士德这句话,作为面对新生活的预示。

个把小时后,一切想象、冲动和顾虑,均在那明亮静寂的办公室内,化为乌有。

负责招聘的人是中国发展部副经理、一位三十多岁的华人女子——卜馥淑。

卜经理坐在办公桌后摇椅上,客气地打了个招呼,郝忻则不经意地浏览起眼前中西合璧的室内装饰:正墙上挂有中文新魏字帖"龙马精神",摇椅后书橱内摆着一排欧美当代著名企业家传记或经商智囊书籍,两旁有一对荷兰代尔弗特出产的彩色瓷鹰,

---

① 《浮士德》悲剧第二部,樵夫在"四通八达的厅堂"舞会上的演词。

橱脚右边放着一对中国景泰蓝大花瓶，近办公桌旁是德国钢质资料柜，宽敞的长桌上除了文具用品外还有一个令人注目的捷克水晶艺术台钟及精美的中国景德镇茶杯。郝忻很快在心坎上扎下了深深的"身份印象"，这是———一位真实的女强人。

在她面前，连日来的渴念和希望，有所茫然和浑浊。时而想起丁尼生在《公主》里说："男人讨厌博学的女人。"① 时而反驳自己说："比喻不当，她是商妇，不是博学的女人。"

郝忻很快自觉地坐在她对面的左边靠椅上，将复印好的有关资料递给她。馥淑从容地翻了翻摆在郝忻桌上的履历，再次瞄了瞄他的籍贯、职业、爱好等。郝忻也趁此机会观察和留意，觉得她相貌平凡，缺少性感和魅力……见她抬起了头，自己立即低下头，拉回思绪，集中思想，力求回答准确。

她问他喜欢这份工作吗，郝忻一面点点头，另一面因神情紧张表情有点走样，左颊微微跳动，目光也不知往哪里去，只好东看西望，又害怕被对方觉察，连忙暗自深深地倒吸一口气，这才轻声慢语地自我介绍一番，唯谈及改行的原因时，竟然没有忘记大丈夫男人的身份，只字不提妻。

郝忻竭力给自己打气，但还是不敢询问工作的时间和具体工作内容等问题。

她瞟了他一眼，虽难以把握一时的直觉，但从那梳理后的整齐头发下的那副脸孔里看出了柔性、殷勤和诚实的目光，仅凭此，不由脱口而出："除了工薪……关键是年底分红。"卜经理边说边伸出右手理了理鬓角的短发，须臾，补充道："这里和大陆不同，没有人情观念，才智和能力决定一切。"话刚出口，一种莫须有的神经质似的紧张爬上她的心头："招聘广告以来，难得遇上适合的人选啊！"于是很快以良好的第一印象扫除思维障碍，觉得本市华人不多，平日难得接近和交流，说多了，可能砸了事，便改变语气，和蔼道："我说的都是实话，别见怪。"

郝忻偷瞥了她一下，对方已改变了先前冷漠而谨慎的神情，郝忻心境也随之放松

---

① 丁民生，英国诗人，《公主》是其第一部长诗。

第三篇
执
——虽辛苦但有人神往

些,但仍不敢正面视之,只是眼看地板微微点头表示听见了,心里却琢磨着公司希望的"才智""能力"的分量和意义到底是什么标准。所以,一面紧张,另一面又担心应聘落空,突然自言自语道:"目前中资机构的招聘广告越来越多,只有这份工作比较适合我。"

她明白这句话的意思,笑了笑,没有作声。也许是对他的经历充满信心,才将资料往台旁一推,瞄了他一眼,淡淡道:"中年改行,不简单呀!"

他"嗯"了一声,觉得对方话语简洁,却有着鹰般的力量,充满活力和挑战,不由得对自己的身份和处境同情起来,并感到深深的疑惑——故国和异乡,命运何同何异?如是胡思乱想一会儿,又回味起宿命论——"出国"和"回国",到底是"得"还是"失"?

不到一小时的交谈,馥淑虽对他印象良好,觉得对方性情诚实且有学识,但很快又有一种随经验而来的戒意,即人的语言神情和本我真实多隐藏着一种距离,多少忠厚外表的里子内暗藏着虚假和虚伪……因而,"看来""也许"等多重意义的副词重新在心里打滚……好在最终还是说服了自己不要老往坏处想,异国他乡,寻找一位志同道合的同性都不容易,何况是异性的同事?

"等消息吧。"她终于排除了杂念,按工作需要,陈述了公司的要求、条件和待遇,强调跨国大公司福利好,机会多,不会亏待有能力的好人。

郝忻听到"等"字,心里就扑通扑通跳,自觉中年改行,没有经验,有何资本与人竞争?为掩盖心虚,连忙将眼珠儿向上一翻,转题道:"你的姓氏很少见,与卜世仁同宗呢。"

"谁是卜世仁?"馥淑好奇道。

"不就是《红楼梦》里贾芸的舅舅。说不定你是他的后裔呢。"

"我又不是红学家,怎知这么多?啊哈,瞧你经什么商啊?不做学问可惜了。"

"等我赚够钱就写书,想完成一本重要著作后,再续评《红楼梦》。《红楼梦》意在'有'到'无'的禅意,我想探究世间'无'到'有'的意味——"郝忻说到此停顿会儿,接着补充道:"凤姐听了贾芸孝敬的话语,又收下了他的香料,就给他安排了工作。瞧,她爱听好话,贾芸说谎又善于拍马屁,自然有好处。类似这类会钻营的人,《红楼梦》里比比皆是。"

"你这话是什么意思?是不是觉得我是凤姐那类人?"馥淑显然感到突然而难堪,双手下意识地翻动起桌上的资料。

郝忻见她神情不悦立即慌了心,自己也不知道为什么说这些废话和傻话,以致引起她的误会,连忙轻声地解释:"哦,对不起,我完全没有那意思,就姓氏论事,只是扯远了,不过,确确实实——凤姐和贾芸各自的好与恶——均是我们文化传统的一部分,多数人喜欢赞扬我们悠久的文化遗产,却少有人客观审视文化遗产的是与非。"

馥淑见他十分为难的样子,放松了脸上的肌肉问:"那你也是吗?像贾芸那样专拍女人的马屁?"她自觉话说重了,连忙露出笑容。

"是吗?那我得多加小心,尤其在你面前,即使是真心话,也可能被视为鸡蛋炒鸭蛋,变成了浑蛋。"

"不过,你刚才对《红楼梦》引发的思考很有意思,现代人只喜欢钱,有思想的人不多。"没想到,馥淑因他的渊博学问愈加重视和欣赏,可惜还有其他事情待处理,只好言归正传,意味深长道,"试用期三个月。要有自信!我可是个讨厌马屁的人,对,特讨厌!"说完鼓励他若有不明白的地方尽管问。

他不说什么。过了一会儿,馥淑起身到小桌上取过热水器,在彼此的茶杯内加了水,然后补充说将来到中国出差机会多,一切费用可报销,接着以缓慢而清晰的口吻告诉他试用期内应该注意的事项,如尽量少请假,注意时间概念以及顺从老板的一切意愿等。

郝忻洗耳恭听,心里则不停地叨念着"三个月""出差""注意""顺从"等字眼,心想三个月试用期间对方不满意怎么办?经常出差累不累?至于"顺从"更是个敏感的词儿,当年不喜欢"顺从"才出国,绕了个大半地球仍须"顺从"?妻说的"机会"和浮士德的"巧遇"原来如同又如此!以致离开家门时提起精神、面对新生

第三篇
执
—— 虽辛苦但有人神往

活的勇气和热情,慢慢地烟消云散,内心顿感荒凉、犹豫和不安,不由得又想起浮士德的话:"你雄浑温柔的天籁,为何在尘埃中把我找寻?"接着暗叹道:"浮士德啊,你说说,人类活了几千年追求的东西根本没有什么改变呀,一切的辛劳和鏖战,均是为了钱!我与财势无缘,不过根据自己的兴趣,想继承恩师未遂夙愿而已,无奈啊,短暂地活着,暂且的妻儿,暂时的享乐,却到处是荆棘,到处是栏栅……多么不容易啊!"此时,他的脸孔泛泛地发起热来,所幸,"下海"是暂时性的,目的也是为了实现那唯一的愿望。

"等消息吧。"馥淑觉得他在思想,仰起头望了他一眼。不知为什么,自己也多了一份犹豫,刚才预感他或许就是自己未来的工作伙伴,现在怎么又有点顾虑,他其实应该搞学问去。

郝忻看出对方的犹豫,立即"开明"地重构起自己的意志城墙,诚恳表明自己吃过苦,不怕困难,会尽心、尽意、尽责。

馥淑听了三个"尽"字后"哦"了声,抿嘴笑笑,不再出声,再次提起热水壶往茶杯添些热水,听他"谢谢"随之举杯喝茶的时候,自己却被一种稀奇的"虫蠕"所触及,那就是"经历",令她突然感到十分不舒服,剔之不成,反被它扰乱了心肠。

"哦,我为什么这样呢?"她竭力克制自己,又无法自已……人可以跨越坎坷,原谅无知,却不等于忘却,何况是刻骨铭心的痕迹——

在母亲的怨情里,我知道什么叫冤枉什么是委屈。在无理可说的生存年代,除了忍让、吃亏和沉默,还能怎样?从小母亲教导我要低调做人、少说为佳,因而我心灵里的"幼鹿"由于长年"冬眠"过着与年龄不相符的生活,即使有点是非感,也得装傻。

当"幼鹿"日益成长离开栏栅、在宽阔的天地里自我觅食并尝试与世鏖战的实践和挣扎,才懂得什么叫权势、人性和力量,才知道想改变女性的命运原来还有大大小小、长长短短的"潜规则",否则大多数的女人命运不是守规守矩的贤妻良母,就是弃妇或遗孀的角色……母亲说:"女性想独立生存,首先得有文化教育和知识。"拨乱反正后我回城读书毕业后参加工作，母亲又说："热爱你的工作，它才是你生命的主轴。"而我当时驳道："母亲你只说对一半，教育和知识只能提供男女相对的生存环境，至于权位和婚姻爱情方面，男士永远占有优势。"这想法在我出国不久后再次验证了。

那晚我坐在沙发上边喝咖啡边看新闻报道：一位巴基斯坦妇女遭丈夫虐待，被弄瞎了眼睛还不敢出声，最后由弟弟出面，经传媒界报道后，有位美国善心医生愿意为她免费整容……那时我心潮汹涌，世间竟有如此残酷无情的丈夫，实在难以理解！当即激动地喃喃自语，"人权，妇运，男女平等进步文明的词句全世界都可见——但，全世界仍有多少可怜的女婴、女童、少女、妻子、母亲照样被遗弃、被欺凌、被出卖、被狎玩、被侮辱、被伤害、被摧残……何况，没有被人发现和报道的女性厄运，还有多少啊。"

显然，"性别"如"档案"，已成了男性与生俱来的生存保护伞。长期的哀叹、怨恨引发我奇思异想，想做变性手术。因母亲要死要活地要挟而放弃。从此，困扰我整个青春时期对"性别"的敏感渐渐形成对异性的厌烦，不再稀求幻想和"恩赐"，想靠自己努力像男人一样获得成功，可惜，认识社会比认识物理还难啊，光靠看、听、语言、意识都不够。如果说生活就是大学，那么经历就是话语权。

"我多么不想回顾不愿提及过去的事情，只因今天竟然有资格参与决定男人的去留而触景生情啊……"馥淑对自己说，在男性叱咤风云、主持浮沉的现实为自己找回了小小的尊严，也算对得起在天之灵的父母。

郝忻继续为自己添加了些热水，等待卜经理的发落。

此时，馥淑看到玻璃门外走廊内进出的成员渐渐多起来，那是隔壁公司准备召开成立五周年的招待会。如今办公室用的科技玻璃均是单方向的透视，走廊过客看不到内室的物象，而内室的人却对外面了如指掌。卜经理也是隔壁公司的受邀者，所以侧过头心不在焉道："我得参加隔壁公司的招待会了，祝你好运！"

郝忻连忙点点头，起身谢了谢离开。

进入电梯后，脑海仍呈现着深刻复杂的画像。尤其是第一印象，外貌平凡，身材

第三篇
执
——虽辛苦但有人神往

丰满偏胖,缺少女性的诱惑,然而,当彼此对话时,无意中四目相对,又感到那双大眼明亮有神,仿佛能测透人心似的,尤其那锵锵口音营造出充满活力自信的气场,令郝忻心神不定,偶尔还不停地上下滑动着双肩,将离家出门时妻子帮他塞到裤腰内的衬衫下摆也显露出来了。

想到万一招聘成功,和如此能干的女上司一起工作,谈何容易,郝忻越加心神不定,既想撤销,又想撒谎。

这样犹豫、动摇了一会儿,还是不知所措,既不能随便往回走,又害怕妻知道了怎么办?显然,没有人理解啊。

他之所以"下海"的另一意义还在于:希望通过此行,能和爱妻恢复到以往的爱情婚姻生活里。

只是此路实在艰辛。原以为摆脱政治和权势的捆绑就可以自我驾驭,不料走出这道藩篱,却进入另一鸟屋了。然转念一想:"谁叫你是男人啊,谁叫你结婚,理所当然的责任,别让孩子瞧不起你。也许活着,就是体验和尝受这些经历。"

就在这为难、羞赧、犹豫的感触里,郝忻越发感到妻比自己聪明能干。"我一旦面对复杂社会和人际关系时,既怕麻烦又怕累!妻比我能干,她是对的,不进则退,生命依赖希望,希望抚育生命,而钱,是一切的基础。求上进需要有魄力的思维,机会面前还需要狠心和果断……是呀,假若被聘用,先工作再看机会,将来想办法让妻'下海',她比我行——"如是想想,原先可怜巴巴的表象里,竟重现一股力量和光彩。

幸好,这些杂念在他跨出电梯走往大厦底层,进入那扇自动开关的玻璃大门后,随着身后关上的大门就被摒弃了。想起英国前首相劳合·乔治说过:"随手关住身后的门。"① 那么——无论过去多么坎坷抑或令人懊恼的失误、酸楚、晦气、悔恨和伤感,都得随着新的"机遇"和"开合"而更新!

---

① 乔治每经过一扇门总是随手把门关上。朋友问:"你有必要把这些门关上吗?"乔治微笑说:"我这一生都在关我身后的门。当你关门时,便将过去的一切留在后面,重新开始新生活。"

回到家，郝忻对一念陈述招聘的过程后，一念抿着嘴笑道："有希望，有希望！"自从遇到子乐后，她总是刻意回避"唠叨"的字眼，此时，看到男人的憨态不由安慰道："尽心了，不成也没得说。"

窗外的天空浮挂着片片乌云，空气潮润而闷湿，还不到五点就得开灯，男人透过灰色的玻璃窗，眼见斑马线上一老妇牵着弓背老头的手行前行，"老""死"的念头又在脑海跳跃，不由想到何时能静下来做自己喜欢的事情呢？哎，对于自己虚虚实实难以统一的思绪，不易自决的言行举止，郝忻再次感到矛盾和不满，"下海可不是一两天就解决的事情。妻能干不等于我能干，最好应聘失败，天助我也，要是卜经理同意了，如何是好？"

这个发现，又让他十分困恼和忧虑。

然而命运真造化。几天后，郝忻就接到聘用的合同书。一念当即在儿子面前赞道："你爸啊，总算——吉人天相啦！"

想到男人提及的那份年底"分红"像十五的月亮，又清澈又圆满，不停地在灵魂里晃动，明亮又好看，一念由衷感到兴奋，"老天有眼啊""男人终于愿意合作了"。然转念想到，"真的转行后，一家三口就不再那么容易一起外出度假了。"便走到儿子面前道："爸爸以后可忙喽，过两天趁公众假日到瑞士玩玩如何？"

"巴不得呀！那当然！"向正举起双手，大声应道。

三十一
人人都是一本"书"

两天后，一念建议到瑞士游玩，郝忻说不如经魏玛到德国东部去，最终还是顺从了儿子的意愿，到法国东南部去。

第三篇
执
——虽辛苦但有人神往

　　多年来妻子言者谆谆、男人听者藐藐，心中多有埋怨。难得这趟三人行连阳光微风也在助兴，明媚柔和，令人心爽神怡。一路上，男人再次对女人陈述求职过程的主顾间话题和问答，一念听了没意见没看法，还满脸春风语出惊奇道："瞧，挺行嘛！"

　　"那当然！"向正立即补充道，"我爸可不笨！"父亲微笑道："但愿心想事成！"

　　各人高兴非常。向正望着车窗外不时问这问那，郝忻虽开车无法多加回答却感到少有的轻松和愉快，正想开口又被儿子想尿尿的要求打岔了。

　　一念说时下和中国做生意的海外朋友十之八九稳扎稳打，跨国公司的"分红"非同一般，到时一次还清房屋车辆贷款外，还有望买下"翰林院"房舍。总之有钱好做人，到时回国待遇也就不同了，不是在省政府领导人的贵宾宴请桌上觥筹交错，就是面对传媒界记者讲述成功之道——哦，她越想越兴奋，索性闭上眼睛浮想联翩——那时啊，自己也可辞职了，有空就到女王店买平日不敢碰及的衣饰、化妆品和名牌手提袋，周末与叶西卡上歌剧院听听世界著名音乐，休息时在大厅喝喝咖啡，认识认识上流社会人士，有机会把向正引入他们的生活圈子里——满足了以上的需求后，再像著名歌星一样到中国偏远山区或非洲落后地区做慈善、建盖学校——在她看来，这些希望、欲望和想象均属人之常情，心想年轻时期社会没有给人提供大环境好环境，世道终于变了，变得更人道、更人性，只是有点晚，这正是丈夫无法理解的意识："得快马加鞭，迎头赶上！"

　　此时的郝忻却觉得开车比看书麻烦，又累又不好赏景，还不敢多言怕扫了妻儿的兴，更没想到改行对妻产生了这么大的反响："将来儿子若考上名校，我们交得起费用，也算是种慰藉。"

　　"儿子啊，就看你有没有本事考上名牌大学了。"父亲突然对儿子说。

　　向正"啊"了声，当作没听到。

　　"向正，怎么不对你爸回话啊！"母亲转头对着身后儿子提醒道。儿子瞥了母亲一眼，"不知道的事情怎么说呀！"

　　郝忻微微一笑，不再作声。

离家前，儿子对父亲表示18岁后想做的第一件事就是学开车。这趟到法国东南部参观年度汽车展，就是想看看新旧款式的名车展览。

一路上，向正不是谈车牌车型车速就是说自己对打牌越来越没有兴趣了，直到母亲说"爸爸开车不能和他多说话"才住嘴。

数小时后，前面路旁山坡上逐渐呈现排列整齐、枝根秃秃的葡萄园，郝忻突然慷慨道："依我看，倘若有日发财，不如买下这座葡萄园，在此读书写作，诗情画意啊！"

"那当然，到时我帮你打工！"向正兴奋了。

转弯处，眼前出现一大片宽阔整齐青翠的不死草，远处却是一丘落了叶的小树林，郝忻忍不住赞美起不死草，一念说初夏满山遍野的薰衣草更迷人……这时，车正靠边停了下来，郝忻想在这儿观赏不死草。

当夫妇各自站在绿色的草坪留影时，向正早已跑到就近的广场看热闹，原来是街舞表演，精彩的表演看得向正忘乎所以，脚底像粘地上似的，母亲拉不动他，最后只好下"逐客令"，这才悻悻离去。一念照手持地图的指导，建议往左边路标方向走一小段路，那里有私人的大花园，每年春天开放给游客参观。时下是冬季，只能看假花展览。

当平生未见的各种奇花让父母亲叹为观止时，儿子却是一跨三步地往前走，然后站在那里等，一念不以为意地忙着拍照，郝忻在笔记上一面记录皮靴花、绣鞋花、豹皮花、羊乳花、游动的蜈蚣、口红花、羽毛花、珍珠宝莲、生石花、戴帽玉女、大王花、斗笔花等名目，一面想连动植物都那么神奇奥妙，何况天底下的其他秘密呢——

向正对花卉不感兴趣，不时地用鼻子嗅、手指触，再凑近细察，这才若有所思道："是真还是假的呀？"

"当然是真的！"母亲故意这么说。不料儿子正色道："这可是不当然！老师说过眼下最吃香的就是真假难分的科技产品。"

郝忻被儿子的话吸引住了，正想进一步咨询，一念插话道："天色转暗，离旅馆还

第三篇
执
——虽辛苦但有人神往

有一段路,进车吧。"儿子不耐烦说:"妈妈,我越来越觉得你比女王还霸道,在家在外,一切以你为主,你有没有想到我饿了,好饿!"一念抿嘴一笑,只好拉着儿子的手往路旁一家西式小卖部走去。

儿子吃完快餐回到车内时,再次抗议说:"明天要是不参观车展,我就先乘火车回去,你们好好玩吧。"他的话让父母亲彼此对望一下,不久,郝忻"哼"了声,一念笑了笑,转头看看儿子,脸上露出惊奇的无奈的神色。

车子继续前行,渐渐地,三人均被美丽的山丘黄昏景象迷住了,夕阳下的牛羊、树、草、色彩、光线,那份无喧无争的清寂、宁静与安详,让他们发出不同的感慨,郝忻说他愿躺在不死的草地上吃草,女人说看到乳牛就想起它吃的是草,挤出来的是奶,向正说回去想画一幅田园画。

"不虚此行。"一念总结道。

翌日,三人参观了名车展览后天下起小雨,向正回到车内就打瞌睡。郝忻提议不如趁机到德国西南部参观德利堡附近的大瀑布,一念说:"那得多住一晚,还是照原来的计划吧。"郝忻说多住一天还可到弗莱堡亲自踩到悲剧皇后玛丽·安东尼与法国路易十四盛大婚礼队伍行走过的卵石路。一念还是说:"下次吧。"

回程的路上,郝忻出发前的安然神态隐退了,到家的时候就被即将来临的新路向乱了怀,时而忧虑重重,时而撑起腰杆子暗道:"但愿能找到'神奇的源泉。'"①

郝忻没料到公司用人虽急,招聘周期却很长,可见选人是慎之又慎。足足等了四周,他才坐进中欧优科有限公司的办公室里。

在整个招聘期间,也有几位精通中英文的专业人士求职,唯老板面试时,对郝忻留下诚信的好印象,也算是时也、运也、命也。

---

① 《浮士德》"皇帝的行宫"内土精代表的演说。"神奇的源泉"指普路托斯的宝箱中的金银财宝。

馥淑是中欧优科公司中国业务部的副经理，也是郝忻的直属上司。郝忻第一天上班，她就将一堆资料摆在他桌上，简单介绍了下公司业务情况后即回到自己的办公室。刚坐稳位置，便想到资料里有些内务事是否该过早让他知道，"前晚刚看到一商人说人心难测，商场离不开人际关系，知己知彼是战略战术的成败关键，所以现代人喜欢将《孙子兵法》用于经商上。"她轻轻摇摆着摇椅，随之挪动下臀部暗忖，"我不喜欢'心计'，但'竞争'没心计又何能成功？信错人就糟了，那就试之以微吧。"在这伸缩自如的弹簧椅上，她又想起那天面对应聘者的感受——人无法选择自己的出身和长相，旁人可轻易说只要经过奋斗、忍耐和努力就能获得成功，但其中的艰辛谁能知晓。往事何能如烟？再聪明、自信、坚毅的人也经不起挫败的折磨，总是会在特定的时候发作，感到心痛、委屈和不公平，甚至想大哭一场，或乱说乱骂……

个体生命的诞生与延续离不开时代烙印，所有感觉都是活的、直接而刻骨铭心，想忘记、丢弃或埋葬，难啊！何况我有心灵感知，更有记忆。瘦长的父亲出身书香门第，20世纪50年代初被选派到苏联留学，回国后在大学执教，因发表一篇文章引起异议，父亲凭笔论战，结果越论越倒霉，最终成了右派分子。"文革"期间更是厄运连连，撤职、受审然后发配到西北边远的劳改农场。父亲即将离家前几天，弟弟出生了，那年我8岁，父亲看到弟弟高兴，不过很快又心事重重、神色沮丧，母亲看他被造反派折磨凌辱得不像人样，反而希望他到农场去。

不久，从事中学教学的母亲也被下放到毛巾厂工作，时逢祖母得了疑难杂症需要昂贵的药物，一位颇为同情母亲的同事介绍些杂务给母亲，希望她赚些外快，没想到有人向街委会主任打小报告，说母亲和那位同事有不正当关系，消息传出后母亲不但失去赚外快的机会，还成了众人放矢的淫妇，祖母有口难辩，急火攻心，无疾身亡。母亲一面听熟人的唾骂粗语，一面沉默地过日子，久而久之便将满腹冤情视作磨炼意志的炼金炉，在扭曲的生存法则中用低下的目光看周围的人和事，还害怕看到自己的脸孔，不再于挂在墙上的小圆镜前梳头。有一天弟弟因缺人看顾，爬窗取物时坠地而死。此后母亲下班回家除了做家务就是坐在那里发呆，或情不自禁地暗发牢骚，偶尔

第三篇
执
—— 虽辛苦但有人神往

坐在灶前无端端热泪滚滚。街委会主任还发动群众对母亲进行批斗,从此母亲连牢骚也没了。

数年后,父亲因病回城,尽管母亲泪流满面地诉冤,父亲却只淡淡地望了她一眼,没有说半句话。父亲已麻木不仁了,"不相信能怎样?相信又怎样?"命运使他没有了"荣""辱"感,只好在人前装聋作傻,暗地里依然吃着母亲留给他的较好菜饭。

看惯了母亲的劳累和命运,我自小以为做女人就是这么辛苦倒霉,待我背起小包、跨出门槛,与千千万万的知青一样到农村劳动的时候,看到母亲靠在门旁依依不舍的眼神,我竟然毫无感觉尚爱恨分明、立场坚定地向她边挥手边消失在她的视野里。

我当时确实厌倦了城里的生活,靠着有限的认知,对田园、树林、草地、飞鸟、溪水充满美好的想象,想到那是一片广阔的天地,心里就充满着欢喜和激动。

为了改变自己的命运,我自作聪明地选择了"伟大时代"的生存法,仗着忍耐、屈从和希望,一步步走到今天。

她突然离开摇椅对自己说:"没想到,一个劳改犯的女儿今天竟然是中欧优科有限公司中国发展部的副总经理?"正猜不透命运是怎么回事的时候,电话响了。

哦,是董事长从中国打来的。

馥淑立即从沉默的追思中清晰过来,听完电话匆忙喝完台前的半杯茶水,然后起身往总经理办公室去,交谈一会儿又回到自己座位,须臾,通知隔壁房的郝忻过来下。

郝忻刚进门,馥淑便流露不好意思的神色说:"公司突有要事,董事长要你回国一趟,到中国南部G市视察和了解情况,那里有他的熟人接待。"

郝忻抿嘴含笑,神态稳重,思想有点不集中,一面频频点头,一面端详眼前上司的相貌:如鸟巢形态的短发,穿着宽身的米黄色上装,深蓝色的牛仔裤,脸孔手腕干净清纯,没有女性的装饰品,神态明朗大气、安然自得,毫无轻佻放荡意味,使他感到——具有胜券在手的能力。

"一切费用报销。有什么问题吗?"馥淑补充道。

"好啊!"

"后天，如何？"

"护照签证来得及吗？"郝忻坐在她长方形台桌前右侧，眼睛对着电脑旁的一堆文件。

馥淑点点头，挪了挪身子道："可办紧急签证。"凝视他一会儿，无意在他脸孔和眼神中发现刚才没有觉察到的一份冷静和安详，使她一向谨慎自持的心境顿生一股淡淡的清静，连忙移开视线，奇怪自己的感觉：招聘、聘请工作人员是商业社会的常事，何以内心变得如此复杂矛盾，是第一印象良好吗？为何如此信任第一感觉？是呀，是真的，那天见到他一如春风捎来了雨露，多时干燥无荫的心田随之嗤嗤蠕动与复醒，察觉世上还是有好人。

"你先回去办签证，明天上我这儿取机票。"馥淑低声道。

他默然一笑，转身而去，当他离开办公室的时候。馥淑才觉得有点意外，不由暗忖："怎么会这样？一上班就安排回国？"但她不愿多想，生怕误了公司的布局，或被认为越权了，能碰到诚实人，已算是运气。

郝忻回家后告诉一念即将回国的事。事出突然，一念立即从旁协助。

第二天下午，郝忻按时到达馥淑办公室，取了机票，谈了些业务问题即离开。走到门口，听到馥淑"等等"叫声，连忙回过身，只见馥淑迎面而来，将一份回国日程安排和合作计划书交给他，脸露笑容道："先看看，心里有数。"

"好，好！"郝忻将资料袋夹在左腋转身而出，没想到馥淑又紧步随之，见郝忻站在走廊的岔口看路标，连忙向他招招手，示意过来下，为了不让旁人听见，馥淑走到他面前，引往走道旁低声道："你知道啦，现在的势利眼越来越多，打狗都要看主人，何况做生意，记住，准备一些名牌货，价格方面，你懂啦！看上再电告我。货品种类在日程安排纸张后面。总之，要出得手才行。"郝忻疑惑一会儿，觉得名牌与做生意有什么关系呢，馥淑见他犹豫不定，补充道："如今回国办事可不像从前循规蹈矩呀，靠'三片子嘴——能说会道'是行不通的——快去准备吧。初次出差，办得漂亮些，我好向董事长交代！"说完将一沓钞票交给郝忻，再拂手离去。

第三篇
执
—— 虽辛苦但有人神往

　　郝忻继续在原处站了会儿，眉头间竖起两道似蹙非蹙的皱纹，心想自己的一些熟人均在国企单位工作，在他的印象里不完全如此，但，很快脸露苦笑对自己说："替人打工，照办就是了。"正往电梯口匆匆走去，差点在拐弯处与一位中东年轻人相撞，连忙道一句"sorry"，直到站稳脚步，才收敛起不好意思的神色，拉了拉两旁微缩的衣袖，本能地意识到这次出行的重要性，不由得重温着刚才的一切——社会变了，什么人均可加入竞争行列，尤其现代女性凭机会才气，在各部门显能力呈智慧，男人何敢轻视？哎，馥淑认真独特的言行令人敬佩，"文呆呆"是否担当得起这份工作、不失其望？我？不好后退了，只能尽力而为，梅菲斯特不是说过，"先去访问小世界，大世界随后再说！"事到如今，也只能如此了。

　　走出电梯时，他再次取出机票看了看，"哦，明天上午。"突然又反问起自己："我离国数十载，已成西方的模式，还能适应吗？"

　　然而，到家后看到女人已为他收拾好了行装，立即松了口气，暗忖："希望心想事成，到时，看看妻还有什么话好说。"

　　不一会儿，一念跟随他到"翰林院"交接些杂务，两人正忙于清理秋季学费和零散账单的时候，郝忻手机响了，是馥淑打来的，说公司准备派冯秘书小姐与他同行，郝忻说"没问题"。放下电话后，习惯性地对一念汇报谁打来的电话以及讲话的内容，一念立即笑道："这是试探！这位经理不简单。"但他不以为然，尽量往好的方面想，"再有心计的人，不害人就好。"一念凝视他冷静而充满忧郁的眼神，不由垂下头道："瞧，没有不敏感的女人吧，回国后，凡事三思而行。"

　　男人看了她一下，"我说了真话，你又不放心，怎么办才好啊？"

　　女人的感觉有时比语言还精明，虽不再出声，脸上却掠过一丝愁云。男人见之安慰道："我不像你想象的那么糟，帅旗既挂兵莫收，在实践中提高吧——"

　　往日两人的交谈总容易上火，今儿竟像湿稻草似的，点了火都不易燃烧，是时下"朋友关系"了吗，还是男人即将外出令她有点措手不及，只好顺其意开口道："但愿如此！"

她继续帮着清理单据，随后照他的日程安排和合作计划等事务，交代些该注意的事项。

天色渐暗，时间匆促，带回中国的礼物还没买，一念陪他上商场购物去。

想到卜经理要郝忻购买领带、剃须刀、手表等名牌货，一念不由转头问郝忻："欧洲土特产？还是国产的山寨？价格差别可大呢！打电话问问。"郝忻照她意思去电，馥淑答道："领带、剃须器可买山寨，送领导的两只男式新款手表一定要瑞士名牌。"

"谢谢指教。"郝忻收线后，如实转告一念。一念叹了口气："卜经理意思我理解。走走走，前面就是名牌手表店。你没想到吧，购完手表还得买你的必需品——过去的西装通通穿不出去，至少买三套，一套名牌，其他两套也得过得去，不能太便宜，还得有配套的领带、衬衣等……"

"啊？钱还没赚到，就得透血？"郝忻突然幽默起来，挤了挤眼睛，微微发笑。

一念答道："该花的就得花，费用我负责。"

"我原有的西装很少用，九成新，烫烫就行。"郝忻趋向女人两步，接着说，"我看不错呀，平时还舍不得穿呢。"一念侧身答道："这话可不能对人说，见笑啊！待发财了，一天换一套，从头到脚的名牌！"男人说对穿着不太感兴趣，"只要不破洞，冬暖夏凉就行了。"一念瞥了他一眼道："这是你，世人眼光并非如此。""管他们干什么？自己觉得好就好。"这下一念认真起来了，驻足道："你是活在众目睽睽的社会啊。"郝忻回瞥她一眼，心想说不清的话题，不如不说。

"我知道你除了求知识和那部未完成的'传世之作'外，其他事，都不在心里。"一念语气开始软了下来。

"老婆啊，哦，对不起，我叫惯了，不像你利索，那么容易就将'文呆呆'给埋没了——呃，刚才你说得对，为了顾全大局，那些旧衣服算什么，到时有了钱，又有文化和高素质，肯定让人敬仰又羡慕！"

女人瞟了他一眼，暗忖："但愿如此！"

两人继续在商场边说边东走西看，偶尔选购，偶尔交谈，不觉三小时过去了。难

第三篇
执
——虽辛苦但有人神往

得见她如此温馨耐心，郝忻不由得建议在商场旁座椅上休息会儿，女人点点头随从了。喝完饮料后，郝忻拍着她的肩膀道："累不？今晚早点休息。"一念微微一笑，神色像婚前似的清纯优美。

回到家，一念忙着做晚餐，郝忻入书房找几本随身想看的书。

餐后不久天下起雨来，仿如女人积压的泪水一发不可收拾，滚滚奔流，痛快一阵后才慢慢收敛，随风潺潺或飘洒。

翌日上午，天霁云散，风有点凉，街上行人稀少，交通繁忙时间已过，电车火车顾客零星，约个把小时就到国际机场了。

一念因要赶回上班，送到机场大门进口处便挥手道别："一路顺风，心想事成！"郝忻却站在门口直到看不见女人的身影才拉着行李箱转身进门，随后在机场二楼沿着牌示寻找馥淑指定的航空公司服务处。这时，突然有人从身后往他右膀一拍，郝忻转头一看，惊奇地上下打量着馥淑，"是你呀？"看到她身边的行李，才意会对方也将外出了，不由左看右望一会儿才问道："随团还是一个人？"

馥淑耸耸肩笑道："董事长临时叫我和你一道出差。"

"你说的冯秘书不去啦？"郝忻再次惊奇。

"刚才不是说过了嘛，临时换了我。"馥淑重复一遍。

"好啊，有经理在身旁，遇到问题好解决。"他突然感到轻松了。馥淑连忙解释："别误会，回国主要靠你了。"两人边走边说，到登机处托运行李、办好手续后，看看还有空余的时间，馥淑建议到机场内西餐馆吃点东西，之后又在候机室等了40分钟，才开始排队登机。

馥淑顺手在机舱入口处取了几份免费报纸。

两人座位相邻，馥淑靠近舷窗，告诉他根本没想到上司的临时决定，随之正了正身子，打开报纸的经济版，看到头条消息便面露笑意，随手往下翻了翻，无论广告、标题还是投资项目，多是外资涌入的空前数字，也有来料加工、出口货品创数年新纪录等好消息，至于股票，近期股票虽升多跌少，但还不到理想的位数，多数人在继续等待。

"没想到,股票天天升!不劳而获几十万,哪里去找这样的甜头?"馥淑转头瞥了他一眼,微笑说自己对股票总存有戒心,只买十来股,后悔没听老同学的话,否则,可辞工退休啦。随后将报纸哗啦一合,问他想看不,他摇摇头说自己带了书来,馥淑问他带了什么好看的书,他从手提包取出,馥淑一看,"呃!《浮士德》?幽默或魔幻书吧?"她将书翻了翻,很快还给他。

郝忻左手托着《浮士德》书面,右手轻轻地抚摸着,本想告诉她他正在研究"傻性和奴性"问题,因怕她听了会像妻子一样地取笑他,所以没开口,只是皱下眉头转题道:"有没有奋斗的目标?赚多少钱才罢休?"馥淑目光立即离开报纸,朝他一看,"不知道,还没有想到这问题。"

郝忻虽然对钱的概念不像出国前那么热衷和向往,却也不愿泼她的冷水,只好对着报纸说:"有钱总比没钱好,中国人穷怕了,现在人人都想做生意,钱啊钱,活得更累了!"馥淑细声道:"目前一心努力工作,还谈不上这些。"郝忻说她的成功率很高。

她说有了钱就想做慈善工作。郝忻即道:"不简单!"这时,服务员正递来湿纸巾和果仁袋。郝忻用湿纸巾抹了抹手,接着说:"我最敬佩这种人,不愧是你先祖卜式的好后代。"

"卜式?我从来不易找到同姓人,怎么一和你接近,就出现不少的优秀卜氏?上回是《红楼梦》里的卜世仁,今日又来个卜式,嘿,我可不像凤姐那么爱听好话啊!"

郝忻微笑地点点头,但她不满足这种回答的方式,下巴一翘一翘地示意,"说吧!"

郝忻只好解释说卜式是汉代河南省人,司马迁《二十四史》里的人物和故事,以"愿输家财半助边"留名于世。

几句话,听得馥淑愣愣的,双眼直勾勾地盯住他,好像在欣赏博物馆里的一件名贵古董,"这么多年来,除了我父母亲,还没有一个人对我说这样的话题,他们只知道金钱、女人和权势。"

郝忻没想到她也喜欢谈论与生意无关紧要的事,立即顺意说自己喜欢欧洲的博物

第三篇
执
—— 虽辛苦但有人神往

馆、歌剧院、文学名著,还有建筑物、雕塑、名人墓地等……馥淑越听越觉得入迷,连忙将报纸折起,希望他继续讲下去。这一来,反让他有点紧张,东一段西一局,时而谈法国男作家喜欢写聪明、机智、叛逆的女性,如梅里美的"嘉尔曼""高龙巴",福楼拜的"包法利夫人",巴尔扎克的"贝姨",个个均放荡、强悍、无所束缚;时而说欧洲的分化史与1789年的法国大革命有关,之前男女物欲肉欲的享受只属君主专制中政体内的少数人,大革命后才将一切人浸入淫逸,即消魂的行乐和安乐的欢愉。德国就不同,歌德的《浮士德》、海涅、托马斯·曼等作家笔下也有伊甸园的意识,但况味不一样……

郝忻越谈越远,神态痴迷而惶惑,最终谈论起《浮士德》的仕途、命运和个性。

无意的谈论让馥淑增添新意识新思想,立即对其刮目相看,连声赞道:"哇,原来你满肚学识,不简单,不简单!干吗出来做生意?"郝忻正色道:"中国女性自解放缠足恢复大脚板又有机会上学后,英雄楷模、文化艺术、职业能手,堪与男人比高低,加之女人具有怀孕生育的功能,哪个男人敢不敬重,不听话?"

"你的意思是遵从夫人的意愿?"馥淑咧开嘴,露出洁白的牙齿。郝忻抿嘴一笑,深深地吸了一口气,补充道:"您真聪明!而我,更着迷精神财富,它不会丢失,也不易被人占有。"

他的话引起馥淑的兴趣,不由兴奋道:"可惜这种人不多,如果有,也可能被世俗包围了,在慢慢地变质慢慢地异化。就说我自己,学生时对天文地理感兴趣,下乡劳动后又对政治民生感兴趣,近年十分关注环保问题,曾看到一部纪录片,陈述地球资源快耗尽了,陆地将无水而干涸,地面却在下沉,到时不用导弹等科技、单凭空气中的疫气,就可灭绝人类。"

这时,服务员推着餐车来了,吃罢午餐,郝忻提出:"我想睡会儿好吗?昨晚迟睡。"馥淑说:"能说不好吗?我也很累,休息吧。"心想,商界难得有交换思想的机会,以后有个谈得来的同事,真好。

三十二
在经历里延续经历

面对这位新脸孔新话题的女上司,郝忻时而感到紧张,时而又想表达平日妻子不爱听的话题,只是不知从何说起,上下级的关系一向敏感,上级对下级的态度可凭心情行事,下级对上级得小心谨慎,即使有疑问、意见和火气,也不能轻易表露,这方面郝忻年轻时就懂得把握了,唯出国久了有点淡漠。幸好回国前妻叮嘱切记"三思而行"。打从上飞机后他就不断告诫自己多听少说,道理很简单,没有一位上司喜欢和难相处的同事共处。

为避免言多必失,郝忻尽量半闭着眼,看上去在养神,不如说在假睡。持续了半小时后,为了上厕所不得不睁开眼,哦,馥淑正在看电视,突然问道:"累了?不如熬会儿,晚餐后再好好睡觉。"

"对,好主意!"郝忻伸出大拇指赞同。

从厕所回来后,馥淑开始谈工作和自己的业余爱好,就是没谈那些刻骨铭心的经历,郝忻报以微笑,点头示意,但很快觉得比之前更不自然、不自由、不自在,看似聚精会神,实则心不在焉,加上"级别感""陌生感"引起的拘谨和不安,偶尔开口也自感有点造作。

馥淑看出他的拘束和紧张,不由笑道:"我身上有刺?"郝忻敏感地笑了笑,道:"别误会,坐久了有点头昏脑涨的。"心想,地位虽然无法衡量一个人的价值,却能将小我提升到法定的位置,也能将高贵挤到茅坑角,但无论哪种形象在现实中都得适从角色的言行举止,即为人打工,就得服务。这时,身旁的另一位乘客起身了,他连忙正了正身子,就在身子挪动的时候打消了适才的顾虑,想说一句与她意思相反的长句时，不料又被顾虑挡住，嘴角两边露出八字形的笑纹，最终没开口。妻曾说过能干的女人对于异性要么喜欢比她更优秀，要么就是凡事顺从的敦厚者。自己既不优秀，也不太差劲，何必被人误会拍马屁呢？

"最好的办法就是顺从。"想到此，郝忻以温和的语气道："初次回国，有点激动。"虽然语调轻松，馥淑还是发觉他有点紧张，甚至感到他好像担心碰到自己的身体……"这也难怪，人与人之间一旦有了'位置'观念，相处或交谈自有障碍与顾虑。"

"想喝些什么？"馥淑将扶在椅把上的左手放回腹部前，右手抓着左膀，灵巧地换了个话题。

郝忻要了杯茶，觉得这样拘谨下去也不好。

服务员送来一杯茶、一樽果汁后，郝忻身心略为轻松，立即有了灵感，开始用名目繁多的现代饮料为话题，说人体的构造真奇妙，小小的舌头也大有学问，因为一片味蕾中，唯有"甜蕾""唾液蕾"有个性，不管什么样的味道刺激或侵袭，均不受影响，保持自我所爱、享受实物的原本感受。但现代饮料因加味、加色和防腐剂，已令舌头味蕾日益麻木。

馥淑听了"哟"一声，好奇地转过身子，"哗，不简单！博学广识为什么要经商？"

"经商就不需要博学吗？"须臾，郝忻补充道，"你过奖了，没有博学家的职称。"

"学识品位不俗，是个人才。"馥淑若有所思。

"你觉得商人就是'俗'而没有'品位'吗？"他竭力保持宽松自然、摆脱紧张多虑的心境。

"商人'利'字当头。"馥淑长长地嘘了口气。

"你也这样吗？"郝忻转头微笑道。

"这不是我的初衷！"她坦白地点点头。

他又开始紧张起来，觉得这是点子的话，到此为止，不再作声。过会儿，竟然说她很豁然、坦率。

邻座那位乘客回来了，郝忻客气地和他打个招呼后，将头靠在椅背上想闭上眼睛养神，没想到，内心又开始乱糟糟的：生存所需虽然有限，但没有几个人会因为有衣有食就停止劳作，一切的逻辑思维和行为均围绕着欲望转，无休无止……"我也不脱俗呀，若不是为了欲望，何须回国？眼下还不是为物质货币团团转——妻说为了孩子，为了——"他想为自己解脱随俗时，手肘突被馥淑碰了一下，连忙侧头看看她。

"困了？"她低声问。郝忻立即提起精神道："没有。"正了正身子，两手十指相交地握着，再次闭上眼在自己的思路里驰骋，出国前，不也在欲望里编织美梦，出国后，品尝到越墙的滋味，一阶又一阶，可是，因墙的质量、结构、形状不同，翻来翻去，有人死爬、硬爬，有人生搬硬套最终不是受伤就是摔死——每遇困难，妻说："生存竞争就是要活出自己，该争就争，该硬就硬，该死就死。"

"也许，移民现象、欲望和梦想，均是人类的影子，只要活着，人与影就不会分离。"郝忻开解着自己。

"你原来学什么专业的？"馥淑不知道自己为什么这么问。

郝忻说："学与专，都谈不上。"

"别客气，大学者！"她确定对方在开玩笑，趁机撩起平日想到却没有机会谈论的话题，"想象是人性还是生命的一种艺术表现？文化差异是否可用物质来消减或弥补？"坐在他们前后的乘客均为洋人，听不懂他们的话，交谈气氛自然舒畅，话题也越说越远。

郝忻答道："想象是人性的安魂曲，应该算是生命里的一种艺术，其目的是为了安魂。至于物质可否消减或弥补文化间的差异，我想，因人而异吧。"

馥淑进而问道："任何时间和空间，物质对人的影响和诱惑都是一样的，想象则因时间地点而改变，为什么？人对物质的态度和感受大体相同，但人在不同国家的想法与想象就不一样，为什么？"

郝忻被她的问题怔住了，不由离了题，反问道："那么，孤独能否通过时间来

第三篇
执
―― 虽辛苦但有人神往

消减？"

"也许吧！习惯就会成自然。"她声音变得细微柔和，须臾，补充道，"但习惯有时是因无奈促成的。"

"出国的第一收获是看透了梦想和幻觉的真相。"郝忻边说边将插在前椅后袋内的塑料杯递给前来的服务员，馥淑一面跟着他递上杯子，一面笑道："你想得太多太复杂。"馥淑神态和蔼，一改那天掌柜的模样。郝忻一时散了心，不由得信口开河道："出国的第二感悟是对权势架势的藐视。"接着从架势的软硬、大小、形态等方面，分析其中的虚实、名位、财势和才气……结论是"人与物，因价值不同，自有等级的区别，就怕……"

"就怕什么？"馥淑侧过身子，用右手指轻轻地拂去他衣袖上的一小点面包屑。

"嘿，就怕……"他庆幸没有说出那句溜到嘴边的谚语"六月里的包子――外面光华里面臭。"世间没有几个人不爱听好话的，连乾隆皇帝都在所难免，何况平民百姓，只能改口道，"就怕摆架子或装模作样的。你不同，实力派，待人随和有礼。"

她斜视他一下，笑道："真的？我说过不喜欢马屁呀。"

"照你说世上就没有好话？"他开始神色凝重，奇怪自己说多了，将头往上一仰，瞄了一下窗外，有了定力和勇气也得适而可止，不好滥用或多用，连忙回到她之前提到的问题道，"哦，你刚才说的物质和想象，还有时间、空间的问题，我想，归根结底，与人性中的共性和个性有关。"

馥淑会意地点点头，沉默会儿，看了他一眼，看他再次合上眼，便不再打扰之。自初次见面以来，脑际总有一幅难忘的身影，腰挺背厚，慈眉黑眼，方腮丰硕，鼻直口润，尤其那充满良善、富有学识的神态，令她格外器重。此外，无论自己谈公司特点、未来计划还是工作待遇时，他总是态度谦和，言语稳重，恬静的眼神似乎像天池般祥和、宁静和自在。尤其从商以来，还没有遇到过一个可以谈这些话题的对象，他们只知道钞票、势利和庸俗，没有真话，谈不上品位，更不懂什么生存哲学与意识……显然，郝忻的独特魅力渐渐增添了馥淑的好感，然而，感受归感受，没有丝毫的表露，"将新同事新话题作为出差的额外收获吧。"

郝忻打个盹醒来的时候，空姐在派发湿巾，紧接着晚餐开始了，有人边吃边看电视，馥淑将一小块面包、芝士和甜品往郝忻盘内送，郝忻全部下肚外，还要了一杯红酒，馥淑说自己对酒精过敏喝不得，他说红酒健身，适量没问题，馥淑为助兴要了些，勉强喝了两口，很快地，双腮起红并扩散到整个面孔和身上，他看了她一下，摇摇头，退回她的酒杯，不再作声。

窗外天色渐暗，空姐在走廊上指示乘客关上窗板，除个别人开灯看书外，舱内渐渐肃然无声。

馥淑因走前熬夜很快入睡。悬着脑袋左摆右晃，偶尔碰到郝忻的肩膀，不一会儿竟然随着睡姿将头靠在郝忻左膀上。郝忻在她面前本来就小心翼翼，此时更不知所措，感到很不舒服，又不好意思惊动或推却，只好忍受尴尬和为难，让臂膀承受前所未有的压力。不久，虽然闭上眼，依然难以入眠，只好取出《浮士德》著作，不料眼睛盯在字行上，脑中却一片空白。

夜在黯然肃静的空中流逝。白天的人与事、幻念和欲求随着大脑的疲倦早已隐退。飞航途中的交谈虽有助彼此的了解，但郝忻内心依然没有平静，时而想到出发前馥淑提及冯秘书同行的事，时而咀嚼刚才交谈的话题，最后喃喃自道："眼见这一天悠悠忽忽，又将一事无成，连每种兴致的预期都会为任性的吹求所消磨。"①

感觉使他感到疑惑、失落、彷徨和不安，幸好犹豫一阵后重新被希望所炽热，"妻说赚够钱，就让我专心完成传世之作。"就在这恍惚的幻念的胡思乱想中，闻到馥淑臂膀传来阵阵的皂香，他微微侧过头，那甜蜜的睡姿像希腊神话里的海伦冲击着他的脑际，使他心湖顿然飘逸飞荡，忘却了刚才的犹豫和彷徨，竟然自我安慰道："被上司器重总是件好事，但愿心想事成，快快完成任务回家当'文呆呆'。"就这样，在清晰、自乐和为难里周旋一阵后，终于敌不过躯体的反抗，迷迷糊糊地打了个瞌睡，不久就

---

① 出自歌德《浮士德》。浮士德在书斋里感受局促人生的痛苦时的心理活动。

第三篇
执
——虽辛苦但有人神往

听到黑猪在教导:"除了灵魂,你的手和脚、脑袋和屁,都是你的,正如心脏不受大脑管制一样……"

郝忻想提出异议,蒙眬中觉得自己正处身于波浪前行的船舱内,上下颠簸,十分不舒服,正要探究,机舱内的灯突然亮了,空中小姐在紧急广播,说前面将有一股强劲气流,劝乘客坐好原位,系好安全带……

顾客全然苏醒,遵嘱照办,不一会儿,飞机开始摇摇晃晃,须臾,女人们的尖叫声此起彼伏,像穿梭弹在机舱内流荡,馥淑早吓青了脸,低着头双手紧紧地抱着小枕头,陈述自己是个不容易认输说败的人,却有一怕,即老天爷的脾气和举动。郝忻表面安慰她:"没事!"实际上,自己吓得体内的骨头都在簌簌作响,内心比她还恐慌,啊,什么气流暖流和鸟流,飞机越来越先进,事故也越来越复杂麻烦。每天的新闻,随时有不幸的报道,"但,千万别出事!我刚过了鬼门关,正摸着石头走路寻找生命、命运、社会、有限和无限的价值和意义……"

这时他听到身后的一位老外用英文对身旁的游客说:"我本来就不相信科技,所以每次上机前均写好遗嘱,以免万一……"说时迟,那时快,突然,飞机掉了一下,隔行一位老夫人放在小台上的一杯温水倏地往上飞,老夫人"哎哟"一声,惊恐得双手按着胸口,半晌,才自言自语道:"吓死人哟!不如'轰'一声,干脆利索!"

飞机继续在颠簸晃动中前行,一阵阵尖厉或破碎的妇幼叫声像坟墓里奔漏出的阴气,令人听后毛骨悚然、五脏俱缩。

馥淑突然抬起头,说"生死有命!俗话道,是福避不了,是祸躲不开"。随之责怪那些惊恐的尖叫者:"解决不了问题,还影响别人的情绪。"说完放松手,挺起胸膛,瞥了郝忻一眼。

其形态和神情,留给郝忻深刻难忘的印象。

飞机依然不时地摇晃,在这无地着落的高空,人类的智商能力和意志竟然显得如此的无奈和有限!

恐惧惊慌的叫声断续地弥漫在机舱,只有少数人闭着眼睛,或叹息或祈祷。

十几分钟后,飞机开始逐渐地平稳下来,机舱内突然死寂般肃静,也许,震荡和不安已令乘客对喧闹或静寂无动于衷了,只望快快到达目的地。

直到空姐派发饮料的时候,一切才恢复正常。

约一小时后,空姐广播说飞机很快将在G市机场降落,厕所即将停止使用,感谢乘客的合作,欢迎下次光临!

当飞机完全停定,机身的温热散发出粉刷的味儿时,乘客才陆续地走出机舱。

南方的暮冬,阳光明媚,乘客下梯后走向巴士,郝忻帮馥淑提着小皮袋,巴士开到机场大堂电梯口停驶。在前往领取行李的走道上,郝忻很少说话,馥淑突然提起卜式,想多了解点他的资料,希望郝忻能介绍。郝忻立即当闲谈似的陈述卜式原是汉代牧民,后经商有方成了富人,一生捐财无数,且不要名位。

馥淑听得目瞪口呆,自言自己亦好施乐助,只是时候未到。这时,突将头一侧,"总有一天吧,哎,你说,到时捐哪方面好?"郝忻迅速答道:"国之本,教育也!"

取好行李,刚走进大堂,只见大门前数十名记者在采访同一班机的乘客,原来这架飞机遇到百年难遇的空中怪气,气流又急又强,还不时地散放出奇异的光彩,连飞行员都心惊胆战,更惊人的是,与此同日飞行的各国航机失落了四架,创下百年纪录,伤亡惨重。

"你们真幸运!"一女记者对走来的馥淑道。

馥淑微微地点点头,表示庆幸,郝忻惊奇地对她说:"原来五大洲均沸腾起来了,我们还不知道呀。"这时,乘客对着记者各诉心声,有的说:"我平日注重积德,好人有好报。"另一位白发老人说:"世人不懂惜福,一味地破坏地球,地球生气要离开太空轨道了……"有位中年洋人主动趋前对记者说:"地球温度逐年上升,影响大气层的气流密度、量度和宽度,我们乘坐的飞机之所以出现奇迹,是因为我在机上自始至终虔诚祈祷,我的天父允许一人得救全家蒙福,所以啊,因我祈祷,全机乘客平安无事!"说完摇摇摆摆离开,旁人听后笑的笑,怔的怔,走开的走开,只有郝忻默默地望着他的身影,从心里感谢他,庆幸自己还存活于世,决意此后要珍惜每一天,牢记知

第三篇
执
——虽辛苦但有人神往

足常乐,平安才是第一大福。

旅客陆续地经过安检部,长者东拉西扯地说着身处惊险时刻的想法,年轻女子抱着接机的亲人哭泣,商人坦率告诉对方不仅怕死,更记挂着陆地上还有那么多家产怎么办?朋友听了哈哈大笑,随之扬言商人多是不懂得怎么花钱的财奴,另一商人道:"我和你相反,担心人没死,就没钱花了。"站在他身旁的一位女士道:"不是钱奴吧?下了飞机就讲钱。"商人驳之:"瞧,人人不就忙着赚钱吗?"

馥淑觉得生死命定,紧张害怕无济于事,何必白费心思,经历过大风大雨后没有一件事值得她烦恼不安,所以离开机场后已坦然自信,庄严地挺起胸脯。郝忻心里虽记挂起妻儿,但听到馥淑锵锵的脚步声以及看她如迈向战场的勇士形象,无形增添了信心和勇气,手推行李车,跟随她身后往计程车方向走去。

眼前绿意嫣然,对于离国已久的异乡人来说,就是回家呀。

处处是新景,感觉真好啊!眼忙、脚快、心情爽,精神为之一振。唯天色渐阴渐沉,上空像铺盖着灰暗的轻纱,无风也无雨,空气干燥闷热,馥淑带着冬阳的余温坐入计程车内,窗外的绿化并不像春夏那么喧闹艳丽,道旁的树叶、槽墟内的花草均蒙上厚重的灰尘,只有灰蒙的云朵在不知来向的浊气里微微蠕动。馥淑不像往常少不了对天空发几句怨言和牢骚,而是沉湎于在飞行途中与郝忻有意无意涉及的种种话题,最让她琢磨生疑的是:"做学问多好,为什么要改行呢?"但不知为什么,每次均是欲问还休。偶然无意问了下,他却答非所问,不了了之。

车子继续前行,郝忻要求司机开冷气,司机说:"今非昔比,冬天都38度了,夏天怎么办?再说计程费没加,空调费谁负责?"馥淑连忙说:"好了好了,加些油费给你。"司机二话没说立即关窗,开起最大限度冷气。

凉气随之而起,两人不约而同地望向窗外,原先道路两旁的农田已被层层叠叠的新建楼房所代替,随着车子前行,闪现眼帘内的均是中译的洋名"马可波罗""威尼斯""多瑙河"等,至于社区居屋,独立大厦不是"雅典园"就是"蒙特利苑""美的居"等。

进入郊区后，车辆商店渐多，人群熙攘，银行、酒店、饭店、餐馆、美容院、舞厅、KTV、俱乐部，满目繁华，目不暇接……路边的凤凰树上，偶现几只一动不动如同标本似的鸟儿，羽毛因气温闷热不时地舒展着，像是斗架的家禽，却又难以辨别其种类，再看看远处，记忆中的宁静田园和点缀其间的乡屋已不多见了，到处是工地建设，挖土机、钢架、石堆、水泥、货车，民工成了时代的具象。馥淑边看边缅怀乡间古屋后空地上悠闲自在的母鸭、火鸡、猪群和鸟雀，不由叹道："改革开放后，农民最大的好处就是可以进城赚钱了。"

郝忻立即答道："欧洲的农民，都不愿进城呢。"

"不愿进城？"坐在司机旁的馥淑重复他的话，双眼向后忽闪一下，薄长的嘴唇刚想弹出两字"废话"，立即收了回来再清了清嗓子道，"说了等于没说，国情不同呀！"

郝忻笑了笑，摇摇头，突然嘴巴对着司机耳朵低声问："你认为呢？"馥淑明白他的意思，抢先道："他回国太少，不了解情况。"

司机微微一笑，答道："这位先生很久没回来吧？"郝忻连忙点点头，"是，是！"

司机自报家门说是郊区进城的打工仔，意在为生计赚钱呀，如果有钱，一切都好……但是，怎样才能获得财富呢？不敢偷、不敢抢，又没有得力的关系和后台，只好打苦工，"工"字不出"土"啊……郝忻听后想从司机那里多了解些情况，比如，收入、工作时间、幸福指数等问题，然馥淑突然道："现在啊，只要不在公开场所发表政治异议，人人都有权利评价自己的生活。"眼见快到酒店了，连忙侧过脸问司机："我说得对不对？"司机点点头，心想，这位女士定是常客喽。

到了目的地，办好住宿手续后，馥淑告诉他："别忘记调整时差，今晚好好休息，明天就得投入工作了。"

第三篇
执
——虽辛苦但有人神往

三十三
原来经商是这么回事

翌日上午,馥淑与郝忻拜访了 G 市的联络员老关。老关说即将谈判的这家公司不仅正宗可靠,且有后台。馥淑立即为董事长代送名牌领带,郝忻观其色听其言,对馥淑的言行举止叹服不已,自觉"我们爬着像蜗牛,女人事事在前头"。①

馥淑等人调查大陆公司背景及负责人相关资料,足足用了三天。在往谈判公司的路上,为表达自己的敬佩和真诚,郝忻终于说出了在飞机上想说而没有脱口的那句长句:"玫瑰虽然有刺却永远是最受欢迎最适合表达最实惠艳丽的花朵。"馥淑听了伸出拳头笑着对他肩膀一击,"我有刺?"

"'刺'意味权柄和威严,有什么不好?"郝忻轻轻地瞄了她一眼。馥淑告诉他这不是她的原态,是生活造就的,"历史和现实大多藐视女性,女性因生儿育女难以在经济方面表现实力。不肯屈就命运的女人当然有麻烦,我不过仗着意志、精神和希望努力工作。"郝忻听后愈加感佩,但已说不出恰当的话语,只好点头笑笑,心想,所谓的机遇原来就是认识眼前的这位上司和新的工作。这也算是他脚踩故土后的第一感受。

即将谈判的对象是一家国有企业公司,负责人叫贾金岭。

贾经理外形有点像《红楼梦》里的贾雨村,相貌魁梧,"腰圆背厚""面阔口方""剑眉星眼""直鼻方腮",不同的是,贾雨村借士隐相助入"神京"挂名充数,而贾金岭父母虽出身贫困,但其父 16 岁从军,建国有功,1949 年后进入 G 市市委办公室工作。老贾官运佳升级机会多,初次升官的第一件事就是和原配夫人离婚,不料再婚

---

① 歌德《浮士德》"瓦尔普吉斯之夜"里,巫师合唱中的歌词。

女人生的又是女儿且刚过不惑之年便因病去世,金岭出于第三位夫人,60年代出生,老贾壮年得子,倍加疼爱器重,可惜金岭自小对读书不感兴趣,常常读了几页书还不知道讲什么,自言喜欢开车当司机,父亲失望又无奈,儿子18岁初中没毕业,获得驾驶执照后,父亲安排他为首长的私人驾驶员。没想到金岭拒绝了父亲的好意,要求帮他买部旧货车就心满意足了。

其时甚兴跑单帮,数年后便赚到第一桶金,随后很快另立炉灶,与人合股办食品厂,因自己不熟行,不到两年血本无归,只好重操故业。这次可不同了,父亲又升级啦,官不大但管得着,只需从嘴里努出个意思便能心想事成。

在父亲的福荫下,儿子在国资"阳光集团公司"任货运部主任,不到半年又觉得该职位像尖针上的削铁儿,有也没多少,幸亏得人提示:"这是一个赚钱不用力的好差事,有了经验和关系,将来就可调用火车为你服务呀。"一句话挑醒了金岭的脑筋,暂且安下心来,骑驴望马。

老贾对儿子说处处有生意,就看你够不够"本事",建议他先学习犹太人的经商秘诀。金岭心知肚明自己的底细,此后常到书店买有关犹太人经商、智商、情商等书籍,放在客厅电视旁显眼的书柜上。无奈应酬多无暇阅之,只能偶尔这本翻翻,那本看看,虽没几句入脑却对父亲说受获匪浅,间或还在公司会议上略显身手,讲几句犹太人经商的名言:如提倡敬业乐业、诚信节俭精神等。

此路可喜可嘉,不到一年,金岭就跻身为副总经理,衣着也随之风光起来,虽说口袋的钞票还没有立起来,上门的媒婆却没间断过,最终还是老母聪明,觉得竹筒里倒豆子,一个也不要,自量儿子不才,需要一位具学历、姿色、精明能干、口齿伶俐的"贤内助"。

凭金岭的英俊外貌加上优越的家庭背景,很快如愿以偿,这女人姓陈名虹,嫁入贾家看到书架摆满"商道""谋略"之大著,便提醒金岭犹太人的"书经"不适合国人的"心经",中国人有中国人的活法,"与其希望口袋直立,不如拥有权位,有权就有势,拥有权势到时要啥有啥,超出你所想所求。"

第三篇
执
―― 虽辛苦但有人神往

可世道变了,眼下想再升级还需要高学历。这就是金岭心里最大的障碍,幸好父亲凭关系找到省级大学经济系博导张教授,然夫人见金岭一看书就打盹,担心再有耐性的教授也会望之兴叹,只好活学活用"心经":一方面送教授出国旅行一圈,另一方面让金岭高价买篇论文。

此法果然有效,彼此欢喜,不到两年半时间,金岭就获得了经济学博士学位。父亲笑不拢口,事后对部下略作暗示,金岭不久即转到市"外经委"的国企当副董事长。

金岭十分重视"门面"问题,首先在办公室墙上挂起世界地图,若和本市有经贸关系的国家便在其位置插上小红旗,其次在家中大厅沙发后特摆一排组合书架,显眼、整齐、丰富、高雅,除了经贸和政商书籍外,还有几套世界文学名著、中国古代经典"书""经""史"以及各式各样的中外名人传记。有一天,夫人对着书架上的美国卡耐基著名的人际关系丛书道:"国情有别,别乱套。"

金岭瞥了她一眼,每当谈及"权""财"关系时,夫妇时有争论,金岭说美国财主不就在左右政治吗,妻道:"你活在这里!这里――权力就是一切,权力可让人发财也可让你瞬间破产。"听得金岭默不作声,背脊一挫一挫地弯下去,"权有大小虚实之分,'小官'对'上官'得仰人颜脸,懂得按级别层层投之所好……但,这算什么呢?哪一处不是如此?自己也是这样上来的。这些年来为达到管人而不让人管的目的,我如何地委屈了自己,若其他人不受点委屈也太不公平了。"想到此,金岭的眼光不由得越过夫人的脸孔、眺望着墙上挂画的那枚大头钉,怨道:"权!权!权!说得容易,难道无须代价?"老婆笑他脑子不够用,突然将脸一沉道:"说来说去,还不明白,人脉关系,属第一国情!"金岭转头道:"就算人脉是国情的一门功课,但以后面对的是外商,人家不吃这一套。"

他特地将外商两字说得又清又响。

妻睁着眼,直勾勾地望着他,"人心都是肉做的,差不了多少,就看你的本事了,像上次的那位华侨,毕竟少见,特例罢了。"

虹说的那位华侨,金岭记忆犹新。他是留美回国受金岭集团总公司聘请的美籍华人蒋先生，也是金岭的上司，蒋先生生日那天，陈虹将家里贵重又心爱的白玉马交给金岭当生日礼物送之，不料被蒋先生退回还怪对方不尊重他，弄得金岭哭笑不得。又有一次，蒋先生发现金岭用公车办私事，事后在会议上指出这是违法行为，要他公开道歉并补交汽油费。此事弄得金岭好没面子，下班回家就将自己的"没趣"通通发往老婆身上，虹暗中对公爷诉了苦，安静了一段时间后才对金岭道："蒋博士又怎样，纵然有上天下地的本领，不按国情办事，怨不得别人……"果然，不久，蒋博士因"不熟悉业务"被上级辞职了，金岭反而悻悻说："合同时间未到，公司赔了不少钱。"虹立即笑道："你损失什么吗？公司不丢了芝麻，怎能捡到西瓜？"

经这事后，金岭越加相信老婆的能力，但也从中感到她的主观自负以及不在乎丈夫的感觉，终于忍不住道："权位虽是我的梦想和希望，但也充满竞争冒险，父亲即将退休，斤两有限……"陈虹早已心中有数，所以想法以仅有的实权在父亲退位前心想事成，不由笑道："得志在机会，机会在瞬间。"

面对妻的谆谆叮嘱，金岭不能不听，但又有所折扣，或私底下另显身手，如这次准备见外商前就安排好两位亲信参加谈判，还主张姿态高些，免得被人瞧不起。

午后二时，办公室静悄悄的，金岭刚坐稳位置，高秘书就进门说顾客已到达会议室了。

以贾金岭为首的中方成员和馥淑、郝忻的外商正式会面了。

贾金岭对来客招呼后便照例介绍番改革开放真是千载难逢的机遇，各路能手如鲤鱼奔海，"为适应形势发展，弥补曾经的过失，人人都有机会跻身先富起来的行列，想在新时期新局面中有所获，商人就得具备脑活和心窍……"贾金岭说到此，悠然地望了馥淑一眼，接着道，"中国将成为欧美发达国家的贸易伙伴。"

馥淑只听不说，不时地点点头。没多久，贾金岭以虚实相间的口吻探问对方的实力，公司年龄、员工数量、过去经营的业务范围以及之前是否和中国有过经贸往来等。馥淑明白他们想摸公司的底细，"这也是正常的现象，"所以头也不抬，端端正正地坐在那里，一面翻动桌上随身带来的资料，一面从容应付道，"任何时代均英雄辈出。你

第三篇
执
—— 虽辛苦但有人神往

提及的那些问题均不重要,关键是人的智商和情商也是竞争的条件,却常常被忽略了。"

几句话说得贾金岭很不好意思,只能"是是是!成功需要天时、地利和人和"。坐在他身旁的高秘书忙于会议记录,基本不抬头,王助理身旁的小梁却神采奕奕,因为"外商"两字对他既新鲜又隐喻着成功。

贾金岭接着道:"嗯,不满你说,之前和两家外商曾商谈过进出口生意,后来才发现,原来他们是——"贾金岭不好意思说出"皮包公司",连忙改口道,"不能按时交货,幸亏,我们好说话。"馥淑接着道:"我们不同,老板是老华侨,如果不按合同办事,照国际经贸法规处理。"

短短交谈里,双方均围在"防"字上做文章。这也难怪,眼下耳闻目睹欠诚信的商人有的是,公司不论大小,碰到奸商就完了。国有企业就不同,即使有亏损也不像自己的皮被剥的痛。还是贾金岭聪明,米锅刚开抽柴火——关键时刻离了题。突然,他提出想到欧洲视察视察的要求。

馥淑怔了会儿,很快又镇定下来,谈判一开始,她就关注对方在想什么,要达到什么目的。时下八字没一撇,对方就要求出国考察,不由灵机一动,表态"欢迎,欢迎!不过……"她特别加重"不过"的语气,接着慢道,"欧洲人的公司无论在形式上还是运作方面,均和这里有所不同。"不料话音刚落地,坐在那里抿嘴微笑只听不说的郝忻突然喷出一句话:"很容易的事啊,就是谁付招待费呢?"馥淑没想到郝忻说得这么干脆利索,连忙抬高眉毛看了他一眼,再环视一下在场者,随之慢声慢气道:"区区招待费算什么,关键是接着呢……我总不能钱花了,项目没着落?"贾金岭立即正了正身子,两掌微握放在桌面上的茶杯,含笑道:"我们能让你吃亏吗?吃亏事没二回,你我都一样,谁不想细水长流?"

馥淑立即松了口气,道:"遇上明白人,也是运气啊。"

贾金岭继续道:"别误会,那是……为了……嗯……"说到这,突然想起近来为丰富谈判词汇刚学的成语,连忙补充道:"你们的情况,胸中了了,我们自己出费用……

你们帮办个手续就行了……"他看准了馥淑的聪慧和能力，才这么说的。

馥淑挪了下身子，像要起身却未离座，满面笑容低声道："理解就好，你们是国营企业，我们是私有公司，同样的工作和付出，效果可不一样……你知道啦，我公司的一切费用，掏的可是自己腰包的真钞，没有公款潇洒，这都不要紧，关键是……遇到过桥抽板的人怎么办？要说上诉，哪有私人公司赢得过国有企业的官司？"

郝忻被馥淑的真话感动了，忍不住给她递了个眼色以示支持，这个小动作恰被金岭看到了，他顿然满脸春风地笑起来，随后表态："我们何尝不希望你们发财，哦……应该共富才是长久之计。"贾金岭边说边翻动着抬上的茶壶盖子，一直坐在那里恭听的王助理连忙起身，提起茶壶加水去。贾金岭接着说："眼下找上门的外国公司多的是，但我还是喜欢和华商合作，移树不忘根呀，文化、习俗、传统都一样，好说话嘛！只要'诚信'，什么都好说，说谎行骗的均是没眼光的小商人。"

馥淑明白他所谓"诚信"的话意，刚要开口，见王助理前来，正想接过茶壶，小梁立即起身争道："我来，我来！"茶壶水灌得有点满，小梁被摇溢出的热水烫到了，急忙缩回手，但没有作声，只轻轻地倒吸口气，重新从王助理手里接过茶壶，王助理客气地走开。小梁为高秘书添水后，馥淑主动接过茶壶为金岭添茶，微微笑道："说的都是实话，官位再高，也离不开衣食住行，人生一世，谁不想过好日子，谢谢你对我们的信任，免得我对着'石头锁子——没法开'。"话刚到此，只见服务员端着水果盘进门，馥淑连忙转头对着金岭的耳根补充道："只要公司赚到钱，不会亏待你们。"馥淑最担心的就是遇上正经八百、不想得到任何好处的"傻瓜"。小梁自始至终关注着郝忻，奇怪他怎么让馥经理为其斟水，一点不主动。

互惠互利问题解决了，双方确定明日上午以馥淑为代表的乙方跟随贾金岭为代表的甲方参观设在近郊的工厂，了解和识别厂方需要的进口机械设备等项目。

一切部署完毕，晚餐即将开始，金岭做东，地点是在他公司俱乐部内的宴请厅。除参加会谈的工作成员外还多了几位贾金岭的上司，加上馥淑郝忻10人一桌，气氛和谐，有说有笑，桌面早已摆好杯碟，法国红酒、国产茅台、杏仁露、奇果汁等饮料也

第三篇
执
—— 虽辛苦但有人神往

已就位，不一会儿，菜式陆续上桌，日本鱼翅、石斑、美国龙虾、花枝、荷兰芦笋、刀豆、江浙乳猪、乳鸽、广东蛇肉、山鸡野味等将大圆桌面摆得满满的，这时，坐在周书记身旁的贾金岭对服务员说声"酒水自倒"，便伸手将插在高脚酒杯上的玫瑰色纸巾一抽，往座前摊平，随之举起右手示意大家动筷，笑逐颜开道："来来来！"

郝忻有生以来第一次面对如此名贵丰盛的餐食，早已暗自垂涎，待主人允让后第一个伸手夹食，山珍海味，嫩滑可口，这里试试，那里尝尝。

馥淑见贾金岭等甲方人员不慌不忙地吃一口停一会儿，谈笑风生，不由道："你们怎么吃得那么少啊？"高秘书见王助理笑而不答，便替他回话："别客气，我们常吃啊。"小梁看到馥淑伸手触了一下王助理的腹部，幽默道："都快分娩了！"急得高秘书瞟了小梁一眼，"去要壶德国啤酒。"只有郝忻赞不绝口，美哉乐哉，不时暗示馥淑"多吃点，欧陆难吃到"。馥淑抿了抿嘴，白了他一眼，岔开了话题。

郝忻越吃越迷，渐渐地，觉得酒气、口气夹掺着菜肴气在窗楣的彩挂、墙上的壁画里或串荡或驻足——不由得低声对着他身旁的王助理注了句："祖国啊，终于丰衣足食了。"

"来来来！"一直含笑不语坐在主位上的周书记突然举起酒杯道："彼此大方向是一致的，下周参观工厂后可继续深谈，我还有点事，先走，来，干杯！"

众人也随之取杯，起身回敬，贾金岭微笑地对着馥淑点点头道："幸会幸会，希望心想事成！"馥淑被他的酒气熏了下，竭力压抑心中不悦，道："明白！干杯！"

郝忻站在那里不说话，偶然咧开嘴，连声"谢谢"，脸上却没有真喜悦。

散席后，馥淑才感到初步完成了董事长前期策划的任务，松了一口气，还有，贾金岭对外来公司的信任以及办事的利索程度也出乎她意料之外，照此预计，发财并非是件难事，想到此，心花怒放。

可以说短短的一天时间，馥淑的商界意识又多了一道新风景，绚丽难忘，奇特多彩。

回程的路上，馥淑问郝忻有何感想，郝忻道："除了敬佩你的处世能力和那丰盛的晚餐外，对贾金岭的印象也十分深刻。"馥淑问道："这话怎讲？"郝忻立即提起精神，凭着对《红楼梦》中贾姓的了解，又按着近日耳闻目睹的收获兴味盎然地调侃起来。

曹雪芹用"假语村言"敷演出《红楼梦》里的贾雨村，他"姓贾名化，表字时飞，原系湖州人，是诗书仕宦之族，因生于末世，根基已尽"，是个穷儒，甄士隐虽支持他入神京都，却只得了个县太爷，随后又因恃才侮上，遭革职，幸而有点存积，独自担风袖月，游览天下胜迹时认识了林如海，再借冷子兴推荐入贾府。

贾氏后人贾金岭则不同，前世祖是贾府种植玉兰花的小侍，因眼皮浮肿嘴唇肥厚常被女人取笑，所以向神明求告来世愿为玉兰花，夹在女人耳沟里，终日与女人互袭香气。但玉兰树受天地精华滋养，树型高大、香气特殊，因而，贾小侍虽幻化为花却因外形粗长，脑肥颈细，又无色彩，不讨女人的喜欢，只好再次求告神明愿落地为泥、造福土壤，让后代重返人世。

金岭姓贾名山，表字运来，因批字相士的建议改名为响当当的金岭。又是"金"又是"岭"，可见财势之坚固、光耀及磅礴，至于官运，虽非天助，但靠父亲早年提拔的部下推荐他进入政府的经贸部门，可谓借来的运气，可想而知，谨凭财权之气概，美女自然广进矣。可惜气势运气也离不开DNA医学之原理——因前前世祖离不开袭人的香气，所以今时市井女性易得，想获香精女人并非易事。当下世景，有权没钱的只能忽悠歌星明星，有钱没势的专挑处女或美貌，所以啊，金岭正处于高不成低不就状态，还需努力来日方能心想事成，要风有风，要雨得雨，为了达到这个目的，必须突破DNA，白天上班将"雨村"化为"金岭"，摆摆主子的模样，夜晚上红式城堡，装亲民普查走访，再步步高升——至于"枕边人"，为了顾全大局，急慢不得，掉以轻心即有危险或大难临头。

郝忻答非所问，离题万里。馥淑非但没有责怪，反而听得着了迷，惊喜交加。惊的是他才华，喜的是他幽默。故明知他信口开河、不务正业，却舍不得批评，只好艾艾其其道："管他香风精气、金山银岭，我们能赚到钱就是。"说完正色问他何以胡说八道。郝忻含笑道："梦兆的，灵感也！"说完望了她一眼，意识到那微微的笑容里隐藏着敬仰和渴望，以致在以后较长的时期内，无论她流露怎样的威严或肃穆的神情，均难忘其骨子里的苦衷与渴求。

馥淑立即感觉到郝忻在端详她。只因孤男寡女，多少有点不自然，不如言归正传，简单扼要介绍了在华经商的秘诀，即需要特别的权、特人的情和特点的色。

郝忻不太甚解，嗯嗯两声，不好意思地低下头，没有多问。

馥淑侧过身子，那双明亮的眼睛不时在他脸上扫视，突然悠着道："你真的需要多回来些，国情变啦，变得人性化，一切为了钱和自身利益！"接着告诉郝忻上次回国时堂姐卜馥若特来拜访，"想请我到酒家吃顿美食！我都吃怕了，叫她别客气，有事直说。原来堂姐央求我为她儿子唐飞担保出国留学的事，钱方面，她付！没问题。我知道唐飞不是读书的料，直言欧洲正式名牌大学必须经过申请和考核，没后门走，"野鸡大学"只要给钱就可以入学。不料堂姐笑道原来全世界都差不多，有钱好办事。但她要求不高，只要儿子获得一张外国大学文凭，回来再说……"

郝忻一面洗耳恭听，一面闪烁着眼光，偶尔触到馥淑的眼光连忙避开，有意看看表。

馥淑看出郝忻的不自在，忙解释道："我的意思就是我们也要用变化的眼光看待国情，比如，明天的会议，注意点造词用句，千万别让对方看出你外行。"

他知道她的话意，不好意思道："明白了，谢谢提示。"

三十四
为何心思总晃荡

郝忻记忆中的早春，太阳温暖而明亮的，但在参观工厂的路上总被眼见的景象所触动，同样的江南、一色的族群、相同的清早，怎么如此有别，高悬的太阳在浑浊的淘米水似的天空苟延残喘、留去不定，再看看周遭，经冬的早已蠢蠢欲动的草树花木，不是从泥土里露出生命的芽，就是在枝头萌发嫩绿的叶——然而，它们不再清晰、碧绿和洁净，而是被四处崛起的工地、琳琅满目的商店广告和熙熙攘攘的汽车弄得朦胧而混浊。

在喧声入耳、废气进鼻时，郝忻一直处于忧郁和躁虑中，好在贾金岭打破了沉默，"怎样，变化大了吧？"

郝忻"咿呀"一声，刚想开口说话却被馥淑抢了前，"是啊，祖国强大了，没人敢欺负我们了。"贾金岭笑道："厂房设备一旦改进，每年保持百分之十的增长率没问题。"

车子转了一个弯，快到郊区河畔厂房时，馥淑改口道："哎呀，忘了说，昨晚和董事长通了电话，同意办理你们前往欧洲的商务考察，回国后再正式签订购买机械设备的合同，你看如何？"贾金岭一面点头一面说："好，好！前面就是工厂了。哦，到时你得派技术员到华培训一段时间。"馥淑说"没问题"。

这是国有企业部下的一家纺织厂。厂房进入老龄阶段，灰黑的外墙因雨水长期浸湿已呈现许多斑驳的痕迹，走道地上霉气熏鼻，隆隆的机器声令郝忻十分敏感，想用耳塞又怕被人误会，影响工作，不用耳塞又觉得头昏脑涨，脚底像踏在弹簧床上稳不住身体。为免尴尬，他匆匆往洗手间去了，约半小时后才出来。馥淑见之笑了笑，不说什么，郝忻不好意思连声"抱歉"，竭力稳住情绪跟随馥淑参观、交流、谈判……

离开厂房时，馥淑趁无人注意时沉着脸色问郝忻："刚才怎么了？"

郝忻说肚子痛但没有东西出。馥淑皱了皱眉头，不再追问。郝忻自己解释说："可能昨晚吃得太多。"馥淑道："午餐少吃些就没事了。"

经会谈，协议初步达成。馥淑暗暗松口气。郝忻则不同，脑袋没装上生意经，却只记得馥淑敏捷思维、得体言行以及贾金岭的谈话语调、平时表情等，两人简直相辅相成、互映生辉。

午餐由厂长做主，主人位仍是贾金岭和昨天的王助理等人。菜肴质量略比昨晚逊

第三篇
执
—— 虽辛苦但有人神往

色，但数量、酒色依然丰富多彩。用餐半小时后，贾金岭觉得饱了，开始默不作声，只是偶尔露出轻盈的笑容，显然，他想打瞌睡了。又过了一会儿，贾金岭看没人伸筷子，说声"吃饱了吧"，各人随之点头，先后起身离之。只有郝忻，目光眷眷地回望着那些剩有七八成菜肴的桌面……

照贾金岭的安排，午休后带他们参观郊外一处旧厂房废墟，将来准备建五星级酒店，欢迎中外合资建造。然而，这项活动并不在馥淑的工作范围内，但她还是欣然答应了。

旧厂房离市区十几公里，附近的部分农田正在平整，已改造成建立高楼大厦的地基。

下车后，贾金岭边走边向馥淑介绍地点的优势及大体的工程计划，这家旧厂的老厂长趁此机会对郝忻说："厂方原本的年产量和主要的销售对象均很稳定，不料改革开放后订单逐年减少，原因是销售部有些同事辞职自立公司，将老客户的订单暗自转交给新小厂，从中谋取回扣等好处……"郝忻点点头，用耳听，用心记。馥淑则一面咨询一面要了几份详细的资料，还在实地拍了几张照片。这时，她的手机响了，欧洲董事长打来的，说因工需要，临时决定让他俩结束南方的工作后，往北方 D 市走一趟。馥淑心想，现在已是 3 月末，南方的工作至少还要 1 个月才能结束，到达 D 市怎么也要 4 月末了。

离开旧厂，馥淑悄悄告诉郝忻临时又有新任务，只见他默默的、不说话。原以为明日午后可以返欧，又不敢多说，只好嗫嚅道："我得通知老婆。"馥淑立即讪讪地笑了，低声道："真是好丈夫！没问题，电话费报销！"话是这么说，心里十分羡慕他的妻子：多好的男人啊，第一时间就想到老婆。自己曾为人妻，除了不顺心、不开心、不着心，还后患无穷。

回程的路上，天下起小雨，为答谢对方的诚意，晚上，馥淑以公司名义在下榻的酒店回请贾金岭等人。

天空飘着几朵乌云，街道人群熙攘，空气里夹着雨后的潮润。馥淑看看表，离晚餐还有一段时间,问郝忻愿不愿意逛逛商场,郝忻道:"好啊,我也想买宣纸等文具。"馥淑说想为欧洲朋友带点礼物。

下车后,郝忻跟着她东逛西逛,馥淑在小摊位上买些假珠宝和实惠的小工艺品,间或提着各式项链石坠问郝忻:"怎样?美不?"郝忻除了微笑就是点头。如是陪伴、参谋许久,又因午餐食物过量,早已苦不堪言,郝忻睡意浓浓,几乎是眯着眼睛跟着走。最难将就的馥淑虽看不上国产货却也喜欢往服装店、鞋店浏览观赏,逢到她想试穿的,郝忻就得帮她拎手袋、外套等,不由暗自嘀咕,"若是陪一念,我早就借口溜走了。现在不行,为了全心全意做生意,妻说该忍得忍!还要不被发现忍的痛苦和滋味。"

遗憾的是,靠着中国人难能可贵的忍耐精神,郝忻挨到靠近晚餐的时间也没有找到文具店。偶尔问路人,不是说"不知道",就是摇摇头离开。

"算了,不好迟到啊。"郝忻睡意渐消,不再那么难受了。

回到酒店时,贾金岭等人已在大厅沙发上等候,馥淑让郝忻将购物送回房间,自己陪伴他们进入酒店内的光华饭店。

馆内气派豪华,灯火辉煌,宾客满座。

贾金岭因工作需要,多数时间是选在大酒家,对于美食的营养、功用和贵贱早已烂熟于心,看到送上来的菜式和品类不太高档名贵,心里自然不太舒服,觉得自己丢了架,暗暗地打起算盘来,不由得对坐在他身旁的王助理嘀咕几声。王助理在公共场所极少讲话,此时,贾金岭将座椅往后挪了挪,跷起二郎腿,转弯抹角道:"嘿,我昨晚怎么在贵国城市地图里,找不到贵公司地址的街道,是否是初次和中国经贸?"馥淑清楚他话中有话,微笑道:"现在没人看地图,要查网络啊,旧街道在老区内。老板是欧式的犹太人,重实用,不讲究排场。我们是华商里的老字号,与欧洲人不同的经商是多了条脑筋,不光想到自己赚钱,还会替对方着想。"贾金岭听了哈哈笑起来,随之侧过脸在馥淑的耳边低声道:"对对对,俗话说,帮人就等于帮自己!聪明,聪明!"

馥淑瞥了他一眼,补充道:"这才是关键话题。不过,"她停顿会儿接着说:"办事

第三篇
执
—— 虽辛苦但有人神往

总得有个开头，不打不相识。"

这话给了贾金岭一颗定心丸，脸上立即露出希望的笑容——这些年，眼见那些比他高位的熟人，个个外表温良恭谦让，实际上，子女均由外商帮其办理出国手续，不是求学就是在外经商。自己呢，与外商消磨在饭桌的时间不少，体态也像大款似的，唯银行存折至今有限呀。这下机会到了，看来她不像一些口是心非、过河拆桥的外商。不试试怎知真假？想到此，贾金岭突然安静下来，静坐在那儿，只听不说。

不一会儿，贾金岭左肘撑在饭桌上，大拇指和食指不时地捏着嘴唇下隆起的那块圆肉。须臾，转脸斜瞟王助理一眼，王助理立即对小梁翘翘下巴，小梁随后从另一台面的精装袋内取出闪着黄光的四方形精致盒子，递给馥淑，硬纸盒上贴有半金属制作的标志，当王助理取出第二份硬盒时，贾金岭淡淡笑道："一点小意思，贡品，名茶。"

馥淑接过茶交给郝忻，郝忻感到样样均好吃，不觉又吃多了，正感无聊，当场打开纸盒，哗，只见两盒铝质墨绿圆筒罐嵌在黄锦缎做底的盒内。郝忻顺手将纸盒、铝罐翻来翻去，细细地观赏、痴痴地遐想——"去国十多年，变得快啊，连狗都不吃屎了。几两茶叶值得这么华美、精致的包装吗？华丽包装即代表名贵与昌荣吗？"坐在他身旁的馥淑揣摩出他的心思，连忙不好意思地对金岭解释道："他出国久了，照洋人习惯接到礼物均当着对方的面前打开，以示快乐和谢意。"郝忻听了有点难为情的样子，连忙向金岭道谢。

经馥淑解释，金岭才知道面对的这位同胞虽语言相同、肤色一样，思维和习俗却已入乡随俗了，怪不得说话那么不动脑筋。但不管怎么说，当着他的面拆开礼品，多少有些尴尬，只好岔开话题，彼此又寒暄一会儿，金岭和助理便起身告辞。送走客人，馥淑立即招呼服务员开晚餐的票据，接着提醒郝忻以后要注意生活细节，"商场与学术界不同，身价、派头和言行举止均和生意成败相关，记住，下不为例。"见他不知所措，便直言道："别忘了，这里是中国。"

郝忻扬起眉头"哦"了声，又轻声慢道："务本节用财无极。何况资源有限，不可乱挥霍。"说完就打开礼盒给她看："瞧，金属类、绸缎、厚纸盒，这叫浪费资源又喧宾夺主。"

"我说这，你说那！什么'吾笨姐用才勿急'？谁是笨姐？若才气用错了地方，照样丢面子啊！"眼见服务员过来，馥淑连忙起身付款，随之扬长而去。

郝忻心想没说错啊，为何不高兴？真是的，"妻认为自己出国久了受欧洲文化艺术影响所以变成'文呆呆'，这趟回国劝诫我应接近生活和现实，我已经处处小心了——难道这个女人又要给我冠上个'戆嘟嘟'？"想来想去，郝忻还是体会不到馥淑的感觉，只好踏着慢步，继续沉缅于圣贤的名言"务本——节用——财无极。"

当他走到饭店大门口时，馥淑已跨入走廊的电梯了。郝忻只好一面寻思一面自解："怎么回事？仅仅因为我当面打开礼品？"他很想问个清楚，又觉得小事一桩，不如不了了之。

馥淑回到酒店房间后，心里仍琢磨着郝忻的话意，一筹莫展，将身子倚靠在近墙的床头，看电视不是，进洗澡房不是，只是费解，费解极了！她看中的经历，喜欢的诚信，原来是个满腹经文不拘小节的书生。学问本与生意关系不大，她爱听是因为自己出身于书香门第，多听些欧陆名士、乡土风情、文学欣赏以及有关时局、环保话题除了增加新鲜感，还能充实灵魂提高生命素质，看到眼见不到的宝贵东西，令生活清灵愉悦。

"可目前，我更需要生意上的伙伴。"她发觉心灵充实的人不一定适应时势，望着墙对自己说，"他无法分担我肩头的重担，反增添挂虑。"往日潇潇洒洒地来、高高兴兴地回去，偏偏这一趟白天得时时留神关注，生怕他讲错话得罪人，误了事，夜晚来个"一日三省"。

独自担忧了一阵，最终又自我开导：尽管如此，和他相处，愉悦还是多过欠缺。多年来馥淑忘我地工作，在工作中生存，在成功里遗憾，更有不为人知的情感世界里的一口深洞，是她永远的痛，就像此时煌煌的桌灯旁，重叠的双腿上下晃动就会觉得累，心湖一波一浪地翻滚——成功的合同，满意的收入，得人赞赏的美誉均无法填补

第三篇
执
—— 虽辛苦但有人神往

心灵的空洞。晚宴后回到酒店房间常常就没了着落，不是打电话找人，就是独自下楼喝咖啡。唯这些天，不知为什么，工作、会谈、宴会或午间上街逛店，均觉得时间过得特别快，心事少了，饭量多了，加上郝忻仪表出众，言行坦诚可信，虽有美中不足之处，但与其相处能减少自己的彷徨与孤寂、力度和向度。想到此，心境慢慢轻松了，觉得多年向往自我、成功和美誉并没有使得生活充实和愉悦，反而和意气相投的人对话或交流时获得了满足和快乐，一如这两天的会见、商谈、视察、讲解，谈判桌上的对话，客观说是为了生存的工作，主观则感到顺心和乐意，哦，怎么回事呢？她愿意想下去，继续想下去，直到明白……可是，门铃响了，只好速速地离开床沿，开门去。

"原来是你呀，吓我一跳！"馥淑见到郝忻手里提着自己黄昏购买的什物笑道。郝忻递过塑料袋后正想转身而去，馥淑落落大方问："要不要进来坐一会儿？总结下这两天的工作经验？"她想借此听听他的分析和感受。没想到，郝忻对此话题没兴趣外表却点着头进去，刚坐稳椅便道："要说感言，毛泽东最大的贡献是让中华女性获得真正的解放，娇俏能干、聪明睿智的女人越来越多，确是巾帼不让须眉，希望有天中国能出现女领导人。"馥淑说："废话！"弄得郝忻紧张道："不是吗？一切顺利，无懈可击呀！"馥淑扳过脸道："工作顺利就没有经验可谈吗？"

郝忻瞄了她一眼，破笑道："论经验，就是——生意这玩意，对于有些人，易如反掌，对于另些人，永远是输家。"馥淑正色驳之，生意是玩意吗？你中毒太深，看不起商人。"郝忻着急了，脸上泛了红，生意就是与钱相关！钱与官本是两码事，如今却官商一体。卜商主张做官要先取信于民，然后才能使其效劳。① 眼下相反，商人得效劳官才能获得暴利。"馥淑听了激动又惊奇，"你说我这卜商人主张什么？再说一遍！"郝忻微笑道："卜商是人名，孔子七十二贤之一。"馥淑叹了口气，不好意思地低声道："我说过，不要将学问和经商混为一谈呀。"郝忻接着道："没有矛盾啊，'仕而优则

---

① 卜商，字子夏，春秋末年晋国温地（今河南温县）人，一说卫国人，"孔门十哲"之一，七十二贤之一，人称卜子。

学,学而优则仕'。"

馥淑不再作声了,听到卜商想到卜世仁和卜式,如此优秀辉煌的先人,自己全然不知道,而是从他无意流露中知晓的,不由高兴又失落,只好转题说:"董事长要我们去的D市在东北,正是我当年下乡劳动的地方,旧地重逢,感慨万千。"郝忻"哦"了声,禁不住地打起了哈欠。馥淑不知所措地白了他一眼,冷不是,热不得,一头雾水道:"看你累得没有体会,回去休息吧。"

郝忻右手捂着嘴站了起来,不一会儿放下手道:"那么,老板……"他停顿下接着说,"请你原谅,明天就要北上,我还有一点行李没收拾好。"馥淑精明中温存着厚道的口吻,"什么老板长,老板短,我就没名字?别说了,走吧!"郝忻谢了谢,想到她也够累了,刚走几步即回头说:"别太累,早点休息啊!"可惜馥淑并没有听到,她已关上了房门①。

走在走廊上,郝忻沾沾自喜,觉得自己的感言十分得体,至少是真话。想起托尔斯泰说过"女人是比男人更实际的",不由暗暗替馥淑辩护道:"她虽实际,但确实优秀。"

馥淑依然坐在欧式丝绒面沙发上,电视荧光幕上歌舞翩翩,却不在她意识里。几天来,不管公事还是私事、顺利或挫折,都会有意无意地让她跌到失去的回忆里,心里时常涌动起那些想要忘记的哀伤和失落。于是,瞬间,谈不上秀媚但也端正的脸孔,一会儿充满希望,一会儿如同身处浑浊的污气、流露欲挥不去的厌烦、彷徨和无奈。那段举世难寻的知青生活以及无知的婚姻,随着移民的踪迹和时间的流逝,加增了思考,今天想来,尽管许多事是如此荒诞可笑,可也不是一无是处,至少让自己明白了什么叫社会,什么是政权,什么叫艰辛生存和屈辱的滋味。就说陈春生吧,从结婚到离婚,无论自己对他如何反感和厌恶,他均是那么厚道、老实和安分守己,从不反抗,

---

① 列夫·托尔斯泰的《安娜·卡列尼娜》中,热衷权力斗争的谢尔普霍夫斯科伊将军和安娜情人弗龙斯基讨论女人时的看法。

第三篇
执
—— 虽辛苦但有人神往

　　尤其那桩事，竟然接受了自己的拒绝，够善良！够伟大！够忍耐！他完全可以"强奸"，或用其他办法报复自己，但他没那样！他不知怎样取悦老婆，也不懂如何改变自己，只知道勤勤恳恳地务农、老老实实地生存、规规矩矩地做人，这一切，正是城里那些所谓的读书人所缺少或不具备的品性。可见知识并非完美无缺，教育也并非能决定素质，让人崇高或卑下的原因还包括社会环境。

　　春生只读过三年书，不懂得之乎者也，却懂得尊重人，知道心中有条底线，什么能做，什么不能做或不可勉强地做。

　　馥淑越想越觉得公民"素质"与"社会文明"是相辅相成的，高师出良才，良徒建好屋。没有高师良臣的社会，哪怕衣食无忧也谈不上幸福感，就像自己一样，自由、自在，既健康又成功，却老觉得还缺少点东西，她清楚，一切，是历史留下的无法捉摸的遗憾，虽然冷暖自知，却不像其他物件可买可弃、可弥补或挽回……

　　"哦，既然不可捉摸，就得面对现实。"她将左手肘支在矮圆桌上，想到自己四十出头依然孑然一身，再不跟着感觉走不仅辜负青春还可能像发了霉的炒黄豆——不香了。于是突然起身更换好衣服，独自往楼下大堂走去，要了杯低酒精的红酒，独坐独饮，直到脸红脑涨，然后，一种有布景、有艺术，也有梦和诗的海市蜃楼出现在眼前，令她倾心地欣赏、陶醉和迷幻……再然后，她不慌不忙地用手指提起搭在肩头的薄披肩，拂了拂，往后一甩，再往两肩一搭，对自己说："大堂没有剧场，何能在海市蜃楼前驻目，不如给亲友打电话。"正想取出手机，不料服务员站在她身旁客气问道："你是卜女士吗？有人来电找你。"馥淑以为是郝忻，高兴地走到服务台，提起话筒，听到声音，吓了一跳，原来是老同学许少瑛。

　　"我出差刚回来，听母亲说你来过电话，什么时候能见面？"少瑛十分兴奋。馥淑说到达D市再说。少瑛道："前些日子我还接到春生的电话，问我有没有你的消息，不知有啥事？上午又接到他的电话，我说这下正合时，就给了他你的手机号码。"馥淑听后双颊立即泛红，心胸随之慢慢地灼热，看看表即告诉对方"还有事待处理，再见"。显然，少瑛没经她同意就将电话号码告诉他，这让馥淑十分不高兴。

也怪自己事前没交代好，回到睡房心里更加烦闷，昏昏沉沉地冲了个热水澡，刚出来一会儿手机又响了，料定是春生打来的，果然如是，立即不悦道："有什么事？离婚手续不是已经办好了？"

"我们虽然结婚但婚后没有性生活，你现在日子好过，希望能补偿我的损失。"春生声调比以往硬朗，馥淑随之哎哟声："怎么现在才提呢？我就没有损失吗？"她竭力定了定神，简直不敢相信是春生的话语——肯定有人指教——不由得对着话筒连笑几声，问他要多少。

"够讨个新媳妇就行了——"春生迟疑了会儿，答道。

"谁教你这样？"馥淑对他既同情又气愤，不时自问"谁呢"，对方没有回答，她只好不耐烦道，"待我办完公事后回你电话。"说完"咔嚓"一声，挂了电话。

静则灵，窗外的天色早被黑暗吞食，座地的灯光斜斜地照着她的侧影，到底逾越了不惑之年，忽然换位替春生想想，"当农民羞耻吗？果真没人种粮食，怎么办？"不由得眯着眼，望着电视机，从哀怨到可怜最终竟然起了恻隐之心，为他感到不公平，喃喃自语，"是啊，我现在比他好过——怜悯他吧，何况他既不骗我，也没有逼婚，再说当年也借着他免去我许多的磨难。"

经这场内心争斗，思路的清洗，馥淑决定离国前给春生一笔满意的"赔偿"，让他活得平凡而有尊严，也算自己做件善事，了了桩心事。

三十五
认识你真幸运

飞往北方 D 市的机舱内，郝忻又吃又喝，对机上的免费报纸尤其关注，馥淑最近睡眠不足，看了会儿电视就打起盹来。睁开眼上完洗手间不久飞机就开始降落了。离

第三篇
执
——虽辛苦但有人神往

开机场时，馥淑告诉他东北是她下乡劳动的地方，旧地重游感慨万千……郝忻有点累，不爱说话，只以点头示意。

到达酒店办理完手续后已近晚上七点了，郝忻看出她的兴奋，劝她休息一夜再说，但她略为安顿后即给好友许少瑛打电话，少瑛高兴又羡慕，且不说是否衣锦还乡，能代表大公司回国经商，至少在国外混得不错。馥淑并不否定，"嗯，报个平安，等我的电话吧，万一忙不过来，就下回吧。"

晚餐后，馥淑建议乘出租车游车河，让郝忻见识下南北中国的差异。郝忻生来缺乏拒绝人的勇气，遵嘱。

在外游玩了个把小时郝忻就觉得泛味，借口头痛想回去休息。馥淑毫无怨意，反怪他书生意气，"怎么不早说？"立即让司机返回酒店。

此后一周照例见客、会谈、参观、商议、美食等。与南方经贸公司不同的是北方的项目不是太琐碎就是过于庞大，与馥淑欧洲总公司经贸计划有出入。馥淑如实向董事长汇报，经董事会商议，决定让他俩先参观访问了解情况，等新领导上位再说。郝忻巴不得宽松点，就怕一场接一场的开会或聚餐。

心一宽，性情又复原了。这天夜晚，月光如洗，郝忻辗转难眠，独自下楼到外溜达，看到酒店附近车道旁站着三两时髦女，猜想是等候来客的"站街女"，心里难免蠢蠢欲动，但不敢——怕被人跟踪，加上妻临别时"三思而行"的叮嘱，连忙硬着头皮往回走，不料刚进房间就接到馥淑的电话。郝忻以为自己溜达的事被她发现了，吓得前胸后背沁沁地湿，看看表，还好，刚过九点。原来馥淑见今夜天清月明，也想约他出外吃消夜，顺便观赏下北方的夜市。

郝忻怔了会儿，告诉她经历过一场大病后，已改掉消夜习惯，认同"消夜不利保健"的说法。馥淑问是否又头痛了，郝忻立即想起前天游车河时借口头痛回来的事，连忙答道："没有，没有！我陪你去。"

说是夜宵，馥淑意在交谈，郝忻觉得她像是他的博导，听其言长智见识。更难得的是，彼此谈话前少有刻意的准备，而是说到哪里，哪里就有"文章"。

经过酒店后门，两人沿着两排白杨树夹道往夜市方向走，十几分钟后转了个弯进入小路，不一会儿路人越来越多，她生怕走失，将外套拉链往上一拉，赶前靠近他，又踮起脚尖望了望，前面一处大广场煞是热闹，彩灯高挂，商铺云集。有烤羊肉牛扒的、有煎北方葱油饼的，还有煮水饺下面条同时经营各式啤酒饮料的，应有尽有，消夜者熙熙攘攘，络绎不绝……四周烟雾缭绕，火红又火辣，香味、焦味、油脂味拂面而来。

月色渐渐退隐，近区的树枝经不起暖热污烟的熏烤早已变色，黑溜溜的一触即有落尘，或秃纠纠的像一把把刀叉伸向夜空……馥淑倏地将纱巾拉到鼻孔下，拽了拽郝忻的衣袖，转身往回走，蹬蹬蹬地踩着脚步对他说："还是在酒店大堂好。"

大堂安静舒畅，郝忻要些杂果仁和白热水，馥淑要了一碗西式番茄汤。

气氛变，心情随之不同，连同之前相处的拘谨也消失了，话题由回国观感到中外合资的利与弊，转而从贾金岭现象到闲聊性别男女，馥淑强调女人生存比男人更累更苦更具压力！郝忻听后竟然替她把话说完："女人体力和心理较为软弱，喜欢依附男人，情有可原，所以男人应该比女人承担更多的责任，白天忙碌工作，晚上或假日就得顾家——可惜，多数女人就像美国克林顿总统所说的一样，'男人刚开口，女人就连续地说几段'——哎，男人最怕女人爱唠叨、爱管教，喜欢改变对方成为她心目中的形象。"

身为女性的馥淑当然对"唠叨""喜欢和人比较""爱管教"等词很敏感，然此时心境较好，虽不苟同却也默默地微笑，须臾，弯曲着朱唇，突然不雅道："女人喜欢用嘴出气，男人喜欢用器发泄。"语调虽然仓促，意思却很清楚。

郝忻笑了起来，觉得她形容准确、生动、美妙，有的放矢，愈加佩服她的智慧和见地，不由折中道："女性的长短之处较为明显，一面自私狭隘另一面刻苦耐劳。"刚停顿会儿又补充道，"但我母亲除外，她是集女人美德于一身的完美女人。"

"嘿，土匪都会说母亲的好话。看来，男人不知女人想什么？女人关注男人在做什么？"

第三篇
执
——虽辛苦但有人神往

"男人为钱拼命啊。"郝忻不想对女性妄加评述了。

馥淑道:"女人多为子女卖命!"

"唠叨""喜欢和人比较""爱管教"这些字眼,无形促使她提醒自己以后在这方面多加谨慎,免得给人留下不好的印象。当然也联想到有了家庭后,生活并不比经商来得简单。

"啊呀,你看,都上报纸了!"郝忻随手翻动桌上的晚报,看到馥淑和自己的名字,十分惊奇。

馥淑镇定道:"没什么,哪个地方不忙着经商、招商呀,谁不知道眼下广告是头等重要的大事——哦——不早了,该休息,明天买你需要的文具等杂什,过几天新人到任有得忙啦!"难得听到这句话,郝忻付了账回到她面前道声"晚安",转身而去。

馥淑回到酒店房间,将放在地上的大小购物袋往闲着的那张床一放,接着一面卸妆,一面哼着歌儿进浴室冲了个热水澡,约莫半小时,乐呵呵地裸着身子出浴,站在镜子前一会儿正面、一会儿侧面地观赏自己,觉得除了身长稍短外,身段还不错,自喻"小巧玲珑,洋人喜欢呢,谁叫自己不愿嫁鬼佬"。更为骄傲的是,这是一副不曾被"污染"的身子。同龄人早已成家或有了子女,找不到如意君郎的随着年龄的递增不是充当情人,就是降低下嫁的标准,唯有自己像冰山上的雪莲般纯洁独特,好在自己从没说过不嫁或其他消极的话语,深信只要品行好、事业有成,总有人欣赏的。

她穿上玫瑰红睡衣,坐在小圆桌旁靠椅上,觉得心情从来没有这么愉快过,"难道是因为他?有点吧?嘿,别胡思乱想,他是有妇之夫。"便不经意地伸出右手掌,拍了下额头,转身打开电视,再往床上去,背靠两个重叠的大白枕,真舒服!

荧屏上的美女正在天气预报。她用右拇指和其他四指夹着左掌心,一会儿揉一会儿捏,希望心里的感觉往那里泄。突然,门铃响了,她先是一惊,随之暗喜:"莫非郝忻有事?"连忙滑落下床,急步往门口去,门一开,不禁退了步,刚想关门,春生已推门而进。他身穿褪色的缝有两个大口袋的靛蓝中山装和略显吊脚的深灰长裤,脚蹬一双褐色人造皮鞋，带着笑容，露出发黄的门牙解释道："打扰你了，不必紧张……回国一趟也不容易，不如当面给我，一了百了？"

"春生，你要胁我？我可报警啊！"馥淑沉着脸正色道。春生立即拱手求情，"千万别——别那样想，我也没办法——"

"谁教你这样？"馥淑心里吊着个石头般沉重。

"没有，没有！你不知道，妈妈又病了，没钱住院，表哥好心出主意——不，是我想到你。"

"还不老实？没有他陪同，你怎可找到我？"

"他没有坏心眼——"

"我答应付款给你，但不是应该的，是我恩赐给你的，知道吗？快走吧，我离开之前汇给你。快走，走吧！"馥淑边说边将他推出门。他垂头丧气转身而去，拖着脚步，时而回望，嘴里嘀嘀咕咕地说话，不满自己白白地来，白白地走，突然，转身往回走，想知道她会给多少，但馥淑已关了门，怎么按都不开。

馥淑正往楼下前台打电话，责问服务员怎么不问一声就让他上门来，对方解释说："他说是你的亲戚，昨天也来过……对不起，下不为例。"馥淑负气道："幸亏不是坏人，有些事，不允许有太多的'例'。"服务员再三道歉，她才放下电话，在不大的空间里来回踱步。

突如其来的春生，让她难有的愉悦心境立即转为烦躁、不安与委顿……

就这样，睡意全消。一会儿喝咖啡，一会儿想给亲友打电话，最终还是没打成。最难将就是那些被埋葬、竭力掩盖的"经历"随之涌现脑海，曾有的伤势、欠缺和遗憾并没有因出国而消失，一旦触景生情就会完整清晰地出现，尤其一些闹剧中的乱象和滑稽常常以各种形式和方式在脑际里攒动。她突然"哎"了声，觉得又有哪个朝代没有过荒唐的人、费解的事？历史不就在荒唐里前行？人类也因经历而变得更聪明、诡谲和疑惑，"我不过是那荒诞时代的一个小小缩影。"

此时，她就在渺小无奈的个影深处再次咀嚼那些曾经的凄楚和苍凉：

第三篇
执
—— 虽辛苦但有人神往

　　为了父母亲，我连爱情、感情也与思想一样地改造了——和贫下农民结婚。

　　婚后，我尽量学会凑合过日子，很少拌嘴。他爱我，凡事迁就，收工后回到屋里坐在那里看我洗菜烧饭，问我累不累，要不要他帮忙。有一次我挪了挪身子说好啊，他真的过来了，却犹犹豫豫迟迟不肯动手，我欲责又止。事后，他说害怕被母亲看到，怪他没出息。平日，他母亲时常扬起眉毛对儿子说："咱是光荣的贫民，他们是来思想改造的。"

　　我安慰自己慢慢适应吧。最痛苦的是没有话题或无话可说。

　　农闲时我想到城里看场电影，他说："一张票可买几斤肉呢，这样吧，你去，我今晚跟阿乡掏鸟窝。"我听了无以答之，只好打消念头，之后逢雨天就拿出藏书看看，做点白日梦聊以自慰，不料他看到就说："你又不当教师，还看什么书？"不一会儿，婆婆站在门口笑道："我教你纳鞋底吧。"

　　我笑笑将书合上，思绪像被一束荆棘搅乱了……

　　馥淑开始有点激越，莫名其妙地想喊、想叫、想打电话……又深深地呼出一口气，然后，随手拿起身旁的衣架，不停地重重拍打着白被面，一会儿横躺在床上，双手相交，托着头，纠缠的往事，持续难堪的落寞，苦涩难言的苍凉灵魂好像被加工似的，变得奇异而古怪，原先清碧澄明的心湖同时出现无数张脸孔，发出各式各样的笑语、流露多样神情和姿态，至于亲友和同学也成了不伦不类的样子，或是奇异的异类，或歪歪扭扭地站在那里评述。

　　一切是那么的不可思议，又是那么真实。"烦啊！"她看看表，要不是接近丑时真想叫郝忻到大堂品酒，现在只能自我控制，"合上眼休息吧。"

　　刚躺下，电话又响了，这下拿起电话就号，"春生！我现在一分钱都不给，你去告吧！你这蠢猪！"说完挂了电话。

　　春生嘴里的话憋了回去，须臾，压着柔和的嗓音再次去电让服务员转告馥淑："国内情况不同过去了，生活水平有所提高，人心却像灯草栏杆似的靠不住，好木难寻，腐臭丛生……心里得亮堂点，办事防坏人，出入注意有小偷……"

当服务员电告馥淑有电话留言时，馥淑以为又是春生，听都不听放下话筒，扳着面孔走到服务台要找总经理，服务员细声示意："慢慢来，让我说完再找不迟。"随之转告春生的原话。

服务员的转告让馥淑哭笑不得，脸部的肌肉立即放松下来，不耐烦道："都几点了，谈这些？"除了这句话，她实在说不出什么来。

白到楼下一趟，又觉得没面子，只好悻悻离开，心想："春生虽多余但好心好意，不过，自己发火也情有可原。"

心火平息了，牢骚却在继续，"不管怎么说，他不该找上门来。"与其说男人没文化，不如说更生他表哥的气……他一向爱给人出点子，却没样好主意……想到此，心头一热，鼻子又习惯性地出血了，连忙跑到洗手间，用冷湿毛巾敷额头，无奈这次非凡，流血不止，瓷地上一片血迹。馥淑心里有点慌，连忙走出洗手间在紧急按钮处压了压，再往床上躺。

值班员接到报警声立即赶到，只见馥淑头躺血枕，鼻孔仍在出血，立即通知郝忻。

郝忻接到电话赶到馥淑房间，配搭酒店值班员将她送往医院急诊，面对突如其来的状况，郝忻束手无策，惊奇、担忧、害怕，又不时劝导自己要镇定。

到了急诊室，郝忻一言不发地站在那里，一面观看医生的处理，一面叨念："怎么会这样？"怀疑自己与生意没缘分。

医生说这种现象除非特殊病兆，一般是幼年鼻部受伤痊愈后留下的后遗症，但也不排除疲劳过度或一时情绪过于激动。经打针出血已止，翌日已恢复正常了。

事后馥淑不好意思地对郝忻说："可能上火吧？没事。"医生从病历得知馥淑是欧洲的华商，建议她留院做次全身体检。馥淑也觉得多年来从不考虑健康的事，趁此机会体检下也好，即让郝忻改动回欧的航班时间。

留院后能查能检的，郝忻均在表格上打上对号。

郝忻尽善尽美地服侍，哪怕护士送来的餐食也征求意见，"行吗？"馥淑嘴上说："算啦！"实则是不想增加郝忻外买的麻烦。当然，她没想到郝忻对于医院的敏感。郝忻只好适时地幽默道:"如果我具有浮士德的魔法,又能化装成财神普路托斯,就让你中亿万彩票,那时,就不需要这么辛苦了。"

馥淑听得从床上坐起,惊喜地望着他,感谢他对自己的关照,又觉得书生喜欢一厢情愿,不由笑道:"大教授啊,你觉得做生意很辛苦吗?"见他不作声,补充说,"不经过社会的火烧、风吹和雨淋,怎能体会做人的滋味?没体会或体会不深,又如何写好著作?"

郝忻听到"书生"两字立即联想到妻的爱称"文呆呆",不由双颊慢慢地泛红,为不让她发现自己内心的波动,连忙扳了几下手指节道:"吃点水果吧。"说完将剥好的橙瓣放在桌杯里。

馥淑微笑着,露出两排质地坚硬、洁白如贝的牙齿。

郝忻平凡而人道的温情、关照和爱心,给她前所未有的体验和慰藉,以致对于自己曾经下过的"结论"起了质疑,重新思考多年来疑惑不定的否定之否定的话题,将昨天的感受一起联想起来。

当她做完脑部CT,在医院走廊座椅上看到他前来时,竟然情不自禁地主动和他握手,就在手伸给他的那一刹那?为何要觉得自己不再是他的上司,而是一种平等的社交关系,可是,为何两耳发热,紧紧地握、轻轻地放?而他,虽眼不正视却彬彬有礼,还安慰道:"体检顺利,健康就好。"

郝忻不经意的言行让她事后想起心里还是甜滋滋的。

第三天,医生查房时告诉馥淑体检一切正常,馥淑出院时精神抖擞,一如迈出生命的冬季,郝忻一路劝她以后遇事别太紧张,"焦急解决不了问题,反伤身体。"一向神态严谨说话认真的馥淑显得温顺又随和,一面谢谢他的热心和关照,一面兴奋地对郝忻说因祸得福,要不是鼻子出血哪有时间体检,自己的档案只有努力、奋斗。

回到酒店后,郝忻为她烧热水、洗水果,馥淑看了他一眼,露出橄榄油一样的微笑:"好啦,没事了!"这些天她的思想确实起了很大的变化,有时在飞、在跑,有时在唱、在跳,觉得郝忻不仅是同事还是她的恩人,父母亲给了她肉体生命,真快乐还是在郝忻身上找到的。

"你以为我很成功吗?"她坐在靠椅上说。

"我一点不知道你个人的情况。"郝忻望着她,态度安详善意。

"我是不是给人凶狠的印象?"她瞄了他一眼。

"没有。我很佩服你。"郝忻有点纳闷。

"我不想平庸一生,但多数人如此。"馥淑想表白自己,却觉得很费劲,转题道,"逼出来的,没办法!"她的话引起郝忻的注意,因她不承认自己是"女强人",只说是"事业型女性",觉得"女强人"和"事业型女人"区别很大。就在嚼咀这些字眼的时候,猛然间,郝忻感到原以为面对的是一块冷傲刚强的架子,原来不过是张轻逸透明的帘子,并非想象中那么沉重和顽固,然而,刚打消横隔心灵的那座墙,又很快产生疑问,"难道她也是婚姻失败者?"他没有说出来,却有了恻隐之心。

"因为人会死,所以活着的时候,尽量不要太委屈自己。"她终于流露出埋藏灵魂深处的一些思绪,心想,只有他,才会理会这些问题。果然,话一出口,郝忻就眨了眨眼睛、歪着头问:"你这么年轻就想到这问题?"馥淑说她十几岁看到尸体的时候就会想到何为生何为死。郝忻点点头,这不正是他近年尤感兴趣的话题,便兴味盎然地谈起中学生必读的俄国作家托尔斯泰《安娜·卡列尼娜》小说里的故事——"从来没有想到死的列文看到哥哥尼古拉临近死亡的景象才感到'死也存在于自己的身体里''不是今天,就是明天,不是明天,就是三十年以后……但他没有力量,也没有勇气去想'。我以前也与列文一样。其实大多数活着的人均如此,没有时间、或忽视、或不愿去想,因为死使一切都终结。"

馥淑怀着惊叹的心情望着他,自己虽也看过这部小说,却只知道安娜婚后因爱上另一男人,后又被情人抛弃的悲剧,根本没有留意作家的思想和创作意图。郝忻关注的则与自己相反,连忙疑惑道:"今天的交谈很有意思。"

郝忻继续道:"安娜的哥哥斯捷潘也是接近列文的思想才在人生中寻欢作乐,我过去想法和列文接近,虽然也存有尘埃意识,但在现实生活里,总以工作为重,觉得死

第三篇
执
—— 虽辛苦但有人神往

是个遥远的问题。"

馥淑在交谈中才知道自己的想法原来和列文一样,既知道人会死,照样希望活出人样来,当然更敬佩郝忻的见识,进而问之:"你说你过去同列文一样,难道现在的想法就不同了?"

郝忻万万没有想到竟然还有一位年轻女性和他谈生死,而且,谈论的时间、地点和处境是这样的自然和谐,不由从心底发出哦哦声,须臾,慢声答道:"你说的是'时间'、'地点'、'距离'的问题,即面临快要死了和未知何时死的人,感受是不同的,其间的想法、思路以及处理问题的方式方法,均可能大径相异。"

馥淑浮出含蓄的微笑,说:"你的意识和言语均与众不同,认识你真幸运!"这句话,或许就是集中完美地表露她此时的收获和感想。

他没有表态,坐在台桌旁,有点困的样子。

馥淑抬起头,脸上洋溢着令人费解的忧郁。郝忻突然找到了话题的头问:"你也是婚姻失败者?"

"他是老实人,可成为很好的朋友,但不适合做我的丈夫。"馥淑怕对方误会自己,瞥了他一眼补充道,"其实,没什么,就是彼此没话说,双方都觉得委屈,不是一般的委屈,是相当委屈!也许是我的问题——我曾竭力地说服自己,却不生效!"她有意加重了最后一句话的语气。

郝忻皱起眉头,想了一会儿才开口,"离婚不就完了?"

"本已完事,但他被人教唆。"

"为什么?"

"我们结婚两年,没有性生活。"

郝忻以为耳朵有问题,重问一次才"啊"了声道:"怎么回事?"说完内心惊奇又忧郁。

"我不肯,他怕我。也许,现在他后悔啦,既然是名正言顺的丈夫,力气比我大,真的要,我也执拗不过,如今要我赔偿他的名誉损失费?"馥淑紧握双掌支住下巴,突然改变声调问,"你是不是不想听这些婆婆妈妈的话?"郝忻怔了怔,身子如临深渊般的战战兢兢,馥淑继续道,"女人和男人不同,若不喜欢的人,碰我一下都讨厌,何况那种事……"

"这意味着……意味着什么呢?"郝忻无暇冷静思考,忍不住问,"难道你还是个处女?"

馥淑正色地点点头,声音柔和而温馨,"你觉得奇怪吗?奇怪也正常。"

郝忻感到尴尬,脸露苦笑又不知说什么好,须臾才带着无奈的口吻道:"对现代人来说,算是奇迹了。"心灵深处却因这暂短的对话感到震惊。渐渐地,七情六欲和自小对权威的害怕和畏惧混为一团,朦胧而飘荡,头脑被咚咚的心跳弄得有点糊涂,耳根不由得热起来,连意识也被幻念所代替,忽喜忽惧,由喜生淫,因惧成哀,再从"淫""哀"到全身乱糟糟的骚动,望着对面的壁镜,竟然认不出自己,又定眼一看,镜子里居然有黑猪在那里滋滋地笑道:"文呆呆有福啊,她想给你初夜权呢……"郝忻痴痴地点着头,从惊奇到认同,不料黑猪突然将脸一沉,庄严道:"看在我们情谊份儿上我得提醒你,这回不动则罢,动之责任难逃啊。"这话立即让他从妻的"三思而行"叮嘱中惊醒了过来,沉默了一会儿才转过头、不痛不痒地对她说:"你聪明能干、努力坚强,也不乏女性的娇柔,相信会有好归宿。"

她听了毫无表情,多年的斗争、竞争、牢骚和劳累,哪怕有点功利、演技,虚假也是为了活得有质量,只有这趟回国才感到自己是活在没有心灵落脚点的虚空中,成功和财富并不能代替她的缺乏和向往,此时此刻,她真想撕开自己的面具、让性情展露原有的面具,给自己一次机会和温馨,但,没想到,那带着泪、带着血的经历立即在脑际筑成一座墙,将她的"性情"融进一盆冷水里,让其慢慢地冷、渐渐地消失……

她将身子向后挪了挪,像一座雕像似的端庄,确实,她害怕后悔,更不愿让自己的性情一时泛滥而后患无穷,终于露出洁白的门牙不好意思道:"瞧我说多了,你呢?很好吧?说来听听!"

第三篇
执
——虽辛苦但有人神往

这一招很有效,双方均放松了。郝忻开始感到倦怠,主动问她想喝点什么吗,馥淑摇摇头说:"不客气,需要的,自己拿。"

郝忻一向不太爱聊家事,出于礼貌关系只说自己不会赚钱,喜欢做学问,夫人叫他"文呆呆"。馥淑一听"文呆呆",笑得前附后仰,如是的笑态,对她来说,少有。

郝忻有点紧张了,只好说:"这次算转行,试试看。"

"不错啊。"她含着笑出来的泪水说。几句闲聊不但加深对他的了解,更增添几分趣味和敬意,不由想到"这年头,还有这样的'文呆呆'"。

"但愿能赚到钱,再回去搞研究。"馥淑用纸巾擦干笑出的泪花补充道。

"希望如此。"郝忻低头道。

"我早就看出你学识渊博,但没想到你夫人那么幽默给你取了个'文呆呆'圣名。"看到他抬头皱眉的样子,接着说,"你知道我为什么说是圣名吗?想想看,当今世界还有多少人喜欢看书和求知识,正因为少,物以稀为贵,所以圣,再说古今中外,数千年的历史,出了几个圣人?哪一位圣人不是书痴?哪一本经典是出于势利者……"

"书呆不等于圣人。我不过是爱好,你看高我了。"郝忻虽打断她的话,却引起她谈论的兴趣,重复道:"哪一本留世经典不是出于书呆呆?"很久没有涉及这些话题,馥淑悠然想起童年在父母身边也有书缘,后来随着大环境的局势消失了……而今即使阅读也是与生意相关的书籍,想到此,心里顿生一股淡淡的哀愁,不由转头看看郝忻,他已在打瞌睡了,只好催促道:"快回去休息吧!"

这晚的交谈,留给馥淑刻骨铭心的记忆,彼此畅所欲言,馥淑再次感到"认识他,真幸运"。

三十六
奇世奇闻与奇事

晚餐刚结束，馥淑就接到欧洲董事长电话，陈述商情有所变化，需要他们在中国多待一段时间，并叮嘱回欧时捎带几件工艺品，还问及郝忻工作胜任否，馥淑表示"合作愉快"。

馥淑觉得留下也好，吃喝玩乐不比欧洲差，还有郝忻陪伴，心想新领导未上任，明早不用闹钟了，睡个够！

翌日一觉醒来果然早餐已过时，郝忻陪她到附近餐馆吃早餐时，馥淑转告董事长要她购买三件工艺品带回欧洲。郝忻也说想买些文具品并订购几件乐器。馥淑对乐器一窍不通，只能点点头。窗外天空布满乌云，深一块，浅一堆，翩翩飞舞。阳光透过云隙，在窗台上晃动，使得美味的早餐添加些顾虑：雨天逛街不方便，过几天可能又没时间了。这时，朵朵黑云开始急速地飞跑起来，郝忻颇为焦虑——昨晚忘了看天气预报，不知是否有雷电？连忙伸手到上衣口袋内，还好，有耳塞。

馥淑看看表，建议回酒店，"等这场雨过后再出门吧。"不料天意难测，大片乌云随着西北风越吹越远，不但没下雨，回酒店不久便风息云散，馥淑连忙给郝忻打电话。郝忻说快到午餐时间了，不如在酒店午餐后休息会儿再外出。馥淑考虑这些天又忙又累，休整会儿可逛到夜晚，即告之"我不想午餐了，两点在大堂见"。

郝忻吃腻了山珍海味，午餐只喝一碗小米粥就回到房间。正想小憩，电话响了，原来是小时候的好友何万杰，对方没等郝忻开口就兴奋不已，"我弟弟万佳偶然从晚报看到你的名字，说你代表国际公司回国经商啦，好消息啊，不会忘了我们吧……"郝忻"嗯嗯"应着，还没转过神来，对方已要求无论如何得安排时间见面。

第三篇
执
——虽辛苦但有人神往

郝忻脸和脖颈随之潮热起来，紧张道："不知道有没有时间？"

万杰听了求奶奶告爷爷似的哀求道："求你了，只需半小时，我到你酒店去……再不行，就20分钟……"

"什么事这么急？下次好吗？"郝忻因对方的突然出现不知所措。

"比急事还急的事，到时就知道。叫你一声爷爷吧，帮人一把积德积福啊……"万杰的沙哑声带着哭腔。

话说到如此地步，郝忻心想"再拒绝就不是人了"，只好答应，"来吧，两点后我就没有时间了。"

放下电话，郝忻坐立不安七猜八想，"如此紧急？要我帮什么啊，不会也想出国吧？或没钱就医？找错医生？与人纠纷？嘿，不是有单位，有街委会、派出所吗？"虽然胡思乱想，却也感到归侨还是有点作用的。这是他没想到的事。

窗外光线开始减弱，灰云重新出现在他视野，看看表，差10分钟就是下午一点半，不由得想象长年不见的万杰如今是个什么样儿，仕途、健康、婚姻家庭可好？是否像自己一样总离不开忧郁和烦恼？

门铃响了。他有点紧张，定了定神走到门口，刚转下门锁门就被推开了，还来不及认清对方的面貌，只见万杰扑通一声跪在他面前，"何万杰求你了！"

"哎呀呀，别吓我，你这是，怎么了？"郝忻差点晕了，竭力稳住自己情绪，拉他起身。

郝忻双臂扶起他时，看到他眼神迟钝、两颊布满弯曲而深凹的皱纹，头发分界处尚有可见的尘灰，一时百感交集，不知说什么好，只能自我意会——个性倔强，不愿顺服。这时，万杰颤抖地伸出那双黧黑的粗手，使劲地握着他的手，眼睛盯着他的脸，道："你变化不大，多几条额纹而已，皮肤也比过去白净。"见郝忻没有表态，万杰立即叹了口气接着说，"你知道我幼年丧父，和母亲小弟相依为命，万佳上了学爱看晚报，听我经常提起你，前天看到报上有你大名立即通知我，叫我试试看……"

"到底发生了什么事？"郝忻打断他的话，发现他衣服整齐，还带着时髦的色料与粗脚线。

万杰抹了把汗水,往黑裤的口袋旁擦了擦,又把嘴巴抹了抹,这才将刚才落在身边的小黑包放在茶几上,从中取出一包包土特产,以表心意。之后坐在旁边的靠椅上,望着另一张座椅上的郝忻道:"日子过得去。我帮母亲供完万佳大专毕业后才结婚,近年又要供儿子上大学,所以进城打工,你知道啦,读书,上大学是改变农民命运的唯一出路,不知你还记得以前的几位老友吗,不就凭着有文化找到工作、衣食无忧,看病不要钱,还有退休金。如果不念书就得世世代代务农,世世代代的……"

"你就直说吧,别拐弯抹角的。"时间有限,郝忻插道。

"因万佳在这儿工作,我也到这里来打工,为遂老母的愿望,我和万佳省吃俭用、齐心合力盖了间房子,谁知近来村长通知要拆迁,我们不愿搬迁,但拗不过他们,不搬也得搬,挖墙机已进村了,几个老乡亲和老母亲准备死在挖墙机下,说要做鬼报仇——所以,所以,求求你这外商帮帮忙,听说外侨外商能说上话——"

"原来如此!"郝忻不时地点头,这时,万杰嘴唇开始抽搐起来,"你知道,村民均是老老实实的庄稼汉,要求不高,有些自留地、有间屋,就满足了。"

郝忻在国外时常看到有关此事的报道,眼下竟然亲自耳闻目睹,不由劝道:"恐怕不是你一个人的问题,需要国家重视才能解决。"万杰立即转题道:"全因我当兵复员后没有进校深造,否则也能捞上一官半职。我们普普通通的小百姓,谁替我们说话啊。"郝忻建议到县或省政府上访,万杰听后摇头不已,"你太不了解国情!"须臾补充说:"世道变了,变了,变得有理说不清,权财最甜心。"

"我能为你做些什么呢?"郝忻看看表,走到他面前,握住他的手,抄下他的手机号,说自己因公出差,马上要离开房间了。万杰再次扑通一声跪在他面前,蹒跚地哭泣,"叫你爷了……我老母亲千辛万苦抚养我俩兄弟……"郝忻立即严肃插道:"再叫爷,就不管了。"吓得万杰随之起身哭丧着脸,合掌求谅解,一面"拜托了"一面退去,走到门口突然转身道:"哎呀,想起来了,还没说完呀……"郝忻听了十分难受,答道:"晚上给你打电话。"

第三篇
执
—— 虽辛苦但有人神往

一场意外的短暂会面让郝忻内心忐忑、神情不安、情绪低落……何况人与事,问号和疑惑,个体与社会,岂能在这么短的时间内妥善解决,"万杰呀,原谅我的无能啊!"只是,那带着血肉的生命、存活于权贵下的弱势影子深深地印在他的脑际,以致万杰离开后除了难忘那双跪软了的双腿和随口可以喊出的"尊称"外,还由此联想到自己童年的遭遇以及成长过程中的心路历程……

"但我能怎样呢?"此时此刻,旋转于他脑际的除了同情就是怜悯,因而,在大堂见到馥淑时,依然神色黯然、郁郁寡欢。

馥淑见他迟到,用奇怪的眼神打量他,郝忻老老实实地汇报临时有人找上门来的情况,没想到馥淑眯起眼睛,微笑道:"少见多怪!谁叫你这么多年不回来?"他含笑回答:"母亲和叔叔去世后,亲人不多,也少来往。"

馥淑一面朝着大门方向走,一面鼓励他,"以后回国的机会多呢,但别忘了我们是生意人,其他事,你管不了也没有能力管,更谈不上有什么办法!"她嘴上这么说心里还是有所牵挂,所以入座车子后,要求郝忻讲得详细些。

郝忻避开"下跪"事外,将万杰的"平等论"一五一十地从头细说。

听完,坐在司机身旁的馥淑将原先侧过身子洗耳恭听的好奇姿态一下子转正,挺起腰道:"我以为什么特殊情况呢!这种事,确实管不了!一来我们不是法官,二来我们是来赚钱的。若得罪官员,生意做不成,还可能被驱逐出境。再说,这就是个大学问,与政治、经济等相关联,我知道各地政府也一直在采取有力措施保护百姓,杜绝这样的事再发生。总之,别多管闲事啦!再说当年受关照和欢迎的什么海外'华侨''华裔''华人',早不稀罕了!"说完侧过脸问司机,"老伯,你说我说得对不对?"

头发花白的司机一直装作没听见,经此一问才苦笑道:"我只关注如何缩短车程不绕道,免得因塞车遭你们误会,以为我故意绕弯路。"馥淑连忙客气道:"我会相人呢,老伯一般不会啦!"司机微微侧过脸,笑道:"你看我多大?"馥淑望了望他清瘦脸孔上的无数皱纹,"六十多吧?没什么,欧洲人的退休年龄从65延长到67呢。"司机"哈哈"大笑,说:"我还不到50岁。"馥淑立即用手捂着张开的嘴巴,不好意思道:

"对不起,相错了,太劳累啦!"司机露出无奈的笑容说:"没办法,孩子考上了大学,帮他交学费。"

"多少学费啊?"郝忻忍不住问道。

馥淑转回头答道:"别问了,保持你的孤陋寡闻吧。"

几个人一时沉默,没多久便到了目的地。

眼见车子离去,馥淑立即趋身对着郝忻的耳根说:"中午的事,别提了。走吧,希望能买到董事长喜欢的礼物。"

替人购物也不容易。郝忻跟随馥淑进商场转了两个多小时才买到一只金丝编成的展翅孔雀,其他不是太贵就是没眼缘,后来又在一家古玩店买了两件仿西安兵马俑的铜质马车。

郝忻提着重量不轻的礼品,觉得比前几天生意谈判、参观、讨论协议的事还辛苦,又不敢流露真情,只好继续跟着逛。好在馥淑通情达理,看到天空朵朵乌云,时间也不早了,建议就近晚餐后她先打的回酒店,郝忻可自购需品。

前面转弯处,两人步入一家看似开张不久的饭馆。哗,顾客满座,刚想退出被服务员叫住了,"里面有台两人位的空桌。"

郝忻朝服务员身后跟进,坐下不久便觉魂牵梦萦似的惶惑,他用手掌遮住前额,双肩微弯,时而哆嗦,时而蓄动,馥淑见他干燥的嘴唇又红又皱,关心问道:"怎么啦?"

郝忻立即不好意思地挺胸正坐,双掌重叠支承着下巴,毫无表情地发着呆。

"什么地方不舒服?"馥淑继续问。他摇摇头。

馥淑起身靠近他的身旁,闻到他衬衫领子内冒出的热气夹着微臭的汗味。凭经验,猜他生病了。

他为难地转过头,低声道:"也许感冒了。"

她看到那双浓黑充满倦意的眼睛是那么和善和无奈,加上这些日子对其神态、言谈、声调印象深刻,顿然觉得这个人有点奇特:一种不太清晰的特殊,好像和年龄不

第三篇
执
—— 虽辛苦但有人神往

太相称的执着和戆气——但在目前情况下不便多说，还是和他一起回酒店吧。

风一阵比一阵大，乌云大朵小朵地在天空野火般地扑扑飘滚。馥淑陪他回到酒店房后，拉上窗帘、打开台脚灯就提着礼品袋退出了，拉门之前再三叮嘱，"有事来电话。"

灯光恰巧照见米黄色地毯上的那处清除不去的污迹。

郝忻将小提包往床上一扔，坐在床沿无意看到那黄褐交错闪闪烁烁的污处，竟然灵感顿生、思绪翩翩，不油然地将污迹与污浊、污龌、污水、污气、污染、污垢、污蔑、污吏、污点、污心、污事等一连串污的名词联串起来——很快地，忧愁再次涌上心头，自问："我不能帮万杰的忙，怎么去面对他？"

他将右腿搭在左腿上，不时地摇晃右脚，双手捂着脸不时咳嗽几声。窗外，天色已然全黑，偶尔，远处传来一阵长长的啸啸风声……如此呆坐一会儿，郝忻突然放开手，悻悻走到窗口，撩起窗帘，外面一片混浊，夜市的余影在黑幕中隐约闪烁，东一处，西一块，不一会儿，天空闪闪亮亮，亮亮闪闪，约半袋烟工夫，豆般大的雨点急速地拍打着窗棂，滴滴答答作响。哦，回国前妻多次叮嘱我别忘了每晚关注天气预报，"可是，晚晚有应酬早就给忘啦，幸好耳塞天天随身带。看样子，今晚有雷电，我又不舒服。"他急忙将耳塞塞进耳朵，晚餐时的冷感已被紧张和忧愁所代替。

十几分钟后，一道闪光"刺啦啦"地从上空直划而下，仿佛将天空撕裂开来，随之像一位爬山的老人，喘着，吸着，泄着，最终发出"哧哧哧"声响……他连忙拉上窗帘回到靠椅上，再次跷起二郎腿，悬着的右脚板一上一下舂米似的点锉着，直到又咳嗽了才停止。不一会儿，雨停了，闪电一道接着一道，奇怪的是，因心里记挂着陈万杰和那些夜市的小贩，竟然淡薄了雷电的威力，突然起身走往窗前撩起窗帘，一看，哟，闪电时而像一枝白银树杈，时而如一道银河从天倾下……须臾，路灯被黑暗吞噬，眼前一片黑海，空中白光或无声地闪烁、或隐隐作响或劈天盖地……他唰地拉上窗帘，想起在乡下插队落户时，一村民站在大树下遮雨时活活被雷电击毙的情景，急忙打开冰柜，取出一小瓶红酒，喝上几口，希望借此将紧张害怕通通驱散……

当外面沸沸扬扬地飘起雨丝时,他走到房门口,看看是否上好门锁,刚开门,风嗖地吹进,洗澡门"咿呀"响起,郝忻连忙关上门。还来不及消化紧张,又听到嗤嗤声,不由双手抱胸走进冲凉房,只见明亮的大镜上有只虫子在爬行,连忙拉下毛巾闭上双眼,往镜面扑打,过了会儿,睁开眼,竟然跑到座机旁拨起国际电话,"老婆——一念,我戴上耳塞了,怎么还是不舒服?"

一念刚刚下班,听到郝忻的声音吓了一跳,很快安慰道:"塞住耳洞就好,一会儿就没事了。"良久,一念仍被这突如其来的电话怔住了,"哦?不会有事吧?耳塞是新做的。"

"哎呀——雷声好像比欧洲雷电猛重些,且出其不意,来势汹汹……"郝忻再次提起电话。

"难道天上还有另一位老天爷?"一念闷闷发笑,心想年轻时都没事,怎么到了中年怪事连连?

郝忻感到老婆在嘲笑,匆匆收了线,闷坐一阵后开始对自己的改行纠缠和懊恼……慢慢地,灵魂里出现了各种各样的声音,窃窃私语或如棒击鼓,啼笑皆非或呜呼哀哉……而且,越用心感受,越不能自已,他不时地在床沿和写字台之间徘徊,偶尔弯着右手指往脑袋壳敲打,偶尔用拇指扣着中指弹向左手心。不一会儿又开始咳嗽了,脑海转而重现回国后的所见所闻:商情、人事;过程、目的。温良恭谦让中隐藏的功利,冠冕堂皇里约见的暗疮和肿瘤……令他忍不住自问:"继续下去呢?还是……但,老婆,一念……不……也好……'恩恩爱爱要长久,就得时时小分离'……"①

夜渐静渐深,郝忻已感倦意难耐又不知该对万杰说什么,只好通知大童前台说因身体不适不想接电话,又将手机关机,把"请勿打扰"的纸牌挂在门外后,又塞紧耳塞,浑浑噩噩地横躺在床上……一阵呼噜声后,很快觉得附近有场私人的小聚会,决

---

① "恩恩爱爱要长久,就得时时小分离。"出自《浮士德》"奥白朗和蒂坦尼亚的金婚"中奥白朗的话语。

第三篇
执
—— 虽辛苦但有人神往

定静下心来倾听参会者的言论。

"凡夫俗子"一登场就朗诵起《瓦尔普吉斯之夜》的诗句：

那些善人不一般，
事事不过是手段；
他们就在布罗肯，
建立秘密小集团。①

郝忻听了惊奇地举起手，"哎呀，浮士德，你真行啊，竟然也能破释东方人的性情？你的那……那位凡夫俗子，早就了解人类的心思意念了，这首诗，真是为我而写啊，写出我当下的想法和感受……

我原以为抛弃自己的爱好、事业和理想，就算是我的奉献和牺牲，但事实并非如是，哪怕我个人不惹是生非，社会也会触及你呀。我不喜欢的什么帮派、人脉关系正是故国历史文化留存下来的习俗。涉足其间我感到又苦又累，不知所措。我脑袋只适合装载文字、乐谱和思想，一旦进入喧闹的人群和环境，身子就像被置于墓群般似的战兢和沮丧，那氛围那景象以及处处散发出的气体，让我慌张害怕以致灵魂、感觉、思想，全被挤掉了，代之而起的除了黑虫、红虫、黄虫、绿虫、死虫、臭虫外，就是污龌、污迹、污吏、污染、污心和污事……"

凡夫俗子听到他烦躁不安的倾诉，不但没有安慰，反而责怪他，"从商并不适应每个人，你却明知故犯。既然不能善始善终，当初为何打着浮士德的口号到人间去？也许你当年涉世的地方比今天还单纯点，如今更加俗不可耐，官不官，商不商，人鬼不清，善恶无界，是非无策……谁叫你去凑热闹？"

---

① 出自歌德《浮士德》"瓦尔普吉斯之夜的梦"，凡夫俗子自作自吟之诗。布罗肯，被视为是德国的"帕纳芬"，即文坛圣地。德国文学研究者认为拥向布罗肯山顶的文人是"狂飙突进"的象征。

"我是顾全大局啊。再说不经历的事，就没有触心的感受。"郝忻委屈地为自己辩护，"当年出国以为就是遁世，山水一样，广场、街道差不多，吃喝拉撒也相同，即使东西方人的生存态度、思想、言语、动作、习惯不一样，也可将就或克服。不料麻烦出在房墙的内部，这可不容易摆脱啊，所以行出来的不完全是我愿意做的……像现在，怎么办？度日如年呀，退缩？还是……勇往直前呢？"

凡夫俗子同情道："环境决定性格，性格决定命运。我看不起那些缺乏才能而不配做诗人作家的人占领帕纳芬。而你，占领了却不能坚守。"①

郝忻听了深感对方聪慧，但他怎么自称是凡夫俗子呢，便想起身过去，没想到全身骨头像散了架似的，不由得在床上挪来挪去。这时，黑猪在他耳旁讥笑，"很简单！'最喧闹的鼓里面，除了空气什么也没有。'"②

"对呀！我先贤也说过不要浑水摸鱼。"话音刚落又开始翻身了，于是一面脱离昏惑一面给一念打电话，表示要回家，坚守"帕纳芬"。

一念听不清他在讲什么，"咔嚓"一声挂断电话。

静静的夜，亮亮的灯，精彩的际遇，难忘的诗文，郝忻突然勉强起身了，摇摇头鼓足勇气给馥淑写了封辞职信，字迹潦草不整，歪歪斜斜，随之小心翼翼地将信笺摆正，压在灯座下，双掌从椅把上撑起，再次倦意浓浓地、姗姗颤颤靠近床沿，身子往床上一倒，这下什么都不知道了。

等他睁开眼睛的时候，才知道自己和着衣，窝在白被内。

馥淑坐在靠椅道："醒啦？12点！我打电话关机，怕你出事叫服务员开门，没事吧？"

郝忻不好意思正视她，眼睛望着电视机。馥淑顺手关上台灯抽出灯座下的信笺看了看，问道："你夫人知道吗？"郝忻说好像告诉她了，"她没说什么，只叹了一

---

① 帕纳芬为古希腊山名，相传是文坛诗坛的圣地，阿波罗和缪斯女神在此居住过。
② "最喧闹的鼓里面，除了空气什么也没有。"出于英国谚语。

第三篇
执
——虽辛苦但有人神往

口气。"

馥淑拿起那张上半截微微弯卷却存有被台灯照得温热的信笺,重读一遍:

卜经理:

  对不起,我必须对你说真话。我当时应聘是为了爱情、婚姻和家庭,希望妻儿活得潇洒些,只好"提着皮影子上场,不让人戳破纸层"。① 幸好你才智过人,早看出我不是做生意的料,仍给我面子和尊严。可我没一天精神集中,不是魂不附体,就是度日如年,昨天我发觉力不从心,又要生病,为不妨碍公司的大业,我想请假回欧查检下,求你宽容和谅解。

郝忻敬上

  馥淑折起信笺,瞥了他一眼,又咨询一会儿,知道他决心已定,便不再多说,起身慢步离去。

  走出大门外,雨停天霁,她长长地吸了口气,仿佛看到了时代的另一副风景——它是那么的安详、自我和正直,戆气里充满着学识,无论环境如何繁荣和热闹都不想去接近、发现和凑合,不由喃喃自语,"学识和自我就够吗?自己原本也是一派天真单纯,后来慢慢地随波逐流了,将世故视为成熟、老练看作阅历。唯一不放弃的就是自我的些许执着——确实,我没有点破他是不想让他步我后尘而丧失真我,宁愿自己多挑重担,用情理安抚倦意。"

  现在事出突然,有点束手无策,幸好新任务未下达,尚可喘口气。

  出乎意料的是,馥淑向董事长汇报近况时,竟然隐去实情,只字不提身体的事,只说:"郝忻家有急事,需要回欧,我暂且可以胜任,没问题。"老板勉强同意。

  郝忻得知可以回欧兴奋不已,一面对馥淑感谢不已,另方面急告一念。一念听了

---

① 曹雪芹《红楼梦》内尤三姐说的话,原话是"提着皮影子上场,谁也别戳破了这层纸"。

怔得说不出话来,喃喃道:"这可是难得的一份好工作,待我,明天回话如何?"妻的声响显得较前温柔安详,这是他最高兴的事。

三十七
内心沉重但有坚持

一念正沉浸在情感复活的甜蜜里,不料郝忻深夜的电话像一盆冷水从她头顶洒下,顿感突然又不安,好不容易跨越情感世界的低谷,有了点亮光,又来个马车失轮无法前行的麻烦,"怎么办?多好的机会!咳,事出突然必有缘由,只能快刀斩乱麻!"这一急,倒像闷葫芦捅漏见了光——对,郝忻的工作原本是子乐的机会,是自己看到子乐的招聘广告后暗中替郝忻竞争聘取的。那么无论郝忻回欧情况如何,为防外人捷足先登,只能让子乐回国暂且接替。

"这一招,对郝忻和子乐,均有益无害。"她将想法分别告诉子乐和郝忻。

子乐已获舒棋相助,居留获准了,但暂且还没有找到满意的工作,听一念这么一说,便很快接受一念的建议。

郝忻得知后即转告馥淑有人愿意回国接替他的工作,并当面希望她接纳,"我老婆推荐的人一定内行又优秀。"

馥淑知道董事长让她等待中方新领导的目的是商议来华产品加工的问题,到时需要一位长期驻守大陆的外企员工,"这也好,他若能胜任,我情愿选择在欧洲朝九晚五的工作时间。"但她暂且没表露此意思,只说:"让人顶替工作是暂时性的,你若体检没问题就回来。"

郝忻忍不住道:"我身体不争气——"馥淑不等他说完插道:"我不是小孩啊,你分明上错了船,不是没能力,是心不在焉呀。好啦,成全你,回去吧——"她不想多说，从飞机上的交谈就对其"下海"有疑了，但此时，似乎没有更好的表达方式了。

郝忻急得喃喃道:"希望你有个得力的助手，帮你出谋划策外，还可帮点其他忙——比如，有重物的时候。"

馥淑瞥了他一眼，笑道:"既然如此关照，让你夫人直接推荐给董事长吧。"说完叫他记下董事长的电话号码。郝忻根本不关注谁来接替他的工作，自己能回去就好。

晌午，郝忻回到酒店房间就觉得心静了些，连忙拉上窗帘，开了灯，又待了几分钟，趁此向一念陈述了卜经理的想法。放下电话后，性情与肉身都放松了些，他忽然又想到了万杰，立即提起电话通知他，"家有急事，即将回欧，爱莫能助，见谅!"

翌日，细雨绵绵。郝忻订好机票后就去文具店和乐器行。馥淑在酒店房间一方面思量新项目的协议和具体要求事项，另一方面想到郝忻即将离去，虽说"试用期间，彼此均可随时毁约"，然而，内心感到一阵阵莫名其妙的费解和纳闷。

当晚，郝忻将整理好的资料和一些会议记录本送到馥淑的房间，顺便谢谢她的宽容和理解。

馥淑听到门铃声，先是躲在门后开点缝，一见是郝忻立即拉开门，"请进!"郝忻见她身穿水红软缎、上绣紫玫瑰的睡衣，镇了镇神，脚底像上了螺丝钉似的定住了，进退两难。

馥淑觉得有点冷，连忙回身取件外套穿上，往茶几旁的沙发椅一坐。

不见郝忻随进，馥淑起身到门外一看，笑道:"被什么粘住脚底了?"郝忻不好意思地笑笑，迈起脚步才低声道:"老板很少像你这么体谅下士。"自觉这是一句合宜的不亢不卑的赞赏。

馥淑早已忘了平日对"老板"称呼的反感，他一进房，就关上门。

郝忻坐在她对面的沙发椅上，神情充满着感激。看到桌面有只空玻璃杯，主动为她倒杯热水放在茶几上。

近春了，乍暖还寒季节，馥淑悠然地搓着手掌，道:"西北寒流南下，气候越来越不可捉摸。"

郝忻有点不知所措，忧郁地转过身，思绪冷静又敏感，不断告诫自己，"她是我的上司，上司！我事业未竟，千万别让小酒桶流出浊酒。"不由举起右手抠了抠脸，须臾，将右手掌盖在左手背上，轻轻地摩挲着，看看能否想出不得罪她又能尽快离开的办法。

不知是长期独守黑夜引发的心理障碍，还是害怕了孤寂，馥淑将玻璃杯往前推了下，不但忘记了自己的身份，还消失了善于权衡利害关系的思绪，腼腆地低着头，说着只有自己听到的声音，"没骗你吧，今晚气温很不正常。"说完伸过手掌按在他的右手背上。

突然的轻触、突然的感觉让郝忻感到惊奇又尴尬，很想起身为自己倒杯水，无奈馥淑不仅左右手合捂着他的手，还落落大方道："哇，真暖和啊！"

话一出，馥淑心湖随之动荡，那质软厚实温热的大手似乎带着微微的电波，直沁她的心头。

郝忻装作没感觉，又装得不太像，脑子有点乱，为难地露出傻笑，不敢往下想。和一念相处这么多年来，学不好灵机应变，倒也懂得察言观色，何况在上司面前不能像应付太太那么简单——大不了若无其事地离去。他心说："无论如何，不能冷落她。"只好从容平静道，"喝点热水，会好些。"趁机抽出手，用手背碰了碰茶杯，"不烫了，刚好，可以喝了。"馥淑打了个照面，举杯喝了几口，取了张纸巾揉了揉眼睛，是对刚才的境遇感到奇妙愧疚呢，还是自觉想多了，放下茶杯后怀着感谢的口吻道："女人到底是女人，怕冷又怕热，谢谢理解。"

郝忻总觉得一念就在附近，随时会推门而进，不由得抖着心、抑住情绪，瞥了下开着电视机的无声画面，问她要不要再加添杯热水。

"不要了，没什么，一会儿就好。"她断断续续地说，又搓了搓双掌补充道，"现在好多了。不早了，忙你的事去吧，文具乐器买了吗？"

"只买了些文具和宣纸，乐器价格涨得离谱，定制较便宜，先订购些试试看。"

"涨价厉害吗？怎么不早说？"馥淑关切道，"我先给你垫付如何？还有，别忘了

第三篇
执
—— 虽辛苦但有人神往

给太太和孩子带礼物。"

"不，我有银行信用卡。还不知质量如何，家里还有几具备用的，哦，谢谢你提醒我买礼物，我到夜市看看吧。"郝忻又开朗起来了。

她挪了挪身子，不慌不忙道："夜市？质量没保证，十之八九是假货！还是到大商店买吧。"

郝忻心不在焉，想赶紧结束谈话，转移话题道："谢谢老板，资料和会议记录本在桌上，真抱歉！"眼睛向写字台一瞄，起身双手合十，再三表示谢意。当他即将离开房间的瞬间，馥淑突然叫了他一声，他驻步回首，只见馥淑那双炯炯有神的眼睛突然变得明媚柔和、深不可测，像旷野里一只失群的麋鹿，面对孤独的原野，渴望同类的关注——平日相处，怎么没发觉这眼神、这渴求，我只在意她外表神态和办事能力了。此时此刻，他竟然无所适从地站在那里，像学生等待老师的嘱咐。

她带着淡然的神态盯着他，本想说以后再叫"老板"就不理他了，看他一脸的戆态才转口道："回去体检有什么结果，望告知。"话刚出口又觉得多余。

眼见馥淑一面摆摆手，一面慢慢地关上了门，郝忻才深深地松了口气，只是刚才对方的那句温和无力的话语，在以后相当长一段时间内，郝忻均无法忘记。

馥淑确定门真的关好了，才重新坐往原来的座位上。

瞬间，心里感到无限的清静和空寂，右手掌不停地捋着左下臂，嘿，这么多年过去了，无怨无悔，"为什么有偶然？真是不可思议！我怎么啦？他是有妇之夫。可是，自'偶然'闯入我的生活后，竟然无法拂去他的身影——而且，刚刚有所了解，又匆匆辞职——"无法拒绝他的要求是因为对他的认同和理解，"这样的同事，迟早会被董事长解聘的，倒不如这个结局好。"想到此，起身看看窗外，老天爷累了，雨丝早被黑暗和宁静消融，深空像一座巨大的暗墙横竖在窗前，不由转身在走道上来回踱步，心里轻声地吟着："文呆呆，文呆呆……"

难忘郝忻善良和蔼的君子风度，更敬佩他学富五车令她获得许多商界得不到的精神食粮。然而，此后，在影影绰绰的桌灯光影里，陪伴她的依然是无奈的孤独和静寂的自我。

过了好久，看看表，哦，已过了午夜时分，坐在电视机对面的床位上，打开电视的声音却无心于那夜场电视剧里的嬉闹，又不想关机，只好让它轻声地陪伴自己——

又过了半小时，想到明天还有工作，只好钻进被窝里，催促自己尽快入眠，可惜怎么也没睡着。多少个冷清的卧室、孤独的身影就这么过去了，今夜怎如此精神抖擞，早已埋葬的往事竟然在脑海翩翩起舞，清晰有序，难以涤除——

我的花样年华是活在没有自我、没有学校可上的年代，每天除了做梦就是幻想。母亲说要面对现实去掉幻想、扫除小资产阶级情调，到农村接受贫下中农的教育。

在别无选择的情况下，我不但下乡劳动还和另一位杀人犯的女儿刘芳芳选择与贫农结婚，来换取政治资本。然而，这份牺牲只获得了短暂的安宁，随着时间的流逝、年龄的增长，反而成了我生命的罗网——对爱情和未来想象越热忱，内心越枯萎，如同活在池潭里的小鸭，越挣扎越浑身是泥。在毫无希望的生活中唯一的安慰就是偶尔收到母亲的来信，借她的慈爱慰藉心中留存的一份简约的信念，渴望有日走出大山有机会继续升学，哪怕当个幼儿园老师也好。但，这仅仅是也许。因而，就在"也许"里过日子，在"也许"里埋藏梦想和希望，在"也许"里品尝等待和忧愁的滋味，更在"也许"里继续做梦与幻想——将农活融入欲望里，把幻想作为定心丸。期待，期待！

终于，一场迅速响亮的雷鸣在大地滚动，紧接着，秋雨潺潺，树上的倦鸟、道旁的枯草均伸出疲惫的头和挺起身子的知青一起倾听收音机里播出的每一条新闻，因为关注时事信息与动态，成了希望的源头。

有天收工回来，我看到母亲的来信，说父亲已获得平反准备返回学校任教。不久，村前村后的年轻人断断续续得到城里传来的消息，几天后，村委书记正式得到上级通知，全国恢复高考了，知青们将陆续安排返回原居地。啊，真的？是吗？做梦？还是神迹？

当晚霞映到小厅房水泥地门槛的时候，我兴奋得有点不正常，恍恍惚惚地到处询

第三篇
执
—— 虽辛苦但有人神往

问、打听、写信……

没错呀,很快地,张三李四,一个接一个走了,剩下的人朝夕在等待……

等啊等,一天又一天,心里像"断了桨的小舢板——浮沉不定"。这天,村领导干部出现了,女知青们一起凑上去,追啊问啊,洗耳恭听啊……没想到,老领导皱着眉头说:"最好别走啊,村里两性不平衡,许多王老五找不到老婆,以后有什么困难,我们优先照顾……"

啊,什么,你说什么?"我们不是胡萝卜,难以和洋葱脾气相投。"

"那就做大豆吧,和蓖麻和平共处。"小小村干部虽然谈不上什么官衔,却足足有制约人的权力。

土屋的墙上贴了不少我的奖状,心里则充塞着霉烂的怨语。

没有一个人愿意在农村待一辈子。知青们发誓团结一致,为返城而奋斗!

眼见同学一个个回到原居地,唉呀呀,我和刘芳芳已结婚了,怎么办,只能暗中商量、计划、打算——总之,不丢失希望!继续期待啊,期待!

有人暗示我早走的人皆有秘诀,我百思不得其解,差点想奔往领导家问个清楚,但我又被那个暗示我的人所阻挡,她说别冒昧,还反复说着这句话。翌日清晨,我被一阵杂乱声扰乱了,原来又有数人返城去,叩门说:"再见喽!"平日彼此有说有笑,此时,简简单单的告别,淡淡薄薄的神情,对我同情而无言……

平日友好亲切的情谊,一下子有了距离。

我虽冷冷观望,心里依然充满热切的希望。

渐渐地,四周原有单纯的人语笑声、猫鸣狗吠、风呼雨啸,在我的感觉里几乎成了嗡嗡的苍蝇声,它们不是在隐秘的潮湿的发霉的地方乍响,就是扬扬得意地在你的头顶上飞翔,或在你的视角内下蛋。除此之外,没有任何新消息。我忍无可忍,有一天,找队长论述"凭什么我回不了城"。他抿着嘴,许久,笑笑道:"我,何尝不想帮你呀……"

我无法描述那是一种什么笑:苦笑、嘲笑、奸笑、冷笑、讥笑、皮笑肉不笑……

但能意识到那声音里面有句子、有内容、有意思……一切，像石头般向我掷来，又像子弹似的穿入我的内心！

"凭什么我回不了城？"我再次问之，他再次微微发笑，然后靠近我，一手摸着我的发髻，嗡声嗡气地呼着气……我能怎样，我不懂事吗？还是幼稚无知？或虽知什么叫乘虚而入而不知所措？

我没有能力抗争，又不想同流合污，更重要的是——我还年轻！我该怎么办？

"大不了离婚！"那些日子，我天天打着思想的算盘，哦，一次短暂的醒悟，突然想到算盘也有原理和规律：加减乘除只是数字的轮转代号，关键在于结果，但，"结果"取决于代号的组合，而组合代号同样需要技巧……

糟就糟在我是个不懂"技巧"的人。

我好学努力，勤于钻研，就是登天无术。

日复一日，原本互为走访的人剩下寥寥无几。正纳闷，外号"辣嘴子"的阿凤突然销声匿迹似的离开了，接着，水仙、宝玲、灵灵……一个个女生接着不告而别。

那天傍晚，我剪了个短发，将衬衣塞进裤里，系上细皮带，穿上外套，一个人在屋后的土院里走，月光蒙蒙，清爽舒适，冷风习习，感觉特好，力量和尊严油然而生。奇哉，一道新问题在心中萌生，据说早我们下乡的张三、李四也和农民结了婚，但婚后不到几年时间，她们的男人不是提拔为大队长，就是当司机了，还有人日后节节高升，或获得一官半职，或进校学习。而春生，不求不问，以我为满足。

唉，我当时真是为了减少父母亲的麻烦和他结婚吗？还是没有眼光，只知崇尚贫下农民的身份，我错了吗？那时不就是越贫下越荣耀越富有政治资本？春生确实厚道老实，是十足的好人，若即时提出离婚，推说对方不上进、没有理想和抱负，这是理由吗？他有什么错？要是他知道人除了吃拉睡走还有理想抱负等码事，还会如此安分守己吗？那么，是我的错吧，谁让我错？我不服，怎么也不服。

现在有了眉目，梦想即将成真，婚姻的罗网却死死地揪住我的身心，缠绕着我的灵魂。怎么办？

第三篇
执
——虽辛苦但有人神往

"噢，好在结婚的时间并不长。两年，说长也短，幸好没孩子。就这点聪明。"我为自己的作为庆幸，心想，"快了，别着急。"返城是迟早的事。

"急也没用！"我挥动的手势虽弱力无姿，却充满着硕大的期望，"不如先收拾好细软。"

哼，比我早进城的阿菊、莲子、婉英等人不是上了大学就是有了工作，再糟的，也是个钱袋盈满的个体户，而我，婚已离了，依然杳无音讯，焦急像虱子咬着我的身子，昼夜不得安宁。

我一有空就沿着土路走，忍不住又往那办公室走去，那个小干部似乎在算什么账目，希望他得到满意的算盘。人在盈利开心的时候，多能处事利索，来一句美言，"好吧！成全你！"

"劳动锻炼？总算挨出头了。"我想得多么简单纯粹。

他终于站了起来，像对待一切胸有成竹的女生一样，走到我身旁。平日他称我为红椒，那时我不太在意，现在叫我辣椒，我忍了忍，拉了拉身上的男制服，我不知道自己怎么在这段时期喜欢穿戴成男生的模样。

我侧过身子，看了他一眼，正想开口，他背靠门口，伸出一只手往我右乳一抓，笑道："你的胸，怎么像没发育好？"我吓了一跳，反常地、本能地在惊恐慌乱中伸手一括，打在他脸上……他伸手摸摸微红的脸部，不好意思地笑了笑说："对不起，听说你有个性，果然如此！我是甘蓝，一辈子注定和泥土打交道，生在此，死在此！你又不是芹菜，大把前途，何必和甘蓝相克？"

终于，我靠那个耳光以及父亲获平反的事实，心想事成了。

事后我才知道，听说那些女友明知权宜之计，还是投降了。"为什么不上告，为什么？"这或许是大多数女生的选择，苦涩而陈旧：几百万年以来，女人就是如此，你说男人玩了你，他说是你勾引他。被男人玩过的女人，即使有多大的冤情，也会在世人的心中打了折扣。

在 DNA 还没有被采用前，法官也难以判断。何况这个小干部，身处特殊的年代、病态的时空，羊肉挂在他面前，不吃白不吃。哦，还是春生好，地地道道的老实人，自认不配，同意离婚后，还一再表示心里爱着我。多好的人啊，我得守信给他汇款。这样的人，帮得心甘情愿！

……

想到此，馥淑突然打了个哈欠，眼皮上下起合不停，桩桩往事，有感伤、有愤慨、有遗憾，更加体会今日的自立真好！可以接触各式各样的人，看不同的脸孔，听各样的声音，揣摸各阶层人的心态，欣赏不同人的才华和天赋——她不由得苦笑一下，再懒洋洋地起身喝些温水，又在木板地上拖拖嗒嗒来回走了几分钟，这才想起明日的工作并不忙，往沙发椅一坐，继续兴致盎然地将眼前的下属和那个曾经是自己生命的另一半男人做比较，同样的诚实、一样的善良，感觉起来，则如此的不同。

在春生眼里，我是皇后，即使不沾边，摆在那里也荣耀。

在郝忻面前，我是主子、上司，像老虎似的令人敬而远之，巴不得尽量少和我接触。

慢慢地，对两类男人的印象代替了刚才不愉快的记忆，又从不同的感受中自问自答："我怎么了？没身份时被人欺负，有身份了又遭人害怕？"

从前，我是劳改犯的女儿，母亲教我凡事都得忍、忍、忍！别像父亲一样爱发表议论、不容易顺服，才仕途坎坷，多灾多难。

母亲的存活意识就是明哲保身，沉默是金，可我偏偏继承了父亲的基因，生来喜欢叛逆。小时候外婆讲《圣经》故事，喜欢引用里面的话语，指明在世为人处世得"顺服权柄"，我立即反驳"没有道理也要人顺服吗"。外婆说《圣经》里的话不好辩驳，因为神的智慧高过人的智慧，他的道路高过人的道路。我越听越觉得没道理，对《圣经》又一无所知，便认为外婆文化程度不高，才喜欢乱点谱或断章取义。

嘿，郝忻正在研究《傻性和奴性》？这与我长期有思考又没有答案的问题十分接近。他"下海"可惜了，现代人缺乏的就是独立思想，我虽对外婆母亲有异议，但也不比她们优秀多少，那时不知神却信"语录"，后来又将"英雄"摆在上帝的头上来崇拜——下乡和春生结婚以及返城后对金钱的向往和膜拜,哪件事不是随大流或争先恐后?

现在看来,我已过的日子和作为不也是外婆母亲意识里的顺服者吗?结果呢?被世俗愚弄或诱惑得像个奴才,一位典型的时空内的奴隶,竟然还沾沾自喜、以叛逆者自居——想到此,突然觉得"梦里寻他千百度,蓦然回首,那人却在灯火阑珊中"。郝忻是多好的人选啊,英俊有风度,大学毕业不奇怪,奇怪的是学识渊博,为人随和,更重要的是有思想,这是人间最缺少的东西。

她突然从沙发椅上站起来,如火如荼地渴望能和郝忻商谈今夜的感想,但转念又想,时间太匆促了,只好自我安慰"没关系,他会回来的"。

Chapter 4

第四篇

怨

·

无奈也是哲学,懂不懂都得接受

尼采说要拿鞭子去对付女人。

鲁迅道:"兴亡的责任,都应该男的负。但向来的男性的作者,大抵将败亡的大罪,推在女性身上,这真是一钱不值的没有出息的男人。"

三十八
新问题新办法

  郝忻回到欧洲后,一念看他脸色与回国前没什么太大的变化,寒暄一会儿后想,"怪事!又怎么啦?不过,既然回来了,体检下也好,若没什么大碍,看看还有啥借口。"郝忻关切地咨询"翰林院"的事,一念安慰道:"春季多假日,学生忙于度假或赚外快。你呢?介绍下那边的情况。"郝忻说:"一切顺利,放心!"一念听得不过瘾,只好一问一答,直到儿子回家郝忻才脱身走过去,"哎呀,三月的韭菜,拔得真快啊。"

  郝忻双手按在面对他只笑不说话的儿子双肩上,望着,瞧着,不由感到对他的亏欠,平日自己只迷图书馆,舍不得花时间陪他玩球、下棋、滑冰,常常推说"下次吧"或是"找妈去"。转眼,儿子的身高快超过自己,以后想一起玩的机会恐怕都没有了,便想弥补下欠缺。这时,见一念外出购物,他连忙坐在儿子卧室内的桌旁低声道:"好久没玩牌了,等我倒好时差后,和你玩个痛快。"儿子笑而不语。他的乐趣和玩友已有所改变,不再那么需要父亲了,但还是客气地说:"后天考完试就有时间了。"

  郝忻也趁这机会美美地睡了几天懒觉。

  两天后的一个午后,父亲主动邀儿子玩牌,不料儿子发觉父亲有意输给他,玩了两轮就摔下纸牌,指责父亲教子无方。

第四篇
怨
——无奈也是哲学，懂不懂都得接受

　　郝忻本想说增添你的信念呀，又觉得这不是理由，只好傻笑改口道："快老啦，脑子不灵了。"说完默默地收拾着散牌。向正听了心里很不是滋味，联想父亲外出期间自己的见闻，不由得同情起他来，觉得父亲是天底下最善良最敦厚的男人，于是走到父亲耳旁，叽叽咕咕说妈妈和新认识的男友表现得越来越怪，"她当我傻，说老同学有困难，帮帮忙而已。我看那男人肯定喜欢上妈妈了。"话刚出口，见父亲脸唰地白了，连忙不好意思地低下头，沉默一会儿，安慰道："那当然！也许我说错了，最好你自己问问她。"

　　郝忻双手抱胸。向正见父亲呆呆地坐在那里，毫无表情，惊奇道："爸爸，这有什么关系呢？千万别紧张坏了身体。"郝忻边说"好，好"边退出卧室暨入自己的书房，呆坐一会儿，叹道"脆弱啊，你的名字是女人，"又在书架上东瞧瞧西翻翻，想找出莎士比亚通过哈姆雷特发出的这句感慨。

　　"爸爸，出来下！"向正在厨房雪柜里取出一盒冻饺问父亲，"你要吗？"父亲说不饿，儿子则不耐烦道，"妈妈对烹饪越来越没有兴趣了。"他望着父亲，声调略带疑惑，眼神流露少年人特有的狡黠。

　　"怎么回事？"父亲突然露出笑容，意味深长地向儿子瞟了下。儿子见锅里的水还没有开，走到父亲身旁，像陈述一件别人的闲事一样告诉父亲，"那位老同学英俊高大，还会烧菜包饺子……"

　　郝忻觉得心被揪了下，暗忖，"难怪难怪……"突然，右手指不停地点击着自己的右颊。儿子感觉出父亲的不愉快，立即漫不经心地劝告父亲，"那当然！你觉得离谱，但你将无话可说。"郝忻惊奇地望着儿子，有口难开，只好回到书房喃喃自语："女人？女人！社会在变！女人岂能不变！何况……我……"

　　当儿子端着饺子放在父亲的面前时，郝忻苦笑下将碟子推往一边，"真的不饿，帮我热杯牛奶吧！"眼睛望着窗外绿意盈盈的新芽。

　　向正离开书房后，独自在餐台旁用手抓着饺子吃，津津有味，吃得差不多了，就将小碟上的两个水饺留给了母亲，起身将热好的牛奶端到书房去。

推开门，只见父亲仰躺在单人床上，闭着眼，双手微握，放在腹前，正想开口，父亲突然睁开了眼，"放桌上，行了！"

向正发觉父亲的不愉快，后悔自己多嘴，又无法改变现实，悄悄离开，将门掩上。

事实也确实如此，儿子的话像一件铁袈裟套在他身上，又冷又硬又重，十分不舒服却不知如何脱下，担心一旦脱了身子会在"委屈"和"不乐"的压力下颤抖起来，因为——自己的荒唐是"行不由己"，并非有意伤害她。何况这码事比比皆是，多数女人为了家庭和儿女会采取宽容的态度，"没想到，你也……"

"如何是好？找她谈话？谈什么？加以制止？"他突然转了下身子，仰头看看墙上的挂钟，转而想到"报复我？还是爱上他？数十年没有来往的异性，怎可轻易相信？莫非是误会……向正未成年……先了解了解情况吧……"就这样，他嘴里劝导自己别着急，别冲动，万一有事，为何不能像洋人那样坦然潇洒地给予祝福？无奈实际又是另一回事，仍在"难道""难为""难免""难怪"的意识里转来转去，总有一种难以排解的难过、羞辱和嫉妒。

他坐了起来，起身站在镜子前，对着自己的脸孔暗道："铁袈裟虽沉重却能抵挡外来的风雨，为了这个家，也只能如此了。"须臾，又提醒自己，"需要表态吗？要解决什么问题呢？不，一切照旧。她若幸运地找到情人，我就不再那么自责和内疚了……"

想通了，转身端起儿子送来的那杯热牛奶，喝完后准备洗个热水澡。

对于自己能这么迅速地放下思想包袱，正感到惊奇和自傲时，他看到了浴室的镜台上新添了许多化妆品，立即又多想起来了，"是巧合呢，还是一开始就想报复？同样发生一件事，有的是天意，有的是成心的……两者诚然不同。但，别忘了，我们已是朋友的关系，可见，成心的成分多……"想到此，原本略有起色的脸孔又变得皱眉蹙额，虽不像妻发现自己荒诞时流露出的冲动和激切，却也感到下颌开始微微地发颤起来，决定和她聊聊，而且，就在今晚。

不一会儿，浴室里传来哗啦啦的流水声，当水声消失，郝忻裹着大白毛巾从浴室出来的时候，妻正在睡房的梳妆台前脱着绾在后脑的黑丝绸蝴蝶结，见他泰然自若地

第四篇
怨
——无奈也是哲学,懂不懂都得接受

走到自己身后,便对着镜子里的他低声道:"我正想问你怎么不吃饺子?只喝热牛奶?"

"没事,在大陆吃多了,有点腻。"他用白毛巾边擦身子边说。

"快擦干身子,地毯不经湿。"女人柔和而淡漠的责怪声使得男人耸耸肩膀,怔怔地望着镜子,不悦道:"我想和你聊聊。"

"哦?"一念脸孔唰地红了起来,丈夫毫不在乎的语气和良善表情反让她感到羞愧,既然"家"仍是生存意识的最佳"形象",凡事还得适可而止,所以低声说:"好啊。"

男人侧身从化妆台上捏起一对珍珠耳环,放在手掌里转动着问道:"你好像也变了?"

她不再看他,低着头,双手将头发捋开,手指不时地插进发间梳理,懒洋洋道:"是吗?"突然转头瞥了他一眼,尽量避免触及他的目光,深知自己的秘密如同装在瓶子里的怪气,虽看不见摸不着,然而,一旦打开瓶盖,怪气便向你冲来,或让人血压上升。因而,沉默是此时最佳的姿态。

"我怕你上当受骗。"男人已穿好睡衣坐在床边,看到那双熟悉的眼神变得如此沉静自在,深感惊奇无奈。但话已出口,再尴尬惶惑也无济于事了。

她吃惊地抬起头看看他,被他恬淡而复杂的微笑所震惊,"你怎么知道?"眉宇间流露两道直纹,心想料定是向正泄密的,便一面伸手撩起披肩的头发,一面心不在焉地浏览着台上的化妆品。

"我对不起你,但没有成心害你骗你,当时是……思想有些问题……"他一边说,一边观察着她的表情,希望找到那最初情感世界里的简单和纯洁。

"别提了!不是成心?难道是误杀?有没有想到我当时的感觉和处境,简直想跳楼!……往日出于'爱'的忍耐、牺牲、体谅既然没有了价值,就得……另找出路。"一念的声音充满勇气和力量。

郝忻边听边竖起耳朵——窗外篱笆里似乎有野猫的呻吟声,但很快回过神来,态度诚恳、语气认真道:"你就是推荐他替代我的工作?"

"他能力强,又是商界的专业人士。不过,仅仅是暂时的,希望你不要轻易放弃这份难得的……"

"我明白你的意思。"男人没等她说完插道。

"错了。"女人瞟了他一眼,继续脸部的卸妆。

"那就好,那就好!你这半生也不容易,外面的世界,风大雨大,还是家里好……"郝忻转头对她露出拘谨的神色道,"祝福你,希望你此生的缺欠得以弥补。"一念使劲地向他使了个眼色,对其话语又费解又不知所措,不由抬起头流露尴尬的神情,"喂!儿子若听到,有何好处?"说完起身关上房门。

男人双手交叉胸前,觉得自己有点虚伪,所谓的"祝福"分明是一种讽刺,矜持了一会儿,竟然望着镜子里的女人说:"你呀,不化妆更美。化妆品会异化或破坏女人的真气质。"

一念耸耸肩膀,带着戏虐的口吻说:"化妆也是一种玩赏,不尝试,不知道。"

他微笑不答,谈不上无所谓,也谈不上很在乎。病愈后最大的收获就是懂得理性是怎样的一回事,自那以后,遇到任何的麻烦事,略加思考便没有过不去的坎儿……此时此景,为了孩子和打消尴尬的局面,郝忻竟然坦然道:"我没有权利责怪你。今晚我想早点睡。"说完他摇摇头,转身出去,心里随之泛起另一种情思——理性之后是什么情形呢?更为无法自救的现实,还是开创双重意识下的一种新生活、新感觉、新婚姻爱情形态?想到此,他觉得又烦又累,又带着疲劳与厌倦。

客厅墙上的德国制咕咕钟响了几下,郝忻独坐在书房,不是找书就是翻书,五时的傍晚已不像冬天那么阴暗了,窗外树枝上点点滴滴的绿苔不是蠢蠢欲放就是像孕妇那样丰满诱人,他不由得对自己说:"冬天快要过去了,算了,休息吧。"

可惜怎么也睡不着,即使"理性"开始疲倦了,情感还很清醒——

和老婆从男欢女爱到"两为一体"转为"朋友关系",其间的内心挣扎、矛盾、徘徊不像外人想象得那么简单啊。"你说我喜新厌旧,是啊,畜生也喜欢吃嫩草……何况人呢?人类和动物不同就是懂得性和爱有别。然而,几千年来,人类总是喜欢贬性

第四篇
怨
——无奈也是哲学,懂不懂都得接受

褒爱,结果呢,还不是像西西弗斯一样,劳而无效?可见性和生存虽相貌各异,本质还是一样的。妻说人体外表看似简单,可是内心复杂,集美好、高尚、伟大、中庸、平凡、贪婪、诡谲、卑鄙、可耻于一身……

"我在你心目中不知属于哪一类人?你了解我的世界却不理解我的苦衷,年轻时受压、抑、避、怕,中年为生计绞尽脑汁、劳苦愁烦,中医说我气血不畅,西医说别误信,中国人'面皮薄',怕议论不容易说真话,只会忍忍忍……有什么办法呢,以前害怕挨批挨斗只能看人脸色办事、没有自我,哪怕是冤枉也得委曲求全,甚至吃了苦还得谢谢给苦的主子,生活不就像舞台似的,我看别人表演,别人也在看我表演啊。

"我没有玩世不恭的本领,只能老老实实地活,安分守己做自己的事……为了这虚妄的存活,我付出了一切的代价。

"光阴如梭,一转眼,青春不再,而今,虚空就在面前……剩下的一些气息,为自己所用,错了吗?如果是!我可以选择之……妻为何不可如是?"

……

清晰的记忆,西学的宽容,使他越想越觉得自己自私、无理和没文化!

心略平静,又想以一种新的姿态和她交谈。

无奈翌日感到时间过得特别漫长难熬,幸好妻下班即回家。

这晚比昨日平和,女人做饭,男人看电视,晚餐后儿子玩游戏机,郝忻磨蹭到十点过后还是几次想开口又将话吞回。

既然没睡意,忍不住往她卧室走去。她已换好睡衣坐在化妆抬前的圆椅上,惊奇地望着他,郝忻往床沿坐下就问:"你到底和子乐是什么关系?"(他已从儿子那里知道对方的名字了)。

她立即转头瞥了他一眼,冷静地低声道:"是!"随之目光集中在他脸上,看看他有什么反应和表情。

郝忻没有正视她的脸孔却感到她在等待自己的回话便本能地伸了伸腰,右掌握着左拳不时地互为转动。记得回国前儿子曾提及妈妈新认识一位旧同学,那时他认为很正常，没什么反应，不料这么快就有新内容新话题，好在想通了，如同换取了一颗隐秘的意味深长的新心，所以此时他能带着抚慰人心的微笑回答道："别紧张！没什么，只要你生活得开心，就好了。"说完侧头观望她的神情，觉得她听了这话一定会感到很荣幸。

没想到女人立即转身坐在他对面，惊奇地望着他，流露不悦的神色，半晌不说话。

沉默，肃静，一如世纪般漫长。一念竭力地克制汹涌的心潮，深感委屈和辛酸，心里一直叨念他的话："没什么……只要你，开心就好。多么伟大、宽宏大量的名词啊！体现无私、大度和了不起的精神？还是——数十年的爱情婚姻原来只是一层金箔，一捅就破。"她越想越无法接受什么宽宏大量，反而更加疑惑和不解，"爱是妒忌，爱是自私，否则就不是真爱！男人即使有错在先，也不会接纳女方的错，更不会说出这样的话。他为什么不妒忌不发火不责骂我呢？"

在一个又一个的问号里突然反映出"是否爱腻了"？她不由脱口而出，"郝忻，我们之间既然缘已尽、爱已逝，朋友关系已没有意思了……不如离婚吧，向正……能接受现实了……何况，要使人莫知，除非己莫为。这种事，我不说，迟早也会被你发现的。"

"谁说没有爱？"郝忻起身走到窗前，竭力摆脱近日折磨着他的猜疑、嫉妒和隐痛。

窗外路灯下的蔷薇经雨水的冲刷渐青渐绿，夜的静寂和淡然加添他内心的宁静和安详，突然，他对着窗玻璃问道："你真的想离吗？"

"想倒想过，只是不坚决。"她起身走到他身旁，觉得过去命运多舛、情感世界却是那么的美好简单，如今怎么一下子走了样，连忙反问，"你呢？"

"从来没有，一切不都很好吗？眼下的男男女女婚前就不知经历过多少次'婚姻'了，像我们这么单纯的男女，少见。"他说得很平静。

一念像雕塑似的呆立着，心里如同挂上许多彩画，深浅不一、五颜六色，但又怎么说得清楚呢？"母亲赋予我生命，上天给予我岁月，我将青春、年华和精力给予社会和家庭，辛劳、克己地奉献，回报的却是羞辱和哄笑……谁不懂得享乐？我也有需要，

第四篇
怨
——无奈也是哲学,懂不懂都得接受

我不像舒棋那样大胆随便,是因为有伦理的约束!你应该有自知之明,我是体谅你光鲜外表下骨子里的阳虚啊,所以,竭力克制自己,而你……竟然……即使如此,我能把你怎样,控告你?将你送进法庭?让更多的女人嘲我笑或羞辱我?我的青春和意义何在?藏于花朵的果实里还是在坟墓的棺木内?"显然,她在体验"痛"和"怨"的意识里为自己辩护,觉得自己不是一蹴而就的女人,是经历一番挣扎思虑,又于不经意的际遇中找到一条出路,让他品尝和感受一下被人背叛的滋味。

郝忻则不同,经这次交谈后,就将一切过往的人与事锁进个人的档案箱,以客气的口吻补充道:"彼特拉克和卜迦丘对奥古斯丁等人将柏拉图的《情爱论》误为禁欲主义的造反后,爱情就显得越来越游戏化和消遣化……不过,感情和爱情,实在是两回事,但我更相信感情。休息吧!"说完转身离开,他很奇怪自己有这些想法并有诉说的勇气,与一向温顺驯服、稳打稳坐的性情很不相配。

"感情和爱情是两回事。"一念重复着这句话,内心理解并认同之,当然也离不开向正的分量,他是凌驾于两人情感之上的皇星。

为了这颗皇星,才谈得上将就和其他。

经这次交谈后,一切又归于平静。

生活在继续,日子照过饭照吃。没多久,一念就将一张海关验货单送到郝忻手里,说在中国订购的乐器已到达,要他按时到港口货柜箱验货。

郝忻如期到口岸查验,拿起乐器,这边摸摸那里看看,在拉拉弹弹的试用中觉得有几件器材不是太轻滑就是有沉湿感,"呀,出厂货经过了验证,也许是自己的错觉吧?"郝忻二话没说就签收了。

几天后他才发现材料质量有问题,但为时已晚。虽被一念责怪一番却也是经她出面与厂家交涉的,退回了过半货品。

事后郝忻也觉得不好意思,为逃避这错那错,一方面忙于到医院体检,希望查出不影响寿命的病灶好借口不回国,与商界绝缘,另一方面尽量往"翰林院"去,可惜学生因自己改行而失散了。苒苒遭一靳、圆桂和阿红羞辱后再也没有露过面,其他的靓影虽也迷人，然而，与其说没有了那份勇气和胆量，倒不如说得了"恐惧症"——每每和女性独处时，总觉得随时会有人破门而入。

电话响了，馥淑打来的，咨询了健康情况后希望他彻底体检以免后患，"生意顺利，成功在望，希望你尽快回来。"

郝忻担心馥淑一旦知道自己在"翰林院"会疑心自己是借病回国，临时应付几句，放下电话就回家。

妻儿未回，室内静得出奇，刚从热闹的大陆回来有点不习惯，加上妻有了子乐，病愈后的多重感情泛滥，沉静一时的意淫又开始蠢蠢欲动了。

"还是回到自己喜欢的园地吧。"他突然醒悟了，"将一切未曾见面的作者对己的思想影响，化为自己的能力，为杨敬书老师圆梦，也是走出无常阴影后的最佳生存呀！"思路和情感寻到了新方向，心境随之开阔安宁。此后无论到"翰林院"还是在家里，他一有时间就看书、找资料、做笔记或构思，一旦进入书写状态就不接听电话。

时间一秒一秒地流逝，但，在过于肃然宁静的处境容易胡思乱想。

"母子到哪儿去了？"窗外阳光有气无力，几堆大灰云随着风向飘移，不一会儿，大块大块的云朵渐渐变成无数的小云花，在天空呈现出孔雀展翅的图景：由下到上云朵按条纹逐层地散开，越往上越稀薄，将天空铺满……郝忻看到美丽的云朵，竟然没有了睡意，想起小时候在乡下老人见之就说："明天会下雨。"

"天空是美丽安静的！"他拉上半边窗帷转身取出一本书，翻阅了几眼，又放回原位去。刚坐稳靠椅上听到外面簌簌落地的扫地车声，便向半开的窗帷瞟了一眼，转而又从书架取下那本书，对于自己刚才思想不集中相当不满意，"没有时间怪这里干扰那里又有问题，有了时间又爱消愁破闷的遐想，生命和时间仅耗在自我引发的麻烦里，何能完成"传世之作"……记住啊，我已经失去青春的纯美理想和中年好色的活力，剩下的只是对时间与经历的体悟，在梳理探索实践的过程中，越感惊奇激越的东西越觉得时不待我，越时不待我越向往自己的志趣，那些多姿多彩、虚实美丑的事物尽管没有结论和出路，毕竟是人生的一部分，想不通的是，大人物和名人是没有什么遗憾

第四篇
怨
——无奈也是哲学,懂不懂都得接受

的,遗憾的是那些被淹没时间和自由的人最终竟然成为奴性者,可见……"他越想越多、越接近别人也越接近自己,以致有所茫然和模糊起来,渐渐地,那些曾经涌现脑海的有声有色的场面和记忆再次断断续续地出现了——尤其那位从林间出来的白发老人好像……好像是托马斯·曼——①

郝忻突然对着手持的书的封面人物道:"大文豪,今日想请教您一个问题如何?"为了表示对文豪的尊重,他特称其为"您"。

"没问题。"托马斯·曼微笑地捋了捋下巴。

郝忻边翻书边问:"浮士德不过是中世纪的博学学者,他与魔术师或魔鬼结盟的传说,怎么会有那么多天才者感兴趣?前仆后继地创作。"托马斯·曼道:"可能德国人对灵魂问题尤为看重吧?"郝忻定了定神道:"华人将灵魂与鬼相系,但这鬼与你们的魔鬼不同。"托马斯·曼听后皱起眉头,不太理解他的话。郝忻接着说,"魔鬼给阿德里安·莱韦屈恩24年的艺术灵感和划时代突破,莱韦屈恩还不满足竟然违背'不许爱人'的禁令,疯乐了10年才去世。② 我的黑猪有气派,让我想爱就去爱,想做就去做,可我不敢啊。我多么希望像你一样,将现世的真人、真事和生存环境植入我的传世之作,包括我自己……"

托马斯·曼想了想道:"你的特殊性就是你的民族性。这方面,歌德认识比我清晰,不如咨询他吧。"

老洋人毫不留情地不给面子,令郝忻十分难堪,只好寂寞地坐在那里冥思苦想,内心又对立又自愧,须臾,喃喃自问:"特殊性?民族性?我的民族性可是泱泱的文化与历史、刻苦耐劳、忍辱负重……"想到此,郝忻自豪地扬起眉毛对着洋人的脸孔说,"你不懂!不了解!"

这时,一念母子已回来了。黄昏和儿子外出是陪儿子买运动衣,回家路上看到地

---

① 托马斯·曼,1947年完成长篇小说《浮士德博士》的德裔作者。
② 阿德里安·莱韦屈恩是《浮士德博士》里的主人公。

面随着日益增多的阳光、明暗清楚，一念的心思又复杂起来，所以，儿子兴致盎然地观赏路旁足球迷悬挂的各式国旗、彩链和点缀品时，她则差点被道旁嘻嘻哈哈、穿着旱冰轮底鞋滑来滑去的孩子们所碰击。须臾，一位五六岁的女孩不小心碰到木杆跌倒，哇一声哭起来，声音又响又悲伤，几位小朋友立即过去安慰，一妇人路经驻足，一面从手袋拿出几粒水果糖分给他们，一面让大一点的孩子扶起那位跌倒的女孩，很快地，笑声代替了哭声。

无意的景象令一念想到"滑来滑去，跌倒，起来！看来郝忻一时走不了，让卜经理继续等待郝忻回国，还是子乐暂时顶替下？卜经理怎叫我直接推荐给董事长呢？不行！我又不认识董事长和卜经理，千万别干预……"新思路令她心胸开阔，越想越觉得是，连忙加快了脚步，不料刚到家就听到书房发出男人的声音，"你不懂！不了解！"一念以为他在电话里对人诉说自己，立即懊恼地推门进去问道："谁不懂？谁不了解？"

女人的到来像一束突然降落的小火花，将他沉迷于满腹书卷里的一幅新图景弄得支离破碎，神情随之乱了套，只好悻悻道："你说什么？怎么又敌对起来？"一念索性将连日压在心头的闷气发泄出来，怪他言而无信、当"下海"为儿戏。当她看到男人手上还捏着一本书的时候，才转口道："说实话，失去这份好差事将难以弥补。今天上班不久，我又接到卜经理的电话……"

郝忻听到"卜经理"的名字立即转过头，"她怎么说？"一念见他神情慌张，不由走前两步低声道："人家是关心你的健康呀，你没具体告诉她什么病情，她就老往我这儿咨询。我的意思是在你病情暂无答案前，最好你本人对董事长说明下，是否让子乐暂时顶替下，他是公派出国的商务专业人才，想留欧洲做大事，不会和你争饭碗，就说子乐是你表弟，这不一举两得？"

郝忻眨眨眼像回了神似的，"我已告诉卜经理你推荐的人肯定很优秀，董事长的电话号码我已给了你呀。"

"其他事都好说，这事非得你出面不可。"一念再三强调。

第四篇
怨
——无奈也是哲学,懂不懂都得接受

"明天吧。"郝忻只好低头了,"都是轻易承诺的后果,此去一回一返,东方西方地来回跑,何处是岸?"想到"下海"过程实在煎熬,更想以健康为借口不回了,"谁知又查不出什么大患。加之女人不时地催促。"

一念自觉客气碰上运气,继续道:"董事长特忙,现在打电话最适合。"郝忻为了脱身,巴不得立即有人顶替,只好顺从。

他让她出去,独自在书房练了几遍说辞,这才鼓起勇气拨了电话,没想到董事长说:"下午我已经通知卜经理了,你既然无法确定归期,也只能如此,试用期仍为三个月。"

郝忻内心的忐忑终于有了着落,告知女人后就进洗手间去。

得到董事长的消息后,一念突然凝着神,将右巴掌遮住嘴巴暗忖,"心想事成,两全其美,子乐知道后不知怎么高兴呢。"但很快又想道,这就是当老板的威力和好处,富主宰权。所以,"朝这方向努力,是对的"。

她很想借题抒发下感慨,但见郝忻已眼饧骨软地躺在床上,便顺手帮他关了灯,转身时听到向正卧室的笑声,好奇地开门进去,趁此发泄下刚才的感悟:"几点了还在玩,我跟你爸这么多年,没一天轻松过,不是烦这就是担忧那,你可得争气呀,妈就盼你了。"向正正玩得起兴,瞥了她一眼,没有作声,母亲继续道,"将来进不了五百强,当个普通的老板也好,被人雇用看人脸色的日子,不好过啊——"向正根本没听清楚她在讲什么,边玩游戏机边低声责怪她不该让父亲回国经商,这下可是火上浇油了,气得母亲不说不快,"又是我不好,以后需要买什么用品对爸说好了,少烦我。"

向正突然关上游戏机,转身生气驳道:"你也不要来烦我!总是没事找事!"一念听了,气得跺着脚,接着,你一句我一句,彼此越说越激动,最终,一念气呼呼扬长而去。

等郝忻走出书房探究时,一念已回到卧室,将门反锁上。

三十九
一切都会过去

郝忻回国期间，子乐成了一念的居家常客。

开始的时候向正十分排斥，当着他的面发脾气，甚至对母亲说若忙就不必做晚餐，他可以吃外卖的。头几天一念并不以为意，还因不做晚餐而感到轻松，下班后即到子乐那里待一会儿再回家。之后往他住处的密度越来越密，甚至将"翰林院"的杂费单也带到那里处理。

还是子乐明智，觉得能否和一念保持来往关键在于向正的态度，所以竭力争取和他搞好关系，一起玩牌，看他画画，送游戏机给他，还亲自买菜下厨做晚餐——如是厚待，果然有效，子乐很快成了向正的好玩友，吃到合口的饭菜还对子乐啧啧夸道："你炒的菜比妈还好吃！"子乐竖起食指在鼻头前边摇晃吹"嘘"，生怕一念听到不高兴，不料一念已站在他身后笑道："没关系，你确实比我在行，还望指教。"

自郝忻回欧后子乐不再到来，向正晚餐时常常无意间透露子乐的好厨艺，令一念十分不快。

当一念确认董事长同意子乐回国顶替郝忻工作的消息后，第二天一下班就往子乐那里去。

刚进门还没挂好外衣一念就带着满意的语气道："你运气好，卜经理和董事长已经同意了。"

事出突然又得短期内起程，子乐一时犹豫不决，除了考虑自己是否适应这份工作外，对这件事也多有疑虑，显然，他猜想郝忻是与他同一时期参加应聘工作的，那么"推荐没录用的去替代录用者适合吗，仅仅因为那时还没有居留权"？但他没有明说，

第四篇
怨
——无奈也是哲学,懂不懂都得接受

只是婉言问一念:"你那么有把握?要是我不想回去呢?"

一念有点儿蒙,为顾及大局,她仿照了当时劝郝忻经商的谈话方法又分析又表态,"我也是为你着想,趁此机会了解新局面新商情,还可获得许多人脉关系,为日后自己经商搭桥铺路。有益无害的事,何乐而不为?"

子乐没多说什么,点点头表示谢意,心里依然只想给自己一些宽松的心情去面对新局势。

"人不转水转,虽是暂时性的工作,或许会有新发现,还可顺便看看妻儿。"她平心静气地边说边在抽柜里取出一把小毛刷,坐在客厅壁炉旁的小椅上,用毛刷刷着旅行箱上的灰尘。子乐看她如此认真在意,一时说不上话来,继续在沙发上翻阅报纸。不一会儿,目光越过报纸的边沿道:"之前,我只想在此继续深造,完成硕士学位后在欧洲找工作。"一念微笑道:"这是一份难得的好工作,与其被人占位不如给了你。唉,都是他麻烦,再说,又不是霸王别姬,来日方长。"

"他是好人啊!"子乐没见过郝忻,但有这感觉。一念立即打断他的话,"要不是好人,怎有眼下境况?"

子乐依旧坐在褐色的沙发上,左手手指不停地揪着下巴那块垒起的肉块,想到未来、生活和现状,突然放下左手举起双手,伸了伸懒腰,打了个长长的哈欠,这才像拨开心头的丝网似的暗忖,"对,理想与世俗不是一成不变的,生存的本意就是挑战和竞争,或许眼下的机会在中国,新机会新环境能改变人的社交层次,俗话说'黄头火柴——到处碰得着'。铺好关系网自然意义非凡,假如运气好,说不定哪天就脱胎换骨改变了命运,或一飞冲天哩。"

"试试看吧,"子乐从有所紧张转而感到荣幸,"不是每个人都有这样的际遇。大不了再回来。"

子乐终于以默默点头的方式表达自己的信心和勇气,不料这时一念高兴之余又有所犹豫,即对他即将远去的担忧和介意,"数十年患难与共的丈夫都会变,何况他?再说眼下的国情不简单——"须臾又转念一想,地球上又有哪方真净土?不是战争就是败坏、饥饿和荒凉？既然与子乐的关系没名分就谈不上过分干预——哎，"文呆呆"虽笨绌，但可怜之人除有可恨之事外也有许多可爱的地方啊。

显然，一念不想失去"文呆呆"的原因，除了看重家庭和子女，还觉得即使离婚也没把握能找到比他更理想的伴侣。在她心目中，家是窝——存活的依据、心灵的支承点、躯体的安息处。子乐只是她生命绝望中的一缕阳光，给她安慰和快乐，但，他有妻儿，巴掌总是往里弯。舒棋不是说过当年和情人逛巴黎时，陪睡的是她，可一旦上街逛店，男人只给她买了一套普通的服装，随后一路就是大陆的妻女要这要那，尽是名牌货。想到情人一如食品的"添加剂"，比丈夫还靠不住，所以与子乐一起尽管有说不完的话，有些心思还是得隐藏。说得明白点，在两个男人之间，关键时刻还是护着家人的。只是眼下子乐真的要回国了，一时无法避免世俗女性的忧虑，无缘由的醋意溢上心头，不由问道："树因风起动，人为情变脸——照你的意思，要是运气好就不回来了？"

"想到哪里去了？"子乐竟然笑出声来，流露不屑一顾的态度。此时，他的内心确实不像一念想象的那么迷离复杂，因他没有忘记一念转告他的郝忻对卜经理的形象描述——相貌一般，言语锵锵，单眼皮，目光似火明亮有神——富上进心，善解人意，工作能力强，孝敬父母，生活俭朴，除非原则性问题，不轻易生气，一旦发怒将不考虑一切后果。面对如此能干的上司，子乐怎能没有心理准备呢？"商场虽然如同战场，但商界里的女强人万里挑一，绝对不同凡响，岂可小看或轻视。而我一向不喜欢受约束的生活，和她能否处理好关系还是个问题。"

一念看出他脸上流露出闷闷不乐和顾虑重重的神色，转口鼓励，"介入，实践，学习，人生难得几回搏？"接着又安慰说："对！大不了辞职呗。"

对于最坏的打算，两人想到一起了，看来没什么大碍。至于能不能系着子乐的心，在没有更好的选择情况下，只能走一步看一步。

子乐看她已将自己的行李收拾得七七八八，感动中有希望有唏嘘，突然站了起来，望着她的眼睛道："从近期国情迅速变化看，回国比不回好。就这么办吧，今晚到西餐

第四篇
怨
——无奈也是哲学,懂不懂都得接受

店如何?"

一念苦笑地摇摇头,"今日向正可能早回,我得回家做饭,你检查下行装。另约吧。"她虽看重情谊,但无论身处何种境况,儿子的利益总是首选的。子乐默然地点头,觉得她聪明能干外对家庭也很负责任,与她在一起,不管交谈还是倾听她说话,均很愉快又具有现实的意义和收获。

"到平日常去的游览处玩玩?"子乐见她不时地看表,不好意思道。

一念以为他念旧,高兴答道:"好,就这么定了。"随之仰起头朝他脸孔看了看,笑道:"周末郝忻要拜访大卫,约翰约向正去教堂听福音,其他时间把握不大……"

"就周末,一言为定。"子乐伸手握别,一念随之转身跨步离去。

周末很快到来,一切如愿以偿。

那是近北海西安里亚群岛旁的一处如马鞍形似的港湾,70年代被政府围筑成人工湖。一道长而壮观的大石堤将海与湖相隔,左边是空旷萧瑟、海涛涌涌的大海,右边是宁静的湖景。一念选择此地是因为本地人较少到此。好几次了,两人沿着宽阔笔直的堤防人行道边说边走,进入岔路的绿树林后常常拐进湖畔内的一家咖啡馆。

咖啡馆大门前露天椅上坐有外来的游客,他们只好坐在近水长木桌上两位金发姑娘的身旁。不一会儿,一位身穿民族服装的服务员礼貌地走到他们面前,子乐要了杯橙汁,一念要了一瓶矿泉水。

当应侍生送来一瓶矿泉水和杯子后,子乐说:"你只喜欢原有不变的东西。"

一念停了会儿,慢声道:"禁锢久了,难变。"眼睛盯着脚下的小圆石,生怕滑了脚。

湖水在海风的吹拂下悠然自在地拍打着湖岸,奔腾地、旋转地,或弧形般地覆盖过来,掀起冲天的水珠泡泡,再潇潇而下——有时,浪花直冲游客的脚下,然后发出乳牛咀嚼青草似的退潮声——见到此景,子乐不由得挪了挪身子,拉了拉衣下摆,朝着堆积在湖边的碎石暗忖,"填海?了不起。"随之将生活和大海、碎石和浪花联想在一起,"有多少区别呢?均离不开'风'与'浪',不是被吹就是被冲——"想到自己难得出国,不料如此折腾难以如意,就像这眼前的湖水,原想平静明亮,但风浪一来,水花波涛便哗哗啦啦地响,各式小帆船被吹打得摇摇晃晃——

一念默默地望着湖水。眼前的云朵、海风和浪花均是她的喜好。子乐突然转过头,不知怎的,进入她的生活后自觉使命感方向感减少了,灵魂深处无意间多了条缰绳,少了些自由。但又没有说出口,将之归于生命的本源就是"烦恼"和"希望",谁也无法抗拒。眼下,对于一念的好意虽仍有些矛盾和彷徨,然而,与其白白等待司法部颁发的工作证,不如做点事。可是,谁能预知未来?人生路上,只有少数人一帆风顺,大多数人均是命运的奴隶。尽管命运与历程同样无常,今天是经理、领导,明天可能成为平民百姓或阶下囚,原本充满神气自信的目光刹那间变得像猪眼似的黯然迟钝,甚至肩膀耷拉、音调如喉里含着痰似的,"但其毕竟辉煌过。"

一群海鸥在湖心上空翱翔,偶尔扑扑地拍打着翅膀飞向游客,两人不约而同地望着它们,这时身旁的那两位金发姑娘起身向他们点点头,走开了。

"想吃点甜品吗?"子乐侧过头问道。一念摇摇头,全然沉浸在感觉里。为了省钱,每次外出多选择简易的西餐。子乐说将来赚到钱,一定要和她好好享受生活,每当想起子乐的这句话,一念就感到自己是属于倒霉群体里的幸运者,此时,她将头依偎在他健壮有力、温热宽厚的肩膀上,告诫自己不要再和自己过不去,放松愉快地生活,好好过日子。若有人不了解情感对一个人的心境影响是何等的深厚,那就好好观察下他俩此时此刻的表情,那眼神、那愉悦、那含着微笑的神态、那谈话的内容以及充满人性原本的美善和对美好生活真挚的渴望,如画、如诗、如春天灿烂的花朵。

子乐看到她脸色比之前细滑滋润,还在她轻快的言谈中感受到她内心曾经的沉重和怨念已渐渐被依托所驱赶,不由扬扬得意地归功于自己,觉得自己做了件好事,令她在忧愁时重展笑容,并于无奈时保持心灵的平静和温顺。

自两人在一起后,眼前的景致即是难忘的回忆,一起与阳光、湖水、芦苇、野禽对话或共娱乐,享受人间没有的简单或偷来的乐处。

第四篇
怨
——无奈也是哲学,懂不懂都得接受

　　海风快意而清凉,将一念的头发撩得扑扑乱飞,她取出手袋内的小梳子,一面轻轻地梳理着,一面痴痴地看着他。

　　他没有发现她的动作,一改常态地木然望着湖水浅处的一块蓝白色海石,道:"瞧湖中的那块大石,几乎没有干身的机会,是得还是失?"

　　一念会意地点点头道:"它本属于无——非得非失。"面对即将小别前的聚会,内心抑不住依依不舍的情思,但很快又被愧疚感所驱散,"分明不是自己的男人,为何这样自得其乐,如此在意和上心?"

　　太阳渐渐在海平面消失,奇怪的是眼前没有往日绚烂多彩的夕阳。云朵渐渐灰暗起来,游客慢慢地减少,一种如酣酒后的寂寞感浓浓地无奈地沁入子乐的心田。这时,一对海鸥在两人的头顶盘旋一会儿便停在堤坝斜坡的草地上,看样子,这对海鸥不年轻了,子乐原想对它们议论一番,然而,话到嘴边又吞了进去,觉得"老"是女人敏感的眼字,不好随便说出口,只好抿着嘴笑笑,转了个话题道:"其实,我好几次瞒着你去求职,均落了空,不知何故?"确实,他始终对卜经理的选择有疑惑。一念也心知肚明——自己截住了子乐让她发出的应聘信,将机会给了郝忻。事后却自作主张说可能是因为还没有办好居留证。

　　"你可以问问他们啊。"一念知道他不可能这么做才这么说。

　　他明白不会有答案,不再多说。

　　既然猜忌她,一念转头瞪起眼睛看着他,双目相触,互为观赏,彼此心照不宣,就这样,在看看想想,想想看看,将猜想的心思偶尔拉近,偶尔拉开。

　　不一会儿,两人目光同时望向湖水,仿佛什么事情都没有发生过。

　　子乐又想到当初以为出国就是好事、上事和美事,如鲤鱼出大海。就算是镀金,伴随回国的不是"名誉""地位"就是"金钱",肯定不吃亏。眼下的现实却是——刚出国门不久就碰到国情的大变化,有人说变得好,有人觉得越变越复杂越麻烦,子乐属于后者,所以不太想回国了,"没想到,现在,变的是自己。"

　　一念看到那对海鸥总是喜欢蹲在一起,"是恩爱有加,还是力不从心?"却没有开口,心想,年轻又怎样,中年老年又怎样,感情就是感情,生理年龄和心理年龄是两码事,只是,有时一件事、一段经历、一次感受均会令人突然苍老起来,为了让心理年龄呼唤生理的青春,突然回到了子乐的话题,"竞争本身意味着得与失的问题。"

子乐点点头,异乡的现实同样难忘,幸好每当灰心失意的时候,是一念的话语给予他希望和力量,然而,此时听到她这句话如吃了份泥枣糖,虽有黏黏糊糊的感觉,但也觉得香味甜美,连忙转过身,机智地笑了笑,将服务员刚刚送来的甜品递给她。

她吃了两口苹果派,站了起来,说有点凉,约他到湖畔的另一家西餐店吃德国著名的红烧猪蹄。子乐惊奇道:"听说洋人不吃什么鸡爪猪蹄的?"一念咯咯地笑了,说他少见多怪。他则继续为自己争辩说虽然出国,但也随身带来东方的勤奋努力精神,为了专心工作、开展业务,几乎没有空闲的时间,也未曾光顾各地大大小小的著名博物馆以及名建筑等。

"等你从大陆回来再去。"她边走边说。因为偶遇,才有机会在这段艰难的心路历程和生存空间中享受到新感觉新慰藉,并以失而复得的气力渡过难关,她将以上想法告诉他,他感到很幸运,与初次知道郝忻的婚外情感觉一样,觉得男女间只有在特殊的现实里才具备以眼神说话的功能,再说,有了婚姻绳索的捆绑,才拥有了难以磨灭的记忆。

实际上,子乐并没有完全流露自己的真实情感:即将回国了,近日脑海常被发妻的影子和声音所占有,不时地在灵魂里恍惚。有时还会将她与一念比较、对比和感受——虽不算强烈,却无法逃遁。也就是说他与一念一样——尽管伴侣不完全尽如人意,但也没有想到要离婚。

他是第一次从一念那里偷来幸运的感觉,一句温柔的话语、一碗清淡的饭菜、一次轻轻的抓痒、一个亲昵的动作,均如此难忘、刻骨铭心。与此同时,他还感到男人的情感比起女人更容易变化和更新,如崇尚新奇、快乐和满足,较少为对方着想……

湖面比刚来的时候平静了许多。此时,身旁的一念不知道他在想什么,因为子乐沉静的目光望着湖边几只野鸭在浪花里浮沉,足够掩饰内心的思绪。

第四篇
怨
—— 无奈也是哲学,懂不懂都得接受

周遭只剩下三两游人,没有喧闹,也没有多姿多彩的晚霞,往日初夏时现时消、时美时丑的云朵和夕阳早已隐退,冬季时大海旁那片萧瑟、无叶无声的树林,经春风的吹拂和雨水的淋洒,早已绿叶苍郁、小鸟啁啾。子乐向海的方向瞥了一眼,表明自己将像那片树林一样,坦然面对生活,经得起暴风冷雨的吹打,才能拥有春天的景象。"这是我多次到湖畔以来最大的一次收获和启示。"

一念忘乎所以,重蹈浪漫还是新鲜感,说不清理还乱,但有一点很清楚,自家变后,对情感这码事,确实比先前重视和在乎得多了。她将手插往他的臂下道:"祝你成功!期待再会。"说完挽着他厚实的臂膀,迈向德国人经营的西餐店。

进入西餐店坐好位置、选好菜品后,子乐突然从裤袋取出数张折好的钞票递给一念,"这段时间在你家不能白吃呀。"一念嘴上说不过添双筷子而已,在子乐的再三塞送下还是收了。

"希望有一天能加倍奉还。"子乐通情达理。一念倒也不在乎这句话是否兑现,只是美滋滋的笑容里隐藏着另一番思绪:他乡遇故知,在别人的嘴里,不过几句话就可说清的事,但在我的命运里却多了一道奇异的风光,可是,即便迷茫有了定向、遇事有商量,刚才听了子乐的那句话还是挺有感触的,他说:"在你家不能白吃……"可见,对他再好,在他的心目中还是"在你家"而不是"我们家……"

"子乐比郝忻聪明得多。"一念暗暗对自己说。

四十
人在"孤寂"时

告别湖畔后不久,子乐便回国了。

在他起程前,一念通知了卜馥淑。

此后，一念的世界依然离不开婚姻家庭内的人与事。郝忻偶然与儿子玩玩纸牌外，其他时间除定期到医院体检就是泡泡"翰林院"、走走图书馆。

那双善良平和的眼睛在弹琴时照样会因那优雅的抒情乐声而湿润，独处时自然而然回到《浮士德》的意境里，完全处于一种忘我的痴迷——乐也、疯也、恋也！有时与各种人物对话，有时抄呀写呀不知今夕何夕？显然已不在乎下学期报名的学生究竟有多少。最能影响他情绪的倒是时常收到馥淑的邮件，令他烦恼不安。

若不及时回邮就会收到电话，"怎么样？好些了吗？"馥淑关心语气中带着关爱，让他更为紧张和焦虑，只好借山高路远懒洋洋答道："抽项检查，还没有结果。"馥淑表示接替者业务水平不错，但还是希望他回来继续合作。

馥淑越来越多的来电来信令郝忻感到惊奇和有压力，不由联想到眼见的宇宙多么浩渺，身处的位置却如此有限而无法安生，不是这就是那，总有干扰。

为躲避骚扰，郝忻常常往图书馆去，然而，那里虽不准"打电话却"也未必心想事成，因一念时常有事交代，不是明天下午电讯公司到"翰林院"检查线路，就是儿子的家长日快到了。

电讯工作人员检查刚结束两天，郝忻又发现因老屋关系，"翰林院"的暖气管有些漏水。待有关部门派人查检时，这里噔噔那里咣咣，使得郝忻头昏脑涨、神慌意乱，很不舒服……勉强忍受到午后四点半技工离开，自己随后匆匆回家。

刚想在沙发休息会儿，门锁响了，见女人两手拎着大包小包食品进来，立即起坐，一念见之安慰道："没事，休息吧。"他谢了声又躺下，庆幸不再如往日似的问长问短，"今儿这么早回来？哪里不舒服，要不要看医生？"

一念在厨房客厅来回走动，忙这忙那，不是收拾杂物就是准备晚餐。当她俯首弯腰捡起门口塞进的一封信件时，脸上浮现出一种隐约的、抑压不住的、满足愉悦的神情和笑意。而这一切，都被郝忻看在眼里——自己以前怎么没有发觉呢？

"谁使她这样呢？一向肃穆端庄的神态到哪里去了？"他问自己，思量一会儿不由自我探究，"难道就是那个男人吗？什么魅力令她如此？就算那桩事男人和女人的态度

第四篇
怨
—— 无奈也是哲学,懂不懂都得接受

是不同的,不料你也成了另类?不,你不属那一类……我虽犯规但没想和她结婚……我离不开你需要你……别将我想象得那么坏……而……你……你呢?现在,此时,我怎么突然发现……你的微笑、你的言行、你的神情均不简单不一般,像被剪刀修饰过的园林,规范、精神、簇新!无论是神色形态还是动作语言,如经施肥后的花园,再现生命的活力和亮光……"

有趣的是,他一面想象女人心情变化的秘诀,一面担心曾读过的梅诗人文章里话语的兑现,"人类不是死在钱里,就是败坏在性里。"最终还自我评审道:"我虽不例外,但已悔改了呀,后来黑猪虽多次怂恿,也不过是意淫。"

门口突然传来一阵脚步声,儿子回来了。

女人看到挂钟已指向5点,对着沙发上的男人说:"嘿,老公,哦,老郝,对不起,我饭后得陪向正参观新学校以便选择秋季的入学,我们先吃了。"

郝忻仍躺在沙发上,以"嗯嗯"声示意,脸上露出淡淡的微笑,直到母子离去后才觉得有点饿。独自盛了半碗饭,坐在饭桌前,提起筷子夹了两道菜、一块鱼,扒了两口饭又没了胃口,起身从柜内取出绿洋铁筒子,盛两小匙碧螺春,泡好后只喝了几口又往沙发去,不是左看右望,就是默默地望着天花板。

往日独自在家,看完电视新闻报道后就入房看资料,或书写或研究,一旦进入浮士德的世界,便忘乎所以、不亦乐乎,谈星象、医术直至文学,虽不算次次均有共同语言,但感觉舒心润肺,不仅忘记世界,也忘记自己的生死和人间灾难——然而,此时,尽管无声无色也无伴,却没有了感觉、欲望和情思,连肚子都没有了欲望。

天已暗了,郝忻孤单单的,偌大世界,好像没有了他的立足点。不安和忧郁包围着他,将他越缩越小,最后像被什么捆绑成一束野草,令人性、经历、疾病、烦恼、喜乐均消失殆尽,只剩下木然……真是一种难言的体会,不是缺乏人群和亲情,而是随生以来的孤寂进入了大世界风雨浪涛的喧闹后回归的一种独默——如旷野上空的白云和山地的荆棘,外人视之何其适从和宁静,却很少想到为何有这种高傲的孤寂和独特的姿态。

此时,他将目光望向皱褶的窗帘,思绪如风旋转,又滚又扬,一会儿,如坟墓内的莠草,不由万念俱灰地对浮士德道:"你生前从一个农民的儿子,经个人努力后来成为星相家、数学家和医生,虽出卖灵魂还能周游世界,并留下丰富的学识和一本自传——不料最终暴亡时,尸体却被人抛在屋外的粪堆上,为何知识精英总是没有好下场……我与你的出生、坎坷命运以及际遇何等相似,虽因时空差异不可同日而语,但有一点是相同的,即这个世界是属于权财和运气——所以,我想探究你与鲁迅或我中中文化名人有何异同,以及彼此的优弱之处,无奈至今仍难以遂愿,何以如是?我真苦啊!"

突然,窗外传来一阵阵急促的"呜啦呜啦"的警车声,郝忻循声过去,打开半边窗,一股清风急速入室。他看到两辆警车的警示灯犹如夜空中飞旋的探测器,急忙关起窗,将帘布遮得密密实实,再往沙发走去,须臾,觉得躯体的不适已代替了适才的想象、忧郁、孤独和虚空。

他心想:"也好,此刻此秒只想安静,彻底孤独,让一切怪诞都来吧!"

渐渐地,他感到有股凉意沿着脊背从下往上闯,"哦,欧洲的初夏真好——"他喃喃自语的时候,竟然感到有点惬意,顺手调高了小桌灯的亮度,起身在客厅来回踱步,突然吟道,"浮士德,你不了解我先人的才智吧,且慢,听我吟诵:

弃我去者昨日之日不可留

乱我心者今日之日多烦忧

长风万里送秋雁

对此可以酣高楼……

注:此诗出于唐代李白《宜州谢朓楼饯别校书叔云》

郝忻边吟边摇头摆手,痴痴地继续吟道:

人生在世不称意

明朝散发弄扁舟

……

第四篇
怨
——无奈也是哲学,懂不懂都得接受

直到警笛声消失许久,他才停下。

这下真起作用了,忧郁和虚空竟然被李白的诗句赶跑了,遗憾的是手脚却随之感到清凉起来,他连忙走进卧室取了张薄毛毯,坐回沙发上,用毛毯裹住下半身,两手在腹部交叉,眼望电视后墙上的一幅全家照片,突然觉得自己又可怜、又没出息。

正郁闷,电话响了。

原来是一靳。

"喂,最近怎么啦?姐的电话老占线?我有事找她呀!"一靳负气道。"我不知道啊,你知道她是位大忙人,可能为向正转校的事吧?"郝忻温和道。"我不管,你转告她,蔺嫂出车祸了!""啊?蔺嫂?她不太老呀?"郝忻偶尔听到关于蔺嫂的一些事,具体情况则不太了解,正想问危险吗?一靳说不知道,"咔"一声断了线。

郝忻一下子乱了神,不住地重复"车祸"两个字。

幸好妻儿回来了,郝忻如实相告,一念"哦"了声,没说什么。男人说甜甜怪你电话不易通,女人说家长会上关机呀。当郝忻提到甜甜打不通电话的具体时间时,一念不再作声了。那时,她正与子乐在看湖,不想有干扰,关了机。

"她最终什么意思?要我现在和她一块去?"一念问道。

"你自己去电话问问。"

她照办,这下对方关了机。显然,甜甜生气了。

确实,甜甜不但生气,还又忙又急呢,因为她中断电话后就往圆桂家去。

每年此时,各家均忙着自己的度假,甜甜虽知蔺嫂近年时常不开心,却也没料到会遇上这倒霉事,情绪自然受影响。

蔺嫂与大多数家庭妇女相似,婚后以男人和孩子为重,心甘情愿辛劳,自喻像箍住圆木桶的一条铁扎,铁扎崩了,木桶也将散落。她还时常对甜甜说嫁鸡随鸡是妇道,有衣有食自当满足。对于未来,蔺嫂也不太在意,以为有了丈夫就有了一切,这想法恰好符合丈夫的意愿,例如,有些男人不爱管钱财,在外赚到钱回家就交给"管家婆",老陈则相反,不主张女人管账,只准她收取小费。

圆桂对母亲既同情又费解,只有遇到一靳才发发牢骚,觉得母亲不懂生活,又奈何不了她。

近年中餐馆生意兴隆,熟客因蔺嫂热心、服务周到,从不少付小费。蔺嫂俭省惯了,就这点小钱在她手里也很风光,不仅够供应孩子的零花钱、书本费,串门时还能买手信,或上庙烧香捐款等,甚至有所储蓄。她趁暇时将收集在铁罐内的硬币到超市换成纸币,积少成多,数十年来不觉已存有几沓的纸币。圆桂说母亲第一次暗暗数算属于自己的钱财时,手指头都在颤抖。就那么几十张纸币,数了又数,次次不同数,后来索性躲在房厕内,按数目的大小将纸币一张张铺摆在地上,将小的数目另放一边,百元的集多了换成五百或千元后用橡皮筋分别捆好,然后右食指蘸着口水,左手按在捆好的纸币上,数呀数……

"但就不告诉我存放在哪里?我怕她也喜欢往家具里东放西塞——"圆桂对甜甜补充道,"母亲年前受阿红妈影响,听说如今子女靠不住,得多存些私房钱养老。确实,父亲太精明,视钱如命,事后母亲有所变化,连同过去塞到红十字会货柜的衣物鞋帽,以及孩子用过的玩具单车等均拿到跳蚤市场出售,还在餐馆的角落里安置了一个玻璃柜,摆放中国剪纸艺术、红绸吉祥结、瓷杯等小工艺品出售。"

"这与车祸有什么关系呢?"一靳加快了车速,打断自己的思绪。

到达医院病房时,站在门口等她的圆桂箭步上前拥抱她,紧张道:"谢谢啊!三条肋骨断裂,昨天动了手术,幸亏没致命。"说完引她入房,坐在母亲床前的靠椅上。只见蔺嫂双眼微凹、神情倦怠,望着一靳送来的鲜花谢了谢。一靳问怎么回事啊,蔺嫂看了看圆桂后侧过头道:"一时头晕不小心。""命大呀!"一靳接着问圆桂:"你哥哥呢?"蔺嫂说:"刚离开,餐馆这下离不开老陈了。我没事,忙你们的事去吧。"

圆桂瞥了母亲一眼道:"我们到走廊,一会儿就回来。"

蔺嫂点点头,重新望着天花板。

傍晚的阳光透过窗外的嫩叶间隙跑在墙角晃荡,偶尔也带着窗帘的色彩闪闪烁烁,

第四篇
怨
——无奈也是哲学,懂不懂都得接受

一如她存积多年的纸币忽现忽隐,"怎么会这样呢?"她此时还在责怪自己的大意。

"怎么会这样呢?"蔺嫂越问自己越痛心。

那可是欧共体后新鲜热辣的货币。电视新闻说小偷发现华人喜欢在家存放现钱,并摸透了他们常放藏的地方,得此消息后,蔺嫂想来想去,最后把积蓄改存在住家的厨房暗柜内。不料有次水管漏水将欧元浸得湿嗒嗒,只好趁男人外出时躲在厕房,用吹风机一张张地吹干。

事后问阿红妈:"还有什么地方安全些?"阿红妈笑她不该问这话,只告诉她千万别存在银行里,因为银行每月寄结算单时,不就暴露无遗吗?至于银行保险箱也靠不住,报载银行业知情者知道华人喜欢存现款,便想法偷开他们的保险箱,可悲的是,因多为黑钱,华人丢了还不敢报警。

"怎么办?"她思之再三,最终借清理杂物时获得新念头,将现款打包放入客厅的花盆底的套层里。

独自在家时,蔺嫂悄悄搬起花盆,手触眼见,以此为慰,暗自庆幸道:"这样就不会露馅儿了!"自此,工作再辛苦也不觉得累。

没想到,老陈上星期说今夏生意较淡,准备将饭店和居家翻修一番。蔺嫂知道装修是怎么回事,想到"搬迁"就失眠,直到装修前两天才想出个好主意。

那晚,总算睡了个安稳觉。

翌日上午她到修改衣裤的店定做了个缠腰袋,店主照她的要求第二天交了货。她取了货看了看、摸了摸,回家悄悄将积存的私房钱整齐地摆放进去,又将名牌拉链查了查、试了试,确保安全可靠,才将放假期间留住这儿的七岁孙儿进取叫进屋,将腰袋捆绑在他腰间,千叮嘱万盼咐不要告诉任何人。为这事,每天不是雪糕就是糖果地嘉赏。

陈进取白天负袋在身,晚上卸下,不觉过了一星期。

这天上午,她刚为孙儿"包扎"好腰带,八岁孙女进艳随后进室,要求祖母带她上街买扎头发的红花夹,蔺嫂给进取套上衬衣后,用手在他前后腰部按了按,这才

"好嘞"一声,左右两手各牵两孙儿的手,踩着八字脚步摇摇摆摆地到附近逛商场。一路上,蔺嫂频频注视着孙子,小孙子却关注着前面汉堡店的广告牌,突然拉着姐姐跑过去。蔺嫂连忙随身跟上。

这是一家非洲裔经营的快餐店。

虽说是初夏,气温一年比一年不正常,不是冷风冰雹就是雨量不足,近期则空气干燥闷热,道旁的梧桐树叶垂头丧气、黯然不动。快餐店内人多又没有冷气设备,蔺嫂为孙儿孙女买了两份套餐,三人坐在靠墙的小台桌旁,她只看不吃,时而帮他们将几条炸黑的薯条捡到盘角,时而心想西欧人夏日都不用冷气机,持续热下去,怎么办?

姐弟俩吃得津津有味,进取吃薯条时嚷着还要可口可乐,不一会儿,弟弟要姐姐陪他上厕所,进艳很懂事,立即起身拉着他的手过去,亲自在公厕内为他等了个空位。

弟弟进厕不久就叫姐姐进去帮忙,原来他说浑身不舒服,要姐姐帮他解下腰袋"抓痒痒",并用大人般的口气正色道:"放好啊……我真的很痒……快抓呀,往右一点!"姐姐边解缠腰袋边问,这是什么东西啊,弟弟说:"不知道,奶奶说除了她谁都不许动。"姐姐将腰袋挂在弟弟身旁的厕纸盖上,弟弟尿尿后又要大便,这样一来,臭气冲天,姐姐忍不住便站在外面等,只见外面洗手盆上的水龙头,此起彼落地哗啦啦地响个不停。

几分钟后,弟弟高兴地走出来说:"现在舒服多了。"姐姐叫他:"快洗手,之后拉着他的手往外走,这时,奶奶目不转睛地望着他们问:"撒泡尿,这么久?"

弟弟连忙坐在她身旁,继续吃着剩下的几根薯条,姐姐刚坐稳,转头问弟弟腰袋绑上了没有,弟弟愣了下,突然紧张低声道:"我忘了!"

"忘了什么?"奶奶立即拉着弟弟的臂膀摇晃。这时,姐姐已急急忙忙跑到公厕内寻找,但那腰袋则永远地离开了他们。因不知道弟弟腰袋里装的是什么东西,所以匆匆忙忙跑回来对奶奶说腰袋不见了。说时迟,那时快,只见奶奶倏地起身,举起右手拼命往弟弟屁股打去,边打边说:"告诉过你了,不要解开!你就是——不听话。"

弟弟说:"我热,我热——我热呀——"突然委屈地大哭起来,像拖去宰杀的

第四篇
怨
——无奈也是哲学,懂不懂都得接受

猪崽。

蔺嫂冲往公厕找了找,看了看,又站在公厕门口,视察那些进进出出的人,这才回到原处,一面瞪着眼睛指责孙女,一面用拳头捶着自己胸口。孙女早已随同弟弟哭泣,偶尔抬头问奶奶:"里面是什么东西?重要不重要?"奶奶没有回应,继续捶胸顿足地哭喊,姐弟哭声也越来越响,整个厅堂的顾客均费解地望着他们,因听不懂华语,不是无奈地摇头,就是彼此嘀嘀咕咕地猜测,只有一位年轻洋女士走到她身旁道:"你再打他,我就报警!"

她受不了,受不了!但现在,连思想的气力也没有了——猛地拉起两个孩子的手往门口奔去。斑马线旁,一辆白色私家车沿着道旁拐来,她一脚前去,进艳刚喊"红灯呀",奶奶便倒在地上,司机心里怦地一下,赶紧急刹车,待他开门下车一看才喃喃自语:"又不是很老,怎么不看看清楚?"

很快地,周围出现许多看客。

警察和救护车随之来到……

"妈,您劳碌过头啦,好好修养一段时间就没事了。"圆桂从走廊回来安慰道,转身对身边的一靳说,"只有生病,她才有时间休息。"一靳接着安慰几句,眼见护士端着晚餐进屋,才和圆桂一起离开。

病房重归宁静,蔺嫂没有将真实的情况告诉圆桂,以免遭她责怪和取笑。然而,当只剩下自己的时候,她的心,又在屡屡破碎的伤痕上迸出鲜浓的血迹,那热、那裂、那崩、那痛——让她愈发承认自己的无能——原以为"情"没了还有"钱",希望晚年有保障,现在,没有了,什么也没有了,"还期盼什么呢?"

天渐渐地暗了,这一晚,她怎么也睡不着,那唯一的牵挂也不挥一下手,就跟随新的主子去了。于是,蔺嫂一会儿伤心地暗自哭泣,一会儿万念俱灰——出生于乡下,18岁出嫁,19岁当妈妈,41岁当祖母,转眼即将48足岁。从懂事那天开始,无论碰到什么困难、遭到怎样的伤害,没有怨言、也没有非分的企望和理想,只想过一个女人正常的日子,有个家,生儿育女,不奢望四世同堂,一家人和睦相处就心满意足,但，看似平凡的愿望，在这日趋文明的时代如同一件锦绣长袍，在街道上、在家里、在丈夫儿女的眼里，均成为一种异象，与其说它将要消失在人们的大视野里，不如说消失在这幢平凡的小家庭的围墙内，用青春和血汗以及一生精力、体力和时间真诚奉献、努力筑构而成的"果实"里。

"累呀累，极累，且毫无意思。"她想不通也不愿多想，便趁夜深人静的时候，挣扎起身，忍着伤痛悄悄拖着步子走到楼梯口，往扶梯空处一头栽下去。

待值班人员发现时，她已停止了心跳。

四十一
"死""活"都有话题

送葬那天来了不少人，圆桂办完丧事后，借口外出度假。

老陈因夫人突然逝世，餐馆缺了好帮手，茫然不知所措。数十年来，他只在餐期繁忙时上阵，常常我行我素，以及居所的大小杂务，也都是夫人亲力亲为的。

眼前的"新妇"不同，明说不是来帮忙而是来合作的。

"唉，明天是周末，得买料备菜了。"蔺嫂走后，老陈像失去了只臂膀似的深感不便，越想越苦闷。偶尔望着窗外往来的行人，发着呆，新妇站在身旁，刚想开口安慰，就被他打发走。

圆桂的度假更让他烦躁，虽说女儿喜欢与他顶嘴或闹事，真的不见其身影又心思重重，因而，对眼下家中生意的好坏和任何新事物便都不太在乎了。

只要餐馆继续开张，老陈就得操劳。

发妻走了个把月，老陈已鬓须霜白，体重也开始下降。那双本来华人不多见的大眼睛，随着失眠和浮肿，日益显得瘦长且无神，原先丰满的脸颊也日渐内陷起皱，特

第四篇
怨
——无奈也是哲学,懂不懂都得接受

别是招待完顾客,和伙计一起晚餐,独坐餐桌旁望向大堂内稀少的顾客时,内心就像大堂一样的空荡。慢慢地,陈年旧事又在脑海呈现,或穿梭或飘荡,偶尔,老陈也会对自己说:"漂泊求生谈何容易,要不是发妻的合作和支持,哪有今日安稳的日子,可我忘恩负义,竟然一次次地伤害她……"哦,老陈有生以来初次感受内疚的滋味,回想对她许多不像话的言行和亏欠,觉得自己不是不知情理而是明知故犯,说白了,妻软弱好欺,所以,即使自己无理也不示弱,更别说事后的道歉。而今,连想说句"对不起"的机会都没有,哪怕梦中相逢,妻见到他不是转身而去,就是装作没看见,使他醒后尤感难受,内心没有平安和快乐,日子也越过越沉重。此外,愈追忆往事愈揪心,愈揪心愈将自己的好恶发泄在新妇的身上,稍有不顺心的事,就向她发脾气。

新妇无法忍受,从大屋搬到餐馆,开始下厨房,终于有一天,双手拎着手提包,从厨房走到门外停放的一辆私家车内,跟着一位洋顾客私奔了。

没有人对老陈的心思、追思和近况感兴趣,亲朋故友见到他,点点头、笑一笑,转而离去,只是在茶余饭后,新妇私奔再次成为熟人间的话题,平日与老陈有怨结的人更是幸灾乐祸。

孙女曾对爷爷提过弟弟腰袋丢失的事,老陈却不以为然,心想"她有什么好东西可丢"?根本不把进艳的话放在心里。唯一使他百思不解的是,她是意外撞车还是有意如此?警察报告说她一时精神不集中,那么,在医院跳楼又是怎么回事?"这么多年都过来了,近来没有什么特别的事情发生啊?难道是为了我的新妇?但,这,谁叫你宠坏了我?一开始……哎,哪怕烧红的钳不也会慢慢地冷却?可你……"他就在如是怨人怨己中,度过每一天。

阿红妈对蔺嫂的不幸更不得其解,也不知道腰袋的秘密和故事,只暗中猜想,"那些私房钱落到谁手里了?"但又不敢问,也不好说,是她教蔺嫂对男人要聪明些、精明点、用些心计。如今呢,可以说蔺嫂之死从另一方面令阿红妈有所不安的同时,也变得更加"聪明"了,此后,她开始学会花钱,买名牌,谈享受,"千万别像她那样,人已死,钱都没机会花。"普通朋友中有人说蔺嫂也许受了太多的刺激,走路思想分散发生意外,有人说她性格内向有话不想说,走那条路不奇怪。阿红妈听到闲话偶尔也会插一句,"是呀,没得说的好女人,准是忍无可忍,才走到这一步。"

一念对蔺嫂颇为熟悉,一时难以忘却,事后将其死讯转告舒棋,舒棋不问青红皂白,认为别将婚姻爱情想象得那么浪漫伟大,怨就怨在本有自有的宇宙,一如太阳若与月亮不和,只能月亮失败,所以,舒棋打着哈哈说:"也好,解脱呗!"一念立即扬起酱色的眉毛忧郁道:"你也是,毕竟人命关天,尽管那活法……"刚想把话说完又觉得过于寡情,终于将"死不死,差不多"这句没出口的话吞进肚,转而建议舒棋不妨讨教一下梅诗人,"看她有何高见?"

舒棋怜悯蔺嫂的遭遇,很快照办了。

梅诗人收到舒棋的信后几夜难眠,给舒棋的回信也出人意外,既没有对圆桂父亲的指责,也不议论蔺嫂的软弱与无知,只在信纸上写一行草楷墨字:**天底下有无奇不有的人,就有千奇百怪的事**。下款以铅笔注之:生命的本质就是矛盾、相争和苦累。

"谁不会说这些?"舒棋脸一沉,将信纸揉成团,往房角一挥,如出口气似的轻易。此后叫人代笔回信写明自己的看法是"当争得争,永不气馁,转苦为乐,是为存活"。可惜,没有收到回音。

当舒棋告诉一念自己与梅诗人的不同见解后,一念最初觉得梅诗人毕竟是诗人,性情中人、不可琢磨,然而当她看到墨字下的笔注后又觉得,诗人出世又入世,且是位有思想的女性,便替诗人想,"舒棋怎知这么多,何必多写……"

转眼盛夏已过。餐馆外附近街道旁的树枝留有去年冬天圣诞节的灯饰,因没有彩条的搭配,显得单调,还有点稀稀落落的样子。蔺嫂之死已不再是圈内熟人的新闻了。这个世界,增加或失去一个人只会影响少数人的情绪和感受,地球照转,太阳照升,人们照样忙着赚钱、吃饭、睡觉和行乐。

一念也不再多说,然每当想起蔺嫂之死总会把她和舒棋做比较,想想两种女性的生存模式,孰是孰非?不由想起小时候曾听到奶奶的感慨:好人非好报,坏人也非恶报,自古人间没公平。

第四篇
怨
——无奈也是哲学,懂不懂都得接受

"可舒棋算坏人吗?这种女性比比皆是呀。"一念靠坐在化妆台旁的木椅上,下巴搁在两掌内,呆呆地望着摇摆的挂钟,继续自我分析、推测和总结。有趣的是,无意间联想到自己的命运时,竟然由静到烦,由烦到乱,最终坐立不安,整晚不是开开冰箱,就是到处找该洗的衣物,塞进洗衣机里去。

只有一靳始终积极地寻找圆桂,倒不是为了其家人,而是为了她们之间的亲密友情。郝忻因圆桂羞辱过苋苋,对于蔺嫂的死,没有表态也不着心,还忙着和大卫约见。

大卫怪他回欧后怎么没来电?郝忻说时常到医院查这查那,始终没结论,上司又催促不停。大卫说自己即将远行,约他明日到家聊聊。郝忻随口答应了,但话刚出口又矛盾起来,"我的'下海',大卫没兴趣,若说孤独,他比我还孤独。至于隐私,说了又如何?能解决问题吗?"正当处于"去"还是"不去"的犹豫中,大卫道:"等我出差回来,你可能又回国了。"

此话果真有效,看在老友分上,郝忻答应了。

向正知道父亲要拜访大卫,即要同去,他想和苏西交谈有关电脑游戏机的事。

翌日下着毛毛雨,比往日显得宁静,车子经过市中心时遇到堵车,车窗外有数十位环保者手举绿旗、裸着身体在街道上骑单车,倡导"无车星期日",很快引来许多路人观望,有的举手赞成,或以呐喊助威,更多的路人则是在观赏游骑者裸体呈现的肉质、皮相、曲线、形态,也有一些徒步的路人立刻脱下衣裤跟随自行车后面游行,只有个别人站在路边投之一瞥后,含笑离去。在无警员指引的游行状况下,自行车、私家车、行人各按自己意愿走动着,不久,加入游行的人越来越多,路口被堵塞了。郝忻因赶路对环保者流露出不耐烦的神色,转念又心想,点煤油灯的时代虽没有这么多麻烦,却有别的烦恼呀。

向正不耐烦地表示,"要等到什么时候呀?我不去了!"

郝忻立即同意。

儿子离去不久,车内收音机即播放起马德里、墨西哥市、英国布莱顿、捷克布拉格等城市同一时间举行的"不要汽油"、"保护地球,使用自行车"的环保游行,有些游人背部挂着一块耀眼的纸牌，上写"顺行天意！多步行"、"保护地球，人人有责"、"不允车辆骑劫道路"、"少些工作和消费，多点自在和悠闲"等字眼。①

半小时后，加入环保游行的路人越来越多，将路口塞得水泄不通，郝忻在车内等啊等，一会儿听新闻广播，一会儿东张西望，一会儿闭起眼睛养神。

时间一滴一点地过去，他终于忍不住打开车窗，发出无声的怨言，"怪谁呢？现在是信息科技时代……时代时代，隔久就呆，传统啊，你愿望虽好，却不现实，此时此地就妨碍了我的人权呀，我有急事……要事！"站在他身旁的一位壮年妇人见他满脸怒气，笑道："看来你非常不高兴，有压力吧？我也不开心呀，我们家族一半人死于癌症，我也快步后尘了。地球即将完蛋，还谈什么福利和享受？各政党竞选时，哪个党首没承诺百姓的愿望？什么减少税收、加强医疗保险和环保工作，注重低收入家庭的学生津贴和老人住房问题……一旦大权到手，最关注的还是大企业大公司的盈亏问题，怕他们撤资引资到第三世界……"妇人越说越多，最后竟然站在他的车窗旁，把一份小报上的报道指给他看，证实自己不是胡言乱语。

郝忻睁着眼睛听她发"牢骚"，路人以为他们在吵架，不一会儿，越来越多的目光投向他们，郝忻连忙关起车窗，不再作声。

待到可以通车时，四十八分钟过去了，到达大卫家郝忻立即一边解释一边将脱下的蓝外套挂在走廊墙上的衣架上。

大卫有点不高兴，但仍客气地站起来打招呼，苏西连忙从厨房出来迎接老师，郝忻见她长高了些，细嫩如发芽豆似的雪肤玉肌滑腻晶莹，细腰长脚，骨架均匀，同时又丰乳翘臀、凹凸有型，显得妩媚婀娜，令他顿时像口含甜干梅似的满口唾液，连忙用舌尖在两排微微发黄的门牙内慢慢地卷啊卷，再一口一口地往下吞，就在他心神不定的时候，大卫向他介绍起坐在客厅内的一对洋夫妇——民主党市议员弗马克先生和

---

① "世界裸体自行车日"运动由加拿大社会行动家兼作家史密特创立，2004年首次在加拿大举行，很快传遍世界各地。成千人一起登场，形成一片"肉林"。

第四篇
怨
——无奈也是哲学,懂不懂都得接受

夫人叶茜卡。

其实弗马克夫妇早已离座起身准备迎接客人,见其和苏西打招呼,不便打扰又坐了下来。郝忻不好意思地转身走到弗马克夫妇面前,定了定神道:"哈啰,您俩去年春季帮助过华人参政、商讨筹备会的工作,对吗?"

弗马克微笑着点点头,看样子比去年春末胖了些,叶茜卡虽已年长,细挑的身材依然充满性感,明星似的面孔,浅褐色的眸子与褐灰睫毛尤为配搭,嘴角曲线时深时浅。平日与不熟的朋友只是伸手相握,参会时喜欢含笑听人讲话,只有触及她喜欢的话题才直抒己见。

郝忻自病愈后对政治日渐冷漠,不再那么关注,只想过自己规划的日子,现在面对市议会议员,不知怎的突然像吹鼓手仰脖,握手时表示很荣幸认识他们。大卫立即前来对弗马克再次说明,郝忻是他的老朋友,以及是"翰林院"老板兼老师。弗马克和郝忻虽只是一面之缘,但从大卫那里时有听到他的名字,这次见面又加深了印象——中等身材,皮肤偏白,眼珠乌黑,神态平和,一头短发比初见时干燥稀疏些,虽经发油梳理过,分界处竖立的新生短发仍然干涩无光。

郝忻再次"sorry",并解释因遇到环保游行塞车而迟到。弗马克边点头边说:"没问题,我们是不速之客。"随之解释大卫时常不在家,他俩探亲友回家时顺路经此,临时电告,适巧大卫对他的话题感兴趣,让他夫妇速速前来,还像小孩似的表示想喝叶茜卡做的拿手好汤。

弗马克立即不好意思地问大卫:"你们,有约?那我还是先走吧?"不料苏西从厨房走出道:"不可以!"原来苏西本想用现成的番茄汤料温热后上桌,知道叶茜卡临时在附近买了些作料以满足大卫的食欲后,即表示想学长者的烹调技术。

在郝忻到来前,苏西已照着叶茜卡的意思从冰箱里取出虾仁,急速解冻后切成小方块,时下正在切洋葱和胡萝卜,当叶茜卡将芝士和多样作料放进慢火上的钢锅后,苏西听到弗马克的声音,即刻走出厨房表示反对。

弗马克难得来到,大卫不想拂苏西的兴,连忙对紧张的苏西说:"没问题,他听到了。"转头告诉弗马克,"您不正想了解华人对此问题的看法和意见吗?多一位学者,好事!"

郝忻因迟到而觉得不好意思,恳切表示,"坐坐坐,我没什么要事,你们见多识广,有机会听听你们的高见,难得呀!"

弗马克笑而不语,瞥了妻子一眼,重新回到座位上。

郝忻立即将木椅拉到弗马克对面的茶几旁,不由得谈起刚才"裸体自行车日"见闻,以及近期纽约、墨西哥、巴黎、比利时、阿姆斯特丹等欧美大城市数千人裸体集会的壮观。大卫建议郝忻不要将"环保问题"和"艺术创意"混为一谈,郝忻反驳道:"环保和艺术既为两回事,为什么许多艺术都离不开裸体?"

大卫给客人添完咖啡后笑了笑,插科打诨道:"投人所好啊!"

郝忻听了摇摇头说"关键是什么人",眼看大卫微笑不止,便正色问:"斯藩塞·图尼克的裸体照片是艺术还是什么哲学?社会学?人类学?"①

看到郝忻正经八百的样子,大卫才收起笑意表示,"按个人品位定义。"

郝忻坚持说无聊!认为自己看到的不过是一片肉林,有肥有瘦,有粗有嫩,有大有小,有令人羡慕的美感,也有类似动物形态的肉质,层层叠叠、松松垮垮,像母鸡胸下疙疙瘩瘩的皮肤,看了就恶心,怎能有艺术感?艺术应该给人好感……"

"这是肉感。"大卫道。

"肉感也得扬美隐丑。"

"传统人无法理解现代艺术,难解什么叫真假、调侃和象征。"

郝忻说自己近期正在思考肉身对自己产生的感觉和影响。

"看过先锋派的画展没有?肉感还不够,还应该有血感、粪便感、放屁感,听说有位作家写了本书,是关于放屁的声音、味道和形态以及旁人的反应,出版后销量排名

---

① 斯藩塞·图尼克(1967—)美国大型裸体照知名摄影师,2007年5月6日在墨西哥城进行了最大规模的两万人裸体照。

第四篇
怨
——无奈也是哲学,懂不懂都得接受

头位呢。"大卫说的肉体、气味和丑美令郝忻感到厌烦和不舒服,便不想多说怕影响现场的氛围。

大卫则余兴未尽,认为参观肉展的大部分观众是为了满足眼馋,还可想入非非、得意忘形,所以断言,"好处多过害处。"

"你的高见?"郝忻转头看看弗马克。

弗马克听大卫和郝忻交谈的时候,脑海就重现了 2001 年 2 月 16 日参观维也纳博物馆"建筑预展"开幕式的情景——1000 平方米的展室亮出 45 位全裸少女,均为淡金色的短发或盘发,众目睽睽下暴露私处。女设计师是 32 岁的意大利行为艺术家瓦内莎·贝克罗夫特,目的是要让男人感到尴尬和难堪。模特儿原地站立三小时后,获 600 马克。但弗马克自己只想逃走,除怕被夫人知道外也有负疚感。想到此,弗马克心平气和地说:"历史文化艺术悠久的西欧,最终留给人的是什么?传媒界和广告关注的又是什么?"老洋人越说越迷茫,觉得新时代下,男人玩弄女人、女人勾引男人的兴趣已大大超过了对艺术文化的思考。

"凌乱的思路,也是一个问题。"弗马克对自己说,认为在此谈论题外问题不是时候,便往厨房走,看看夫人在忙些什么。

大卫突然瞥了郝忻一眼,"人温饱后又没有战事烦事,还有什么事情比那件事更着心,嗯?"随之挤弄下眼睛幽默地补充,"就是——你爱说的那种'无所事事'中喜欢想象的事,怎样?常人说无聊人做无聊事,不对啊,凡是登峰造极、令全心身透彻舒爽之事,均是人之所好,贵族、名人也不例外!"郝忻对此有点费解,仔细琢磨半天才开悟般摸着脑袋暗忖,"那也不见得,读书也很令人着心啊。"

大卫见郝忻不再作声,便转题问郝忻,苏西的琴练得如何,获奖是否意味着成功?

这一问令郝忻有点不知所措了,像背着锅翻筋斗——两头不落实,只好搪塞说:"很好,不错!但,获奖并非意味成功。"说完进入洗手间。

从洗手间出来后突然两手一摊,"塞车弄得我头昏脑涨,差点忘了!"转身走到沙发旁打开随身带的皮包,取出一瓶包装漂亮的法国名酒 Cognac 递给大卫,随之催促道:"继续,继续你们刚才讨论的肉体问题,我最近对灵肉之体颇感兴趣,想研究研究。数十年劳苦愁烦,待到日子可以轻松点,血肉之躯则不太管用了,不是生病就是腐朽。为了苟延残喘,不得不学会滋养,哦,据说喜欢肉食者应多喝些红酒才好。"

弗马克见酒便馋,伸手抓过瓶子看了看,说华人是讲究名牌的民族,只爱法国名酒,其实广告多了就是名牌,接着列举了许多不入名牌范围的好酒,说得郝忻脸颊泛了红,只好幽默道:"你们要谢谢华人好名牌的嗜好呀,因为名牌和欧里庇得斯的黄金一样,比言语更能左右人,何况名牌利润大,有什么不好?"①

叶茜卡在无门的厨房内听到后,轻咳了一声,随手往汤里加份虾酱,关上电炉,对身旁的苏西低语两声后,两手撩起围裙搓了搓,取出酒杯放在各人面前,然后静坐在丈夫身旁。她华贵而有教养,认为"名牌本身无可非议,质量好、耐用,但若以此炫耀财富或身份,就显得肤浅低俗"。

郝忻听后觉得她明明话中有话,却说得婉转优雅,不易驳斥,反而让人觉得言之有理,因华人确实喜欢以名牌炫富。

苏西在餐桌上摆放完餐巾、刀叉、碗碟和杂果盘后,又取出蘸汤的卷条食饼,不一会儿,额头湿了,还继续忙着准备餐后的咖啡和甜品等。差不多完事了,才在厨房和客厅间往返,脸上露出犹豫不定的神情,心里也想听听大人们的谈论,最终还是对大卫说,明天可能会下雨,想出去下,将周五借给同学的伞取回。

大卫正帮忙端出厨房的大汤锅,刚摆稳位置,苏西再次央求,"可以吗?"郝忻意识到她是在找借口却不知怎么事,不由劝道:"忙了半天,吃了再走呀。"苏西彬彬有礼道:"我在厨房边忙边吃,饱了!"

大卫一向尊重她的意愿,不再挽留,随后摆起主人角色招呼:"上桌吧。"

郝忻发了一会儿呆,突然苦笑下,坐在大卫身旁。弗马克夫妇用卷条食饼蘸汤,又吃又喝。郝忻眼见苏西离去,只好一面喝虾酱浓汤,一面暗暗学着浮士德的口吻说:

---

① 欧里庇得斯在《美狄亚》的原话是:连神明也会为馈赠所动,黄金比言语更能左右人。

第四篇
怨
——无奈也是哲学,懂不懂都得接受

"别让我这半疯的神志,对那美妙的肉体产生邪心!"①

或许是尝到乡土美味汤的特别,郝忻慢慢回了神,喝罢主动离座,一会儿帮忙烧水,一会儿又站在客厅窗前打望下。

过了半小时多,弗马克夫妇表示要回家了。

屋内立即肃静下来。大卫因这场避重就轻的谈论感到遗憾,原来邀请郝忻是因为自己身为民主党党员,想趁此机会让无党派的郝忻能在华人社团里为民主党华人参选者阿山拉票。此时,只好用一句话表达之,"关于参政的事,希望你和华人选择民主党的成员。"不料郝忻说对政治渐渐没兴趣,何况对参选者的政见,他并不了解。大卫表示:"当然择优呀。"

郝忻听到"择优"立即有所冲动,认为世俗的"优"不一定就是真正的"优",真"优"与真"丑"一样,是看不出来的。何况自己眼下正为工作和家事烦恼,累得很,"少说为妙。"

大卫见他神情冷淡有点失望,以为他只爱谈论抽象的灵魂问题,自己随着年岁的增长,加深了对祖上悲剧命运的感触,才开始重视公民的权益问题,对于郝忻富有大时代经历和感受的人自然寄予很大的希望,不料被他几句话拒绝了。

望着胳膊交叉抱住胸部的郝忻,大卫只好眼睁睁地转看墙上的挂钟,觉得时间无声无色、无影无踪,却很稀奇,不但能消融世间一切的明丽和激情、无聊和孤独,并于带走青春美貌,遁去一切的同时还能继续制造推波逐浪的新景色、新气象。"看来冷漠只与习惯相关,当一个人注重'奴性'又自陷其中没有感觉的时候,旁人的怨言除了多余就是无知。"想到此,大卫自感混血儿还是有别于纯种人,至少身上少点奴性的东西,有个性,敢爱、敢恨、敢说话、敢反抗、敢变化——于是,突然挺起胸对郝忻直言道:"你整天热衷于研究什么'傻性'和'奴性',则不觉自己长期生活在'枷锁'里,因无法说真话,所以视角有限,甚至遇巨响都要塞耳洞……后来,虽选择漂

---

① 歌德《浮士德》"森林和洞窟"一篇中,浮士德曾想拒绝格蕾琴的诱惑发出的感慨。

流、漂泊，获得异常丰富的人生阅历和经验后，依然难以恢复本我的自性，所以只能背地言说、发牢骚，而且自己不想付诸行动，只希望别人去实践、去造反、去牺牲、去奉献、去改变、去创新……"

郝忻以为大卫心系"参选"的事才对自己冷漠的政治态度进行"攻击"，所以表现得很平静，没有任何的恼怒和异议，反而十分敬佩他从逃避兵役到如今重视起公民的权益问题，而自己——此时，郝忻一面抿嘴微笑，一面确定大卫至今还不知道自己家庭已发生的一连串事情，甚感委屈和冤枉：自己没有别的奢侈，只爱读书和写书，却如此艰难不易，倘若加上政事，不跳海才怪呢，何况，"'文呆呆'从来就看不上政治。"但这话不能说。

彼此沉默一会儿后，苏西回来了。原来苏西在厨房帮忙时就接到向正的电话，向正告诉她塞车厉害，不到她家了，要她骑自行车到贝多芬公园喷水池旁等他。苏西坚持要看完叶茜卡做好本地汤再出门。因为迟到，在公园等了许久仍不见向正，打电话也不接听，所以一进门就问郝忻，知不知道向正找她有什么事？

郝忻笑道："他能有什么重要事？准与游戏机有关。"苏西听了，抹了抹额前的刘海，羞涩地"哦"了声，转身入厨房。

四十二
辩论的情趣

黎明下了一场雨。

日出时分，忽晴忽雨，郝忻刚想出门，座机响了，是甜甜的声音。郝忻说："你姐上班了。"一靳不悦道："找你呀，你回来也不看望下老祖祖？"郝忻奇怪一念怎么没告诉她自己的真实情况，又担心说多错多，连忙内疚道："我常往医院体检，大卫又将

第四篇
怨
——无奈也是哲学，懂不懂都得接受

远行，想忙完这阵子再探访老祖祖和你们。"一靳半信半疑，"那就周末吧，我来你家。"郝忻还没有回答就听到"咔嚓"的收线声，不由松口气，上班去。

自"下海"后"翰林院"便不再招生，并且根据一念的工作时间，只有周二、四、六下午开业，出售中国小工艺品以维持房屋租金。眼下长假即到，生意清淡，厅堂货物有限，并排的三间内房，一间比一间空寂。独自来回走了一趟又一趟，郝忻觉得头昏脑涨外，心灵也愈加空虚，毛孔一阵阵地忽张忽缩。

他想不出有什么更好的办法，只好坐往柜台前等待客户的到来，然而，半小时、一小时过去了，直到午餐前才来了一对买文具的姐弟。可想而知收入还不如打工的薪水，怎够维持家用？怪不得妻上班时像过去一样带上备好的午餐。

不一会儿，又来了几位顾客，卖出几样小工艺品和几张电话卡后便门可罗雀——忽然飞来几只灰鸽在地上觅食。难得如此安静能静心观赏灰鸽觅食时的头颈动作和眼睛神态，没想到又被手机声响打扰，原来弗马克知道大卫即将远行，即托大卫动员郝忻积极参与和支持华人的参选活动。

"华人头次参选，你得参与啊！弗马克取消了明日参加朋友生日会的行程，希望我们再次相聚，专谈华人参选的具体事宜。"大卫恳切道。

郝忻"病愈"后虽不再关注政治，却不等于无动于衷，在大卫家谈论此事时就觉得弗马克找错合作对象，因大卫有心帮忙却对华人并不很了解，如参选者是否适合公正，及如何预计华人的投票人数等。

"既然如此，加上大卫是自己的救命恩人，怎好推却？"想到此，郝忻欣然答应了。

翌日午后三时，各人准时到达大卫住所。

巧合的是，清早八时，电视台再次披露阿澈勋爵的最新官司新闻，各国传媒界随后纷纷扬扬地转播。事因年前10月底的一个夜晚，民主党副主席阿澈勋爵在市旧区街上招妓，进入一家酒店时被记者看见，但丑闻近期才被揭穿，引起公众喧哗。

弗马克夫妇自然十分关注，一抵达大卫居所就开始谈论此事，大卫表示："公众人物尤其身任要职之人必须比普通人克制，因其言行将影响政党的声誉。"

弗马克正想解说政敌过往处理此案的方法时，郝忻进门了。

这时叶茜卡发觉苏西不在场，索性将整个事件说个清楚，"阿澈勋爵招妓的第二天，记者在酒店门口等那位妓女出来后立即上前对她说：'你中奖了！'随后告之嫖她男人的真正身份……不久，妓女被召出庭做证，但阿澈勋爵邀了在电台工作的好朋友爱德华做证——案情发生的时候，他们在一起吃饭。审判结果，陪审团裁决《时事新闻》诽谤罪成立，需付五十万欧元的赔偿费。"

大卫听后流露出十分复杂的表情，好像是嘲笑、讥笑或冷笑。

弗马克接着说："阿澈勋爵若不参加竞选，也许永远不会露出马脚……可惜，爱德华有信仰，最终还是说了真话。"

叶茜卡接着以优雅的声调说："阿澈勋爵夫人是芳香淑女、雍容娴雅的社会名流，他怎么会去找个下层娼妓？"

郝忻怔了怔，顿觉双耳软了下来，嘴唇微微嚅动，重复着"应召女郎"四个字，心想，"是啊，许多上流男士为何被这些女性所猎取？"

"瞧他衣冠楚楚，其实是'人面兽心'！"叶茜卡补充道。

听到"人面兽心"一词，郝忻立即想起妻子曾经的责骂，不由脸色"唰"地苍白起来，表情也显得很不自然，再加上叶茜卡的目光老朝向他，令他十分心虚，"莫非她已知道……不，不可能！"郝忻连忙侧过脸，对她露出微微的笑意，再望望弗马克，这才情不自禁道："要是妻子老了，没有魅力，丈夫对她只有感情，没有爱情，而本身仍有欲望，周遭又有许多诱惑……怎么办？"

叶茜卡平日给人雍容高贵、善解人意、为人坦率、富有教养的印象，听到郝忻这席话竟然破格"咯咯"笑起来，那神情、那笑意，充满了嘲讽，连同嘴唇和手势动作均流露出对其想法的否定和藐视，心想，"照你的意思，男人生来优势，即在性爱方面不受年龄的限制。"她由此看出无论东方西方、高大矮小的男人，均有着共同的欲望和"苦衷"。

在座的三位男士被叶茜卡的笑声弄得发窘，或不作声，或抿嘴微笑，须臾，郝忻

第四篇
怨
——无奈也是哲学，懂不懂都得接受

不好意思道："我就事论事，仅供讨论啊。"

叶茜卡一向善于以意想不到的精辟话语去改变对谈者的心情，此时却不同，因郝忻的话令她联想起周围许多女士的不幸遭遇和命运，所以很快收起笑容，不客气道："你们只站在自己的立场想问题。"

弗马克见夫人真的动怒了，连忙插话，"别激动，不过探讨问题嘛。"

"照郝先生的意思……因为年龄性别的缘故，就可另当别论？可你昨天刚说，爱情包括责任和德行，与时间和形态没有关系。试想想，一方真诚无私地奉献，另一方的私欲随着年龄和时间在膨胀，公平吗？有不公平现象，才需要律法来制止。"她说问题不在"性"本身，而是现代人将"性"与观念、感情、道德、法律分门别类，具有优越性的男人更将"性"与"爱"分开。女人较缠绵，多数女人因爱而有"性"，除非有其他目的。

郝忻感慨道："都是新鲜感作怪！"

大卫瞄了他一眼，对其言颇感兴趣，慢慢地咀嚼，慢慢地思考，进而感到"新鲜感"的后面就是"欲望"、"失控"和"享乐"，转念又觉得郝忻和叶茜卡各有各的道理，所以默默地在小桌的冷盘上取了一块涂有鱼酱的饼干往嘴里塞。叶茜卡原本就对阿澈勋爵的行为持鄙视和批评态度，此时觉得天下男人一个样，不由得润润口唇接着说："动物也有新鲜感，人不自律便与畜生没有什么太大的区别。"

郝忻再次听到"畜生"两字，立即毛骨悚然，想到自己的事和当日妻愤恨的神情，一时不知说什么好，只好暂且沉默，这样暗暗自我调整一番后，又理直气壮地发表意见，"生存依附感觉，感觉源于肉体，在无外来威胁和制约的情况下，改变不了本性……"

一直默不作声的弗马克终于按捺不住附和道："感官愉悦是人最高最重要的快乐，是创造精神的前提条件，追求和享受感性快乐就是真善美，就是幸福。"话刚出口又引出了"享乐主义"鼻祖伊壁鸠鲁的精义："肉体的无痛苦和灵魂的无纷扰。"[①]

---

① 伊壁鸠鲁，古希腊享乐主义人生哲学的鼻祖。

接着弗马克又列出旁证,"奥林匹斯诸神的本质是行乐的气概。古罗马的'性'哲学主流不是享乐主义之源。普罗塔戈拉和阿里斯托卜均认为'爱情若不伤害人,就算运气好。'"

"你当然也不例外,才在乎取证。"叶茜卡斜了他一眼。

大卫想通过对话试探他们恩爱有加、白头到老的虚实,起身为各人盛了杯红酒,再摇了几下手臂,示意大家继续听弗马克发言,可惜,弗马克却不出声了。此时,郝忻觉得大卫特别留意他的神情,便低着头,清了清喉,"为什么人类总是明知故犯?像'西西弗斯'"?①

随后转身跟弗马克干杯,觉得遇上可对话的人了,又激动又兴奋道:"人之共性也!中国古代哲人说'食色性也'!哦,补充一下,'食色性也'是告子说的,因孔子出名,后人就将这话归他所言,并以此为'色'辩护。说实在,儒学的不知'心'不知'性',和古希伯来人的教会文化是异曲同工的……人性相近,即使是异见也相差无远,战国时期的杨朱就与伊壁鸠鲁同一观念,主张'活着的乐趣就是行乐',认为'死后好声名何以润泽枯槁的尸骨?'只有我们这一代,知理不知行,悟迟了,所以,不是扼杀,就是放纵……"②

郝忻越说越兴奋,口无遮拦,突然将视线转向大卫,若有所思地收敛道:"感官愉悦虽是感性的本质,但人不同于动物,人有'社会'、'伦理'、'文化'和'理想',因此需要道德、责任、良知和品位等形而上的约制。"没想到,这句话得到叶茜卡的赞赏,立即竖起右拇指,但又转口道:"实际上,人类比动物更龌龊可憎,社会的一切问题均是'纵情'、'无节制'和'明知故犯'的结果。"

弗马克担心夫人越谈越偏激,何况还有要事呢,不如回到原本想了解的问题上,便用眼神打量一下大卫和郝忻,最后望着郝忻的眼睛问:"你认为嫖妓和情人关系,有

---

① 西西弗斯,古希腊传说中的科林斯王,荷马史诗说他为人狡诈,死后受到无法解脱的惩罚。
② 《列子·杨朱》篇。杨朱——战国时期享乐主义思想的倡导者。

第四篇
怨
——无奈也是哲学，懂不懂都得接受

何不同？"

郝忻听了深感蹊跷，没有回视却耸耸肩膀、慢吞吞地含笑道："大部分的情人与妓女，没有什么差别。"

叶茜卡马上驳他偏执偏见。

大卫随之附和道："现今的女人已不再软弱无能，尤其是知性女人。"

"都是男人逼出来的！"叶茜卡举起半杯红酒，对着他们微笑。

弗马克立即哈哈地笑起来，"是呀，'至善已绝迹于世，至恶却到处横行'。"①

叶茜卡放下酒杯接着说："女人对付男人的最好办法就是跟着他坏起来。"此话新奇独特，有点酸溜溜的味儿，郝忻心里反复重复这句话，又怀疑她是讲给自己听的，立即有种负罪感，不由得叉起十手指、左右相互使劲地抵压对方，以泄内心的慌乱。

大卫听了弗马克的"善绝恶兴论"便默默地想起了空气，空气看不见摸不着却包容了时空所有的美丑、真假和善恶。人类却不同，太麻烦太复杂。他之凡事容易联想到空气与他长期接触的"汽女人"有关，觉得无心之"汽女人"比真女人可爱，没有心计，不会和他争吵，他也无须负责任，更没有后顾之忧，还能使他获得新感觉、新发现。

短暂的静默方令叶茜卡想起丈夫到此的意图，连忙转头对他笑道："抱歉，我说过头了，回到你们的正经事上吧。"

弗马克微笑地挪了挪身子，喝完桌前的半杯红酒才言归正传，表示："阿澈勋爵的丑闻显示人爱说谎的本性，最大的麻烦是他忽略了谎言对其政党声誉的影响，所以，希望参选者具有诚信的品质。"

这话引起了郝忻的兴趣，"爱说谎的人，其实是在碰运气，不过——"他停顿下继续道，"当全世界均处于谎言的氛围里，不说谎的人，就会被人视为傻子或无知。"

"别说得那么玄。实话实说，无神论里成长的人最善于说谎，因为他们心中没有

---

① 此句出于格雷安·葛林，1904年出生的美国作家。

'敬畏'和'底线'。"大卫说到此,瞄了下郝忻,补充道,"你对华人比我熟悉,能者多劳吧。"

叶茜卡十分赞赏大卫的坦诚和直率,提示丈夫有事多找他商量。大卫却直截了当道:"关于华人参政人选和选票人数等事,还得多请教郝忻。"郝忻苦笑道:"我有什么用呢,我巴不得和那些人保持一定的距离。"

弗马克惊奇又纳闷,觉得这次约见又是白费功夫了,但转念一想,帮助华人融入社会也需要个过程,只怪自己了解不足却主动挺身相助,事到如今不知如何是好,只好又谈了些皇室内部的绯闻。

叶茜卡本想将近日看到的报载的妇女儿童问题一并提出来,听听华人的意见,但见丈夫不时地看手表,也不想多说了。此时是傍晚五点十分,弗马克后悔刚才没有抓紧时间了解情况,只好先站起来,强调选举中"诚实"、"不说谎"的重要性。

郝忻听了不时点头,不但在心里琢磨良久,还用心地将"它们"打包起来,准备带回去慢慢品尝、慢慢领会。

窗外的阳光像上午般明亮,宛若一只硕大无比的透明伞,笼罩着大地,魔化了时序。

弗马克夫妇离开后,郝忻转头一看,正好与大卫的四目相对。

大卫连忙进厨房冲了两杯cappuccino,说些即将远行的城市名称,以及眼下各国出版业面临困境的事。

"全是科技的副作用,相对而言西方人还是较爱读书的。"郝忻说完将眼前装有草莓夹心饼干的荷兰Delft制作的蓝白圆碟推向大卫,大卫伸手取过另一碟里的一块杏仁糕,递进口里,随后右腿叠在左腿上,不时地晃动,不一会儿,郝忻开始讲述自己自那次昏厥后,灵界之魔就看上他,使他整天思想"有限"、"存活"、"价值"、"意义"等虚幻缥缈的真谛,有时身如云彩般的轻松,思路沉浸在已故的杨敬书老师的思索里,有时又经不起黑猪的诱惑,被欲望和感觉所纠缠,常常在想入非非里浪费时间……

大卫半仰着头,洗耳恭听,突然转身看看他,不知是好奇、怜悯还是敬仰,不由

第四篇
怨
——无奈也是哲学，懂不懂都得接受

得拿起电视遥控器敲打起自己的右腿侧，须臾正了正身子，慢条斯理道："我当是什么了不起的大事……"

郝忻补充道："出国后以为没事了，竟然又发现魔鬼和天使整天在灵魂里交战，不得安宁……"

"想婚外情？"大卫随便猜测道。

郝忻确认大卫不知道自己近年发生的私事，沮丧地从头细说：病后和彼得医生的交谈、与苕苕刻骨铭心的云雨感受，以及永远失去妻子信任引发的懊恼……"我知道你会说：'大不了离婚？'问题是有人不想离婚——没有什么大道理，很简单，两人相依为命数十年，仅为这事分手……不值得……离了也没有真快乐……"郝忻目光始终没有离开大卫的脸，希望得到些安慰。

大卫初次听到这些消息，虽惊奇但不作表态，只是摇摇头表示："我无法帮助你。"

"不需要你帮什么忙，只想和你聊聊，病愈后觉得自己变了，变得爱思想'时间'与'生死'问题，又不知所措，有些紧张、害怕与迷茫。"

"很正常，因为你没有信仰。"大卫道。

"信仰？"郝忻重复他的话，眼珠儿往上一翻，右手搔着脑袋，像嚼胶果糖似的咀嚼和琢磨这两字，很快又将它置于脑后。大卫接着说："你因'有限'与'生死'就想到享乐？说白了'性'和'爱'像白天和夜晚的关系，其性质、功用、表现形式和方法虽然不同，却无法分离，彼此均离不开一项规律：男女双方一方面矛盾争斗，另一方面又觉得没有对方活得乏味。"为了表达自己的中庸之道，大卫引用了格林博士的话，"互爱双方满足了生理的需要，但双方并不把它视为深深爱意的表现。"最终表示，"'性爱'是与灵魂形式不同的肉体载体的面貌。"①

"你是基督徒还说这话？"郝忻扑哧地笑起来，表示费解。

"基督徒不是神。"为了不做无神论者的绊脚石，大卫真诚地说，"基督徒和无神

---

① 阿瑟·E. 格林博士引自《现代人对犹太性行为的态度》，见《犹太文献第二编》（1976）

论者最大的不同是基督徒敢于正视自己的败坏,并恳求神帮助自己清除败坏。"

郝忻觉得神学不像数字那么简洁,难有绝对的答案,于是继续叙述那次晕倒,若耽误了时间晚进医院,自己早已成一抔尘土,"关键是本身毫无知觉,说走就走……人生,原来很简单、很化学……"一旦触及"死"字,郝忻内心就紧张恐惧,神经也绷得紧紧的,尤其"灵魂"问题,至今没有完美肯定的答案。

大卫突然站起来,走到他身边拍下他的肩膀,幽默道:"没事!劝她宽容点。要不你就下跪说:'奴才该死!奴才不敢了!'"看到郝忻笑起来又补充道,"从对学识感兴趣转到对美女有好感,也为一悟也。"

听混血儿说"奴才该死",郝忻瞥了他一眼,终于笑出声来,深感民族性是个大问题,不是一下子就可以弄清楚的,随之补充道:"没想到你这次外出这么长时间,我还想谈谈'下海'的体验呢,其间,她也有了婚外情……"说完身子如从泥潭中挣扎上了岸。

"很简单,你认为怎么好,就选择怎么过。"大卫站了起来。窗外,一点云朵也没有,亮光光的,记得数月前他还听说熟人喜欢在背后猜测或议他的独身问题,心想:"要不是弗马克的意愿,自己还不想多接近华人。"此时,他将郝忻的懊恼和神情连在一起思考,觉得还是与身份有关,"很简单的事,在他那里就显得特复杂特麻烦。"

郝忻不知他在"身份"问题上做文章,继续遗憾道:"自回欧后,不知怎的再次涌现书写'传世之作'的冲动,可又时常担心上司来邮催促。"大卫立即插言道:"那就写吧,别瞻前顾后!"郝忻没想到他说得这么直白,趁此机会不好意思说:"所以,最好别让弗马克再来找我,说实在我和这里的华人没什么交往,他们口袋满了就喜欢名位,或拉帮结派、钩心斗角——我越来越有时间的紧迫感,真抱歉。"大卫觉得不奇怪啊,世界在变,人岂能不变。自己对政治从不感兴趣到感兴趣,郝忻则从感兴趣到没兴趣……因而,只能对即将离去的郝忻由衷道:"像弗马克夫妇这样有爱心的洋人,实在难得,你可以不参政但千万别在他们面前说刚才的话,何况华人也不是全都一无是处。"

第四篇
怨
—— 无奈也是哲学，懂不懂都得接受

郝忻立即点头表示理解和肯定，当起身准备告辞时，突然被大卫叫住，"哎呀，我有一个话题忘了请教。前天苏西问我：'小猫和小狗有没有尊严？'我还没有回答呢。"

"当然没有！"郝忻回头笑道，但很快遭到大卫的反对，"你又不是小猫小狗，怎知道它们有没有尊严？"郝忻说"尊严"属于意识形态范畴，动物没有意识形态，谈不上"尊严"。

大卫驳道："动物也有喜怒哀乐，才会摇尾巴或咬人，是人不了解、不懂得动物的意识吧？"

郝忻对此话颇感兴趣，往沙发上一坐，将刚才纷杂的心事塞到心的角落，突然反问："动物有灵魂吗？灵魂有没有形式和重量？"

大卫觉得这是个有趣的问题，"你的看法呢？"

郝忻侧过脸说灵魂是灵性的东西，没有形式和重量，却是言行神经系统的长官。

大卫说人的素质、本性、教养和信仰就是"灵魂"的体现。

这时郝忻竟然强调说："人确实有灵魂，灵魂形如云彩，难以估量。"大卫不停地摇着头，"有存在就有反存在，正如'故犯'源于本性，但又与'教育'相克，即'欲望'与'控制'互为牵制，看来无神论就是反存在之存在。"郝忻说自己从前将灵魂与思维混为一谈，现在的困扰是"人到底有没有灵魂？灵魂又是个怎么样"？

大卫顺着他的议题道："科学无法证明的东西不等于不存在。"这时，郝忻觉得越说越离题，顺手将身旁的四方小沙发垫往腰部一塞，"与其说些没有答案的问题，不如不说。"大卫瞥了他一眼道："但我认同你曾说过的人脑有限，空间和时间问题都解决不了，何况灵界？"

郝忻露出无奈的神情，看看表不想继续谈了，这时，门铃响了，只见一位古铜色皮肤、大眼睛、厚嘴唇，身材健壮的非裔中年女士走了进来，见到郝忻，温和有礼道："晚安！"

大卫对郝忻说："钟点工来了。下次见。"

郝忻立即起身告辞，不料苏西随即进门。昨天见她羞涩的神韵，以及那清新可爱、充满生机魅力的笑颜简直像那洋溢香味的虾酱汤,充满诱惑,令人神往,以致在回家路上回忆拜访的体会时,总是将苏西的印象摆在第一位。现在看到亭亭玉立的苏西像春天含苞欲放的花朵美丽而动人,竟然望着她忘了迈步,直到睡房里发出"嗡哧嗡哧"的吸尘器声音,才突然"呀"了声转身而去,并暗中自语:"仅仅是意淫,意淫!"之后边走边觉得大卫难以理解活在旁人评审和话语中的苦衷:"哪怕是意淫,若被人知晓也会被挂上'畜生'的牌子,还是少看、少说、少听。"然而突然又反问自己,"不知别人是否也会有意淫的念头?"

四十三　女人的纠结

弗马克夫妇离开大卫家不久,叶茜卡就对丈夫说参政可不是一件小事,"不了解就少管事,'对一个泛泛的新知、滥施交情。'会自找麻烦。"①

叶茜卡有此想法,事缘自己的住宅和舒棋的好友汉斯的住所只隔一条街,聊天是汉斯晚年的乐趣,舒棋是汉斯家的常客,逢好天气汉斯便带舒棋到叶茜卡的大花园晒太阳,喝咖啡,间或也会小议各民族的特性及趣闻,舒棋听后就笑笑,没有表态。有时在路旁遇到叶茜卡也会交谈几句,无意中增添了叶茜卡对华人的了解。如有天叶茜卡听到小偷爱窃华人住所的新闻时,竟然好奇问舒棋,华人怎么将钱存放在家里?舒棋说老华人才如此,过去穷怕了,现在有钱也舍不得花。

事后叶茜卡还从舒棋那里知道了华人爱面子、好名位等习性。

---

① "对一个泛泛的新知、滥施交情。"出自莎士比亚《哈姆雷特》。

第四篇
怨
——无奈也是哲学,懂不懂都得接受

这天叶茜卡和丈夫晚餐后再次谈到外侨话题,弗马克认为他们的身体移居了,原民族的性格、习惯、传统还是没什么改变的。叶茜卡立即将近期茶余饭后听到的一些见解滑滑道来:"确实不一样,白人富翁喜欢享受外也乐于从事慈善工作,华人存钱除了防老,更重要的是想给后代留财产,儿子外还有孙子、曾孙……"弗马克听了笑道:"我们不同啰!女儿大学毕业后我就卖掉房子租房住,然后周游世界,做自己喜欢做的事。"

叶茜卡曾在税务所工作多年,近年因子女已成人,丈夫工作忙而且身体日渐脆弱,为照顾丈夫自愿提早退休,帮丈夫处理些杂务。

叶茜卡退休后,衣着依然端庄有韵,也不乏正常的社交活动。此时,她瞥了丈夫一眼补充道:"好啊,用不完的钱一人一半,你捐给野生动物保护协会,我捐于妇女儿童协会。"

"我说不定捐给参选呢!你不是强调加强各民族间的了解吗,什么叫了解?世上没有完美无缺的人,自然也没有完美无缺的民族。"弗马克不喜欢夫人提示他如何花费,便转个话题,叫她专注度假的事。

时值盛夏,年轻人四海闯荡,岁数大点的喜欢学生开学后外出。叶茜卡说早已心中有数,随后邀丈夫坐到花园白桌旁喝喝咖啡,晒晒太阳,看看报纸,吃些甜品,然后建议下周到海滩选个好位置,躺在那里闭上眼睛享受日光浴,或坐在沙滩上静静地观看大海的变幻——那色、那光、那浪花、那涛声、那海鸟、那男女老少在湿润海沙上行走的身姿和步态,以及跟随主人身后摇头摆尾或漫步溜达的爱犬——均是叶茜卡和弗马克的爱好。

周日,弗马克夫妇上午到教堂做完弥撒回家后,将近四点时,叶茜卡泡了壶咖啡,坐在花园靠椅上看妇女杂志。阳光斜斜地照着她——绾在脑后的金黄色长发虽蓬松但高雅有形,她神情自信又自负,高直微翘的鼻梁、合闭的性感嘴唇,印有三色堇小花棉质上衣,浅褐色的管裤下露出一双保养有方、皮肤嫩滑的小腿——当两人正聚精会神看报的时候,突然起风了,叶茜卡连忙回屋取了条米色的宽条腈纶长巾,往微耸的双肩一披,坐回原位,从其优雅的神情和姿韵中,可以想象她年轻时的风采和魅力,坐在她对面的丈夫瞄了她一眼,继续看他的报纸。

四周静寂,两只蜜蜂围着吊墙竹兰花飞翔,篱笆旁的花朵早已枝叶败落,或隐在泥土下储存生机,或等候明春被修剪,以便来年继续抖擞争艳。弗马克因专心致志阅报,神态安详、目光肃穆,没有发觉有只硕大的苍蝇搭在他肩背上东张西望,叶茜卡从旁举起手巾往他肩背一拍,吓得弗马克松了手,报纸溜到地上,他眼光怔怔地望着她。

"大苍蝇!"叶茜卡瞧瞧他,笑了笑。突然,她被地上报纸的大标题吸引住,拿起一看,原来是欧共体某国B市T区破获了一桩特大案件:一中年男人诱惑一少女到家强奸。少女聪明伶俐,急中生智,不但没有反抗,反而运用"性技巧"满足对方的兽欲后,表示回家带妹妹来共享两女一男的"性游戏",男子信以为真,乐不可支地约好再会的时间。少女离开兽穴后立即报警,警方在调查事主住所时,对其住处进行多方侦查,终于在地窖里挖出从九岁到二十岁的十四具女尸。她们均是经强奸后遭杀害的少女。

这已不是一件新鲜的事情了。叶茜卡看完报道后,气愤地将报纸往桌上一丢,心烦意乱地折回屋里,须臾,返回花园桌旁拿起报纸,往室内电话座机旁的茶几上一放,接着给几个女友打电话,原来她们昨天已从电视新闻报道里得知了。叶茜卡因震惊愤慨而六神无主,呆呆往沙发上一坐。

回想自己年轻时,在工作岗位上也时常受到"性"骚扰,不由感到愤怒而不安。那时,碍于面子不想声张,尽量摆脱就是了。如今年华渐老,不再有性别因素的困扰,可是自己解脱了,年轻女性依然无法冲出困境。记得半年前在报上看到一份《妇女组织》的调查报告:全世界女白领上班族,有百分之七十五的人受到"性骚扰",大部分人沉默不语,除了怕报复(尤其是上司),还担忧证据难凭。一旦指出,对方不承认,夫复奈何?不由想道:"女人,女人!你可爱又可怜!夏娃之后,可爱和可怜从来没有分离过,总是共存共逝!"

第四篇
怨
——无奈也是哲学，懂不懂都得接受

好几次，叶茜卡看到类似新闻就想与女性们同心合力地呼吁和呐喊，尤其同辈人，无论时间、精力和其他条件，均比过去成熟得多，有条件组织"国际妇女会"共商对策，可常常又被丈夫打岔了，"等退休后再说吧。"一拖数年过去了，加之公益事业并非想象中那么简单，因不同教育、不同阶层女性意识的差异，常常出现雷声大雨点小的现象，甚至有人自娱"男人将事业视为目标，女人把情当作生活"、"男人的缺点是女人造成的"、"女人是借着男人成功的"……诸多话语像旗子般在叶茜卡意识里越竖越多，这让原本的意向悄悄地消弱了。但眼前这则男人强奸幼女埋尸灭迹的特大新闻，再次深深触动她的心灵，以至愤慨难平，内心像被什么揪住似的难过疼痛，脑海里一面跳动着"男人"、"女人"的字眼，她叩问自己："女性自己不管，谁管？"

叶茜卡越想越激动，终于按捺不住了，走出客厅，站在丈夫身旁道："亲爱的，我退休了，这下应该为女性们站出来说话了吧？"弗马克抬起头看看她，默默地点着头，"这是世界性的问题，别忘记团结外侨女性。"过会儿补充道，"母亲为这些事，发了一辈子的牢骚却无济于事，你可听听她的意见呀。"

"难得你支持。好，我尽快拜访她。"叶茜卡回到客厅就打电话和婆婆约见。

放下电话后，又想起近年一连串禽兽不如、良知泯灭的丑闻：男士集团拐骗东欧和亚非裔妇幼到欧陆行娼，还有父亲强奸女儿、兄妹乱伦等现象。至于女人，也日渐异化，母亲勒死亲生儿女后自尽的案件有增无减，想到此，叶茜卡突然抬手拉掉披肩，在客厅来回踱步，决意不再坐视不管，着手创办民间的"国际妇女会"。

有了新意向，心境渐渐恢复了平静。

这时女儿琳达回来了，分别与父母亲拥抱吻颊后，取出奥地利红酒和瑞士朱古力糖往桌上一放，问候几句便说"还有事"，挥手而去。

叶茜卡瞥下墙上的挂钟，哦，快五点了，她定了定神，这才想起晚上得参加好友的生日会，连忙提醒丈夫，"预备出门吧。"自己收拾好花园桌上的茶具后开始化妆。

有趣的是，此时的叶茜卡坐在梳妆台前时竟然比往日更加留意镜内的面容，觉得自己的脸皮和下巴越来越松懈，不由感叹女人青春多困扰，色退时就遭弃了。自己有幸找到好丈夫，不由得离开房间走出去对着丈夫，指着自己眼角和下巴，感慨万千道："我想修整修整如何？"

"没关系，我不嫌弃呀！"弗马克笑道。

丈夫的表态令她深感安慰，到底是青梅竹马，情深意笃啊，但转念一想，"女人对化妆、香水、体形和年龄的敏感还不是男人造成的？女性的青春为子女家庭而奉献（倘若事业家庭两相顾，承受的艰辛更加可想而知），男性则在女性的牺牲里贮备经验和力量，若以数学代号看，他们趁工作积累资本步步高升，女性则朝燃烧消耗自己的方向走。"她越想越觉得"男女情相对而言，女性在利己的同时，也在乎情和爱，男性多满足于'性'乐。为预防男性的嫌弃，无奈的女性不得不讨好男人，尤其面对功成名就的丈夫时，更为敏感"。

"不也有名利双收的女性在玩弄异性吗？"叶茜卡突然想到莉安娜·咸士利的身世，但很快为她辩护道，"或许出于报复心态……"

"不，哈利刚去世，莉安娜·咸士利即受到各式男人的追求，他们只是为了利益而非爱。"叶茜卡虽然替莉安娜说话，内心却也在责怪莉安娜·咸士利耐不住寂寞。①

为了求证自己的观点，她让丈夫站在身旁，低声道："谁都知道你哥嫂夫妻恩爱有加，最感人的是，当聪明能干的美人嫂子去世时，哥哥哭得悲悲切切，扬言不再婚娶，可嫂子去世不到三个月，他即有了新欢。古今中外，有无数为丈夫守寡终身的女性，却很少有男性为夫人如此？你说这是怎么回事？"

弗马克立即答道："男人比女人更害怕孤独寂寞，除非他是圣人——当然，还因为他生理需要。依我看，当时的痛哭出于真情，后来改变想法，是出于真实。"

丈夫的坦诚让叶茜卡无言以对。心想，千百年来的"情爱说"被他两句话摆平了——没有踩低女人，也没有抬高自己，恰如酒与水的关系，更像一张五线谱，标有

---

① 莉安娜·咸士利（Leona Helmsley）出生在美国贫穷家庭，两次离婚，1972 年与亿万富翁哈利结婚，1997 年哈利去世留下 17 亿遗产。这个被《时代周刊》标为"与财富共舞"的女人富有后，一面践踏压榨下属，一面因逃税入狱四年。尽管如此，追求者络绎不绝。

第四篇
怨
——无奈也是哲学,懂不懂都得接受

二分、四分、八分音符,却少不了四分延长符和休止符,虽歌词不同、效果不一样,但其声乐能让全世界的人所接受。想到此,叶茜卡不由回到原先的话题,充满沮丧地说:"谢谢你不嫌弃,可我自己看了也不舒服。"说完两手捏起下颌略为松懈的皮肤,用手指慢慢地揉搓揉搓……

弗马克见之暗忖,"分明是毫无意义的事,却是她的慌恐,她的焦虑。"

叶茜卡转头望了下丈夫,觉得"皱纹"和"松懈"意味着"流逝"和"消失",但她没有说出口,承认"修整"不过是掩饰,掩饰是为了自我感觉,自我感觉是为了公众的需要——按此思路,心里竟然升起了一阵淡淡的哀伤。

"怎么样?同意吗?"她突然仰起头说。

"你自己做主吧。"丈夫柔情蜜意的语气反让她犹豫起来。那是几年前难忘的纹眉之痛,因打麻醉药时眼皮跳动不止,事后眼袋毛细血管充血呈紫黑现象,数月才恢复正常。为了亲友的婚事而美容,没想到,弄巧成拙。不一会儿,她还是侧过身对丈夫说:"我决定修整!"随后起身走到客厅角落的杂志堆前,抽出一份保存已久的广告,补充道,"这次不同,是高科技技术和产品。"

"祝你成功!"弗马克心里不太赞成,但理解夫人的心思,更重要的是,只要夫人高兴,花点钱也值得。

只有叶茜卡知道,这项临时的决定是与那则特大案件有关系,觉得能抓住男人心的女性越多、"性侵犯"的事就会越少。于是化好妆,换了衣服,看看还有点时间,便到书房浏览,一会儿打开电脑找资料,一会儿站在窗前,没有目的地瞰望,这世界是多么丰富多彩!星辰日月、山川河海、花草树木和各式各样的动物,哺乳类、双栖类,两脚、四脚,有尾的无尾的,有毛的无毛的,会飞、会游、会爬、会跳、会钻洞的——唯独人,男女老少,除了具有动物特性外,还会思考和辨别是非——可是,为什么做出连禽兽都不如的事情呢?

一想起那些无辜受害的少女,她的心情愈发沉重。

看到弗马克在打电话,她费解地转身而去,在走廊的镀金木框大镜前驻足,看着镜面中的自己,时而贴近镜面,时而退而远观,看啊看,不一会儿,好像在看别人似的,那姿态、脸孔、表情、发型,以及内部隐藏着机智和会表演的、能使肉体在溜滚爬行中显出能善、能恶、能丑的灵魂……"可惜这一切,也有时限啊。"就在她欣赏镜像,产生感悟的同时,叶茜卡看到用心化了妆的面孔,依然明显可见鱼尾纹、额头细横纹,以及那些许松懈的双腮,不由想起劳伦斯说"性与美是分不开的"这句话,进而联想报载那宗拐骗、强奸、乱伦、谋杀的对象,均是如花似玉的少女。①

叶茜卡暗忖,"我曾有美丽灿烂的时候,不过十几二十年光阴,细润光滑、艳丽耀人之美均被时间吞噬了,说是新陈代谢啊,但,为什么光阴多是女性焦虑的源头?对男性却不存在威胁?皱纹和松懈与感情和生理优势有什么关系呢?男人也有满脸皱纹、肌肉松懈的时候。真的是'优势决定他们成为主宰'吗?"②

"是特大新闻消息引发我突然发觉自己不美了吗?"她问自己。

没有人回答她。

还好叶茜卡不再追思,觉得自己十分幸运,丈夫事业有成、夫妇和睦、生活幸福,从不抱怨或发牢骚,就像此时一样,丈夫打完电话她就挽着丈夫的胳膊去赴约,步履悠然,神态从容,仪表高贵。

生日会主人是叶茜卡的好朋友,46岁的纾珊,刚离婚半年。

当叶茜卡夫妇走进客厅时却大感意外——往年的生日会至少三十多人,今年除另外两位纾珊新认识的独身女友外,就是叶茜卡夫妇了。纾珊意识到叶茜卡的惊奇,自我解释道:"更年期了,对生日、朋友和交际不再感兴趣,此后只想和心灵接近的人交往。"

叶茜卡夫妇被列入心灵接近的人,自是高兴,又为其离婚和更年期而唏嘘,为避免谈论这些话题而影响生日情绪,叶茜卡一面献上鲜花一面高唱"祝你生日快乐",

---

① 此话出自英国诗人戴维·赫伯特·劳伦斯的《性与可爱》。
② 克洛德·列维·斯特劳斯(1908~2009)法国人类学专家,被称为结构功能主义之父。他认为两性不均等是社会的特征,尤其"男性的生理优势决定他们成为主宰"。

第四篇
怨
——无奈也是哲学,懂不懂都得接受

坐在沙发上的两位独身女性立即起身拍掌合唱。纾珊热情道:"请坐!"叶茜卡夫妇随即坐往另一张沙发上。

小桌上摆有香肠、干奶酪、粟米片、青瓜夹火腿等,还有咖啡、红酒、啤酒、果汁等饮料,他们彼此谈天说地,直到吃完蛋糕后,纾珊才谈及决定放弃争夺孩子抚养权的事情。

此话引起叶茜卡的兴趣,正好可继续讨论下午思考的女性问题。遗憾的是那两位新友可能有意转换话题,竟然扯到近日新买的迷你狗如何的聪明可爱和讨人欢喜,纾珊更紧接着兴奋地说自己刚订购了一条英国名犬……

三个女人越说越远,兴致勃勃地谈论着"狗经",弗马克觉得一时难以收拾,即借口明早必须早起而告别。

回家的路上,弗马克对妻子说:"别见怪,下次不能陪你了。"叶茜卡沉默了一会儿才自言自语道:"友交皆虚妄,恩爱痴人逐。"①

心里却在琢磨纾珊这一年变化多大啊,"离婚、卖房、迁居,从一家四口人如今回到原本的一个人状况,朝夕相处的男人和孩子,说分离就分离,再说,46岁以后的日子怎样?纾珊曾经告诉我一人无法生活,需要被爱和有个值得她爱的人,但偌大的世界却是那么不容易寻找,即使有天得到了,也随时可能失去。"想到此,叶茜卡自然理解刚才两位单身女人对狗那么有兴趣的原因。因为这些新感触,她对丈夫说:"还是你母亲有远见。"

两天后,叶茜卡如约探访了婆婆。

弗马克母亲已是耄耋之年,身材不高、偏胖,身体有不少毛病,服食西药片二十多年了。奇怪的是,耳朵和眼力虽然不太灵,脑子却很清醒,不像丈夫退休几年就得了痴呆症。

弗马克父亲是哲学系教授,得知自己的病情后不想累及社会和家人,悄悄存积了

---

① "友交皆虚妄,恩爱痴人逐。"出于莎士比亚《皆大欢喜》。

安眠药，选择"天堂再见"的意愿。

父亲离世后，母亲仍在医院当护士，直到七十岁才退休。因不愿进养老院，重拾旧趣，到跳蚤市场买零布头、毛线、棉絮等，自制各种家禽玩具，完成二三十只后就送往慈善机构，让他们转送给非洲贫困儿童。

这天午后，天色不是太好，她在茶几上摆了两块零布头，视料裁剪小狗、小鸭、小鸡、小猫等，见儿子媳妇到来才将它们推至一旁。

三人围坐在茶几旁闲聊，不到半小时，叶茜卡就涉及早已预备的话题了，母亲听到媳妇谈论到妇女话题，不由暗忖，"年轻时原想再入校进修，日后当妇科医生，不料婚后一连生了三个孩子，此后数十年如一日地日夜忙碌，终于将三个子女抚养成人，直到最小的儿子上了大学后，才重新回到工作岗位，如今，丈夫走了，子女大了，剩下的就是孤独和回忆——当然，男人也可以这么说，但至少他们做了自己想做或追求的事。"

"叶茜卡，"老人将自己一生的经历筛选了一遍后才出声，"难道你有什么妙计？这个问题存在数千年了，你想让两性对立吗？"说完在一张白纸上写下"〈男人 →←女人〉"的字符，接着继续道，"对立有什么好处？你说是社会意识问题，为什么不承认生理事实？你说是男权的霸道，离开男人就有真自由和幸福吗？两方相持，总得有一方谦让才能获得平安。我和你父亲不是活得好好的？何必想要超越他们，或一定要比男性优秀？其实妇女们能证实自己的能力和价值就行了。'妇女会'能解决问题吗？关键是妇女本身的素质，如自强不息、自尊自爱等。若不想要孩子，就得事先对男人说清楚。

"此外，不是所有的男人均是强者。权威才是驾驭人的关键，而经济是决定权威的关键……"母亲不知是否压抑过久，触碰到这个问题就不能自禁，只想表达和发泄，突然，她拿起剪刀，取一块桌上的小布头随意地剪着、剪着，然后侧过脸对媳妇补充道，"你有什么新妙计，想走一条怎样的路？说实在的，性别比率也许差不多，但他们精神与物质的活力和能量，早已被阉割了，《圣经》不是说'男人是头，女人要顺服男人'吗?照此说法,个性和才气当然随着顺服被挤压、被封锁。妇女的命运不是被历史文化所遗忘,就是被扭曲或异化了,看看古今中外有几个女英雄、女总统、女圣人?

"我年轻时喜欢读艺术系,但你外婆让我选择护理工作,很简单,好找工作呀,总之,认命吧,能不被撕碎和欺凌,就算不错了。"

婆婆一席话,叶茜卡全然明了,恰巧弗马克趁母亲不在意时对夫人努努嘴,暗示别再多说了。叶茜卡点点头,为不刺激老人,渐渐将话题转到度假方面,问她有何计划和打算,母亲说已与女友约好,准备初秋到小镇的度假屋小住两星期,一会儿又接着说:"这仅仅是欧洲人的生活,前天和钟点工人谈及度假时,她竟然说:'看到露天咖啡馆的景象真是费解,一坐就是几小时或一天,好像在等死——倘若比赛懒惰,欧洲人第一名。'"

"不奇怪,她是移民呀,亚洲人更爱钱!"弗马克话音刚落,叶茜卡就反驳道:"不见得,亚裔在欧洲住久了,一样喜欢度假啊!"她指的是舒棋,但没有明说。

不知不觉中个把小时过去了,眼见就餐时间快到,弗马克主动起身道别。回程的路上,弗克马问今晚的菜谱时,叶茜卡说已经备好爱尔兰牛柳、荷兰土豆和德国沙拉,加一道香菇汤就行了。须臾,叶茜卡要求丈夫在家附近停车,她想到超级市场买根葱。

超市不远,叶茜卡边走边想"生理优势"、"权威""、"经济"、"能量"、"活力"等字眼,原来母亲挺有思想和见解,平日小看她了。同时觉得"性"与"美"像"生命"和"意识"一样不可分割,可世人为何只强调肉体而漠视意识呢?怎么男人的意识在美人面前就显得麻木或低能,因女人更看重对方的财权和地位?可见,男人的障碍是内在的,而女人则是外在的……

"哈啰!"叶茜卡突然看到舒棋迎面而来。原本她只知道汉斯是贝德力克的莫逆之交,自贝德力克再婚后,两家走得更近。

"嗨!"叶茜卡向舒棋挥挥手。

汉斯住在离这家超市不远的地方。不久前两人在超市偶遇时,舒棋曾询问叶茜卡有否简易的《女权主义》书借给她看看,叶茜卡当下答应并让舒棋隔天到她家取。

"对!找舒棋聊聊,听听亚裔女性的想法。"叶茜卡对自己说。

舒棋刚从汉斯家出来,站在她面前不好意思道:"差点忘记,该还书了。"

"不急,不急!有收获吗?"叶茜卡客气道。舒棋说:"当然有,我觉得'女权主义'与'男女平等'没有什么太大的区别。"叶茜卡微笑说截然不同啊,随即又问她对近日B市特大新闻有何看法和想法,舒棋睁大眼睛摇摇头说:"特大新闻?哦,真不知道呀,我的车快五年了,最近忙着到车行看新车呀。"

"了解这桩事比看书还有启发呢。"叶茜卡温和道。舒棋不好意思地低下头解释说:"我连女儿都管不来,知道了又怎样。"叶茜卡顺水推舟问:"贝德力克不是对她很好吗?"舒棋点点头道:"与他无关,雪莉脾气不好。"叶茜卡说叛逆期的孩子母亲应该更加关心和耐心,又觉得舒棋既然爱看关于女性方面的书,多少有点想法,但现在没有时间多说,只好长话短说:"你有空愿意不愿意为'妇女会'做些事。"

"贝德力克腰疾复发进了疗养院,暂且没时间,再说吧。"为摆脱尴尬,她看了看表。

叶茜卡连忙伸手道别,敏感道:"好,改天抽空拜访。"

舒棋除了道谢外,表示还想借看有关女性方面的书籍。

四十四
"画梦"的女孩

上午,叶茜卡抽空将书架上的《欧洲淑女》送到汉斯家,让他转交给舒棋。汉斯表示近来颇忙只能将书寄之。舒棋收到后,翻了翻就将它放在一边。她从来没有看完过一本书,只在碰到或想起一些问题时,才拿起书来找找适合自己的内容,看一节跳

第四篇
怨
——无奈也是哲学,懂不懂都得接受

一段地寻找有没有和自己想法一样的句子。但近来因常找不到汉斯,无心看书外还深感郁闷,贝德力克的社会福利金只够她维持最低的生活水平,难以应付喝酒、买烟和麻雀台上的费用(平日是从汉斯或贝德力克弟弟斯蒂芬那里弄到的)。

斯蒂芬爱度假,汉斯唯一的爱好就是到卡西诺(赌场)碰碰运气。用他的话说,"有赢有输,玩玩而已",虽出手不大,但近来输多赢少,为了赢回输掉的钱愈发想上台,不料越博越输,自然让舒棋靠边站了。

舒棋为了转移他的注意力,以"吃"为饵,今儿在电话里留言,约他晚上到家吃中国特色餐。难得汉斯回答:"好的。"然而,傍晚时饭菜凉了还不见人,打电话也不回,舒棋只好半躺在米黄色的沙发上,睁着眼睛无目的地望着墙角,直到出现门锁声才倏地起身。原来是雪莉,舒棋劈头就问为何这么晚回来,是否又逛街去了?雪莉摇摇头,低声说,"没有!"接着驳道,"不知道不要乱说!"

舒棋本因汉斯食言不开心,听了这话如火上浇油,立即站在她面前,双手叉着腰,训道:"乱说?我乱说?你不是喜欢逛街吗?下次再顶嘴小心捆你嘴巴!"

雪莉委屈地低下头,觉得自己很倒霉,一回家就受责备,满肚委屈却眼眶盈泪地承认,"是的,逛街啊!"说完两颗热泪沿着没有血色的清瘦脸颊徐徐而下。

雪莉近来确实越来越害怕放学,要么回家不见人影,要么母亲不是这就是那地责怪,久而久之,她觉得自己是个一无是处的人,是非观念也日益淡薄,放学后无所谓准时不准时回家。没想到,今晚母亲尚等待她一起吃晚餐,下午她刚刚受苏西邀请参加了她的生日会,还认识了几个新朋友,尤其约翰,还约她一起参加周末的主日学,因怕母亲反对阻挠,只好说去"逛街"了。

舒棋看到女儿脸上的两颗热泪在泛黄的皮肤上犹如两颗小水泡,心火随即慢慢下降,平日虽视她为孽种,却也是自己身上的一块肉,恻隐之心让她转身道:"我也是为你好,以后迟回家通知声。"舒棋边说边进厨房将餐具拿出来摆在饭桌上,但雪莉说没有胃口不想吃,话音刚落,电话响了,汉斯来电说有事不来了,未等舒棋说话就挂了线,这下又惹得舒棋心烦意乱,"叭"的一声将桌上的饭菜倒进垃圾筒,出门去找汉斯。

汉斯不在家，到赌场也找不到，舒棋从邻居那里得知，原来汉斯在午后喝了啤酒驾车前往银行，路上不小心冲倒一位斑马线上的老人，正接受警察调查。

"原来如此！"舒棋松了口气停止寻找，她不是汉斯的合法妻子，到警局只能自找没趣，只好赌气回家。

一路上，她脑海里都是闷心闷肺的、乱糟糟的思绪和花碌碌的景象——在她的世界里有太多的麻烦和恐慌，幼年丧母，婚姻屡次失败，到了欧洲后，命运刚开始有点好转又出现女儿的问题，弃之不忍，留着累手累脚，只好得过且过，尽力撑到她十八岁为止。

依附这种心态过日子，除了想方设法消磨时间外，也想让身心舒畅和快乐点，好在贝德力克很宽容。

自汉斯进入她的生活后，舒棋自觉日趋成熟和圆滑，从不过问汉斯的私事，只在乎能在冬日的咖啡馆内的烛光台前听他饮过酒后的倾诉，获得一些平日隐藏在他银行保险箱里的秘密，汉斯说："只要你能服侍我到底，一切归你。"舒棋总算意会了丈夫的"大度"，说什么汉斯孑然一身能帮就帮。自此，她心中有数，不但没让丈夫失望，还能面对汉斯吁吁的百般触摸和挑逗，当自己情火燃烧而得不到满足、无比懊恼气愤时，故意流露出汉斯喜欢听到的声音……当然，汉斯不会想到每当舒棋欲火消失后，多么希望他早点死去。

只是她近日感到过多将时间精力用在汉斯身上，对雪莉的照顾越来越疏忽了，无意间留给女儿更大的说谎空间，将"逛街"和"三餐"情况说得真真假假、难分难辨，令她似是而非、懊恼而无奈。

尤其这几天她不得不将注意力转到雪莉身上，因前不久女儿差点没了命，脸上生满暗疮，体温间断性地冷热无常，西医药到病除，药除病返。不知所措时求问了一念，那天一念外出，接电话的是郝忻，他听后即建议舒棋到"仁盈坊"询问下，是否有像薛宝钗用的"冷香丸"。

第四篇
怨
——无奈也是哲学，懂不懂都得接受

舒棋二话没说便前往"仁盈坊"，店主池"教授"说秘方难寻，"药料"和"可巧雨露"因受污染不合格，加上现代人浮躁，没人有耐心调配十年一剂的药物，池"教授"只好介绍了现货，说"散毒丸"与"冷香丸"不相上下，不妨试试。舒棋救女心切，当即买了几盒"散毒丸"。

谁知雪莉服食后毫无效果，反觉得腹部愈发难受，说有股热气时而在肚子里乱冲乱闯。池"教授"听了笑道："此药入肚后，先进攻，后扩散，再蒸发，自然有所反应，服用后副作用越厉害越见药效。"

在华人圈子内，池"教授"与"散毒丸"一样是名牌，舒棋信了他的话，让女儿坚持了一个疗程。

如今屈指一算，两个月过去了，不但没疗效，雪莉反而日益没胃口，舒棋只好让女儿中断服食，没想到这下更糟糕，除了对饭菜没兴趣外，神情也慢慢走了样，时常胡言乱语，说三道四。

舒棋一路上的闷气还没消完就到了家门口。

开了锁，推门迈进客厅时，躺在沙发上的雪莉见母亲向她走来，立即起身躲在饭桌下，食指指向厨房，全身战栗地对母亲说："快打死那只蟑螂！快，快！"

"家里没蟑螂呀！"舒棋吃惊道。

"妈妈，我好饿，我胖吗？它整天对我说'你太胖'、'你不行'。"雪莉双手捂着耳朵哀求着母亲。舒棋听了，全身骨架像散了似的难以抵挡，连忙又哄又骗地让她爬出来，搂在怀里劝道："那是梦啊，别理它！想吃什么？妈给你做。"

"哦？平日——你说——饿了自己到冰箱看看——"说完从她怀里挣扎起来，走到厨房打开冰箱，找出沙拉、面包、鱼酱、雪糕、朱古力、果汁等七八样食品，摆在桌上狼吞虎咽，随后睁着一双单眼皮的眼睛问站在身旁的母亲："你为何不吃？你吃得那么少就是为了减肥！"舒棋触了触她的一双脏手，不由恢复了厌恶的心态，叫她洗手去，须臾，望着她的面孔道："还是看西医吧。"

听到"医生"两字雪莉立即又跑到沙发坐下，两手掩脸哭泣，"不，不！不要管我，我没有病，我不看医生！"声音细弱，胸膛则急促地起伏着。突然，舒棋不耐烦道："我够倒霉了，别再哭了！"雪莉望着她不知说什么好，须臾，再次听到蟑螂的讥笑声，"哈哈，吃那么多冰箱里的东西，胖你的去吧！再胖点，还不够！还不够！"

雪莉无法招架"蟑螂"的嘲弄声，连忙起身跑到厕所，用手指头使劲地抠着喉咙想把食物吐出来，这样自我折磨了十来分钟，当污物四溅屋内臭气冲鼻的时候，舒棋气呼呼地把她推到沙发上，集"气"、"恨"、"无奈"于一身，一面埋怨一面清理污浊。

半小时后，舒棋左手提着塑料桶，右手叉着腰，准备对躺在沙发上的女儿说话时，约翰打电话来了，他想约雪莉参加周末的查经班（解释《圣经》里的句子）。

舒棋听到约翰的声音立即代女儿答道："谢谢了，约翰，她近来身体不好！"

"不，阿姨，我爸爸认识一位好医生，查经后爸爸和我带她去看看。"约翰在电话里强调，父亲答应他送雪莉回家。舒棋仍客气地谢绝了。

这时雪莉倏地从沙发上竖起身，生气地抢过电话筒，"找我的，谁叫你听？没礼貌！"当她听出是约翰的声音并知道用意后，即放下电话，趁母亲进厨房时溜出了门。

明天，就是约翰邀请雪莉的周日，想到母亲的拒绝十分扫兴。孤独再次笼罩着她，一个人，在街上游荡，这店看看，那街逛逛。

她恨母亲，不想待在家里，又不知往哪里去，"为什么要生我？世上没有我多好，邻居呈呈、约翰和班上的几个女生都有亲生父亲，一家人团聚，多幸福！我为什么这么倒霉？我讨厌父母和所有乱生孩子的爸妈……"每想到此雪莉就想张嘴，但没有倾诉的对象，也没有人愿意听她的话，她就愈发觉得自己是个坏人，所以没人喜欢她，"学校、邻居、妈妈、汉斯都说我是怪人！喜欢游戏机的人就是怪人？谁叫它那么刺激吸引？又不是只有我一个人如此？"想着想着，不由自主地默默朝着那熟悉的青少年聚集地走去。无奈，她已经没有零用钱了，只好照惯例走进超级市场看看有什么可取的。

政府和超市内的工作人员相信民众的公德，买水果、蔬菜均自称重量、自贴价签。

第四篇
怨
——无奈也是哲学,懂不懂都得接受

雪莉之前已好几次灵活秘密地成功偷取了牙刷、牙膏、化妆品等小东西,出门后拐到小杂货店换点零用钱,简单容易。

这回零用钱同样顺利到手,没想到走到青少年聚集地不到半小时就觉得浑身不舒服,耳旁不断出现蟑螂的议论,啰啰唆唆地说她"其实很在乎家"、"并不想放过自己",开头几分钟,雪莉又激动又高兴地承认蟑螂的判断,"是啊,也许太在乎,所以没胃口……"说出表扬话的蟑螂虽形貌可憎,倒比人善解人意。蟑螂听了反而嘲笑她得了富贵病,到非洲生活一段时间就好了。这下雪莉生气地站起来,蟑螂见她生气也变得越来越多,还聚在一起评论她怎么未老先衰,不是颈椎痛就是整天愁眉苦脸的?

终于,雪莉发怒了,心想自听懂母亲话语至今,没听到一句好话,不是被母亲批评责怪就是被老师留堂做功课,现在连蟑螂也想欺负自己,不由怒气冲天,跃起身一脚踏过去斥道:"踩死你,踩死你!"可惜,刚踩踏几下便觉得头重脚轻,全身像泄了气的皮球,差点倒地。

她竭力稳住自己,几个北非裔的陌生青少年瞟了她一眼,以为她在等人,不以为然。雪莉不敢正视他们,害怕地悄悄独自离开,觉得蟑螂的话比母亲的责怪还让她讨厌。

回到家里,正在和常客忙于搓麻将的母亲对她说:"为何溜得那么快?我已同意约翰对你的邀请。"

雪莉没有作声,静悄悄入房,一头栽倒在床上睡到天亮。起身后想暴食一顿,不料时间紧逼,怕上学迟到受罚,匆忙离去。

翌日上午,约翰再次来电话提醒她,母亲才发现自己记错了约翰的约定时日。确实,在她心中,除了打麻将、逛商店或找汉斯外,什么都不在乎,即使雪莉不听话或偶尔逃学,她也都通通归罪于电脑的诱惑。

雪莉本不想赴约,但又想询问约翰有关电脑游戏机的解码问题,才勉强答应了。她曾对苏西说若没有游戏机不知有多闷啊,整天被人指责、控制和埋怨,只有和游戏机里的人物在一起,才能自由平等地和它们竞争或对话,胜利时可以控制它们,失败后有人营救,甚至觉得网络游戏中的人物和世界即是她生命的全部。当然,偶尔在约翰家的主日学也是刻骨铭心的,只是时间太短暂了——那是搭建在客厅外墙旁一间类似书房的房屋,室内摆着一张大长桌,约翰和姐姐丽蒂亚,以及母亲正在预备饮料和《圣经》等。当雪莉来到时,向正"嗨"一声招呼,其他几位初次见面的则热情友善道"欢迎"或"认识你真高兴",只有丽蒂亚看出雪莉的拘谨,主动走过来和她握手,让她帮自己移动椅子和放好唱诗本,但雪莉却被坐在角落的哈特、麦隆和叶西卡外甥的女儿莉莉的讨论所吸引,他们正在谈论《马里奥》和《运行斗篷》的游戏故事。这时,老约翰走到她面前又握手又赞美,"哦,新朋友!"当雪莉抬头凝望他时,老约翰笑道,"你的眼睛真好看,眯眯的,眼球黑得发亮呢!"接着向在场小朋友介绍雪莉很懂事,一来就帮忙做事。说得雪莉不好意思地脸红起来,这时,莉莉主动走过来和她打招呼,亲切问道:"几年级了?"

雪莉脸色唰地红了起来,正不知如何开口时,老约翰爽朗地代她答道:"九月份就中二了!"

雪莉惊奇地侧过脸,偷看了他一眼,心想,中二?多好啊!不料莉莉接着问她喜欢什么科目,老约翰笑容满面接着道:"她将来可是个优秀的歌唱家!"

在场者听了立即靠拢过来问长问短,又赞赏又祝福。

正是上次愉快的际遇和经历,雪莉才同意约翰的再次邀请,而且,还提早到达呢。

遗憾的是,今天"查经"刚开始不久,雪莉就伏在桌上睡着了。

等她醒来的时候,身旁只剩下老约翰和他的好友希拉特医生。希拉特和她交谈半小时后,老约翰就亲自送她回家,见舒棋不在家立即帮她煮牛奶麦片,边煮边夸赞道:"希望你以后到主日学唱诗班唱歌好吗?"

雪莉低着头,怯怯地问:"我能行吗?你怎么知道我嗓子好?"说完心脏突突地加快跳动。

老约翰告诉她,听约翰说年前在一次同学的生日会上,发现她唱的生日歌特别悦耳动听,接着补充道:"优秀的歌唱家除了天分,还需要后天的栽培和训练。"

第四篇
怨
——无奈也是哲学,懂不懂都得接受

"音乐——悦耳动听!"雪莉心里重复着这句话,并将它牢牢地刻在心坎上。虽然对于眼前的牛奶麦片毫无兴趣,为了不让老约翰失望,她用汤匙慢慢地、一圈一圈地来回搅动着,偶尔酌起半汤匙往嘴里送。可惜,老约翰和医生离开后,雪莉就将牛奶麦片倒到厕所里,重新跌入迷茫恍惚的状态,觉得约翰明明知道自己是个坏学生,喜欢逃学、成绩不好,留堂不说还留级,难道没告诉他爸爸?老约翰为什么说我九月升中二?还说我聪明活泼、前途无量?是不了解情况?给我面子?还是故意讽刺我?不过,他刚才在我家也是这么夸奖我——她越想越糊涂,只好将它当作没问过的电脑解码问题一样,暂且放在一边。过一会儿,想到刚才吃牛奶麦片时蟑螂照样不停地围攻过来,讽刺讥笑她,但内心却被老约翰热情温柔的言语、慈祥的面孔,以及新朋友的友爱所感动,不由增强了驱除蟑螂的勇气,令蟑螂害怕而渐去渐远。可是不一会儿,她又怀疑世上真有这么好的人吗?他们爱护你而不求回报。"自懂事以来,没有一个人在乎我,或说过我一句好话……是呀,我有什么好?不听话、爱零食、好驳嘴、不爱上学,因逃学连累妈妈上警署,现在身体又不好……"

突然电话响了,她没接,悻悻地躲进卧室,将门反锁上,接近床位时想到上回反锁卧室遭到母亲一面捶打房门一面辱骂的景况,连忙回头开了锁。真巧,不一会儿就听到客厅里的脚步声。雪莉从门缝里看到母亲两手拎着大大小小的购物袋回来了,连忙坐到书桌前,抽出书本和笔记本,假装在做功课。

舒棋放下购物袋就往雪莉卧室去,看到女儿难得如此安宁的状态松了口气,"晚餐想吃些什么?"女儿头也不回地说已经吃过了。

客厅电话又响了,舒棋掩门而出。

是一念打来的,问雪莉病情如何,她从儿子那里知道雪莉已不再上课了。

这一问,舒棋如铁罐子倒豆子一般稀里哗啦地说开了:"'散毒丸'不但没有疗效,反而从胃口欠佳发展到西医说是'厌食症'。我活了这么久,只知道有人饿死,从没听过什么厌食症,是老约翰的好朋友希拉特医生在电话里告诉我的,我看呀,是太丰衣足食的缘故!"一念连忙插话,"别信西医的话,年前我得了香港脚气病,皮肤科医生给我开了一个月的西药，幸好我查了字典，那药对肝脏不好呀。"舒棋驳道："中药也靠不住，'仁盈坊'里的药物均来自大陆，贝德力克说报载中药里查出不少对人体有害的金属元素，雪莉准是吃了'散毒丸'的苦头，何况大陆有一些黑心药商。"

这话说到一念的本意，希望她别再到"仁盈坊"取药。一来服后无效，二来听知情者说池"教授"出国前是药店售货员，移民后靠身材强健替洋人推拿赚到点钱，加上一些借贷开办"按摩馆"，其间到中国某中医院交了昂贵的学费，受训三个月取得一张文凭，回欧后便将"按摩馆"改为"中华医术馆"，将文凭嵌在玻璃框内——清清楚楚的某市中医院毕业文凭，下盖堂堂正正的院校公章。

池"教授"凭借不服药、不伤骨肉，舒筋活血又可报销的医保条例占尽好处，不仅买了居所，还贷款买下销售成药的"仁盈坊"。因他对人彬彬有礼，医术馆玻璃上又贴有一系列中华医术妙手回春的广告，令洋人大开眼界，很快地，获得一位崇尚中华国粹的白人记者青睐，在洋人报刊登了一则关于腰肌伤痛的中医疗法。消息一出，电视台随之采访报道，池"教授"身价一夜攀升，很快受到"欧华中医"学界邀请参加年度研讨会。从此，池"教授"不仅走起路来腰脊挺立，连全身上下服装也名牌化，真是"人逢喜事精神爽"。想到此，一念微笑补充道："洋人早知中华国粹，却不知华人好忽悠，别说是假药，如今是特定时代、特定社会、特定地点，什么都可以交易，何况区区一张小文凭？老实说，我要上网查看也可开方治病。"

"大陆有假药，这里有假医生，怎么回事？"舒棋皱起眉毛，话刚出口，就遭一念的嘲笑，"你不知道的事多着呢。"这是舒棋最无法接受的话语，连忙岔开话题说刚从外面回来，得为雪莉做晚餐了。一念知其意思，立即解释道："别误会，我不想让你上当，我取笑的是池'教授'啊。好吧，改天谈，再见。"

舒棋放下电话，心里念着"假"这个字眼，脚往女儿卧室走，看她专心致志地做功课，连忙拉上门退出去做晚餐。

雪莉根本没注意到母亲的举动，全心浸入老约翰的赞美声里，想象"歌唱家"和"悦耳动听"的话意，若真的那样，一定要穿上漂亮的长裙，面对满堂听众享受鼓掌声——她越想越感谢向正,因为他,自己才能认识约翰和他家人——想到此,她撕开一张 A4 白纸横放在桌上,取出墨笔上题"画梦",随之用彩色笔在白纸上画着房屋、花草,爸爸妈妈站在公园游乐场秋千旁看孩子荡秋千,旁边还有许多小朋友不是在玩狗踢球,就是踩自行车……

这一画可不得了,雪莉自言自语地低声念叨,"画'梦'——我在画'梦',梦啊,我的梦,美丽的梦,希望的梦,它既然是梦,想没有用,以画为凭据。"无形的心灵之梦啊,借彩笔付之于一张又一张的白纸上,一会儿,她如披着双翼的小鸟,随秋千踩白云飞到天使的客厅内,天使开门欢迎之,她与其他小朋友一起围坐在大圆桌旁吃蛋糕;一会儿,落到花园的路径上,小女孩两手牵着父母的手,慢步前行。

可惜,累了,那就放下彩笔欣赏欣赏吧——觉得线条、色彩、物象和图景像小学三年级的美术作业似的,不由得叠起纸张想一撕了事,就在准备伸手撕掉的瞬间,她突然发觉那幅荡秋千的画很美啊,"不,向正爱画,不如当礼物送给他,表示谢意。"雪莉竟然为这个新想法发出了笑声,只是怕被母亲听到而捂住嘴。但,她确确实实在画"梦",也确确实实累了,很累,顾不得刷牙洗脸,往床上一躺,什么都不知道了。

四十五
"谢谢有人想到我"

雪莉的食量越来越少,细嫩的皮肤裹着发育未全的骨架,长长的睫毛如花蕊般地下垂,单薄面孔深藏着忧伤凄怨的倦意,眼神流露厌倦的神态,舒棋见其柔弱得连走路都没有气力的样子,向学校申请休学一年,并不再逼她服任何药物。

倒是一念,事后知道郝忻对舒棋推荐池"教授"愈发不高兴、不理解。事缘不久前一念偶然在中文小报上看到一则广告,白纸黑字,才初次知道"中华医术馆"和

"仁盈坊"的店主均是池"博士"的。后从熟人推荐的名医里又获知"池医生"名片上的"博士"已转为"教授"了。

知情华人觉得异乡求生艰难，私下议论他几句也就算了，一念则不同，回家即带着嘲笑的口吻对男人说："池医生能干啊！转眼名利双收。哈，信息时代讲究知识产权，'教授'是人见人敬的头衔。"郝忻边听边将右手掌移到胸前，不时地轻轻用手指头如弹琴似的敲打着纳闷的心胸——华人确实有本事，无孔不入，无地不逢生，"博士"自封、"教授"自称，十年寒窗刻苦求学的文化传统已过时，池先生轻舟已过万重山，得来全不费功夫。

但，男人没有说出来。

女人补充道："这叫与时俱进。"

郝忻承认自己没本事，服输。好在一念不气不馁，继续好说歹说，一会儿分析丈夫的优势，一会儿又鼓励又赞赏，总算说服他"下海"了。不料才个把月时间就这个样，眼见类似"博士"、"教授"的各类"国粹馆"生机勃勃地在各地接二连三地出现，加上卜经理说现代医疗设备查不出的毛病，西医自然束手无策，希望他回国找名中医看看，郝忻不是哑口无言就是"嗯嗯"两声，令一念不知如何是好。

这天一念突然想起甜甜曾对她说过，有次无意对阿山提及凯西胃疾多年，发作起来疼痛难忍，服了十几年西药都无法断根，阿山建议改服祖传秘方。凯西服食几次秘方后，胃疾确实好了。

"甜甜，你熟悉阿山，不妨向姐夫推荐下，他老查不出毛病又整天提不起劲……"一念终于提起电话央求甜甜，不料甜甜立即插嘴道："知道了，我这就电告姐夫，要他同意才行啊。"甜甜的敏捷和利索令姐姐感到意外，当下谢了谢。

然而事情并不像甜甜想的那么简单。郝忻先是说："告诉你姐姐吧。"转念即想，既然这么灵，不如先救救雪莉，所以放下电话就转告舒棋道："病人和医生需要缘分，'散毒丸'无效，我再给你推荐个医师，祖传的，保险些。"舒棋听说"祖传的"即表示："我妈最信这。"但事后知道医师是一靳的好友又有所顾虑，想让一念帮下忙。

第四篇
怨
——无奈也是哲学,懂不懂都得接受

一念外出刚回到家门前,正想取出门钥匙,门已开了,向正兴致冲冲道:"我听脚步声就知道是你了。"母亲幽默道:"那当然!"说得向正乐呵呵往自己卧室去。母亲脱下外套就听到电话响,连忙脱下鞋扭着腰赶过去,一听是舒棋的声音立即笑道:"嗨,好久不见,发财啦!"舒棋低声道:"哪里!哪里!你才发财哩,什么时候换大屋呀?"

"快啦!你呢?准是买在富人区吧?"一念边说边帮窗前角落的盆栽摘下几片黄叶,"这下得请客吃饭啰,旺旺人气!"

舒棋"咯咯"笑了起来,换了一口清逸的声调道:"托你的福,上次听说楼价可能下跌临时不敢下手,这次是真的啦!"说完言归正传,"雪莉快不行了,听说甜甜与那个有祖传秘方的人关系不错,但她不喜欢我,你能帮帮忙吗?"一念正色道:"有什么帮的,哪个医师拒绝过病人就诊?我说过食疗你不信,怎么突然想急用起来了?"

在厨房烧着开水的郝忻听出是舒棋的来电,冲好茶就往客厅右边的书房方向走去,见一念迎门而来解释道:"我推荐的……"话还没说完,一靳就出现在大门玻璃窗前,一念只好告诉舒棋"没问题",匆匆挂了线。

两天后,甜甜将阿山备好的秘方送往姐姐家,刚进门不久,一念就将她招呼到自己跟前,告知她雪莉的病情,希望她问阿山是否有把握,甜甜将头一扬,把带来的炖锅往桌上一放,酸溜溜道:"雪莉的病,食疗没用!"随后站在书房门口努起嘴巴往书房内道,"姐夫,你老婆说你回欧后身体一直没缓过来,这可是秘方啊,配料不容易买到,你要确定了,我再想法弄去。凯西已见效了,今儿我多弄了一份,你先试试口味如何,免得我白费功夫。"

郝忻微笑着走出来,打开她送来的炖锅一看,一股中药味扑面而来,站在他身旁的一念立即补充说:"西医查不出的毛病,只有这办法了。"说完侧过头,看看一声不响的男人又转了话题,问馥淑近况如何,是否又催促了?郝忻不喜欢谈论这话题,反而提起雪莉怎么办,"那么小的孩子,可怜啊!"

女人听到雪莉的名字就心烦,自家事都顾不了还想当救世主,不由目光直视着他道:"趁热吃,再说吧。"甜甜意会姐姐的话,对着犹豫不决的郝忻道:"没信心就算啦,勉强不好。"正提起锅盖,站在厨房门口的一念道:"你都不信,还想推荐给舒棋?"甜甜唏嘘补充道:"别误会,不是我不推荐给舒棋,雪莉的病,食疗真的没有用!"

一念和甜甜的目光同时投向郝忻,郝忻无奈地坐到餐桌前道:"那我就不吃晚饭了。"女人见他终于动了口,瞪了甜甜一眼,两人一起退了出去。

一念趁此机会趋前将脸附在甜甜耳旁再次问道:"阿山真的行吗?"

"天然食品,有益无害呀!"甜甜神秘笑道,"凯西是服食婴儿的胎盘加上中草药,才断了胃疾病。"

一念惊奇地用手捂了捂嘴巴,瞪着眼睛望着甜甜,甜甜立即"嘘"了声说:"千万别告诉他们!有效就行。"须臾补充道,"最难办的是缺货,幸好凯西有位远亲是接生婆,我是瞒着凯西和她做了几次的交易。"一念沉默了会儿,冷静想想也不觉得奇怪,很早大陆就知道人与禽兽是互补互助的,《食品指导秘籍》提到:猪脑补脑,猪脚增脚力,猪肚暖胃,猪腰治腰疾,猪肺润肺,猪肝益肝,猪肠助肠……至于牛、羊、鸡、鸭……同样各尽其能各有所用——只是没听说人体器官也可以上桌啊——想到此,一念侧过脸,翘起嘴角微笑,摇摇头补充道:"试了才知道。"

"是啊,凯西就是实例,又没什么副作用!不过,除每人病情不同外,就怕缺货——幸好——"一靳从毫无把握到充满信心,眼见姐姐对她竖起大拇指,竟然如火烧竹筒自报(爆),坦诚告诉一念,凯西因受婚变影响,性事一直力不从心,十分烦恼,只靠"伟哥"相助,不料有天正忘乎所以时,突然感到胸闷,呼吸困难,我立即招呼救护车送往医院抢救。医生说"伟哥"不适合心脏功能不太好的人。事后凯西主动找阿山,阿山直言食疗不像"伟哥"那么立竿见影,需要一段时间的调养,为加强凯西信心还口无遮拦道:"中药是中国的国粹,靠其制服病魔几千年了。而且,服食中药没有副作用,对身体无害。"凯西信了,连声讲:"Good! Very good!"

"疗效如何?"一念关注道,自己的心事自己知。心想,可能洋人从不服中药,疗

第四篇
怨
——无奈也是哲学,懂不懂都得接受

效更为显著。

甜甜突然神秘道:"关键还是缺货,你猜是什么东西?牛鞭,知道吗?"

"牛鞭?"一念立即觉得恶心,却很快继续道,"欧洲很难看到私人宰牛……不过……我想想……"

想让凯西对中医食疗认可,一靳将牛鞭说成牛肉,她深感幸运,不由发出轻盈的笑声,"凯西需要'壮阳'呀,我女友文蒂的丈夫是农民,蔬菜、肉类一向自给自足,告诉她宰牛时留下'鞭'就是了。这事没让凯西知道。"

一念只听不说,不时地点点头。

这时,甜甜见郝忻起身离桌,瞄了他一眼,转身附在姐姐耳边说:"这次是女婴的胎盘,若女人就得吃男婴胎盘。"一念皱了皱眉头,她是不会到阿山那里去的,在她心目中欧陆的中医医生没几个是正规毕业的,移民后为了生计买些中医药典读读,或在电脑上找找配好的药方再对症下药。一念本身也没否定中药的作用,忍不住又提起雪莉,"或许中药对雪莉也有帮助。"

甜甜不知道一念的想法和见解,不等她说完,瞥了她一眼快步离去,心想,"她是给电脑害了,岂止是入迷,简直是疯了!还有,她妈妈的问题。"一念想留她一起吃晚餐交流下意见,甜甜道:"改天吧,今晚还有事。"突然,门铃响了,一念开门一看,是邻居一位八九岁的男孩,手提一纸箱要一念捐款,说学校让他们为儿童医院做点善事。这时,在厨房找食物吃的向正立即迎面而来,"妈妈你忘了,我以前也是这样到处筹款的,快捐吧,要不拿我的零用钱好了。"一念在儿子的话语里获得启示和领悟,不但给了邻居孩子满意的数目,还表扬儿子有公德心。

"不错,有怜悯心,"甜甜摸摸向正的手背赞道,走到门口的时候又回头对一念补充说,"不是我不帮,雪莉的病,西医中医,均没用!"

这时,准备进厨房的向正突然转身走到甜甜跟前不高兴道:"你太狠心了,怎可说这样的话?"

一念立即对甜甜示意小孩不懂事,"你先回去吧。"见甜甜跨步离去,关上门才对儿子解释道，"老约翰不是电告舒棋说雪莉得了'厌食症'，此病与心理因素有关。"

向正口里正要冲出"那当然"，临时又闭上嘴，须臾，慢道："不正常就是病。"母亲再次解释甜甜没见过雪莉，不太了解情况。儿子负气道："妈以后就不必对她说雪莉的事，老约翰会帮她的。"

"那就好，我可通知舒棋别乱找医生了。"母亲伸手按了下儿子的肩膀。

翌日，一念电告舒棋爱莫能助，"甜甜说食疗不适合雪莉，还是找家庭医生看看，能转到医院为上策。"舒棋说雪莉不愿去。一念希望她耐心引导，舒棋立即不耐烦道："等我情绪好些再说，我也有烦恼事。"一念说："你是成年人，又是母亲！"舒棋反感道："成年如何？母亲又如何？难道成年和母亲就得有好情绪？"舒棋竭力抑制心火，无意多言，借口有事放下电话。

雪莉照样要么厌食要么暴食一顿，偶尔因狂吐后在痛苦难受时希望接到约翰或他父亲的电话，然而，一点消息也没有。

自上回参加查经班学习后，雪莉就非常渴望能常常见到约翰、向正和莉莉等人，"丽蒂亚多好啊，老约翰说我眼睛很漂亮，真的吗？还说我将来是个歌唱家？不可能，妈妈说我是个废物，废物就得丢到垃圾桶——老约翰为什么要骗我？"于是猜想他们来过电话，只是被母亲拒绝了。

在重度烦闷的日子里，雪莉的心思全在等候电话上，然而，除了母亲的手机声和麻将声，似乎没有别的声响，也没有人知道她的存在和需要，好几次她想自己出门找他们，但实在没有力气。

舒棋越来越觉得自己老是不顺利全是雪莉这颗克星造成的，"自她出生以来，没有一件开心事。"幸好，尽管满腹牢骚，她依然强迫雪莉看病，吃饭时遵从医生教导，"耐心，耐心，她需要一个氛围——陪伴，像婴儿似的需要陪伴。"

无奈，雪莉见到母亲不但拒绝开口，还讥笑道："你怎么不吃？不多吃点？想让我发胖？然后，别人看到了就说我比你难看……"惹得舒棋心头火直跳，差点一巴掌打过去，最终还是忍气吞声将食物一倒了之。

第四篇
怨
——无奈也是哲学，懂不懂都得接受

雪莉继续在内心不停地嘀咕，揭穿母亲的阴谋：希望自己早点死去，这样她就没有后顾之忧，可以打麻将、喝红酒和找男人。

此后，雪莉一面等待电话一面觉得老约翰、约翰和向正等人也是骗子，"他们不是我的亲人，怎么会对我好，全是坏人、骗子……"病情随之越来越严重，连游戏机也不感兴趣了。美丽的景致、凉凉的风、温柔的阳光，以及窗外空地发出银铃般笑声的孩子均与她无关……

她的世界，只剩下一张床。

约翰和父母亲外出度假回来后，老约翰因惦记雪莉催促妻儿先去看望。

这天下午，约翰和母亲以及教友玛丽安勒前来探访，舒棋说她体重只剩下三十一公斤，医生已安排了住院时间。

雪莉闭眼躺在床上，背骨如纤弱的衣架，左手腕血管处针孔吊着营养输液瓶。约翰母亲抚摸着她的头祈祷后，便到客厅和舒棋交谈，玛丽安勒到厨房准备食物。

雪莉睁开眼，看到约翰坐在她对面，害怕得全身发起抖来，欲说还休。约翰立即温和地说："不要害怕，你会好起来的，班上同学都很记挂你，这是大家买给你的礼物。"说完递给她，并帮她打开一张祝福病愈的贺卡，念给她听，"大家都很想念你，相信你会战胜疾病，早日恢复健康！"下面是班主任和同学的签名。

雪莉简直不敢相信自己的耳朵，以为蟑螂在捉弄她，吃惊地呆呆望着他道："你是约翰还是蟑螂？"

约翰将贺卡立在她的床头柜后转身说："我是约翰。"

"难道你们还没有发现？"

"发现什么？"约翰心里已猜到她的话意了。

"蟑螂！"雪莉害怕得将头埋在枕头里，一面伤心地哭泣一面小声说，"我，快要——死——了——求求你——不要——不要——再来了——"很快地，哭泣声掩盖了她的言语，声音虽然弱小，听起来却很凄凉悲惨，约翰不由得跪在她的床前真诚地说:"真的,我们班师生和我全家都很喜欢你!"

"你骗我,你想——来——抓我?"她声音微弱而颤抖。

约翰为自己辩护说:"误会了,我们是关心你!"雪莉不好意思地低声说:"谢谢有人想到我。"约翰学着父亲的口吻回答道:"天父爱每一个人。"

"约翰,你真的不——生我的——气?那天晚上——我偷了——查经班——扑满里——的——钱——"雪莉说到这里眼睛不敢正视约翰,也不知道自己为什么说这些,全身随之神经质地颤抖着。

约翰立即伸出右手指"嘘"口气叫她别提了,"这事没有人知道,我父亲,不,我用自己的零用钱补上去了,你以后不再这样,就很了不起了。我以前也很顽皮,爱打架,跟同学到超市偷糖果被人发现告知父亲,回家被父亲罚站两小时,还要写检讨和保证书,父亲看了不满意,事后和我一起到超市购物,说帮我盯梢'你偷吧',我当然不敢了,父亲说我很了不起,回家又和我交谈,告诉我为什么'不可偷',又为什么是'了不起'?"

雪莉听着听着不哭了,突然想起身,但没有支撑身体的能力,然而,在潜意识里,她被一种无法理解的"差异"和"距离"所干扰:自懂事以来,听到的均是不满或责骂的声音,看到的都是抱怨和愤慨的神情,身处的更是孤独和冷漠的环境,被歧视、被辱骂、甚至被遗弃,那种如同玻璃裂纹般的生活,怎可能被更改?

"真的吗?世上还有这么好的人与事?"她不理解,一会儿,那蟑螂冷漠如弹片似的嘲笑声又在耳边缭绕,她只好双手掩耳,紧紧地缩起身子。

约翰看她身子缩得像个小瘦猴,不知所措地坐在那里,脑海中立即再现了那天晚上的情景:老约翰回到家里的时候,见儿子还没睡坐在客厅等他十分惊奇,没等父亲开口,约翰就双手捧着将塑料狗扑满递给父亲说:"不知被谁偷去了,我——"

"你以为是谁呢?"老约翰和蔼地问。

"我猜是雪莉,扑满放在茶壶旁边,雪莉是最后离开的一位,当我从洗手间出来的时候,她刚倒好半杯水,但神情紧张不敢看我,只是低头说:'太热了,算了,不喝。'

第四篇
怨
——无奈也是哲学,懂不懂都得接受

将水泼往窗外。父亲,我没有乱说,查经班从来没发生过这事——"约翰心想,虽然没有多少钱,但偷东西是多么丑陋卑耻的事,"真没想到!"

"儿子啊,我照丢失的数目还你,记入账簿吧,就像没发生过这事,记住,任何时候都不要说,去休息吧。"

约翰照父亲的话,洗完澡后进入卧室,躺在床上许久还想不通父亲为什么如此,明明犯了大错还要替她遮盖?"要是我如此,肯定没这么简单。"他越想越不明白,索性起身到客厅问父亲到底怎么回事,父亲淡然地说:"儿子啊,等你长大了自然就会明白。今天的事就算雪莉告诉你,你就说有人暗中替她补给了,没事,睡吧。"

约翰想:"明明是父亲给的钱,可我刚才却说是自己用零用钱补放进去的,我临时改口是怕她并不希望父亲知道这事。可是,这也是撒谎,撒谎是十戒之一。父亲说这个世界就是被太多的谎言和虚假充塞,人类才活得又累又苦。"他有点忐忑不安,决定回家请教父亲,"我这算撒谎吗?错还是没问题?"自觉首次重视"撒谎"这名词是从查经班开始的,有一次父亲讲解《使徒行传》里的第五章时,提及亚拿尼亚和撒非喇因欺哄而死的事,解释说撒谎的真谛,以及隐藏在谎言后面的主子叫"良知"。父亲说:"'良知'没有生病时十分清醒可爱,它每天都会教你'过滤'灵秽,铲除不正言行,令品性日趋纯正。可一旦'良知'生病,丑假恶就会乘虚而入。"

现在约翰亲自体验到这种"过滤"的滋味了。

门口传来了脚步声,约翰连忙站了起来,只见玛丽安勒端着两碗麦片糊进屋,舒棋随之拎着一把木椅进来。

玛丽安勒坐在雪梨身旁,一面用纸巾轻轻抹去她的泪迹,一面温柔地赞她病了还这么美,不生病就更漂亮了。

雪梨慢慢地睁开眼睛,看到那陌生脸孔上有一双虽然深陷却慈祥可亲的眼睛,仿佛是一位含笑的天使,令她无意识地伸出手想触摸一下——约翰母亲连忙伸出手,双掌捂着雪莉凉凉的瘦小手掌,亲昵地说:"好孩子,玛丽安勒煮了两碗麦片糊,她吃一口,你也吃一口,好吗?"

雪莉痴痴地望着她的脸,觉得有股暖流从掌心徐徐从手臂上传来直抵心灵深处,她苍白而嫩薄的嘴虽然没说话,却像三四个月的饥饿孩子半张着,等待着食物的到来。

玛丽安勒示意约翰到客厅去,约翰母亲和舒棋也跟着出去了。就这样,玛丽安勒坐在雪莉的对面,开启小收音机,让室内弥漫着温馨的轻盈的歌声:

小草小草别烦恼
阳光雨露向你浇
伸出你的嫩白手
展露可爱的微笑

宝贵生命不轻瞧
成长路上显荣耀
天父爱你恩典到
快快投入他怀抱

玛丽安勒自己吃一口,喂她吃一口,雪莉吃一口,玛丽安勒边吃边说:"待你恢复健康,邀你一起到海边游泳,累了就躺在沙滩上晒日光浴。"

雪莉开始说话了,表示喜欢海但妈妈没有时间带她去。玛丽安勒会意地点点头,继续一面喂食一面谈及海边乐事:"哎哟,躺在沙滩上,静下心来听海涛拍岸的声音,何其美好愉悦,或如歌如泣、或狂舞奔腾、或随风兴浪——还有,看哪,万里晴空中的云朵,如棉如絮,或散或聚,或飞或走,令人心旷神怡,至于那带着温热的海风,徐徐而来,淡然而去,将肌肤里里外外的倦意,一扫而空⋯⋯"

玛丽安勒不但将海边感受说得惟妙惟肖,还谈及自己的幸福感,其实很简单,像那海泥地上的一大群海鸟,它们不耕种'不劳碌'也没有仓库,却活得那么逍遥自在,时而在蓝天飞翔,时而在地上聚集,或悠然漫步、或与同伴谈笑风生、或东张西望与

第四篇
怨
——无奈也是哲学,懂不懂都得接受

自然共晤,自得其乐,没有忧愁、没有纷争……

雪莉津津有味地听她讲述,偶尔插嘴说:"真有趣。"内心充满了羡慕,不由绽开了笑容,半碗麦片不觉已经吃完了,玛丽安勒担心她一会儿是否又要去吐了。为了分散她的思想和注意力,又给她讲述起自己年轻时到非洲传道的见闻——偏僻地区的妇女如何难产而痛苦地死亡,"有位十八岁的女子生第三胎孩子后"因流血不止多么渴望医生到来,她说:'我还年轻,有三个孩子,我不想死,也不愿意死,救救我吧!救救我!'但她还是死了,婴儿送给她母亲,在外婆的怀抱吮吸着淡稀的奶水。不少地方的小孩因营养不足,瘦骨嶙峋,有些十三四岁的青少年发育不良,身体像个活骷髅。"

雪莉听得出神,好奇地问,那里为什么没有医生,没有吃的东西。玛丽安勒说,那里土地肥沃、资源丰富,就是缺乏管理人才,单单有人才还不够,还需要具有公义正直、灵魂纯洁高尚的领导者。

玛丽安勒就这样说啊说,雪莉由好奇到费解到同情,最后还是带着不知所措的心境,疲倦地睡着了。

约翰在客厅看电视里的欧洲自行车环保赛,约翰母亲对舒棋表示,如果她同意愿意免费将雪莉带到家里抚养,舒棋先是一惊,"这样的孩子还有人要?"想到平日甩都甩不掉,现在竟然有人愿意免费收养,简直不敢相信自己的耳朵,"真的?"见约翰母亲点点头,舒棋也跟着点点头,"你们是信教的,有慈悲心,我也就放心了。"这时,看到玛丽安勒拿着空碗出来,舒棋立即竖起大拇指赞她比医生还厉害,连声:"佩服,佩服!"

玛丽安勒含笑摇摇头,望着约翰母亲的眼睛,约翰母亲当着舒棋面道:"明天上午,我们来接走她好吗?"

舒棋微微笑道:"哎呀呀,她投错胎了,你们前世投缘。他日真能康复,应叫你妈妈了。"说完又谢又客套一番,约翰母亲笑而不答,只是邀请她有空参加他们的聚会,那里也有几位华人留学生。

舒棋听了轻盈地笑了一会儿说:"我只信自己,信命运。"随之心想,"原来到此是有目的的,还好,不危险,脚长在我的肚子下。"

约翰母亲和玛丽安勒听后笑而不答,约翰开始催促了。

回程的路上,约翰问母亲雪莉会康复吗,母亲坚定地点点头道:"上天爱每一个人,哪怕弱小有病。"说完望着前方布满星星的天空说,"世人常常觉得我们笨而可笑。你若真的与世界分别为圣,不也觉得他们很傻很可怜吗?"

"那你为什么不让我在学校说这些话?"约翰费解地问。

"因为世界上傻人多过笨人。"母亲边说边解释。一直沉默的玛丽安勒突然发出粗重的笑声。

这时,车子已上了高速公路。

四十六
每人头上均有一片天

一靳受姐姐托付,耐心劝导姐夫,不管信不信阿山的医术,都尝试一段疗程看看效果,无法一蹴而就。郝忻答应了,但要求在"翰林院"见见阿山,且要保护他的隐私。

一靳说这点医德阿山还是具备的。私底下甜甜还嘱咐阿山,不要说出食物的材料,炖好成品由她转交就是了。然而,阿山在"翰林院"听了郝忻的陈情后直言不讳地告诉甜甜,"像你老公患那种说不出口的病的人越来越多,你姐夫得先补后治,还得你帮忙找货呀。至于回扣,我会给你的。"甜甜"嗯啊"两声就放下电话,心里琢磨着,"姐夫也有问题,还想出轨?"

没有人告诉她,也无法咨询,心想,"上次坦言告诉姐凯西的真实情况,姐却对我

第四篇
怨
——无奈也是哲学，懂不懂都得接受

半字不露，可见……"她有点失望。深想一层又同情姐姐这些年来的不易，姐夫出轨竟然若无其事，还整天风风光光想赚钱，"我可不，我宁愿选择爱情……"

"事到如今，也只能真诚帮助。"一靳对自己说。

郝忻看出甜甜的真诚，炖品一到再没胃口也勉强吃了，几次下来阿山问他感觉如何，郝忻只说："还可以。"事实上，郝忻已觉得不像往日那么怕冷，于室内不需要穿外套了，但不敢流露真实情况，担心女人知道后又要催促他回国，宁可内衣浸湿也要穿上外套。偶尔一念也会猜测他是否装病拒绝回国，体检报告表明五脏六腑没有病灶，郝忻却总说浑身没劲。一念虽半信半疑但也没有更好的办法，只盼阿山的治疗结束后再说，不料阿山说是"先补后治"，实则采用"补"、"治"兼之疗法。

这天，午后下了一场大雨。

一念在厨房看到窗外草坪上甜甜"送货"的身影——两手抱着一瓷锅，双脚咣嗒咣嗒地踩着潮湿的泥地。

一念连忙出门接应。

甜甜见姐姐慢上前来，边走边努着嘴朝向瓷锅盖说："这是第二疗程，货源保密哟！"说得姐姐哑口无言，瞟了她一眼问道："他告诉你的？"

"是啊！不，他告诉阿山，阿山告诉我的。"甜甜故意回瞥她一眼。

"哦？"一念无言以对，突然望了望妹妹说，"所以我那天听到匿名电话，简直不敢相信自己的耳朵。"

"那就更值得你好好想想了。"甜甜对于自己说出的这句话相当满意。姐姐觉得她话中有话，长叹了一口气。

郝忻原在书房内忙着给卜经理回信，听到门口的说话声，立即停止书写，坐在靠椅上装作闭目养神的样子。幸好妻已不像过去看得紧，在走廊换了双拖鞋，提着一张小矮凳往沙发旁一放，坐下来就面对书房说："老郝啊出来吧，瞧甜甜刀子嘴豆腐心，办事好认真啰，快出来谢谢呀。"

郝忻连忙搓搓手走出来，向甜甜打了个招呼。

女人立即起身低声道:"我不是催你回国,就怕时间长了,子乐会不会有什么意外的想法?"

男人再次瞥了她一眼。自女人有了男友后,郝忻听不到"文呆呆"的爱称了,也少了硬板板的言语,口气客气柔和,可惜郝忻仍然无法消除听其言说的紧张心态,一如适才女人说的"意外"两字,听了就心慌。

一念看出他的费解,飞了下眼,慢悠悠道:"我和你,打闹是一家人,没有利害冲突,跟他不一样啊——"随之转头望着儿子的睡房道,"向正可是姓郝不姓吴。"

他明白她的话意,又怕她往下讲,转身含笑对甜甜点点头,返回书房。

"我正想给卜经理回信。"他怕她跟进来,停了脚步,侧过身望了她一眼。

凭他这句话,一念以为有了希望,立即闪动着眼睛说:"早说清楚,无人打扰你。"心结随之慢慢松开,右手掌往臀部旁拂了下即移开脚步,觉得让子乐回去顶替他的工作总算没有白费。只是,刚走几步又回到书房门口,右手习惯性地按着门框,忍不住将多日积压在心中的话一吐为快,"中国已加入世贸组织了,此去如鸟出笼,展翅飞翔,智者均虎视眈眈这千载难逢的转型期,从前那些穷光蛋稍动脑筋就发财啦,少则百万,多则千万亿万——连甜甜都说凯西对中国变化感到意外和兴奋,渴望有机会到中国考察……"正当她超脱形骸沉醉在美美的想象中,甜甜在客厅喊道:"上桌吧,新鲜热乎的!"

一念转身取来纸巾盒往桌上一放,笑眯眯地折起装瓷锅的购物袋,摆在右边的橱柜桌面,甜甜随即对着书房道:"姐夫,出来呀,趁热吃。"

郝忻应声而来,甜甜将瓷锅盖一掀,带着中药味的一股蒸汽升腾起来,甜甜"嗯"了声道:"好香嘞!"郝忻趋前低头一看,褐色的汤面浮出类似树根或脊肉的作料,惊奇问道:"什么东西呀?"

"兔肉加中草药,姐,你认出了吧?瞧!"甜甜拉着身边姐的手臂趋前解释道:"阿山说一般妇人均知道淮山、党参、枸杞子、黄芪、龙眼干等是用来补气、补精、补虚的天然植物,总之,有益无害。"说完瞟了姐一眼补充之,"凯西过去只相信科学,

第四篇
怨
——无奈也是哲学,懂不懂都得接受

嘟囔什么时代了还相信那些没有科学根据的东西?我当然拼命反驳,后来呢,跟从我听了两堂华人'阴阳学'讲座,嘿,回家后,竟然将男人的'胡子'、'阴茎'和女人的'乳房'、'阴道'比喻为'阴阳'的具象——"甜甜说完咯咯地笑起来。

"这是你指定的红酒吧?"一念递上刚买的老酒,满脸笑意。

郝忻接过甜甜递给他的小酒杯,又从瓷锅里夹出一块烂熟如"筋"的肉,吹了吹气,刚往嘴里送就觉得味道怪怪的,想到自己确实心身惶惑、有气无力的样子,下决心不旁观,快吃快喝——好不容易啊,终于见锅底了,他侧过头对甜甜说:"平日从不吃兔肉,就是嫌腥味重。"又将瓷锅轻轻一推,离开座位,重回书房。

刚坐下不久,胃里就逆出阵阵腥味,不时冲向喉咙和鼻孔,觉得很不舒服,竭力忍了忍,自慰道:"她说得也不完全错,家既是男女相关的事,彼此命运相系,自己犯了那么大错误,她还在亲朋故友面前替我保密。单这点就该感恩了。眼下希望我早日恢复健康,能继续经商。经商为了钱,钱为了家庭,只是,我太笨了……"顺着这思路,郝忻越想越矛盾,也越发觉得有苦难言。

又一股腥味冲上喉头,他用舌头"啧啧"两下后,将甜甜叫进书房低声问道:"这次怎么这么难吃?"甜甜笑道:"我不知道啊,阿山炖好,我负责送来。你知道啦,苦口总是良药呀。"一句话,郝忻心知肚明,苦笑着低下头。

甜甜走出后,郝忻想想也内疚:时代变了,一切都变了……病愈后竟然自己也变了,加上那晚无意中窥到妻沉醉癫狂的神态时,才有了自知之明,难怪她多年来喜欢唠叨,好在是结发夫妻还保存些"情"、"义",换作现代人,"家"早崩了——唉,人之所以愁烦不断就是追求完美又在破坏完美,何况自己有错在先——想到此,郝忻打住了思考,"希望"重新占据心头。

"除了下海,就没有别的弥补办法?"郝忻对自己说,苦恼再次涌上心头。

一念在客厅谢谢甜甜的关照,希望她帮到底。甜甜说须经二、三次疗程才能见分晓,接着发出一阵银铃般笑声,须臾,继续道:"你整天为三餐谋稻粱,又累又不见效,不如推荐食疗保健工作,到时我向阿山要回扣,不能让他一人得益。"

一念说:"甜甜啊,你什么都好,就是缺乏远大理想和目标,这点小钱算什么,富不了,穷不变,还得人前人后费舌,不比上班还累吗?"她边说边进厨房倒了杯杏子汁,还想留妹妹一起吃晚餐。甜甜说上午刚买了一袋紫红色土豆,"凯西答应今晚做饭,酸菜、腌肉加土豆泥,我爱吃。"一念从妹妹的口气里感觉到她对凯西的依恋和爱意,不禁笑道:"你张口凯西,闭嘴凯西,看来没有他就活不下去了。"

"凯西不喜欢女强人。我也没有你的志向,有吃有穿、有情有爱、生活安定,就满足了。"甜甜边说边摇摆着头,流露出得意满足的神态。

"你像爸,我像妈,总之,开心就好。"一念将杏子汁递给她。

"我早就想通了,人的一切努力多与功名利禄相关,还要为此做出牺牲——努力读书、拼命工作、绞尽脑汁竞争,但,结果怎样?一样的呀!我怕辛苦麻烦,不想经历期间的付出和劳作,情愿做个普通人。"说完摇摇手告别。

一念一关好门就往书房门缝瞧,只见郝忻忙于写信的样子,立即退了身。于是,甜甜适才"知足常乐"的话语重返心头,还不时地滚动,她自然联想到不久前两人的谈话内容——初时,妹妹为凯西在欧共体工作而骄傲,她自己也不甘落后,想在工作上有所成就。凯西父母希望凯西生个混血儿,一靳知道后说:"慢慢来,有了孩子,就定局了。"事后露出淡然的微笑告诉我,"凯西曾对我说,自己离婚后结识了好几位女友,其中也有中国女留学生等,我问他没有一个可以谈婚论嫁的吗?他说当时还不想结婚。但和我结婚后,他仍继续和个别女友往来,路远的还在我们家过夜,隔早离开。我反对这种关系的存在,表示很费解,凯西再三表示现在与她们只是一般的朋友关系,希望我别像没教养的小心眼女人。还说结婚前他有绝对的自由,包括性伴侣,结婚后就不可以,应该遵守承诺与诚信,除我之外,不再有性伴侣。我还能说什么好?只好以我们的传统文化和经历想象世情,劝自己别小气多疑,加强修心养性……"一靳说到这还长呼一口气补充道:"生孩子?很容易的事,不过,我还得再看看——"

看看什么呢,妹妹没有说,姐姐已猜到几分了,因没有人像姐那么了解妹妹。

一靳婚前仅仅因为凯西的一句承诺便放弃自己的工作和追求,沉浸于无忧无虑

第四篇
怨
——无奈也是哲学，懂不懂都得接受

的爱情生活里，然而，上回参加聚会时没有遵从凯西速回的命令，回家被拒之门外的经历和狼狈，甜甜虽然没告诉姐，但一念早有听闻，为顾及妹妹的面子故意装作不知道。

"在许多方面，她比我豁达。难怪无论旁人如何看她，她均不以为然地一笑了之。"一念将沙发旁小矮凳放回原处，对自己说，随之走到书房不由笑道，"甜甜说我像妈，她像爸，你认为呢？"

"嗯，差不多。"郝忻双臂支在写字台上，眼望窗外，尽量回想在中国的餐食美味来代替刚才的味觉。一念则感悟道："我要是迟出生十来年，也许也会像她一样，让男人养起来，多好！"

郝忻理解她的话意，正色道："这话千万别在她面前说。"一念有意道："你其实并不傻。"正想转身而出，却被男人叫住，"你觉得阿山这人如何？"

一念立即停止脚步，"怎么啦？我可不太了解，只知道他是一靳'彩虹社'的会员，后来有事就向她求助。"郝忻微笑道："他找到了满意的女人吗？"一念笑了起来，"今日的女人不像旧时喽。呀，可能被身材拖累吧？听说他还以此为傲，一有机会就喜欢罗列五短身材的名人。"显然，一念是故意说给男人听的，意为现代男女婚恋不再那么简单了，实惠超过情爱，且是双向的挑选。

事实也确实如此，阿山个子矮小，身材上长下短，小腿下方像被截了一段似的，不少人以为他是日本人的后代，阿山听后会堂堂正正自报家门——"中国南方纯种华人"。可惜长相一点不像亚洲人，头发灰黑，脸孔白里透红，浓眉下有对闪烁的大眼。他性格开朗，见人总是笑容满面的，又能说会道、乐于助人，加上同乡会的联谊关系，祖传秘方在侨界日渐知名，虽有人毫不见效但也有其他人崇尚秘方继续前往，于是声名如雪球似的越滚越大，疗效越说越奇，连东南亚的侨胞都知晓。得意间，阿山有样学样，大大方方在名片名字后加上"医生"的职称，还在华人小报上宣扬祖传秘方的神奇，渐渐地，时来运转，各种会议、宴会的邀请函纷至沓来，在福分挡都挡不住时，阿山知情达理，不忘做些慈善的工作。

因人脉关系好，阿山生计早已不成问题。唯因身段不理想，婚姻大事一直挂着没解决，"难民"身份也一时难以脱身。然阿山有个性，从不以身高不到一米五三而自卑，自喻得天独厚，认为五短者具有思维敏捷、智商高、富交际和领导能力，并井井有条如数家珍道："列宁身高1.64m，斯大林身高1.62m，赫鲁晓夫1.66m，加里宁和布哈林身高均为1.55m，孙中山身高1.55m，邓小平身高1.54m，胡耀邦身高1.53m，温家宝身高1.58m——怎样？均是中外名人或领袖啊。"无奈见仁见智，自慰毕竟是自慰。有一次，阿山论五短的优势时就遭到同行人的讽刺，"不错，比武大郎高两厘米呢。"至此阿山再也不敢论身高。然而，认识阿山的华人仍很关注他的私事，直到年前，阿山自己认识了一位离了婚的洋女人，不久两人闪电般地结婚了。

一靳表示理解，异国他乡，华人各有各的求生之道，一念因自顾不暇，对阿山的了解均是从甜甜那里知道的。今郝忻问起，她才将以上所知道的断断续续转告。

郝忻见女人还站在书房门口等待自己回话，突然站了起来，面对窗外侃侃而谈，"阿德勒身材矮小又严重驼背，因自卑感作祟喜欢用拿破仑、斯大林、佛朗哥、墨索里尼等患有的'矮子综合征'来表现强于他人。但迈克·埃斯利表示以上说法没有科学根据，因而矮个子男人不等于就能成为完美的丈夫。"说完转身从书架上找出《财富》杂志，递给女人补充道，"你自己看看吧。"一念吃惊道："一句无关紧要的话，倒引起你如此兴趣，简直可成一篇论文了。"郝忻已忘了口里的味觉接着道："是啊，论文总是由论题引发的，'文呆呆'也可以写篇论文啊。"听得一念右手一举，"去，去，去！老酒喝多了！"随之离开。①

---

① 阿德勒，19世纪末奥地利著名心理学家。
2007年英国中央兰开夏大学开展全球第一个检验"矮子综合征"的实验，结果显示，主持实验的心理学家迈克·埃斯利表示"矮子综合征"没有科学根据。
2006年波兰弗罗茨瓦夫大学调查发现，矮个子男人更容易成为完美丈夫。
美国《财富》排行榜上曾列出：前500名CEO（首席执行官）的平均身高比美国人的人均身高高出3英寸（约7.6厘米）。这500人中58%人身高超过6英尺（约1.83米）占全美国人口14.5%。而身高超过6英尺2英寸的人（约1.88米）的人占《财富》500强排行榜的30%。（占全美国3.9%）

第四篇
怨
—— 无奈也是哲学，懂不懂都得接受

郝忻见她没有不悦的神色，还想多说几句，这时门铃响了。

向正进门后对着前来开门的父亲"哈啰"一声便直奔厕所，出来后急步进入自己的卧室，屁股还没坐热又听到客厅电话的响声，连忙通告父亲，"我来，我来！"到了电话机旁，突然转身问坐在沙发上的父亲，"你不是老觉得累吗？今天怎么不开电视了？"父亲笑道："刚才吃了几粒朱古力糖，肚子有点不舒服。"心里却在猜测儿子怕他接了他的电话。

确实，儿子以为是苏西打来的，原来是约翰的紧张声音，"李老师来电话说生病了，让我转告你明天不必上课，改日补缺。听他口气好像病得不轻，现在还不晚，我们一起探访他如何？"须臾，又补充道，"老师一时找不到你的电话号码，让我转告。"

向正看看钟，时针接近午后四点半，立即回答约翰道："等会儿回话。"心想，今晚约了苏西看电影，若拜访李老师可能错过约会的时间。可李老师是约翰介绍的，他态度和蔼、工作认真，更重要的是不管学生听得懂否，总爱发表一大堆艺术杂论，什么"艺术已被金钱强奸""商人一旦介入画坛，艺术就是商品""乞乞科夫倘若复活，可能立即转行，做艺术品生意赚钱更容易"。①

约翰曾对向正说李老师十分崇尚欧洲人的古典艺术主义精神，现在看法有所改变。向正不了解李老师情况，所以没多问，但偶尔从约翰父子那里知道李老师几年前独自到欧洲，家眷还在中国。约翰喜欢中国水墨画，刚报名不久就推荐向正一起学，向正本已参加业余油画班，听约翰说李老师画具奇特，以手代笔，才好奇地跟随约翰去了两三次，只是看不出意味反觉得他的画怪怪的，不是水灾、地震，就是海啸。有一次向正建议约翰将李老师的几张画拍下照片带回给父亲看看。约翰果真照办，不料父亲架起眼镜认认真真地看了又看，半晌不说话，最终喃喃自语道："都将为放荡瞬间的暴

---

① 乞乞科夫是俄国作家尼古拉·华西里耶维奇·果戈理小说《死灵魂》中一个地主出身的官吏，此人善于投机取巧，内心狡诈，生财有道。

力所吞噬。"①

约翰也时常将父亲对李老师的画作印象转告向正,"李老师未老先衰,双鬓斑白。可他平日总是嘴挂笑意,说我父亲才是他的知己。"但向正自初见李老师至今就没有看到他的笑容,除了不喜欢他爱发牢骚外,还觉得李老师教画时总是心不在焉。想到此,向正忧郁地对父亲征求道:"李老师现在病了,又没人照顾,约翰约我去探访,可我又不是他学生……"

父亲听说是李老师,连忙劝道:"虽不是你的老师,可他病了,洋学生那么关心,主动开口约你,你好意思推却吗?"这时电话又响了,还是约翰的声音,向正依然犹豫,结结巴巴道:"他的画不好看,我未必想学。"

在旁的父亲听到了,立即挥了挥手,"那是另一回事。也许是我们看不懂,歌德说:'睁着眼睛瞧个够。'"②

"谁是歌德?"向正立即问道。

父亲催促说:"赶快走吧,听一回老爸的话!"

"好吧,看在约翰的分儿上!那当然!"向正走到门口转头对父亲说,"告诉妈晚餐别等我,说不定有意外。"

向正的"意外"指的是若与苏西去看电影就可能不回家吃晚餐,但郝忻一听到"意外"就非常的敏感:意外的昏倒,意外的车祸,意外的婚外情,意外的"下海",意外的发财……但愿,李老师没有意外。

---

① 出于歌德《浮士德》"舞台序幕"作者的话,句为:"都将为放荡瞬间的暴力所吞噬。须得年深月久地加以琢磨才可以显示完美的形式。"意为许多文学作品当时人们并不认识它的价值,这种价值往往只能为后世所了解。

② 出自歌德《魏玛宫廷剧场》,意为观众只重视"足够的情节",作者应将观众当作乌合之众。"他们要求马上可以取乐的玩意儿,希望睁着眼睛瞧个够——迫使依仗他们谋生的作者下降作品的水准。"

第四篇
怨
—— 无奈也是哲学,懂不懂都得接受

四十七
艺术的伤逝

向正因和老约翰父子拜访了李老师而错过约见苏西的时间,回到家已九点多,母亲立即问儿子想吃些什么。郝忻近来满脑充塞保健知识,赶快走出书房替儿子回答道:"吃点水果吧,睡前少吃或最好不吃,因为——"女人立即插道:"怎么这么呆板?向正处于发育时期,需要营养啊。"

"妈,你休息去吧。我自己来,我想咨询父亲一些问题。"儿子很快走到父亲面前。

"我听不得吗?"母亲瞥了一下男人,不耐烦地走开,继续在厨房收拾零星事。

儿子刚跟父亲走进书房,郝忻即问:"怎么回事,老师什么病?"

向正流露尴尬神态表示,"不太清楚,只说无论坐着或站立,均头痛。"说完立即发出自己的难题,"爸,你知道什么叫古典主义精神吗?"父亲问他:"怎么啦?"儿子说想了解从老约翰和李老师那里听到的名词意思。父亲挂起笑容说:"古典主义的意思是做事凭兴趣,执着,没有功利心。"儿子又问:"什么叫功利心?"郝忻不在意道:"讲究利害关系。"又担心他问"怎么个讲究法"或"如何讲究利害",便以"等你长大就知道"为结语。

"希望明天午后你陪我一起去看望。画室位于城郊住宅区大马路对面的商业区。"向正眼神充满渴望。父亲虽爽快答道"没问题",却也对精力十足的儿子提出要求,"但你得回答我一个问题。"儿子憋着嘴唇,睁大眼睛望着父亲。

"你平日睡觉做梦吗?"父亲笑问道。

向正立即松了一口气,"我从来不做梦,梦到底是怎么个样式呀?真羡慕会做梦的人。"

"心理医生认为'所有梦都是有意愿和重要的'。"父亲看出他的费解,补充说,"听听我的一次奇梦吧!"①

儿子含着笑没有作声。

父亲继续道:"我看到有些人老想碰我的脑袋,我竭力避开,但他们越走越近,我用口向他们一吹,对方即变成一半肉脸一半粪土脸的容貌,有点像雕塑品似的但具有活人的性能,能说会道,表示喜欢我,想和我做朋友。"

向正听了转动着眼球,右手指搓着太阳穴,想了想,"我好像听过这个梦,不过,梦怎么会一样呢?爸,我明天告诉你好吗?我很饿,想吃点东西。"

郝忻含笑挥挥手让他去。

他仍坐在原位上。窗外,夜色渐渐笼罩大地,盛夏一过,秋意就一步步地迫近了,到时压抑的沉醉又将有了个筑梦的舞台。到那时任理想飞翔、愿望翩翩——让诗句和艺术像梦一样在不眠者的思维中形成一道清逸的小河、淌过荒凉的心田——记得曾在"翰林院"里问过苊苊,为什么老被梦纠缠不清,苊苊说:"总是看了太多无聊的信息吧?"郝忻说:"略为过目而已。不是太在乎。"苊苊说:"科技正改变现代人的生存状态,克隆、转基因早已落伍,未来必将有更多的颠覆和感应,'知识工作的自动化''云计算''机器人技术'等肯定大有发展跟不上时代的人,才会沉浸梦里。"连苊苊都懂得这么多,难怪小市民会在城门口公开说:"他们搞得天翻地覆我都不管,只要我们家里保持原样。"②

想到此,竟然联想有天人的心思意念也会被科技所破解,清清楚楚被人看到……

正当"遐想"和"梦"欢欣鼓舞幽会时,忽然,听到窗外滴滴答答的下雨声,他走近窗一看,风挺着胸起劲地吹着雨丝,"幸好晚间天气预报没有提到雷雨。"又担忧天气预报不准,连忙起身取好耳塞告诫自己,"即使风雨无阻、妄想多多,比起李老师

---

① 弗洛姆(1900~1980)美国著名心理学家,新弗洛伊德主义重要理论家,法兰克福学派重要成员。他在《梦的精神分析》著作中认为"所有梦都是有意愿和重要的"。

② 出自《浮士德》在"城门口"市民三说的话。

第四篇
怨
——无奈也是哲学,懂不懂都得接受

也算幸运,我有家人和安身立命处,他独在异乡,加上身体欠佳——哎,无论如何,明天得陪儿子探访下。"

雨开始越下越猛。虽没有雷电,但风声、雨声和树枝摇曳声如同女人的呜咽直戳着他的灵魂,"遐想"与"梦"随之消失,思维里的那条美丽小河如同碰上带电的云柱,不时发出闪烁的火花——当年为理想出国以为就可逃脱人为制作的天网,不料隔世也艰难,逃得出家园却逃不开地球的地面,移动了躯体却抛不开灵魂,于是从经历到感受、从感受到意识、从意识到忧郁、从忧郁到表情、从表情到怪梦,均成了那条小河上跳动的、无序的水花。

他突然轻轻地哼了声,心想难怪啊,欧洲经历了两次世界大战,人们已十分厌恶战争,讨厌什么飞机大炮坦克等设备。国与国、人与人之间较量来较量去,最终还是同住在一个地球上。于是聪明人利用科技制造先进火箭、导弹、原子弹、毒气和无人驾驶飞机等,想让他们不喜欢的人群如蒸汽般消失于世——不料地球生气了,或摇摆身躯分裂地板或以风助浪咆哮抗议——末日岂非是戏言?难怪当下活人只喜欢咖啡、日光浴和做爱。

"我呢,像儿子手中的风筝,无论风力如何,也只能在那点空间内飞翔。"郝忻半倚在座椅上,不时地摇着头,用右手中食指重重地揉搓着那宽扁的前额,想驱除无奈、遗憾和思维中的那条美丽的小河,"平日,不愿在别人面前出丑,也看不惯下等人的生存态度,只想规规矩矩守法、简简单单做人,认真守己做自己喜欢的事,但,突然一阵'无常'悟出时间的真谛却增多了麻烦。原来,愿望和理想谈何容易,你想这样,生活却让你那样,你想那样,彼特和'黑猪'却讥笑你笨蛋——那就试试做个聪明人吧,可'器官'却不合作。真没面子,蒂蒂口头安慰我,最终还是唏嘘一声地坐起,看到她无奈失望的神情,实在抱歉。"

整个傍晚,他就在世界营造出来的氛围里设想、揣摩和企望,虽偶尔也会脸红耳赤,觉得自己怎么活得这么窝囊,但毕竟是被掩盖的事实,难得今晚抖出来,看看是世界残酷不公正还是自己的错。

夜已深沉,他觉得头部不舒服时才开始怪罪自己,觉得发妻没有错。那句被视为爱称的"文呆呆"此时成了含义深沉的轻视和造作的代名词,"文呆呆"爱称突然像一具机器人呈现在他面前,表面俊美刚硬,灵魂如奴才般可怜。"难道我不能控制自己或改变吗?"想到此就越来越不安,一面生自己的气,一面竭力驱赶胡思乱想不让它影响睡眠。

为不引发头痛,他决意退出"生活"与"梦"的舞台,带着没有解决的问号躺在床上,虽寂寞得有点凄凉,但屋内还有亲人呢。

……

天亮前,雨停了。

不久老天爷又像发脾气似的哗啦啦地发泄一阵,直到累了才化作不大不小的雨丝,稀疏时,在风中飞舞,急促时,令树枝相互碰撞,发出吱吱嘎嘎的声音,偶尔又风又雨地发出疯癫似的呓语——

他被吵醒了,起身往窗隙一看,曙光熹微,玻璃窗上贴着的潮润雨水正向窗台流下一道道昏黄不清的水柱。

室内的电路受到窗外气候的影响也调皮起来了,干脆短路了。座灯突然闪了下并灭了,郝忻正奇怪怎么回事就听到身后儿子的声音,"站在那里干什么,没电啊!"

"你怎么知道?"郝忻半睁着眼问道。向正用手按了按开关道:"你看,你看!"

"既然停电,我再休息会儿。"郝忻睡眠不足,继续往床上躺去。

整整一上午,一念几次进门探望,听到呼噜噜呼噜噜的鼾声,又退了出去。

待到郝忻起床,儿子已参加主日学回来了,直奔他书房道:"现在可以为你解梦了。你和巴比伦王尼布甲尼撒的梦相似,① 他梦见一只大象的脚是半铁半泥的,你梦见的却是一半肉脸一半粪土脸的人群——"郝忻立即转头插道:"是老约翰帮你解说的吧?"向正仰起头说:"那当然!"接着继续说巴比伦王尼布甲尼撒梦里的金属包括

---

① 巴比伦王尼布甲尼撒的梦,出于《圣经》"但以理"第二章三十一节。

第四篇
怨
——无奈也是哲学，懂不懂都得接受

金、银、铜、铁，即今日的地球村之意——人种混杂所以很难合作共进，总有一天会碰到非人手凿出石头的碎砸——至于你的梦，老约翰说下次告知。"

郝忻站起来，惊奇道："有意思，有意思！看来你参加主日学没白费功夫。希望探访李老师时能见到老约翰。"向正亮声道："那当然！"这时，客厅传来一念呼儿的声音，父子一起往客厅去。只见一念站在厨房门口，指着饭桌上两大碗海鲜面条道："儿子的午餐，你的早餐。"

郝忻飞了儿子一眼，对一念说谢谢。

约半小时后，儿子见父亲放下筷子，立即催促道："走吧，有点迟了。"

一路上，儿子继续对"梦"的神奇问这问那，但父亲很快将话题转向李老师，儿子说不了解，"一会儿你自己问去。"

其实了解李老师的人并不多，他深居简出，很少和华人往来。事缘有位邱老板曾在本地参观过他即画即卖的画作后，觉得他是大师级的门徒，其画又属冷门货，将来画价一定可观，便主动递给他一张名片，表示日后若有需要可找他帮忙。

当时李老师不太在意他的话，在欧洲办完事就回国了。

回国不久，妻子就下岗，他虽是美专老师，但因性格内向不善交际、不爱活动，靠薪水谈不上购屋或供儿子上大学，想到欧洲即画即卖的收益不错，三年后又央求一位海外乡亲做担保，再次出国。没想到这次出国没上次幸运，只身一人言语不通，将随身带的钱花得七七八八的时候，才想起上回认识的那位王先生，可对方改了电话号码，再也找不到他，无奈中只好找邱老板商议。

邱老板虽经商却爱好艺术，愿意将商业区内有层一百多平方米的储藏屋免收两年租金供他当画室。李老师立即拱手感激贵人相助。邱老板也说到做到，很快请人做了简单的装修，还特别加添了一小间厨房与洗澡间。

李老师入住那天竟然举起双手往空中一伸，压着声调喊道："有画室啦！"兴奋的心情如六月天烧炉子，趁火热贴广告招生教画，将希望寄托于学生和卖画方面。

转眼两年多过去了。学生越来越少,不过五六人,连同售画的收入仅够个人生活费而已。一位华人学生好心帮他推荐学生,邀请自己的邻居约翰一起学习东方绘画。约翰父亲是教会执事长,还擅长宗教画的评论,不但支持儿子学东方绘画,还抽空与他一起到李老师画室浏览,只是事后对儿子说现代画家想走红需靠外交手腕,否则真天才只能等死后出名。

约翰曾将父亲的话转告李老师,问他为什么不做广告?李老师望着约翰笑道:"不懂,也不愿意。"突然,举起手往膝盖一拍,对他解释说"夫唯不争,故天下莫能与之争"的见解。①

老约翰从儿子那里知道李老师的想法后,十分敬佩其职业道德。知道他手头拮据,便联合几位朋友出谋划策帮他办个画展,为他写画评,中间也向他传福音,希望周日能参加教堂礼拜。李老师心存感谢,唯听到与画无关的事便摇头,"我在无神论国度成长,不懂这些,抱歉啊!"

老约翰依然锲而不舍地邀请,李老师依旧巧妙地转换话题,婉言拒绝。尽管如此,他们却越走越近,关系也越来越亲密,只是收入没保障,日子依然没起色。

画展那天,老约翰私下在三张画上贴上红色小圆形标签,表示已出售。

消息传出后,华人惊奇道:"从来没有听说这里还有著名的中国画家。"

邱老板听到后笑道:"你们只知道这里的中餐馆。"但见到李画家却又高兴又恭维,不是"恭喜"就是"熬出头了"。李老师一面感谢他一面表示不会忘恩负义。邱老板满意地点点头,但画展结束一星期后仍不见李老师身影,不由产生许多猜忌或胡思乱想。

一天,李老师还在梦中就听到"笃笃笃"的敲门声,匆匆忙忙换好衣服,开了门。

"太阳快正中啦!"邱老板的女秘书踏进门便惊奇道。随她身后是位年轻男士。

"近来老是失眠。"李老师右手搔着下巴。

---

① 语出《老子》第二十二章。

第四篇
怨
——无奈也是哲学，懂不懂都得接受

　　女秘书三十出头，左腕上戴着白玉手镯，双眼嵌着长长翘翘的假睫毛。她一面环顾四周墙上以及堆积墙角的挂图，一面挺着腰背神气道："画展成功，应该高枕无忧呀！"说完取出一张收据递到李老师面前，以试探的口气道："总算'发'了，老板有眼力，但，不好意思啊，世情难料，老板近来生意亏损，公司经营拮据，这，两年半的房租单，你看着办吧。"女秘书在"这"字后停顿了一会儿，为的是显示租单的重要性。

　　李老师立即皱起眉头对着房租单发呆，心慌意乱道："我没有发财呀，有位观众看中一幅，但至今还没有来取货——"

　　站在女秘书身旁的那位年轻黑发男士身体健壮，肌肉结实，脸色红润，左手插在牛仔裤袋，右手拿着透明胶带盒。突然，女秘书持着租单走到画台一放，像老板娘的口气道："先签个名吧。"说完和男同事交换下眼色。李老师一时想不出什么办法，心想，"交租？哦，应该，应该——"湿润的眼眶在清癯的脸孔上尤显明亮，"等一等，等一等，我可没有谄媚或依赖他——是他自愿给我两年的免租期，现在过了期，我也正在想办法——"他停顿一会儿，低着头补充道，"我想以画抵押，又担心他不愿意，所以迟迟没开口。"

　　女秘书带着刺似的口吻插道："现在不就时来运转了？古人云'滴水之恩当涌泉相报'，我若是你，发财后第一时间就会想到他。"

　　"实话实说，那些已售的标签，是好心人想为我做广告。"李老师突然觉得老约翰的善意竟然成了他的麻烦和压力。

　　"真的？"那位男士突然睁大了眼睛，骨碌碌地望着他。

　　"不说了，想办法还债就是，我想办法——"李老师伸手拿起房租单，看到三万多欧元数字，不由身子往后退了退，心里不停地发出"啊啊"声，抖着手道，"早知如此，何必当初，早知如此，何必——"

　　"已很照顾你了。那两年，不过意思意思罢了。"在女秘书的催促下，李老师战战兢兢地在房租单上签了名。女秘书伸手"嗖"地抽起，转身用下巴向男士示意后才侧身对李老师说:"十天内交清。"说完扬长而去。

听到厚重大门的"咔嚓"关门声,李老师才迟缓怠倦地往那张跳蚤市场买回的帆布摇椅一坐,谁知用力过猛,摇椅翻了个跟斗,这下祸不单行,竟然起不了身,在地下挣扎了半小时才慢慢地侧过身子,勉强起身,扶正摇椅坐下,右胳膊搭在扶手上,左手托着睡眠不足的脸孔,呆呆地望着对面的几幅黑白素描画——咖啡馆门前坐满了边喝啤酒边晒日光浴的顾客,神态表情动作各式各样,有痴迷的,有说笑的,有东张西望、托腮的沉郁者,也有喝完咖啡、半睡半眯地看着行道上路人的老者——哦,正是眼前这三幅被贴上小红标签的画作使他心烦意乱、不得安宁,此时,他多么渴望它们化成无数会飞会跳会笑的纸币,来取代眼前这张足有千斤重的房租单。

"三万多欧元——"他重复着这句话。觉得即使画展成功也不敢想这个数目,最糟糕的是当时不了解老约翰的用意,以为真的有买主了,"怎么办,老约翰好心不一定办好事——我得主动告诉他。"不料,当他起身想挂电话的时候,一阵天昏地暗的晕厥让他扑通倒在地上。从这天开始,李老师已无法授课,又因没有医疗保险,只能躺在床上休息。

几天后,约翰父子到访才知道李老师的苦衷,老约翰长长地叹口声,原想实践下"出师就取胜的好开场",不料事与愿违。

"我得为自己的声名负责。"老约翰对自己说,侧过脸安慰李老师道,"我一定'把邓恩拖出泥潭。'"①

"你说什么?"李老师没听懂。

老约翰拍拍他肩膀道:"没问题,暂且别管了,天掉不下来,继续生活吧。"

"有何妙计?"李老师自言自语,不知所措,只能在老约翰的语气里寄托希望。然而,约翰父子离去后就没有消息了。

---

① 英国一种古老的游戏,将称为邓恩的木块扔在泥潭里,玩游戏的人要把它拉出来才算获胜,每人竭力不让别人成功,眼看邓恩差不多快被拉出来,最后又被别人拖进泥潭。今比喻"给困境中的人以帮助"。

第四篇
怨
——无奈也是哲学，懂不懂都得接受

　　三天过去了，依然毫无音讯。异乡一人，束手无策，幸好经休息后恢复些元气。

　　交租的最后限期日到了，门口传来一阵敲门与谈笑的声音，女秘书和那位男士再次在门口出现，她瞟了李老师一眼，突然，和那位男士一起将墙上的画取下来，又仿佛在替画家说："那就以画抵租吧。"

　　李老师静静地坐在那张圆木椅上，一句话也没说，眼睁睁地看着他们取下挂在墙上的几张画。这时，女秘书又往墙角的画堆里翻啊看啊找啊，显然，她想象藏起来的东西必定是好货，所以不放过摆放在任何角落的画作。

　　室内除了画框的落地声，就是人体的汗味掺和黑墨及画纸的气息，酸涩而厚重。

　　眼看十几幅水墨画被放在门后（其中一半是他舍不得卖出的精品）即将离去，约翰平日的笑话像剑般向他刺来，"老师，你多年奋斗，就这点收获？"向正也曾经指着画室里挂的、堆的、放的墨画，问道："它们像是你的孩子吧？"想到此，李老师像被突然袭击似的心脏扑扑地乱跳起来，右手不停地前后摆动，双脚跺着地板道："我还没有登记呀，小伙子，你说说，它们是我的孩子，该不该登记？我的孩子，该不该，登记啊——"

　　年轻男士怔了下，听到那颤抖凄凉的哀伤声调，再看看他脸孔和额头冒着的淋淋冷汗，想到自己也是为"五斗米而折腰"，不由起了恻隐心，露出整齐的牙齿以低沉的男中音对女秘书说："让他登记吧，反正手拿画框不方便，明天开车来如何？"

　　女秘书听了也觉得确实一次拿不完，但她没有正面回答，只将十几幅框好的画作集中摆放在正墙下，转身面对李老师说："就这些，明天来取。"说完向男士示意，"走！"

　　眼见他们确实离开了，李老师才双掌合十对着门口不停地谢谢小伙子，感谢他的同情心。"完了，全完了！"他一面呼叫着，一面像泄了气的皮球，再一次倒向摇椅。

　　摇椅有点高，两脚难着地，随时得控制摇摆的力度。此时，他将两手交叠在腹部，眼望天花板，头脑一片空白——不一会儿，连打几个哈欠后，这才想起登记画作的事，慢慢地支起身子，将十几幅画搬到桌旁，先登记画作名字再量它们的尺寸，然后找出那本初定售价的表格,再取出计算器一算,"哗,近七万欧元呀。"便对自己刚才的表现十分不满意,"是他自己说免租两年呀?刚才为何不反抗?要不是那位小伙子,我会终身后悔,说不定不想活了。"于是一面骂自己恨自己怨自己,一面觉得身子像筛子似的战栗起来,先觉得冷,随之毛孔肃然,身体渐往下沉,连忙起身到卧室,拉起被子一头栽到床上。待到门口的对讲机再次出现啦啦响声的时候,才懵懵懂懂地睁开眼,觉得浑身滚烫烫的难受,心想,这次无论如何不能开门,"死也不开!"

他轻轻地拉起半边窗帘,小窗外,阳光柔和,晴空万里,室内却阴凉凉的,对讲机又响了,这才想到业主也有开门的钥匙呀,立即换好衣服拿起听筒一听,"哦!是你呀,老约翰!"

"怎么啦?"当身材魁梧高大的老约翰带着儿子和郝忻父子进屋时,看到李老师满脸通红,神情沮丧,立即紧握住他的双手道:"好点了吗?别紧张,我已帮你'取下木栓'。"①

李老师没有作声,双眼直直地望着郝忻。

还是郝忻先开口,"你,哦,我想想,不就是那年在"翰林院"即画即卖的画家吗?"心里则琢磨他为什么要隐名换姓呢。

李老师苦笑道:"你一进门,我就认出来了。"他低下头,尴尬得脸不知往哪儿放。

约翰看看他们,惊奇道:"原来你们早已认识了?"

郝忻点点头,露出苦涩的笑容,李老师面对郝忻说:"不好意思再麻烦你们,才——"他很想继续解释,最终还是没开口。老约翰听不懂华语没有多问,据他了解华人之间可以在瞬间熟稔,也可能熟悉后视而不见,所以神态悠然地从口袋取出一盒阿斯匹林递给李老师道:"可退烧止痛,没问题。"

约翰已被向正随身带的小游戏机迷住了,两人坐在进门的桌角旁,向正边解释边

---

① 英国旧时以木栓控制升降船只旗帜,旗帜高度表示船只的等级。降低一个栓子就是降低船只一个等级。此后,该成语表示煞某人威风,灭其嚣张的气焰。

第四篇
怨
——无奈也是哲学,懂不懂都得接受

教他如何操作。

老约翰拉过两张圆木椅,与郝忻坐在李老师的对面,见他一脸疑惑,以平静又亲切的口吻陈述他"取下木栓"的过程:

"那天接到你的电话后,担心'广告秘密'传出影响不好,即和有爱心的教友商量,他们知道后决定帮忙推销。我也亲自打电话给业主,照合约前两年免租,第三年开始算租金,业主说:'那得一次付清现钱,以后每月10号交租,迟一天加两百欧元。'我说:'老板啊,我真不明白,当年发慈心的是你,如今狠心绝情的也是你,怎么回事啊?'你猜他怎说?"

李老师沮丧地摇着头。

老约翰放慢声调继续道:"这人聪明,将一切事推诿给女秘书,说是她的主意,她还没有结婚,却是公司的股东之一。"见同座人没有表态,老约翰突然做了个鬼脸,幽默地一面重复"她还没有结婚",一面举起右手指不停地在空中画着弧线或打着转转儿。

这时,李老师想起身为大家倒水,却被老约翰的大手压下,"我觉得租金太贵了,是否另想办法?"

"当然,当然!"李老师接着说,"怪不得这两天没有下文!原来如此,谢谢你啊!"说完抬头看了郝忻一眼,简单告诉他想赚些钱给儿子交学费。

郝忻微笑道:"上回在'翰林院'的售画纯属人情关系,老王在你画展后第二年就脑溢血离世了。就算老王还健在,也不可能像上次一样有所获。"

李老师低着头,上身一动不动,只是右脚底拖鞋不时地在地板上来回摩擦,头部太阳穴青筋明显突出。不一会儿,他哭丧着脸道:"我一直没有忘记他,这趟到来没有找他是怕他误会,也不好意思,原想收入好些再找他,没想到,迟啦!郝先生,老约翰,谢谢你们呀,我不想再这样待下去了——"

老约翰费解地摇着头,不知所措地责怪着业主,"他太急躁了,以为得了几幅画卖掉就发财?"

李老师说不怪他,在商言商,"我一直想还他那两年的租金,谁知与钱无缘,但我没忘记谢谢他,没忘记——"说完拿起身边的空白宣纸一把撕了,约翰看到惊叫了一声,郝忻忐忑不安地望着老约翰,老约翰一时不知如何是好,以为他病得失神了。

室内立即安静下来,大约两分钟后,只见李老师手肘支在大腿上,抱着垂着的头叹道:"谢谢你们!惭愧,惭愧!我想想我想想,我不能这样下去,不能,不好——"

郝忻也怆然,没有作声,右手指不停地捏着左手指。老约翰起身到厨房,打开冰箱看到里面还有一瓶牛奶、半条面包、一罐猪肝酱和一个苹果,转身走到李老师面前说:"今天你有情绪,改天再说吧。总之,我们愿意帮助你。"

李老师仍然呆呆地坐在原位上,世界之大之美之诱惑,一下子被锁在老王的音容笑貌里,那样难忘、那样刻骨铭心和内疚,至于自己的心思,也许过于宽阔、深邃、高远,以致这间免租两年的屋子无法容纳,不由得解开上衣散热,暗怪自己幼稚、可笑和荒诞。

老约翰建议李老师该休息了。众随之告别。走到门口的时候,郝忻主动向老约翰询问些信仰的事,表示对此一无所知。老约翰有问有答,最终还是那句话:"抽空到教堂听听,如果天父拣选你,你就跑不掉。"

然而,在和儿子回家的路上,郝忻却说:"看来你上午转达的解梦信息不算准确,人与人之间能否和睦共处与人种没有关系,关键还是信仰问题。"

向正仰头望望父亲,表示费解,但没有回话。

四十八
"家"就是家人家务和家事

郝忻父子回到家见一念正忙着为他们换床单,向正立即趋前道:"妈,我饿了,先吃饭吧。"母亲说:"洗完澡再说。"儿子要求,"破个例。"母亲道:"有一例就有二

第四篇
怨
——无奈也是哲学,懂不懂都得接受

例,不行!"儿子瞪了她一眼才进浴室。

母亲回瞥下儿子,转身对男人道:"自己的儿子都管不了,还爱管闲事?"郝忻对其借题发挥甚为不满,坐在沙发上无奈道:"陪儿子探访下老师也不行吗?"

女人立即将抱在手上的待洗床单往洗衣机房一扔,趁儿子在洗澡,说:"你不觉得儿子和苏西越走越近,有点不正常?"男人说:"社会环境造成的,有什么办法?"一念道:"管教啊!小小年纪,发育还没完全,成何体统?"郝忻说:"现在的孩子太舒适了,不知天高地厚,得受些苦才行……"建议将他送到中国农村吃吃苦头,学习中中文化传统,打好人格基础再出来。一念听了"哈哈"笑起来,觉得丈夫在甩包袱,是不负责任的态度,"传统文化真的那么可靠吗?你数十年深厚的难忘的传统文化在哪里?"郝忻听了敏感道:"又来了,又来了!他如旭日初升,刚懂事点,怎和我同日而语?好吧,不回国也罢,你做主你做主……"

两人初次你一句我一句地彼此推卸责任,责怪对方没管教好儿子。直到一念看到儿子已坐在饭桌旁等着开饭,才沮丧叹道:"没法跟你谈!"随后转题对儿子说了些晚餐新作料的来源。郝忻觉得自己也饿了,便怪自己怎么变得爱驳嘴爱争论,"过去可没有这样啊。"

晚餐菜式比往日丰富,除了肉还有大虾。不知是各人忙于品尝美味,还是刚才言谈影响情绪,母亲有意开大电视声音,三人边吃边听新闻报道。一念不声不响地扒几口饭菜就离台,一会儿进厨房一会儿开洗衣机。郝忻趁机提醒儿子不要告诉母亲李老师就是几年前父母认识的画家。向正望着父亲问:"为什么?"父亲说:"妈妈怕他找麻烦。"儿子嘴里咀嚼着肉块,费解地眯起眼睛,吞下食物后才低声告诉父亲,"那当然,她只爱自己。"

这时郝忻放下筷子,坐在儿子身旁,看他到津津有味的吃相,父亲提起筷子将最后一只虾和几块炒肉片夹到他碟内,鼓励他,"吃掉,别浪费。"

四碟菜全部清光了,向正离开饭桌就进入自己的卧室。一念见之浑身不舒服,瞟了男人一眼,心想自己有口气就有做不完的事,即使死了也很快有女人愿意进来帮忙,既然如是，说不说都得做，不如不说，所以继续独自闷声闷气地收拾台面，洗涤后放好杂物，再拿熨斗烫昨天没有烫完的衣服——做完这事做那事，没完没了，又有点不甘心，偶尔朝男人方向望望。

男人在看电视，并非像女人想象的那么轻松和快意，李老师的际遇使他沉重不安又束手无策，觉得比起他自己幸运得多，"若哪天动笔著书，还可增添些精彩的故事呢。"想到此，不由暗中自喜，觉得回大陆的见闻没白费，加深了对浮士德闯荡世间意义的理解，再思"傻性"、"奴性"的题意。于是，希望以后一方面留守"翰林院"，另一方面着手完成杨老师的夙愿，当然也渴望见到芾芾，告诉她心头的矛盾、冒险和无奈即将过去。郝忻越想越兴奋，顿然有了灵感和冲动，准备起身取纸写下动笔的计划时，突然想到前天馥淑要他出示医生的证明，心情立即走了样，便以不开心的目光瞟了下电视后柜台上的孔子雕像，从喉底发出微微的声音，"我了解你当时的处境，你却体会不到我的难处——你若转世于今，也成不了圣人——"

一念听到喃喃声，以为是电视节目引起的反应，瞄了他一眼。

"拿不出医生证明，合同期间辞职必须赔偿公司的损失。"郝忻积压心底的心思开始流溢出来了：已向馥淑佯言对中药有过敏不想回国找中医，馥淑为何还在催促呢？子乐比我内行能干，还老缠我干什么？所以心里不但没喜悦，反而七上八下。

电话响了。郝忻听到电话声就紧张，连忙起身往书房去。待女人接听电话后，郝忻立即走出来问道"找谁？"

一念故意作乐道："卜经理找你呀。"见他脸色变了样，连忙转笑安慰说，"别紧张，一靳有事顺访。"

郝忻松了口气，非常不喜欢妻的这个玩笑，脸带怒意地踅入书房。

十来分钟，甜甜就到了。向正走出房打了个招呼，又进卧室忙自己的事。郝忻想装睡则被一靳叫个不停。

"怎么样？"一靳敲敲书房门就进去，见姐夫从单人床坐起即道，"我说过不会这么快有效果。"一念随身进门，拉了下一靳的衣角走向客厅沙发，轻声道："真是一言

第四篇
怨
——无奈也是哲学,懂不懂都得接受

难尽。自作主张回来,体检又查不出什么毛病,好在卜经理让他思之再三。这份工作不说难找,抢都没份儿,小妹,你帮我劝劝他。"一靳含笑道:"不想越权,有你够了。"一念撩了下鬓发苦笑说:"有那么简单就好。"一靳说可能是上回住院留下的恐惧症,建议再往彼得诊所求医。

这话让书房里的姐夫听到了,立即姗姗出来,正想开口就被一念打断,"听说彼得也病了,门诊已关闭。"

"啊?什么病?我好久没有见到他了。"郝忻迫不及待问。

"好像患了严重的忧郁症。"一念补充道,"据说他妻子平日身体健康,毫无病灶,但半年前在煮晚餐的时候突然倒地猝死,医生诊断为隐性心脏病突发。祸不单行啊,他儿子年初参加同班双胞胎女生的生日会,谁知乐极生悲,因店里下垂的挂彩不小心触到烛火,火势直冲屋顶,你知道啦,现代许多室内装修品均是用石油副产品加工制作的,哗啦啦,大家还不知怎么回事,全屋已一片火海、浓烟滚滚……"

"结果呢?"郝忻十分焦急。

"五死十七伤。他儿子脸部受了重伤,经抢救治疗后还得等待整容,可是——"一念停了下,一靳连忙插道:"快说啊!好在现代医术高明。"

"听说整容后,有天他解下脸部的纱布看到镜内的脸孔当即大叫一声,害怕又激动地冲出去,准备从医院高楼的走廊旁跨栏跃下,幸好被人及时阻挡。"一念轻快流畅的讲述让一靳没头没脑地望了姐夫一会儿,突然伸手将姐拉到卧室,责怪她不该在姐夫面前说这些,一念不在乎道:"别将他当孩子,大风大浪过来的人,听点消息都经不起,还能成就什么大事吗?"

"我想抽空拜访他。"郝忻主动走到女人卧室门前,站了会儿,转而进书房,忧郁地想,"诊所关门了,到哪儿找他呢?"

客厅传来姐妹的谈话声,郝忻敏感地竖起耳朵,大多是一靳的声音,说老祖祖生日即将来临,郝忻既然回来了,怎么也得等奶奶生日过后再回去,郝忻听了很高兴。一念"嗯嗯"两声,一靳建议明天一起到老祖祖那里看看还缺少些什么。

姐姐即时答应了。

实际上，一靳对姐姐不关心老祖祖的生日很有意见，只是暂且竭力控制住情绪，想见了老祖祖后直说，便匆匆离去。走到半路想起忘了确定明天的约定时间，又拨了次电话。

翌日黄昏，一念离家前对男人说她和妹妹探访老祖祖，顺道商议生日会的事。郝忻让她问问老祖祖是否愿意让人画张百岁画像。一念笑了下，替老祖祖答道："她可没兴趣。"说完转身离去。

半小时后，姐妹在约定的停车场大门前见面了。

夕阳和煦，空气清新而凉爽，晚风习习，姐妹同往养老院去，一样的环境同样的路向，一念恨恨地地想着郝忻言而无信，以装病拖拉应付，一靳则郁闷地数算着姐姐快一年来不正常的举动，老祖祖进养老院前一家人外出度假，早不去晚不去偏偏在老祖祖快到 99 岁生日时出发，那时根本不是度假时间，姐解释说临时决定的。眼下快到老祖祖的百岁生日，"再过分，我就不客气了。"一靳三岁不到由老祖祖抚养成人，几天不见老祖祖就难受，"这难得的百岁生日，一定要隆重，像样！"可惜，这一腔的热望到达养老院门口就消减了一半。因她突然递给姐姐一张纸条，希望写下备忘录，不料姐姐问道："让我记录？你不就是定做一个蛋糕吗？"

一靳再次控制自己，柔声缓气道："你没想好吧？这是养老院，一个蛋糕够吗？"

"这倒是。你定得有多大？"一念明白了。

"老人胃口小，两个最大号，怎样？你答应负责鲜花、小食、饮料等是吗？数量和质量？心中有没有底？"一靳不客气地随后将接待、布置会场等杂事推给姐姐，再负气道，"不是每个人都有这一天的。"

一念原想谁有空谁多做些，根本不是有意推却，没想到妹妹这么计较。一靳似乎猜出她的想法，补充道："你总以为我吃饱饭没事干？我不比你空闲呀，何况是洋人养老院？个个均看重生日，为了华人的面子，也该办得像样些。"

一念不觉挥了挥右手道："好了！见到老祖祖，就别说这些了。"

第四篇
怨
——无奈也是哲学,懂不懂都得接受

"那就把话说完,"一靳扬起凤眼、表情冷淡而镇静,"有关那天在养老院饭堂内的挂灯结彩、排列桌椅、安排庆贺节目等,共同负责。"一念确实没想到有这么多琐事,只好微笑道:"你确实比我心细。"

姐妹进入房间时,老祖祖正在看电视,见俩孙女进房来笑而不语,还是甜甜口快,"祝老祖祖寿比南山。"

奶奶嘿嘿笑道:"那也太自私了,老了却不死,新生儿怎么办?"一念瞥了一靳一眼才转向老祖祖问她需要些什么东西吗,老人点点头说:"够了。"甜甜责怪姐道:"怎么问她呢,该问护士长呀——"说完又不开心起来,觉得姐姐一向聪明能干,怎么这点小事都讲不到一起,便将已答应下周末陪她和姐夫看望彼得的事低声推却之,"我和彼得不熟,你俩自己去吧。圆桂好久没消息了,阿红找我有事,我均忙得没及时回应。上回她俩够义气了,现在她们有事,我也不好推辞呀。"

一念心里有嘀咕,但没表露出来,反而说:"应该,应该!"

老祖祖说去年已经庆贺了,今年可免了。一靳说洋人计算年龄是以出生日到次年的该日为一岁,以此类推,不到今年生日那天就不算一百岁。

老人对生日的冷漠出乎俩姐妹意料之外,加上这趟到访收获不大,约待了一小时后,一念怕超市关门先离开。一靳多待了会儿,告诉老祖祖这次凯西也很重视。老祖祖微笑地点点头,想象那天一定很热闹。

一靳离开养老院后,在路口看到一块新开张商店的特价广告,决定前往看看。但在停车场的转弯处突然看到一只灰鸽从路旁的花墟里跃起,扑扑打了几下翅膀又跌落下来,再也没有动静,趋身一看,原来是只老灰鸽,死了,僵了!再也不会飞了。哦,"老"与"死",想到有一天老祖祖若像灰鸽一样永远不会说话了怎么办,到时心里有话对谁说,姐那么忙,凯西靠得住吗?

"幸好,我还年轻。"她对自己说。

"年轻真好!"她再次安慰自己,心想还有那么多事情没经历,假如有天想和凯西生个孩子是怎么个样儿?计划买屋将选择何种建筑形式的房子——一路的想象、满脑的憧憬，直到进入商场后，才被新的景象所吸引——身穿新装的服务员给顾客派发传单或宣传画，还有彩旗、乐声等——开业期间物价特惠，前三天购买的商品除七折外还有礼品赠送。她看呀逛呀终于替凯西买了一顶新式真毛帽，作为老祖祖的生日礼物。当她收到塑料奶嘴的赠送礼品时即想到此处离阿梦塔家不远，立即电告她特价优惠的消息，阿梦塔说走不开，一靳替她向安博"请假"几小时，安博听说大减价又有礼品，何况也得进购些婴儿日用品和食物，就答应了。

阿梦塔临走前对安博交代奶瓶、尿垫、塑料奶嘴的摆放位置以及喂奶时间后，匆匆收拾妥当，换上件干净的衣服才出门。即将跨出门槛的时候，突然又回头对丈夫笑道："闻闻屎尿的味道吧，别以为家庭妇女就是吃白饭，我比你更辛苦劳累——"

当她在商场约定地方看到一靳后，就皱着眉头说自己又怀孕了。

甜甜听了"啊"一声笑起来，重复道："又怀孕了！"阿梦塔正色道："笑什么？真的！我们约个时间聊聊，你就不会笑而是哭——"

"有那么严重吗？"一靳很想知道个清楚，阿梦塔说："不严重的事情不等于不苦恼烦闷。"

"为什么不避孕？"一靳回过神来。

"安博说欧洲人口日渐老龄化，出生率则年年下降。我虽喜欢孩子也不是母猪呀——眼下过的是什么日子，整天和屎尿、哭闹打交道，又累又辛苦，等他们长大，我的时间青春生命也没了——到时，男人还可能嫌你老丑另寻新欢哩。"阿梦塔越说神情越紧张彷徨。

"对，安博喜欢孩子，多多益善，他曾对我说过女人对社会的贡献就是生育和抚养子女成人。"

"说得容易！单是眼下这几个我都快发神经病了。"阿梦塔和甜甜并肩走着，根本没有购物的欲望。

一靳见她神情迷惑声调畏怯，连忙劝道："肚子是你的，生不生可不由他一人决定呀。"说完把手伸给她，"我以为欧洲妇女比亚洲女人强悍，其实不呢。"阿梦塔反驳

第四篇
怨
——无奈也是哲学,懂不懂都得接受

说她妹妹就不是这样,早和男朋友说好婚后不准备生孩子,不同意就分手。随之再三强调自己喜欢孩子,但没想到这么辛苦麻烦,目前最烦恼的是若不遵从安博的意愿便担心他会找其他女人,"时下离婚如唱歌,受伤的自是孩子和女人。我喜欢家庭,难忘童年的快乐,那时,父亲在食品厂工作,母亲在家照顾孩子,生活不富足,彼此却和睦亲近,放学回家最高兴的就是看到家里有人——逢生日会,祖父祖母、父母亲、兄弟姐妹和亲友欢聚一堂,台桌上摆着各式各样食品以及丰富多彩的礼品……"她边走边说,开始流露出快活开朗的微笑,当她意识到这一切已成历史或个人美好的回忆时,突然将脸一沉,转个话题道,"世道变了。"

过了一会儿,阿梦塔提及邻居新近发生的一件事,"夫妇年近半百,有两个孩子,丈夫是律师,妻是家庭主妇,前年他们的 20 岁长子在度假时强奸并谋杀一美国年轻女游客,事后因父亲出谋划策,儿子逍遥法外。今年,儿子又在南美洲旅馆杀害当地一女子,两天后就被警察破案捉拿——我每次看到类似这些不幸子女的新闻消息,就会一面操劳辛苦,一面端想他们的未来,时而美梦翩翩,时而颤抖而忧郁。"

一靳虽然关注阿梦塔的心思,留意她的话题,却无以奉告,只好趁选购的空余时间告诉她自己喜欢婴儿是因为婴儿还没有被世界所污染,纯洁、单纯、无邪,如天使般可爱,"现实却是残酷的,在残酷的环境里长大的孩子必也残酷,所以每到关键时刻,我还是不想受孕。"

"生活像一场梦魇。"阿梦塔一肚子的闷气想发泄,建议到各家新开张的店逛逛。

商场里外,到处是琳琅满目、色彩缤纷的广告。

阿梦塔边走边嘀咕抚养孩子的辛苦和代价,令一靳感到纳闷沉重,不由道:"前面化妆品店好丰富啊,走,去看看。"不料阿梦塔没兴趣,想在商场中央咖啡馆小憩。

喝饮料时,阿梦塔由衷问道:"我想打胎,到时告诉安博流产了——之后我就坚持服避孕药,你觉得如何?"

事关人命,一靳不便多说,叫她思之再三,"孩子是无辜的,在制造生命之前多和夫君商议才是上策。"看到阿梦塔痴痴地望着茶杯,一靳提醒道:"你还没买东西呢。"

"好友送的衣服够了，只需尿片和食品。嘿，不久前我才知道，凯西是我好友的亲戚呢，他近来好吗？"

"呀，很好，欧洲正面临各式各样的挑战，他却爱谈论世界大同或多元文化问题，幸好我们在这方面特有共同语言，视'求同存异'为上策。"随之补充说，"谈论些管不着的事会减少夫妇其他方面的麻烦。"阿梦塔羡慕道："坚持探索研究吧，当个知性女人多好呀！"

一靳坦言政治是男人的事，自己不感兴趣。阿梦塔听说华人女性爱财权多过爱情，便婉言问她是否如是。一靳表示因人而异，"我姐聪明能干，从小就有大理想大抱负，我和她不一样！"

"听说郝忻回欧了？"

"姐眼角高喜欢比较，喜欢不断攀登，姐夫倒是说赚到钱就收摊，但愿如此。我可是爱情至上者，找个好老公便拥有一生的幸福。真情真爱是钱买不到的东西，也许你会说理想与幻想相近，但，我俩均是曾经失落又着落的人，所以特别珍惜啊。"说完补充道，"如果一切顺利，凯西退休后，我们计划到中国居住。"

不觉个把小时过去了，阿梦塔开始有点心不在焉，转弯抹角地说了些安博平日将孩子当作玩具似的举动，如提脚倒立、又抛又接等，一靳看出她记挂孩子，加之凯西今天提早回家，表示若不需要她陪伴买尿片就想先走了，有空再去看孩子们。阿梦塔立即催她先走。

一靳点点头说："再见！"顺手将几个奶嘴礼品送给她。

分手后，一靳想到阿梦塔对凯西的赞赏，又高兴又猜疑，同意她对凯西正派、自律、凡事认真负责，聪明而有抱负的印象，猜疑的是，凯西既然是她好友的亲戚，凯西奇特的婚变难道她一点不知道？或知道装作不知道？"我和凯西差点因为婚约问题分手，婚后凯西严管经济，处处为自己设防，我任之由之不在乎，认为如此多虑多疑就不该结合，凯西解释说他受过伤望其理解，再三表态只要能和他白头到老，到时房屋等均属我。"

第四篇
怨
——无奈也是哲学,懂不懂都得接受

"我只是希望通过时间证实自己的纯情。"一靳对自己说。那时姐姐曾提醒她不要太相信男人的话,她也只是撇着嘴笑了笑,没有太多的计较。事实证明婚后至今,两人沉浸在恩爱的感觉多过小吵闹,没有必要预先找烦恼。

"不管阿梦塔怎么想,我现在很快乐!"排除对阿梦塔的猜疑后,一靳的脚步轻松而快捷,一路上想象凯西见到替他买好送给奶奶的百岁生日礼物一定很高兴,"亲爱的,你想得真周到。"随之来个热吻,"这就是幸福!"

对于姐姐向往和追求的东西她没兴趣,也不在乎。"成功离不开过程,'过程'太复杂太麻烦。"她宁愿选择所爱,何况"恩爱"带给她的快乐胜过对获取成功的满足。

有人说她幼稚不成熟,她反驳说:"轰轰烈烈去吧,伟大者必须在头发般纤细线上练功夫,才有希望。且不说能否心想事成,就算成功了又怎样?受人恭维的感觉能抵挡得过付出的代价吗?成功就幸福吗?得到又如何?"她觉得自己与凯西的结合,就是对"目的"和"过程"的离弃。

一靳宁愿做个平凡的快乐人,她心想,"历史证实高贵与成功没有关系,'墙'内的生活方式才是上流社会人士的缩影,哪有肩负重担,整天东跑西去的名媛?"凯西虽然还没有提供她完美理想的生活圈,但他一切均以家庭为主,"为了他的原则,就算迁就或受点委屈也罢。"想到此,一切杂念均烟消云散。

将近家门口的时候,一靳将买好的新帽卷起,双手捏着,放在背后,想在进门时给他一个惊奇,可惜门未开就听到里面有女人的咯咯笑声,急忙将钥匙插进门洞一转,左手用力一推,哦,原来是凯西婚前的女友吉尼芬。

事发突然,一靳深感惊奇一时不知所措,这与路上的思忖差别太大太远,有点受不了,只好坐在走廊旁挂衣室内鞋柜前的小凳上,慢慢地选鞋、换鞋,再将其分类摆好原位。

白天的所见所闻已令她感到心烦,原想回家就可温暖温暖了,没想到……而且,眼前的这个女人不一般,谁遇到这样的事情都会不高兴。是的,凯西婚前光明磊落地向她交代过离婚后交往过的女友，那时一靳因凯西从不过问自己的情史也就不追问他是怎么样性质的交往，只表示"过去已经结束，一切从新开始"。希望他婚后尽量少与她们联系，但凯西并没有听她的劝告，除了前妻埃丽儿，还继续接受约俪达和吉尼芬的到访。

半年来约俪达和吉尼芬到访的次数越来越频繁，事由洋女约俪达家住郊外，想学中餐烹调，难得进城一次就主动提出在他们家过夜，后来看出一靳的冷淡就不太到访了。

吉尼芬则不同，不但一出国就改用洋名，还好学洋人的风俗习惯，一靳觉得她造作虚荣，本有反感，加上吉尼芬有事只对凯西说，一点不将一靳放在眼里，这令一靳更加不舒服，抗拒心态油然而生。倒不是怕凯西被她夺走，而是觉得对方有意让自己吃醋，暗示她与凯西曾经拥有过一段精彩的恋爱。

之前一靳虽已对凯西表明不喜欢他继续与过去女友的往来，凯西劝她别多心，"吉尼芬的丈夫是富翁。"

"富翁又怎样？在你这儿找精神伴侣呀。"

"她自己来的，我没有叫她来啊。"

"你拒绝不就完了？"

"好好，没问题。"凯西承诺了，却不好意思对吉尼芬开口。

吉尼芬遭到一靳数次冷淡后已好长时间不上门了。今儿到访说是园内盆栽太多，顺路给他们送盆发财树来，内心却想探测凯西另择的同族女人到底有多少幸福指数。当时吉尼芬不愿和凯西结婚就是顾虑太多，缺乏信心，特别是分产结婚的契约。

"冷静点！"一靳一面告诫自己，一面扭着腰，漫步走往凯西身旁，凯西再次向妻子"哈啰"一声，不见她回音，继续倾听吉尼芬建议盆栽放置的位置，这时，一靳瞥了发财树一眼，站在那里努起嘴等待凯西习惯性的见面礼（接吻），但，凯西正忙着为发财树寻找摆放的位置，忽视了一靳的神情。一靳立即冷冷地对吉尼芬斜视一会儿，将手捏的新买帽子往沙发上一扔，清着喉声道："稀罕什么发财啊，有禄就有财，有财

第四篇
怨
——无奈也是哲学,懂不懂都得接受

不一定有禄有寿矣,奶奶百岁生日才值得稀罕。老公,我帮你买好了送给奶奶的生日礼物。"

吉尼芬听出她话外之音,深觉难堪,一时想不到更好的办法,只好说几句天气预报的消息和浇水的技术,不一会儿,借口有事,向凯西打了个招呼即离开。

吉尼芬后脚刚跨出门槛,一靳就特意将门"砰"地用力推上,凯西立即放下盆栽,板起脸走到门前看了看,还好,没弄坏什么,转身批评她怎么这样没礼貌,"人家是好心好意送来的,并无坏心。"

"中国女人,你不懂!不了解!"一靳忍不住大声说。

凯西闻所未闻,反驳道:"是的,你们的人际关系太复杂,我不懂!"转身看到沙发上的纸袋,拿出新帽子看了看道:"养老院有暖气,根本用不着帽子。"随之翻了翻价格牌,补充道,"亚洲制造品,不值这么贵,下次出差帮你带回你喜欢的备用东西。"

一靳满肚怨气、怒气和霉气正无处发泄,听他这一说,立即将头靠在墙上,伤心得潸然泪下,"我做什么都不完美。平日你从来没有给奶奶带过礼物,这次不同,大寿,你不懂人情世故,我替你办了,不谢我一声,还嫌贵?"

"哦?大寿!"凯西眨了眨眼睛,道。

"对!十万分之一的机会!这么大的事都记不清楚!吉尼芬送个自己不要的东西,你却这么在乎,你既然不了解中国女人,为何不听我的话?我哪样对不起你?她是故意做给我看的——"她越说越离题,凯西显然听出她怀疑自己与吉尼芬有什么见不得人的关系,竟然忍不住发起脾气,说她心眼狭小,嫉妒心重。

"嫉妒又怎样?我是!不嫉妒就是没有爱!"一靳脸色唰地苍白,心头又闷又急又烦,突然,转身而去,换双轻便鞋,拎起手提袋,打开大门奔了出去。

四十九
婚姻是一道菜

一靳离家后，凯西还没弄清楚是怎么回事，呆望门口一会儿才往沙发一坐，莫名其妙地摇摇头，无可奈何喃喃自语："女人，女人，不容易，不简单——"又自觉无聊，起身取出德产红葡萄酒放在沙发茶几上，闷闷不乐地等她回来煮晚餐。偶尔想到或许一靳没有错，爱就是嫉妒和自私，但又联想到和发妻相处二十年都摸不透她的心，何况异族女性？世界已进入大循环状态，异族婚姻成为热点，"不知其他人的异族婚姻是怎么个情况"？自己确实与吉尼芬有一段难忘的恋情，唯涉及谈婚论嫁时对方便犹豫不决，顾虑重重，最终，吉尼芬选择了留情不留爱。

一靳单纯听话，令他有安全感，所以很快成婚。想到此，凯西突然觉得为了吉尼芬而影响夫妻感情划不来，何况自己再也经不起情感的折腾了，连忙举起酒杯，干之。

他又倒了一杯红酒，顺手收拾茶几上的几片糖果纸，一不小心，酒杯落地，玻璃碎片东奔西跳，满地狼藉。他只好小心翼翼地弯腰捡起酒杯座，在继续捡大一点的玻璃片时冷不防刺破了手指头，鲜血冒了出来，他用纸巾一抹，到厨房取出中国制的室内小扫把打扫，将碎片倒入特备的玻璃回收筒内后，又在地板上查看了一遍。这时他才想起阿山，便打电话问他见到一靳吗？阿山说自己正在高速公路上开车。

放下电话，凯西心想："也许在奶奶那儿呢。与其怕她先'报案'，不如自己去'自首'。"

他立即起身准备外出，刚想开门，突然记起甜甜代买给老祖祖的生日礼物，转身取之，悻悻前往。车开到半路又想起甜甜多次嘱咐："老祖祖年岁大了，别有事就找她。"

第四篇
怨
——无奈也是哲学，懂不懂都得接受

但还是继续前往，且是在奶奶静坐时到访的。老人见他独访，心中有数，继续眯眼静坐不动。凯西慢步走到她面前，合掌鞠躬。

奶奶笑道："哪里学来的新招？"

"当然是中国。"凯西看到老祖祖身旁的书面印有佛像，奇怪问道，"您信佛了？"老祖祖解释这书叫《六祖坛经》，对书内"坐禅"与"禅定"之说颇感兴趣。①

"奶奶刚才是坐禅还是祷告？"凯西知道老祖祖是虔诚的基督徒，一时不知所措，皱起眉头道，"菩萨果真有灵，我愿进寺院烧香跪拜。"

"烧香跪拜？佛是哲学，信仰和文化是两回事。"奶奶留意他的神情，想看看有何反应。凯西摇了摇肩膀轻松道："老祖祖不简单。但这不是我感兴趣的问题，现在有事求助呢。"凯西顺手拉张椅子，坐在她身边，告诉她刚才夫妻间又有"误会"。

奶奶眯眼笑道："你还学会了中国人爱走后门的习惯？"

"对对对！没办法！"怕老祖祖没听清楚，他伸头附在她耳边重复道，"没有更好的办法，她就听您的。"

"情缘事，本来就不简单。"奶奶学着运用凯西平日喜欢用的三个字"不简单"。

"我可能又将出差了。"凯西边说边取出那顶毛帽，递给奶奶，"预祝您生日快乐！身体健康！"老人接过帽子道了谢，随手拉开帽檐往头上一戴，起身望着镜子说："刚好！"还称赞凯西越来越懂得华人的礼节。

"很不够，差得远呢。"凯西显得很谦虚。

为了不让凯西失望，老祖祖换了话题说："我说啊，婚姻是一道菜，需要运用辅料和烹调的技巧。你是聪明人，明白吗？"说完准备泡咖啡，凯西按住她的手，自取来饮料，端到桌面后，奶奶两手交叉在腹部，默默无言，须臾，脸上浮现一丝微笑。

凯西左肘支在桌上托着下巴，右手握着无柄的玻璃杯不时地转动着，继续洗耳

---

① "坐禅"与"禅定"出于《六祖坛经》"坐禅品第五"："无障无碍，外于一切善恶境界，心念不起，名为'坐'，内见自性不动，名为'禅'。外离相为禅，内不乱为定，名'禅定'。"

恭听。

　　原来,凯西来迟一步了。在他到来之前,一靳刚刚离去,而且,只说路过看看奶奶:"没事就好,近日有点忙,先走了。"

　　老祖祖知道孙女闹别扭又不说,以为她成熟了,便以平静的口吻道:"我老了,不太会说话,相信你们有能力处理,更相信你会对甜甜负责到底。"说完挪了挪座位,将身子往后一靠,伸了伸背脊再看看凯西,等他回话。

　　凯西早已心不在焉,右手挠着脑袋,关注着门口的动静,希望一靳敲门而进。记得婚后不久,有次一靳要退回刚买的被套,凯西开始时不同意,夫妻为此发生口角。一靳坚持要退货,当她前脚刚迈出门槛,凯西后脚就跟上,表示同意退了。一靳办完事后即买了他喜欢吃的沙鱼烤卷条。

　　另一次是年初某日的黄昏时分,凯西先到奶奶家七八分钟时间,一靳就带着两袋超市食品进门,见凯西在场便一声不响地走进厨房,背着他负气道:"谁叫你来的?"奶奶知道两口子有情绪却装着不知道。

　　"我自己。"凯西说完,三步并作两步冲进厨房将门掩上,摊开双手抱住她的腰,像孩子般地哭丧着脸,"靳,我不争辩了,我爱你!人生在世,除了工作外最重要的就是婚姻和家庭,你聪明、活泼、单纯,理解我的'曾经'和遭遇,才会不在乎那该死的婚姻契约,我的性情和脾气都是暂时的,相信我,别太在意!"

　　一靳慢慢地拨开他的手,凯西敏捷地将她的身子转过来,面对面激动地说:"跟我回去,什么都不要说,我恨自己!"接着热烈地疯狂地抱着她的脸热吻、摇晃,差点碰倒食品架上的东西。一靳的心花像被只蜜蜂突然钻进去又舔又吸,花瓣为之一振,负气和寒气随之消散,渐渐地从微微的颤抖中重归平静。

　　"好了,好了!"甜甜对着紧紧搂住自己身子的丈夫说,脸上流露出得意的悦容。

　　凯西松开手,觉得成功了,弯腰从地上捡起从食品架上掉落的一个苹果。

　　奶奶看到他拉着一靳的手走出厨房,微笑地摇摇头,告诉一靳以后不要买太多的副食品:"老人胃口小,吃不了那么多。天色不早,该回去了。"

第四篇
怨
——无奈也是哲学,懂不懂都得接受

　　一靳替奶奶洗好茶杯等杂物后才离开,夫妇走到门口的时候,听到奶奶低微清澈的"阿门"!

　　凯西最难忘的还是那回甜甜参加阿梦塔的邀请后回家的遭遇,想到此十分内疚:"太过分了!幸好已平安无事。"但此时,半小时过去了,他一无所得。

　　奶奶见他呆坐那里,偶尔搓着两手掌。

　　凯西看看表,正想起身,老人低声道:"夫妻间不会有什么世界大战,此事很简单,以后,对方不喜欢的事,尽量不做,凡事换位想想就不一样了。"

　　凯西虽然不太满意这种说法,但也没有办法,只能点点头,暗忖:"老祖祖老了,确实老了。"

　　既然没收获,如坐针毡,不一会儿,凯西告辞了。

　　一出门,他就给甜甜打电话,对方仍关机。

　　奈何,奈何。他突然想起一念,打电话问,一念说没见到。

　　"我的天哪,到哪里去了呢?和谁一起呀?现在在干什么呢?"他对自己说。

　　夜色渐近,车窗外,灰蓝的天空挂着一枚月牙船,公路旁两道蜿蜒的路灯,远远望去像通往天国的阶梯,路旁的银杏树在无风的夜晚像站岗的卫士,挺立而威严。一切是那么的和谐、宁静和自在,使他原本乱躁的心境慢慢平息下来,以致在半路上忽然感到"也许自己想得太多了"。如是琢磨了几分钟,最终安慰自己"可能已回家了",便告诫自己回去少说废话!

　　他加快了车速,巴不得一下子飞到家。

　　到家后依然不见妻影,进入卧室觉得没意思、不自在——现代的新款卧室里,齐备的用具均如符号似的死静,没有意识思维,也没有动感声乐,只有孤独的身影和心语在宽敞的空间流淌,愈流淌愈空虚,他这才想到:"怪谁呢?奶奶说得对,换位想想就不一样。"

　　走出卧室,站在客厅落地玻璃墙前的沙发旁,窗外,几只野兔在草地上或觅食或跳跃或啄食,不一会儿,天空涌现大片大片的乌云,篱笆旁的秋菊随风摇曳,眼看一场大雨即将来临。他连忙拐进车房，不见甜甜的车影，愈加焦急起来。

回到客厅，依然不知所措，独坐沙发借酒消愁，脑海里渐渐呈现新婚以来难忘的情景，有美好、有误会，更多的还是常常为些小事而吵嘴。自己比她年长十九岁，争吵半天，最终还是自己比她更紧张，不是赔礼道歉，就是说些女人爱听的话才算完事。

"但愿这回也是这样。"他殷切地希望，随后又想到：每次争吵起来彼此都很认真，时过境迁后又觉得全是小事，备觉无聊可笑，希望下不为例。可惜再次遇到不如意的事，又心急火燎不由自主地重犯，再努力再和好……

有次甜甜将平日和老祖祖的对话转告他："我咨询过奶奶，男欢女爱到底怎么一回事，世上那么多人，为何偏偏是我和他结为夫妻？奶奶说姻缘天注定，没有理由和附议。我默想一会儿说，情爱体现人的性格和良知，物以类聚，人以群分，不完全是'缘'。奶奶说'缘'即是'命'，'命'包括各人性格、良知和生存环境，所以有人疾而长寿，有人健而猝死，有人聪明未必通达，有人傻笨贵人相助。我觉得奶奶思想古怪独特，奶奶说不过我就想退场，说什么'情爱是无可奉告、难以解答的问题'。"

甜甜说完还强调奶奶虽老，思绪思路却不一般，怪怪的。

凯西时而视奶奶如古董，时而赞赏奶奶见解非凡，无论说什么都离不开神韵、礼法和律道，以致常令凯西叩问自己："为什么别人生活得那么快乐幸福，自己总有麻烦？"

他依然坐在沙发上，夜色已遮盖了室内玻璃门窗的透明。突然，窗外响起簌簌雨声，起身望之，倍加紧张与恐慌，再次取出一瓶红酒举杯而尽，这才感到倦意已爬上心头。凯西感到视线时近时远，思维忽清忽浑，想到自己其实并不太了解一靳，包括她的身世、个性、嗜好、经历等，过往偶尔问过老祖祖，老人微笑地眯起眼睛道："怎么问起我来呢？她是我的好孙女呀。"说完伸手抚摸起脸上亦粗亦细的皱纹。老祖祖宁静自在、气定神闲的言谈举止使他感叹又敬仰。"和甜甜婚后一年半来，老人曾与我俩共同生活一段时间，自己偶尔不由自主地对她声色欠妥，却从没对她道歉过。"现在想来，深感内疚，也就是说，初次站在对方的角度重新梳理些不愉快的往事，凯西更加

第四篇
怨
——无奈也是哲学,懂不懂都得接受

理解老人那次眯起眼睛微笑劝导"换位想想"的话语,然后拖着沉重的脚步,歪歪倒倒地走进卧室。

真是阴阳差错!

就在凯西回到家的前十来分钟,一靳已经回来过,不见丈夫,以为他找谁去了,更为恼火,再次赌气出门,直奔停车场。

独坐车内,心绪起伏不定。

自1987年和奶奶一起出国后,一靳继续升学的同时就想尽快找到男朋友,因为同性朋友虽在节假日互邀走访或聚餐,但事后人走茶凉,不容易深交。心里话还是对有好感的男友说比较保险。然而理想与现实是两回事,对她有好感的男生她不一定有兴趣,她看上的男生人家却没有感觉,好长一段时间里,唯一可交心的就是奶奶,可遇到人际关系问题时奶奶总说:"不要对人有要求。"若是求职不顺利,奶奶听你说完最终语重心长道:"天上的飞鸟不种也不收,尚有衣食,你是人,无须烦恼。"[①]

看来奶奶除了信仰上言语,没有别的话可说。久而久之,和圆桂的接触越来越多,彼此没有利害关系,无须防备和戒意,有事好商量,可惜圆桂遇事容易急躁,控制能力差,常常凭一时痛快办了事再说,不过圆桂为人正直、口直心快,又好打抱不平,所以一靳有事仍喜欢找她倾诉,唯近来电话老打不通,不知到哪里去了。

这时,车旁的停车位驶入一辆车,她立即回过神,开车徐徐地离开了停车场。

"但愿今天能找到。"快到圆桂居所时,她对自己说。

没想到,大门依旧贴着那张休假通告。

"也许在二楼。"一靳举手"嘭嘭"地捶了几下门,仍然没有反应,她这才想到:"真笨!怎么不打个电话问阿红?"

阿红接到电话甚是奇怪,她一直以为一靳与凯西外出度假了,"你还不知道啊?蔺

[①] 此语意出自四福音。

嫂逝世后，圆桂离家出走至今没消息。"

"啊？还没有回来？"一靳重复着，脸色发白，"不会弄错吧？"

"事发突然，我妈都不太清楚。"阿红叹了口气。

"哦，改天我再找你。"一靳匆匆挂了电话。心想，"短短时间，圆桂家就发生这么多事，同情难受也没用，何况自己也烦。"

找不到圆桂，一靳愈加焦急："她到哪里去了？还回家吗？有什么新打算？"更重要的是，此时此刻，自己也不知往哪儿去。

一靳沮丧地回到车内，伸手开了些车窗，一股冷风随之闯入，她立即关上窗，再将车开往草地旁的空位停留，心想："度假前有次接到圆桂的电话，说能否见下面，我说度假回来再说吧，她就不再说话了。没想到她离家后就不回来了……"

她越想越烦躁，心被什么东西牵住了似的。突然，手机响了，是"彩虹社"会友打来的，问入会个把月了怎么还没有消息，一靳解释："这事不比买衣服，有钱就行了，需要时间寻找，还得看对方是否符合你的条件。这是对你负责啊！"

放下电话又想："没有爱情的人如饥如渴地渴望爱情，获得爱情的人又少不了这样那样的麻烦。吉尼芬不一般，精明、大胆，已经结婚了还像幽灵般跟踪凯西。自己好不容易遇到凯西才渐渐驱除自少女时期就有的'厌倦感'，没想到窝还没热够，就被这个同族同性同辈的吉尼芬给搞乱了……"

她越想越气："对，找阿山去！看他怎么想。在异性朋友里，只有阿山唯命是从。"

一靳平日和阿山在大问题上虽时常谈不到一起，然而一旦遇到麻烦事情，阿山总是毫不推辞地帮助，吹说在他的命运里没有"不能"两个字。

阿山接到一靳的电话立即怪她："为什么把手机关上，你洋老公已经打了好几次电话来了，我真冤！"

一靳说："我就是怕他找我，所以就关机了。我现在想到你那儿去，方便吗？"

"不会再留宿吧？"阿山有点为难。

"怎么，她吃醋？我只待一会儿呀！"一靳有些不知所措，幸好阿山说自己也正有

第四篇
怨
——无奈也是哲学,懂不懂都得接受

点事想找她商量。一靳又立即关上手机,脚底用力踩下油门,朝阿山居所的方向开去,心想着:"哎,蔺嫂说走就走,太突然了。假如能见到圆桂就不会去找阿山。"

路上有点堵,满眼异国风情,半小时后,天色渐渐暗起来,灰云随着风向的转变越聚越多,不一会儿,雨丝淅淅而下。车内有点闷,一靳开了一点窗,雨随着风从窗口侵入,她拿起一块绒布抹了抹方向盘。

车前挡风玻璃外很快出现许多闪亮的小水珠,摇摇欲坠,她瞥了一眼——好像圆桂母亲眼中的泪水,满眶盈盈,却很少落下——于是一面开车,一面在灵魂荧幕上出现了圆桂匆匆远去的身影,以及她平日无所顾忌的话语。

阿山早已站在自家大楼的门口等她了,见面时,阿山看她脸色异常,惊异道:"又怎么了?和异族结婚,就得忍耐,遵随人家的习俗,说实在的,他对你不薄啊,其他方面,当他大孩子算了。"

"她不在?"一靳反问道。

阿山"嗯嗯"两声,停了一会儿:"今天上中班。没想到吧?这回我需要你帮帮忙。"一靳好奇问:"怎么啦?不是挺好的?""没事,问题不大。""快说呀!"在一靳的催促下,阿山望着自己泛黄粗韧的右手指忧心忡忡地说海蒂突然提出要离婚,催他一星期内离开这儿。

一靳吃惊地望着他,沉默不语。

进入客厅后,阿山才从头细说:海蒂听不懂他和华人的交谈内容,但对他谈话神态和语气颇感好奇,好奇中又顿生疑窦,为了解丈夫的真实情感,她在电话座机上做了手脚。也就是说,阿山所有的电话,她都录了音。

一靳听得发呆,半晌才悄悄问:"还有这码事?"

在她的记忆里,海蒂是年近半百的独身洋妇,为人善良温顺、热情好客。阿山原是她的房客,因未取得合法居留权处境艰难,好在脑灵心巧,得知和本地人结婚是取得居留权的最佳办法,立即在海蒂身上打起主意。海蒂对婚事缺乏信心,却经不起阿山甜言蜜语的诱惑,最终同意了登记结婚。婚后阿山大言不惭地对华人提及异族婚恋的长处，洋老婆脾气大但心直口快，比华妇单纯风趣，也容易侍候，逢生日、结婚纪念日或佳节庆典，送上一束花或一盒巧克力就很高兴满足，不像华人女子喜欢名牌手袋、钻石首饰或金表等贵重礼物，又爱以价格的高低衡量对方情意的厚薄。私底下，阿山对熟人坦诚道："海蒂对物质生活要求不高，只怕我不够诚信。唉，我自己心虚呀，所以，海蒂的任何情绪，均是我的晴雨表，我就这么暗暗地数着日子，一天又一天，盼望五年时间快快过去。"（按法律，和当地人结婚五年后才能取得合法居留证）。

阿山见一靳沮丧地皱着眉头，不再多说。

一靳心里清楚，华人爱说闲话，便劝阿山："暂且只能忍耐、迁就、等待，不要口无遮拦。"

不一会儿，一靳接着说："承诺的话要兑现，千万别骗人呀，欺骗女人的男人没出息！年岁比你大怎么啦，非得女人要比男人年轻？"阿山说不过她，解释道："你知道啦，在人家屋檐底下生活，能坏到哪儿去？相处久了，不就是些芝麻绿豆的事情，我上厕所后洗了手忘记将手擦干再走出来，她就大为光火，说我怎么老改不了，没教养，哪像个医生？直到我连声'sorry'，跑回厕所擦干手才没事。"阿山边说边插上热水壶。

风从半开半关的厨房天窗吹进来，她举手搓了搓双颊，又按了按双耳，不等阿山开口就怪他："祸从口出，咎由自取！"

阿山一面点头默认一面开口骂："我知道是谁挑拨的，他没遇上，也不让我幸运！孬种！"一靳责他不该瞎猜测。

阿山问她喝点什么，一靳摇摇头。

突然，阿山涨红了脸继续说："婚后海蒂一直深信我的忠诚，直到有位华人提醒她后才开始设防。呀，这位华人还帮她翻译，以后啊，离华人越远越好。只是——这下倒霉了，如何是好？那天，她一进门就冲着我的脸说：'真狡猾！什么诚心、真爱，获得居留权后就和我分手，想利用我？很好，现在打开盖子，饭就不容易熟了。'哎，都怪我，不该在电话里多说。"

"事到如今，你想怎么办？"一靳转过头问他，觉得很无聊。

第四篇
怨
——无奈也是哲学,懂不懂都得接受

阿山又开始责怪那位译者不该将他的话如实翻译出来:"求生呀,不是成心害人,何况,做这事的移民多的是。"说完感慨万千,"有些华人自己千方百计出国,想方设法取得居留权后,就想过河拆桥,不希望别人过去,还放暗箭。海蒂不了解情况,还赞赏那人,说他有公德心。"

这话让一靳激动了:"不遭人嫉是庸才,谁叫你爱出风头爱出名?喜欢参加各种各样的社团活动?"

阿山没心思听这些,说自己犯的是欺骗罪:"弄不好得上法院,或驱逐出境。洋人怎么理解我的苦衷?"一靳看他哭丧着脸起了恻隐心,问他需要帮什么忙?阿山当下央求她出面向海蒂求情:"你和她好说话,告诉她,我不像她想象的那么坏,为了生存啊。"

一靳当着他的面说了两句风凉话,但还是照着他的意思电约了海蒂,无奈海蒂不想见面,表示"有事电话说"。一靳只好在电话里说了些令人恻隐的话,譬如阿山故国家园还有老中小等他寄钱接济,假如做黑工(非法居留的工作),薪酬低微,不够维持生计。海蒂只听不说,觉得对方语调温顺,态度诚恳,不由心软下来。一靳继续说:"他承认对不起你,为了面子,才说大话。中国俗语'一日夫妻百日恩',你就帮人帮到底吧,华人的传统文化是'滴水之恩必将涌泉相报'。"一番话,说得海蒂心里七上八下,"是呀,阿山并非一无是处,他做的中餐比饭店还好吃,又用中药为自己敷面减皱,还从不拒绝自己的要求。"最终,海蒂表示只要阿山如期搬离,愿意取消循法控告。

她将海蒂的意思转告阿山,阿山感动得双手合十,"扑通"一声跪在她面前千谢万谢,一靳立即将双脚收缩到沙发底下:"好了,好了,起来吧!下一步怎么办,你有的是办法。"一靳竟然忘了自己的烦恼。

随即又被眼前的景象所震惊——只见阿山又爬又跪,越来越靠近她,最终伸出双手抱住她的双脚将头埋在她两腿间,一靳惊奇道:"怎么了?"双掌使劲地推拨着他的头,却怎么也拨不开,只听到他哀求道:"一靳,你与凯西并不和谐幸福,可惜,我们相逢恨晚！当初看到你的那一刻我才体会到什么叫一见钟情，我无法形容那阵子的感受。这些日子，越接近你越觉得你需要一位非常非常了解你、懂得你、尊重你的男人——"

"住嘴！放开手！"一靳想让他明白，她可不是海蒂。

"我没有说凯西不好，他在乎你，但不懂你，就说今天一连来了几次电话，问他发生了什么事，他说小姐发脾气出去了，难道你会无缘无故地发脾气？再说，我又不是你的娘家，怎么问到我这里来？难道怀疑我和你有什么不轨？真冤啊！"阿山说完一歪身坐在地上，左手紧紧地搂住她的双脚，右手抚摸起她的大腿，突然魂飞魄散似的将手插入裤脚口一顿一节地往上去，气得一靳举起拳头在他肩背乱捶，不料阿山一把抓住她的手腕，看着嫩白细长的手指巴不得给咬了吞了，这下一靳火了，大声喝道："让我出去，不然我就大喊大叫！让邻居听到！"

阿山终于放开手，坐往靠近门口的靠椅上，好像一切都没发生过似的，含羞带笑地说："异国婚姻没几对有好下场！哦，差点忘记了，我有位修电脑的朋友也认识你，有次问我，你嫁给鬼佬到底幸福不幸福？"

"他是谁？关他屁事？"一靳单刀直入，掉过头想离去。

"人家可没坏心，料你听了还不想走呢。他只是告诉我在修理你姐的电脑时，无意看到凯西在中国发给她的生日贺卡上竟然写着：爱你的凯西。"

"不可能，别来这一套！"她真的没有立即离开。

"但愿如此！一靳，我真心爱你，也不破坏你的家庭，只希望你别太委屈自己，难道我是那么让你讨厌的男人吗？我是中医，有了居留权，收入不比凯西差。"阿山想说的都说了，一对大耳朵慢慢地灼热起来。

短短时间，一靳由同情到气愤进而转入恶心，又从恶心变成惊恐，又在惊恐中渴望有人相助，忍不住唾液四溅："要是没有这回事，等着瞧！"然后取出纸巾，不停地往纸巾上吐。

这时，阿山刚想起身，一靳立即拿起手提袋，夺门而去，跑出几步又突然回转过

第四篇
怨
——无奈也是哲学,懂不懂都得接受

身,对站在靠椅旁的阿山说:"你去死吧,你快去死呀!死呀!死呀!"说完将门"砰"地关上,往停车方向跑去。

这下可不得了,一靳气急败坏!

平日她给人的感觉是活泼开朗、正直讲义气,实际上,一旦和她谈及世态炎凉,她就会沉默寡言,因为她想不通"为什么人心难测",经受不起委屈和受辱,因而常常在藐视、轻蔑对方的同时,为抑郁、困惑和悲观厌世找出路,冲动地与社会新闻里的抢、杀、骗、钩心斗角等事联想在一起。

"够了,够了!"坐稳在车里后,她对自己说。

一切来得太突然,"回家吧,还是家里好!"可惜,"凯西不在家,他到哪里去了?难道他也像阿山一样,知人知面不知心?可能到吉尼芬那里去了?——对呀,我真糊涂!最应该找的就是吉尼芬,都是她作的孽!"这就是凯西到家前的十几分钟里,一靳回家看不到丈夫的想法。

五十
"我要的是爱情,但是却没有"

车子快速前行,甜甜一路盘算着见到吉尼芬该说什么,怎么说,预测他老公一旦知道妻子的隐私将有何感受和反应——对,让她老公识穿她。

以往觉得洋人对华人的评述有的地方片面主观,这次自己耳闻目睹后才开始对本民族的历史、文化、习俗、习惯和性格有所反思,不再盲目自夸和恭维,比如说吉尼芬,她为什么要这样,人人都有欲望但得适可而止。不,"她是故意这样的!"甜甜再也无法克制了,从小坦诚直率、容易冲动的性情虽经奶奶教导有所收敛但仍时有反复,倒是青少年时期自我放逐带来的曲折经历,使她更加珍惜与凯西的爱恋和婚后平静无忧的日子，没想到，树欲静而风不止，被她视为人生的避风港和情感的落脚点的婚姻再次面临挑战——"都是她，吉尼芬！"于是一靳死死地抓住这个目标，"找她去！"

甜甜被厌恶充塞，一直东张西望，生怕有人阻挡她前行似的，又像一只斗牛面对诱惑和挑战随时准备冲锋陷阵。"吉尼芬无端端来我家干什么，明知道凯西是个念旧的人，也知道我们结婚了。可见，凯西也有责任。"她刚将怨气转到凯西身上，又觉得洋人较单纯，越发感到吉尼芬的"无耻"——想让凯西知道我不比她强多少，然后我不舒服，她就高兴——

"今天是什么日子啊？凯西不知好歹，奶奶只会说废话，姐姐靠不住，阿山这个伪君子，总算被我看穿了，他刚才说的屁话是真是假？难道我姐都不可信？个个如此，没一个好人！也没有一个人帮我支持我，我怎么会舒服？尤其是吉尼芬这妖精，太明目张胆了！好，你一寸，我一尺！"甜甜喃喃自语，突然用力踩下油门，加快了车速。

尽管一路上心乱如麻，总体来说甜甜还是相信凯西的，刚认识他的时候甜甜刚失恋，但从他如痴如醉的表情里可以看出自己比吉尼芬更有优势。那时，也是吉尼芬拒绝凯西求婚的时候，两位失意人很快一拍即合，天遂人愿。此后彼此有所依附，分工合作，相依为命。可惜，世人希望的顺时、顺序和顺心生活谈何容易，倒是与人际关系、情感和金钱相系的倒时、倒序、倒心现象却比比皆是，在中国，她就体会到世界本质的荒唐及一切不以个人意志为转移的现实，从而相信了命运。

"哎"，她叹了一口气，发觉爱情也是一桩事业，女性获得成功要比男人更艰难，要么整天提心吊胆、敏感多疑，生怕男人有小三，要么像中六合彩找到一位不提离婚的男人，但得终生为男人和家庭付出，牺牲自己的一切。"我和凯西各有各的坎坷，所以不像姐姐那么雄心壮志，只看重爱情、婚姻和家庭，快乐自在过日子就好。"事实也是如此，甜甜婚后一切以凯西为主，为了小两口的幸福生活，竟然和她自小相依为命的奶奶分居了。

前面路警越来越多。

一辆辆载着足球迷的大卡车、私家车从她车旁唰唰而过，时儿听到球迷们似歌非

第四篇
怨
—— 无奈也是哲学,懂不懂都得接受

歌的欢呼声。接近球场的地方,四面人行道上,球迷们穿着为球队助威的特制服饰,手举小三角旗或颈上挂一条长围巾,个个斗志昂扬、昂首阔步。

哦,起风了,彩旗飘飞,飞沙走石,围巾飞扑落地——天空乌云朵朵,在奔、在跑,或飞逸、或翻腾,紧张激烈——突然,远处出现两道弯弯的彩虹,一左一右,甜甜瞥了它们一眼,右边的彩虹颜色没有左边的那么明显,且迅速消失。她的心情越来越糟,周年婚庆刚过不久,难道就失去了把控男人的能力?曾经拥有的幸福和快乐,此时像梦幻般魂不守舍——想到此,生命中原本具有的"厌倦"重新爬上心头,只是,不像往常想要暗中哭泣或自怜自怨,而是很想放声大笑,笑世人为什么那么怕死,"这么点小愿望都如此难以坚守,还有什么值得留恋?"

她转了下方向盘,前面球迷越来越多,只好朝临时指示的路线绕道而去。车窗外,细雨霏霏,平日的宽阔通畅之路,眼下显得如此不顺眼:路旁的树杈毫无生机;土丘与池塘死气沉沉!她猛地加快车速,瞬间驶入一条宽敞的现代化高速公路上。

这下痛快了。她对自己说:"快点,时间不早了。"

想起阿山那张造作的令人反感的脸,难以忘怀的场景以及那一连串影射的献媚的话语,甜甜心里即从不平静到混乱不安,接着脑海中呈现出吉尼芬在凯西面前有说有笑的场景:"见我回来当我是个多余人似的继续与凯西叽叽咕咕地谈论,还带着挑战的口吻问我:'怎么样,你好吗?'"可想而知甜甜对吉尼芬的不满和憎恨有多深。

"不给她点颜色看看,此气难消!"她再次对自己说,然后总结经验觉得阿山、吉尼芬均禽兽不如,都该去死,去死!至于凯西写给姐姐生日卡的落款,不可能!准是阿山胡说八道!

天色越来越暗。雨停了,空气清澈微冷,一靳到达吉尼芬居所时,只见周围一幢幢排列整齐的房屋宁静不喧,门前屋后的路灯在清冷的夜色下尤显明亮。她抬头一看,一轮弯弯的月牙儿与远处的路灯一同挂在灰暗的天幕上,树梢附近还有几颗闪烁的亮星,它们不高不低,似远非远,像是悬挂在屋村上的闪亮小叮当。她迅速地离开车子后,往那"小叮当"下的土坡方向走去,下了一段石台阶,再往前走几步,然后站在那个门牌前，倒吸一口气后才伸出右食指重重地按下门铃，很快，客厅传出了女性的怨语："谁呀——听见了——"言下之意"按得这么——不斯文"！

声音刚消失，门就开了，吉尼芬望了望，"哎哟"一声接着道："原来是你呀！稀奇，稀奇！请进，请进——my dear，快出来呀，是凯西的夫人！"

一靳站在门槛外，右手搭在橙黄色的木门上，眼望屋内慢步前来的男人声色俱厉地说："我最讨厌不安分守己的女人，自己有了老公还要勾引别人的丈夫！"吉尼芬听了立即背着她对丈夫笑道："你看看，被老公厌弃了，不找老公算账，反而趁夜袭人。"说完转身面对一靳道，"告诉你，是你老公舍不得花钱买盆栽，向我要，我好心送他，以为你来谢谢呢。"一靳听后气得满脸通红，怒气冲冲地对站在门旁的男人说："你根本不了解她，她是见男人就要的女人，中国俗话叫破鞋——"不料男人却笑道："我就怕娶上个没有男人想和她睡觉的女人。"吉尼芬连忙挺出身子，将老公一把拉了进去，一面关门一面补充道："自讨没趣！"

屋外清凉静寂，四顾无人，一切，出乎甜甜的意料！

斗不过吉尼芬，自认！最难将就的是她老公，"天下还有这样的男人？真是，人以群分"！甜甜气得伸出大拇指往嘴里咬，直到上车后坐在方向盘前，才看到拇指的指甲充盈着血迹。

月牙儿被云朵遮盖了，几颗孤独的星星依然闪闪烁烁。

夜渐静渐深，高速公路旁的灯火在夜雾迷蒙中尤显诡谲，弯弯曲曲，浮浮沉沉，忽近忽远，如一条金带将大地环扎，又像一条巨大的金蛇在伊甸园的草地上向人们召唤——但这一切，都不在一靳的感觉里，她心里只有"自找没趣"和"屈辱"这样的字眼。

此时，她面对的是一个无处可诉说，只有汗味和霉气的时空——到处是人，你我他；到处是功利，不是利用别人，就是被别人利用；到处是竞争，工作、家庭，上上下下，里里外外；到处是谎言与诡诈，不是骗人，就是被人骗——在如此混乱的思维里，她一面加快车速，一面反问自己为何这么倒霉，"我没有什么不好，不过是渴望生

第四篇
怨
——无奈也是哲学，懂不懂都得接受

活无忧、婚姻幸福而已，却总碰到那些不怀好意、人面兽心者？为什么？为什么？也许，享乐和劳烦、舒服和艰难没有等号可言，奶奶说过做人嘛，各有各的活法，那也该允许各有各的锲而不舍啊——追求向往美好的纯洁的爱情，错了吗？"

"真是多余，多余的过程，多余的代价，多余的梦想——"正当她自言自语的时候，车速不由得减慢了，减慢了……

说时迟那时快，背后"轰"的一声巨响，紧接着一靳的车头直冲前面的车尾，她连车带人被弓在两辆车的夹缝里，一切——都——走了样。

原来，她因突然减速被后面的一辆前往波兰的大货车撞上了。

很快地，宁静的夜空响起了刺耳的救护车与警车的声响，可惜在他们到来之前，一靳已没有了感觉，她低着头斜扑在变形的紧压自己身体的方向盘和碎物上，右手腕被车头压碎的音响零件剐破出血，平日那双富有抒情韵味的美丽凤眼，一如在梦乡里安详地闭着。

到场的医务人员立即进行抢救，幸好心脏还在跳动，虽然很微弱。

凯西接到交警的电话时，简直不敢相信自己的耳朵。他赶到医院，数次失控想冲进抢救室均被拦住，被数人拉到另一角落相劝，但他仍不停喃喃自语："为什么？为什么？……新生活……刚刚开始……"

其实在亲人们到达医院前，一靳已平卧在急症室的床板上，数位医生和医务人员已忙碌不停地相续翻看眼皮、量血压、听心音、透视、拍片……

一念一进门就一个箭步冲到妹妹面前，激动地关注着她脸上的表情，不停地求问医生："致命吗？"当一位身材高大、秃头的中年医生和一位护士进房的时候，她就不再作声了，眼巴巴地看着医生和护士进进出出地忙碌。当她在急症室门口走廊上看到凯西弯着脊背，双手抱着头独坐在蓝色塑料长椅上时，叫了他一声，凯西立即起身，露出痛苦的表情，头像拨浪鼓似的左右摇摆，正想开口，医生和护士神色肃穆地从急症室出来，秃头的中年医生低声告知凯西："肝肺伤势严重，心跳微弱。"

凯西听了，立即失去支撑身体的气力，跌坐在椅上，然后勉强起身走进抢救室，呆呆地跪在一靳身旁，看着那张熟悉的安详的脸，双手又握又摸妻的手，强忍着泪水道："这是真的吗，真的吗？亲爱的，你怎样会这样，怎么会这样呢？你的手，怎么变得这么凉，这么凉，凉得从我的手指、臂膀沁入我心……"顿时他备感慌张难受，夫妻才相处一年多，彼此刚刚有所了解，虽有不如意的事，也是生活的一部分，"你太年轻了，所以易闹情绪爱钻牛角尖，亲爱的，一定要挺过来啊，要不然老祖祖怎么办，她生日会快到了，怎么办……"凯西越想越感到紧张茫然，不由得放开她的手，为自己抹着泪水。

郝忻脸色苍白、毫无表情地靠墙站着，因不知伤情的轻重，单为她的生命安全担忧、畏怯和紧张，偶尔低声道："老天爷保佑！"一念立即侧过脸说："往日老祖祖和你谈信仰你总是排斥，喜欢用现代科学分析解释自然现象，瞧你现在，到了紧急关头，不也是求爷爷告奶奶似的求老天爷帮忙啊！"

郝忻坦言自己承认有"灵魂"这东西——但没有信仰。

一念不愿听到"灵魂"这个字眼，立即转换话题说："平日晚间，甜甜很少单独出门。"郝忻心想，"很少"不等于"没有"，但此时他不愿多说了。

一念瞥了下郝忻，随之拉着凯西的衣袖走到走廊角落，低声道："请说真话。"接着补充问，"事前在家吵嘴吗？有什么征兆？"

"婚后从不吵架，相亲相爱。"凯西边说边摇头。

"你在中国给我的生日邮件，她看到了吗？你那样的落款，华人是很难接受的。"一念终于趁此机会问起这件难以启齿的事。

"落款？不就是我的名字？"凯西吃惊地退了一步。

"忘了？好，你既然装傻我就直说，落款是：爱你的凯西。我当时看了也觉得很惊奇，事后想想可能是你们的风俗吧，也就不过问了。"

凯西立即皱起眉头发呆，须臾，用手指敲着脑门说："等等，哦，我想起来了，你和我儿子是同一天的生日。那天整日开会，晚上才想起该给儿子E-mail，为节约时间我就将发给儿子的邮件复制后贴在给你的贺卡里，当然做了些文字的修改，可能太忙

第四篇
怨
——无奈也是哲学,懂不懂都得接受

乱,一时大意没看落款就发送了。你告诉了一靳?"

一念舒了口气:"当然没有!原来如此!我也有过类似的经历,春节前得发许多邮件到中国,为节约时间,写好一份,复制给各位,略加改写,就发了。"

"幸好你没告诉她,你知道,她特敏感。"凯西低垂着头。

"没事了,别紧张。"一念右手往他肩膀拍了下。

两人刚回到原来的地方,中年医生便推着移动床从急救室出来,低声对患者的亲人说:"跟我来!"

家人们很快随着中年医生来到另一候诊室。四周可以站些人,凯西、一念和郝忻紧张地来到甜甜身旁,看到她如睡的脸庞,凯西立即俯身吻她的额头,又从白被单里找出她的右手,时而吻着时而抚摸,泪水如注地附在她耳边,颤抖着低微地说:"上帝保佑!创造奇迹!奇迹啊——古有,今也该有——"

"我要的是爱情,但是……却没有……痛啊——医生呢——为什么——不叫——"甜甜慢慢地睁开眼睛向四周瞟了下,右手竭力想摆脱凯西的触碰,但无能为力,刚闭上眼一会儿,突然又半张着眼,确定看到了凯西,觉得很惊奇,便对着接近她脸庞的丈夫说:"你,走开吧——医生呢——"随后,甜甜觉得灵魂被什么东西慢慢地牵引着,身体像沉入海水似的难受,便利用身体微弱的能量和气场微微地睁开眼,望向凯西重复着刚才身边亲人均已听到却没有回复的那句话:"我……要的……是爱情,但……却……没有。"凯西立即低头吻着她带有插管的脸说:"你有爱情啊,我真心爱你!爱你!"

站在她病床旁的姐姐用纸巾抹着泪水,想说许多话,却因心乱如麻什么也说不出,只有流泪、流泪,呆呆地望着她,想起刚才和凯西的对话,心想:"幸好她不知道,否则,自己跳到海里都洗不清——"

郝忻站在一念身边,全神贯注地看着甜甜的神色变化——想说话,嘴唇微微颤动却没有声音,一向皮肤细嫩的脸庞竟然出现了隐隐的皱纹——不由暗呼:"浮士德的神医啊,救救美人吧。"

甜甜突然又半睁开眼睛，先前内脏和四肢均是撕裂般的疼痛，此时却渐渐变成一搐一搐的痉挛，她打起精神四下巡视，似乎意识到自己身处医院，微声问："怎么……回事……"没有人回答她。

她望了望各人的脸，初次体会到肉体的威力其实不比灵魂差，一旦"罢工"，后果堪忧。哦，突然想起阿山说凯西电邮给姐姐生日贺卡的落款，立即盯住姐姐的眼睛，直到眼皮累了才微微点着下巴说："我要……去了……你……高兴……"还没说完就感到胸内腹内又来了次大痉挛，甜甜突然想到有次在"翰林院"听到姐夫说，世上根本没有永恒不变的东西，包括爱情，立即将目光转向姐夫，想对他说："希望有机会交流。"但她已慢慢地闭上了眼睛，没有力气再表达了。

凯西对妻的话感到既突然又惊奇："难道她看到那邮件？不可能，我们说好不动用对方的电脑。"但他没有提及，也永远不知道是怎么回事。

一念见她眼帘慢慢地紧缩着，意会她的痛楚，又怕失去说话的机会，赶紧附在她耳边，轻声道："甜甜，别这样想我，你有什么不高兴，为什么不早说？我和你，没有什么地方过不去——那是凯西粘贴了给儿子的生日邮件，没看好就发送，千万别误会——"一念不知道妹妹是否听到，但良心上获得了安宁。

甜甜已不再出声，安静得像一只睡猫。

郝忻仍然无法理解甜甜对姐姐说的话，以为是神志不清的胡话。

护士长进来重新为甜甜量血压、听心跳，当听筒放在甜甜的胸上时，凯西依然紧张沮丧地伏在她手背上暗暗流泪、喃喃自语："主啊，别这样，我是人，受不了——受不了——"

护士长看她苍白的脸突然有些回色，认为有了希望，立即出去拿来仪器再次搏动她的心脏——一、二、三——身边的亲人只看不说，大家屏住气等待奇迹的出现，果然，有希望了，甜甜的眼球开始蠕动，不一会儿，她想睁开眼睛，或许气力不足，只好眯着眼睛斜视，然后望着郝忻的脸说："好好……活下去……告诉……奶……奶……我……度……假去了……"说完，眼睛慢慢地越睁越大……

第四篇
怨
——无奈也是哲学,懂不懂都得接受

屏幕上的心电图已成了一条直线,一靳终于无法再醒过来,在睡态中停止了心跳,离开了她热爱的、迷恋的世界。

医生用手慢慢地帮甜甜合上双眼,随后在护士长手持的表格上签了名。

医生对家属说了几句话离开,另一护士慢慢从甜甜的腹部拉起白床单往上覆盖。这时,凯西訇然双膝跪地,将头埋在甜甜胸间,就在这瞬间,他还感受到妻子胸腔肉身的微暖,他冲出去喊医生回来,但他们已不见,只好在走廊上用拳头捶着自己的胸口。郝忻立即出来抓住他的手,叫他冷静,说医生已尽力而为了。凯西突然拉起他的手,双肩抽搐,簌簌泪下,发出颤抖的声音说:"最痛苦的是她无法听到我委屈的难以诉说的心声……"然后在痛苦万分中不知所措地呆站着,喃喃自语,反复重述,等待一念的安排。

一念依然被甜甜对郝忻说的话所纠结,一直站在房角,面对白墙潸然泪下,见护士示意她离开,才走到床边翻开半边白被单,双手紧紧握着那没有血色的纤细的渐冷的手,眼望妹妹平日那副娇娆的充满活力和意气的脸刹那间变得这么无色无情也无声。一念心里万分难过和纠结。因为太关注妹妹此时的形态和状态,以致忘记了自己现在是和死人在握手,脑子里只充塞着对她的回忆,因其个性引发的经历、情绪和印象,当然也掺杂着刚才妹妹对自己的憎恨,不由想到,虽说是亲姐妹,以前却从没好好地握过她的手,也从没发现她的脸这样嫩滑和洁净。

渐渐地,有种凉气向着一念掌心袭进,她不由得将手抽了出来,慢慢将白床单重新覆盖好。此时,眼泪已不足以象征人的悲哀痛苦,占据一念心灵的是即将面对的现实——如何向老祖祖交代,她相信吗?相信又怎样?不相信又怎样?如何帮助凯西料理后事?他是甜甜异国他乡的至亲至爱……

不觉已经凌晨3点,一念在走廊里安慰了凯西几句,最终果断表示:"车子暂放停车场,我们送你回家,明天再说。"

郝忻点点头地拉了下凯西的衣袖。

医院外的草地上,那轮弯弯的月牙儿,虽然下沉了些却依旧明净亮丽,默默地鸟瞰着大地。

告别遗体那天,郝忻犹豫了许久,去吧,害怕看到尸体,不去吧怕受责,最后决定去,但不进去布帘内告别。

这天郝忻身穿灰色毛衣,外面套着一件黑色薄绒背心,裤子皮鞋均是黑色。他独坐在小客厅的长椅上,双手交叉于胸前,面色呆板生硬,一句话也没有,眼睛望着对面木墙上挂的一张风景画,偶尔向熟人点点头。凯西见之主动和他握手,按按他的肩膀,转身对一念说:"她像花蕾般凋谢了,散落的花瓣永远在我心湖里飘舞……"这时另一位女士走向一念,她是甜甜以前居所的邻居,不知怎的得知了消息,不请自来,睁着又大又黑的眼睛默默站在一念和凯西的身旁,突然又盯着凯西说:"她从来都没有喜欢过这个世界。"凯西耸着肩膀,不知所措,一念低着头,没有出声,想到甜甜千方百计得到的幸福,说没就没了,甚感心碎,但很快又自我否定了,人生在世与自然界动物没有什么差异,"意外"如同狮虎豹,时时想吞食可以吞食的对象,就看是谁遇上了。

棺木内四周隆起着发光的黄色锦缎,一靳经装扮美艳依在,只是没有了气色和生命,更像一尊躺卧的雕塑。凯西提起手机拍摄下她最后的一幅形影。在他心里,甜甜永远是朵明艳的鲜花,只是被一场突如其来的风雨摧毁了,虽永远离开树枝且很快化作尘泥归入自然,但那原先的色彩和花瓣从此像风铃般在心中叮当作响,提醒他永远记住这无法弥补的遗憾。

当然,那"花瓣"也零零散散地掉落在各人的灵魂里,施展的姿态和景观虽然不同,答案却是一样的——不可思议、无法想象的"意外"——就那么一瞬间,为什么是这样而不是那样?为什么是她而不是别人?为什么同样车祸有人轻伤有人死亡?凯西视其为天意,正如无人知道一朵花为什么是这种颜色而不是那种色彩,因而,这朵残落的"花瓣"在他的灵魂深处盘旋几天后,也就无可奈何地从各种通道流逝了。只有在私底下,他才对熟人说甜甜运气差"No lucky"!随后,自己的情绪也不知不觉地

第四篇
怨
——无奈也是哲学,懂不懂都得接受

起了变化,工作热情减少了,不想见到熟人。

同样经历过"意外"的郝忻则不同,他外表平静、沉默寡言,内心则一天比一天复杂,时而觉得自己比她幸运,闯过了鬼门关,时而觉得那片凋落的"花瓣"有时会在他灵魂里横冲直闯,令他有"窒息"感,以致内心如竹箕般筛抖,时而怀疑起浮士德"逃到广阔国土去"的豪迈召唤,时而留恋那"无事小神仙"的日子……

告别式很快开始了,亲人们绕着遗体走了一圈便到客厅喝咖啡,间或安慰几句节哀自重的话语。这时,凯西将一念拉到一角,告诉她出殡那天别忘了通知圆桂和阿山,据他所知,妻子和他俩有来往。一念点点头,但在离开告别式后,心里越发混乱,留在她灵魂里的"花瓣"静静地浮在那里,不烂也不逊色,形态饱满、色泽鲜润,不由得使她思量起"意外"的现实和秘诀,想象妹妹的"意外"之外还有没有什么真谛?警察说一靳在开快车时突然减速导致事故,那么,为什么"突然减速呢"? 想到什么了? 凯西说谁家夫妻间没闹过小别扭?"是否误会了?""不,她聪明,不会的。"凯西不愿意多说,一念也不好多问。唯一可行的就是尽快通知圆桂和阿山,当然也想到了舒棋,但很快又自我否定:"甜甜不喜欢她,算了!"

事后数天,一念确实想方设法找圆桂,可惜圆桂离家后,再也没有消息。阿红出国未回。临近出殡,一念才找到阿红并约她在家见面。从阿红的嘴里,又得知了好多圆桂的事。

阿红说:"母亲的去世对圆桂打击很大,仿佛将以前的里外悲痛全部集中起来。先是气愤父亲,用各种办法不同人名打电话给父亲的新妇曹少玲,说是老陈的新欢,正怀着他的孩子。曹少玲信以为真,对男人盘三问四。男人发妻刚去世不久,女儿又下落不明,万般愁烦中不想再惹是生非,便将曹少玲拉进卧室,又下跪又保证又求饶,希望她别轻信谗言,坏了家事。

"曹少玲知道若有什么三长两短影响生意对自己也没什么好处,便没和圆桂父亲闹。没想到几天后圆桂又通过朋友去电,告诉曹少玲上了当,'那间大餐馆早已抵押给银行了,想享受,还得供款三十年。'此话果然有效,年轻貌美的曹少玲怎能无所图而嫁之，事后，整天吵闹指责男人欺骗她……"

一念听到此，"啊"了声，责怪圆桂太过分。

阿红松了口气，瞟了她一眼继续道："这下圆桂爸重重拍了桌子，对曹少玲声色俱厉道：'你再吵，我就再找一个给你看'！曹少玲见男人真动了肝火，当场呆了，担心自己竹篮打水一场空（'钱财'和'居留权'），一屁股坐在床沿，头伏在梳妆台上，凄凄切切地哭泣，男人见之，心火慢慢下去，叫她以后别接听电话了，他想将事件的来龙去脉查个明白。"

"我只想知道圆桂现在在哪里？"一念心乱如麻，不想听下去了。

"她偶尔给我来电话，满腹牢骚，说她哥哥怀疑是她搞的鬼，父亲顿然觉醒，从此对她不理不问。"

"你有她的电话号码吗？"一念打断她的话。

"没有。又改了。最后一次怪她哥哥总是帮他父亲说话，在他骂了句'男人都不是好东西'之后，再也没接到她电话。哦，前不久，听说曹少玲跟着一洋人私奔了……"阿红说到此，低下头，用手背捂住嘴，本来已为圆桂的处境担忧，现在知道一靳的死讯后，深感惶然而不知所措。

一念知道了，明白了，对阿红点点头，却填补不了对甜甜的愧疚。

阿红主动问了甜甜的出殡日后，准备离去。

窗外，雾气浓浓，人可以在客厅任意布置家具，却挡不住灰蒙蒙雾气的入侵。一念突然叫住阿红，说忙完几件大事后再请她到唐人街喝茶。

阿红抿嘴一笑，跨出了门槛。

第四篇
怨
——无奈也是哲学,懂不懂都得接受

五十一
"爱似乎就是这样,可后来不知错在哪里"

郝忻在医院见到甜甜遗容后就不太爱说话了,尤其那两句话:"好好活下去……","我要的是爱情,但却没有"像蚂蟥似的附在他的神经线上,使他恐惧不安又无法捉拿清除,从而陷入新的"黑洞"里。

一念因忙于妹妹的后事不像往日那么关注他。这天午后,儿子在玩电脑游戏,郝忻的书房开了点缝却不见亮光,一念好奇地推门进去,原来窗帘全被拉上,男人背向着门,弯曲着身子躺在窗户旁的单人床上,一念顺手提起床角的毛毯,盖在他的大半背脊上,声音小得只有自己才听得到:"入秋了,容易感冒。"

"休息一会儿到翰林院去,近来可能多几名新生。"郝忻突然转过头笑了下。

"哦?"一念早已不把"翰林院"放在眼里,只对他近日异常的静寂而担忧,于是边退边掩门道,"我到超市买点日用品。"

郝忻随后起身,呆坐一会儿就往翰林院去。

他草草收拾下台面后就在走廊右边休息室内那张面对窗口的靠椅上坐下。窗外,左边那座门字形旅馆转卖给新业主后正在装修中,远处河岸竖立的各国国旗正迎风飘扬,为迎接即将到来的国际跑车赛,主办单位又添加了别具一格的广告。此时郝忻眼中隐约可见的装饰广告正随着雾气的增加像幻影似的轻轻飘浮,至于河畔的彩旗宛若云气中翩翩起舞的风筝,无风的时候却像高翔的仙鸟……

郝忻就这么呆着、望着、想着,半小时后,雾气越来越重,河畔的光与色相映,形状和线条互动,挂着彩条的树枝和高楼大厦如同在雾海里浮沉,若隐若现,诡谲迷人。他突然起身走到窗前,身子往窗门一靠,胳膊肘搁在窗框上,脸朝河畔方向,望着雾气中的灯彩和物象，忽然伸手打开窗户迎着雾气说："愿我心想事成，不要像你一样，稍纵即逝！"

眼见雾气将一切吞噬，他才悻悻地关起窗门，回到原座上，闷闷不乐地低着头。自甜甜出车祸后，原想回欧躲避商气侵蚀的生活，突然心情又被另一种郁闷所充塞，灵魂如同躺在水面上，左右不定、上下浮沉，甚至希望见到苒苒一倾内心的苦衷。偶尔，也会将忧郁里的怨气冲向自己——觉得自己怎么不像自己——准备多年的文史资料和走访笔记，至今还没有用起来，难道真的像国内的朋友所说："你怎么出国出呆了"？

他抬起头，脸朝窗外问自己："不喜欢精明功利，向往简朴单纯，就是傻呆吗？"

"那就傻呆吧。"他自我回答尚引以为慰。

窗外的雾气开始转薄，不一会儿便东边日照西边雨，但白光只停留了片刻就消失了，天开始下起毛毛雨。他闭起了眼睛，好像在养神，也像在苦思冥想，不一会儿，梅菲斯特突然对他笑道："我只知道，人类是怎样在把自己折磨……"接着，浮士德说："在我胸中，唉，住着两个灵魂……"①

郝忻立即接着浮士德的话语道："一个想从另一个挣脱掉，在粗鄙的爱欲中以固执的器官附着于世界，另一个则努力超尘脱俗，一心攀登列祖列宗的崇高灵境。"②

站在浮士德身旁的梅菲斯特立即反驳道："我已经埋葬了许许多多，可仍不断有新鲜血液在运行。"③

"一个人待在这里干吗？"忽然，门口传来女人的声音，转头一看，一念微微笑道，"路经这儿。"

郝忻浑身颤抖了下，回过神，看一念自然大方的表情根本不像是"路经这儿"。他一脸窘态什么也没说，只是抬起右手抚摸着脖子，结结巴巴道："我也——正想回去——"

---

①②③均出自于歌德《浮士德》著作的原话。

第四篇
怨
——无奈也是哲学,懂不懂都得接受

女人说:"走,一起回。"确切地说她是备好晚餐后,突然想到男人这些天有点魂不附身,不放心而到访。

"没问题。"男人难得和她一起离开"翰林院"。

院外雨丝渐稀,雾气加重了。

郝忻一出门就不停地挥手驱除眼前的雾气,心里仍不时深深暗叹甜甜的消失。雾,忽散忽聚,或停留在他的脸上手上,差点让他乱了神,好在这条回家的路早已烙在他的灵魂里,一抬脚就有方向了。

奇怪的是,身旁这个与自己相依为命走到今天的女人,怎觉得越来越生疏了,难得走在她身旁竟然觉得手脚冰凉冰凉的。一念不知其感受,还有心地谈论着上午和阿山的电话,"他知道甜甜出事了还老是说自己的苦衷,说目前正忙着寻找栖身处,万一出殡那天没能来请见谅。我说要不是看在你上回帮过甜甜的忙,还懒得通知你。甜甜赞你满肚主意,蛇路狐洞孙悟空魔法样样精通,却被这点小事难倒?还不如我女人见识,告诉你呀,到教堂认识人呗,听说基督徒人好心善,助人为乐,常常帮人解决困难,有些华人出国后走投无路,就到那儿找出路。好啦,通知你了,来不来由你。"

郝忻听了,以美丽而艺术的话语道:"可世人都想活在自个的小小世界里,以自己的幸福为主轴,不想介入别人的空间啊。"一念觉得他话中有话,又不想刺激他,索性不开口了。郝忻见其沉默转题道:"风水轮流转,学汉语的人随着中国的开放可能又会多起来。"

"这事我无法帮你了。"一念将头靠向后座,闭起眼睛继续回想近日为找阿山听到的闲闻,最有意思的莫过于施老的陈述:

"我其实对阿山了解有限,不知他真实名字和怎么出国的。他说祖辈靠秘方存活,专治痔疮、漏疮、烂疮等疾病。有一次听到他的一位乡亲说,他初中辍学后开始继承祖业。80年代中期托'改革开放'之福,沉睡多年的'国粹'重放光彩,各派名家林立,西方更是掀起中国热。阿山心灵脑活,及时访朋拜友,找关系、送礼塞钱,终于夹在被邀请出国的国粹团队里昂首挺胸地迈出国门,然而到达欧陆后便自行离队失踪。

"没想到落足后阿山就像两条腿的凳子——站不住脚。幸好他还有点奇谋巧计,在同乡会里传喻'一次手术,终生无患,否则依数退款',但因收费昂贵求治者少。我一向崇尚国粹,决定试一试。

"那晚阿山拎了个小包到我住所,在饭桌上铺块白布,让我曲身侧卧桌面,肛门经酒精消毒后,阿山一声不响地往痔疮旁扎了一针,注入药水,我立即痛得不得了。他一面解释不用麻醉药的好处,一面在饭桌旁的瓷罐烛火上的小盆(欧洲人用来保持茶壶温热的加热器)内搅拌中药粉。不一会儿,痔疮突了出来,他就取出羊肠线将疮打个结,然后嘱我咬紧牙关,他用小剪将疮摘除后再涂上一撮于盆内烧得黑乎乎的药浆,你可不知道啊,事后,我整整痛了七天七夜。

"三年后我病情复发,不但重长痔疮,病情也加重了。我没有要求阿山退款。心甘情愿的事,说了被人笑。有趣的是,阿山自医治我后生意越来越好,声名也越传越火。"

一念很想将以上的"趣闻"转告郝忻,但车已到达家门了,只好怏怏地下了车。

两人刚进门一会儿,儿子立即从卧室出来道:"对不起,我饿,先吃啦!"郝忻洗好手刚回到饭桌旁,向正补充道,"阿姨后天出殡是吗?我没有告别她的遗体,这回让我去吧。"向正想看看人死了到底是什么样子,但遭到母亲的反对:"封棺了,没得看。"

坐在饭台旁的郝忻立即板起脸责之:"你没看到我在吃饭吗?"顿时觉得喉咙被什么哽住似的,夹了两口菜就离席了。一念见之举起筷子对着儿子点了点:"小孩不要管大人的事,记住后天晚餐自己点外卖就是了,我们可能回来较晚。"

向正失望地回到自己的房间,竭力按电影电视里看到的死人模样去想象甜甜阿姨的遗容。偶尔会问父亲:"阿姨留下什么话吗?"父亲反问道:"关于你?"见儿子睁眼听候的样子才继续说,"阿姨平日就很关心你,说将来有机会希望带你一起回国,多学点中华文化。"

"中华文化?"向正笑了起来,"我出生在欧洲就应该多学点欧洲文化。"父亲立即

第四篇
怨
——无奈也是哲学，懂不懂都得接受

补充说："她指的是唐诗宋词，说她自己过去没学好，有点后悔……"向正摇摇头，轻快地笑了下，好像是在取笑父亲的谎言。

唉，谁提到甜甜都会引起郝忻的回忆，"记得有次甜甜路过'翰林院'我请她喝咖啡，她突然撩起胸前的长围巾说我对不起她，当时我惊奇地回望着她，甜甜立即清了清喉咙说：'我们一向对你评价很高，觉得你厚道、老实……但那天知道你也那样简直不敢相信自己的耳朵……所以很冲动，但不管怎么说，我不应该采取那种做法。'我看她摇头又皱眉便问：'那就不厚道不老实了？或是堕落？卑鄙的堕落！……'甜甜立即扬起眉毛问我：'爱情最宝贵的东西是什么？'我觉得这是个抽象的问题，正想转个话题，她拉着一把靠椅坐在我对面，低着头真诚地说：'以前我也没多想呀……后来渐渐发觉男人生性就是贪得无厌、喜新厌旧……老祖祖说，对于天性只有两种办法，或放纵，或控制……我相信你是有能力控制的男人，不过，人也会因某些原因而变化，关键是连自己都不知道什么时候"变"以及"变"成什么样子……'我看她渐渐地安静下来就坦白说：'变得有乐趣些……是全人类都不会拒绝的乐趣——就像吃饭一样，不会满足一种餐食……'甜甜吃惊道：'照你的意思，世上根本没有爱情？'我说：'有！但有时间地点的局限性。白头偕老的夫妇更多是感情而不是爱情。'随后我向她解释'爱情'与'感情'的区别，还表示自己愿意痛改前非，不再出事……甜甜突然低下头说想不通人心怎么这么复杂和麻烦，难怪老祖祖说净化心灵是文明社会的关键……"

"这是我们之间唯一一次最认真最贴心的交谈。可惜再也没有机会了。"郝忻对自己说，内心沉重而遗憾。

"妈妈有事找你了。"向正看到母亲突然出现在房门口，立即催促父亲。

郝忻回头一看，连忙走到客厅去。

一念确实有点不说不快，开始兴味盎然地转述近日听来的阿山祖传治痔的过程，听得郝忻笑了起来："看来施老比我更'信呆呆'。"

"就这些，说完了！我还得准备下后天的事。"一念料理别的事情去了，但没想到阿山的事竟然令郝忻高兴了好几天。

……

两天后正是重阳节，不料气温如夏日。据天气预报说，午间有雷雨和冰雹。

殡仪馆接待室灯火明亮，到达者多是凯西的亲友，气氛不像华人想象的那么悲凉愁苦。凯西和一念、郝忻等站在门廊向来者握手，深表谢意。

亲友们坐在前排固定排列的米黄色木椅上，浅黄色的灵柩处于正中圆形矮台上，两边放置着大小不同的花圈，棺柩前放着框好的一靳放大的彩照，那对抒情的凤眼正对着阿山的座位。

灵柩前，有人低头伤心，有人费解遗憾，也有人沉默呆望……

各人心思还没有化解，殡礼就开始了。亲友们按序入座。

一念看到甜甜那张25岁生日拍的美丽相片，忍不住低泣起来，想到本来就不多的亲情，又少了一份，强忍着的泪水终于冲出眼眶滚滚而下……

服务员将门关上后，堂内鸦雀无声，殡仪馆主持人站在左边讲台上陈述死者的简历，接着是亲友的追悼词，每人均在段落和字句里寻找她生前的长处——助人为乐、办事认真、坦率正直、富有孝心、明白是非、独立性强等。

阿山默默地坐在最后一排座位上，甜甜出事的第二天他就听到噩耗了。此时的他忍不住眼圈发红、热泪盈眶，暗问自己是否间接害了她，永别时刻不领罪将后悔终身，心里不由紧张又害怕，所以没有表情，也不和任何人打招呼，只是感到落在他灵魂深处的那片"花瓣"已开始翩翩起舞了，令他难以自制，只好悄悄离开。一路上，心灵思绪像被铁锤重击似的破碎淋漓且无法收拾——那天，对一靳的言行虽已随着她的形体消失且永远无人知晓，但那份见不得光的心阴则像天空的乌云，虽然偶尔会消失，却也时时因这因那而重现，使他心神不安，灵魂时常如虫咬般难受疼痛而无药可治。

只有阿梦塔默默坐在后排角落里不时地流泪，听到最后一位的追悼词完毕后，她突然起身走到讲台，表达对一靳追求完美爱情婚姻的赞赏："因为大多数人均浑浑噩噩地活在世上，所以，她的追求更显得难得，值得尊重和赞美……"听众立即有人点头，或将嘴角微微弯起来,更多的人是默然而没有表情。

追悼词结束后,工作人员照凯西的指定,播放了平日夫妻最喜欢的歌曲《梦想和回忆》,那是情歌之王彼里·歌蒙的歌:

你留给我
梦想和回忆
是我热爱和爱慕的人
如今只有孤独的思念
……

凯西将棺木上的相框紧紧抱在怀里,然后,灵柩开始在原位上徐徐下降,不一会儿,洞口两边的木板自动地慢慢关合起来——当彼里·歌蒙唱到"爱似乎就是这样,可后来不知错在哪里"时,凯西再次感到自己也不知错在哪里,深感委屈,潸然泪下。当歌曲接近尾声时,他突然想起有次甜甜听完这歌后特别告诉自己,恩里克·托赛里是为西尔韦斯特里(Alfredo Silvestri)的一首诗谱写的这首歌,那诗大概是说:

往日的爱情永远消失
幸福回忆像梦一样留在我心里
你的容貌和美丽眼睛
照亮我青春的生命
如今欢乐永远离开了我
只留下悲伤和痛苦
独自叹息
让时光从身旁白白溜走
……

一念见凯西流泪,立即递给他纸巾,低声安慰。

"我还想退休后和你一起到中国居住。"凯西越想越伤心,仿佛觉得西尔韦斯特里的那首诗是为自己而写的,不由委屈地自言自语,"我对她的爱始终如一,没有间断过也不曾有丝毫的胡思乱想,她怎么能说没有爱情呢?"一念见他喃喃私语,再次恳求他镇静。①

这时,殡仪馆外电闪雷鸣,冰雨交加,倾盆而下,郝忻早已戴上随身的耳塞,沉浸在哀怨婉约的歌词里感动、伤心和难过。凯西终于哭出了声,为一靳哭,也为自己哭:自从发妻情感突变带给他无法抹去的伤痛后,他便永远地失去了对人的信任和依赖,甚至产生近乎病态的疑心,即使一靳也不例外,为消除心患,自己竟然做出意想不到的行为,曾悄悄地买了一枚电子跟踪器,安置在甜甜的鞋跟内,以便了解她白天的去向、活动和言论。

有一天,甜甜告诉他下午到牙医诊所补牙,但从跟踪器上看,下午她并没有出门。"趁雨天……骗我?……对,女人百顺有所求,男人甜言有事瞒。"就这样,凯西临时放下工作,但没有直接回家,而是冒雨到居家斜对角的那家小卖店内,站在玻璃窗口遥望自家有什么人进出。他目不转睛地盯着一个个路经家门的路人,"是否乘我不在时上门?哦,如果已经进去了,差不多该出来了,总不会等我回来才离开……"他看啊望啊,为了准确和不漏眼,不知不觉地已站到入口处的玻璃门后。这时,小卖店服务员走到他面前,还没有开口,凯西就主动告诉她忘记带钥匙,在此避雨等老婆回来,服务员连忙点点头客气道:"到里面坐会儿吧,要杯咖啡吗?"他立即说:"谢谢,不必了。"当服务员走开后,他再次望向家门,看到一位身材魁梧的男士已经走过了家门,不由一惊:"哎呀,说不定就是他刚从家里出来呀,真该死,等了半天,关键时刻

---

① 恩里克·托赛里(1883~1926),意大利作曲家、钢琴家,15岁创作《小夜曲》,其最知名的作品是《悔恨》也称为《悲叹小夜曲》。后来美国情歌之王彼里·歌蒙将《悲叹小夜曲》改唱为《梦想和回忆》。

第四篇
怨
——无奈也是哲学,懂不懂都得接受

走眼了,缺乏证据,白费功夫!"终于沮丧地离开小卖店。

事后,从甜甜的解释中才知道,牙医临时有急事,"改期了"。想到此,凯西深感愧疚,觉得自己不是自己。幸好,"甜甜不知道自己对她的跟踪,永远不知道"。

这时,《梦想和回忆》播完了,众人起身,慢慢走散。

冰雹下的时间并不长,殡仪馆外的景象却换了样,宁静无喧,一片白茸茸的地毯上,有的冰雹像乒乓球大,有的如豆粒般小,只有不死草依然攒动,想为绿意找回尊严。

一念站在门口送客时不见阿山,以为他没来,阿红告诉她阿山来过,不知怎的提早离开了,阿红为此支吾道:"没良心,甜甜对他够义气了!"一念则心不在焉地告诉阿红,送走客人就得去看望老祖祖,"出葬日期由殡仪馆安排,无法选择,过两天就是老祖祖的百岁生日。"阿红表示那天将和母亲一起道贺,一念再三叮嘱千万别在老人面前漏了嘴,"就说凯西临时有事,需要甜甜一起到非洲出差。"

眼见站在一念身旁的郝忻又在催促,阿红连忙点点头道:"这主意好,是啊,老祖祖肯定经受不起。"说完让他们先走,自己朝另一出口走去。

阿红初次参加追悼会,印象深刻难忘,回程时有意绕小道,好让自己消化点什么似的。往日,阿红从圆桂那里略知一靳恋情坎坷,年前幸运遇上凯西,虽然详情不太了解,现在仍痛心怎么年轻轻的,就这么说没就没了……转念又觉得自己比她还不幸,不照样工作和生存,所以对于甜甜的不幸除了以宿命论作解再也找不出什么理由。

车子经过的路旁也是一片清白,只是薄厚有别,色泽有异,道路、商店均比往日清净,孩子们边玩雪球边问大人:"怎么夏日下冰雹呢?"大人说:"不奇怪啊,人在变,世界也在变。"

一念于回程的路上,时而记挂着奶奶,时而怀恋着妹妹。

奶奶曾经告诉她:"甜甜在母亲肚子里过了预产期还不愿出世,乡下接生婆将脸贴在你母亲肚皮上说:'宝宝别害怕,三年灾难过去了,眼下'文化大革命'也是暂时的,你出来后,就没事了……'"

可惜事实并非如此，充塞一靳幼年心灵的依然是乱啊、打啊、吵啊、夺啊、杀啊、血啊、死啊、泪啊……她说好长一段时间分不出人与动物有什么差别，忧虑、恐惧、急躁和不耐烦性情由此萌生。

一靳3岁时，全家一起到了农村，有一天父母突然将姐妹俩托付给奶奶后偷渡去了香港。然天公不作美，母亲在海上体力不支溺亡，父亲遭边防军枪射而离世。那年，曾是中学历史老师的奶奶已退休，好在有早年下南洋的弟弟支助才勉强度日。奶奶艰辛的生活让一靳过早地体悟到做人的艰难和存活的不易，但她生性叛逆，稍大后，在别人家父母开始忙于为子女选学校、学技能，望子成龙时，她却看出要成功必须听话和嘴甜，这恰是她最不喜欢的言行，认为委曲求全即便成功也不会有真快乐。奶奶并不勉强她，只在"甜甜"的称呼里寄以厚望。

无奈甜甜缺乏动力甘于平凡，又因性格开朗，口齿伶俐，善于交际，14岁就开始谈情说爱，16岁中学毕业后，为了跟随一位姓高的乡亲到大城市发展而甩掉初恋男友。高老乡比她年长十来岁，已有妻儿，一靳称其为高哥。

进城后，高哥利用自己职务的方便为她安排到大专会计科班学习，并负担了她在学期间的一切费用。甜甜视其为天上掉下的"馅饼"，觉得"只要不执着，想改变命运，其实很简单"。

高哥的关心爱护自然而亲切，以致一靳难以拒绝回避和他的"夫妻"关系。然而，婚外情只是爱的另类，高哥为了明哲保身，两年后又通过关系介绍她到首都一家外企公司工作。甜甜因眉目清秀、身段苗条，被美籍中年主管看上，承诺要和美国老婆离婚与其结婚。一靳以为遇上了金主，不声不响地和他同居，为了早点实现出国的美梦故意怀孕，谁知美国佬知道后大发脾气，以"欺骗怀孕"为由提出分手，一靳只好无奈地以"堕胎"表示对爱情的忠诚，可惜美国佬又说老婆不愿离婚，即使离了，也要付出高额的赡养费。如是纠缠一番，毫无结果，不久，美国佬转业回国，此后杳无音信，一靳如同睡在笼内的鸡——睁眼尽窟窿，只好哭哭啼啼向高哥诉苦。高哥批评了她几句，一靳要死要活地表态"男人没个好东西"。为息事宁人，看在乡亲和情人的分

第四篇
怨
——无奈也是哲学,懂不懂都得接受

上,高哥出面与出国不久的一念商议甜甜出国就学的事,不料一念对甜甜滥交男友早有成见,又不放心奶奶独自在华,婉言拒绝了。高哥只好自己备好费用,托人为一靳找了所私立大学,让她出国去。

果然祸福相依,转眼工夫,坏事变好事,一条大路在前头。一靳出国后,进校不久通过网络很快租到了房,房东叫艾特。

艾特的姐姐近年对华人女生印象欠佳,怕老实敦厚的弟弟吃亏,反对他将房租给华人,一靳知道后立即采用"中国交际法",送给其姐从中国带来的丝绸围巾、睡衣、台布等,以及一些中国名胜古迹明信片,还说将来一定想法带姐弟俩到中国观光。

几番往来,说得其姐很快改变对她的偏见。

一靳站稳了脚跟,一扫陈年旧事,决意开创新生活,其间念念不忘的是——要活得比姐姐更光彩、更潇洒,而且,不累不苦。

甜甜年轻貌美,令艾特浮想联翩,但一靳见他耳肥腮垂,腰身如酒窖内的啤酒桶,前后上下不符尺寸,又是啤酒厂工人,怎看得上?可是因移民政策越来越紧,留学居留权不易获得,一靳左思右想,决定将计就计向艾特提出假结婚建议,艾特以为挖井碰上自来泉,立即同意,彼此皆大欢喜。

有了居留权,一靳一面上学进修一面物色新伴侣,靠着姿色和口才,她和华裔男生如韭菜下锅一捞就熟,可惜每每提及谈婚论嫁就被对方拒绝,不是嫌她个性强,就是男方家长不接受办过假结婚手续的女人。

艾特虽习惯了一个人过日子,但自见到一靳后才真正体会到孤寂的滋味,因而明知是假结婚,却嫉妒她经常夜归,希望和她弄假成真,哪知控制不了她,只好责问,一靳斥驳道:"别忘了,我高哥因你帮我忙,已对你有所回报。"说得艾特哑巴吃黄连有苦说不出,弄不好自己还背上个触法的罪名,只好沉默贴服,偶尔从高哥那儿捞点"外快"。

然而一靳的愿望也不那么容易实现,出国四年恋爱六次,一次比一次高档——高级工程师、出入口经理、实习医生等,尤其是第六位男友,与甜甜同行,可惜恋爱不久，男方听说她是利用"潜规则"进入这家国际著名会计事务所的，就将其抛弃了。不久，一年合同时间到期，一靳也因胜任不了工作被公司炒了鱿鱼。

此后，一靳对外说是自己辞职，靠这份在国际公司工作的履历越挫越勇。然而在没有取得护照和稳定的工作前，依然对艾特有礼有节，逢年过节给她父母及姐姐送礼，还介绍好几位新到的留学生给他认识。艾特年近半百，置身于充满活力的年轻女子群体里何乐而不为，心甘情愿帮她们看看政府信件，开车接送后还会获得免费餐，他已心满意足。再不久，一位越南籍阮女生表示艾特解除与一靳的婚约后，若愿意继续假结婚，女生将让他增加更多的收入。一靳知道后，没有反对，反而尽力促成此事。

又过了一年，一靳取得居留权半年后正式和艾特离婚，艾特因多年有房客的陪伴，独居生活日益难挨，加上阮女生的财色诱惑，甘愿当个桅杆上的挂灯笼——有名（明）的光棍。只是，阮女生比一靳幸运，她一面和艾特"结婚"，另一面又和原先的同籍贯男朋友睡得挺起了肚子。艾特自知即使怎么闹也没好果子吃，只能预想三年后，阮女生和丈夫孩子团聚，过着幸福的生活，而自己，除了银行多点存款外，依然逃脱不了独居的孤寂和清冷。

为了安慰艾特，阮女生和丈夫送给他一部八成新的日本车。

一靳表示理解艾特的心情，安慰他不必担心："只要政府不限制结婚、离婚的次数，你的财源也不会断绝，房屋也不致清冷。因为出国向来就是东方人的梦想。"艾特听得咧开嘴巴笑，不管一靳的话可信度有多少，上下够不着的自己，依然希望能继续享受异族女性带来快乐和收入。

奇妙的是，一靳出国后的情史连老祖祖都不知道，更何况其他人了。当然，也没人有兴趣以此经历去说明什么，因为一切均在光天化日下进行，两相情愿，谁也没有强迫谁。何况这世界，人人均有永远的隐私，因而她的履历依然有着显赫的文凭和国际著名会计事务所的工作经历，唯一看过不去的人就是姐姐。

甜甜每次失恋均对姐姐倾诉，表示自己每次都很认真投入，却次次被人亏欠。一念除了安慰还劝她下次看准人，后来知道得多了，才觉得妹妹永远只觉得自己正确，

第四篇
怨
——无奈也是哲学，懂不懂都得接受

并自我安慰地将曾经与她相处过的各个男友优缺点做番比较，最终发觉没有一个人是完美无缺的，于是觉得自己仿佛比别人多活了几轮似的。

可以说，甜甜获得真正宁静和安乐的生活是在邂逅凯西后，同样沧海难为水的际遇，相对而言凯西的婚史使甜甜更具安全感。除住食无忧外，更重要的是凯西从不过问她的情史，她也没有主动倾诉过。婚后，她就将往事通通埋葬心底，希望它永远没有重现的机会。

……

养老院到了，一念对妹妹的追忆不知是对她的同情，还是灵魂的痛楚，让人随时随地遭受比肉身更难以摆脱的痛感。

五十二
"女人的地狱是晚年吗"

自甜甜下葬后，一念除了上班、家务外还得忙于奶奶的寿庆之事。郝忻则不同，离开殡仪馆后愈加怀念起甜甜：白皙的皮肤、尖细的声音、冷艳的眼神、执着的神态，甚至他平日不喜欢的她的急躁性情也成了优点，还发觉她有时像蛇一样灵活，不在乎得失，不掩饰追求，有时又像鸽子般驯服，对于所爱之人懂得体谅照顾，不会作秀……因而，甜甜的遗容、状态和印象随着她的消失反而日益刻骨铭心，总在他脑际映现，无法抑制。最感伤的是，再也听不见看不到她的音容笑貌。

平日，很少从妻子和熟人那里听到几句对她的褒奖，但追悼会上却人人赏识之称赞之。"这是为什么呢？"郝忻感触太多，一时还没有理清楚。也许，直视死亡面目的真谛使他意识到，再发达的现代医术也拯救不了健康活泼、挣扎在死神手里的年轻人。何况自己整天头昏脑涨、心神不宁，虽体检没发现问题却闭眼即梦，岂能健康？可见，郝忻的旧烦恼还没有解决又陷入一处新的"暗洞",心智常黯然而无奈,深感"有限"就是"无限"里的一秒罢了。

还记得一靳下葬后的第二天傍晚,忽来的西风将附近广场上竖立的欧盟各国国旗吹得哗啦啦响,树枝随着风的呼啸摩擦得皮破叶碎,落在路面的细枝败叶、被风扫落的破巢,以及夹杂其间的羽毛,时而在水泥地上团团转,时而一飞冲天在空中飞舞,更多的树叶还是随着风在地上一阵一阵地或爬行、或快步,一派残象……

甜甜下葬后的第三天,即是老祖祖的百岁寿庆。

这天早上,一念开窗一看,路上的枝叶稀稀落落地贴在低洼处,等待扫街工人的收拾。郝忻早餐后手里捧着一本保健书,心里则在往"洞天外"求助,希望在有限的时辰里完成"留世之作",不料被电话惊动了。原来是一位家长来电为发烧的儿子请个假。他立即放下书看看表,准备到"翰林院"去,打算午后直接从那里到养老院参加老祖祖的寿庆。

刚走到门口电话又响了,一念迅速接听后将郝忻叫住,并快步跑到他面前道:"卜经理快要回来了!"

郝忻听了全身骨架都松了,差点坐到地板上,连忙左手倚着墙慢慢回到书房。一念见他不安的样子连忙补充:"我告诉她这几天我们忙于老祖祖的百岁寿庆,等办完这事后再联系,她客气地答应了。"

"答得好,谢谢了。"郝忻一到"翰林院"就关起门,往靠椅上一坐,心里乱麻麻的,不知所措。原想今天没有课,在此打电话方便些,因前几天偶然接到苪苪的电话,问近况如何,并表示自己一时糊涂,希望郝忻能原谅她,那时郝忻回答:"没你的事。"也没告诉她自己与夫人已是"无性"关系的夫妇了,只和苪苪谈论些健康问题,或埋怨找不到好医生之类的话题。事后,郝忻觉得是自己对不起她,"不知她现在情况如何"?后悔没多问一句。但"卜经理快回来了",一句话让他觉得自己像马蜂丢翅膀——没了绝招。

不想联系活人又想起死人——甜甜确确实实死了,自己亲眼看到的。不是不相信

第四篇
怨
——无奈也是哲学,懂不懂都得接受

人会死,而是感到过早接触这问题有点措手不及,又怪自己不该到医院去,那忍受痛苦的状况、可怕的言语及无声的挣扎,刻骨铭心且无法成为过去……

甜甜静静地躺在那里,年轻漂亮,婚后生活幸福。然而,当护士为她拉上白色床单的时候,郝忻才意识到从今以后,再也无法看到她真实的脸庞了……想起多年前,自己突然倒地,要是不再醒来,不也如是,一样的过程,一样的状态,一样的结果。郝忻不由心神恍惚,脊背掠过一阵阵寒气,偶尔还从喉底发出不清的厌烦的语句,就在他呆滞的时候,听到一位老人的揶揄声:"未知生,焉知死?"

郝忻吃惊地全身颤抖:"说华语?"显然不是那位铜质的洋公公,又没有旁人,不由得四处张望,哦,原来是写字台前面的书柜顶部的那位老人含笑摇摆,那是几年前在"翰林院"帮画家卖画后,老王送的一尊孔子雕塑。此时,他竟然不敢正视之,而是"扑通"一声跪拜在孔子面前,哭丧着脸说:"老祖宗知我也,我原是只知生不知死的人,自那次突然晕厥后,才初次触及'知生'与'知死'的意识……可我现在,为了一件未遂之事,竟然是'恋生'而'恐死'……"

"不!'再,斯可矣。'"老夫子似乎看穿他的心思。①

郝忻慢慢从跪拜中站了起来,自觉惭愧,自己何止"三次",简直"数十次"了,只能真诚道:"我是在不断体验、感受中,渐渐从浑浑然不知所以然认识到因知死,而悟生……"

"虽多,亦奚以为。"老夫子右手拽着长胡须笑道。②

站在他身旁的子路露出睿智冷静的笑容。郝忻正想和他打招呼,定眼一望,原来是映在窗玻璃上的树影,这才觉得自己的头脑不是不肯清晰而是无法清晰。

此时约一点半了。

门口响起两次敲声后,一念来了:"该走了,别让白人说华人总是爱迟到。"郝忻

---

① 出自《论语》,即季文子每件事考虑三次才行动,孔子听后说:"想两次也就可以了。"
② 出自《论语·子路》:"诵诗三百,授之以政,不达;使于四方,不能专对;虽多,亦奚以为。"意为一个人若死读书也是没有用处的。

伸手理了下头发,竭力遮掩内心的茫然,以及因女人到来而产生的恐惧感,二话没说地起身,安静地跟随她去养老院。

老祖祖已小憩起身了。一念开始忙着为她打扮,上衣是暗红色的中式锦缎传统服,胸前的牡丹花蕊由许多小银珠和金片嵌成,下装配以黑色棉质裤和绣有梅花的中式黑布鞋。老祖祖拒绝一念为她脸上涂脂抹粉,一念说就这么一次呀,奶奶说一次也不要。无奈,一念哀求道:"这是洋人社会,不说入乡随俗,也得给华人撑撑面。"这话有效,奶奶勉强地接受了,但请求千万别施浓妆。

打扮完毕后,老祖祖往镜里一看,竟然张皇失措,既而默默地笑问自己:"这是你吗?我喜欢真面目啊。"随之心湖渐渐荡开了波澜:

这一天,觉得时辰不是在走,而是在飞,百年如一日的昨天;

这一时,意识到离天堂只有咫尺之远;

这一刻,笑容竟然像孩童般简单、纯洁、灿烂;

这一秒,是她乘搭生命火车的最后一站。

在时间的隧道里,此时此刻此秒,随着每分每秒的过去,所有沉淀于心底的人间俗事、美事、艰难屈辱伤心事,以及许许多多想不通的不明白的不理解的事,竟然轻轻地飘浮了起来,引发出记忆、情感的波动与追思,但她很快地淡然一笑,在反思中平息心绪,在彻悟里将世俗看作一抔尘土,于是,所有曾经经历过的大悲大喜重新沉入心底,使心底恢复到原来的模样——微风下水纹明亮艳丽,平平淡淡、轻轻柔柔、不争不挤、不慌不躁……

"老祖祖,走吧!"一念扶着老祖祖进大堂。

将近三点的时候,养老院大堂内渐渐热闹起来,靠墙的地方已摆好排排座椅,中间是张长方形的大木桌,上摆一座塔形的大蛋糕,糕点上端插着一把小红旗,上写"100"的大红字,每层蛋糕上都嵌有红草莓、黄凤梨、朱古力等拼成的各式图案,蛋糕旁还有许多饮料和各种各样的小礼品。

老祖祖坐在正堂的中间位置,胸前挂着一条垂到腰际的18K长项链,吊坠是褐色

第四篇
怨
——无奈也是哲学，懂不懂都得接受

水晶材质的十字架，稀疏的银发戴着一靳代凯西送给她的毛绒帽，轮廓分明的脸上埋着大小、深浅、长短不齐的皱纹，弯弯的嘴角旁挂着盈盈笑意，深凹的眼睛透着慈祥宽容的神色，看上去不算雍容华贵，却优雅大方。然而，郝忻却从那略弯的肩背、叠放在大腿间的手掌背上突出的青筋，以及笑容里隐约流露的沧桑味道，意识到这是经历过一个世纪风雨的"座雕"，凝聚着一个人生存过程里承受的所有欢乐与痛苦、挫折和委屈、费解和哀伤……

也有人不咨询也不多想多问，只在她神韵里看出豁达、宽容、慈悲和怜悯，以及旷美的母性情怀。

养老院的宾客陆续入座，熟人对老祖祖问候又祝福，陌生者对她点头微笑后便各就各位，宾客有搭讪的、彼此问长问短的、左望右看的，或端详或微笑，身体尚好的帮助护工侍候来客喝咖啡、倒茶，或递甜品果仁、送纸巾……气氛温馨、场面热闹有序。

老祖祖只是面带笑容地向来客点头致谢。

突然，门口进来一位招姿耀眼的华人女子，一念一看是舒棋，连忙走到她面前将她拉到门口走廊旁："你怎么知道三点开始？"舒棋露出不高兴的神色道："你也太不够朋友，我哪里得罪了你？一靳的事你瞒了，这是喜事，瞒着做什么？你不想和我交往也罢，我今日是冲着老祖祖来的，老人可是好人啊，有次我和一靳顶嘴，老祖祖还护着我哩。"说完拨开她的手准备往里去，一念一把拽着她的手臂道："今天忙，说不了那么多，只叮嘱你两句话，一是甜甜的事千万别说漏嘴，二是老祖祖不愿麻烦教友，所以我没通知他们。"

舒棋听了睁大眼睛，伸出半截舌头，点点头，表示明白。这时，大门外传来阵阵脚步声，两人急步探之，只见几位洋人脚底发出节奏均匀的"嗒嗒"声，原来，他们拥着身材高大的鲁市长到来，一念立即回过身对着大堂门内来宾道："鲁市长来贺寿了！"在场能走能吃的老人六十多位，见市长到来，各人连忙拉直衣襟，起身鼓掌。

鲁市长一进大堂就走到老祖祖面前，又请安又庆贺，随之接过身旁工作人员手里的一大束鲜花敬赠给老祖祖。老祖祖面对市长的亲临笑而无言,以费解的神色望着孙女,一念连忙解释道:"本市内任何百岁公民的生日,市长均亲临祝贺,您也不例外。"老人听了又感谢又感动,平平凡凡的外侨,默默无闻的一生,竟然在异国他乡,受到官方的敬重!

一念替奶奶接过鲜花,插在早已备好的花瓶内。鲁市长转身站到大堂中央发表祝寿词后,养老院的领导也发表了贺词,院长还幽默地笑着说,希望奶奶能传授几句长寿经。

一念立即央求老祖祖道:"您说几句感言好吗?"

老祖祖不好意思地眯眼望着孙女,一念慢慢地扶她起身站立好,老人双手合十谢谢鲁市长,又按座位方向对着全场老人道谢,然后轻声道:"尊重的来宾们,感谢你们的到来和祝福,时间过得真快啊,转眼我们都老了,中国古人说'寿、富、康宁、竖好德、考终命'为五福。其实人生苦多乐少,甚多烦恼忧愁,能得一福就不容易了。现代人较重视保健,但我觉得只要心存慈悲,做好事、说好话,远离'贪''嗔''痴'自会长寿,相信在座来宾均是重视心灵环保的老人,以后会出现更多的百岁生日会。此时,我除了感恩,就是再次谢谢大家!"

一念帮奶奶翻译后,全场响起掌声,有些老人还不住地点头,表示说得好。①

鲁市长在一念面前称赞老祖祖是位有智慧的老者,随后又对在座的全体老人同样祝福一番后才离开。

这时,华人义工开始领唱祝寿歌,随后又帮这帮那,切蛋糕、分发饮料、派纸巾等,大家吃吃喝喝、热热闹闹,还能听到碗碟刀叉发出的窸窣声……

老人们满脸笑容,邻座的彼此低声交谈,场面温馨。不知不觉快到晚餐时间了,来客们开始渐渐离场,奶奶忙于不停地点头,或握手或感谢。当客人走得差不多的时

---

① "寿、富、康宁、竖好德、考终命"的五福出自《尚书·洪范》

第四篇
怨
——无奈也是哲学,懂不懂都得接受

候,一念才注意到郝忻一直坐在奶奶左侧后吃着中东的椰枣,约翰和苏西站在向正身旁,看他玩游戏机,舒棋虽和箐儿只见过一次面,却不时地在她耳边絮叨。

"阿红呢?"一念突然想起阿红说过将和她母亲一起到来,"怎么不见人呢?"还没想明白,手机响了,阿红来电话说:"抱歉啊,临时有急事,见面告诉你。"一念没心情多问,草草收线。这时老祖祖从口袋掏出宾客送她的礼金信封交给一念,一念往手提包里一塞,转身留下舒棋帮忙清理卫生,然后打发向正和苏西送老祖祖回屋休息,老人没等孩子们到来便自己起身,拄着手杖慢步前行,还是舒棋眼快,立即催促向正、约翰和苏西护送。

一念边收拾台面边对舒棋说:"看看有没有雪莉喜欢的食品,自个儿装吧。"说完让郝忻将一份还没处理的蛋糕切成块。

舒棋看到一念装给雪莉的蛋糕、毛绒小熊猫和朱古力糖等,长叹一口气:"你有心,她可没这福,近来得了什么厌食症,我活了这么多年只知道没得吃的滋味,还没听说什么厌食症。"

"厌食症?"一念诧异地重复道,瞟了她一眼,"你不知道的现代病还多着呢,待我亲自带去。"舒棋含笑道:"向正没告诉你?前几天约翰母亲将她接回家,愿意帮我调养她一段时间。"不一会儿,向正、约翰和苏西已回来了,围在一念身旁看看有什么新任务,一念将已打包好的蛋糕分给了他们。

虽然孩子们兴高采烈,舒棋却敏感地看出郝忻好像有种不能言喻的情绪,便对一念建议:"不如让你老公先带他们回家,反让我们轻松点。"

一念也担心时间久了可能被她看出夫妻间的破绽,立刻同意。

郝忻连忙对舒棋点头示意。上车时郝忻教导儿子遵从欧陆"老人和女士优先"的美德。儿子笑道:"那当然!但你忘了小孩也是优先的对象。"随后用手拍拍苏西后肩道:"这下你占便宜了,又是女性又是小孩,坐前位吧。"苏西立即回过头学他的口吻说:"那——当——然!"

郝忻听了不仅觉得奇妙,还侧头对她笑了下。同样三个字,从她嘴里发出的音质就是不一样,清脆、柔和、甜美——尤其刚刚离开养老院,这音色、音量和音波,使他寂寞彷徨的心田犹如获得春天的雨露,鲜活、清明、透心起来,精神为之一振,再次侧面望她一下才开启引擎。然而,这一望更不得了,分明是对枯竭的挑战和展示——犹如一块无瑕的美玉倒映在他荡漾的心湖里……嫣然浅笑的神情像轻风拂过水面,令人豁然开朗,细嫩的声音像一股清泉流入心田,甜蜜滋润。

"哦,弄清感觉并不在乎形式,而在于'有限'。"郝忻对自己说,心里越是兴奋越发清楚自己的处境,想起自己无奈荒废青春的现实又心痛地皱起了眉头,遗憾这辈子处于不允许多生个孩子的时代,"要是多个女儿又会怎样呢?也许一切都不同了,也许,更麻烦……"

"为何没完没了地胡思乱想?"接着责怪起自己,"为何答应妻下海呢?"

郝忻一路杂乱无序的心绪直到分别送走约翰、苏西后才渐渐轻松下来,不料很快又接到了妻的电话:"休息会儿带向正出来,今晚在养老院与老祖祖一起吃长寿面。"郝忻说一点都不饿,一念说下午是西式生日会,吃长寿面是意思意思,中国传统啊。

郝忻想起老祖祖常说:"一天的重担一天挑。"再累也不好意思推却了。①

到达养老院时,一念已经在老祖祖房间的四方台上摆好面条和餐具。刚好四人一桌,一念坐下就笑问老祖祖:"你猜今天收了多少红包?"老祖祖摇摇头,笑而不答。

"洋人信封内不是五欧就是十欧,没想到舒棋一人就给了一百欧,看来她的日子是越来越滋润了!"

"吃了再说好不好?"向正举起了筷子,老祖祖要求祷告后再吃。

难得一起晚餐,又是老祖祖的百岁生日,孙辈三人顺从之。

祷告后老祖祖伸手盛起长寿面里的鸡蛋正想递给向正,一念劝道:"老祖祖吃一点意思一下吧。"郝忻觉得老人心不在焉的样子,突然赞扬道:"女人的地狱是晚年,美

---

① "一天的重担一天挑"此话源于《圣经》。

第四篇
怨
——无奈也是哲学,懂不懂都得接受

色已逝而价值犹存的女子微乎其微。"①

一念立即瞥了他一眼:"你怎能说这样的话?今天是老祖祖的百岁生日呀!男人的晚年就不是地狱?"

郝忻驳道:"我是在赞美老祖祖啊!"

"听老约翰说在亚伯拉罕以前的岁月里,年轻和年老的人在外貌上并没有明显的区别。"刚吃完第二个鸡蛋的向正插了一句。②

往日,老人听到这话也会插上几句,然而此时确实心不在焉:"照甜甜的个性,到再远的地方今天也会来电话啊!"她心里想着但没有出声。

窗外,太阳虽已下落,但夕曛依在,远处有片红灰蓝错叠的独特云彩,美得像一幅后现代水墨画。不一会儿,云彩又在散聚中形成一条阶梯似的天路,从宽到窄蜿蜒而上……突然,郝忻眨了眨眼连叫两声:"老祖祖,老祖祖!"

"怎么啦?郝忻!"老祖祖听其声调异常,十分惊奇。

"没有屋顶啦?"郝忻说。

"不是好好的吗?"一念吃惊地望着他。

"没有呀!瞧,一片蓝天,晴空万里,白云悠然飘荡。"郝忻面对老祖祖房间的天花板说。

"又病啦?"一念说完对老祖祖使了个眼色,走过去触摸他额头,看看是否有发热。向正却正色道:"爸爸,你说的是窗外景象吧?"

爸爸继续眼望天花板兴味盎然道:"我好好的。瞧这片天——房角有条又窄又长又

---

① 拉罗什福科(1613~1680),17世纪法国思想家,著有《道德箴言录》。
② 弗兰西妮·科兰格斯伯伦(美)在《圣哲箴言》转载《圣经·创世记》里的一段对话:亚伯拉罕向上帝求告说:"我儿子和我一起进城,没有人知道我俩谁长谁少。主宰一切的主啊,为了区别儿子和父亲,老与少,你应当赐予他们不同的外貌和特征。"上帝同意:"就从你开始。"亚伯拉罕一觉醒来,发现自己的头发和胡子都白了,"君临一切的主啊,终于从我开始了。"

崎岖的通天路，路面有许多荆棘、泥坑和石头，多数人看都不看一眼就离开了，只有少数人在那儿又苦又累地攀登。瞧，有人坚持不了就滑了下去。哟，有人已接近天界了，正和守门人对话呢，守门人不让他进去，他焦急地说，为了来到这里，仕途坎坷，身心受伤，说完翻起衣襟露出身体的伤痕给他看，守门人立即竖起大拇指连声说好样的！哎呀，大门徐徐开啦，不得了！不得了！里面金碧辉煌，用黄金铺成的路，两旁铺满了鲜花，人人载歌载舞，不吃不睡，不娶不嫁，无忧无愁……哎哟，另一个房角也有条路，是用木块铺成的，它叫禅，可惜路旁均是高楼大厦，四处喧闹，有人忙于评'功过'，有人在叽叽喳喳说'是非'，还有'善恶'在向路人招手，'得'与'失'彼此不屑一顾。路面一片虚幻，没有打坐的形体，也没人刻意去看'心'看'净'，只有'是非'、'善恶'渐变成了彩虹，那华丽富贵的色彩围着'心'和'净'转啊转，转啊转，但那颗'心'却一点也不动不转。哦，路边的'功过'、'得失'前来扰乱了，想让'自性'有见有识，没想到，'自性'还是一点都不动。"

老祖祖听了呵呵地笑说："你的灵魂有救了。"

这时，门把动了下，看护推门而进，看看表，向众人打了个招呼，转身出去。一念连忙对儿子说："回家吧，你爸累病了！"老祖祖含笑起身拉了拉衣襟，催促他们回家去。

老祖祖关好门后重回原位，继续刚才的心事——甜甜怎么没来电话？忙成这样子？这孩子懂事后就爱问这问那："我爸爸妈妈的坟墓在哪里？""奶奶有没有最最高兴和最最伤心的事？"我听了不是含笑无言就是说"没什么……做人就是这样啰"。

有次无意看到甜甜在《我的祖母》作文里写道：

"老祖祖是个勤劳坚强、吃苦而不诉苦，受欺也不还口不抱怨的女人，只是偶尔皱眉显得很不开心。事后我问她，她总是微笑说：'过去了，别提了……'有一次，老祖祖生病发高烧，说我父亲是在庙里出生的。后来我想从她那里知道些真实的情况，老祖祖却说没那回事。从此，我觉得她虽然亲昵温柔，但有时也很陌生遥远，尤其在她讲述家史的时候，就像赶着乌龟上山，一副若无其事的样子！别人的老祖祖不是这样

第四篇
怨
——无奈也是哲学,懂不懂都得接受

啊,为什么呢……"

"为什么呢?"此时,老祖祖在回忆甜甜作文中自己的形象时不禁自问,并在心里回答她,"一世纪的风云从何说起?不知愁烦的童年,成年结婚生子,战乱中的流离失所、后半世纪的动乱、当寡妇和失去儿子媳妇的滋味,以及饥饿、受辱、孤独无助、背十字架等经历,其间有微笑、有感恩、有希望,也有许多费解的人与事,从何说起?天父说:'忘记过去,努力向前……'甜甜啊,太阳底下无新鲜事,天父为安慰任何国家的受伤者,曾说:'怜悯他们吧,他们不知自己所做……'既然害人者被'怜悯'了,就没有必要计较和诉说……"想到此,她沉默了一会儿,却没有睡意,不由转身拉开半边窗帘,窗外的景致与原来的住所属同一区域,自20世纪末以来移民日益增多,本地人逐渐离开搬到新区或郊外,如今此地百分之九十的居民是来自亚非、中东、南美等地的外侨,只是华人不太多,因为华人的民族意识比起本地人有过之而无不及,对于白色人种嘴里不说,心里则与他们有距离,所以选择居所时也喜欢靠近本地人地域。老祖祖却不以为然,认为即使你再靠近他们,人家照样当你是外侨。所以,当初在选择养老院的时候,她就觉得这里环境熟、交通方便、离医院较近,而且还有一幢外墙爬满蔓藤的小教堂,尽管80年代后信徒日益减少,如今常去做弥撒的多是老年人,但老祖祖却视它为精神的家园、生命的依托,因而再三要求一靳要在这里附近找养老院。

不过,表面看起来居住移民区的人甚是融洽,彼此见面微笑点头,遇公共事务互相酌商。但在实际生活中,人们又会自然而然地照不同国籍、社会阶层、学养、性格、习俗组成许多小圈子,以便决定往来关系的疏密。老祖祖在这个社区里是位并不引人注目的老人。数年前,老人靠拐杖尚能在附近进进出出,如今是真正的年老体弱了,头发稀白,两腮深陷,走路不便,脸上褐斑点点、皱纹明显,四肢消瘦像秋林里的枝丫,按她自己的话说,一副老躯只剩下脑子还很清楚,尚能看报纸听新闻。由于亲朋故友少,来看望她的人不多,除一念两姐妹和教会信徒外,也就是和她的"娃娃"们,尤其和"娃王"凌芬蒂最有共同语言，不是谈论天国的奥秘就是交流对世人世事的感悟。

"人老了，一天就像一秒钟，一月如同一分钟，转眼到养老院快要一年了……"她又想起了甜甜，心情突然复杂起来，一念说凯西临时受派到非洲，甜甜担心自己舍不得她随陪才不告而别。当时没怎么在意，现在越想越不对，"会不会，会不会有事瞒我？"正当她眼望小教堂千思万虑的时候，有人轻轻敲门了。

原来是女看护进来了，见她独自坐在靠椅上瞭望窗外的景致，好奇地问："老祖祖今天兴奋得睡不着了？是呀，没多少人能过得上百岁生日啊！"

老祖祖答道："确实该休息了。"

"白发的荣耀呀！"女看护说完，帮老人拉好被子才离开。

然而这一晚，老祖祖时而思念甜甜，时而想到郝忻傍晚看到房顶上的天路景象，心想是否与她长年在小教堂为众人祈祷有关系，时而摸摸凌芬蒂，难以入眠。

Chapter 5

第五篇

幻·

人生的最大难题与学识

亨通的日子，你当喜乐；遭患难的日子，你当思想。因为上帝使这两样并列，为的是叫人查不出身后有什么事。——《圣经》传道书第 7 章第 14 节

"形而上者为之道""形而下者为之器"——《易传》

五十三　爱情算不算是一项事业

　　远在中国的卜经理转眼和子乐合作个把月了，其间董事长为了解和扩大贸易市场，经常更改馥淑的往返时间。他们在中国南北奔走，只有近几周才留在特区等候新客户。临时替代郝忻工作的任子乐，无论工作经验还是谈判能力均比郝忻在行，所以馥淑对他印象也不错，尤其见面那天，相貌英俊、身材魁梧、龙骧虎步的任子乐出现她面前的时候不由为之一怔，生怕认错人，直到亲眼看到他护照上的名字和相片才豁然释怀。子乐见到她立即想起离欧前一念曾说："她是位能干聪明的小领导。"然而，随她几天的带领和参与工作后，并不觉得那么高不可攀，自然对一念的话起了疑虑，一方面关注馥淑的言行举止，留意她的情绪反应，另一方面对于新信息和新接触的人与事，也十分敏感在意，希望在其间寻得更好的商机。

　　为了远大的理想，眼下子乐处处小心谨慎，平日除了工作问题，就是交谈些无关紧要的路边新闻。然而，聪明的馥淑就子乐的能力和精明，很快察觉到有朝一日他定会另立门户，但她对此不感兴趣也不太在意，因为近来自己已被另一种奇特的急躁情绪所纠缠，每天办完公事就赶紧看私人邮件，见到郝忻的来信就高兴，哪怕信件只有短短的几个字，不是"快了"就是"谢谢，多等几天"，也算有了答案和希望。

但这天的来邮是一封长信，读之如晤还有点秋雨沐心的苍凉感，巴不得一目三行知道个大概，不料越迫不及待越不知所措，紧张得连呼吸也乱了，连忙闭一会儿眼睛慢慢恢复镇定，再重新一字一字地细读：

卜经理：

您好！

即使我用最华美的字眼也无法表达对您的感激和尊重。

感谢您让我有机会带领家人走向希望，同时也让我有机会再识世界和自我的本相。"希望"与"本相"原本互存互依，"希望"借"本相"存活，"本相"依"希望"前行，可谓美哉、幸哉、乐哉！

加上您是一位朝气蓬勃、聪明能干、又能礼贤下士的好上司。唯我不才，让您失望，原想回欧小憩一阵子再回岗位，没想到近来身心日渐焦虑，恐怕旧疾随时复发，辗转不宁，又恐您久候欠礼，只好直诉衷情。

任子乐先生智力、活力、能力有目共睹，望您择才留用，来日必定心想事成，马到成功！原谅我的失职及带给贵公司的不便，求您宽宏大量并理解：生命说长亦短，我在两头往返奔波，找不到位置；日夜忙累没有平安，而我原本的计划却日益远去。

此时窗外一片白茫，宁静无喧，纯洁安好，目触及之，深觉愧疚……可能您会奇怪，冬季即将到来，我的书房还没有开过暖气，有人说我不正常，我也觉得自己越来越不正常，竟然喜欢冷，甚至希望躺在雪原里……哦，我离题了，打住，想来您已回到南方，那里四季温暖、鸟语花香……

衷心祝您心想事成！万事如意！

郝忻顿首

馥淑默默地低下头，一切均已清楚。"他是一时冲动从商的。怕应酬？对赚钱兴趣不大？缺乏盈利的信心？还是另有苦衷？"她望着邮件自言自语，顿时，"一时冲动"

和"子乐临时参与"的念头像杠杆般在灵魂里摆动。信的陈述和用句异于常人的写法,什么才是他的"梦想"呢?他,一定隐藏着难言的心思"。尤其当馥淑的目光触及到信内的那些"您""领导"等文字时,备感别扭和生疏,同事嘛,合作愉快,没什么间隙,为何如此小心谨慎。

她将信复制后收入个人文件箱,不想回信。

关上电脑,起身坐到沙发椅中,习惯性地将左脚叠在右腿上,双掌交合腹前,头靠沙发背,双眼望着天花板——那里有各式各样嵌压而成的精美图画,但她已感觉不到了⋯⋯

"我为何如此愁烦,不过替公司应聘一位员工,不料造化弄人,初次见面生出出乎意料的好感,后来发觉他学识渊博,但一起工作时却感到他时常心不在焉,我却没有怨气和责怪,"她继续对自己说,"子乐比他年轻、英俊,工作也比他得心应手,可不知为什么,无论他怎么努力,总觉得没有安全感,又没凭据,只是多疑而已⋯⋯"她倏地转头将目光投向窗外,冬季已悄悄来临,这几天不是潮湿阴晦就是和风细雨,今日难得天晴,午后气温却突然下降,下班后越来越觉得冷但没有添衣,心里老琢磨郝忻的去向。

现在见到此信,更加落寞。

由于季节关系,傍晚少了些美丽的夕阳,只有几处浅灰色的云朵在慢慢飘移,虽朦胧却多姿多彩。可惜馥淑此时没有了过往倚窗望景的情趣,如果说这之前夜晚的商店、汽车和人潮是一种诱惑,此刻均成了她视野中的累赘。然而现实不以她的意志为转移,广场中心临时架起的舞台上的女演员正唱着通俗的情歌,音调和歌词倒很符合馥淑此时柔弱、渴望、感伤又充满意气的心境,及无奈里隐藏着的幻想和希望。

当她想进一步听清楚歌词时,不料被突如其来的警笛声所替代,只好继续自我解读,"我知道他是有妇之夫,并无非分之想。虽然在招聘会见交谈时觉得他身上有种与众不同的东西,不昂贵、不华丽也不时髦,却似乎与我生命的本质有着千丝万缕的关系,畅通、自然、和睦、愉悦⋯⋯"

第五篇
幻
——人生的最大难题与学识

　　的确,自和郝忻一起回国以来,从乘机上的交谈开始,馥淑的愉悦感已默默地、自然而然地逾越了商业盈利带给她的快乐和喜悦,然而看到刚刚的信件后,一切愉快的合作只剩下回忆,满心的期待换来后会无期,更谈不上从他满腹经纶、出口成章中获得享受。

　　这才是她最看重和喜欢的。

　　"多少年了,与他一样向往求知和学习,却总是被各种政事俗事所干扰,不是被生存现实所粉碎,就是自我情绪乱了套,时间与青春在无奈无序中度过。步入世俗后,以为努力赚钱就可补偿以前的欠缺,于诱惑和自我间浑浑噩噩过日子,虽得到了一些想得到的东西,然而,原先坚守的纯洁和高贵早被排斥到心灵的角落,甚至被污浊掩盖,渐渐地,不知不觉地,我变得日益世故、精明……直到遇见他,才重新触及我生命的本意及怀恋一起那些被我忘却的'追求'……"

　　她又看到一辆急救车从十字路口匆匆驰过,哦,难忘那晚流鼻血被送往医院的经历。那是她情感世界里难忘的时光,虽像散落的星火般短暂而急促,却给她的生命带来了活力和意义。她还能借幻想与想象编造工作之外的蜜网,甚至此后在进入洁静幽雅的澡室时,竟然慢慢地解开衣纽,注意和重视起那半隐半现的双乳,并于那不太丰腴高挺却也坚实傲然的两座小山丘里,按捺不住地自我触及与爬行,但愿这种神秘的感受能留在"企望"里,发挥它曾被隐没的与生俱来的神往和美好想象。

　　"那趟住院,忧伤地进去,却欢心地出来,"她多次自问,"'心'与'情'到底是什么东西?我为什么憎恨异性又离不开异性?难道与他一起工作的同时,世界变了样?"说不出的滋味和感觉,使她平日看重的人与事,一下子显得微不足道了。她又想起了那夜两人在酒店单独相处的情景,虽毫无生色但她却暗暗告诫自己,哪怕永远保持那种状态,亦是开心。

　　窗外夜色渐重,馥淑却越想越没有睡意,打开电视又不知看什么内容。"我花样的年纪竟然满脑政治,只想如何减少屈辱又能获得政治审查的通过……自与春生离婚后,就不曾存有对爱情的幻想与企望。出国后,我竭力掩藏往事,抹去可怕的记忆,十几年来,不忘母亲的教导,努力工作竭力赚钱,生活也给予我应有的回报,正当心清志明时,却耐不住寂寞了。"她看到电视上一位少妇双手牵着两个孩子准备过斑马线,"瞧她多么快乐和满足……我怎么会这样呢?"她一面责问自己,一面又安慰着自己,"没什么,我虽缺少生命的发自内心的真快乐,但我有常人羡慕不已的财富。那些出身贪穷之人或只沉迷书卷的'书虫',不也常因缺钱感到拘谨和遗憾?"想到此,有点安慰了,她连忙起身进浴室,悠然地斜躺在浴缸里泡热水澡,享受温热带来的感觉,继续浮想联翩,以致令傍晚以来的零散思绪时而飘飞,时而凝结,她甚至希望在适当的时间适当的地点有人将自己从香泡中抱出来,轻轻地搓干她的身体后,慢慢地放在柔软温馨的床上,彼此静默地互望,竭力在对方的眼神里寻找会心的微笑……

"呀,多么美好的梦幻啊!既不害人也不羞愧。"她差点说出了口。

某种快感像一股暖流通透全身,令她不由得站了起来,定了定神,不料在跨出浴缸后,"想象"立即被赶出了脑海。她伸手拉开窗帘,路灯一如天上耀眼的星火,路旁大树干或立柱上均贴满醒目的市委员参选的照片和广告。

也许出于烦闷,也许出于孤寂,她给子乐打了电话。

通话时觉得对方身处喧嚣,不时听到周围传来的许多杂音。

子乐正在市区一家咖啡馆内约会友人,接到经理的电话有点紧张。

馥淑说:"有些要事想和你商量。"子乐立即道:"好,好!要不要我去接您?"馥淑说:"还是悠然馆吧。"那是他们常接待客人的地方,就在酒店的附近。

"我就来。"子乐连忙中断约会赶回来。

馥淑到了悠然馆,习惯性地沿着铺有红毯的台阶走上去,进入旋转大门后径直走向柜台右前方的休憩厅,厅内摆着几款景德镇制造的大花樽,图案艳丽、花鸟奕奕有神,馥淑就坐在靠墙的一套明代式样的红木座椅上。

子乐迟到了会儿,再三道歉后一起登上二楼,一转弯就是温馨的咖啡馆,窗楣和天花板系着逼真的花絮青藤,顾客多为成双结对的男女,纯是男性的好像在谈公事,桌面摆有文件和纸张。馥淑选定一个近墙角的位置后,脱下垂有毛球的三角披肩,子

第五篇
幻
——人生的最大难题与学识

乐连忙接过披肩将其寄放在保管处。

特区的咖啡馆就是与其他地方的不同，设计、布置、光线、音响等多接近洋派的嗜好和氛围。暗黄的灯光下，墙上的国产油画框、意大利银鸟展翅的晶莹吊灯，以及窗台上摆的石雕艺术品，外表看来档次不比欧洲普通咖啡馆逊色。这时服务员来了，馥淑要了一杯法国葡萄酒，子乐依然点了咖啡。

馥淑正盯着台面精美小碟中短圆烛上的灿黄火苗时，服务员端来了饮料，有礼地分别放在他们面前。馥淑右手不停地摩搓着杯柱，子乐虽不知所措，却很有风度地打破僵局，谈论起离国数年没想到起了这么大的变化，趁工作之余找到几个老朋友，哗，个个成了钱串子脑袋，见钱就钻。"这也好，有处着手，才能遇到大头。"

"你是这么想？"馥淑表示惊讶，子乐称得上当下女性的偶像——身高一米八的美男子，却不知何以早婚，不由离题道，"给妻儿电话吗？"子乐正色道："每晚一次。"馥淑想不到他这么顾家，点点头笑了笑，心里十分羡慕他妻儿的福分，须臾补充道："你是做生意的料。"

子乐伸手拂去一绺刘海，低头说："是吗？不见得，成功得靠运气。"过了一会儿又抬起头，眼睛望着两杯饮料的中间位置："国情不同，赚钱的路子也不同，就看谁的关系硬。如今是一人得势，鸡犬升天。有位老朋友就是仗着他舅舅在国土办的权力，批得一块地，买空卖空，倒手转给香港建筑商，获利两千五百万，后靠此第一桶金，钱滚钱，发达得自己都蒙住了……"

"任何国家的民众都知道人脉关系的重要，唯华人尤为喜爱并善于运用而已。"馥淑说完突然转了话题，"不谈这些吧，听多知多气多，就说那些国有企业，转眼几年均变成私人财产，凭什么？"子乐对于她的话甚觉奇怪，心想："还好没说到表哥的运气。表哥原是石化公司的外派干部，出国数年，熟悉了买卖双方的客户后，回国辞职下海，如今也是腰缠万贯的亿万富商了。自己也是公派人员，怎么就不行？"哎，解释起来也很累，不如不说，"就说这份工作，郝忻就比我幸运。"显然，子乐的心结始终没打开，"一念明明知道我求职不易，又是份适合我的差事，怎么让郝忻占了？"

"今晚约你出来就是想听听你的看法,郝忻到底会不会回来?"馥淑终于开门见山。子乐微笑道:"当然会回来!"馥淑没有提到郝忻的来信,惊奇地问:"此话怎讲?"子乐说:"他怕老婆啊,老婆要他下海。"

"原来是这样,"馥淑微微一笑接着说,"他是个人才,可惜,心不在商。"子乐立即在心里重复着她这句话,又高兴又疑惑,不露声色地点点头。馥淑突然将右臂支在桌面,手背撑着下巴:"还有一事——"她顿了下,子乐立即心跳起来,"刚有好势头,难道……"他竭力忍住,紧张听她说完才松了一口气,原来馥淑向他表明董事长在华的发展越来越多,一时难以回去,但最近有点私事想回欧几天,问他有否信心承担些收尾的工作。子乐即刻表明:"如今电讯方便,可以随时联系请教。"

"这回我不想让董事长知道,他若问及,说我生病就行。如何?"馥淑望着他的眼睛。

他不敢正面望她,也没多问就答应了,虽不知道卜经理为什么装病回欧,但他还是坚定地点点头,还歉意地补充说:"我刚才说多了,你就别提怕老婆的事,何况……"他停了一会儿觉得不能再多说了,但馥淑却睁着眼睛等他说完,"放心吧,何况什么呢?"子乐还是笑而不答。馥淑只好正色道:"你不相信我?"

"我难开口啊,他们各有苦衷,眼下夫妻名存实亡。"子乐逃不过她的追问,但话一出口又再次嘱咐她,"我怎么不相信您呢?这是他们的隐私,你我就装作什么都不知。"

"原来如此。"馥淑将酒杯往左边一推,沉默了一会儿,心想这话题不能多说了,看看表,突然对电视播放的古装片发表了看法,"怎么每次遇到打斗或夫妻吵架就用大风大雨或电闪雷鸣做背景呢?"

子乐笑出了声,说:"能看出或感觉得到,就很了不起呀!"

"好了好了,不说这些了。走吧!"她实在没心情再谈论下去,正伸手取手袋,子乐已侧身向服务员招手。

结好了账,子乐过去帮她提取披肩,再一起离开。

第五篇
幻
—— 人生的最大难题与学识

　　走廊上，两人无意间同时向对方一瞥，又自然而然地分开了。奇怪的是，就那么一秒钟的时间，假如她稍不注意走了神，就会将眼前的这个人当作那个人。冷静后，她又将他俩做了比较，尽管他们各有家室，却不同于以前和她合作的伙伴，"他俩除了赚钱，似乎各有各的志向和欲求。"

　　馥淑对他俩的比较其实是为了了解自己，看看日后哪一类男子更适合自己，客观地说，子乐经商优势比郝忻强，富有工作能力和远大目标，对女性的体贴关照、绅士般的言行举止、嘴角的浮笑、皱着眉头的眼色，以及讲话的表情均容易引起女性的好感。郝忻幽默中有真实，真实里给人心灵的平静和满足，这些均与他的憨气、书气和正气相关，尤其他的学识和好恶似乎与馥淑相近，也就是说，馥淑与郝忻灵魂碰撞中产生了许多共识，这种融洽带来的美感，正是馥淑对他离去后念念不忘的根本原因。

　　走到悠然馆门口了，子乐刚拉开大门，一阵风吹来，馥淑打了个寒战，内心却很温暖，一是子乐支持她回欧，二是将很快见到郝忻，她心想："亲自邀请，或许会转念。"

　　子乐准备叫出租车，馥淑说想吸吸夜间的清凉空气："反正没多远，步行如何？"

　　"当然好！"在子乐的言语里，经理的任何建议都是好的。

　　附近有条市内主干道，入夜后，白天的喧闹隐退，夜光像九月的黄昏，不亮也不暗，汽车、高楼大厦、天桥，路旁的南方花树各自安静，而商场大门上的霓虹灯得意地闪烁着，那些中低档饮食店门楣下的大红灯笼也不示弱，美艳如常，曳着身子感谢改革开放带给它们重现光芒的机会，而她，奋斗多年才晋升为这个跨国经贸集团亚洲区副经理。馥淑脚步缓慢，心情复杂地跟在子乐的身后，想到那个"文呆呆"，以及子乐在咖啡馆告诉她的新信息，心湖被一股突如其来的波浪所冲击，汹涌澎湃。

　　"您大约几时离开这里？机票呢？"子乐打破沉默，竭力放慢步伐走在她身旁。

　　"开完明天的会议，大后天的会议由你出面吧。机票买到即通知我，你将这里的事情处理好就是了。"馥淑决断道，凡她想做的事好像没有不成的。

　　快到酒店的时候，馥淑在路旁银行大厦门口石阶边的角落里，看到一位露宿者弯着腰盘腿而坐,见馥淑徐徐而来,突然站起身上前,"扑通"一声跪在她面前,合掌乞求赐助。馥淑一时怔住,定睛一看,是位老妇人,还没看清对方模样就听见她说:"可怜可怜我吧,我已82岁了。"说完抬起头。借着路灯,馥淑看到她左眼袋旁长着一块鸡蛋大小的烂疱,立即往后退了几步,快速地从手提包取出两百元人民币给她,老妇人双手紧紧地抓着钞票,头往地上磕了好几下,然后一面撩起衣襟将折好的纸币往里袋塞,一面告诉馥淑:"前天也遇到个贵人给了她三百元,谁知晚上睡觉的时候被人偷了。"

子乐连忙站在馥淑身旁道:"她在说谎别上当,我以前也很轻信,上当多了聪明了些。"这时一中年女路人看到馥淑是外地人,好心趋前帮腔:"确实,现今到处是骗子,骗局骗术还按省份区别呢!"说完改成审判官似的口气问老妇:"哪里的?"

"河南。"老妇用食指指向烂疱位置补充说,"没钱医治,好不了。"女路人立即呵责道:"快走吧,警察看到麻烦啰。"

馥淑迟疑地望着眼前的过路人,想着"上当"两字,随后微微地晃动着下巴对她说:"骗我也好,上当也好,我愿意。什么是真的,什么是假的?没有恻隐之心算人吗?活到这把年纪还得靠骗、靠烂疮求怜悯求存活,必有她的苦衷,算了!"说完径直离去,过路人只得点点头附和道:"也有道理,赐比受更为有福。"说完往另一小路走去。

子乐快步追上馥淑,馥淑转过头眉开眼笑道:"你能确定她在说谎?"子乐愣了会儿,连忙巧妙地回答:"上当有明显与隐蔽之分,但,明知有怀疑而为之,是仁善者,天必助之。"

馥淑以漫不经心的笑声作答了。

子乐只知道馥淑单身,却不太了解她的身世和嗜好,印象中她是位工作认真、态度严谨的上司,但从刚才的场景和对话里却发觉她内心有另外更真实的一面,这感觉让他在回旅馆的路上反复琢磨,希望从中悟到今后在工作方面的新路子。突然,馥淑微笑补充道:"两种可能均有,为何多数人认为是假的,其责任不在民众,是社会问

第五篇
幻
—— 人生的最大难题与学识

题，对吗？"

子乐侧过头表示："是呀，当真假难分时，人宁愿明哲保身。"可惜酒店到了，馥淑不再作声，却对"真假难分"这话尤为上心。子乐在今晚与馥淑的交往中看到她眼神里有种特殊的情感，不管这种情感意味着什么，总体而言带着女性的属性。子乐将她送到酒店房门口，反而认真道："卜经理，我想了想，后天的会议还是由您出面吧，我照您意思办就是了。"

门半开时，馥淑叫他进屋说。

子乐坐在昏黄的台灯旁，一面观察她的神情，一面感到不自在，两眼不敢正视她的面孔，只在室内东看看西瞧瞧，不知所措。子乐自懂事后就从母亲的面孔里看到贫穷的可怕，更由食物中品尝到贫困的滋味。为了改变命运过上好点的日子，拼命读书，眼圈熬黑了才熬出个头，没想到，刚刚开始过正常人的生活，又发现人事权势的复杂和厉害，不仅处处重现着桑悦①被看错年龄的现象，还拉帮结派地白吃白捞白抢。

看到小人物上刑场，"癞蛤蟆"却坐在殿堂的位置上，以及蜘蛛网似的"关系"和"人情"，子乐不由暗道："这年头还有什么公义和纯情？"

遗憾的是他一面厌恶和无奈，逢到妻舅有权了，不也积极地周旋以达到公派出国的目的。"哦，想得太远了。"他瞥了她一眼，深感眼前的她不同啊，别走了眼。

"想喝点白开水吗？"清除了思绪，声音也显得流畅与自然。

"好吧。"

馥淑坐在茶几另一边的靠椅上，交叉着双手，摆出一副知识女性的姿态，心境比到咖啡馆之前平静得多了，不料看到子乐剑宇星眉、帅气逼人中流露出的谦让神态，竟然对自己说："说实在，我还真不知这是内敛藏锋呢，还是隐忍低调？"于是轻轻啐了一声道："我不过比你幸运些罢了，你各方面都比我强，做生意，其实并非我所爱。

---

① 明代小品《独坐轩记》作者。明代成化年间，桑悦第三次参加会试得了个副榜，不料昏官将他26岁看成66岁，把他发往泰和做个小小的学官。

后天的会议还是你出面吧。"子乐惊奇地睁大眼睛:"哪里,哪里!"随之补充说,"您是我真正佩服的女强人!"

馥淑苦笑。平日最不喜欢别人这么看待她,此时却不做任何的反驳,突然觉得有股雄鸭体似的气味向她溢来,敏感地寻找来处,当确定来自子乐的肉身时不免生奇,以往闻到的男人气味不是像蒸鱼锅里喷出的气味,就是一股股酸腐汗气,但此时雄鸭体似的气味似乎还夹杂着来自希腊的橄榄皂香……

难得这样的际遇,这样的敏感——数月前和郝忻在旅馆房间的情形立即涌上心头——突然,她无意间抬起头,看到子乐在端摩自己,立即别过头去。妙龄时既无法接受春生憨厚朴实的情感,又藐视那些在任何岗位任何年龄段里均具有的男权思维……此时她心目中的子乐是位聪明过人、波涛不惊的男士,"难以捉摸啊!"

子乐很快移开了视线,笑着站起来道:"既然如此,我尽力而为,不让您失望就是了。"

馥淑也立即起身说:"好像有点热,我得重新调控下室温。"

子乐拎起外套,礼貌地和她握下手,离去的时候差点碰倒了玻璃杯。

馥淑检查房门确实关好后才微微叹了口气:"有学识和心计的男人连试探女人的手腕都比一般人高明。"想到今晚的经历似乎又增长了点见识,尽管活在 21 世纪初的当下,但生活中常见的握手、气味和各式各样的姿态,仍然还有新派和旧派的区别:子乐的"港湾"哪怕停船已满,还是有许多船只想靠岸。而自己,无论在飘零风雨时还是事业有成时,都渴望过着贴心甜蜜的日子。这或许就是她适才梦幻般感触的注脚——你喜爱的我不喜欢,我喜欢的你可能不喜欢。

翌日上午,开完会后,殷勤的子乐已将机票送到她面前。馥淑因昨夜有点兴奋,睡眠欠佳,但还是满意地点点头,刚想赞扬他几句,子乐已打开挎包取出几包包装精美的礼品道:"卜经理临时回去必有急事,您朋友多用得上,一点小意思不介意吧。"

"哎呀,我这趟回去谁都不知道,怎好露面呢?"话虽这么说,须臾馥淑又低声问,"都是些什么东西啊?"接着打开一看,不是贵重的珍珠项链,就是洋人喜欢的宝石戒指，不由乐道，"倒也适用，就算您帮我代购好吗？"

"哪里，哪里！不瞒您说，都是商界老友送的自家产品。"

"那肯定是送给你老婆的，怎好转送？"馥淑觉得子乐确实不简单，短短时间便如鱼得水。子乐怕不够开面只好撒谎道："她用不完呢。"

馥淑瞄了他一眼，子乐上班几天就看出他胸有城府，事实也确实如此，利用空余时间尽量地交际、尽情地筛选，一有时间就约贾金岭的部下吃饭，以舌尖上的诱惑了解商情，获取一些商业秘密。无奈21世纪初的大陆商人比七八十年代要灵活狡黠得多，不仅懂得为己着想，还懂得吊胃口，以及注重考察对方的诚信等等。子乐也不笨，揣在怀里的"鱼"有大有小，有鲜活的，也有不死不活的，根据饭桌上的交易情况决定取舍"鱼"的大与小、死或活。馥淑知道后暗忖："迟早留不住他，何必说穿。"见他钞票如漂水的石子一去不回头，偶尔也会借题告诉他，中介公司将像马尾搓绳用不上劲了，不如用心寻找新机会新客户。

"谢谢你啦！"馥淑顺手取了几件礼品，"我回房清理下行李就出发，忙你的事吧。"随后挥手告别。

馥淑一离开，子乐又打起精神工作，处理了和贾金岭合作的收尾事项后，剩余时间全部用在自己身上，继续交际，耐心地等待机会，至于一念的影子，在落脚大陆后就自然而然地渐淡渐远。

/五十四 他总是孤独，孤独的/

一念不知郝忻私自邮出辞职信，又担心拖拉久了郝忻的位置将被子乐所替代，偶尔以卜经理来电询问为借口催促之。郝忻听了几次也就无所谓了，以为辞职信发出就大功告成。为避免妻的监督,他大部分时间在"翰林院"度过。参选即将来临,大卫出差回来与弗马克夫妇见了几次面后,为争取民主党竞选的事特地前来拜访郝忻,希望他积极参与。郝忻勉强应酬,又觉得过意不去,索性表明自己将投票于工党代表,大卫说工党强调社会福利,只会花钱不懂赚钱,郝忻听了虽感惊奇,还是尽力表示社会是由大多数中下阶层组成的,大卫说福利太好人就容易产生依赖和惰性,社会问题会日益明显。郝忻说他喜欢的就是眼下所追求的真正的共产主义社会。

"社会制度离不开对人性的思考。"大卫说完这话,原不想争辩下去,突然又补充说民主党参选名单内有熊俊和阿山,目前需要一些有声望的义工为华人参选拉票。

郝忻立即想到妻:"我帮你推荐一念吧,她的口才和人脉关系均比我强。"

"也好,"大卫有点失望但不露声色地问他,"你真的这么忙吗,不是说不回了?"

"这话有空再说,主要是身体不争气,何况还有些要事。"郝忻就这样搪塞过去。回家后认真告知一念,还强调说:"华人头次参选,阿山又是甜甜的好朋友,看在甜甜的分上也得支持……"

"啊,阿山?"一念吃惊得笑了起来,尽管对他始终有看法,又说不上具体的事项,只好道,"没更好的?"

郝忻说还有熊俊。

"我不认识,倒是阿山上星期就约好时间和我见面。"阿山的真面目只有一靳清楚,然而随着一靳的死亡也将阿山的原形永远地掩藏了。

"那就好。"郝忻不想多问,他早就看出社会上喜欢跳到前排位置的多是那些有过失意,对自己缺少认识的人,总觉得有个头衔便高人一等,一如军队里的指挥官似的,别人只能言听计从。

一念勉强答应下来,一是希望郝忻能继续"下海",二是阿山平日确实帮了妹妹不少忙,加上协助拉票又不是她一个人的事,自有海报宣传,她不过是通知身边一些熟人就是了。

出乎意料的是,几天后,与阿山见面时他竟然说出与海蒂关系的来龙去脉,像之

第五篇
幻
―― 人生的最大难题与学识

前要求甜甜帮他解困似的要求一念相助,这让一念先是一惊,最终还是看在妹妹好友的分上将错就错,教他先给海蒂一笔现钱,再求她帮忙到底,并表示"取得居留权后再真正分手,到时,偿金加倍"。

"你不是不懂,是没人提醒。用钱做人才是普世的价值。"一念没将海蒂看得那么高尚,才想啥说啥。

海蒂从没看到过这么大沓的现钞,犹豫了一会儿,最终还是答应了阿山的要求,又喜又惧地收下。不料阿山为感激临时碎了嘴:"到底一场夫妻啊!多谢宽容。再说你单身一人,无亲无友,以后实在找不到适合的老伴,将来老了,我愿意为你送终……"海蒂听了笑他多余:"我早买了保险,很简单,骨灰撒在特定的树林下。"这句话让阿山呆站了一会儿,尴尬得不知说什么好。

解决了困扰的事后,阿山不仅请一念夫妇上酒店吃了顿美餐,还借此机会塞了一个红包给一念,以示谢意。

一念不但大大咧咧地收下,还带着微笑道:"得老实承认,身体移居了,文化和习惯仍然难以改变。我要是拒绝啊,反让你不安,是吧?"接着又再三嘱咐,"以后和洋人打交道别乱说话,以免影响华人形象。"阿山不知说什么好,一面点头一面嘿嘿地笑。

阿山知恩图报,一念更加主动为其出点子,教他亲自到华人教会拉票。阿山遵之,先到教会听了几次布道,觉得教友虽从事各行各业,但个个助人为乐,友善和蔼。阿山凭借医生身份认识了越来越多的华人,并一步步地进入华人知识界的圈子里,加上参选传单的作用,连留学生都表示:"要有参选权,一定投其神圣的一票。"

一念虽动员熟人投阿山的票,但偶尔也觉得自己其实对阿山了解有限。她知道自己之所以如此卖力,并非认为阿山就是华人的骄傲,而是出于凡她插手的事不允失败的好胜心,所以凡电话簿上有名的,均通知到位。

阿红接到电话后很快上门拜访,顺便解释老祖祖生日那天,全家感冒生病没能到场,又陈述自己近日内心五味杂陈,恐怕没心情管阿山的事。事缘国军忘恩负义后,阿红爱恨交加，想到秦芹芹横刀夺爱就充满怨气和妒忌，加上圆桂离家前一天的电话令她豁然开悟："国军既然喜新厌旧，你就抛虫钓鱼，花点钱让人假装富家独女引诱他，待他真的离弃了秦芹芹，再让女方甩掉他！"圆桂当即向阿红介绍了一位娇俏柔媚、朱唇粉脸、声轻音润的乡亲王艳阳，她偷渡到西欧多年得不到合法居留权，靠打黑工生存。黑工价廉活重，她时时想找人嫁了算了，可也并非要嫁就嫁那么简单，于是在阿红的策划与安排下，她在青年华裔派对上认识了国军。随后照圆桂之计逐步实行，艳阳编造自己是富二代，父亲为锻炼她，要她一面读书一面打工自给自足。

国军果然自作自受，人财两空。阿红如愿以偿本该高兴，没想到自那天离开殡仪馆后，耳旁不时回响着甜甜生前的话语："我渐意识到报复不是解决问题的办法，想起芇芇，我们是太过分了。"

"我觉得那话是说给我听的，确实，我的目的达到了，心里却没有平静，有点后悔……却无法挽救……也不敢告诉母亲。"阿红说出近来的不安、烦躁和自责，想从一念那里得到些安慰和帮助，不料一念皱着眉头没什么好主意，只将圆桂和阿红批评了一顿。

阿红掩住自己的眼睛，沉默，沉默……

"事情都这样了，还有什么办法，忘记，忘记，跟我拉票算了。"

一念的态度令阿红十分扫兴："我对你的事插刀相助，你对我的事却冷若冰霜。"自此失去继续谈的兴趣，心想，"还让我帮你妹妹的好友拉票？那才不关我的事呢。"

"就怕选票日我在外度假哩。"阿红灵机一动，以此话做结语而告别。

一念感觉到她的失望，阿红对参选的态度也在预料之中，华人向来关注自家的事高于一切，"自己不也是对政治抱有成见，不想成为在人海中攒动的人吗，何况她？"说得透彻点，这次的参与更多是企盼郝忻的回报，不管怎么说，自己和他的利害关系还是一致的——孩子、房屋财产和亲友。更让她吃惊的是自己"出轨"后仍从友人那里听到"你先生总说你好话"，甚至强调"郝忻在别人面前说到太太的时候，总是流露出满意愉快的神色"，每次听后她都啼笑皆非，只能点头微笑。想到丈夫不嫖不赌，

第五篇
幻
——人生的最大难题与学识

每月收入除留点零用钱其余全数交给自己，不由也当着众人面前夸奖丈夫几句，并以轻快的笑容默认自己的幸福。

但这天情况不太一样，阿红离去不久，儿子和男人相继回家。向正喝了半公斤鲜奶就往自己卧室去，随着成长，他自己的事越来越多，越多的私事就越少时间和父母亲交谈，母亲只在伙食上动脑筋，无论多忙都没有忘记儿子成长时期需要更多的营养。

晚餐时，一念将菜饭端到饭桌，突然想到自己至今还在为男人操心，不由对着沙发上的郝忻说："家里的每位成员，都应有自己分内的事。"

"也不排除自己的事呀。"郝忻有气没力地回答，转头叫儿子出来吃晚餐。

儿子一出现，气氛就不同，不是说"李老师准备回国了"，就是"雪莉健康日益恢复，表示不愿回家去"。

父亲说："一个想回国，一个不愿回家，有意思。"儿子问他什么意思时，母亲插话道："吃饭时少说话！多管些自己的事吧。"

"别人的事常常影响着自己的事，甚至像是被束缚住似的。"郝忻将她的话和自己下午因走访引发的思考联系起来，竟然没有了食欲，匆匆扒了几口就离开饭桌进入书房。

他静静地坐在靠椅上，刚才女人的话让他看出不"下海"是不行的，还发觉自己和她的生存意识是不可能一致了。记得甜甜生前最后一次拜访姐姐时便建议，"姐夫既然查不出什么毛病，不如再找彼得医生看看"，一念说彼得也患上忧郁症，不开门诊了。

"我知道后好几次想拜访彼得，均被她不是这样就是那样的理由所阻拦。"想到此，郝忻觉得自己太窝囊，决定趁女人忙于各党派选举活动时，悄悄从彼得前秘书那里获得彼得的手机号码，并于下午拜访他。

那是他无法想象的事实，更是不能忘记的场景，一切都历历在目：

当他按响门铃时，彼得的儿子伊理玛以为是邻居，迅速将门开得大大的，伊理玛右手和脸部仍包着纱布,见是生客即招呼起父亲。彼得虽不像往常满脸红光,但也没有什么明显的症状,看到郝忻连忙起身,解释自己已退休不开诊了,郝忻快步向前送上一束带有天堂鸟的鲜花,然后坐在他对面。

彼得亲自给郝忻泡咖啡,见伊理玛走开后才对郝忻说,平日工作都是听别人倾诉,自己很少说话,现在退休了,十分自在。

郝忻只听不说,会意地点点头。

彼得发觉对方目光好奇,只注意自己的面孔,立即问道:"你怎样?好久不见了。"

"刚从中国回来,有点忙。听说你不开诊了,过来看看,"郝忻端起咖啡杯喝了两口,补充道,"你不过比我大几岁,这么早退休?准备享福啦?"为了不触及他的伤心事,郝忻装作不知道。

彼得低着头,也不提自己的事。

伊理玛突然走出房间,说要到附近超市买点食品。

父亲瞥了儿子一眼,随后迟缓地转动着眼球,以为郝忻是来就诊的,心想推荐哪个医生给他呢,嘴巴却说:"这一行真不错,坐在诊所里便能知天下事,原来人人都觉得自己受压受骗,需要疏通或发泄,哎呀,内容可丰富多彩啰,无奇不有,包罗万象——商场失败、借钱不还、合伙人失信、工作压力、兄弟不和,还有失恋、单恋、婚外情、离婚、性虐待、气候忧郁症、各项恐惧症、失眠症、担心地震房屋倒塌、担心出车祸、害怕税务局成员到访……总之,引发病情的原因不分轻重,又多又杂。"

郝忻边听边想:"这哪里是有病呀?简直是造谣。"立即恢复初诊时期与之交谈的兴趣,不由插话道,"你看过《热铁皮屋顶上的猫》戏剧吗?① 据说20世纪在美国曾遭禁演——有意思呀,历史学家说人是'有''无'的道具,神学家说人有灵魂所以不朽,哲学家说人类只是玩偶,数学家说人是个数字,心理学家认为人是个难解的怪物——你觉得谁说得有道理?嘿,依我看,是思想的问题,但思想从哪里来?它又看

---

① 《热铁皮屋顶上的猫》为美国20世纪40年代剧作家田纳西·威廉斯的名作。

第五篇
幻
—— 人生的最大难题与学识

不见,到底是怎么一回事?就说用思想再去分析思想,也不过是权位、金钱和情欲问题,人的一生大体就受这三类问题的捆绑吧。"

彼得含笑无言,心理学就够他烦了,还谈什么人生三类问题……这时伊理玛购物回来了,彼得立即紧张地上下打量他,叫他少到人多的地方购物,问他看到什么异物没有?见儿子毫无反响地径直走进厨房,转身对郝忻说商场内时常有人放置炸弹,问他是否听过什么爆炸声?很快又面向厨房道:"伊理玛,给我取杯水,我需要吃药了。"

"什么药呀?谁开给你的?"伊理玛知道父亲情绪时好时糟,连忙走到郝忻身旁低头附在他耳边轻言,"我父亲不易说太多话,需要休息了。"郝忻会意地点点头,正想起身告别,彼得突然对伊理玛发起脾气:"你刚才跟他讲什么?说我有病?一派胡言!我是名正言顺的注册心理医生,难得对病人多说几句都得受你控制?你走开点,走开!"郝忻连忙转身安慰他:"别怪他,伊理玛是个好青年,他怕您累了,我家里还有些事,下次再来拜访您。"

彼得傻笑一下:"我现在很不错,原来以为当总统或高官非常不简单,现在才知道当总统比当医生容易,只需指使、开口或示意,手下一群精英分子日夜为他出谋划策,随时为他写好演讲稿,不必像我,单是什么'共情'、'疏导'、'虚郁'这些专有名词都得埋头苦读数年……哦,你现在也不错,洋人都往中国跑,何况你们?做大了生意就是老板,当老板就像当总统一样,员工都得听你的……"

伊理玛取出一杯温水对父亲说:"人家有事要回去了。"顺手递给父亲几粒维生素。

彼得口里说知道了,心里依然将对方当作患者,过了一小会儿,看看表,觉得差不多到时了,问郝忻需要不需要他介绍位好医生。

郝忻表示需要时会预先电告,心里则十分同情:"事业有成,家庭幸福,儿子、房子、汽车,什么都有了,怎么一下子……比我还倒霉……"郝忻无奈地起身,准备离去,彼得又恢复刚才的紧张,劝他别让孩子到人多的地方,最好的生存之道是少听、少说、少看,然后望望郝忻,看看手表,突然板起脸孔不客气地说:"到点了,可以走了,我喜欢安静,不想听、不想看、不想说了!"

郝忻不好意思地对伊理玛使了个眼色，转身离去，听到身后彼得对儿子叽叽咕咕的不满。

郝忻越专心追忆越感到孤独，是那样的无助和无奈，沉重的内心掺杂着费解与彷徨，突然自言自语："好端端的医生呀！可惜，可惜！"不由挪动下身子，注意起窗外天空的变化，乌云渐渐聚拢了。他起身走到窗前望了望，又猛地转了个身，在很短的走道里踱来踱去，不知为什么，自己近来对天气特别敏感，对气象预报的准确性也越来越没有信心，觉得心情常常因它添了乱。

"今天天气预报没雷电。"他对自己说，突然有种异样的感受涌上心头，不是痛楚，而是使他难以接受的现实，越想忘记又越难忘——甜甜出殡那天电闪雷鸣、冰雨交加的场景……

他在孤独中竭力追忆初见甜甜时她的模样，那么单纯稚嫩、清秀得如山谷中迎风飘扬的一朵百合花……多年后在欧洲重逢，又像满树红艳、充满活力的茶花，令人流连忘返，甚至沉醉于爱与欲的热切里，然后，当身旁的人需要时间和文化慢慢解读她的心路历程时，她却永久地被凝固在另一类陌生的具象里——染有斑斑血迹的衣裤包裹着原本优美的身材，痛苦的表情掩饰了原先妩媚动人的凤眼与红唇，时开时闭的眼睛和忽清忽浊的声音好像是在对周围的人宣布"我就要死了，你们可以看看我死的样子"。

"后来，我真的看到她死去的样子，哪里是甜甜？只像条冰冻的美人鱼……"郝忻差点喊了出来，"甜甜确确实实消失在这个世界上了……"

在小姨子生前和死亡过程截然不同的异相里，郝忻越思念越折磨，一种难以言喻的沉重冲击着他的内心意念——"平日很少关注甜甜及身边的亲人，总以为那是老婆的事，为何现在对自己触动却这么巨大呢？"

他默默地回坐到靠椅上，待了会儿，一阵源自灵魂深处的痛苦扭曲了他的脸部肌理，刚想起身再看看窗外的天色，一念突然站在房门道："老郝啊，卜经理真的回来

第五篇
幻
——人生的最大难题与学识

了,刚来的电话,我说让你直接打给她,号码抄下了。"说完轻轻推门而入,将写有电话号码的字条放在书桌上。

"我已经辞职了,还找我干什么?"郝忻迫不及待地说。

一念吃惊地站在他身旁:"你说什么?辞职了?什么时候辞的?我怎么不知道。"

"让我做主一次可以吗?"郝忻镇静地说。

一念竭力控制自己,暗忖:"这样的事,一次就够了!"突然又不知所措,内心麻乱:"再扯下去也没用,既然卜经理回来了,或许还有点希望,不过,瞧他目前的情绪,恐怕不适合见面,我尽量拖延她几天。"难得女人什么也没说就往客厅去了。不料刚走两步一念又转过头问:"有句话不知我该不该说?"

"哪有不该说的?"男人觉得妻已矫枉过正。

这时,女人习惯性地右手按在门框上,左手下垂,左脚尖点着地板道:"你是下了决心不回还是暂时不回?"

"又怎么啦?"郝忻转头望之,神色淡然,"辞职哪有暂时的?"

"卜经理这么重用你,难得呀。"一念说得很认真。

郝忻终于不耐烦道:"我正式告诉你,我体力不够,无法来回奔波。"

"难道你不相信科学吗?体检单内的各项指标明明正常……当初你怎么承诺的?开什么玩笑啊?真要有病我也认命了。"想到几十岁的人竟然像小孩似的言而无信,满腔压抑又化作怒火滚滚而出,"不是我今儿唠叨,是你越出国越幼稚,早知如此,何必当初……别忘了,你是男人,男人推卸责任是不可取的,你分明是心理问题,心理与思想有关,思想与性格有关,性格与成败有关,成败与命运有关……"

"够了,够了!别再关、关、关!"郝忻突然板起脸,又激动又生气,同样口无遮拦了,"我预感自己即将大病,你会后悔的……你说我自私自利,你才自私自利,你的生存方式只有一种——想尽办法把钱装进自己的口袋,又千方百计将自己的思想塞给别人……"

一念越听越糊涂,不敢相信眼前的人就是郝忻,是与自己相依为命数十年的枕边人！简直是个异己，寡恩寡情寡义，情绪一波动，她不顾一切说："我当年怎么就看上你……"她边说边接近他，想到数十年来从祖国到异乡的千辛万苦，竟然是这样的结局，气愤地走到他面前，铁了心道，"既然我是如此没素质的女人，我们离婚吧！"说完将门拉上，"噔噔噔"离去。

婚后至今，初次坦诚倾谈，郝忻已如身处海岸，时而坐在海畔石上低语："我总是孤独，孤独的……"时而被海涛冲卷到大海中心，在那里浮沉、呛水、漂游、挣扎，或被风声、涛声、海鸟声、滚石声，以及远来豪华邮轮上的笑声所掩没，以致思绪复杂纷乱……奇怪的是，此刻听到"离婚"两字，头脑忽地清醒过来，竟然有条有序，如家啊，儿子啊，上班下班啊，吃饭睡觉啊等等，无法抹去……

"哦，刚才准是听错了？根本没那么严重，需要离婚。"他断定自己是听错了，反复强调，"好不容易走到今天，怎么可能呢？"

"爸妈刚才谈论些什么大学问啊？"向正突然站在书房门口问父亲。郝忻说："你不懂，以后再说吧。"儿子无所谓地笑了下，转身而去。

这回的经历真不寻常啊，甜甜的两副异相、彼得的言行、"翰林院"的命运、卜经理的到来，加上"离婚"的威胁，让他越来越想不开，越想不开越彷徨，越彷徨越恐惧，幸好无意中看到被自己挂在书架旁墙上的《浮士德》版画头像，精神才为之一振，兴奋道："浮士德啊，我真心向你请教，我不会像你一样出卖或抵押灵魂，也不想在时间里澎湃或事变中翻滚，我不过不愿枉然世间为供养我消耗的许多物质，抱着感恩之心想完成恩师未完成的夙愿而已……嗯，其间行差踏错全是黑猪乘虚而入的结果——我想逃离，它就越不放过我，无处不出现啊，我的灵魂不是被宰割，就是被拉迁，或遭戏言、命令与追寻……可惜我不懂魔术，不知怎么对付它……"

浮士德看到有位如此器重神、迷爱自己的异族人，十分感动，开始蠢蠢欲动，不一会儿，浮着汗珠（实为长年积存的尘迹）的红润脸庞微展笑容道："你如果不想成为'半吊子人才'，不如回东方去，我当年为帮助皇帝暂时渡过财政上的难关，建议宫廷发行纸币。现在你祖国有的是钱与才，缺乏的就是不懂对付黑猪的办法……"

第五篇
幻
—— 人生的最大难题与学识

"啊,'半吊子人才①'?"郝忻重复着他的话,缓缓地垂下了头,突然又抬起头道:"跑江湖的约翰·乔治·浮士德啊,你的魔术真神奇,竟然让你本国学界精英②如马洛、莱辛、托马斯·曼、歌德等人为你树碑立传,甚至连南美洲的阿纳斯塔西奥和我,也对你如此痴迷……"

"我虽是魔术师,但有'高尚的直觉'。"浮士德露出得意的神情。③

"你的意思,我不高尚?"想得到帮助和同情,反被嘲笑,郝忻立即扭过脸向着窗外,内心越发沉重,不由驳道,"我从歌德的《浮士德》中了解你认识你,还准备体验你研究你——虽然我与你种族、时代、处境不同,但、但、但性情还是一样的,我的祖国像你这样博学多才多艺的前人多的是……问题在于,你不满足书斋生活而外出,我则是沧海桑田难为水,饱尝人间万象,渴望进书斋而不得……"

浮士德眼睛一直望着他,时而耐心听他陈述,时而微微嘲笑着。

郝忻看到他想离开版画,从墙上下来走向他,急得将椅子推后了些,补充说:"你以为我喜欢到这里麻烦你?要不是歌德为你树碑立传谁知道你?要不是我上大学选读中文系谁关注你?再说,如果我不是处于特殊时代特殊社会特殊环境,我未来的'传世之作'不一定比歌德差?还有我们的魔术师也不比你逊色……"郝忻叨念于此,突然觉得浮士德在乌云的隐蔽下向魔术求助,通过精灵的咒语和威力获得玄机后,竟然以灵肉和谐的声调道:"你们就好夸历史优秀,人才济济,依我看,别如果如果的,你自己找原因吧,也无须不一定不一定的,我们的时空虽然不同,但地球和未来对我们还是公平的,你很聪明,想想就明白。"

如此的声调,如此的话题,使得郝忻刚才壮起胆子驳斥的勇气消散得无影无踪,

---

① 出自歌德的《浮士德》,"半吊子人才"意为虽雄心勃勃却又不能超凡脱俗的人。
② 以浮士德形象为文本创造的有马洛的悲剧《浮士德》,克林格尔的小说《浮石德博士的生活、壮举和下地狱》,歌德的悲剧《浮士德》等。
③ "高尚的直觉"出自《浮士德》的"格蕾琴的闺房"章节内,浮士德靠此感觉抵制情人玛加蕾特的情欲诱惑。

焕发一时的精神快感和触及心灵的一大沓陈旧备忘录，随之在他真身、假身、梦身中"哗啦啦"倾倒下来，"哦，他走了，可能开会去了！"郝忻只好将靠椅拉近桌子，两手按在桌沿上，头垂夹在两手的中间，低声叹道："我总是孤独，孤独的……"

当他发觉自己长吁短叹的声音在这寂寞的夜晚与他自己一样孤独，便抬起了头，看到放在台面角落的一本书快要掉到地上，拿过来一看，哦，是梅诗人的《我歌我泣》，顺手翻了翻，即被"梦恋"两字吸引住，不由喃喃吟之：

不要问我为何流浪
我将答案写在天上
一样的云彩与风浪
却有千差万别的诗章

不要猜我是什么籍贯
云朵没有住所轻快飘扬
飞鸟没有故乡依然歌唱
无论相思梦恋均在胸膛

不要怨我牢骚满肠
诚信公义是我的本相
只因世途多遭污染
不知哪里才是方向

不要怪我任性倔强
其实我是多么的孤单
但有一点不能轻看

> 我的文档装满了诗章

他看得很认真，吟得很吃力，觉得梅诗人是为他书写的似的，尤其最后的一段深有启迪。"梅诗人著作等身，我呢？"自怨自艾中又烦恼又委屈，正想重读一遍，窗外传来滴滴答答的雨声，郝忻连忙起身关好窗户，重返靠椅继续他肉体感官和灵性的交往，时而闷闷不乐，时而情思飘逸……

/五十五　天可怜见/

参政选举的事在 11 月中结束了，弗马克夫妇和大卫以及"华人参政筹委会"成员虽工作殷勤全力以赴，然熊俊和阿山还是榜上无名，但事后弗马克在"华人参政筹委会"总结工作会议上却给予大家很高的评价，希望再接再厉明天会更好。接着圣诞节即将来临，与往年不同的是今年冬天毫无冬意，气温变化无常，暖和时像秋日般潇洒浪漫——细雨一场比一场富有诗意，或润润地留在软枝上，一滴一滴地掉落；或如夏日晶莹的水珠，时而像人造的彩挂，时而随风飘落在女人的发间，时而于摇曳的树枝上哗啦滚落……

市政府大门前左边的空地上竖立着一棵高大的、独一无二的圣诞树，大街小巷每天均可见增添的各式各样的彩灯或彩条，商店的玻璃窗上五彩缤纷、贴满精美的圣诞减价广告，基督徒的住家窗口彩饰斑斓。汉斯的亲友从事园艺业，他常年从那里购买十几株小松树赠送亲朋好友，一念每次收到圣诞树便回赠一份礼物，这是她交友的准则，不吃亏也不占别人的便宜。今年情况似乎有所不同，离圣诞节只剩几天时间却仍不见圣诞树。舒棋问过汉斯，汉斯说今年气温热得夏日似的，货样枯萎无法出售，舒棋不相信，问了叶西卡，叶西卡道："不完全是，难道你不知道汉斯退休后好赌，听说连房子都抵押了……"舒棋不知说什么好："难怪近来总找不到他。"说完双颊涌上红晕，立即赶到汉斯住所，只见大门已被追债公司贴上封条。

"才几天时间没见面呀？我怎么一点都不知道。"舒棋突然像即将失去生命似的感到紧张害怕，又不知如何是好，便又立即赶到疗养院，在还在养伤的贝德力克那里从头细说，贝德力克微笑道："你有什么损失吗？"气得舒棋用中文回答："真是烂眼睛招苍蝇，倒霉透了。"贝德力克听不懂汉语反而说她运气不好，舒棋驳道："不跟你这鬼佬多说了。"转身而去。

凭舒棋理性的推论也只能这样了——自己已取得欧洲护照，能获得汉斯的大屋算锦上添花，没有也无妨，仗着"社会福利"照样衣食无忧。只是，想起挂在圣诞树上的小装饰坏的坏、旧的旧，前天刚到附近一家捷克人开的彩灯店购买了一大包回来，原想将今年的圣诞树打扮成披金戴银、色彩斑斓的贵妇……现在"没心情了"！

一念若问起换大屋的事该怎么回答呢？舒棋这才意识到，原来喜欢吹嘘也得付出代价。记得不久前一念知道雪莉不愿意回家时曾对舒棋问长问短，她开朗地回答："我母女无缘，巴不得呢。希望约翰夫妇能申请到抚养权。你呢？据说郝忻工作单位快上市了？发财了吧？以后可别忘了我们呀！你国内人脉多，又有后台，何不自己做？听说有人从一无所有到百万千万才几个月时间呢！"

一念眼望她扎在脑后的轻纱蝴蝶结笑道："要像你扎蝴蝶结那么容易就好了。不瞒你说，时下掌权派正是我们这代人，可他不懂、不专，近来身体又不行了，说得了什么虚幻症……"舒棋立即插话道："食疗没效果吗？我们效果可好呀。"一念担心说多漏多，借口"近来'翰林院'事多，节后再上门走访"结束了话题。为表实意，一念提起手提包和她一道出门。

也许是舒棋脸上抹了过多的油脂，显得有点湿，她用纸巾往丰满的两鼻翼凹陷处按了按，再折起纸巾于殷红的嘴角轻轻一压，转过头深情道："我俩一聊就忘了时间。贝德力克算好脾气，换个人，次次约会迟到不生气才怪了。"一念瞟了她一眼："算你

第五篇
幻
——人生的最大难题与学识

福气，快去吧。"随之朝另一方向走。

"离上次见面时间不过个把星期，一切都变了。"为了保持自己的形象，舒棋决定继续高调做人，"告诉她贝德力克有笔遗产，没想到办起手续来需要那么长时间。"她对此设想相当满意，"多好的回答！"另一方面，为摆脱眼下内心的失落，决定拜访一念，顺便将多余的圣诞树小饰物送给她。

平日她很少乘坐出租车，今日乘搭纯属一种发泄："大屋都没了，小钱算什么？"

一阵热风忽地从右边冲来，搭在右肩的手提包不停地晃动着，被风卷起的蓝白花丝巾在左肩上扑扑飘飞，她眨了眨眼，举起左手将围巾下摆往衣领里塞，此时司机已礼貌地对着她开门："请上车！"

"冬季了怎么这么热啊？中国南方却异常的冷。"舒棋一入座就开口。

司机说这几天电视正报道，科学家测得地球的地核已改变了保护地球的磁场，磁场原可产生一个个泪珠形的气泡，用于保护地球生命免遭太阳高能辐射的危险，可惜南大西洋地磁异常区磁场现已出现减弱情形，保护地球的气泡出现了塌陷和磁性逆转现象，缺少保护卫星的电子装置将被太阳的辐射风暴烤焦。所以近年来气温越来越反常，不是过热就是过冷。①

"这么复杂啊？又是磁场又是辐射？"舒棋时时为自己没学识感到遗憾。

"所以美国科学家正在天外寻找适合人类生存的星球。"司机开大车窗补充道，"那可是富翁的移居目标啊，轮不到咱老百姓。"舒棋含笑道："说来说去还是钱重要，到时穷人只能等死啰。"司机说："地球也有机体发展的规律，但人类啊，海底挖钻，地面污染，空中科技产品如乌鸦密集，叫地球怎能平安无事啊？呀，我们活过了，可怜后人哟。"

"都是有钱人或聪明人作的孽呀。"舒棋话一出口，司机接着道："所以能享受就

---

① 20世纪后期出现的隧道显微镜（STM）和原子力显微镜（AFM）的分辨本领比早期的电子显微镜高超得多，可将原来分散的生物规律从细胞内部基因的功能得到统一的解释。

赶快享受吧。"

"听你的见地也算是种享受，可惜快到了。"她很想幽默下却学不像，付完车费还在暗忖，"人家司机也很有学问啊。"

下车后，她的心情又回到复杂模糊的处境：又是大屋，又是追债，又是社会福利，又是贝德力克的遗产……难道她想对一念说这些吗，不，全是因为贝德力克和雪莉都不住在家里，又找不到汉斯，想消磨下时间而已，可是因为心情欠佳、思绪纷乱，竟然连日程也记错了——向正告诉她今天只是学生的假日，妈妈照样上班去了。

想起雪莉的遭遇，向正不但态度冷淡还巴不得她快点离开，不料舒棋"哦"了声，瞄了下客厅内正和郝忻说话的女人问道："她是谁呢？"

向正说是爸爸的同事，加上郝忻明明见到舒棋却毫无反应的样子，弄得她像不带线的梭子，只能空来空去。

原来馥淑抵达欧陆后，回家洗了个澡就给郝忻打了电话，因对方关机只好打给一念："郝太太，我有事回来了。郝忻到底想怎样？您安排下时间，我们见见面如何？"馥淑装作没听过子乐告知她的事，只想尽快见到郝忻。

一念看出郝忻近来的虚幻症越来越不像样，为谨慎起见，想事先和郝忻交换下意见，所以客气地回答卜经理："您先休息下，将时差倒过来再约好吗？郝忻这几天重感冒，我怕传染您。真不好意思呀，本来嘛，他的事自己会处理，竟然给你添麻烦，真过意不去。让他给您打电话吧，哦，就您现在显示的号码对吗？"几句话，说得馥淑无言以对。

可惜馥淑这趟回欧不宜久候。几天没消息，她再次电询一念时，正是一念得知郝忻正式辞职的翌日，这使她深感为难，又不想在卜经理面前出洋相，只好唯唯诺诺说郝忻感冒还没好，希望对方再等几天。

无奈馥淑等不及了，趁一念不在家，当了不速之客。

当舒棋出现在门口的时候，馥淑已到达近四十分钟。

"我知道你已辞职，也理解你的苦衷……"馥淑一路隐藏的心语待到见面时竟然

第五篇
幻
——人生的最大难题与学识

显得不太自然,原想问身体好些了吗,为何辞职是否对她有意见之类的,但临时却脱口而出以上的话语。

馥淑见他不得其解地望着自己,立即放慢语速,回到她认为对方可以接受的话题上:"我支持你辞职,做你喜欢的事情,我也准备辞职。"

"啊,你也准备辞职?"郝忻惊奇道。

馥淑点点头。

郝忻突然问:"你不觉得热吗?"

她定了定神说还可以,猜想他是故意岔开话题或是有其他原因,为打破僵局直言道:"我们可以一起开创条新路。"

郝忻越听越糊涂,觉得自己耳朵有了问题,聪明过人的卜经理怎么说出这样的笑话,只好无奈地望着窗外的云彩说:"傍晚可能有场暴雨。"

"我这人爱才,也喜欢和简单的人打交道,以后你就做你喜欢的事,我支持你。"说完静了半晌,感到室内确实越来越热。郝忻又想她可能是在开玩笑,认真道:"你是说支持我完成《传世之作》?"

"传世之作?"馥淑好奇地重复了一遍,眼睛上下打量着郝忻,终于在他恍惚的眼神内看到其灵魂深处的一幢文字建筑,可惜这幢建筑很快被四周的空间、时间和物质分化成一堆堆有机原料,不禁地从手提包里取出五沓钞票递给他,"这世道,有人缺钱,有人用不完就发霉了……"

郝忻见之,吓得往书房走去,馥淑随其进入将现钞塞在他被窝里,然后对书房环顾几眼轻声道:"子乐告诉我一些事,现在是 21 世纪,说话处事很突然,并不奇怪,你说呢?不喜欢下海是一回事,合作愉快又是另一回事,我的意思你明白,考虑后告诉我好吗?"

郝忻呆坐着,面无表情,内心却突突地跳,他突然低声重复道:"傍晚有场大暴雨。"馥淑微笑道:"你害怕暴雨吗?"

"我从小害怕雷电,后来发现也怕暴雨,近期可能耳朵不行了,不是听错就是连同雨声、人声、动物声、音乐声都害怕……"郝忻边说边用手指揉搓着耳朵。

馥淑依旧含笑道:"没问题,抵抗力强些就好了。"她看看表,抬起头,默然了一会儿,欲说还休,觉得连自己也不知道刚才说了些什么,怎么回事,以及会有怎样的结果,"是性情明晰呢,还是幼稚可笑"?为了不让对方曲解自己,她突然摆脱一向清高明理的神情,俯首在他耳旁道:"我父亲留下几张明清时期的名画,够了。因为——你值得!"说完拍拍他的肩膀,"等你消息,再见!"

跨出门后,馥淑自觉原先复杂费解的想象一下子变得如此简单,比生意谈判还容易,无须策划何时何地以及如何开口,不由自我祝福起来,希望像做生意那样顺利。

郝忻没有送行,反而关上门后坐回原位不动,不一会儿,听到儿子在客厅接电话的声音,声调忽高忽低。忽然,儿子放下电话跑进他房间大声道:"李老师真的回国了!"

"李老师?就是那位画家?"郝忻想起来了,激动道,"什么时候?"

"今天!约翰告诉我李老师走前送给老约翰一幅怪画。"

"你看到了吗?"

"约翰在电话里描述了。说是有四个骑士,分别骑着不同颜色的马。"① 儿子刚想离去又补充说,"老约翰说他看不懂。我也喜欢他早期的画作,水墨的农舍、家禽、树林、河水等田园画,轻便、轻快又好卖。"

"你是不懂,出去,出去!"郝忻不耐烦地催促,重新关上门,根本没有心绪分析怪画的内容,倒是对于画家的回国很在意,喃喃道,"搞艺术的做生意的都想回国,怎么卜经理说:'因为你值得!'

"她回欧没催我回国,反而因为我值得而愿意放弃商场的大业,真的吗?"明白了

---

① 此画参照《圣经》新约"启示录"内分别骑着白马、红马、黑马和灰马的四骑士,四骑士表示战争、杀戮、瘟疫和饥荒的四种破坏力。

第五篇
幻
——人生的最大难题与学识

来意,紧张的神色随之缓和下来。但,这句不寻常的话却在耳旁久久无法消逝,萦萦绕绕得让他心绪不宁、无法想象,反增添了忧郁和愁烦。渐渐地,"因为你值得"也变成了滴滴醋酸在心里又冲荡又侵蚀……

"这个'你'——一出世就带有烙印和误区的'文呆呆',一整月,一整年,一辈子无论做什么,无奈的、必需的或理性希望的,均感到如此的吃力和困倦……至于'值得'又是什么——拼命获得的会于今天、明天或多少年后被埋葬被淹没,而能力承担得了的却常常停留在梦里,这一切,都是为什么呢?"想到此,郝忻几乎想喊叫出来,一些重大意义的名词重新涌上心头,在脑子里旋转来旋转去。

突然,他边笑边站了起来,从书桌低柜里找出用报纸包好的一个骷髅头放到桌面。那是有天离开图书馆,经过跳蚤市场时无意在角落里发现的,当时将它当作艺术品购买,现在放到桌上,又摸又猜:"他是谁呢?哪个种族?多大岁数?怎么流落到跳蚤市场被人当古董买卖?盘踞头颅里的东西都到哪里去了?"想到平日喜欢追究的灵魂问题,立即联想到灵魂果真不死,此人一定死死地盯着他,不由紧张害怕起来,为了慰藉亡灵,连忙从被窝里取出钞票,一张一张地塞进骷髅头,塞得差不多了就将钞票折成飞鸟,插在头颅的每一洞口上,然后将长期的存想全部释放出来,首先将自己灵魂放在外处看自己梦身的"浮士德",当不满意浮士德的"半吊子人才"之说后,立即将灵魂召回真身的内心,这时看到更为复杂的人群和场景,妻儿、舒棋、大陆和糖果厂的师友与同事,还有大卫、彼得、"翰林院"学生、画家、老约翰以及下海后的新面孔、卜经理、贾金岭等,呀,他们的眼睛、耳朵和嘴巴,都在关注着自己的起落和荣辱,于是,他又将自己的灵魂安置入假身看看,哦,这是内外交叉后的一幅图景,一靳和父母亲以及乡亲父老都在那儿,甜甜美艳如往昔,依然叫他要珍惜"你的家",乡亲父老对他又羡慕又疏远,只有父亲流露出慈悲的目光对他说:"儿子啊,你烦恼什么呢,你就是'传世之作'的最好模特儿啊,不写可惜呀……"

"我就是'传世之作'的最好模特儿?"郝忻正想叩问父亲,门"笃笃笃"作响,一念随之进来怨道:"怎么啦,叫你都不应?吃饭啦!据说今晚有百年难见的暴雨,你和儿子都不主动到超市购买点食品?"这时,看到男人怕被人拽去,四处在寻找出路的样子,才发现被遮盖一半的棉被和塞满钞票的骷髅头,连忙取之一看,惊讶道:"哪里拿到这么多假钞?头骨是真还是假的?"

"都是假的,假的。"郝忻找不到出口又不敢冲出去,只好将目光投向天花板,忽然,又惊又喜对一念道,"啊呀!我的书房和那天在老祖祖屋里看到的境况一样,没有天花板呀!"

"真是神经了!"一念又恼又急,转身出去。

这下郝忻自由了,重返那张享受多年舒服适意的旧靠椅,仰着头,与生命长河中最美的风景互动互助,喃喃自语:

多美好啊,一片片美丽丰盛的苹果园,吸收天地精华,从地下冒出来,成长,开花,风做媒娘,相识相遇,互相欣赏,彼此爱慕、渴望、追求——最后进入灵肉交融、忘我苦乐、同甘共苦、生死相依。

多甜密啊,一幅圆形的阴阳图,两粒精卵紧紧相拥,守住家园,悠悠长日,言轻意重,彼此均将最好的果实献予对方。

多神秘啊,辽阔田园,风和日丽,一际绿洲,功名利禄早已被雨水和阳光化为水中的月亮,血肉身躯最终只留下灵魂在歌唱。

窗外响起渐渐沥沥的雨声,渐渐地,雨声越来越大,天气预报说没有雷电,一念还是送进一副新耳塞,郝忻感动得双额轻轻颤抖,对着她微微一笑,以表谢意。不一会儿,风吹得窗棂铮铮作响,杂音也越来越多,刚才的美丽图像被扰乱了,他的目光很快被窗外的另一景象所吸引,意识随之恍然虚幻——

看哪,那群年轻的男男女女不是瘦子就是胖子,在医院门口排队,他们正为体内无精无卵而烦恼,可是,医院不愿意开门,医生说无药可治呀,"我们已向科技部求救,他们说医术跟不上时代日新月异的变化啊"。

有一对恩爱的夫妻,原先双方均同意留给对方足够的空间,现在竟然加入了几个异己分子,自此夫妻不再互相拥抱和欣赏,彼此竖起眉毛,瞪着眼睛,带着怀疑的神

第五篇
幻
—— 人生的最大难题与学识

色互望,忽而戒备,忽而责怪,忽而怒视——哎呀呀,原来是黑猪在那里作怪,说它的任务就是遍地寻找可寻得的人们。难怪好生生的一幅阴阳图被它作弄得又破裂又异化,成了俗、媚、脏、怪的形体。

看啊,旁边站着一位我的老乡呢,他聪明能干,勤劳努力,从商有术,三十多岁就发迹了,家产几世都吃不完——没想到,他住所的地基下埋葬着的许多古人骷髅均活了过来,说要趁暴雨来到时推翻居所再躲到附近的树荫里,我说骷髅啊,你争什么呢?你要什么呢?它竟然哈哈笑起来说:"我主人不了解阴间事,以为定期给我烧纸钱就够了……我前世一天都没有享受过,你们享受得过头了,现在该轮到我们啦。"我说:"死鬼啊,你经过黑暗的、阴冷的、遍地蛆虫的地狱,没有被泯灭,刚得到重生的机会,就想要享受啦?"

死鬼立即取笑反驳道:"这就是不同于畜生的人啊,你活了一辈子还搞不清楚,从人类起源至今,哪个朝代和地域的人不爱享受,哪次战争和生意不与享受相关?"

哦,我开始闻到了火箭炮的烟味和硫磺味,接着,到处弥漫着地崩山裂散发出的尘埃,还有大海翻腾的海腥,地摇云晃的血雨……

浮士德啊,你现在在哪里呢?我今晚五官生辉灵感涌溢,还因为曹雪芹的草堂因地温灼热消融了,我的"翰林院"也快寿终正寝,加上我刚刚在废墟旁遇到那位穿麻鞋鹑衣的跛足道人甄士隐,不时地听到他落拓疯狂地念着《好了歌》,我就即兴为《好了歌》换上当下时尚的字意,你听听吧:

世人都想名利好,唯有权位求不了!古今白骨在何方,早成草木肥料了。
世人都想钱财好,只有靠山忘不了!官商结合家常事,乐极哀哀灾来了。
世人都想食色好,当然美人少不了!新房日夜诉真情,一阵西风变色了。
世人都想后生好,留给儿孙金银了!可怜天下父母心,败光家产谁知了?

就在郝忻紧张兴奋大声吟诗的时候，一念又推门而入，低声道："又看到什么啦？"说完坐在他身旁，静静地望着他，发觉他流露淡薄微笑的脸上多了几处微微的凹陷，想到今夜目睹的男人的异形异色，又亲耳听到他的怪声怪语，心里像被火红的灸条灸过似的疼痛难受，不由得伸开双手趋前拥抱着他，随之泪水滚滚，不出声地哭着抚摸他的脸……郝忻先是一怔，然后痴痴地望着她，还没唤回那熟悉的肉体的感觉，一阵阵发香溢上脸颊，耳旁也重响起一句久已未闻的亲昵声："老公，我对不起你……"想到适才独坐沙发上追思数十年来的婚姻生活，觉得自己从来就没有好好地了解或发现过自己，一念再次带着亏欠的语气说："我对不起你……"

"其实，我们都不愿意那样而那样。"郝忻渐渐从时而糊涂、时而清楚的意识里回到现实，突然拉开她的双手，像孩子般将头埋在她的怀抱里，任老婆抚摸和哭泣，就这样默默地安静了一会儿，他才侧头问道："老婆，雨在渐渐变小？没暴雨了？"

一念边泣边说："傍晚电视上有位刚从旧金山参加地球物理学联合会议的中年科学家接受采访时说，地球磁场无法避免受到太阳带电粒子猛烈爆发所带来的影响，人造的机器自然也会出现不正常的现象。"

"在你的怀抱，感觉真好。别哭了，让我们珍惜当下，彼此先慢慢地恢复好，至于以后的生活，总有办法的。"男人像孩子般地祈着爱。

女人用手指抹下眼角的泪珠，望着他的眼睛说："我从来就没有想过离开你。"

"什么？你再说一次遍。"郝忻惊奇地睁大眼睛。

一念轻声从容地重复一遍。这时，两人的目光同时被窗外奇特的晨曦景象所吸引，一束绿光像一把大伞从天悬下，不一会儿，云丝如羽毛般散开，闪烁着绿红紫黄的色彩，云彩里突然呈现一洞天，一道彩虹跨越洞顶，郝忻刚才看到的景象可不是这样啊，不由叹道："你进书房前，我在天花板上看到蓝天白云上有一双眼睛，它充满着无限怜悯的神情。"

一念一面抚摸着他的双耳，一面带着无限的追思和深重的悔意对着男人的眼睛说："常人是看不到的，你是托了老祖祖的福，她一直默默地为我们祈祷。"

"也许是吧。"郝忻又将头埋在一念的怀抱里。

一缕金色的晨光正好投进这平凡的不大的书房,在两人身上微微荡漾,仿佛在笑、在说话、在歌唱……

2014 年 6 月 16 日

于欧洲第 7 次修改

后记

萨特说："个人拥有选择的自由，并可自由塑造自我。"然而，这个自我是什么形象呢？当命运不由己地将地理格局、社会文化形态和思想模式全然改变，处在一个被时间空间所遗忘的地域、没有任何委任托付的情况下，我们仍能独慎独醒独持，是否这样才对得起自由的赋予？

我作这种多余的解说，是为了回答我最初的设想——自由最能展现真实的自己。是呀，"道在伦常"，就在这样的真实里，我主宰着自己的命运。因为自由，无需按照别人的意思与任何有关的目的去写作；因为自我，宁愿"冰雪林中著此身，不同桃李混芳尘"，淡然宁静地做自己喜欢的事。

这一切，是来自信仰和爱好给予的信念和力量。失去它们，生活方式和精神世界也会随之变化或改变。也就是说，当现实世界被解构被堆彻成反常甚至崩溃似的图景，不再是我想象中的存在意义时，我觉得自己是幸运的。

先说信仰，它与人生定义有关。

今天的欧洲，经历了文艺复兴、宗教改革、法国大革命以及科技信息时代的到来，信仰面临着更大的挑战甚至日渐消失，然而，历史沉淀的精神与文化底蕴依然是欧陆的灵魂砥柱。这传统这精神使得人们一面受到潮流的"笑弄"，另一面又不敢蔑视信仰、看轻生命的意义。客观地想，信仰除了提供认知是非的底线外，还可以令人清心明智，减少一些陷阱的诱惑。关于这方面，我个人较认同丰子恺的人生三层楼：一是物质生活，二是精神生活，三是灵魂生活。所以，信仰即关乎灵魂的事。可惜它是属于没有答案的问题，无法辩论也无需求证，只能从现实意义着想。既然科技无法终止人们追求财富、权力、享乐过程中带来的痛苦茫然和绝望，而信仰却能让人在实际生活中化解人生的苦难，减少疑惑烦恼，增添生存的乐趣和力量，令"第二重悲凉"得以超越和升华。那么，信仰就是有益无害的。

正是在这种现实下，促使我在完成十年创作的《天望》后，再次用十年时间创作了《天外》。

在漫长的十年时间内，每当我驰骋于书海，阅读古今中外的人与事或不亦乐乎地书写我的世界我的笔下人物时，就会忘记世界、忘记时间、忘记自己——然而，从另一角度上看，可能经济效益不会太理想。这也不奇怪，假如读者不喜欢用脑又无法静心，习惯一目三行的阅读法，读这部小说就会感到吃力甚至不知所云。毕竟，这个世界，活在思考中的人是不多的。再说，我们的现实生活比起小说来，不知还要生动精彩丰富多少倍。我只是视文学为一项慈悲的事业，写作是我祈祷似的生存方式而已。

文学艺术之所以能给人遐想和希望，是因为它是生活的倒影、社会的镜子，也是人类高于动物的佐证。世界因艺术而美丽，时间因艺术而永恒。对于居住在丰子恺的第三层楼里的人来说，不愿做物质的奴隶，又不满足近乎枯萎的精神生活，那么，文化艺术就是他们的追求和安慰。因而，我竭力透视人性的藩篱，跨越文化、地域和时空的障碍，以特殊的视角，通过感触、认知和再思，去书写叛逆的艺术。我之所以如是，一是出于自然而然，二是从来不认为世上有绝对的、权威的、公义无私的文艺批评家，否则，刘勰不会引用《鬼谷子·内揵》里的话："日进前而不御，遥闻声而相思。"我只相信时间，人类之所以制造时间，为的就是让公平、正直有机会出现。

凭着这点信念，我愿与生活一起燃烧，和文学同甘共苦，将不同社会阶层的移民在新语境里的生存际遇展现，并探讨他们的"困惑之理想"与"精神之象征"。同时在文明与性爱、金钱与权欲、灵与物、真与幻、有限与无限的双向博弈里，对人性、情感内核和婚姻家庭物象进行探询，让无法复原的焦虑与哀伤、生存本相的恐惧和无奈，在慈爱的悲悯里得以修补和安慰。

　　因而，假如说信仰是探究人生的究竟和根本，爱好就是我的满足和快乐。在此小小的天地里，不仅可以了解人与人、人与社会、人与自己、人与知识、人与文明之间的现代处境，还可以在创作的悲感过程悟出的大快乐中，很快又悟出另一种悲凉。并深信这种忧患不仅仅是溢上我的心头，也弥漫着一切良知尚存、渴望寻思求索的人们。

2014 年 7 月 4 日于欧洲

小说
主要人物表

/ 天 / 外 /

1. 郝忻——台属,"文革"后的第一批大陆大学生。毕业不久后出国。

2. 吴一念——侨属。郝忻患难与共的妻子。"文革"后的第一批大陆大学生。毕业不久后出国。

3. 向正——郝忻夫妇之子。

4. 吴一靳——一念的胞妹。20世纪80年代的留欧学生。

5. 凯西——一靳的洋丈夫。任职于欧盟。

6. 林育思——一念一靳的祖母。出国前曾任中学历史老师。

7. 大卫——郝忻好友,旧邻居,出版商。

8. 苏西——大卫人工受孕的女儿。

9. 舒棋——东南亚华裔,主妇,20世纪80年代末移居欧洲。

10. 彼得——洋人,心理医生。

11. 弗马克——洋人,民主党老顾问,大卫的好友。

12. 老陈——西欧华侨,餐馆老板。

13. 蔺嫂——老陈的发妻。丈夫餐馆的得力帮手。

14. 陈圆桂——第二代华裔,老陈与蔺嫂女儿,一靳的好友。

15. 阿红——圆桂的好友。失恋者。
16. 卜馥淑——大陆知青,后返城继续升读,毕业后出国。中欧优科公司副经理。
17. 埃丽儿——凯西的前妻。家庭妇女。
18. 贝德力克——舒棋的第三任丈夫。
19. 汉斯——舒棋的情人。保健品代理商。
20. 苔苔——郝忻"翰林院"学生,师生有过短暂的恋情。
21. 阿山——新移民,祖传的"中医"行医者。
22. 亓画家——未获得西欧居住权的华人。
23. 梅诗人——看破红尘的异乡隐居者。
24. 雪莉——舒棋与前夫的女儿。